LA ÚLTIMA APARICIÓN DE LA VIRGEN

Padre Santiago Martín

LA ÚLTIMA APARICIÓN DE LA VIRGEN

¿Ha llegado el final para la Iglesia católica?

MADRID - MÉXICO - BUENOS AIRES - SANTIAGO
2023

© 2023, De esta edición, Editorial EDAF, S.L.U.
© 2023, Santiago Martín Rodríguez
Diseño de la cubierta: Francisco Enol Álvarez Santana
Maquetación y diseño de interior: Francisco Enol Álvarez Santana
Todos los derechos reservados

Editorial Edaf, S.L.U.
Jorge Juan, 68,
28009 Madrid, España
Teléf.: (34) 91 435 82 60
www.edaf.net
edaf@edaf.net

Ediciones Algaba, S.A. de C.V.
Calle 21, Poniente 3323 - Entre la 33 sur y la 35 sur
Colonia Belisario Domínguez
Puebla 72180, México
Telf.: 52 22 22 11 13 87
jaime.breton@edaf.com.mx

Edaf del Plata, S.A.
Chile, 2222
1227 Buenos Aires (Argentina)
edafadmi@gmail.com

Editorial Edaf Chile, S.A.
Avda. Charles Aranguiz Sandoval, 0367
Ex. Circunvalación, Puente Alto
Santiago - Chile
Telf: +56 2 2707 8100 / +56 9 9999 9855
comercialedafchile@edafchile.cl

Enero de 2023
ISBN: 978-84-414-4214-6
Depósito legal: M-29312-2022

PRINTED IN SPAIN   IMPRESO EN ESPAÑA
COFÁS

ÍNDICE

1.—Encuentro en Guatemala

—Monseñor Di Carlo, *come va? Cosa fa lei qui?*

—Gunnar, querido amigo, ¡qué sorpresa! Eres la última persona que esperaba encontrar en este aeropuerto. Dame un abrazo. ¿Cómo estás?

Los dos amigos se abrazan, entre risas, alegres por volver a encontrarse, después de años sin verse. Gunnar —Gunnar Eklund— es un sacerdote católico nacido en Hamburgo, de padre sueco emigrado a Alemania y de madre ecuatoriana, de la que recibió la fe católica. Monseñor Di Carlo —Antonio di Carlo— es también un sacerdote católico, prelado honorario de Su Santidad, nacido en San Gimignano, en la Toscana. Ambos estudiaron juntos en la Academia Pontificia, donde se forman los diplomáticos de la Santa Sede, aunque de esto hace ya un buen puñado de años.

—Dime, Antonio, ¿qué haces en el aeropuerto de Madrid?

—Voy a Guatemala, haciendo escala en San José de Costa Rica. ¿Y tú?

—Yo tengo que hacer una gira por varios países de Centroamérica, y mi primera etapa es El Salvador. Por eso también voy a San José, para cambiar allí de avión.

—¡Qué casualidad que, después de tanto tiempo, nos hayamos encontrado aquí y que vayamos a viajar en el mismo avión! ¡Cuánto me alegra! No sabes la pereza que me da viajar solo, aunque la verdad es que este vuelo nocturno es muy cómodo. Dime, ¿cómo te va? Hace un siglo que no sé nada de ti. Después de que dejaste la Academia tras tu enfrentamiento con monseñor *Middle East*, fue como si se te hubiera tragado la tierra. Te veo vestido de seglar. Sigues siendo sacerdote, ¿verdad?

—Sí, sigo siendo cura, aunque no hago ningún trabajo pastoral. ¡Qué recuerdos me trae lo de monseñor *Middle East*, como llamábamos al rector, monseñor Guliani! Después de aquel problema lo pasé muy mal, entré en una crisis muy grave y me retiré una temporada a Hamburgo, con mi familia. Mi obispo fue muy comprensivo conmigo y me dejó completamente liberado de todo hasta que me repusiera. Después de un año largo, me ofrecieron trabajar para la Unesco, como asesor religioso, y ya llevo seis años en Ginebra, aunque en realidad puedo decir que llevo seis años viajando por el mundo. Ya ves, al final no he sido diplomático de la Santa Sede, pero estoy metido hasta el cuello en estas lides. En cambio, yo lo sé todo, o casi todo —ríe, guiñando un ojo a su amigo— de ti. Sé que terminaste brillantemente en la Academia y que *Middle East* te recomendó para trabajar en la Secretaría de Estado directamente, sin hacer el habitual recorrido de secretario itinerante de nunciaturas. Sé que, casi inmediatamente, te nombraron monseñor y que te dedicas a investigar cosas raras, así que me imagino que tu viaje debe de estar relacionado con algo así, ¿no?

—Me dejas sorprendido. Si el Vaticano tuviera un sistema de información como el tuyo, mereceríamos de verdad la fama que tenemos de ser la mejor diplomacia del mundo. Efectivamente, *Middle East* me recomendó, pues yo, a diferencia de ti, me llevaba bien con él y sentía su misma pasión por los asuntos de Oriente Medio, y en particular por lo concerniente al islam y al judaísmo. Como él, pensaba que ahí está la clave del futuro —por eso le pusimos el mote, ¿te acuerdas?—. Habló con la Secretaría de Estado para que empezara a trabajar en la sección segunda. Sin embargo, después de la muerte del Papa, los nuevos aires de la Curia soplaron por otro sitio, y ya me ves, haciendo de itinerante para investigar eso que tú llamas «cosas raras».

—Intuyo un poco de amargura en tu voz, amigo, de lo que deduzco que las «cosas raras» no te gustan mucho. ¿De qué se trata, si es que no es ningún secreto?

—Lo es y no lo es. Es decir, te lo puedo contar, pero no me gustaría que saliera publicado en ningún sitio, ¿entiendes? Soy el encargado de recoger informes sobre la autenticidad de las supuestas apariciones de la Virgen y de Cristo a lo largo y ancho del mundo. Es un trabajo que no me gusta demasiado. Además, me obliga a estar siempre de aquí para allá, tratando con gente que, en la mayor parte de los casos, está loca o, al menos, está sugestionada y al borde de la locura.

—¿Tantas apariciones hay?

—Del orden de treinta o cuarenta al mes. Claro que la mayoría no nos llegan a nosotros, y los obispos diocesanos las despachan por su cuenta, rechazando su autenticidad. El Vaticano solo investiga aquellas que tienen el aval del obispo o que han suscitado el interés de mucha gente y, por lo tanto, de los medios de comunicación.

—No he oído nada de que haya habido una aparición en Guatemala. ¿Me puedes contar algo?

Antonio interrumpe un momento el ritmo de la conversación, que había sido muy fluida hasta el momento. Se lo piensa con calma y, al final, dice:

—Mira, Gunnar, en realidad es un secreto, pues se trata de una aparición que sí va avalada por el obispo, según el cual es auténtica, y que lleva consigo un mensaje aparentemente importante para el Papa y para el futuro de la humanidad.

—¿Tú lo crees así?

—Yo no sé qué creer. El actual arzobispo de Guatemala es un viejecito encantador, muy religioso y lleno de problemas. Su país lleva años en el ojo del huracán: la guerrilla, las sectas, la delincuencia organizada, los secuestros… Es posible que él tampoco crea en lo que dice la vidente, pero le conviene que sea verdad y por eso la apoya.

—No te entiendo. ¿Por qué le conviene?

En ese momento, la megafonía del aeropuerto madrileño anuncia el embarque del vuelo a San José. Los dos amigos se levantan para ponerse en la fila. Mientras esperan, Antonio contesta a la pregunta de Gunnar.

—En realidad, eso ya forma parte del secreto.

—¡Venga, hombre, no me dejes así! ¡Cuéntame algo más!

—Bien, te lo contaré durante el vuelo. Por cierto, ¿qué asiento llevas?

—Voy en el 3A.

—¡Caramba! ¡Eso es primera clase! Se ve que la Unesco paga bien. Yo, en cambio, viajo en turista, aunque afortunadamente he conseguido un pasillo. La economía de la Iglesia, como sin duda sabes, es mala y desde hace ya muchos años solo viajamos en la clase más económica. Por desgracia, no podremos hablar mucho durante el vuelo, y luego tú tomarás un avión y yo otro.

—Todavía nos quedan unos minutos mientras seguimos en la fila. Dime algo más. ¿Por qué al arzobispo de Guatemala le interesa que esta aparición sea verdadera?

—¡Eres un pesado! La historia de esta vidente es muy rara. Se trata de una muchacha indígena que pertenecía a una de las sectas más virulentas que hay en Guatemala. A ella, precisamente, se le apareció la Virgen.

—Supuestamente.

—Sí, supuestamente, claro. La aparición la llevó a convertirse a la Iglesia católica, junto con su familia y otros de su secta. Por eso el arzobispo quiere darle el visto bueno. Cree que podría servir para frenar el avance de las sectas, e incluso invertir el proceso.

—¿Tú lo crees así?

—Puede ser, pero yo no voy a Guatemala para eso. Lo que debo averiguar es si la aparición es verdadera y, sobre todo, si el mensaje que ha dado la Virgen es auténtico, pues si lo fuera, sería de tanta importancia como el de Fátima. En fin, no te puedo contar más y, afortunadamente, ha llegado la hora de separarnos.

—Está bien. Dame tu número de móvil y así te tendré localizado en el futuro. ¿Cuántos días vas a estar en Guatemala?

—Cuatro o cinco, ya veremos —le dice Antonio mientras le extiende una tarjeta, a la vez que recoge la que Gunnar le ofrece, de muy buena calidad, por cierto, y con un grosor casi de cartulina.

—Yo tengo que estar dos días en El Salvador y luego debo ir a México. Quizá haga una escala en Guatemala para verte. Te prometo que te llamaré. A lo mejor podríamos ir juntos a ver las ruinas mayas de Tikal. Me han dicho que son espléndidas.

—Es una buena idea. Intentaré abreviar con la vidente para conseguir al menos dos días de descanso.

Antonio y Gunnar pasan el control y, después de entrar en el avión, cada uno se dirige a su asiento. El vuelo transcurre normal y, al aterrizar, los dos amigos se saludan de nuevo y pasan juntos la aduana. No tienen que recoger maletas, pues van facturadas a sus respectivos destinos. El tema de la vidente no vuelve a salir. Hablan de las peripecias de la noche y Antonio expresa su envidia por la cara de descanso que tiene Gunnar, que ha dormido plácidamente todo el tiempo.

—¡De vosotros, los de la Unesco, sí que habría que decir que vivís como curas! —dice Antonio riendo.

—¿Por qué no te pasas a nuestro bando? —le contesta Gunnar, adoptando de pronto una expresión seria.

—Porque todavía no me has contado lo que haces. Eres un interrogador que aplica el tercer grado sin que se dé cuenta la víctima.

—No es verdad. En realidad, lo que me has contado es muy poco. De lo mío te hablaré en Tikal, te lo prometo. Y tú me tendrás que contar más cosas de tu amiga la vidente.

—Bueno, ya veremos.

Antonio y Gunnar se separan, cada uno hacia la puerta de embarque correspondiente. El prelado italiano, después de un corto vuelo, llega a su destino y, una vez recogido el equipaje, se dirige hacia la salida, donde le espera un empleado de la Nunciatura con un cartel con su nombre. Nada más llegar, le hacen pasar al despacho del nuncio, que sale a recibirlo con los brazos abiertos.

—Monseñor Di Carlo, *benvenuto!*

—*Grazie, Eccellenza!* Gracias por acogerme en su casa —Antonio pasa a hablar rápidamente en español, pues recuerda que el nuncio es de origen argentino—. Intentaré no molestarle estos días y, si es posible, abreviaré mi estancia.

—Esta casa es tan suya como mía. Además, el asunto que le trae es, según el arzobispo, de la mayor importancia. Nunca le he visto tan excitado.

—Quisiera que usted me pusiera en antecedentes, aunque, como es lógico, he leído con detenimiento tanto sus informes como los del monseñor Solán.

—Lo haremos durante la comida. Ahora debe descansar un rato. Juan le acompañará a su habitación. Nos vemos dentro de dos horas. Esta tarde tendremos que ir a ver a Elisa, la vidente.

—Yo creí que ella vendría aquí. ¿No es eso lo más adecuado y lo normal? La verdad, estoy bastante cansado y preferiría que la tal Elisa se tomara la molestia de venir a verme en lugar de tener que ir yo a verla a ella.

—Tiene razón y así se lo dije a monseñor Solán, pero él me argumentó que la vida de Elisa corre peligro y que no debe salir de ningún modo del refugio donde está escondida.

—¡Eso es absurdo! Me parece una paranoia. Si las cosas están de este modo, quizá termine más pronto de lo que creía mi trabajo, pues con la primera entrevista voy a tener suficiente.

—Puede ser, pero, por favor, no subestime la intuición de los hispanos ni la experiencia de hombres como este arzobispo, acostumbrados a vivir en un país en el que a la gente se la secuestra y se la mata casi por nada.

Antonio comprende que ha tocado una fibra delicada y que el nuncio —latino y además argentino— no va a aceptar fácilmente que él, un monseñor del Vaticano, dé la más mínima muestra de superioridad europea. Con habilidad, cambia de tono y zanja la discusión.

—Está bien. Voy a descansar un rato y a darme una ducha. Nos veremos en la comida. ¿A qué hora es?

—A la una y media. Es horario hispano, no italiano, no lo olvide.

—Por cierto, ¿funciona aquí el sistema GSM para los teléfonos móviles?

—En Latinoamérica se los llama «celulares» —le responde el nuncio, feliz de darle una pequeña lección a aquel curita vaticano—. Sí funciona, por supuesto. No estamos tan atrasados. Pero si lo necesita, puede utilizar nuestros teléfonos y también la línea de Internet.

—Gracias. Es que he venido en el avión desde España hasta San José con un viejo amigo, Gunnar Eklund, que me ha dicho que me iba a intentar localizar un día de estos.

—¿Gunnar Eklund? ¿El que fue expulsado de la Academia? —pregunta el nuncio, poniéndose súbitamente alerta.

—Sí, el mismo. Pero no fue expulsado. Después de las desavenencias que tuvo con monseñor Guliani, optó por marcharse. Le he encontrado de casualidad y me ha contado su historia.

—Está bien, luego hablaremos de ella si quiere. Ahora vaya a descansar. Pero no olvide una cosa, por si acaso Eklund le llama: no sea muy elocuente con él.

—Pero ¿por qué? Es un viejo amigo y ha estado muy simpático conmigo.

—Dejémoslo así. Vaya a descansar, monseñor. Nos veremos a la una y media.

El tiempo pasa rápido, y Antonio solo puede darse una larga ducha, deshacer la maleta y tenderse brevemente sobre la cama. Suficiente para quedarse dormido, hasta que oye golpear la puerta. El criado, Juan, le recuerda desde la otra parte de la puerta que son las dos menos cuarto y que el señor nuncio le espera en el comedor. De un salto, Antonio se levanta y sale de la habitación. Cuando va llegando al comedor, oye gruñir al nuncio: «¡Estos italianos siempre llegan tarde! Se creen los amos del mundo y de la Iglesia». Antonio carraspea para hacerse notar y se dirige hacia monseñor Quercini —el nuncio, como muchos argentinos, tiene apellido italiano— con actitud humilde y pidiendo disculpas. Con gentileza, como si no hubiera pasado nada, Quercini le invita a sentarse y, tras una breve bendición, empiezan a comer. Enseguida, Antonio saca la cuestión que más le preocupa.

—¿Qué me puede contar de Elisa?

—Como usted ya debe de saber —le dice el nuncio—, pertenecía a la Iglesia de los Tiempos Perfectos, una de tantas sectas como proliferan en este país. Nació católica, pero su familia se convirtió a esa secta siendo ella muy niña. Bueno, en realidad no se pasaron primero a esa secta, sino a otra, creo que la Iglesia del Aleluya Eterno, o algo así. En fin, estuvieron de un lado a otro, de grupo en grupo, en función de la labia del pastor, como les pasa a tantos que dejan la Iglesia católica. Cuando tuvo la visión, ella pertenecía a la secta que le he dicho y la mayor parte de su familia también.

—El informe dice que, en ese momento, tenía veinte años, estaba soltera y trabajaba en un comercio.

—Sí, la familia tenía una pequeña tienda de artículos para turistas en Cobán. Los de la Iglesia de los Tiempos Perfectos son muy rigurosos en temas de castidad y ella se mantenía virgen, aunque ya tenía previsto casarse con un muchacho de la misma secta.

—Según parece, la aparición de la Virgen tuvo lugar dentro de esa tienda.

—Efectivamente. Estaba sola y ya había cerrado. El local es muy pequeño y está lleno de trastos de todo tipo, de forma que apenas queda sitio para revolverse. Yo lo he visitado, junto al arzobispo de Guatemala y al obispo de Cobán. La parte de delante tiene un cierre metálico que se baja desde dentro y se asegura luego con unos pasadores a la pared. De la pequeña tienda se sale por una puertecita trasera que da a un pasillo y, de ahí, a la calle. Elisa había bajado el cierre y echado los pasadores. Apenas había luz, aunque era de día. Solo se veía con lo que se filtraba por unos pequeños agujeros que tiene el cierre en la parte superior, lo suficiente como para no tropezar en aquel maremágnum. Entonces fue cuando vio a la Virgen.

—¿No hay posibilidad de que alguien se hubiera quedado dentro?

—Si conociera el local no lo preguntaría. Apenas son seis metros cuadrados, llenos de todos los cachivaches imaginables, de todos los productos de la artesanía maya. De todos, menos de los de un tipo.

—¿De cuáles?

—De los que pudieran tener relación con la Iglesia católica. Tanto Elisa como su familia eran fervorosos creyentes en las enseñanzas de su secta. Consideraban la devoción a la Virgen y a los santos como una blasfemia horrorosa, como si se estuviera adorando a un ídolo. Por eso no los ofrecían a los turistas y preferían perder un cliente a traicionar su conciencia.

—¡Qué curioso! ¿Y a una persona así se le fue a aparecer la Virgen, habiendo tantos buenos católicos que darían lo que fuera por verla?

—Sí, es curioso y extraño. Pero no me negará que, precisamente por eso, la cosa tiene visos de autenticidad. El caso es que Elisa dice que la vio con total claridad, pegada a la pared, ante los tapices bordados con los pájaros de la selva guatemalteca. Era de tamaño natural, y la tienda era tan pequeña que casi la tocaba, a pesar de lo cual, según cuenta, le parecía que había una enorme distancia entre ambas.

—¿Supo enseguida que era la Virgen?

—Al principio, no. Pero pronto comprendió de quién se trataba. Debido a sus creencias, consideró que era una aparición del demonio, pues en su secta consideran a María como si fuera una aliada suya. Es una de las Iglesias más radicales y agresivas contra la nuestra. Por eso, lo que hizo fue ponerse a gritar y a tirarle cosas. Después empezó a decir: «¡Cristo, sálvame!».

—¿Por qué no huyó?

—Monseñor Di Carlo, creo que este interrogatorio se está alargando mucho. Apenas hemos comido y dentro de poco tenemos que salir para encontrarnos con Elisa. ¿Por qué no le pregunta eso y lo que desee a ella?

Antonio sonríe y da la razón al nuncio. Durante unos minutos, ambos comen en silencio, y solo a los postres se permiten un poco más de conversación. Monseñor Quercini pregunta:

—Su amigo Eklund ¿a qué se dedica?

—No lo sé exactamente. Me contó que está trabajando en la Unesco como asesor religioso y que se pasa la vida viajando por el mundo.

—Eso es cierto. Permítame otra pregunta: ¿se mostró interesado en el objetivo de su visita a Guatemala?

—Sí, mucho, pero me pareció algo normal. Hacía bastante tiempo que no nos veíamos, y lo que yo estoy haciendo ahora le pareció muy interesante.

—De forma que le contó todo.

—¡Por Dios, Excelencia! —responde Antonio, un tanto molesto—, le hablé superficialmente del objeto de mi viaje. Ni siquiera le dije el nombre de la vidente. Además, insisto en decirle que Gunnar es una persona de la mayor confianza para mí. Durante el tiempo en que estuvo en la Academia fue uno de mis mejores amigos, y creo que fue un error el que se le corrigiera de aquel modo tan brusco. Podría haber sido un gran diplomático, y de hecho, ahora lo es, aunque trabaje para la Unesco.

—Querido monseñor Di Carlo —dice el nuncio mirando fijamente a los ojos al sacerdote italiano—, quizá usted no se dé cuenta de cuál es el juego que nos traemos entre manos. Quizá todo lo de Elisa sea falso. Quizá el arzobispo Solán esté equivocado. Pero le aseguro que la coincidencia de su amigo Gunnar con usted en el avión me parece muy poco casual y me inclina a pensar que Solán tiene razón y que, efectivamente, Elisa vio a la Virgen y que lo que contó es verdadero.

—Pero ¿por qué? ¿Qué sabe usted de Gunnar? Yo llevaba años sin oír hablar de él.

—El que usted no hubiera oído nada de él no significa que otros no estuviéramos enterados de sus andanzas. Si hay tiempo, le contaré algo sobre su amigo. Ahora tenemos que irnos.

Los dos prelados se levantan de la mesa y se dirigen hacia la salida. Juan les aguarda en el coche de la Nunciatura, el mismo en el que había ido a recoger a Antonio al aeropuerto, el único que tienen. Pronto salen de la ciudad y toman una carretera que sube una empinada colina, en la parte contraria a los volcanes que rodean la ciudad. Con gran peligro para la vida, pues el tráfico es de todo menos lógico, giran a la izquierda a media altura de la colina y se introducen en una colonia muy hermosa, llena de árboles frondosos y de casas construidas con un estilo que recuerda más a Suiza que a la herencia maya. Después de pasar una barrera y seguir subiendo un rato, llegan a una explanada y allí aparcan. A pocos metros hay una capilla de estilo totalmente alpino. Entran en ella. Antonio se sorprende por la belleza —el fondo del templo es de cristal y deja ver, tras el altar, un espléndido panorama de vegetación— y porque no tiene nada que ver con lo que cabe esperar de un templo construido en Guatemala. El nuncio, que se da cuenta, le dice que toda la colonia fue hecha por inmigrantes alemanes, con la idea de recordarles lo más posible a su patria. Después le pide que se ponga de rodillas ante el Santísimo y que espere allí unos minutos mientras él va a buscar a Elisa. Tras esto, desaparece por una pequeña puerta lateral, dejando a Antonio arrodillado y sorprendido. Apenas este ha podido concentrarse, cuando el nuncio reaparece por donde se ha ido y le llama. Le hace pasar a una pequeña habitación y después a otra. Allí está el arzobispo de Guatemala, monseñor Solán, que oculta con su cuerpo a la vidente. El nuncio les presenta y a continuación se despide.

—Yo les dejo solos y regreso a la Nunciatura. Ya me informará usted, monseñor Di Carlo, de lo que suceda. El señor arzobispo se encargará de devolverlo sano y salvo a la Nunciatura.

Dicho esto, saluda a los dos prelados y, rodeando al arzobispo, se dirige a Elisa, a la que Antonio aún no ha podido ver la cara, aunque sí sus vestidos. Esta se levanta, pues había permanecido sentada todo el tiempo, y Antonio ve cómo se arrodilla ante el nuncio para recibir la bendición. Monseñor Solán tapa buena parte de la escena con una actitud protectora que al sacerdote del Vaticano le parece ridícula y exagerada. Cuando Quercini se va, Solán se dirige a Antonio, a la vez que se retira a un lado y deja de interponerse entre él y la vidente. Lo que el prelado vaticano ve es una jovencita baja y regordeta vestida a la usanza maya, con el pelo negro recogido atrás en un moño, casi una copia de Rigoberta Menchú.

—Aquí está Elisa. Está a su disposición para el interrogatorio.

—Encantado —dice Antonio, que extiende la mano hacia la joven. Elisa, sin embargo, no levanta la mirada hacia él y sigue arrodillada, así que Antonio recoge la mano.

—Es un amigo —le dice a la vidente el arzobispo de Guatemala—. Es el enviado del Vaticano. No debes tener miedo.

—Lo sé —contesta ella, sin levantar los ojos del suelo—, pero me da mucha pena mirarle.

—¿Por qué? —esta vez es Antonio quien no puede evitar preguntar.

—No puedo decirlo —responde Elisa—. Lo único que me consuela es que nuestra suerte es la misma y será casi simultánea.

—Así no puedo hacer nada —dice Antonio, irritado, mientras hace un gesto hacia la puerta, indicando que está dispuesto a irse.

—Elisa, por favor, haz un esfuerzo —le pide monseñor Solán a la vidente—. Monseñor Di Carlo es el enviado del Papa y ha venido desde muy lejos para verte. Te lo ruego, siéntate y contesta a sus preguntas.

Elisa se sienta, sin hacerse de rogar más y, por fin, dirige sus ojos a Antonio, que la mira entre sorprendido y enfadado. Pero su malestar desaparece cuando sus miradas se cruzan y ve sus ojos, llenos de tanta bondad como de lágrimas. Haciendo un esfuerzo, se serena y también se sienta, enfrente de Elisa, mientras el arzobispo ocupa un asiento a corta distancia de ellos pero sin inmiscuirse.

—Elisa —empieza diciendo Antonio, con el tono más amable de que es capaz—, te agradezco que me concedas esta entrevista y te ruego, por Dios Nuestro Señor, que seas absolutamente sincera en todas tus respuestas, sin ocultar nada y diciendo la verdad en todo.

—No sé mentir —responde la muchacha—. Pregúnteme lo que desee saber.

—Si no me equivoco, cuando dices que se te apareció la Virgen estabas en tu tienda de Cobán y la acababas de cerrar, pero había poca luz en ella. ¿Pudiera ser que alguien se hubiera quedado dentro y que te hubiera gastado una broma?

—Usted me pregunta como si lo que yo he contado fuera una invención o una sugestión. Usted no se puede hacer idea de lo que supuso para mí aquello. Mi familia, mis amigos, incluso mi novio dejaron de hablarme. Mis padres me echaron de casa y me encontré en la calle, sin saber a dónde ir, sin dinero, sin nada. Esa aparición fue, en aquel momento, la mayor desgracia que me podía haber ocurrido, así que puede estar usted seguro de que no la inventé.

—Te pido perdón, Elisa, pero te ruego que entiendas que mi deber es dudar de ti hasta que los hechos me convenzan de que lo que cuentas es verdadero. No te puedes imaginar la gran cantidad de apariciones de las que nos informan diariamente, y la práctica totalidad de ellas son falsas. En todo caso, no me has contestado a la pregunta que te había hecho. ¿No cabía la posibilidad de que alguien estuviera escondido en la tienda?

—La tienda es muy pequeña y le aseguro que no había nadie en ella. Además, la luz que salía de la Señora no podía proceder de ningún foco, y no solo por su fuerza. Nunca había visto algo así.

—Perdona que te haga esta pregunta, Elisa, pero es mi deber hacértela. ¿Estabas en condiciones normales en ese momento?

—Jamás he tomado alcohol ni drogas, si es a lo que se refiere.

—Pertenecías a la iglesia de los Tiempos Perfectos. ¿En esa comunidad se suelen dar fenómenos de éxtasis, de revelaciones, de enajenaciones?

—Es una iglesia dirigida por el pastor López, que tiene quince templos en todo el país —interviene, desde su sitio, el arzobispo Solán— y que agrupa a unas tres mil personas. Son extraordinariamente rígidos en cuestiones sexuales y tienen prohibidos el alcohol y cualquier tipo de droga, así como la participación en el ejército. Su culto no es de tipo pentecostal, sino que se inclina más bien hacia la sobriedad metodista.

—Bien —continúa diciendo Antonio—, acepto que tú creíste ver a la Virgen María y que no hay una explicación humana a lo que viste. ¿Cuál fue tu comportamiento, Elisa?

—Me asusté y me puse a gritar. Enseguida comprendí de lo que se trataba, y como me habían enseñado desde niña que los católicos adoran a la

Virgen María y que eso es malo para Dios, sentía hacia ella un rechazo muy grande, casi como si fuera el demonio. Por eso en la tienda no vendíamos ni imágenes de ella ni de los santos, a pesar de que a veces nos las pedían los turistas. Una vez vi en televisión a un pastor de una iglesia brasileña destruir una imagen de la Virgen y mis padres lo aplaudieron, así que yo estaba convencida de que todo lo que tuviera que ver con ella era malo.

—¿Y qué más hiciste?

—Cuando vi que la Señora permanecía tranquila, en el centro de aquella luz tan hermosa, comencé a invocar al Señor. Repetía: «¡Cristo, sálvame!», y mientras tanto empecé a tirarle todo lo que tenía a mano, que era mucho.

—¿Y qué pasó?

—Lo que le tiraba la atravesaba sin afectarla y se estrellaba contra la pared que había tras ella. A pesar de mi violencia, la Virgen no dejaba de sonreírme. Entonces, al ver su sonrisa, me calmé un poco, y fue cuando me habló.

—¿Qué te dijo?

—«Elisa, ¿tú crees que Jesús era un hombre bueno?». Yo le contesté que sí y que era también Dios y el Salvador. Ella sonrió y asintió con la cabeza y me volvió a preguntar: «¿Los hombres buenos aman a sus madres o las maltratan?». «Las aman», le contesté. «¿Y tú quieres imitar a Jesús?», me volvió a preguntar ella. «Sí, es lo que más quiero en el mundo», le dije. Entonces ella me volvió a sonreír, extendió su mano hacia mí y me dijo: «Pues, en ese caso, tienes que quererme a mí mucho, porque Jesús me quería y me sigue queriendo mucho. ¿No has leído en el Evangelio de San Juan que, cuando estaba en la cruz, se encontraba tan preocupado por mí que, a pesar de sus sufrimientos, encontró fuerzas para pedirle al propio Juan que me cuidara? ¿No indica eso que me quería mucho? ¿Y no crees que el que yo estuviera allí significa que yo también le quería mucho a él? ¿No te parece que una madre es la persona que más quiere a su hijo?». Cuando la escuché decir esas cosas fue como si un rayo me penetrara por dentro. Sentí un estremecimiento en todo el cuerpo. Caí de rodillas y me puse a llorar. Comprendí, de repente, que lo que la Señora decía era verdad y que, por lo tanto, era mentira todo lo que me habían contado de ella y, como consecuencia, que no me podía fiar del resto de cosas que me habían contado en la Iglesia a la que pertenecía. Ella seguía ofreciéndome su mano y sonriéndome. Yo, sin dejar de llorar, extendí la mía y se la cogí.

—¿Pero no has dicho que cuando le arrojabas cosas la atravesaban sin afectarla? Eso significa que era una visión y, por lo tanto, no podías coger su mano.

—Tiene usted razón, pero le aseguro que yo sentí su mano en la mía, o mejor, mi mano en la suya. Noté su fuerza, su calor, su paz. Ella tiró de mí hacia arriba y yo noté que me levantaba y me ponía en pie. Me serené. Se me pasó el miedo y me sentí mejor de lo que en la vida me había sentido. Entonces me atrajo hacia sí y me dio un beso en la frente. Fue increíble. Duró un instante, pero me pareció una eternidad.

—Bien. ¿Y eso fue todo?

—No. Entonces fue cuando me dio el mensaje y me encargó que fuera al obispo de Cobán y que le pidiera que me acompañara a ver al arzobispo de Guatemala. Me dijo también que solo se lo debería contar a él y que después le debía pedir que lo escribiera, que me leyera lo escrito para estar segura de que era lo mismo que yo le había dicho y que le dijera que se lo debía hacer saber enseguida al Papa.

—Todo ocurrió tal y como acaba de contar —confirma monseñor Solán—. El obispo de Cobán, monseñor Gutiérrez, se sorprendió de que una muchacha de una secta le contara la historia que acaba de oír y le pareció demasiado inverosímil para ser inventada. Me llamó por teléfono y le dije que no perdíamos nada con escucharla. Aunque usted no se lo crea, monseñor Di Carlo, yo le hice un interrogatorio aún más duro que el que usted le acaba de hacer y quedé completamente convencido, pero no solo por lo que le ha contado hasta ahora, sino por el contenido de la revelación, que es imposible que una muchacha así se pueda haber inventado, y por otras dos cosas.

—¿Por cuáles? —pregunta Antonio intrigado, dando la vuelta a la silla para quedar mirando al arzobispo.

—Tengo en mi despacho un canario que me ha acompañado desde hace años. Le parecerá una tontería, pero cuando entra alguien que es buena persona canta maravillosamente. Cuando entró Elisa, se volvió loco de alegría. En fin, esto es una pequeñez. Lo importante es lo otro.

—¿A qué se refiere?

—Elisa recibió no solo la revelación que hay que comunicar al Papa, sino el don de ver el pasado y el futuro, al menos, algunas cosas del pasado y del futuro, de las personas con las que habla. Dice que antes jamás le había sucedido, pero que ahora es algo que no puede evitar. En mi caso, me dijo tres cosas de mi pasado que solo yo sabía y añadió que, de un momento a otro, nos iban a interrumpir para advertirnos de que la comida estaba en la mesa. Así sucedió, y entonces le pregunté si sabía qué había de comida. Ella me dijo el menú con exactitud y añadió que mi vieja criada estaba triste porque los frijoles se le habían quemado un poco. Además, se había confundido y había echado azúcar en lugar de sal en la ensalada. Todo resultó exacto.

—Bueno, no dejan de ser pruebas circunstanciales, Excelencia —contesta Antonio—. No es que yo le esté acusando de pecar de ingenuo, pero no me basta todo eso para creer en la autenticidad de la aparición. Le ruego que me comprenda y que me disculpe.

—Le entiendo perfectamente —dice monseñor Solán—. Quizá debería usted probar el don de Elisa.

Dicho esto, el arzobispo se levanta y sale de la pequeña habitación en dirección a la iglesia. Antonio no tiene tiempo de protestar y, cuando se repone de la sorpresa, se dirige hacia la vidente, que había seguido la conversación de los dos prelados como si la cosa no hubiera ido con ella, en la mayor tranquilidad.

—El arzobispo se ha ido porque sabe que lo que le voy a decir afecta a su intimidad. Lo mismo le sucedió a él, aunque lo que le dije a él no tiene nada que ver con lo que le voy a decir a usted. Le ruego que me disculpe, pero la Virgen me pide que se lo diga, tanto para que usted me crea como para que, cuando se lo haya dicho, se confiese usted lo antes posible.

Antonio no puede dar crédito a lo que está pasando. No sale de su asombro. Con la boca abierta mira a la muchacha, que se pone a contarle con toda naturalidad algunos pecados que él había cometido y de los que solo se había confesado superficialmente. Súbitamente enrojece y baja los ojos, mientras ella sigue hablando. Era imposible que lo que contaba se lo hubiera podido revelar nadie, pues estaba en lo más íntimo de su conciencia. Por si fuera poco, Elisa le dice:

—Por último, la Virgen me ha dicho que su mamá le manda muchos recuerdos y que le dice que no tenga miedo a lo que le va a suceder. También le dice que tiene que dejar de atormentarse por lo que usted ya sabe.

Antonio levanta la cabeza con una mezcla de sorpresa y de ira. ¿A qué venía meter a su madre en el asunto? Hacía dos años que había muerto y su recuerdo aún le dolía, especialmente porque no había podido estar con ella en el momento de su muerte, que fue bastante repentina, ya que se encontraba en una misión en África.

—¿A qué te refieres? —pregunta.

—Su mamá —contesta Elisa— está orgullosa de usted y no le reprocha que no pudiera estar a su lado cuando ella murió. Claro que le hubiera gustado que usted le diera un último beso y su bendición sacerdotal, pero sabía que usted estaba trabajando para el Señor y eso era más importante que cualquier otra cosa. La Virgen me dice que le diga, también de parte de su mamá, que no deje de ponerse pasado mañana el escapulario del Carmen que ella le regaló y que ha dejado usted hoy encima de la mesilla después de ducharse, en la Nunciatura.

Un grito sale de la boca de Antonio, que se levanta mientras se lleva la mano al cuello, comprobando que, efectivamente, el escapulario no lo lleva puesto. Inmediatamente entra en la habitación el arzobispo, un poco asustado. La calma de Elisa y las pocas palabras que logra articular Antonio le tranquilizan. Este se dirige entonces a la vidente y le pide que espere fuera, pues tiene que hablar a solas con monseñor Solán. Apenas ella ha salido, Antonio cae de rodillas ante el arzobispo y le pide que le confiese de las pequeñas culpas que, por vergüenza, había omitido y que Elisa había desvelado. Después se sienta, ya más sereno.

—No podía imaginarme nada así —dice al arzobispo—. Necesito interrogarla sobre el mensaje que ha recibido antes de dar el veredicto definitivo, pero desde ahora le digo que no me cabe duda de que todo es cierto.

—Me alegra que coincida usted conmigo —responde Solán—. Sin embargo, no podrá ser hoy. Es tarde. Usted está cansado y ella también. Es mejor que lea usted el informe que he escrito. Como Elisa dijo, yo escribí lo que ella me contó y luego se lo leí para recibir su conformidad. Aquí está —extrae en ese momento una pequeña bolsa de documentos que llevaba colgada al cuello y que estaba oculta por su sotana, y de ella saca dos folios doblados que extiende al prelado vaticano—. No hay otra copia más que esta. Ni siquiera el nuncio lo ha leído. Lo que está aquí escrito solo lo sabemos Elisa y yo y, cuando usted lo haya leído, ya seremos tres.

—Lo leeré esta noche con calma. ¿Cuándo puedo volver a entrevistarme con Elisa?

—Ella ya ha partido. Mañana le recogerán en Nunciatura a las ocho de la mañana. Será el mismo chofer que le va a llevar ahora allí. No vaya con nadie más. Le conducirá a otro sitio que no le puedo revelar, y le ruego que no se moleste por el hecho de que va a hacer usted un tramo del trayecto con los ojos vendados. Le van a llevar al convento de monjas donde Elisa está refugiada, tanto para defenderla de los miembros de la secta a la que pertenecía como del otro grupo que sabemos que quiere matarla. Por favor, no se desprenda del documento que le acabo de entregar por nada del mundo y, hasta que no haya decidido si es una revelación de la Virgen o no lo es, no le diga usted al nuncio ni a nadie nada de su contenido. Después, haga usted lo que considere oportuno.

Antonio no sale de su asombro. Toma los dos folios y los dobla de nuevo para meterlos en el bolsillo interior de su chaqueta. Luego extiende la mano para estrechar la que monseñor Solán le ofrece y sale tras él en dirección a la capilla. Tras arrodillarse ante el Sagrario, acompañado por el anciano arzobispo, sale fuera del templo. Allí hay dos coches esperando. Uno tiene las lunas laterales y traseras totalmente tintadas, de forma que no se puede ver nada del interior y, como comprobará después, tampoco desde dentro se puede ver nada de fuera, excepto por delante. El arzobispo le presenta a su nuevo chofer y le invita a que entre en el coche. Los dos se despiden y cada uno toma su propio camino. El de Antonio se dirige hacia la Nunciatura. Cuando llegan, el chofer desciende rápidamente y antes de que Antonio reaccione le ha abierto la puerta, mientras mira atentamente hacia un lado y otro de la acera. Después, le acompaña hasta la puerta y no se retira hasta que le deja dentro del edificio.

—El señor nuncio no está —le dice enseguida la religiosa que recibe a Antonio en la Nunciatura—. Le ruega que le disculpe. Ha tenido que salir urgentemente para El Salvador. No sabe si podrá estar de vuelta mañana. Le pide que se sienta como en su casa y que nos ordene lo que necesite para estar cómodo.

—¿A qué hora es la cena? —pregunta Antonio, mientras sigue a la hermana por los pasillos de la Nunciatura en dirección a su habitación.

—Cuando usted quiera. Va a cenar usted solo. Ya está preparada.

—Déjeme una hora. Voy a darme una ducha rápida y luego a celebrar misa. ¿Dónde está la capilla?

—Aquí mismo —la religiosa abre en ese momento la puerta que está a su izquierda y Antonio ve una preciosa y pequeña capilla, con el Sagrario al fondo, el altar, una imagen de la Inmaculada y dos reclinatorios. Hace una reverencia con la rodilla derecha y pide a la hermana que le termine de acompañar hasta su habitación y que luego le deje solo, pues ya sabe el camino tanto para la capilla como para el comedor.

Una vez en su cuarto, lo primero que hace es dirigirse a la mesilla y comprobar que allí está, efectivamente, el humilde escapulario de tela que le diera su madre cuando hizo la primera comunión y que solo se quita para ducharse.

Las prisas y el cansancio del viaje le habían hecho olvidarse de él por primera vez en su vida, lo cual había sido providencial, pues había servido para que pudiera convencerse de la autenticidad de la visión de Elisa. Lo besa, lo deja de nuevo en la mesilla y comienza a desvestirse para darse la ducha. Al quitarse la chaqueta, extrae el pequeño informe, doblado en cuatro. Se muere de ganas por leerlo, pero comprende que no es el momento. Mira alrededor, buscando un lugar seguro donde dejarlo mientras él se ducha, y como no lo encuentra, decide llevárselo al baño, que cierra por dentro con llave. Terminado el aseo, se dirige a la capilla. Antes de comenzar la misa, de rodillas ante el Sagrario en uno de los hermosos reclinatorios barrocos, reza las oraciones que el arzobispo le había impuesto de penitencia. Después se reviste y empieza la celebración. Coloca el informe debajo de la patena, encima del corporal extendido, no solo por tenerlo siempre a la vista, sino para ponerlo en el contacto más directo posible con el Cuerpo de Cristo. Siente que pocas veces ha celebrado una misa como aquella. Varias veces le viene a la memoria lo que Elisa le dijera sobre su madre y, cuando la nombra en el memento de difuntos, no puede evitar unas lágrimas y una espontánea acción de gracias por un mensaje que, efectivamente, le había quitado una espina del alma. Al acabar, después de dar gracias a Dios un largo rato y de quitarse la casulla y el alba, desdobla el informe y comienza a leerlo.

Es breve. Apenas le lleva unos minutos. Lo vuelve a leer más detenidamente. Lo dobla otra vez y lo introduce de nuevo en el bolsillo interior de su chaqueta. Mete entonces la cabeza entre las manos y exclama: «¡Dios mío! ¡Así que esta es la causa de lo que nos está pasando y esta es la solución! ¡Gracias, Señor! ¡Gracias, Santísima Virgen María!». Se mantiene en esa posición, orando, un buen rato. Después se levanta, hace una genuflexión ante el Sagrario y se dirige al comedor. Cena solo, abstraído, sin darle importancia a lo que come. Termina rápido y, tras saludar y agradecer a la religiosa por su amabilidad, se dirige a su habitación. Entra en ella y se cierra por dentro. Extrae entonces de su maletín de mano el ordenador portátil que siempre le acompaña y, sentado a la mesa del escritorio que hay en el cuarto, se pone a redactar el informe que ha decidido presentar al Vaticano. Una y otra vez lee lo que ha escrito, a pesar del agotamiento que siente después de un día tan intenso y de que la noche anterior se la pasó viajando. Ni siquiera el hecho de que el *jet lag* le pase factura y su cuerpo le diga que ya no puede más le hace dejar de trabajar. Por fin, lo da por concluido. Entonces lo copia en una memoria USB, un *pen drive* que lleva consigo, sin llegar a guardarlo en la memoria del portátil. Después, abre y cierra varios documentos, a fin de que si alguien mira en la memoria del ordenador los últimos trabajos realizados, no conste el que acaba de terminar. Solo entonces se mete en la cama, colocando el informe, doblado otra vez, junto a la USB, en un bolsillo del pijama.

A la mañana siguiente, lo primero que hace es celebrar la misa, repitiendo las medidas de seguridad, pero llevando ahora en el bolsillo del pantalón tanto los folios como la pequeña memoria portátil. Después desayuna. Apenas ha terminado, cuando la religiosa le dice que el chofer del arzobispo está en la puerta esperándole. Tras comprobar que es el mismo, se introduce en el coche. Apenas han recorrido unos kilómetros por el interior de la ciudad, cuando el conductor le dice que, siguiendo las órdenes de monseñor Solán, debe parar para ponerle una venda en los ojos. Mientras lo hace, le ruega que de ningún modo se la quite o intente ver por dónde le lleva. Antonio asiente y colabora con el chofer. A ciegas, se deja llevar el resto del trayecto. Solo nota que el coche sube una larga cuesta con muchas curvas y que, en un momento dado, tras recorrer un trayecto mayor que la tarde anterior, gira otra vez a la izquierda. El nuevo camino está sin pavimentar, a juzgar por los botes que da el vehículo. Por fin, se para. Antonio oye cómo se abre, entre chirridos, la puerta de un garaje y percibe que el coche se introduce en él. Solo entonces, cuando ya el auto ha parado definitivamente, le abren la puerta y escucha la voz del arzobispo.

—Querido monseñor Di Carlo, le ruego que usted mismo se quite la venda de los ojos. Ya puede ver lo que hay a su alrededor y bajar del coche. Por favor, discúlpenos por todo esto. Posiblemente le parecerá que estamos locos, que somos unos neuróticos obsesionados con la seguridad, pero créame, tenemos motivos para estar preocupados.

—No se preocupe —dice Antonio—. Me he mareado un poco, pues es incómodo viajar con los ojos cerrados, con tantas curvas. Pero todo lo doy por bien empleado con tal de volver a ver a Elisa. ¿Está aquí?

—Sí. Como le dije, reside en este convento. No puedo darle más datos sobre la orden de monjas que viven en él, aunque me imagino que viendo la decoración usted lo podrá deducir fácilmente, pero es preferible que no se fije mucho y no diga nada. Acompáñeme. Elisa nos espera en una sala, aquí al lado.

Juntos se dirigen a un pequeño recibidor, junto al garaje. Allí está Elisa, y junto a ella, la madre superiora del monasterio. Esta saluda al enviado del Vaticano besándole la mano y luego se retira. El arzobispo, Antonio y Elisa se sientan en torno a una mesa. En el centro de la misma hay un servicio de café y unas pastas. Monseñor Solán lo ofrece a Antonio y a Elisa, pero ninguno de los dos lo acepta y él se sirve una taza mientras se dispone a escuchar lo que Antonio tenga que decir y preguntar.

—Querida Elisa —empieza diciendo el prelado vaticano—, lo primero que quiero hacer es pedirte disculpas por lo que ayer pudo haberte ofendido. No me cabe la menor duda de que, efectivamente, tuviste una visión de Nuestra Señora y que el mensaje que te dio es auténtico. Así se lo haré saber al Santo Padre. Ahora solo deseo preguntarte algunas cosas más, para dejar claros todos los aspectos de la aparición. ¿La Virgen se te ha vuelto a aparecer o te ha dado algún otro encargo?

—No de aquel modo, pero es como si tuviéramos una relación íntima desde entonces, de forma que yo siento en mi interior, con total claridad, cuándo me habla y lo que me dice. No oigo nada, mientras que aquella vez sí oía. Ahora es otra cosa. En cuanto a si me ha dado algún otro encargo, le diré que las cosas que me ha dicho desde entonces están todas relacionadas con aquella. Por ejemplo, sé lo que me va a pasar y lo que le va a suceder a usted, y también al arzobispo, pero no tengo miedo y, de parte de la Señora, les digo que no deben temer ustedes tampoco. Ni un solo cabello de nuestra cabeza caerá sin que Dios lo sepa y lo permita; como siempre, escribirá derecho con renglones torcidos y hará que sea para bien lo que los hombres han previsto que fuera para el mal. Solo hay una cosa que me pide que le diga y que no entiendo.

—¿De qué se trata?

—Usted debe decirle al Papa que, cuando tenga que partir, debe ir a una tierra de sol y de piedra; la piedra esconderá a Pedro bajo su sombra. Debe decirle también que los enemigos se le volverán amigos y los amigos, enemigos. No sé a qué se puede referir, pero se lo digo tal y como la Virgen me lo ha dicho.

—Yo tampoco lo entiendo, pero se lo transmitiré tal y como me lo cuentas. ¿Quieres decirme algo más?

—Quiero pedirle su bendición y pedirle yo también perdón por si en algo pude molestarle.

Monseñor Di Carlo se levanta, y con él lo hace el arzobispo. Elisa, en cambio, se arrodilla. El prelado vaticano pone sus manos sobre la cabeza de la joven y ora en silencio. A continuación le da la bendición, la levanta y, tomándola las manos, se las besa. «Pídele a la Virgen por mí», le dice. Luego se dirige al arzobispo.

—Yo he terminado. Cuando quiera puede ordenar que me lleven a la Nunciatura, pero antes quisiera entregarle el informe que me dio. No me he atrevido a romperlo, y ya no lo necesito. Usted decidirá lo que hacer con él.

Monseñor Solán toma las hojas dobladas de las manos de Antonio y las rompe en varios pedazos. Luego las coloca en uno de los platos que tenían las tazas de café. Extrae de su bolsillo un mechero y prende fuego a los papeles. «Así no habrá más informe que el que usted pase al Vaticano y nadie más que nosotros tres sabremos, de momento al menos, lo que la Virgen ha revelado», dice, mientras ve cómo arde el informe. Cuando ya todo es ceniza, toma el plato y vuelca el contenido en una maceta. Luego sonríe e indica a Antonio la puerta que conduce al garaje en el que dejaron el coche. La madre superiora aparece en el último instante para despedirse y besarle la mano a Antonio. Este, al llegar al auto, pide que le venden los ojos. «Es para evitar cualquier "tentación"», dice, bromeando. Lo último que ve es la cara, cansada y feliz, del arzobispo, que le despide. Luego le ponen la venda y el coche arranca. Alrededor de una hora después, está ya ante la Nunciatura. El chofer abre su puerta, mientras él comprende que han llegado a su destino y se despoja de la venda. Sale del coche, se despide del conductor y con paso decidido cruza los pocos metros que le separan de la Nunciatura. Unos instantes después de haber llamado, la religiosa le abre la puerta y él, mareado todavía por el largo trayecto con los ojos vendados, entra en la residencia y pregunta:

—¿Vino ya el señor nuncio?

—Todavía no, y creo que no vendrá hoy. Llamó hace dos horas y preguntó por usted. Le alegró que hubiera salido con el chofer del arzobispo y me dijo que si no avisaba a lo largo de la mañana es que debería seguir en El Salvador al menos hasta mañana.

—Gracias, hermana. ¿A qué hora es la comida?

—Cuando usted quiera. Está ya preparada. Como anoche, comerá usted solo.

—Voy a la habitación y en unos minutos estoy en el comedor.

Apenas ha andado unos pasos por el interior de la Nunciatura cuando suena su teléfono móvil. Sorprendido, lo descuelga, tras comprobar que se trata de un número secreto.

—Antonio, ¿cómo estás? ¿Qué tal te ha ido con tu vidente? —oye que le dicen al teléfono, y reconoce enseguida la voz de su amigo Gunnar.

—¡Gunnar! Me alegra oírte. ¿Dónde te encuentras? ¿Sigues en El Salvador?

—No, estoy en Guatemala. He llegado esta mañana. Me alojo en el hotel Camino Real y tengo una sorpresa para ti.

—¿De qué se trata?

—He comprado dos billetes de avión para salir esta tarde hacia Tikal. También he reservado el alojamiento en el mejor hotel de la zona, que está dentro del mismo parque, y he encargado que vayan a buscarnos al aeropuerto. No te puedes negar a una invitación así. La Unesco paga todo.

—No sé qué decirte. Aunque la verdad es que estoy solo, porque el nuncio no está. He terminado mi trabajo y ya no tengo nada que hacer aquí, pero no puedo regresar a Roma hasta dentro de dos días, por el billete de avión. Y siempre me ha apasionado el mundo maya.

—Justo lo que imaginaba. No lo dudes más. Salimos esta tarde, mañana vamos de excursión a las ruinas y pasado regresamos. Después, ese mismo día por la tarde, tú tomas el avión a San José y de allí a Madrid y a Roma. No tienes escapatoria.

—Está bien. Le dejaré una nota al nuncio. Voy a comer un bocado y estaré listo en una hora. ¿Qué tengo que hacer?

—Nada. Solo esperar a que pase a buscarte con un taxi, camino del aeropuerto. Pero tendrá que ser en 45 minutos. Y no te traigas nada de trabajo. Solo ropa cómoda y, si tienes, un traje de baño.

—De acuerdo. Estaré preparado.

Antonio termina la conversación dentro ya de su habitación. Pero en lugar de dedicarse a preparar la bolsa de viaje, enciende su ordenador. Mientras se abre el programa, escribe en un folio, a mano, una nota al nuncio, en la que le comunica que va con Gunnar a Tikal y que estará de regreso en dos días. También le dice que ha ido muy bien con Elisa y que debe estar tranquilo, pues a su amigo no le contará nada. Después, saca del bolsillo la USB y la conecta al ordenador. Recupera el informe y añade una nota final en la que cuenta el último mensaje de la Virgen, tal y como se lo ha indicado la vidente, haciendo constar que ella no sabía de qué se trataba y que él tampoco lo entiende, pero que considera importante transmitirlo. Añade también que el contenido de la revelación que se incluye en el informe solo es conocido por él mismo, por el arzobispo de Guatemala y por la vidente. Guarda los cambios y cierra el mensaje, sin meterlo en la memoria del ordenador. Después, abre y cierra cuatro informes que tiene almacenados en el ordenador, para que no quede constancia de que ha estado trabajando con una memoria USB, como había hecho la vez anterior. Por último, apaga el ordenador y lo guarda en el maletín, tras haber extraído la USB, que se vuelve a meter en el bolsillo. Se dirige entonces al comedor donde, con rapidez, engulle más que come algunos de los alimentos que la hermana le tenía preparados, y regresa a su habitación para cambiarse de ropa y prepararse a la llegada de su amigo.

Gunnar no tarda en llamar a la puerta de la Nunciatura. La religiosa avisa a Antonio y él sale enseguida, vestido de laico, como un turista cualquiera y con una pequeña bolsa de viaje en la mano, en la que lleva solo lo imprescindible. Eso sí, la USB está a buen recaudo en su bolsillo. Tras darse un efusivo abrazo, los dos amigos se meten en el taxi y se dirigen al aeropuerto.

—Ni una pregunta sobre la vidente —dice Antonio, apenas sentado.

—No tengo el más pequeño interés de saber qué te ha podido contar Elisa sobre la supuesta aparición de la Virgen. Solo espero que no la hayas creído.

—¿Cómo sabes que se llama Elisa? Yo nunca te he dicho su nombre.

—Bueno, es que he estado haciendo mis deberes. Si bien es un secreto el contenido del mensaje, no lo es el que la Virgen se haya aparecido nada menos que a una militante de una de las sectas más fundamentalistas de América, la Iglesia de los Tiempos Perfectos, si no me equivoco. Ha salido en todos los periódicos de Centroamérica y me ha bastado preguntar a algunos amigos en El Salvador para que me hayan puesto al día de todos los detalles, incluido el peligro de muerte que corre esa joven, amenazada por sus antiguos correligionarios. Algunos me han dicho incluso que el arzobispo Solán es el autor de todo el asunto y que ha preparado un montaje, a base de pagar a la muchacha un buen montón de dinero, para conseguir que se frene la sangría de defecciones de católicos que se pasan a las sectas. De momento parece haberlo conseguido, aunque no sé cuánto le ha costado la operación. Pero veremos cómo acaba la cosa, pues si a Elisa le ofrecen más dinero sus antiguos amigos u otros, igual mañana nos enteramos por la prensa de que todo es mentira y que ahora se ha hecho miembro de la Iglesia de los Ángeles Azules o de cualquier otro invento de un visionario avispado.

Las palabras de Gunnar molestan mucho a Antonio, que empieza a pensar que se ha equivocado aceptando la invitación de su amigo, a la vez que empieza a comprender que el nuncio Quercini tenía sobradas razones para ponerle sobre aviso. Como no quiere disimular, ni dar a entender que comparte las sospechas de Gunnar sobre la autenticidad de la visión, le dice con seriedad:

—Gunnar, me molesta que hables así y te ruego que dejes ese tema si quieres que te acompañe. No te puedo contar nada de lo que he hablado con Elisa, pero te aseguro que no es un montaje del arzobispo y que todo es rigurosamente cierto. Además, creo recordar que cuando nos vimos en Madrid te comenté que no encontraba sentido a mi trabajo e incluso te insinué que creía que este destino era un castigo por no ser de la misma línea que el actual secretario de Estado. Me equivoqué. Sin ninguna duda, es lo más importante que he hecho y he podido hacer en mi vida, y estoy convencido de que el que me pusieran aquí era una prueba de extraordinaria confianza que yo, porque soy un torpe, no he sabido ver hasta ahora.

—Bueno, hombre, no te enfades. Solo era una broma. No te preocupes, que no te voy a preguntar nada acerca de tu trabajo. Solo contéstame una cosa, y será lo último que querré saber de este asunto: ¿has escrito ya el informe para el Vaticano?

Difícilmente podría Gunnar haber preguntado una cosa que sorprendiera más a Antonio y que le pusiera más a la defensiva. Tanto, que, sin dudarlo, dice una mentira, de la cual inmediatamente se arrepiente y pide perdón a Dios. Pero ya estaba dicha.

—No me ha dado tiempo. Ni siquiera he podido contarle nada del contenido a monseñor Quercini, pues no estaba en la Nunciatura cuando he llegado. Cuando me has llamado, acababa de llegar de la última entrevista con Elisa. Escribiré el informe a la vuelta, si queda tiempo. Si no, lo haré en el viaje a Roma o al llegar al Vaticano. No hay prisa. De hecho, tal y como me dijiste, me he dejado el ordenador en la Nunciatura. Estos dos días, nada de trabajo. Necesito descansar, así que pongámonos a ello.

—Me parece excelente el plan. Cuenta conmigo para conseguirlo.

Poco después llegan al aeropuerto. La facturación es rápida, ya que no llevan equipaje. El tiempo de espera se les pasa volando, tomando un aperitivo en el bar. Después embarcan, y cuarenta y cinco minutos más tarde el avión aterriza y ellos se dirigen a la salida, donde les aguarda un minibús del hotel en el que Gunnar había hecho las reservas. La Posada de la Jungla es mucho más que una posada. Es un auténtico hotel de lujo en el interior del parque de Tikal. Tardan un buen rato en llegar a ella desde el aeropuerto y, mientras tanto, Gunnar empieza a «trabajar» a su amigo.

—El hecho de que no podamos hablar de tu trabajo no significa que no podamos hablar del mío. ¿Quieres que te cuente lo que hago? Lo mío no es tan secreto como lo tuyo, pero tampoco es del dominio público.

—Me encantará saberlo.

—Como te dije, trabajo para la Unesco, pero en realidad trabajo para un departamento de esa institución que se creó hace ya unos años, el CUR. Esas siglas significan «Comité para la Unificación de las Religiones». Me imagino que, estando en el Vaticano, habrás oído hablar de él.

—Por supuesto. No me imaginaba que estuvieras trabajando ahí, aunque debí haberlo supuesto cuando me hablaste de que trabajabas para la Unesco. Tu tarea casi nos convierte en enemigos, pues, según se dice, vuestro objetivo es conseguir que la Iglesia católica desaparezca.

—Eso forma parte de las mentiras que algunos en el Vaticano cuentan de nosotros. Solo buscamos que las religiones se unan para que dejen de ser instrumento de guerra, de enfrentamiento. ¿Te imaginas que judíos y musulmanes estuvieran en una misma institución? Habríamos acabado de un golpe con la principal amenaza para la paz mundial. Y si tuviéramos también dentro a los cristianos, incluidos los de la secta de tu amiga Elisa, habríamos dado otro paso de gigante. Por eso estoy entusiasmado con mi trabajo y no ahorro esfuerzos para conseguir el fin que busco. Cuando mi obispo me permitió trabajar para la Unesco, él no sabía a dónde me mandaba, pero no pudo haber encontrado una tarea mejor para mí. La falta de objetivos que tenía en la vida, después del fracaso de la Academia, desapareció. Siento que estoy militando por algo que vale la pena.

—Lo que dices suena muy bonito, pero hay cosas que no son tan bonitas. Vuestro objetivo no es que las religiones trabajen por la paz y dejen de ser causa de guerra, o mejor, que dejen de ser utilizadas por unos y por otros como excusas para la guerra. Vuestro objetivo es que todas las religiones desaparezcan y que exista una sola. Buscáis el sincretismo y promovéis una especie de cajón de sastre, con un poco de aquí y otro poco de allá, quitando todo aquello que no esté de moda y poniendo todas las religiones a las órdenes de la autoridad política mundial, que es el secretario general de la ONU.

—No es exactamente como tú lo cuentas. Efectivamente, queremos crear una religión mundial, porque solo así podrá existir paz entre las religiones. También es verdad que esta religión mundial tendrá un poco de todo y que estará bajo las órdenes del secretario general de la ONU, pues de lo contrario volveríamos al enfrentamiento medieval de las dos espadas. Pero no queremos que las religiones desaparezcan, sino que cada persona podrá inclinarse por creer en lo que más le guste siempre que no defienda que sus opiniones son las verdaderas, es decir, siempre que esté de acuerdo en que él tiene «su» verdad y que los demás tienen también derecho a tener «sus» verdades. Es el concepto de «verdad absoluta» lo que hace peligrosas las religiones.

—Por eso la religión católica es vuestro principal enemigo.

—La religión católica tal y como ha sido defendida hasta ahora por el Vaticano, sí. Pero no tenemos nada en contra de los católicos, ni tan siquiera en contra de la mayor parte de los dogmas católicos o de la moral católica. Si tú quieres seguir creyendo que Jesucristo es Dios y que está presente en la Eucaristía, puedes hacerlo. Del mismo modo, puedes creer en la virginidad perpetua de María. También puedes estar contra el aborto y la eutanasia y contra todo lo que quieras. Lo único que te pedimos es que aceptes que hay tanta verdad en tus creencias como en las de aquellos otros que consideran que la Eucaristía es un símbolo, que la Virgen tuvo muchos hijos, que el aborto es un derecho o que Cristo es una más de las reencarnaciones de la divinidad. En definitiva: vive y deja vivir, cree y deja creer. Y todo eso solo será posible bajo el paraguas de una religión universal. O eso, o la guerra de religiones, el terrorismo suicida y todo lo demás que llevamos ya tantos siglos padeciendo.

—¿Por qué esa disyuntiva? La Iglesia católica lleva años trabajando por la concordia entre las religiones sin necesidad de recurrir al sincretismo. ¿No te acuerdas de Juan XXIII y del cardenal Bea en tiempos del Concilio Vaticano II? ¿O de la jornada de oración por la paz que convocó Juan Pablo II en Asís y que después se ha repetido, de uno u otro modo, en varios sitios? El respeto a que el otro tenga libertad para creer lo que quiera no está reñido con el convencimiento de que la verdad existe y, si existe, solo puede ser una. La convicción de que se posee la verdad, toda la verdad, como tenemos nosotros, los católicos, no significa que tengamos que obligar a los demás a que dejen de creer en su religión y que acepten la nuestra.

—¿Y las cruzadas? ¿Y la Inquisición?

—¡Por Dios, Gunnar! No me puedo creer que me hagas esa objeción. Es de programa barato de televisión, y tú eres mucho más inteligente que eso. Sabes perfectamente que las cruzadas fueron una mezcla de política y religión propia de la época y que el uso de la violencia por la Inquisición ha sido uno de los principales errores de la Iglesia, con el cual, por cierto, no todos estuvieron de acuerdo ya en su época, como sucedió con San Francisco de Asís. Además, Juan Pablo II, cuando comenzaba el tercer milenio, pidió perdón públicamente por esas y otras culpas, dejando claro a la vez que jamás volvería a repetirse la utilización de la violencia con fines religiosos. No podemos juzgar el pasado con los criterios del presente, y este es uno de los principios más elementales de la ciencia histórica.

—Sí, es cierto, pero si entonces hubiera existido una religión mundial nada de eso hubiera ocurrido. Tampoco habrían tenido lugar las guerras de religión que ensangrentaron Europa o las más recientes matanzas que tuvieron lugar en los Balcanes cuando se descompuso Yugoslavia.

—Pero todo eso ya pasó y ahora no es necesario crear una religión artificial, sincretista, un cajón de sastre en el que todo cabe, con la excusa de que hace años se mataban en nombre de Cristo. Hemos dejado de usar ese argumento para matarnos hace ya mucho, sin renunciar a creer que Cristo es el único Salvador y que Él es quien nos enseña la plenitud de la verdad.

—Cuando te oigo hablar así, me pongo muy nervioso, porque me parece estar oyendo los argumentos de monseñor Guliani, que me condujeron a abandonar la Academia.

—¿Fue por eso por lo que te fuiste?

—No me fui. Me echaron. Ahí tienes una prueba de la tolerancia de tu Iglesia. El que no acepta todo el paquete de verdades que ellos enseñan tiene que irse. No permiten la discrepancia interna. Por eso me convenció tanto el objetivo del CUR, porque en el fondo yo soy una víctima, una nueva y muy actual víctima, de la inquisición que sigue existiendo en tu Iglesia.

—Dices «tu» Iglesia como si ya no fuera la tuya. Gunnar, ¿qué te sucede? ¿Es que has dejado de tener fe, la fe de tu madre? ¿Ya no eres católico? Y si es así, ¿ya no eres sacerdote?

—Antonio, es mejor que dejemos la conversación, al menos por ahora. Mañana, si quieres, volveremos a ella. No quiero que nos enfademos. Te basta con saber que sigo siendo católico y sacerdote, pero no a tu manera, sino a la manera que propugna el CUR, a la manera del futuro. Tú eres el pasado, como lo fue mi madre. He roto con ese pasado, lo mismo que han roto otros muchos, más de los que tú te imaginas, incluso buena parte de los obispos y cardenales. Pero, como te digo, será mejor que lo dejemos por hoy.

Durante el resto del trayecto, Antonio y Gunnar guardan silencio. El prelado vaticano, sin que su compañero se dé cuenta, toca imperceptiblemente la USB que guarda en su bolsillo. Luego, también sin hacerse notar, comienza a rezar el Rosario. Pide por su viejo amigo, que aunque está hombro con hombro con él, se encuentra a una gran distancia. Pide por la Iglesia y por el Papa. Las últimas palabras de Gunnar le han dejado intrigado y preocupado. Por eso reza.

Por fin llegan a Tikal. Tras pasar el primer control del parque, aún tienen que recorrer un largo trecho hasta que el taxi les deja en la recepción de uno de los tres hoteles que hay en el interior de esa extraordinaria zona protegida. La Posada de la Selva es un precioso hotel, junto al camino mismo que se interna en el interior del parque y que conduce a las ruinas mayas. El dinero del CUR, abundante, cubre los gastos. Gunnar se presenta en recepción y obtiene la llave de la preciosa cabaña que ha reservado. Los dos amigos se dirigen a ella, cada uno con su pequeño equipaje, intentando olvidar la tensión que había estallado minutos antes. Al fin y al cabo, están de vacaciones y no es el momento de resolver los problemas del mundo.

La cabaña tiene dos camas y un solo baño. Hay aire acondicionado, aunque a veces se va la luz. No hay teléfono. Todo es tal y como anunciaba la publicidad, muy confortable y muy adaptado al entorno maravilloso que les rodea. A pocos metros de la cabaña hay una piscina que ofrece, tentadora, sus frescas aguas para relajarse del calor ambiental. Gunnar se pone enseguida el bañador e invita a su amigo a ir con él. Antonio, sin embargo, le dice que no le apetece y que prefiere dar un paseo por los jardines del hotel y tomarse algo en el bar. En realidad, tiene miedo a dejar sola, aunque sea por un instante, la USB. No puede bañarse con ella y no se atreve a dejarla en la habitación. Se separan, después de que Antonio haya tenido que aguantar las puyas de Gunnar, que le pregunta si su religión también le impide lavarse los dientes además de bañarse en las piscinas.

Antonio se dirige al bar del hotel y, al pasar por recepción, pregunta, sin convencimiento alguno, si hay servicio de Internet. El muchacho que atiende el mostrador le dedica una enorme sonrisa y le dice, muy satisfecho:

—Sí, señor. Lo tenemos instalado desde hace apenas dos semanas, por eso no lo hemos anunciado todavía en la publicidad. Es con teléfono móvil y, claro, mientras haya luz. Lo del móvil tiene sus inconvenientes, pues la cobertura va y viene. Lo de la luz es más estable. Ahora aún nos quedan tres horas antes de que apaguemos el generador. ¿Quiere usted utilizarlo? Eso sí, le advierto que es muy caro.

—Por supuesto que quiero. Ahora mismo. Y no se preocupe por lo que cueste. Solo le pido que no le diga nada a mi amigo si acaso le pregunta por este mismo servicio. Es un ejecutivo alemán que está muy estresado y le he traído aquí para que descanse un poco. Siempre está pendiente de Internet, y el médico le ha aconsejado que se desenganche durante una temporada. Por eso hemos venido aquí, porque creíamos que no había. Pero a mí me viene muy bien porque tengo que consultar unas cosas.

Afortunadamente, el móvil tiene cobertura y Antonio puede entrar rápidamente en el servidor de correo que utiliza para casos de emergencia, uno de esos gratuitos que solo necesitan introducir la clave desde la página web. Inserta la USB en el ordenador y, con celeridad, envía el contenido, como fichero adjunto, a tres direcciones electrónicas: la del sustituto de la Secretaría de Estado del Vaticano, que es su superior inmediato; la de su director espiritual, con una nota en la que le ruega que le haga llegar el adjunto, sin leerlo, al sustituto de la Secretaría de Estado, y a su propia dirección oficial de correo en el Vaticano, que solo él puede abrir. En el mensaje que manda al sustituto y a su director espiritual escribe lo siguiente: «Me siento perseguido y creo que van a matarme. Envío esto, de forma clandestina y providencial, a mi propio correo electrónico, al de mi director espiritual y al del sustituto de la Secretaría de Estado. Mis perseguidores creen que este informe no existe porque no he tenido tiempo de escribirlo, por lo que intentarán acabar conmigo, con Elisa y con monseñor Solán para que no se sepa el contenido de la visión». Después de enviados los tres mensajes, comprueba que no hay devoluciones debido a errores y, con la misma celeridad, sale de la web, entra en otra, borra las pistas y abandona el servicio. Con la mejor de las sonrisas en la cara, vuelve a la recepción y paga la cuota que el muchacho le pide, dejándole una buena propina y volviendo a recomendarle silencio para con su amigo. Después va al bar y pide una *caipirinha*. Mientras se la preparan, entra en los aseos que están próximos, se introduce en uno de ellos, cierra la puerta y deja caer la USB en la taza y luego bastante papel higiénico. Por tres veces tira de la cadena, asegurándose de que desaparece en el interior del sistema sanitario. Respira tranquilo. La información está a salvo. Sale, toma su bebida, pide que la carguen a la cuenta de la habitación y se dirige hacia la piscina en busca de Gunnar. Va pensando en que esa tarde ha dicho dos mentiras, una a Gunnar y otra al recepcionista. No le gusta nada y se siente incómodo por ello, así que le pide a Dios que le perdone y que le ayude a defender su fe ante Gunnar. Apenas ha dado unos pasos por el jardín, se encuentra con su amigo, que viene hacia él mojado y sonriente.

—¿Dónde andabas? Llegué a pensar que me habías abandonado o que mis argumentos en el taxi te habían hecho mella y estabas ligando con alguna turista norteamericana.

—Ni una cosa ni otra —le contesta Antonio, mientras le ofrece también una sonrisa—. He dado un paseo y me estoy tomando un cóctel. ¿Quieres uno? Te advierto que lo he cargado en la cuenta de la habitación, para que la nueva religión mundial gaste algo más y así tenga menos dinero para conseguir adeptos.

—Si es por dinero, te aseguro que la victoria va a ser nuestra. Pero, por favor, dejemos la polémica, al menos hasta mañana. Te acompaño al bar para que dejes el vaso vacío y luego vamos a la cabaña. Nos cambiamos y vamos a cenar al restaurante. Me muero de hambre.

Camino del bar pasan por la recepción. Antonio se da cuenta de que Gunnar se fija en los carteles que hay en el mostrador, donde se ofrecen distintas excursiones. «¿Qué miras?», le dice. Este no le contesta, sino que se dirige al recepcionista y le pregunta: «¿Tienen servicio de Internet en el hotel?». «No, señor —contesta el empleado—. Si lo tuviéramos, lo habríamos anunciado en la publicidad de nuestra página web. La cobertura para los teléfonos móviles es muy irregular, como usted mismo habrá comprobado con el suyo, y no merece la pena instalar Internet porque se cortaría la comunicación continuamente, aunque estamos trabajando en ello y quizá para su próxima visita ya se lo podremos ofrecer». «Gracias», responde Gunnar satisfecho, mientras se vuelve hacia Antonio y le dice: «Es lo malo de estos sitios tan apartados, que no puedes estar al día de las noticias mundiales. Pero, en fin, así es mejor porque tanto tú como yo nos merecemos un poco de descanso total». Luego le toma a su amigo el vaso vacío, lo deja en el mostrador de la recepción, le coge del brazo y emprende el camino hacia el jardín. Va sonriendo, ensimismado. Antonio también. Cada uno, por un motivo muy diferente.

Al día siguiente, Antonio se levanta antes que Gunnar para ir el primero al baño. Luego, mientras este se asea, saca de su bolsa de viaje un pequeño y funcional maletín con todo lo necesario para la misa. Cuando Gunnar sale del baño ya ha terminado, a pesar de lo cual el alemán alcanza a comprender lo que ha sucedido y aprovecha la ocasión para burlarse de su amigo.

—Ayer vi que tenías ese pequeño maletín en tu equipaje y no quería creer que fueses a utilizarlo. ¿Es que no puedes pasar un día sin celebrar misa? ¿Te amenazan las llamas del infierno si no lo haces?

—No se trata de que no pueda. Es que no quiero. Ni quiero ni puedo pasar un día sin comulgar. Estar con Cristo es lo mejor de mi vida y todo tiene sentido si estoy con él, mientras que todo lo pierde cuando no estoy a su lado. Estoy seguro de que tú, antes de ser un fervoroso creyente del CUR, como eres ahora, también experimentaste algo así. Pero, dime, ¿has estado husmeando en mi bolsa?

—¡Oh, no es nada! Solo quería saber si habías traído bañador, para comprarte uno, y si me habías hecho caso y habías dejado en la Nunciatura el ordenador portátil.

—¡Viva la intimidad! —dice Antonio, riendo, mientras piensa en lo bien que hizo en guardar la USB en el bolsillo y en deshacerse de ella después de haber enviado el informe.

Los dos amigos salen del hotel y se introducen en el parque. Es temprano y hay aún pocos turistas. Eso favorece el contacto con la naturaleza, pues muchos animales aún no se han retirado a la espesura en busca de la sombra. Una familia de monos aulladores les acompaña durante un trecho, saltando por las copas de los árboles. Después ven unos preciosos tucanes, aunque no logran divisar, por más que escudriñan, al mítico quetzal. Afortunadamente, tampoco al jaguar, aunque los gritos de los monos se parecían tanto, que al principio temieron estar a punto de toparse con él. Durante un largo rato avanzan en silencio, en parte, sobrecogidos por la belleza del paisaje, y en parte porque la cuesta que están subiendo les hace jadear y les quita las ganas de hablar. Siguiendo el mapa que les han dado en la entrada del parque, llegan, por fin, a uno de los conjuntos monumentales, el más llamativo: una especie de gran plaza con cuatro impresionantes templos, uno a cada lado. El lugar es tan hermoso, y están tan cansados, que deciden sentarse un rato para contemplarlo todo con calma. Lo hacen en unas escaleras de piedra, junto a unas estelas que representan distintos ídolos de la religión maya. Pronto se les acerca una numerosa familia de animalitos semejantes a las ardillas pero algo más grandes, en busca de comida. En el gigantesco árbol que hay en el centro de la plaza anida una gran bandada de pájaros multicolores, que construyen sus nidos como si fueran gruesas frutas que cuelgan de las ramas. La llegada de Antonio y Gunnar les ha puesto nerviosos y han alzado el vuelo todos a la vez, dando así un espectáculo maravilloso al visitante, como si fuera un comité folclórico de bienvenida; luego, poco a poco, regresan a sus ramas y a sus nidos.

—Esto es como el paraíso terrenal. Estoy impresionado, Gunnar. Te agradezco mucho que me hayas invitado. Es lo más bonito que he visto en mi vida.

—Sí, realmente es hermoso. Me habían hablado mucho de este sitio, pero nunca había tenido la oportunidad de venir. De alguna manera, gracias a ti, he podido hacerlo ahora.

—Esto que está aquí a nuestro lado parecen estelas con imágenes de ídolos mayas. Me imagino que las piedras redondas que hay ante ellos debían de ser los altares para las ofrendas. Parece como si aún siguieran dando culto a estos dioses, pues hay restos de ceniza y de frutas.

—Efectivamente, la religión de los antiguos mayas no ha desaparecido. Al contrario, tiene nuevo vigor e incluso hay sacerdotes católicos que han abandonado la Iglesia para retornar a la fe de sus remotos antepasados. ¿Te parece mal?

—Me sorprende. Creí que la obra evangelizadora de los españoles había sido completa. Por otro lado, no puedo entender cómo alguien que ha conocido a Jesucristo puede dejar de creer en él para dar su fe a mitos como estos.

—Como te dije ayer, en el fondo da todo lo mismo. Además, es posible que dentro de poco las hermosas catedrales católicas no sean muy distintas a lugares como este: expresiones de cultos pasados, de creencias que los contemporáneos mirarán con curiosidad pero sin sentirse atraídos por ellas, como tú miras ahora estas estelas. No tardarán en ser museos, si es que no se convierten en polideportivos, en colegios, en centros comerciales o en discotecas.

—Bueno, me parece que ya hemos empezado de nuevo la pelea dialéctica. Me alegro, porque quería responder a algunas cosas de las que me dijiste ayer. Pero antes, dime, ¿de verdad crees que el fin de la Iglesia es inminente?

—Más de lo que te imaginas. Ha llegado la hora de contarte en qué trabajo, pero antes me tienes que decir eso que te quedaste con ganas de decirme ayer. Mientras me lo dices, vamos a seguir andando. —Gunnar se levanta y Antonio le sigue. Ambos emprenden el camino, siguiendo la ruta marcada en el parque que les conduce a los demás templos. Ahora es más cómodo hablar, pues apenas hay cuestas y la sombra de los altos árboles proporciona un ambiente fresco muy agradable.

—Ayer acusabas a la Iglesia de seguir siendo inquisitorial por no permitirte pensar lo que te pareciera bien. Eso no es cierto.

—¿No lo es? ¿No es inquisición, aunque sin sangre, que a un profesor en una universidad católica le prohíban dar clases de dogmática o de moral porque no enseña la doctrina oficial? ¿No es inquisición que a un párroco no le dejen dar absoluciones colectivas a sus feligreses y le obliguen a efectuar confesiones individuales? ¿No es inquisición que un catequista que no cree en el infierno, o que no cree en la resurrección, no pueda enseñar eso a los niños? ¿Dónde está la libertad de cátedra? Antonio, reconozco que ahora no torturan a nadie, pero la Iglesia sigue siendo tan rígida como en la Edad Media a la hora de exigir fidelidad a sus planteamientos morales y doctrinales. ¿No crees que fue para mí una tortura tener que abandonar la Academia por no compartir las enseñanzas que allí se daban?

—Parece mentira que utilices esos argumentos. Eres mucho más inteligente que eso, y lo único que veo es que estás sangrando por la herida de la soberbia, que no has asimilado aún el problema que tuviste en la Academia y que lo que has hecho desde entonces no es, en el fondo, más que un acto de venganza, quizá inconsciente, por lo que te sucedió.

—Me estás acusando de soberbio en lugar de darme argumentos, de responder a mis preguntas. Si piensas que con insultos vas a convencerme, estás equivocado.

—Perdóname, pues no quiero herirte más de lo que ya estás, pero cuando te serenes me gustaría que meditaras sobre lo que te he dicho. En cuanto a tus objeciones, una cosa es pensar y otra enseñar. La Iglesia exige, con toda la razón y el derecho, pensando en el bien de los sencillos, de los que no tienen cultura religiosa suficiente, que los que enseñan lo hagan de forma que transmitan aquello en lo que cree la propia Iglesia. ¿Adónde nos llevaría esa libertad de cátedra que reclamas? ¿No crees que los primeros que sufrirían las consecuencias serían precisamente los más débiles? Cuando un católico va a misa, cuando un padre confía a un niño a la catequesis parroquial, cuando un padre manda a su hijo a un colegio de religiosos, cuando un joven entra en un seminario y empieza a estudiar Teología, tienen unos derechos que están por encima de los derechos de aquellos que van a ser sus maestros. El feligrés que va a una misa católica tiene derecho a oír una homilía católica y no a que le digan desde el púlpito cosas contrarias a la fe o a la moral como si fuera esa la doctrina de la Iglesia. El niño que va a catequesis, y el papá de ese niño que le envía allí, tienen derecho a recibir una formación católica, y ese derecho es más importante que el del catequista a enseñar lo que le parezca bien. Igual cabe decir de los alumnos de un colegio católico o de los de una Facultad de Teología. El que enseña es un representante de la institución que le envía, en este caso la Iglesia. Tiene todo el derecho a enseñar otra cosa, pero debe hacerlo en otro sitio, para no confundir a la persona que, de buena fe y sin la suficiente preparación, puede creer que lo que le están enseñando en nombre de la Iglesia coincide con lo que enseña la Iglesia.

—Lo que me estás diciendo es que el que enseña en nombre de la Iglesia solo puede enseñar lo que dice la Iglesia o, de lo contrario, tiene que irse fuera de esta.

—Te estoy diciendo que no puede engañar a la gente honrada y sencilla, pues eso es injusto. Si no es capaz de enseñar lo que enseña la Iglesia porque ha perdido la fe en ello, debe dejar de enseñar. Nadie le dice que se vaya. Solo que no enseñe, o que diga con toda claridad que lo que él dice es contrario a lo que la Iglesia dice y que explique con honestidad cuáles son los argumentos de la Iglesia y cuáles los suyos. Quizá a ti te parezca esto un proceso inquisitorial. A mí me parece el más elemental ejercicio de sentido común. Si se hiciera de otra manera, como por desgracia se ha hecho durante tantos años y se sigue haciendo aún en tantos sitios, el daño que se haría sería muy grave. En el fondo, ese es el escándalo a que se refería Jesús cuando advertía de que los culpables recibirían un trato tan duro, que más les valdría que les ataran una piedra de molino al cuello y les tiraran al mar.

En ese momento han llegado a uno de los extremos del parque donde se alza la pirámide más alta, a la que hay que subir por una empinada y larga escalera. Los dos se miran con indecisión, pero al final optan por hacer el esfuerzo, que no les defrauda. Eso sirve, en todo caso, para hacer una pausa en su discusión y darles tiempo para rearmarse con nuevos argumentos.

Cuando descienden, después de haber contemplado un panorama espectacular, Gunnar retoma el tema, pero desde otra perspectiva.

—Volvamos a la cuestión original, la de la unión de las religiones para acabar con las guerras. ¿No crees que la intransigencia católica a la hora de reivindicar estar en posesión de la plenitud de la verdad es un obstáculo para la paz y, por lo tanto, hay que acabar con ella?

—¿Acabar con la intransigencia o acabar con la Iglesia? —pregunta Antonio, sorprendido.

—En el fondo, es lo mismo.

—Sí, tienes razón, en el fondo es lo mismo, porque si la Iglesia renunciara a creer y a predicar que Cristo es el único Salvador de todos los hombres y que solo él es el camino, la verdad y la vida, entonces dejaría de existir. El día en que la Iglesia deje de creer que tiene la plenitud de la verdad será el último día de existencia de la Iglesia.

—¿Entonces, incluso tú no ves otra solución que hacer que la Iglesia desaparezca, cueste lo que cueste?

—Yo no he dicho eso. Al contrario, no veo por qué la fe de la Iglesia en la divinidad de Cristo, y la consiguiente fe en que Él es el Salvador y quien trae la plenitud de la revelación, sea un obstáculo para la paz. Te vuelvo a repetir lo que te dije: no deseamos que nadie sea obligado a la fuerza a renunciar a sus convicciones, a sus creencias. La violencia es contraria a la esencia de la religión, de cualquier religión, y por lo tanto no queremos usarla para convertir a nadie. Si en el pasado se ha hecho eso alguna vez —muy pocas veces, por cierto, y menos de lo que lo han hecho otras religiones y, sobre todo, las ideologías políticas—, nos hemos equivocado, hemos pedido perdón —cosa que solo nosotros hemos hecho—, y si hace falta lo volveremos a pedir. Yo me puedo entender perfectamente con un musulmán que cree en Alá y con un judío que cree en Yahvé, lo mismo que con un hinduista o con un budista. De hecho, tengo amigos en esas religiones. Y no por ello dejo de creer en Cristo como Salvador. El diálogo que la Iglesia lleva practicando con las otras confesiones ha dado muy buenos resultados y se ha hecho sin renunciar a las propias convicciones y sin pedir a los demás que renuncien a las suyas.

—No tienes razón —contesta Gunnar, muy irritado—. La historia está llena de guerras de religión, y la existencia de diferentes religiones es la causa principal de las guerras, tanto en el pasado como en el presente.

—Eso es falso. Te lo dije y te lo vuelvo a repetir: no se puede extrapolar la historia, no se puede juzgar el pasado con los criterios del presente. Si es cierto que ha habido muchas guerras de religión, también es verdad que las religiones han aportado muchas cosas positivas a los hombres, empezando porque hasta la palabra «cultura» viene de «culto» y tiene, pues, un origen religioso. En la práctica totalidad de los casos, los sentimientos religiosos han sido manipulados por gente interesada en provocar las guerras, que los han utilizado para enardecer a las masas y conducirlas a donde ellos querían. Y si me hablas del presente, me parece que los casos de terrorismo que tienen un componente religioso son precisamente un ejemplo claro de esa manipulación. La solución no está en suprimir las religiones, sino en purificarlas de aquellas adherencias humanas que son contrarias a sus propios orígenes espirituales. Hacerlo de otra manera sería como si para curar un dolor de cabeza a una persona lo que estuvieras recomendando es que se le aplicara la guillotina. Pero además hay otra cosa. Tú y los tuyos siempre estáis a vueltas con el pasado lejano, con lo que ocurrió en la Edad Media, pero olvidáis el pasado reciente y también lo que está sucediendo ahora. ¿No son acaso culpa vuestra, de los que no creéis en Dios, las miles de víctimas del nazismo, del comunismo o de este capitalismo salvaje que mantiene explotadas a millones de personas en el mundo? Me hablas de la Inquisición y de sus torturas. ¿No es una inquisición y una horrible tortura lo que están haciendo la mayoría de los medios de comunicación con la Iglesia? Aprovechan cualquier escándalo para generalizarlo, para acusarnos a todos de pederastas. Si no lo hay, lo inventan. Día tras día se golpea a la Iglesia con casos reales agigantados o, simplemente, con casos inventados. Lo que están haciendo tus amigos ahora no se diferencia en nada de lo que hacían los nazis o los comunistas para destruir a la Iglesia: montaban juicios con pruebas falsas contra sacerdotes inocentes solo para quitarles su buena fama y poder, después, matarlos sin que nadie lo lamentara.

—No se puede hablar contigo. Le das la vuelta a todos los argumentos. Mejor será que lo dejemos y contemplemos el paisaje. Ya nos queda poco para salir del parque.

—Como quieras, pero que conste que yo no estoy enfadado contigo y que, a pesar de que pensemos de forma tan distinta, sigo considerándote mi amigo.

—Y el que paga las cuentas.

—Porque tú me has invitado sin yo pedírtelo, pero si te crea algún problema yo pagaré lo mío y luego me pondré a dieta rigurosa sin comer helados durante varios meses.

La respuesta de Antonio tiene la virtud de relajar la tensión. Sin embargo, Gunnar está molesto. No se esperaba respuestas como las que le ha dado su amigo, aunque lo que más le duele, lo que le ha tocado en lo más profundo del alma, ha sido la acusación de soberbia. Él sabe que es verdad. Sabe que Antonio tiene razón en todo lo que ha dicho y que su propia postura no se sostiene, pero reconocerlo ahora sería volver atrás desde un punto en el que ya está metido hasta el cuello. Sería, sobre todo, jugarse la vida, como —aunque aún él no lo sabe— se la ha jugado Antonio.

Llegan al hotel cansados, sudados y hambrientos. Antes de nada, toman un pequeño refrigerio en el comedor y luego se van a duchar y a disfrutar de la piscina. Gunnar se sorprende de que, ahora sí, Antonio se bañe y, entre bromas, le pregunta si eso significa que está renunciando a la rígida disciplina vaticana. Antonio, que no puede dar explicaciones, le contesta que, por el contrario, está haciendo una obra de caridad para con él a fin de que no se aburra bañándose solo.

La tarde la pasan descansando. Cenan pronto y se retiran a la cabaña. Antonio se queda fuera, en una hamaca, disfrutando de la noche mientras reza el Rosario. A la mañana siguiente, muy temprano, les recoge el minibús del hotel que les conduce al aeropuerto. Gunnar, sin volver a protestar, ha pagado la cuenta, mientras Antonio permanecía a su lado, en silencio pero rezando para que nadie preguntara al recepcionista si había servicio de Internet en el hotel. Todo se desarrolla según lo previsto y hacia el final de la mañana el avión aterriza en el aeropuerto de La Aurora, de Guatemala. Antonio dice a su amigo que ha llegado la hora de despedirse, pues lo mejor es que él tome un taxi que le conduzca a la Nunciatura, mientras Gunnar puede tomar uno que le lleve a su hotel. Para su sorpresa, este le dice que ha reservado un coche de alquiler, con chofer, que le dejará en la Nunciatura y luego le llevará a él al hotel a recoger sus cosas, porque tiene que regresar a El Salvador y ha decidido hacerlo por carretera, ya que la combinación de avión ya no es posible hasta el día siguiente y la capital salvadoreña no está muy lejos de la guatemalteca. Antonio no protesta y sigue a su amigo hasta un coche que, efectivamente, está esperando en la puerta. Le llama la atención que tenga las lunas tintadas, como el que le condujo a entrevistarse con Elisa en el monasterio, aunque se trata de un vehículo diferente y de otro conductor.

Apenas han subido al coche, las puertas se bloquean. «Es por seguridad, porque hay muchos robos en la ciudad», dice el chofer, mientras pone en marcha el vehículo. Gunnar, sin dar tiempo a que Antonio abra la boca, empieza a hablar.

—Quiero contarte algo —le dice—. Necesito hacerlo. Necesito desahogarme y que seas precisamente tú quien lo sepa. Tómalo como una especie de confesión pues, al fin y al cabo, tú eres cura y estoy seguro de que me vas a perdonar por anticipado, dado que *a posteriori* ya no podrás hacerlo.

—Aquí me tienes. Estoy «atrapado» dentro de tu coche y no puedo hacer otra cosa más que escucharte.

—Quiero decirte algo más sobre mi trabajo en el CUR. Concretamente, sobre lo que he estado haciendo estos días en El Salvador. He estado organizando una rebelión de obispos, religiosos, clero y laicos contra el Papa. Todo está muy avanzado. Latinoamérica va a desertar en masa del catolicismo. Me refiero a las élites. El pueblo da igual. En Australia, Estados Unidos y Canadá ya hay otros que están haciendo la misma labor. Europa ya está perdida para la autoridad del Papa y África, en el fondo, no cuenta. En cuanto a Asia, la India está de nuestra parte y Filipinas no tardará en estarlo. Lo demás son Iglesias tan pequeñas, que se inclinarán hacia donde sople el viento. Ha llegado la hora de dar el golpe de gracia a la Iglesia católica. Si cae esta, las otras religiones se plegarán y entrarán en la religión universal. Incluso el islam lo hará, aunque no será inmediatamente ni en todos los sitios por igual.

Antonio se queda rígido y mudo. Ahora comprende por qué el nuncio tuvo que partir para El Salvador y por qué le previno sobre Gunnar. Agradece a Dios que haya podido enviar al Vaticano el mensaje de la vidente, pues su contenido tenía una clara relación con lo que Gunnar le está contando, aunque él en su momento no lo entendiera del todo. Como no dice nada, Gunnar, molesto, le interroga:

—¿No tienes nada que decir? ¿No quieres saber más detalles?

—¿Qué tengo yo que ver con todo esto?

—Tú, querido e ingenuo amigo, has sido una pieza clave en el asunto, sin saberlo y sin quererlo. Si yo hubiera podido, habría evitado que te vieras envuelto en este problema, pero no ha sido culpa mía sino de tu Dios, de ese Dios que dice que lo sabe todo.

—¿Está relacionado con la visión de Elisa?

—Sí. No conocemos el contenido de la visión, pero creemos que, de alguna manera, tiene datos que pueden poner al Papa sobre aviso y, si no impedir, sí al menos retrasar el éxito de nuestro plan. Afortunadamente, las tres personas que estáis al tanto de lo que la Virgen ha dicho a Elisa estáis bajo control y ya no podréis decírselo a nadie.

—Yo estoy aquí y no quiero pensar en qué vas a hacer conmigo. Pero Elisa y el arzobispo están vivos, y al menos a ella os será muy difícil encontrarla.

—Te equivocas. Los dos han sido asesinados esta misma mañana y tú, sin saberlo, has sido quien nos ha ayudado a dar con el paradero de Elisa. ¿Te acuerdas de la tarjeta que te di con mis datos? Tenía un microchip oculto en su interior y, gracias a eso, hemos podido seguir tus movimientos; primero, a esa iglesia tan bonita donde tuviste la primera reunión, y luego al convento de clausura en el campo, donde tuviste la segunda. Lástima que no llevase un micrófono para grabar el contenido de la conversación. Nos hemos quedado sin saber qué decía la famosa visión.

Antonio esconde la cabeza entre las manos, horrorizado. En ese momento, el coche para. Están en la puerta de la Nunciatura. Aunque no puede ver nada por los lados, sí por delante e identifica claramente el lugar. De repente ve que el conductor se gira y le encañona con una pistola que lleva un silenciador. Está claro lo que le espera. Se gira hacia Gunnar y le dice:

—¿Esta es tu tolerancia, esa de que tanto me hablabas? ¿Quiénes son los inquisidores, nosotros o tú y los tuyos?

—«Es justo que un hombre muera para que el pueblo se salve». ¿Recuerdas la frase? Es bíblica. La dijo Caifás antes de ordenar la muerte de Cristo. Y te voy a decir otra, que no es bíblica pero que es muy práctica: «El fin justifica los medios».

—A mí solo se me ocurre una, de Dostoievski: «Si Dios no existe, todo está permitido». El mundo sin Dios que queréis construir será inhumano, será inhabitable. El hombre será, cada vez más, un lobo para el hombre, un infierno para su prójimo. Son Hobbes y Sartre, no un sacerdote católico, quienes te lo dicen.

—Di lo que quieras. Vas a morir. Pero no pareces muy asustado…

—Es que estaba preparado. Elisa me lo advirtió, aunque no me contó los detalles. También me dijo que a ella le ocurriría lo mismo, y al arzobispo. No solo eso, me dijo que mi madre me está esperando. Poder darle un abrazo dentro de un rato, allá en el cielo, es algo que, por desgracia, tú no podrás hacer con la tuya. ¿Lo has pensado?

Gunnar se estremece y la cara se le crispa con un rictus de odio. De nuevo Antonio le ha golpeado en lo más sensible. Sin embargo, se repone inmediatamente y saca del bolsillo de la chaqueta un frasco con ginebra. Se lo ofrece a Antonio.

—¿No quieres beber un último trago antes de partir para esa otra vida en la que crees?

—¿Para qué? ¿Para que podáis decir que he sido asesinado por estar borracho y podáis construir una historia que me deshonre? Además de matarme, necesitáis destruir mi honor, ¿verdad? Tenéis que acabar incluso con el prestigio de vuestras víctimas. Lo siento, no te lo voy a poner tan fácil. Cuando hagan la autopsia, no encontrarán una gota de alcohol en mí.

—Pobre ingenuo, ¿crees que no podemos manipular el informe de una autopsia? Somos los amos del mundo. Lo podemos todo y no vamos a parar ante nada.

—Bueno, al menos solo me acusarán de borracho. Peor hubiera sido que lo hicieran de homosexual. Solo le faltaba eso a la Iglesia.

—Eso también, querido Antonio. No olvides que vienes de estar con un hombre en una romántica cabaña en la selva. ¿O crees que te invité a Tikal solo para que descansaras? Había que preparar las pruebas circunstanciales para que, si no aceptabas unirte a nosotros, tu descrédito fuera total. Yo sé que no hemos hecho nada malo, pero, como comprenderás, no voy a testificar a tu favor.

Dicho esto, deja caer el contenido del frasco sobre la ropa de Antonio y luego sale del coche. Afuera hay otro, al que se sube y que arranca a toda velocidad. Todo sucede tan rápidamente, que Gunnar no puede oír las últimas palabras de Antonio: «Yo te perdono, en el nombre del Padre, del Hijo y del…». No puede acabar la frase. Un certero disparo a bocajarro le ha partido la cabeza. El chofer sale y abre la puerta del coche, dejando caer el cadáver en la acera, ante la Nunciatura. Luego cierra y arranca rápidamente. Los testigos solo pueden ver un cadáver; debe de tratarse de uno más de las decenas de asesinatos que tienen lugar en su ciudad. Cuando se acercan, ven que está muerto y que huele a alcohol. La monja de la Nunciatura se asoma a la puerta y reconoce el cadáver. Cuando llega la policía, lo identifica. «Es un monseñor del Vaticano que estaba de turismo. Lástima que el señor nuncio no esté en casa, aunque ya está de camino, después de lo que le ha sucedido al señor arzobispo esta mañana», dice a la policía. Sí, comprende que se lo tienen que llevar para hacerle la autopsia. Cuánto siente lo que le ha sucedido a ese monseñor tan simpático. Y qué pena que huela a alcohol. ¿Dónde habrá estado? ¿Qué dirán mañana los periódicos? ¡Otro nuevo escándalo contra la Iglesia!

2.—TORMENTA EN EL VATICANO

Es de noche. En el *terzo piano* de los palacios apostólicos, en la zona privada del Sumo Pontífice, se celebra una reunión de urgencia. Participan cinco personas. Además del Santo Padre, está el cardenal secretario de Estado, los cardenales que presiden las Congregaciones de Doctrina de la Fe y Obispos y el sustituto de la Secretaría de Estado. Todos están sentados en torno a la mesa de trabajo del Papa, que ocupa su lugar habitual tras el escritorio. Han pasado pocas horas desde el asesinato de monseñor Di Carlo, aunque por la diferencia horaria entre Guatemala e Italia, mientras en el país hispano es aún de día, en Roma ya está avanzada la noche.

—Les he hecho llamar —comienza diciendo el Pontífice— para consultarles sobre los pasos a dar en este momento crítico para la Iglesia. Por supuesto que hay otros cardenales en el Vaticano y en el mundo de la máxima confianza, pero no he querido convocar una reunión con mucha gente para evitar cualquier riesgo de filtración. Por lo tanto, lo primero que quiero decirles es que nada de lo que se hable aquí esta noche debe ser comunicado a nadie, absolutamente a nadie. Ni siquiera a las personas que cada uno de ustedes considere de una total confianza, por muy seguros que estén de ellas. No solo su vida correrá peligro, sino que pondrán en peligro la vida de su confidente, la de todos los demás que estamos aquí, la de muchos otros y la suerte misma de la Iglesia. Les exijo un juramento solemne.

—Juramos —contestan todos al unísono.

—Ahora —sigue diciendo el Papa— tiene la palabra monseñor Ramírez. Por favor, háganos un resumen de lo sucedido en los últimos días y, sobre todo, en las últimas horas. Doy por sentado que todos ustedes saben lo esencial acerca de la aparición de Nuestra Señora a una joven, Elisa, en Guatemala, así como de lo que a ella, al arzobispo de esa ciudad y a nuestro enviado allí, monseñor Antonio di Carlo, les ha ocurrido.

—Santo Padre, con permiso —comienza diciendo el sustituto de la Secretaría de Estado—. Ayer por la mañana, al consultar mi correo electrónico me encontré con un mensaje de monseñor Di Carlo. Lo envió la noche anterior desde Guatemala, pero por la diferencia horaria, llegó de madrugada y yo no lo vi hasta ayer, aunque no lo leí, pues estaba muy ocupado e imaginé que era sobre el asunto por el que le habíamos mandado a Guatemala; pensé leerlo con calma más adelante, cuando tuviera un poco más de tiempo. Esta tarde, hace unas horas, lo mismo que les habrá pasado a ustedes, me he enterado por la televisión de que monseñor Di Carlo ha sido arrojado hoy, sobre las doce del mediodía, hora de Guatemala, de un coche ante la puerta de la Nunciatura en ese país, con un tiro en la cabeza. Su ropa olía a alcohol. Los informativos dicen que acababa de regresar de un viaje de dos días a las ruinas mayas de Tikal, donde había estado con un hombre, compartiendo una cabaña en un hotel de lujo situado en plena selva. Dan por descontado que se trata de una venganza pasional, de naturaleza homosexual. Algunos, la mayoría, unen este crimen a otros que han ocurrido también hoy en Guatemala: el del arzobispo, monseñor Solán, que fue asesinado junto a su chofer por una bomba-lapa colocada en los bajos del mismo; y el de una comunidad entera de monjas de clausura, diecinueve en total, más la vidente, Elisa, que se encontraba refugiada con ellas. Otro dato a tener en cuenta es que la Nunciatura ha denunciado a la Policía el allanamiento de sus dependencias; un allanamiento que se ha centrado, exclusivamente, en la habitación que ocupaba monseñor Di Carlo, de cuyas pertenencias han sustraído solo una cosa: el ordenador personal. Todos los medios de comunicación del mundo se hacen eco de lo ocurrido, destacan el papel de la vidente como pieza central en este caso, aunque la mayoría aprovecha para ensuciar el nombre de monseñor Di Carlo y, con él, el prestigio de la Iglesia. Casi todos ponen en duda la autenticidad del robo en la Nunciatura y dicen que es una denuncia falsa puesta por la Iglesia para distraer la atención sobre la supuesta homosexualidad de Di Carlo. Todos especulan sobre la naturaleza de la revelación recibida por Elisa y son muchos los que afirman que quien está detrás de los asesinatos es el propio Vaticano, que no estaría interesado en que se supiera el contenido de esa revelación, porque iría en contra de sus intereses hegemónicos sobre las iglesias diocesanas. Incluso hay varios que dicen haber recibido filtraciones sobre el contenido de la revelación, atreviéndose a entrecomillar frases como estas, supuestamente dichas por la Virgen: «El Papa debe dimitir y dejar que la Iglesia sea gobernada por un consejo de cardenales y obispos», «la Iglesia debe sumarse a los esfuerzos que está haciendo la ONU para unir todas las religiones en la lucha por la paz», «es un error que disgusta a mi Hijo afirmar que él es el que posee la verdad plena, pues siendo hombre eso no era posible y estaba condicionado por la cultura de su época, por lo que todas sus enseñanzas deben ser revisadas según las exigencias de los tiempos».

—¡Qué barbaridad! —exclama el cardenal Astley, prefecto de la Congregación para la Doctrina de la Fe—. Es todo absurdo. No resiste la más elemental crítica, tanto el contenido de las supuestas revelaciones como que se nos acuse de estar detrás de todos esos asesinatos.

—A estas alturas, es lo que están pregonando la práctica totalidad de los medios de comunicación del mundo y me imagino que es lo que la inmensa mayoría de la gente está asumiendo como verdadero —dice el Papa—. Pero, por favor, dejemos a monseñor Ramírez que continúe con su exposición.

—El nuncio en Guatemala no se encontraba en la ciudad cuando ocurrieron los hechos, tanto el asesinato del arzobispo y de Elisa, como el de monseñor Di Carlo. Quizá por eso se salvó. Estaba en la vecina república de El Salvador, para controlar de cerca una reunión secreta convocada por el CUR y a la que asistían delegados del clero y de los religiosos de todos los países de Latinoamérica, así como algunos obispos o sus representantes. No estaba presente ningún cardenal, pero tenemos noticias de que alguno habría prometido su apoyo. Esta reunión tenía como objetivo dar los últimos toques a un programa general y simultáneo de levantamiento contra el Vaticano. Al saber lo que le había pasado al arzobispo Solán, el nuncio, monseñor Quercini, regresó a Guatemala, a donde llegó poco después del asesinato de Di Carlo. Enseguida se puso en contacto con nosotros. Ha conseguido que un grupo de médicos forenses de su confianza hagan una segunda autopsia al cadáver de monseñor Di Carlo; de la primera ya tenemos los datos, porque lo están contando todas las televisiones: tenía un alto grado de alcohol en la sangre y había consumido drogas; mañana aparecerá en la prensa mundial.

—Estoy seguro de que es mentira —dice el secretario de Estado, monseñor Ferro—. Conocía personalmente a ese hombre y era de una virtud intachable.

—Probablemente —sigue diciendo Ramírez—, la segunda autopsia contradecirá totalmente a la primera, pero eso ya dará igual, pues ningún medio de comunicación, o casi ninguno, se hará eco de ella. Y, si lo hacen, dirán que ha sido hecha por médicos a sueldo de la Nunciatura, por lo que no tiene ningún valor. Aunque se hicieran veinte autopsias seguidas, la calumnia ya está sembrada y dando frutos. Pero, a estas alturas, incluso eso es secundario.

—No nos ha dicho nada aún sobre el contenido del mensaje de monseñor Di Carlo que recibió ayer —interviene, por primera vez, el prefecto de la Congregación de Obispos, cardenal Hue—. Supongo que ahí estará la clave de todo este embrollo.

—Lo primero que quiero decir sobre esto es que me duele enormemente no haberlo leído enseguida. Lo he hecho hoy, después de enterarme de la muerte de monseñor Solán y poco antes de saber que el propio Di Carlo había sido asesinado. He informado inmediatamente al secretario de Estado, aquí presente, y él a Su Santidad. En el mensaje, monseñor Di Carlo decía que estaba en peligro de muerte y que sus perseguidores creían que no había hecho el informe. Tuvo tiempo de enviarlo, él dice que de forma providencial, a tres personas: a mí, a su director espiritual y a él mismo. Como yo tenía su clave personal, por expreso deseo de él, he accedido a su correo electrónico y he podido comprobar que es cierto. Además, esta tarde ha venido a verme su director espiritual, el padre salesiano Zenetti, que me ha entregado el mensaje que ha recibido con el adjunto y me ha jurado que no lo ha abierto y que lo ha borrado de su ordenador; estaba muy triste, porque, aunque ayer había leído el mensaje y había intentado ponerse en contacto conmigo, no lo había conseguido. Solo hoy, después de saberse la noticia de su muerte, ha logrado, a base de insistir, que le dejaran pasar para verme personalmente. Me ha dicho que le consolaba saber que era inocente de las cosas horrorosas de que le acusaban. Con el permiso de Su Eminencia el secretario de Estado, le he ordenado que dejara inmediatamente el convento y que avisara a su superior de que iba a pasar una larga temporada de vacaciones en un lugar desconocido. He extendido una carta para solicitar personalmente el permiso, pues teníamos miedo de que, si se llegara a saber que ha recibido el informe, tanto él como los miembros de la comunidad donde estuviere fueran asesinados. Por lo tanto, estamos ante un hecho que nos da una ligera ventaja sobre nuestros enemigos. Estos han intentado por todos los medios que el contenido de la visión no llegara al Santo Padre, de lo cual hay que deducir que le dan una gran importancia, aunque ignoren de qué se trata, al menos de momento. Tampoco saben que Di Carlo consiguió cumplir su cometido. Tenemos que aprovechar bien esta ventaja, que puede ser decisiva.

—Ahora —interviene el Papa— cuéntenos, monseñor Ramírez, el contenido de la visión. Eminencias, por favor, acojamos este mensaje de la Virgen de pie.

Todos se levantan, menos el cardenal Hue, que se pone de rodillas, a pesar de lo avanzado de su edad. El sustituto comienza a leer el texto enviado por Di Carlo.

—Estoy convencido de la autenticidad de la visión y no me puedo extender en detalles sobre el porqué de mi certeza, debido a la premura con que escribo. Elisa vio una sola vez a la Virgen María, en su tienda de Cobán (Guatemala). Fue el 20 de enero de este año, a las doce cuarenta y cinco horas. Estaba sola. Nadie más que ella escuchó el mensaje. La Virgen le dijo lo siguiente: «El Santo Padre está en peligro. Ha llegado la hora de la prueba definitiva. El Anticristo va a actuar. Hacen falta mucha oración y penitencia. Muchos inocentes van a morir martirizados. Habrá una gran apostasía, pero muchos permanecerán fieles. No tenéis que temer, porque la fe verdadera triunfará y se producirá una gran conversión de judíos, musulmanes y de miembros de otras religiones. El Papa tiene que escribir una encíclica sobre el amor a Dios, sobre la acción de gracias, sobre la necesidad de volver a la pureza de la primitiva Iglesia, que estaba basada en el amor y no en el temor o en el interés. La Iglesia tiene que reorganizarse en pequeñas comunidades, como era en el principio, y para ello va a ser útil la etapa de clandestinidad a que se va a enfrentar». Esto es lo que contenía, en esencia, el informe que, en la primera entrevista, me entregó monseñor Solán, supervisado por Elisa, y que le he devuelto en la segunda entrevista y ha destruido en mi presencia. En esta ocasión, Elisa agregó una segunda parte al mensaje: «Cuando el Papa tenga que partir, debe ir a una tierra de sol y de piedra; la piedra esconderá a Pedro bajo su sombra. Los enemigos se le volverán amigos y los amigos, enemigos».

—¡Increíble! ¡Extraordinario! —dice el cardenal Astley.

—Por favor, señores, pueden sentarse de nuevo —interviene el Papa, dando ejemplo—. Dejemos a monseñor Ramírez que termine, y luego me gustaría escucharles a los tres.

—Ya me queda poco. En realidad, solo un resumen de lo dicho. Según monseñor Di Carlo, que ha dado la vida por ello, la visión es auténtica. Se trata de una visión claramente apocalíptica y, según parece, definitiva. Se acerca una gran persecución, pero la Iglesia saldrá triunfante e incluso se producirán conversiones masivas de miembros de otras religiones. El Papa debe huir de Roma y pasar a la clandestinidad, escondiéndose en un lugar donde aparentemente solo hay enemigos y que está marcado por el signo del sol y la piedra. Debe también publicar una encíclica sobre el amor a Dios e intentar que la Iglesia vuelva a su pureza primitiva. Por último, debo añadir un dato. El hombre con el que Di Carlo compartió cabaña en Tikal, que no cama, era un amigo suyo, de la época de la Academia, Gunnar Eklund. Fue expulsado de la misma y guarda, desde entonces, un intenso odio a la Iglesia. Es el hombre que ha organizado para el CUR el «levantamiento» de Latinoamérica. Por lo tanto, el CUR y su programa de unión de todas las religiones mundiales bajo el control de las Naciones Unidas están detrás. Ese es el rostro del Anticristo. Creo que esto es todo. En cuanto al mensaje recibido por triplicado, ha sido borrado de los respectivos ordenadores y está aquí, en esta memoria USB, que le entrego a usted, Santo Padre, para que la custodie. Es la única copia que existe.

El Papa la recibe con reverencia y la guarda en un bolsillo de su pantalón, sin atreverse a dejarla, al menos de momento, en ningún otro lugar.

—Santidad, pido permiso para ser el primero en hablar, por el cariño que sentía hacia Di Carlo y porque era mi subalterno directo —dice el secretario de Estado, cardenal Ferro—. Creo que debemos publicar una nota haciendo público, cuando lo tengamos, el informe de la autopsia encargada por el nuncio en Guatemala y también rechazando por incongruentes las palabras atribuidas a la Virgen, tal y como han sido publicadas en algunos medios de comunicación. Así mismo, debemos rechazar tajantemente, y calificar de injuriosas, las acusaciones que nos hacen responsables de la muerte de la vidente, de las monjas y del arzobispo. Si la autopsia es como prevemos, tenemos el deber moral de defender el honor de Di Carlo, que debe ser considerado un auténtico mártir, y así debemos decirlo. En cambio, no debemos hacer saber que consiguió mandar el informe y que sabemos cuál es su contenido. Esta es nuestra baza principal. Tampoco podemos mentir, así que debemos decir que estamos intentando averiguar el contenido y el alcance de la revelación recibida por Elisa, que consideramos verdadera a juzgar por el empeño que han puesto los enemigos de la Iglesia en destruirla. Al menos, de este modo, los fieles tendrán nuestra versión de los hechos y no permanecerán desconcertados, como están en este momento.

—Estoy completamente de acuerdo —dice el Papa—. Usted elaborará la nota y le dará la mayor publicidad posible, en cuanto tengamos el contenido de la autopsia. Estoy seguro de que nuestros enemigos cuentan con ello y tendrán una contramaniobra preparada, pero nosotros debemos hacer nuestra parte sin tener miedo. ¿Necesitará usted la copia del mensaje de Di Carlo, que me ha dado monseñor Ramírez, para escribir la nota?

—No —dice monseñor Ferro—. Aunque no tengo ninguna copia, nuestro querido sustituto me la había mostrado ya y la sé prácticamente de memoria.

—Tenemos que pensar también —interviene el cardenal Hue— en organizarnos para la clandestinidad. Yo, como prefecto de Obispos, tengo ya elaborada desde hace tiempo una lista con los prelados que son totalmente de fiar, con los que podrían flaquear en caso de persecución y con los que, de antemano, están ya en la otra parte. También, y le pido perdón por ello a Su Santidad, he hecho lo mismo con los cardenales.

—¡Vaya! —afirma el Papa—. Eso es eficacia. ¿Y cómo están las cosas?

—Bastante bien, gracias a Dios. Aquí, en la Curia vaticana, la fidelidad es casi unánime, a excepción del cardenal Schmidt y algunos amigos suyos de rango inferior. Fuera de aquí, entre los cardenales es abrumadoramente mayoritaria, aunque esa mayoría disminuye entre los obispos, pero aun así es más que suficiente. Cabe suponer que, ante los ataques mediáticos y quizá políticos que nos aguardan, algunos más flaquearán, pero tengo la certeza de que la Iglesia está muy bien preparada, en lo que a su alta jerarquía concierne, para soportar la persecución de una forma ejemplar. El trabajo de sus predecesores, Santo Padre, desde el Vaticano II para acá, y el suyo propio, en cuanto al nombramiento de obispos y cardenales ha dado el resultado apetecido. Dividir por arriba a la Iglesia va a ser muy difícil.

—También lo va a ser dividirla por abajo —dice el prefecto de Doctrina de la Fe, Astley—. Hay millones de laicos que están muy bien preparados, después de tanto bregar contra las sectas y contra los errores de curas y teólogos difundidos por los medios de comunicación. Sin embargo, otros muchos, quizá la mayoría, se dejarán arrastrar por la apostasía.

—¿La mayoría de los católicos practicantes? —pregunta el Papa.

—No, Santidad. Me refería a la mayoría de los bautizados. Casi todos los católicos practicantes van a permanecer fieles. Los escándalos de los sacerdotes homosexuales de Estados Unidos tuvieron un efecto positivo: los que van a misa desconfían de los ataques a la Iglesia en los medios de comunicación, pues ya saben que la mayor parte de ellos son falsos o están agigantados dema-gógicamente.

—¿Y el clero?

—Ahí es donde está la parte mayor del problema —responde Hue—. Mi amigo el cardenal Sánchez, prefecto de la Congregación del Clero, considera que estamos en tablas, perdiendo de mucho en algunos países, ganando en otros y empatados en el resto.

—Ya tenemos entonces —dice el Papa— dibujado el panorama, por lo que a nuestras fuerzas se refiere. Nos falta saber qué hará nuestro enemigo y qué tendríamos que hacer nosotros.

—Nos falta saber quién es exactamente nuestro enemigo —interviene monseñor Ramírez—. Es evidente que Gunnar Eklund no es más que un peón. Su trabajo en Latinoamérica solo es una parte, por más que muy importante, de la rebelión que se está preparando por doquier. Tenemos datos de que Estados Unidos y Canadá están ya a punto, lo mismo que Europa y Oceanía. En la India también está todo listo. En África, en cambio, van mucho más lentos.

—¿Quién cree usted que está al frente del CUR? —pregunta el Santo Padre.

—Esa institución, aunque oficiosamente depende de la Unesco, en rea-lidad funciona de manera autónoma, apadrinada directamente por la ONU —contesta Ramírez.

—¿Está detrás el secretario general de la ONU, entonces? —pregunta el prefecto de Doctrina de la Fe.

—Sin duda que está informado de todo, pero él no es más que otro hom-bre de paja. En realidad, no sabemos quién está detrás. No sabemos, incluso, si es una persona —sigue diciendo Ramírez.

—¿Quiere decir que puede ser el demonio? —vuelve a preguntar el car-denal Astley.

—¡Por supuesto que él está detrás de todo! —contesta Ramírez—. Pero no me refería a él, sino a que quizá estemos ante una institución, un club formado por las personas más poderosas del mundo, que mueve los hilos con una gran discreción.

—¿El club Bilderberg, la masonería…? —sigue preguntando Astley.

—O quizá ninguno de ellos, ninguno tan conocido que podamos identi-ficarlo con facilidad. Es posible que la institución o persona a que me refiero sea tan poderosa que tenga controlados a esos y a otros grupos. En realidad, creo que es el Anticristo, sin que eso signifique que sea una personificación del demonio, como si este se hubiera encarnado en alguien concreto.

—¿Qué quiere decir? —interroga el Papa.

—Si se han fijado ustedes, no solo por la revelación hecha a Elisa, sino por lo que ya sabemos de la actuación del CUR en estos últimos meses, el ataque no va dirigido contra las religiones, sino solo contra el cristianismo. Incluso me atrevo a decir que ni siquiera es el cristianismo como tal el que le preocupa, sino la figura concreta de Cristo. A veces se ha pensado que la labor del Anticristo sería antirreligiosa. No creo que sea así. Más bien pienso que será específicamente anticristiana y, más concretamente, dirigida a separar a los fieles de la persona misma de Cristo, hacerles dudar de él o, al menos, suprimir la relación de afecto personal para reducirla a una fría adhesión intelectual.

—Tiene usted razón, monseñor Ramírez —dice el prefecto de Doctrina de la Fe—. Y es posible que esa sea la baza principal que quiera jugar nuestro adversario, sea quien sea: separarnos no solo de un mundo mayoritariamente secularizado —del cual ya estamos separados—, sino del conjunto de los creyentes, aunando a todos contra nosotros, mostrándonos a los ojos de la humanidad como unos intransigentes que son culpables de todos los males que acaecen en el mundo.

—Muchos les creerán de buena fe —dice Ramírez—, pero dudo que otros líderes religiosos les sigan el juego. Es muy evidente que buscan dividir para vencer, aunque la táctica que empleen sea precisamente la de decir que actúan en nombre de la unidad. Veremos quién gana la batalla.

—Nosotros, naturalmente —afirma, convencido, Hue—. No podemos tener la menor duda sobre eso. La aparición de la Virgen lo confirma. No olviden otras apariciones semejantes de Nuestra Señora o de Jesucristo. Aparte de darnos algunas claves sobre cómo debemos afrontar el problema, creo que lo esencial que la Virgen quiere transmitirnos es un mensaje de esperanza. Y la esperanza va a ser lo que más vamos a necesitar en los tiempos que se avecinan.

—No soy un experto en apariciones —dice el secretario de Estado—. ¿A qué se refiere, Eminencia?

—Pienso en casos como el de Fátima, en el que la Virgen advierte de lo que va a suceder para que, cuando pase, los creyentes sepan que eso está previsto por Dios y no desesperen. Pienso también en las apariciones a sor Faustina en Polonia, en las que el propio Cristo se le manifestó como la Divina Misericordia; tuvieron lugar poco antes de comenzar la Segunda Guerra Mundial y yo creo que el principal objetivo era convencer a los polacos, que fueron las principales víctimas del conflicto, de que todo lo que les iba a pasar entraba en los planes de Dios; si hubieran perdido esa fe, esa esperanza, se habrían derrumbado y jamás habría sido vencido el comunismo. Cuando uno sufre, y sobre todo cuando sufre mucho, el verdadero peligro no es el sufrimiento en sí, sino creer que ese sufrimiento es inútil y que Dios se ha olvidado de ti. En cambio, si contra toda lógica y contra toda esperanza humana, se mantiene la fe y se sigue creyendo en el amor de Dios, el corazón permanece firme y ese corazón bombea la suficiente sangre como para resistir las mayores calamidades y terminar venciendo. El que resiste, gana.

—Creo que voy a proponerle al Santo Padre que sea usted el próximo prefecto de Doctrina de la Fe, Eminencia, a pesar de su edad —exclama el cardenal Astley, admirado—. Deduzco que usted habla por experiencia. ¿Ha sufrido usted mucho?

—No es el momento de entrar en detalles sobre la propia vida —responde Hue—. Usted sabe que soy chino y les aseguro que mi historia es una prueba de cómo la fe es capaz de mantener intacto un corazón aun cuando a su alrededor se produzcan los más terribles horrores. Yo he visto asesinar a mis padres y a mis hermanos. Solo Dios, solo la fe en el amor de Dios y en el amor de la Virgen, impidió que el odio envenenara mi sangre y acabara conmigo. Por cierto, en China, en Vietnam, en Laos, en Camboya, la fidelidad al Papa está asegurada ampliamente, pase lo que pase. Esa es una de las ventajas de estar acostumbrados a sufrir persecuciones y a no creer en lo que dicen los medios de comunicación contra la Iglesia.

—Nos hemos ido un poco lejos y el tiempo apremia —dice el Papa—. El sustituto de la Secretaría de Estado tiene razón, pero aún siguen sin contestar las preguntas que he hecho antes. ¿Qué pasos dará nuestro enemigo, sea quien sea, y qué tenemos que hacer nosotros?

—Santo Padre —es el cardenal Ferro quien habla—, creo que intentará desacreditarnos, volviendo contra nosotros lo que ha sucedido y también la explicación que demos. Pero si no damos ninguna, también lo volverá contra nosotros. En cuanto a lo que tenemos que hacer es prepararnos para pasar a la clandestinidad, como ha dicho la Virgen.

—¿Significa eso que debo abandonar Roma?

—No inmediatamente —sigue diciendo el secretario de Estado—, pero hay que estar preparado para ello. Tenemos que organizarlo todo de forma que, cuando llegue el momento, esté a punto y podamos pasar inmediatamente a una situación que nos brinde seguridad a la par que el mantenimiento de la comunicación con los fieles.

—No estamos preparados para eso —objeta Astley—. Llevaría años hacerlo y creo que sería fácilmente detectable por el enemigo.

—Vivimos en la era de la informática, del control de todo mediante satélites, pero hay algo que no pueden controlar: los corazones. Si logramos que los fieles se mantengan unidos a sus sacerdotes, estos a sus obispos y los obispos y cardenales al Papa, no podrán derrotarnos —dice el cardenal Ferro.

—Sí, eso es muy bonito, y muy cierto. Pero ¿cómo lograrlo? —vuelve a preguntar Astley.

—Cuando era niño, en mi Colombia natal, a veces salía a cazar con mi padre. Cuanto más obstáculos había en el terreno, más difícil era alcanzar a las presas, porque estas podían esconderse con facilidad —responde Ramírez.

—Nosotros, en China, aprendimos a llevar una vida católica clandestina, aunque a veces apresaban a alguno de los nuestros —afirma el cardenal Hue.

—Sí —vuelve a insistir Astley—, pero desde entonces hasta acá ha pasado mucho tiempo, y además —dice mirando a Ramírez—, nosotros no somos conejos. Por otro lado, no solo se trata de esconderse, sino de seguir gobernando la Iglesia, de establecer unas redes que permitan llevar una vida cristiana en la clandestinidad. No va a ser, en absoluto, fácil.

—Tiene razón Su Eminencia el cardenal Astley. Tampoco creo que debamos prolongar esta reunión por más tiempo. Vayan pensando en una solución y, sobre todo, oremos y hagamos penitencia, que es lo que la Virgen ha pedido.

—Santidad —interviene el cardenal Ferro—, antes de terminar quisiera hacer una sugerencia.

—¡Adelante!

—Creo que habría que convocar a los jefes de dicasterio de la Curia. Saben que estamos reunidos esta noche y saben cuál es el tema. El escándalo de las muertes en Guatemala no ha pasado desapercibido. Tendremos que dar un comunicado mañana, en cuanto sepamos algo de la autopsia que le están haciendo a Di Carlo. No es justo que a ellos no les digamos nada antes. Les molestará y no debemos ser nosotros los que introduzcamos tensiones en el equipo de gobierno de la Iglesia en este momento.

—Tiene razón, Eminencia —responde el Papa—. Mañana temprano convoque una reunión de los máximos responsables de los dicasterios vaticanos en la sala Pío-Clementina. Hágalo saber también a los medios de comunicación. Si tuviéramos algún dato nuevo de Guatemala, hágamelo saber inmediatamente, sea la hora que sea. Voy a pasar la noche en mi capilla, rezando.

—Le ruego que me disculpe, Santo Padre —es el cardenal Hue quien habla ahora—. Pero no creo que sea una buena idea que usted pase la noche en vela. Usted es Pedro, es la roca sobre la que todo peso recae. Usted es el principal protagonista de esta historia en este momento y si usted cae, será muy difícil no ser derrotados. Por eso, haga caso a este anciano cardenal que sabe mucho de persecuciones. Vaya a rezar un rato y luego intente descansar. Yo velaré por usted. Y les ruego a los demás que intenten también descansar. Con uno que se sacrifique, basta. Yo puedo hacer ya muy poco, así que les ruego que me dejen hacer eso.

El Papa se pone de pie y todos le imitan. Tras una breve oración, todos abandonan, en silencio, la habitación. El Santo Padre se dirige a su capilla y los demás a sus respectivos apartamentos, dentro del complejo de la Ciudad del Vaticano. El cardenal Ferro y monseñor Ramírez, sin embargo, no se separan cuando les llega el momento de hacerlo. El secretario de Estado le pide a su sustituto que le acompañe a su apartamento. Este, como el del Papa y el de algunos otros altos cargos de la curia, incluidos sus despachos, están a prueba de espionaje, pero no así los jardines vaticanos y la mayoría de los despachos. Una vez dentro de su casa, el cardenal Ferro se sienta en su sillón e invita a su subalterno a que haga lo mismo. Le ofrece un *limoncello,* que este acepta, aunque hubiera preferido algo más fuerte.

—Estoy muy preocupado —comienza diciendo Ferro—. La situación es realmente grave y creo que las palabras que la Virgen transmitió a Elisa no eran exageradas cuando decía que podíamos estar ante la prueba definitiva. Pero dígame, con sinceridad, ¿cómo ve la situación?

—En Europa occidental las cosas están mal. Polonia permanecerá fiel, Italia, Irlanda y parte de la antigua España también, aunque menos. Igual sucederá en Croacia y en otras pequeñas naciones. De Alemania se salvará Baviera y poco más. El resto, ya estaba mayoritariamente perdido antes de que esto sucediera. En Estados Unidos la situación va a ser difícil, aunque peor aún será en Canadá.

—En Hispanoamérica va a estar la clave, pues no en vano allí residen más de la mitad de los católicos del mundo.

—Por eso enviaron a Gunnar Eklund a El Salvador, porque querían asegurarse de que él, que es un hombre que conoce bien la Iglesia, estuviera al frente de la principal operación. Además, también fue a él a quien encargaron que diera la «solución final» a la vidente y al pobre Di Carlo.

—Lo que no entiendo es por qué la reunión del CUR se celebró en El Salvador. Es verdad que allí tienen una larga tradición liberacionista y de hostilidad a Roma, pero mucho más apoyo habrían encontrado en lugares como Brasil, por ejemplo.

—¿No se ha percatado del nombre del país donde se ha efectuado el encuentro? Si el objetivo es separar a los cristianos de Cristo, si —como pienso— es el Anticristo quien está detrás, el golpe solo puede organizarse desde el único país del mundo que lleva el nombre del Señor con el título que mejor indica su misión. En El Salvador, no lo olvide, estuvo durante unos años uno de los focos principales de la «inteligencia» liberacionista: en la UCA, la universidad de los jesuitas. Aquello, afortunadamente, pasó y esa universidad no es hoy un foco de subversión como lo fue, en parte, hace tiempo. Pero aún queda mucho en ese país de lo que entonces se sembró.

El fax privado del secretario de Estado se pone a funcionar en ese momento. Este lo oye, se levanta rápidamente para ir a su despacho, y toma en sus manos un folio que tiene escrita esta frase: «Su amigo tiene algo que decirle».

—¿De qué se trata? —pregunta Ramírez, que ha ido tras él.

—Es un mensaje de monseñor Quercini, el nuncio en Guatemala. Es mi amigo desde hace años. Debe de tener ya el informe, pero no se atreve a enviármelo por fax. Veremos si me ha mandado algo por correo electrónico. Él tiene mi dirección privada.

Sentado a su mesa, abre el correo electrónico y allí, entre otros, está uno procedente de la Nunciatura de Guatemala. Ferro lo abre inmediatamente y lee: «En los viejos buenos tiempos, cuando éramos jóvenes, no usábamos esto, sino otra cosa. Allí le espera una grata sorpresa».

Tras un momento de pausa para pensar a qué puede referirse su amigo, el secretario de Estado abre una página web de uno de los servidores gratuitos más conocidos y usados. «Le ruego que se gire», le dice a Ramírez, que mira por encima de su hombro todo lo que está pasando en la pantalla de su ordenador. Este lo hace y entonces Ferro introduce su clave secreta y accede a su correo privado. Allí, efectivamente, está otro mensaje procedente de Quercini, pero en esta ocasión no ha sido mandado desde el correo oficial de la Nunciatura, sino desde otro de los muchos servidores que ofrecen una dirección gratuita. Lo abre, lo lee, lo imprime y, tras recogerlo, se vuelve hacia su subalterno que, mientras tanto, se había alejado unos pasos para respetar la intimidad de su superior.

—¡Al fin una buena noticia! —dice, mientras le extiende el breve informe que le ha enviado el nuncio en Guatemala.

—¡Gracias a Dios! —responde Ramírez, tomándolo y leyéndolo en silencio, con avidez.

—Me parece que esta noche no va a ser solo el cardenal Hue quien la pase en vela. A la vista de estos datos tenemos que organizarnos inmediatamente, usted y yo. Vamos a intentar dejar descansar al Santo Padre, al menos hasta las seis de la mañana. A esa hora, yo iré a su apartamento con el resultado de nuestro trabajo. Nada de conversaciones telefónicas entre usted y yo, ni de textos escritos, que hablen explícitamente del contenido de nuestros planes. Solo nos diremos lo que haya sobre este asunto en este apartamento, en mi despacho o en el del Papa. Por supuesto, nadie debe saber nada, excepto el Santo Padre y los cardenales Astley y Hue.

—¿Qué quiere que haga?

—Yo voy a redactar un informe para los medios de comunicación, a la vista de esta información tan importante. También voy a redactar una nota convocando para las once de la mañana a los jefes de dicasterios en la sala Pío-Clementina. Por supuesto, ambas cosas las enviaré cuando el Papa me haya dado su visto bueno. Usted, por su parte, elabore una lista de medios de comunicación afines y reúnase con Hue, que estará orando en la capilla que tiene en su apartamento, para que le dé los datos de los obispos y cardenales que son de total confianza.

—Para la lista de medios, tendré que consultar a alguien del Pontificio Consejo de las Comunicaciones Sociales y, a estas horas, eso podría resultar de lo más sospechoso.

—Haga, entonces, primero lo de Hue y luego, a partir de las siete, lo otro. Cuando disponga de las dos cosas y estén en su poder, llámeme a mi teléfono móvil y cuelgue inmediatamente. Yo veré su llamada perdida y así sabré que ya está todo listo. Si quiero que usted se reúna conmigo aquí, le contestaré por el mismo sistema. Si dejo sonar dos veces el teléfono antes de colgar, es que debe esperar. Ahora puede irse, y que Dios le bendiga.

Monseñor Ramírez parte inmediatamente hacia el apartamento del cardenal Hue. El secretario de Estado, por su parte, comienza a elaborar el informe que hará llegar a los medios de comunicación. Tarda bastante, pues debe sopesar bien cada palabra, ya que sabe que tendrá una reacción mundial inmensa. Cuando ha terminado, aunque está agotado, redacta una breve nota dirigida a los responsables de las Congregaciones Vaticanas y de los Pontificios Consejos, convocándoles a una reunión urgente a la que, de ningún modo, deben faltar. Al acabar ambas cosas mira el reloj: son las cinco de la mañana. Está agotado, por la hora, por el trabajo y, sobre todo, por la tensión nerviosa. Ha decidido no ir a visitar al Papa hasta las seis y le apetece meterse en la cama al menos un rato, pero sabe que si lo hace va a ser difícil levantarse con apenas una hora de sueño, así que se toma un buen café y va a su capilla privada para ponerse de rodillas ante el Santísimo. La Virgen ha pedido oración y penitencia. Él está haciendo todo lo que puede por defender a la Iglesia, pero sabe que «si el Señor no construye la casa, en vano se cansan los albañiles».

En cuanto al sustituto de la Secretaría de Estado, ha encontrado, como había previsto, al anciano cardenal chino en su capilla, de rodillas. La religiosa que le abre la puerta le conduce inmediatamente hacia donde se encuentra.

—Eminencia —dice Ramírez con respeto—, el cardenal secretario de Estado me ha ordenado que venga a verle y le ruego que me perdone la intromisión. Me ha pedido que solicite de usted los datos de que habló esta noche ante el Santo Padre, sobre los obispos y cardenales que son de total confianza. Si Su Eminencia lo desea, podemos aquí mismo revisarlos y organizarlos. De lo contrario, me los llevaré a mi apartamento y lo haré yo.

—Con mucho gusto le ayudaré —dice Hue—, pero ayúdeme a levantarme. Las rodillas apenas me sostienen.

—¿Cree que es bueno sufrir tanto?

—No solo es bueno, sino que es necesario. No olvide lo que ha pedido la Virgen. Un viejo como yo solo puede aportar esto a la batalla que estamos librando, o, al menos, esto es lo más valioso que puedo aportar.

El prefecto de Obispos, apoyado en Ramírez, se dirige hacia su despacho. Se sienta y de uno de los cajones extrae una carpeta que tiene, escrito en una de las lenguas menos conocidas de China, un título: *Club de pescadores del Huai He*. «Es un río al que me gustaba mucho ir a pescar cuando era un jovencito», explica. Abre la carpeta y extrae una buena cantidad de folios, que muestra al sustituto. Este los toma, pero los devuelve inmediatamente, con cara de sorpresa. «Están en chino», dice. «No es chino, o lo que ustedes en Europa llaman «mandarín», sino que es el dialecto *pínghuà*, que solo lo hablan dos millones de chinos, lo cual, en un país como el mío de más de mil millones, es como si no lo hablara nadie. Lo usábamos para comunicarnos entre nosotros durante la época de la Iglesia clandestina. Nos daba una cierta libertad», responde el cardenal Hue.

—¿Y qué contiene el informe? —pregunta Ramírez, que empieza a temer que solo para la traducción van a necesitarse muchas horas de trabajo.

—Solo tiene nombres. Estos están divididos en tres grupos: buenos pescadores, pescadores regulares y malos pescadores. A su vez, cada grupo tiene dos partes, una para los ancianos y otra para los jóvenes. Si entendiera el *pínghuà*, vería que los ancianos son muy poquitos y los jóvenes muchos. Los buenos pescadores son los fieles al Papa, los regulares aquellos de los que tengo dudas y los malos los que sé que están con el enemigo. Los ancianos son los cardenales y los jóvenes los obispos, al margen de la edad que tenga cada uno. Cada nombre tiene una característica que le hace único y que es, en sí misma, una clave. Así, por ejemplo, el cardenal de Bogotá, la capital de su país, se llama Jiménez y aquí está designado con un nombre en *pínghuà* que empieza por J, y por un apellido cuya primera letra es la B. JB es, pues, su clave. LW es la del cardenal de Washington, que se llama Lewis de apellido. El de Varsovia es Kaczynski y su clave es KV. Como hay muchas sedes episcopales que empiezan con la misma letra, por ejemplo Bérgamo y Bruselas, he añadido a las claves un tercer nombre, siempre en *pínghuà*, que es el indicativo del país; así, Bérgamo es Donadoni, Bérgamo, Italia: DBI. Bruselas es Blanche, Bruselas, Bélgica: BBB. Una de mis monjas, que sabe *pínghuà*, puede transcribirle las claves, utilizando ya solo las tres primeras letras. En una hora, o a lo sumo dos, lo tendrá usted terminado.

—¡Es impresionante! ¿Desde cuándo tiene usted hecho esto?

—Desde hace más de un año, aunque lo actualizo continuamente. Llevo mucho tiempo temiendo algo parecido a lo que está a punto de suceder. Naturalmente, no he dicho nada a nadie, porque podría resultar ofensivo.

—Adelante, entonces, con la transcripción. Cuando esté lista, llámeme a mi móvil y deje sonar solo una vez el timbre. Yo veré su llamada perdida y vendré a recogerlo. No enviaré a nadie. Si no pudiera venir, le llamaría y dejaría sonar el teléfono dos veces.

Son las tres de la madrugada. No es hora de despertar a nadie para que le ayude a confeccionar la lista de medios de comunicación afines. Al menos, no es hora de hacerlo sin despertar sospechas. Por eso, Julián Edgardo Ramírez —ese es su nombre completo— decide irse a su apartamento, que está dentro de la Ciudad del Vaticano, en la Casa Santa Marta, a descansar unas horas. Va dando un paseo, sin prisas, pues hace una fresca noche de primavera y quiere aprovechar para poner en orden sus ideas. Está doblando una esquina de la parte trasera de la basílica vaticana, cerca ya de Santa Marta, cuando ve salir de la residencia que está al lado a cuatro *capi* vaticanos, cuatro jefes de dicasterio. A pesar de la oscuridad, los reconoce inmediatamente: los arzobispos Roberto Riva —italiano—, Michel Fontaine —canadiense—, Oswald Prakash —indio— y Emerson Ceni —brasileño—. Ramírez da rápidamente un paso atrás y vuelve a introducirse en la sombra protectora, fuera de la pálida luz de la iluminación nocturna vaticana. Desde donde está, no puede oír nada, pero sí ver. Observa a los cuatro prelados despedirse rápidamente, lanzando miradas furtivas a su alrededor, e introducirse en sus automóviles, que acaban de aparecer, conducidos por sus chóferes respectivos, desde distintos lugares del complejo vaticano, para ir cada uno de ellos a sus apartamentos. Aunque en la casa de donde salían hay varios pisos, el sustituto sabe que allí vive el cardenal Peter Schmidt, alemán, considerado como el representante del sector más progresista de la Iglesia dentro de la Curia vaticana. Los cuatro arzobispos, por su parte, militan también abiertamente en ese sector, aunque hasta ahora siempre lo habían hecho dentro de la fidelidad a la Iglesia. No cabe duda, por lo tanto, de que la «izquierda» eclesiástica se está organizando para dar su batalla en los acontecimientos que están por ocurrir. Ramírez considera un regalo de la Virgen haber sido testigo de aquella despedida nocturna y, mientras sigue pegado a la pared, en la más completa oscuridad, reza un misterio del Rosario, a pesar del frío que ya le invade; entre otras cosas, considera útil aguardar un rato, por ver si sale alguien más de la casa y también para no ser visto por algún observador que pudiera estar oteando. Pasados unos minutos, con gran discreción y acogiéndose a las sombras de los grandes árboles que hay en la plaza situada ante Santa Marta y que hacen inútil la escasa luz de las farolas, se dirige hacia su apartamento.

Pasan seis minutos de las seis de la mañana cuando el cardenal Ferro da unos golpes suaves en la puerta que da entrada al apartamento pontificio. Ante ella, los guardias suizos han estado toda la noche en actitud vigilante, como es costumbre, aunque con una mayor atención de lo habitual debido a la situación. No tardan en abrirle la puerta y una de las religiosas que atienden al Pontífice le hace pasar.

—Buenos días, hermana. ¿Está levantado el Santo Padre? —pregunta.

—Sí, ya ha celebrado la Santa Misa y está haciendo oración en la capilla. ¿Quiere que le avise?

—No es necesario, prefiero ir yo. No se preocupe en acompañarme. Ya sé el camino.

Entra en la capilla y ve, tendido en el suelo, boca abajo, al Papa. No se asusta, pues sabe que a veces le gusta rezar así, para expresar mejor ante Dios su sentimiento de pequeñez, de abandono. Con discreción, se arrodilla y, mientras espera, se sumerge él también en la oración. Está agotado, pues ha pasado la noche sin dormir, pero aún tiene la suficiente energía para seguir luchando por la Iglesia y la mejor forma de hacerlo, es consciente de ello, es con la plegaria y la penitencia, tal y como la Virgen pidió.

Pasados unos minutos, el Papa se incorpora. Mientras lo hace, sin mirar atrás, le saluda.

—¡Buenos días, cardenal Ferro! ¿Ha logrado descansar algo esta noche?

—¿Cómo sabe quién soy, Santidad? —responde sorprendido el secretario de Estado.

—Porque solo usted podía venir a estar horas a mi casa. Seguro que ya tiene la tarea hecha —dice el Papa, mientras se gira hacia el cardenal, puesto ya en pie—, y eso significa —añade— que no ha dormido nada en toda la noche. Pero también significa que han llegado noticias de Guatemala y, a juzgar por su sonrisa, me imagino que son buenas.

—¡Es usted un lince, Santidad! —dice Ferro—. Efectivamente, todo es como usted ha dicho. El informe enviado por monseñor Quercini no podía ser mejor. Lo he recogido íntegro en la nota de prensa que he elaborado y que me gustaría leerle a usted para que diera el visto bueno.

—Después. Ahora vamos a tomar un café.

Los dos amigos salen del oratorio y se dirigen al comedor. Apenas se sientan, aparecen dos monjas que les sirven un aromático café, mientras en la mesa se encuentra ya dispuesto el servicio completo del desayuno. Como el secretario de Estado no ha dormido, tiene más hambre que el Papa y se aplica más a fondo en la degustación de las viandas.

—¡Me alegra ver que los problemas no le han quitado el apetito! —dice el Pontífice, sonriendo.

—Por el contrario, creo que me lo aumentan —responde Ferro, bromeando también él.

Después de unos minutos, se levantan y se dirigen al despacho privado del Papa. Solo allí, sentados uno detrás y otro delante de la mesa del despacho, afrontan con calma la cuestión de la nota de prensa.

—¡Adelante! —dice el Pontífice—. Veamos esa nota de prensa.

—«La Santa Sede —comienza leyendo el cardenal Ferro, que ha sacado dos folios de una cartera de documentos que lleva colgada al cuello, oculta por la sotana— quiere informar, por la presente nota, del contenido de la autopsia del cadáver de Su Excelencia Reverendísima, monseñor Antonio di Carlo, oficial de la Sección Segunda de la Secretaría de Estado, asesinado ayer en Guatemala. La autopsia ha sido realizada por tres médicos forenses, cada uno por separado, dos de los cuales son catedráticos en sendas universidades guatemaltecas. Ha sido encargada por la Nunciatura en Guatemala, pero con la advertencia a los médicos de que debían ser totalmente independientes e imparciales en sus dictámenes. Los resultados se encuentran a disposición de quien los desee consultar y, debido a la gravedad del caso, el cadáver de monseñor Di Carlo será mantenido en una cámara frigorífica en el Instituto Anatómico Forense de Guatemala por si algún doctor quiere hacer un nuevo estudio. Según el dictamen de los forenses, la muerte de monseñor Di Carlo se debió a un disparo a bocajarro en su cabeza, instantes antes de que fuera arrojado a la puerta de la Nunciatura. En su cuerpo no se ha observado ningún rastro de estupefacientes ni de alcohol; este estaba solo en su ropa, por lo que los forenses deducen que le fue echado encima inmediatamente antes de matarle. Tampoco había en su cuerpo ningún resto de actividades homosexuales, ni recientes ni pasadas. Además, la Nunciatura ha informado a la Policía guatemalteca de que dos testigos identificaron a un hombre que salió del coche donde estaba monseñor Di Carlo, un minuto antes de ser asesinado, y que huyó del lugar en otro automóvil justo antes de que el cuerpo del prelado fuera arrojado ante la Nunciatura. Este hombre es un sacerdote católico, perteneciente a la diócesis de Hamburgo, que trabaja para el CUR y que fue compañero de monseñor Di Carlo durante la carrera diplomática. Se llama Gunnar Eklund. El CUR, que depende oficialmente de la Unesco, es un Comité que propugna la creación de una religión mundial bajo el control del secretario general de las Naciones Unidas. A esta pretensión se ha opuesto reiteradamente la Santa Sede, así como muchos de los principales líderes religiosos mundiales».

—¡Qué sorpresa lo de los testigos que identificaron a Eklund! Esto da un giro total al caso y nos abre una puerta a la esperanza. Por otro lado, la autopsia sobre Di Carlo no hace más que confirmar lo que ya sabíamos, lo que suponíamos. En cuanto a la nota, veo que ha optado usted por no deducir consecuencias, como que se trata de un asesinato para salpicar el buen nombre de un distinguido eclesiástico o a la misma Iglesia. Tampoco dice usted nada de los asesinatos del arzobispo, Elisa y las monjas. Ni de que haremos algún tipo de homenaje a monseñor Di Carlo, para expresar nuestro apoyo a él y a su tarea.

—Sobre lo de monseñor Di Carlo, tenía pensado proponerle, Santidad, que anunciáramos que se va a abrir un proceso de investigación de cara a la introducción de una causa de beatificación por martirio. Creo que eso es lo que él merece, pues no me cabe duda de que intentaron previamente comprarle y, al negarse él, le asesinaron. Sobre lo de los asesinatos del resto de las víctimas de esta tragedia, no he dicho nada porque no tengo ningún dato nuevo, pero tiene usted razón: algo hay que decir.

—Puede usted añadir que estamos investigando la relación que hay entre todas esas muertes violentas, porque estamos convencidos de que la persona o institución que está detrás de la de monseñor Di Carlo se encuentra también tras la de las otras víctimas. Si eso fuera así, el mismo proceso de beatificación que se abrirá para Di Carlo se abriría también para ellos.

—¡Excelente! Lo añadiré todo tal y como usted me lo ha dicho. Solo quiero decirle que debemos ser conscientes de que esto es una declaración de guerra formal contra el CUR y sus patrocinadores.

—Estamos ya en guerra y lo único que no debemos hacer es usar otras armas que no sean las de la verdad. Pero hay otro asunto pendiente, ¿ha preparado la nota para convocar a la reunión a los jefes de dicasterio?

—Sí, es muy breve. Les digo que a las once hemos sido convocados por Su Santidad en la sala Pío-Clementina para ser informados sobre los últimos acontecimientos que afectan a los intereses de la Iglesia. Había pensado adjuntarles esta nota de prensa, que recibirían ellos a la vez que lo harían los medios de comunicación. Monseñor Ramírez debe de estar ultimando ya la lista de los medios afines, para distribuirles a ellos esta nota unos minutos antes que al resto, a fin de que puedan tener una primicia informativa y lo primero que oiga la opinión pública sea nuestra versión de los hechos.

—Hagamos una cosa, a las 10:10 envíe la nota a los jefes de dicasterio convocando a la reunión, con el adjunto. Un poco antes, a las diez, difunda la nota a los medios de comunicación amigos. A las 10:15 hágalo al resto de los medios y, sobre todo, a las agencias. Así las diferencias horarias no serán muy grandes y si alguno de los jefes de dicasterio se queja de haber sido informado después que los medios, le diremos que ha sido fruto de un desajuste horario inevitable. Pero así evitaremos que se produzca una filtración hacia los medios de comunicación hostiles. No me cabe duda de que dentro del Vaticano nuestros enemigos tienen sus aliados, aunque dudo que estos sepan cuál es la gravedad de lo que se está tramando. Envíe la nota por correo electrónico a la hora exacta que le digo y que sus secretarios llamen inmediatamente por teléfono a los dicasterios, anunciando que tienen un correo que deben leer con urgencia. Haga lo mismo con los medios de comunicación en general, pero con los que son afines a nosotros, intente averiguar primero si hay algún cauce de comunicación seguro para enviarles la nota, para evitar filtraciones.

El cardenal Ferro deja el apartamento pontificio y va a su despacho. Son algo más de las siete de la mañana. Al llegar, pide que le pongan en contacto con el sustituto. Localizan a este en las oficinas del Pontificio Consejo para las Comunicaciones Sociales. Está tratando de averiguar con qué medios puede contar el Vaticano para hacer frente a la campaña de descrédito que ya ha comenzado.

—¿Cómo van las cosas? —pregunta el cardenal.

—Estoy en ello, Eminencia —contesta Ramírez, sin atreverse a dar más datos por teléfono.

—¿Cree que podemos contar con algo?

—Más bien poco, por desgracia. Confío en tener algo que mostrarle en una media hora.

—Encargue a alguien que siga buscando y venga inmediatamente a mi despacho.

Después, el secretario de Estado escribe de nuevo la nota de prensa, siguiendo las indicaciones del Pontífice, y también la nota de circulación interna con la que va a comunicar a los jefes de dicasterio la hora y el sitio de la reunión. Aunque cree poder confiar al máximo en sus secretarios, decide hacer él mismo lo principal de la tarea, como mandar los correos electrónicos, excepto las llamadas telefónicas, pero para ambas cosas aún falta tiempo y no quiere separarse ni un minuto del plan previsto. Apenas ha terminado todo, y guardado en una USB el contenido de la nota, cuando una de sus secretarias le avisa de la llegada del sustituto. «Hágale pasar y acompáñele usted», dice, mientras extrae la USB del ordenador y la guarda en su bolsillo. Instantes después llaman a la puerta y, con su permiso, una religiosa introduce en su despacho a monseñor Ramírez.

Hermana —le dice el cardenal—, envíe usted un correo electrónico al arzobispo Quercini, nuncio en Guatemala, de mi parte. Dígale solo esto: «Buen trabajo. Gracias». Por favor, Excelencia, siéntese —le dice al sustituto—. Hermana, sea tan amable de pedir que nos sirvan dos cafés. Gracias.

Cuando la religiosa ha salido, se dirige a Ramírez y le pregunta:

—¿Tiene algún dato?

—Es bastante decepcionante. Tenemos muy poco en lo que apoyarnos, aunque, afortunadamente, esto poco está implantado en casi todo el mundo. EWTN, Radio María y algunos periódicos, radios y televisiones locales. Una o dos agencias de noticias. Y, por supuesto, los medios propios.

—¿Ha averiguado si hay algún canal de comunicación seguro con esos medios?

—He encargado a alguien que trabaja en el Consejo de Medios que averigüe si hay alguno. Es una persona que conozco desde hace años y es de mi máxima confianza. Por supuesto, no le he dicho de qué se trata, aunque todos imaginan cuál es la causa, pues hoy no se habla de otra cosa. ¿Ha visto usted la prensa esta mañana?

—Aún no. ¿Qué cuentan?

—En general, nos hacen responsables de lo ocurrido en Guatemala. Aunque los medios de comunicación más serios dan como supuestas y no probadas las versiones difundidas ayer por la tarde sobre el contenido de la revelación de la Virgen a Elisa, ya todos hablan de ellas y algunos las dan como ciertas. Por lo tanto, nosotros seríamos los que habríamos ordenado la muerte de todos —arzobispo de Guatemala, monjas, vidente y monseñor Di Carlo—, con el fin de evitar la difusión de la revelación.

—Desde los tiempos más remotos se ha usado la misma táctica. Un viejo refrán árabe dice: «Si quieres matar a tu perro, di que está rabioso». Tienen que justificar la persecución que están a punto de desatar sobre la Iglesia y necesitan encrespar a la opinión pública mundial contra nosotros, para que después se acepte sin mayores dificultades lo que ellos decidan hacer. La calumnia forma parte de su estrategia. Primero matan y luego culpabilizan a los inocentes de esas muertes y así pueden acabar también con ellos. De paso, aprovechan para ensuciar el buen nombre incluso de los asesinados, como ha pasado con

Di Carlo. Pero confiemos en que la difusión de los datos que han llegado de Guatemala servirá para frenar su campaña.

—No tenga usted mucha esperanza en eso. Hemos comprobado hasta la saciedad la corrupción que hay en los medios de comunicación, sobre todo cuando tratan temas referidos a la Iglesia. Pueden contar la calumnia que deseen y, si al fin y después de mucho tiempo, la víctima logra conseguir el veredicto de un juez que le da la razón y obliga al medio a rectificar, esa rectificación es publicada en el rincón más pequeño del diario o en el horario de menos audiencia si se trata de radio o televisión. Siempre se cumple lo de «calumnia, que algo queda». Así que, probablemente, o ignorarán la nota, o la darán sin relevancia o, incluso, le darán la vuelta diciendo que el resultado de la autopsia es falso.

—Veremos. En todo caso, debemos hacer nuestra parte del mejor modo posible.

La conversación queda interrumpida por la llegada de la religiosa con los cafés. Ferro y Ramírez lo toman en silencio. Cada uno está pensando en la tarea que aún le queda por ejecutar en una mañana que se supone decisiva. De repente, el secretario de Estado pregunta:

—¿Quién es la persona de confianza que le está ayudando en el Consejo de Medios?

—Se trata de Rose Friars. Antes de ser «fichada» por el Vaticano fue la encargada de la información religiosa de la cadena de medios de comunicación que posee el magnate Stolenberg que, como usted sabe, es el que mantiene posiciones más próximas a la Iglesia.

—No me gusta.

—¿Por qué? Le aseguro que es totalmente de fiar.

—No me refiero a ella, sino al hecho de que sea una mujer y de que haya tenido conexiones con Stolenberg. En todo caso, me lo tenía que haber consultado antes.

—Discúlpeme, Eminencia. Ha sido la precipitación con que he tenido que actuar lo que me ha impedido consultarle. Pero le repito que es de total confianza.

—Usted es un hombre y ella una mujer. Tal y como se están poniendo las cosas, por ahí también pueden atacarnos nuestros enemigos, sobre todo si, como usted dice, se conocen desde hace tiempo.

—Eminencia —responde monseñor Ramírez algo molesto—, es verdad lo que usted dice, pero si le hubiera pedido ayuda a un oficial del Consejo de Medios en vez de a una oficial, también nuestros enemigos podrían haber manipulado el hecho para presentar nuestra relación de manera sospechosa. Hoy todos somos sospechosos, tanto si nos comportamos de un modo como si nos comportamos de otro. En cuanto a la relación de la señorita Friars con Stolenberg, me imagino que no le gustará por la posibilidad de filtraciones y porque nos presenta unidos a un sector concreto, con una línea política muy marcada, pero creo que no nos quedan muchas opciones; necesitamos algún apoyo y si queremos mantenernos en una neutralidad exquisita, es posible que no encontremos a nadie que nos ayude.

—Tiene usted razón en lo primero. Le pido disculpas. En cuanto a lo segundo, sigo sin verlo claro. El apoyo que necesitamos tiene que venir, ante todo, de arriba, del cielo. Esto me recuerda lo del viejo profeta Isaías, cuando clamaba en la Jerusalén asediada por los babilonios para que el rey mantuviera la neutralidad en lugar de buscar el apoyo egipcio. En todo caso, averigüe lo de los canales de comunicación seguros con los medios amigos y téngalo todo preparado para las 9:45. A esa hora venga a verme de nuevo y le daré el mensaje que hay que hacer público, tal y como lo he visto con el Santo Padre esta misma mañana.

—Permítame solo una pregunta. ¿De qué le puedo informar a la señorita Friars?

—Solo de lo estrictamente necesario, lo mismo que a los demás. Si usted dice que es de confianza, debe de serlo. Pero no podemos correr el más mínimo riesgo. En todo caso, el envío del informe a los medios de comunicación lo hará usted, con quien pueda ayudarle, mientras que la convocatoria para los jefes de dicasterio la haré yo.

—¿Habrá rueda de prensa?

—De momento, no. Posiblemente el Santo Padre aprovechará la alocución del Ángelus para decir algunas palabras. Después, veremos cómo se desarrollan las cosas.

—¿Debo informar al portavoz vaticano y al presidente del Pontificio Consejo para los Medios de Comunicación? Mi presencia esta mañana en sus oficinas no ha pasado desapercibida y me imagino que estarán algo molestos.

—No haga nada más que lo que le he dicho. Si, al volver al Consejo de Medios, le preguntan, diga que no está autorizado a revelar nada, pero que es cuestión de poco tiempo. En cuanto a la señorita Friars, confío en que haya sabido mantener en secreto lo que usted le ha encargado que averigüe.

—Yo también confío en ello. Permítame, Eminencia, informarle de dos cosas más.

—Adelante.

—En primer lugar, mi visita al cardenal Hue, esta noche. El prefecto de Obispos tiene perfectamente organizada la clasificación de los prelados y purpurados según su fidelidad a la persona del Santo Padre. Ha utilizado un idioma chino muy poco conocido, con una ingeniosa nomenclatura que es difícil de interpretar. En segundo lugar, quiero informarle de que, anoche, cuando regresaba a mi apartamento, dando un paseo para aclarar las ideas y serenar el espíritu, vi cómo salían del edificio donde está el apartamento del cardenal Schmidt los arzobispos Riva, Fontaine, Prakash y Ceni. Eran las tres de la madrugada.

—¡Vaya! Se ve que no somos los únicos en organizarnos para la batalla que se avecina. Me hubiera gustado saber ese dato para comunicárselo al Santo Padre cuando le he visto esta mañana.

—Lo siento. No pensé que fuera tan urgente y por ese decidí aguardar a contárselo en esta entrevista.

—No se preocupe. En todo caso, vaya a hacer lo más pronto posible lo que le he dicho. Y no olvide que si hay alguna novedad y necesita verme debe llamar a mi móvil y dejar sonar solo una vez. Si yo le contesto con una sola llamada, es que usted debe venir a mi despacho inmediatamente. Si es con dos, es que debe esperar.

Quince minutos después, monseñor Ramírez y Rose Friars toman un «capuchino» en el Café San Pietro, en la *via della Conciliazione*, muy cerca de la plaza de San Pedro. Allí, mezclados con los primeros turistas que empiezan a acudir al Vaticano, están un poco más a resguardo que en sus respectivas oficinas. Ya se han reunido otras veces en ese lugar. Son amigos, aunque no hay nada reprobable en su amistad. Con discreción, Rose le pasa al sustituto una memoria USB, que este guarda en un bolsillo. Charlan de cosas intrascendentes y después se despiden. Primero sale el prelado y, pasados unos minutos, sale Friars, que ha aprovechado para ir al baño. Cuando lo hace, ve un revuelo en la calle, a pocos metros del café, casi ante la puerta de la Sala de Prensa del Vaticano. Se acerca y ve a monseñor Ramírez en el centro de un grupo de curiosos y de policías, mientras se sacude el polvo de su chaqueta y sus pantalones. No necesita preguntar, pues oye al prelado decir que no ha sucedido nada y que solo le han robado la cartera. Entonces él se da cuenta de que ella está allí, escuchando, y que su cara se ha vuelto pálida. Por eso, Ramírez añade: «Afortunadamente, nada de lo que se han llevado era de gran valor, pues solo me han robado las tarjetas de crédito y tengo poco dinero en el Banco». Con previsión, Ramírez había guardado la USB en un bolsillo interior de su bolsillo lateral del pantalón, cerrado con una cremallera. El ratero metió la mano en el bolsillo, mientras le empujaba para que cayera al suelo, pero no tuvo tiempo de descorrer la cremallera y llevarse lo que en verdad buscaba. Porque lo que está claro, para Ramírez y para Rose, es que les habían estado observando y se habían percatado de que ella le daba algo a él, así como de dónde lo guardaba. La estrategia de sus enemigos ha fallado por poco y la Virgen ha vuelto a poner su mano para proteger a la Iglesia, pero es cada vez más evidente que la batalla ha comenzado y que no hay cuartel.

Mientras regresa al Vaticano, a su despacho, el sustituto va rememorando los pasos que ha dado durante la larga noche transcurrida. Especialmente, la llamada telefónica que hizo nada más levantarse, desde su apartamento, al móvil de Rose Friars. Eran las seis de la mañana y le preguntó si podían verse a las siete menos cuarto en las oficinas del Pontificio Consejo para las Comunicaciones Sociales. Era el lugar habitual de trabajo de ella y lo único relativamente extraño era que le citaba una hora y cuarto antes de la hora habitual en que comenzaba a trabajar. Cuando se reunieron, no había nadie en el Consejo y Ramírez le pidió a Rose que averiguara los datos que el secretario de Estado le había encargado. No le dio explicaciones del porqué los necesitaba, ni hablaron una palabra sobre lo ocurrido el día anterior en Guatemala o sobre lo que, acerca de ello, contaban todos los medios de comunicación. Los dos sabían perfectamente de qué se trataba. Monseñor Ramírez estaba con ella, buscando datos, cuando fue localizado por el personal de la secretaria del cardenal Ferro para que acudiera al despacho de este. En ese mismo momento quedaron en que se verían en el café San Pietro pasado un tiempo y que Ramírez le indicaría cuándo mediante una llamada de teléfono que haría a su móvil y que dejaría sonar solo una vez. Así lo había hecho, apenas terminada la entrevista con el secretario de Estado. Por lo tanto, lo que ocurría en el Pontificio Consejo para las Comunicaciones Sociales estaba al alcance de sus enemigos, como seguramente lo estaba también lo que sucedía en otras oficinas vaticanas. Esto no era una novedad e incluso Ramírez lo suponía, pero ahora tenía la constancia de ello, así como de que los enemigos de la Iglesia observaban cada uno de sus movimientos. Sin duda que ya se habrían dado cuenta de que no habían logrado robar la información que la señorita Friars le había transmitido, pero sabían perfectamente de qué se trataba, pues él se lo había pedido abiertamente, aunque no le dijera para qué lo necesitaba.

Ya en su despacho, Ramírez llama a un joven amigo suyo, madrileño, experto en telecomunicaciones, que trabajaba para Telefónica en la capital italiana. Enrique del Valle era de toda confianza. Católico practicante, su amor a la Iglesia no admitía dudas. Necesitaba consultarle algunas cosas. Todavía tenía algo de tiempo antes de que volver al despacho del cardenal Ferro y quería saber de qué modo se podría organizar una red de comunicación clandestina a través de Internet. Sabiendo que sus enemigos le vigilaban, a pesar de la seguridad que le daba su despacho, no tenía la misma certeza sobre los teléfonos, así que decide extremar la prudencia.

—Enrique, ¿cómo estás? —le pregunta cuando este contesta al teléfono.

—Excelencia —responda el ingeniero madrileño, sorprendido—, no me esperaba su llamada a estas horas. ¿Ocurre algo?

—Nada en particular. Solo que tenemos un virus que está atacando el sistema informático del Vaticano y tengo miedo a perder una valiosa información. Necesito con urgencia tu ayuda. ¿Podrías acercarte inmediatamente? Tráete algún antivirus y ese maletín de programas que me cargas en el ordenador cada vez que tienes que borrar el disco duro.

—En media hora me tiene usted allí.

—Ven a mi despacho. Entra por la puerta de Santa Anna. Yo avisaré para que te dejen pasar con tu coche. Te espero.

Tras encargar a su secretaria que avisara a la Guardia Suiza a fin de que dejen pasar a Enrique al interior del Vaticano, monseñor Ramírez se va a la capilla que hay en el conjunto de oficinas que están asignadas al sustituto de la Secretaría de Estado. Quiere aprovechar el tiempo para lo más importante: la oración y la celebración de la misa. Es lo primero que hace todos los días, pero esta es una jornada muy especial, en la que ha tenido que andar de un lado para otro, rompiendo sus habituales esquemas de comportamiento. Ahora, en la intimidad de su capilla, se sumerge en la unión con Dios y le pide fuerzas para seguir luchando por Él y por la Iglesia.

Mientras tanto, Rose Friars se ha dirigido a su oficina, en el Pontificio Consejo para las Comunicaciones Sociales. Ella también va dándole vueltas a la cabeza sobre el robo que ha sufrido el sustituto. Es consciente de que no se trata de una casualidad y, aunque no está enterada de los pormenores de lo que está sucediendo, sabe que está relacionado con el gran escándalo que salpica a la Iglesia después de lo sucedido en Guatemala. La petición de monseñor Ramírez le da una pista sobre lo que se busca: enviar un mensaje a los pocos amigos con que la Iglesia cuenta entre los medios de comunicación del mundo y hacerlo por una vía segura, que impida a sus enemigos hacerse con la información antes de tiempo. También es consciente de que el hecho de que le haya pedido a ella ese favor significa que Ramírez no tiene confianza en los responsables del Pontificio Consejo, por lo que ella puede tener un problema si estos le preguntan sobre qué ha estado haciendo a esas horas tan tempranas en la oficina. Significa también que la propia oficina está de alguna manera, controlada, supervisada por los enemigos de la Iglesia, pues cuando el sustituto y ella estuvieron hablando, no había ninguna otra persona allí. Todo esto le asusta, pero no porque tema por su propia seguridad, sino por lo que implica de problemas en el seno de la Iglesia. Decide, en cualquier caso, extremar la prudencia, tanto con los que trabajan con ella como con todos los demás, pues no sabe quién puede estar interesado en averiguar el contenido del encargo que el sustituto le ha hecho.

Cuando Rose llega a su oficina ya pasan de las ocho de la mañana y todos están en sus puestos. No sabe qué debe decir si le preguntan por qué llega tarde, pues teóricamente nadie sabe que ha estado allí antes trabajando. De hecho, antes de partir apagó su ordenador y eliminó todo rastro del trabajo que había estado haciendo. Afortunadamente nadie la interroga sobre su retraso y ella se dirige a su despacho, saludando con normalidad a los que encuentra por el camino. Apenas se ha sentado y encendido el ordenador, recibe una llamada de parte del secretario del Pontificio Consejo, monseñor Giorgio Santevecchi, que la reclama a su despacho. El hecho en sí es normal, pero la intuición femenina de Rose le lleva a ponerse en lo peor. Mientras recorre las pocas decenas de metros que la separan de la oficina del secretario, va rezando, encomendándose a la Virgen, su gran aliada, la que tanto le ha ayudado en su vida, tanto personal como profesional.

—*Avanti!* —dice monseñor Santevecchi, cuando ella llama a la puerta.

—*Buongiorno!* —saluda Rose, ofreciéndole al secretario su mejor sonrisa, a pesar de que es un hombre habitualmente siniestro, que no despierta simpatías en nadie.

—Siéntese, por favor, señorita Friars. Confío en que esté usted bien. La he hecho llamar porque quiero que me cuente a qué ha venido usted esta mañana tan temprano a la oficina.

—Me gustaría saber —responde Rose— cómo lo ha sabido, pues no había nadie.

—Eso no es de su incumbencia —contesta Santevecchi, que ya ha borrado todo asomo de amabilidad de su rostro y la escruta con la mirada más dura que es capaz de poner, y tiene mucha capacidad para ello—. Por favor, contésteme a lo que le pregunto.

—Excelencia, he venido a trabajar a la oficina por asuntos personales que, lamentablemente, no son de su incumbencia y que no le puedo revelar —le dice Rose, también muy seria y dispuesta a mantener el secreto a cualquier precio.

—En ese caso, y dada la delicada situación en que nos encontramos, me veo en la obligación de despedirla a usted y de prohibirle que vuelva a entrar en este Pontificio Consejo. Puede usted retirarse y antes de abandonar el edificio, haga el favor de dejar en la recepción su pase —Santevecchi ha comprendido que si no consigue sacarle la información del porqué ha ido a la oficina, menos aún logrará que le diga para qué el sustituto le ha pedido esa ayuda; lo primero, él ya lo sabe, pues es el responsable de todo el entramado de espionaje interno del Vaticano y ha podido escucharlo; lo segundo, no.

—Usted no puede despedirme por las buenas —dice Rose, enfadada pero serena—. No sin habérselo comentado al presidente del Pontificio Consejo, que es su superior.

—Lo que yo puedo o no puedo hacer no es de su incumbencia. Salga de aquí y de este Consejo inmediatamente. De lo contrario, avisaré al servicio de seguridad para que la echen.

La medida es tan drástica, tan desproporcionada que, en medio de la conmoción, Rose comprende que tiene delante a uno de los implicados en la trama de espionaje del Vaticano, de la que tanto se ha hablado y una de cuyas consecuencias ha podido constatar ella hace apenas unos minutos, con el intento de robo a monseñor Ramírez. Por eso opta por no discutir más. Se levanta y sale del despacho cerrando cuidadosa y silenciosamente la puerta. Duda entre ir a ver al presidente del Pontificio Consejo o avisar inmediatamente a Ramírez. Entonces recuerda que el presidente no está, pues se encuentra fuera de Italia, en un viaje al extremo Oriente. Hasta que él regrese, Santevecchi es el superior. Posiblemente después todo se solucionará, pero ahora ella debe obedecer. Como teme hablar con alguien que pueda traicionarla o, sobre todo, que su conversación sea escuchada por el propio Santevecchi, va al aseo de señoras para hacer, desde allí, la llamada a Ramírez. Tal y como este le ha indicado, marca su número y lo deja sonar una sola vez. Luego cuelga. Y espera. Pasan unos minutos y no recibe ninguna llamada, ni con un solo timbre ni con dos. Comprende que debe salir del aseo para no despertar sospechas y se dirige a su despacho. Al llegar allí se encuentra con la sorpresa de que dos de sus compañeros están sentados a su mesa, revisando minuciosamente el contenido de su ordenador.

—¡Esto es una vergüenza! —dice, indignada.

—Lo sentimos, Rose —contesta uno de ellos, sin dejar de trabajar—. Son órdenes de Su Excelencia el secretario. Si quisieras colaborar, todo sería más fácil para todos.

En ese momento, Rose ve, con mayor sorpresa aún, que el contenido de su bolso yace desparramado por el suelo y que ha sido investigado con meticulosidad, abriendo el monedero y la pequeña caja de cosméticos que lleva. Comprende que si han llegado hasta ese extremo es porque están muy desesperados, y que no debe hacer nada para provocar una agresión física, que será el siguiente paso. Afortunadamente, las llaves de su apartamento, el pase laboral y el teléfono móvil van siempre con ella, por lo que puede dejarlo todo allí y marcharse. Para ganar tiempo, dice:

—Voy a protestar ante monseñor Santevecchi ahora mismo.

Mientras sale de su despacho, oye a sus compañeros reírse a sus espaldas. Rose, manteniendo al máximo la apariencia de serenidad, en lugar de dirigirse hacia el despacho del secretario, va hacia la salida. Saluda al conserje, para el cual todo entra dentro de lo normal, pues no está enterado de nada, y sale del edificio. Una vez fuera, vuelve a llamar por teléfono a Ramírez y a colgar tras el primer timbrazo. Entonces sí que es escuchado por este, que acababa de salir de la capilla, tras celebrar la misa. Recibe una llamada suya, con la misma clave, y Rose se dirige sin dudarlo hacia las oficinas del sustituto. El pase, que ha logrado salvar, le permite circular sin problemas por el interior del Vaticano, desde el Palacio de San Carlos, donde está el Pontificio Consejo, hasta el Palacio Apostólico, donde está la Secretaría de Estado, incluida la Sección Primera, a cuyo frente está monseñor Ramírez. Sin embargo, cuando aún no ha llegado a su destino, Rose observa, alarmada, que tres personas la siguen, procedentes del Pontificio Consejo. Acelera el paso, pero sus seguidores hacen lo mismo. No sabe qué hacer e invoca a la Virgen pidiendo su ayuda. En ese momento, un coche para a su lado. Es Enrique del Valle, que se dirige a la Secretaría de

Estado. Varias veces han cenado juntos, con otros amigos comunes, pues les une la amistad que ambos tienen con el sustituto de la Secretaría de Estado.

—Rose, ¡qué alegría verte! —le dice Enrique, bajando la ventanilla del coche—. ¿A dónde vas tan deprisa?

—¡Contigo, a donde sea! —contesta Rose entrando dentro sin pensárselo dos veces—. ¡Arranca, por favor! —añade, mientras ve como sus seguidores han echado a correr en dirección a ellos.

Enrique no lo duda y parte rápidamente, sorprendido, pues él también ha visto a los tres seguidores de Rose correr hacia ellos.

—¡Hay que ver cómo estáis en el Vaticano! —dice, bromeando—. ¿Dónde quieres que te lleve? ¿Por qué te siguen con tanta prisa? ¿No habrás asaltado la limosnería vaticana, verdad?

—Voy a la oficina de monseñor Ramírez y es muy urgente.

—¡Qué casualidad! Yo también voy allí. Me ha llamado esta mañana y llego con algo de retraso. El maldito tráfico romano. Pero, por lo que veo, ha sido providencial que llegara tarde.

Apenas unos minutos después, salen del coche y entran en el Palacio Apostólico. Tras identificarse, son conducidos a la Sección Primera, la de asuntos generales. Allí les introducen, sin dilación, ante monseñor Ramírez. Este se sorprende al verles llegar juntos y, tras saludarles y hacerles sentar, cierra la puerta y les interroga.

—¿Qué ha pasado, Rose? Te veo muy alterada.

La señorita Friars cuenta lo sucedido, sin omitir detalle ni exagerar. Monseñor Ramírez escucha muy serio, comprendiendo al instante la gravedad de lo que sucede, así como la importancia de haberlo descubierto. No le cabe duda de que monseñor Santevecchi está enterado ya de que Rose le ha informado de todo. La guerra no solo está declarada, sino que los contendientes muestran las cartas, aunque, en este caso, sin haberlo pretendido.

—Rose, debes salir del Vaticano cuanto antes. Pero no debes regresar a tu casa. Los asesinatos de Guatemala nos dicen con claridad que los enemigos de la Iglesia están dispuestos a todo. Por favor, espera fuera, en el pasillo. No creo que aquí te suceda nada. Si algo te hace temer, no dudes en gritar. Ahora necesito hablar con Enrique y necesito hacerlo a solas. Al acabar te diré lo que debes hacer.

Rose sale del despacho y se sienta cerca, en el pasillo. Instintivamente, comienza a rezar el Rosario, lo cual le ayuda a serenarse. Mientras lo hace, comprende con toda lucidez la gravedad de la situación en que se encuentra. No solo los enemigos de la Iglesia están dentro de esta, como ya había comprendido al comprobar que la conversación de ella con el sustituto en su despacho había sido espiada, sino que están dispuestos a todo, sin que les frene el hecho de estar en el mismísimo Vaticano. Aquellos tres hombres, que ella identificó como compañeros suyos, que corrían tras ella, quizá no la hubieran matado allí, a pocos metros de los guardias suizos, pero se las habrían apañado para llevarla a otro lugar, donde ellos u otros habrían acabado con su vida, como hicieron con las monjas de Guatemala. Posiblemente, incluso, su muerte habría sido utilizada para golpear aún más a la Iglesia, presentando a Ramírez como el instigador. Rose entiende también que su seguridad futura pende de un hilo, no solo por lo que respecta a la información que quieren obtener de ella, sino porque se ha convertido en un testigo peligroso que puede identificar a los peones que actúan a favor del mal en el Vaticano. ¿Qué será de ella? ¿A dónde irá? Se aferra al rosario que tiene entre las manos y se pone en manos de la Virgen.

Mientras Rose reza, monseñor Ramírez está con Enrique del Valle. Todo es tan rápido, está sucediendo a tal velocidad, que el sustituto apenas tiene tiempo de ordenar sus pensamientos. En este momento comprende dos cosas, que le angustian por igual: ha metido en un lío a Rose Friars y va a meter, si no le ha metido ya, en otro semejante al hombre que tiene delante. Friars, al fin y al cabo trabaja para el Vaticano, pero el joven ingeniero que le mira sorprendido mientras él guarda silencio y deja que su mirada se pierda en el techo, no ha hecho otra cosa más que ser su amigo. Por eso, y a pesar de lo mucho que necesita su ayuda, comienza diciéndole: «Creo que lo mejor es que te vayas de aquí cuanto antes».

—¿Por qué? —responde Del Valle, sorprendido, pues esa invitación es lo último que se esperaba.

—Porque tu vida está en peligro. También lo está la mía y la de Rose, pero en tu caso es distinto. De hecho, te pido perdón por haberte metido en este lío. Debí haber supuesto que las cosas podían complicarse, aunque no imaginé que fuera todo tan rápido, tan grave. Por favor, hazme caso, márchate enseguida.

—Primero necesito que me diga una cosa, antes de tomar una decisión. Entiendo que lo que me va a pedir no tiene nada que ver con el ataque de un virus a su ordenador. ¿La ayuda que necesita de mí es en beneficio de la Iglesia? ¿El Santo Padre está de acuerdo con ello?

—Totalmente. Lo que te hubiera pedido es por expreso deseo del Papa, aunque él no sabe que es en ti en quien yo pensé cuando me hizo el encargo. Es obvio, por lo que sabes de los periódicos y por lo que has podido ver esta mañana aquí mismo, en el Vaticano, que la situación por la que atraviesa la Iglesia es muy grave. Pero tú eres un laico. Tienes novia y, si sigues adelante, con mucha probabilidad tu vida y la suya estarán en peligro, quizá para siempre.

—¿Me permite una crítica, Excelencia?

—Por supuesto, estás en tu derecho de decirme que me he equivocado y que todo lo que te estoy diciendo lo debería haber pensado antes.

—No le voy a decir eso, sino otra cosa: es usted un clérigo clerical. Es de esos que consideran que los laicos somos la segunda división de la Iglesia, que estamos para ayudar en cosas como la informática o el dinero, pero que cuando las cosas se ponen feas, debemos refugiarnos en nuestros agujeros y dejar que sean los curas y las monjas los que reciban las bofetadas. Excelencia, soy de Madrid y me considero español, no me ofenda usted. Tenemos generaciones de mártires a nuestras espaldas. Si hay que dar la vida por la Iglesia y por Cristo, tanto vale la sangre de un laico como la de un cura y yo, desde luego, no quiero salir huyendo para que usted se apunte en solitario el tanto del martirio. ¡Ni lo sueñe! Además, mi novia me ha dejado hace algo más de un mes; se queja de que trabajo demasiado y dice que lo de ser católico le obliga a vivir un noviazgo más casto de lo que a ella le gustaría. Aquí me quedo, para hacer lo que haga falta. Así que, no perdamos más tiempo, y vamos a trabajar. ¿Qué necesita?

—No sabes cuánto te agradezco la lección que me acabas de dar. Tienes toda la razón. Si en la Iglesia hay muchos laicos como tú, es imposible que nuestros enemigos puedan con nosotros.

—Hay más de los que usted se imagina. Llevamos años y años siendo fieles a Cristo y perseverando en la asistencia a misa, a pesar de lo pesadas que son las homilías de la mayoría de los curas —dice, bromeando—. Estamos entrenados en ese «martirio de los alfileres», así que no creo que nos asuste ahora el martirio de las balas. Le repito, vamos adelante con el trabajo, que el tiempo vuela.

—Lo que necesito, lo que quería pedirte, es que me informes sobre la posibilidad de crear un sistema de comunicación que permita al Santo Padre mantenerse en contacto con los fieles a través de Internet, en el caso de que un día tuviera que pasar a la clandestinidad. Eso significaría, evidentemente, que no debería ser localizable. Necesitaríamos tener algo así como lo que posee Al

Qaeda, pero con el agravante de que no dispondríamos de países amigos, como ellos tienen, que nos ofrecieran su cobertura, su protección.

—Justo era eso lo que me imaginaba que me iba a pedir, pues al ver cómo se están poniendo las cosas para la Iglesia, cuando me llamó esta mañana me dio la corazonada de que quizá usted estaría pensando en algo así. He venido en el coche dándole vueltas a ello y algo le puedo decir ahora, pero, por supuesto, necesito tiempo para elaborar un sistema de este tipo. Tiempo y seguridad.

—Confío en poderte ofrecer ambas cosas, aunque no mucho de ninguna de las dos. Pero, dime algo ahora, pues debo informar al Santo Padre en breve.

—Me imagino que usted no ha oído hablar del sistema de redes Peer 2 Peer, donde se mueve una gran cantidad de información entre usuarios, o de programas como eMule y BitTorrent. Tampoco conocerá nada del sistema Tor, un sistema anónimo de comunicación por Internet. Tor es un conjunto de herramientas para aquellas organizaciones y personas que quieren mejorar su seguridad en Internet. Usar Tor sirve para hacer anónima la navegación y la publicación de páginas web, así como para utilizar una mensajería instantánea y las demás aplicaciones que usan el protocolo TCP. Tor también proporciona una plataforma sobre la cual los desarrolladores de programas pueden construir nuevas aplicaciones que incorporen características de anonimato, seguridad y privacidad. No le estoy vendiendo ningún producto, monseñor, pero puede estar seguro de que usar Tor posibilita a los usuarios unos «puntos de reunión» que les permiten interconectarse sin conocer entre sí su identidad en la red. Esta funcionalidad de servicio oculto permite a los usuarios de Tor configurar un sitio web donde la gente puede publicar material sin preocuparse por la censura. Se puede consultar y se puede emitir desde el anonimato. Nadie sería capaz de determinar quién está ofreciendo el sitio y nadie que gestione el sitio sabrá quién está publicando en el mismo. Como ve, todo esto ya existe y solo tendríamos que adaptarlo a las necesidades de la Iglesia. De todas formas, le advierto que no hay nada cien por cien seguro, pero sí lo bastante como para jugar al ratón y al gato durante una larga temporada.

—¡Es increíble! Me basta con esto, de momento. ¿Podrías quedarte aquí, en mi despacho, trabajando, mientras yo sigo adelante con el programa que tengo y que no puedo dejar de cumplir?

—Podría, pero no creo que sea lo más conveniente. Si las cosas están tan mal como parece que están, es posible que la información que entra o sale de este ordenador esté controlada o que, en un corto plazo de tiempo, pueda estarlo. Lo mejor sería que me perdiera por las calles de Roma y que en un cibercafé cualquiera me pusiera a trabajar con calma. La cuestión es: ¿cómo salgo? Y luego, ¿cómo entro?

—Eso es más fácil de lo que imaginas —mientras habla, hace sonar un timbre y casi al instante entra su secretaria. Enrique se levanta y Ramírez se la presenta. Es la hermana Agne Adamkus, lituana. Después le pide a la religiosa que haga pasar a Rose y que regrese con ella. Cuando los tres están dentro, les invita a sentarse.

—Hermana, tengo que ausentarme y necesito delegar en usted una tarea delicada. La señorita Friars, a quien usted conoce y que es oficial del Pontificio Consejo para las Comunicaciones Sociales, y el señor Del Valle tienen que cumplir un encargo muy especial y también muy peligroso. Necesitan salir y entrar del Vaticano con otra identidad y, por lo tanto, con otra vestimenta. Usted se va a encargar de proporcionarles ambas cosas, con ayuda del comandante de la Guardia Suiza, a quien llamaré dentro de un momento para que colabore en todo con usted. De momento, necesitamos dos pases con su foto, pero con otros nombres. Rose debe vestirse de religiosa y Enrique, de fraile.

Mientras habla, marca el teléfono personal del responsable de la Guardia Suiza y le dice que acuda a su despacho y que ejecute lo que su secretaria, la hermana Adamkus, tiene que transmitirle de su parte. Después, saca una llave del doble bolsillo de su pantalón, donde aún conserva la USB que le diera Rose, y abre un cajón de la mesa de su despacho. Extrae un sobre y se lo da a Enrique.

—Hay unos cuantos euros. Tendréis los dos para una temporada, pues no podréis ni recurrir a vuestras tarjetas de crédito ni volver a vuestras respectivas casas, al menos de momento. Este dinero me llegó ayer providencialmente, con el encargo del donante de que lo utilizara para el bien de la Iglesia. Se ve que Dios sabía que hoy lo íbamos a necesitar. Sed muy prudentes. No uséis más vuestros teléfonos. Os aconsejo que os compréis varias tarjetas telefónicas y que las vayáis cambiando cada vez, o que utilicéis teléfonos públicos. Para comunicaros conmigo, ya sabéis la clave. Que Dios os bendiga.

Dicho esto, se levanta y se va del despacho. Allí quedan los tres, un tanto conmocionados por la velocidad con que se desarrolla todo. La hermana, una monja ya mayor, es la primera en hablar.

—Ni sé ni quiero saber de qué trata el encargo que monseñor Ramírez les ha hecho. Sé la gravedad del momento y me imagino que está relacionado con ello. Pueden ustedes confiar en mí. Soy de Lituania. Mis padres fueron asesinados por los comunistas cuando yo era una niña y, si bien he aprendido a no odiar, he aprendido también a dar mi vida por Cristo y por la Iglesia. Pueden ustedes confiar también en el comandante de la Guardia Suiza, que no tardará en llegar. Pero les ruego que extremen sus precauciones una vez que salgan de aquí. Lo del disfraz y lo del pase es muy sencillo. Es la mejor manera de entrar y salir del Vaticano, pues diariamente lo hacen miles de personas. Mézclense con algún grupo y hagan de turistas. Entren por la basílica y, una vez en ella, diríjanse a la sacristía o a la tumba de los papas, para ir desde allí a los patios interiores. Eviten en lo posible la entrada del Santo Oficio, el arco de las Campanas, el portón de bronce y la puerta de Santa Anna. Seguro que estarán vigilados.

—Conozco bien el Vaticano, hermana —dice Rose—. No se preocupe. Me gustaría que me diera su número de teléfono, por si es necesario hacerle una llamada de urgencia. Y también su correo electrónico.

Mientras la hermana Adamkus, Rose y Enrique se ponen de acuerdo y esperan la llegada del comandante, el sustituto ha llegado al despacho del secretario de Estado, que, tras ser avisado de su presencia, le hace pasar. Pasan algunos minutos de las nueve de la mañana y monseñor Ferro, sorprendido de la anticipación de Ramírez, le pregunta qué ha pasado. Este le explica con detalle todo lo sucedido, incluido lo que ha dispuesto para proteger la vida de Rose y Enrique. El cardenal permanece pensativo un momento, después de que el sustituto ha terminado de hablar.

—Tengo que avisar al Papa —dice, por fin—. Todo se está precipitando y si nuestros enemigos se saben descubiertos, pueden intentar un golpe de mano audaz. No sé si será oportuno mantener la reunión con los jefes de dicasterio que teníamos prevista para las once. A estas alturas, Santevecchi ya sabe que le hemos identificado como un traidor y, si en el complot están Schmidt y los demás, quién sabe lo que pueden estar tramando.

—Eminencia, no podemos dejar de dar razón de nuestras actuaciones. No por el mundo, ni siquiera por la historia, sino por los millones de buenos católicos que están angustiados, oyendo una información disparatada y calumniosa, y que necesitan escuchar nuestra versión, aunque les llegue deformada o a través de los escasos medios de comunicación afines. Tenemos que actuar conforme al plan previsto, al menos en lo que respecta a la difusión de la nota de prensa y a la reunión con el equipo de gobierno del Papa. Creo que el Papa debe salir a la ventana a dar unas palabras de aliento, salvo que el comandante de la Guardia Suiza recomiende lo contrario por motivos de seguridad. No podemos acobardarnos ni dar la impresión de que tenemos miedo. Solo deberemos huir del Vaticano cuando sea evidente, a los ojos de todos, que aquí ya no hay seguridad y que desde aquí el Papa no puede gobernar la Iglesia. Mientras tanto, tenemos que esperar a que sean ellos los que muevan primero, estando nosotros preparados para que sus actuaciones no nos cojan por sorpresa.

—¿Qué cree que estará haciendo Santevecchi?

—No le habrá sido difícil deducir por qué yo necesitaba la ayuda de Rose Friars. Por lo tanto, imaginará que vamos a emitir una nota de prensa dando nuestra versión de lo ocurrido. De eso ya habrá avisado a sus jefes, pero eso era relativamente fácil de imaginar. Además, ya debían de saber acerca de la reunión que tuvimos anoche en el apartamento del Santo Padre. También habrá supuesto que yo estoy informado de lo sucedido a Rose en el Pontificio Consejo; cabe la posibilidad, incluso, de que hayan averiguado ya de quién es el coche que la recogió y que sepan que he pedido ayuda a un especialista en informática; dudo que acierten sobre lo que busco de él y posiblemente pensarán que va en la misma línea de lo pedido a la señorita Friars: establecer un sistema de comunicación seguro para poder emitir la nota de prensa. Si sabe que yo estoy enterado de todo, sabe que lo está usted también y que lo está, o lo estará, el Papa. Posiblemente, nuestros teléfonos y nuestros correos electrónicos estén ya pinchados a estas alturas, lo cual nos dificulta algo el siguiente paso, pero no lo impide. Posiblemente también, habrá informado a Schmidt y al resto. Creo que todos están a la espera de cuál va a ser nuestro siguiente paso, al menos con respecto a Santevecchi.

—¿Y cuál cree que debería ser?

—Creo que no hay que hacer nada. Así le mantendremos un tiempo a la expectativa. Por otro lado, ¿qué podemos hacer? ¿Ordenar a la Guardia Suiza que le detenga? ¿Se imagina el escándalo? Y ¿de qué serviría una llamada de usted para exigirle explicaciones o para recriminarle? Quizá sea eso lo que espera, para buscar una excusa con la que empezar el levantamiento. Hagamos nuestro juego como si nada hubiera pasado.

—Tiene usted razón. Informaré de todo esto al Papa inmediatamente, pero ahora ya no tenemos tiempo para retrasar la publicación de la nota de prensa y, como usted dice, posiblemente nuestros correos estén pinchados.

—No creo que el control que puedan estar ejerciendo nos impida enviar el documento. Como mucho, suprimirá el tiempo de ventaja que queríamos dar a nuestros amigos antes de que lo conociera el resto del mundo. Pero se me ocurre otra cosa. Podemos enviar lo que deseemos a través de un servidor gratuito, creando un correo a propósito para esto, lo cual se puede hacer inmediatamente. Además, puedo usar una conexión de teléfono móvil UMTS con un servicio equivalente al ADSL, la HSDPA. Tengo una que no está a mi nombre y que es muy difícil que rastreen inmediatamente. No tardarán en localizarla, pero nos habrá permitido ganar un tiempo precioso, creo que el suficiente.

—Adelante, entonces —le dice el cardenal Ferro, a la vez que le ofrece la memoria USB con la nota, que extrae de su bolsillo—. Envíela inmediatamente a nuestros amigos y espere a una llamada mía, con un solo timbre si es positiva y dos si es negativa, para mandarla al resto y también a los jefes de dicasterio. En un principio, pensaba hacer yo esto último, pero lo va a tener que hacer usted. Incluya también, en el correo que envíe a los miembros de la Curia, una convocatoria en la sala Pío-Clementina para las once y adviértales que el tema de la reunión está relacionado con el mensaje que se les envía. Yo voy a ver al Papa.

Los dos hombres salen del despacho y cada uno toma su propio camino. Ramírez consigue el ordenador personal que necesita y, con las dos memorias USB —la que le ha dado Ferro con el mensaje y la que le dio Rose con las direcciones seguras—, no tarda en cumplir la misión que le han encomendado. Lo hace desde un despacho distinto del suyo, que estaba vacío porque el oficial que trabaja en él se encuentra enfermo. Cuando termina, se mantiene conectado a Internet y aguarda noticias. No tardan en llegarle los ecos del mensaje enviado a los medios de comunicación afines. Todos responden agradeciendo el envío y asegurando que le van a dar la máxima publicidad posible, de forma inmediata. De hecho, no ha pasado un cuarto de hora desde que comenzó a enviarlos y ya aparecen resúmenes en algunas páginas web católicas. El sustituto le pide entonces al Señor que el cardenal Ferro le conteste lo antes posible con el permiso para mandarle la información a los cardenales y al resto de medios, pues de lo contrario la situación podría tornarse aún más complicada. En ese momento, suena su móvil y, después de un solo timbrazo, se apaga. Ramírez se pone manos a la obra, mandado un correo en primer lugar a los jefes de dicasterio y luego a un buen número de medios de comunicación en el mundo, sobre todo agencias de noticias. Luego, sigue aguardando y va controlando y tomando nota de las noticias que empiezan a aparecer en la red, con el objetivo de presentar un informe lo más completo posible en la reunión de cardenales que se avecina.

A las 10:36 vuelve a recibir una llamada del cardenal Ferro, con un solo timbrazo. Es la señal de que el secretario de Estado quiere que acuda a su despacho. Ramírez apaga el ordenador y acude a la llamada de su superior. No tarda en estar ante él. Este le dice inmediatamente: «El Papa le agradece todo lo que está usted haciendo. Está muy preocupado por el desarrollo de los acontecimientos y por lo ocurrido con Santevecchi. Teme por la vida de Rose Friars y de su amigo español. Sin embargo, le he visto muy firme en lo que respecta al futuro de la Iglesia. Está convencido de que el mensaje de la Virgen es verdadero y, por lo tanto, que la victoria será nuestra, aunque tengamos que pagar un elevado precio en sangre. ¿Cómo va el informe del cardenal Hue? Esa es ahora la cuestión fundamental».

—Antes que nada, quiero decirle que he cumplido el encargo anterior y confío en que todo esté bien. Los correos han sido enviados. Tengo preparado un informe, provisional ciertamente, sobre los ecos de nuestra nota de prensa. En cuanto al cardenal Hue, no he sabido nada de él. Se me había olvidado por completo. Es extraño que tarde tanto en llamarme. Si le parece, voy a intentar localizarle para ver qué sucede.

—Hágalo desde aquí.

Ramírez llama entonces al cardenal Hue. Responde su secretaria, que le informa de que el cardenal no se encuentra bien. Estaba rezando en su capilla cuando tuvo un desvanecimiento y ahora está acostado, descansando. También le dice que tiene ya preparado el trabajo que Su Eminencia le había encargado. El sustituto, para no dar lugar a más intercambio de información que pudiera ser interceptada, le dice que sale inmediatamente para la vivienda del cardenal.

—Parece que está enfermo —dice Ramírez—. Confiemos en que sea algo natural y no el resultado de alguna acción de nuestros enemigos.

—Es muy anciano e insistió en pasar la noche velando, ofreciendo su sacrificio por la Iglesia. Probablemente, el Señor ha aceptado su oferta. No olvide la gran cantidad de cosas providenciales que nos han sucedido en estas horas, incluido el hecho de que la señorita Friars siga con vida. Vaya a verle y, si está despierto, dígale que el Santo Padre la agradece mucho su sacrificio y que no es necesario que acuda a la reunión de las once. Extreme las precauciones para proteger los datos del informe que su secretaria le va a dar. ¿No cree que sería bueno que le acompañara un guardia suizo?

—Temo que despertaría sospechas. Lo mejor es actuar rápidamente. Si le parece, nos vemos a las once en la sala Pío-Clementina. Voy a pasar un momento por mi despacho para ver cómo van las cosas con Rose y Enrique y luego voy a la casa del cardenal Hue. Afortunadamente, vive muy cerca.

—De acuerdo, nos vemos allí.

Ramírez deja el despacho del cardenal Ferro y se dirige al suyo. Allí encuentra a la hermana Agne, que le sonríe y le dice: «Los pájaros han volado y están a salvo». «Esté usted atenta a Internet para elaborar un informe de lo que estén diciendo los principales medios de comunicación del mundo. A las once menos cinco, llámeme y me cuenta lo principal», le responde el sustituto. Dicho esto, se dirige a la salida del Palacio Apostólico, toma su coche, aparcado en la puerta, y va al apartamento del cardenal Hue, donde no tarda en llegar. La hermana que ha preparado el informe se lo entrega, mientras le dice que el anciano cardenal sigue en cama, durmiendo. Aparentemente está bien, pero ella está preocupada y no sabe si llamar al médico. De hecho, es lo que debería haber llevado a cabo, pero cuando el cardenal se puso repentinamente enfermo le pidió que no lo hiciera y que se limitara a acostarle. Ramírez comprende que el veterano luchador tiene miedo a que el doctor que le pueda visitar sea más enemigo que amigo. Sin embargo, también teme por la vida del cardenal chino. Por eso le dice a la monja: «Hermana, si usted ve que Su Eminencia descansa y no empeora, haga lo que él le dijo. En caso contrario, avise a su médico habitual y no permita entrar a nadie que no sea él. En cuanto a este informe, es absolutamente confidencial, así que no debe decir a nadie que me lo ha dado. Por favor, destruya el material original». «Ya lo he hecho», responde la monja. «Así me lo pidió Su Eminencia, que me encargó que solo se lo diera a usted. No se preocupe por mí. Nadie podrá arrancarme una palabra, ni con torturas. Estoy entrenada en eso».

Son casi las once. Ramírez sale del apartamento de Hue y, mientras se dirige, en su coche, hacia la sala donde se va a celebrar la reunión, llama a su secretaria, que le pone al corriente de lo que van contando los medios de comunicación. Todos se han hecho eco de la nota de prensa y la tensión sube por momentos en todo el mundo. Cuando entra en la sala Pío-Clementina, ya están allí la mayoría de los jefes de dicasterio. Schmidt, Ceni y Prakash se encuentran juntos, formando un pequeño grupo y hablando bajo entre ellos. Otros cardenales y presidentes de Congregaciones y de Pontificios Consejos hacen lo mismo. Todos vuelven la mirada hacia él cuando le ven entrar. De golpe, Ramírez siente todo el peso del cansancio, de la noche casi sin dormir, de la infinita tensión nerviosa. La presencia de aquellos arzobispos y cardenales le recuerda que la batalla no ha hecho más que empezar y se siente sin fuerzas para seguir luchando, para afrontar, sobre todo, la hipocresía de aquellos eclesiásticos que están poniendo velas a la vez a Dios y al demonio. En ese momento, para colmo, el cardenal Schmidt, que se ha acercado a él, le espeta a bocajarro, casi gritando:

—¿De quién ha sido la idea de la nota de prensa? ¿Se han vuelto locos? ¿Creen que de esa forma van a terminar con los rumores? ¡Nos han echado encima a la ONU, a las potencias mundiales! La situación es extremadamente grave. Puede ser, incluso, el fin de la Iglesia.

El sustituto, agotado como está, siente que le falta el ánimo. Su sangre latina protesta y se le sube a la cabeza. Con un esfuerzo supremo cierra los puños y clava las uñas en la palma de las manos, intentando controlarse. Sabe que si habla será peor, pues al fin y al cabo Schmidt es un cardenal y reclamará ante el Papa que le sancione, si le falta al respeto o si él cree que se lo ha faltado. Nota, además, la mirada de todos clavada en él y comprende que están expectantes, aguardando no solo su respuesta, sino su reacción. Sobre todo, lo nota Schmidt. Intuye que le ha golpeado, que está débil, que le tiene en sus manos y que, si aprieta un poco más, romperá su sistema nervioso y Ramírez quedará desautorizado, con lo cual el Papa perderá uno de sus principales apoyos en la guerra sin cuartel que se está librando. Por eso, insiste, volviendo a levantar la voz para provocar aún más la ira del sustituto y tocando en lo vivo el orgullo de Ramírez.

—¿No contesta usted? ¿Tanto se le ha subido el cargo a la cabeza? Al fin y al cabo, ¿quién es usted? ¡Un hispano! Creen que pueden venir aquí a darnos lecciones. Si no fuera por el dinero que nosotros, los alemanes, mandamos a sus países, estarían muertos de hambre y las sectas hace tiempo que habrían acabado con sus Iglesias. ¡Respóndame! ¿De quién ha sido la idea de la nota de prensa?

El sustituto no puede más. Tiene la cara ardiendo. El agotamiento ha podido con su capacidad de resistencia. El dolor de cabeza le está matando. Va a decirle cuatro cosas a este impertinente y engreído europeo, traidor a su Iglesia. Abre las manos y respira hondo. Abre la boca para hablar y, en ese momento, se abre también otra cosa: la puerta que da acceso a la parte del Palacio Apostólico que comunica con el apartamento del Papa. Dos guardias suizos se cuadran y, segundos después, aparece el Santo Padre, precedido por el secretario de Estado, cardenal Ferro, y por el prefecto de la Congregación de Doctrina de la Fe, cardenal Astley.

Schmidt rechina los dientes con rabia, mientras se gira en dirección a la puerta por donde entra el Pontífice. Se le ha escapado el triunfo en el último segundo, cuando ya tenía a su enemigo en sus manos, a punto de quedar desautorizado para siempre. En cambio, Ramírez suspira lleno de alivio y le da gracias a Nuestra Señora, a su querida Virgen de Chiquinquirá, a la que tanto debe. Después, sin decir palabra, se sienta en tercera fila, dejando los puestos más adelantados para los otros. Necesita recuperar la calma. Cierra los ojos y le ruega a la Madre de Dios que, al menos, se le pase un poco el dolor de cabeza. Concentrado, se pierde las primeras palabras del Papa, que se ha sentado mirando a los jefes de dicasterio y que tiene a ambos lados a Ferro y a Astley, también sentados aunque a una distancia de dos metros y fuera de la tarima sobre la que está colocada la butaca del Santo Padre. Ramírez, de repente, comprende que el Papa está hablando y sale de su ensimismamiento para prestarle la máxima atención.

—…el momento que vive la Iglesia —está diciendo el Vicario de Cristo en ese instante— es extremadamente grave, como todos ustedes pueden comprender, después de lo ocurrido ayer en Guatemala y de las insidias y calumnias que nuestros enemigos han vertido contra nosotros y que están recogiendo profusamente el grueso de los medios de comunicación del mundo. Por eso he tomado la decisión de publicar la nota de prensa que les ha sido enviada a cada uno de ustedes esta misma mañana. Contamos la verdad y lo hacemos sin miedo alguno. Solo esa verdad nos va a hacer libres. He ponderado muy bien el paso que he dado, pues soy consciente de que es una declaración de guerra a nuestros enemigos. Mejor aún, una aceptación de la guerra que ellos nos han declarado. Si hubiéramos callado, habríamos dado la sensación de cobardía y, en el fondo, de aquiescencia con lo que se dice que hemos hecho. Y aceptar las imputaciones que nos hacen, la acusación de que estamos detrás de las muertes del arzobispo de Guatemala, de las monjas, de la vidente y de monseñor Di Carlo, siendo, como es, mentira, no podíamos hacerlo de ninguna manera. Les he convocado para escuchar, brevemente, su opinión, pues dentro de un rato, a las doce, pienso asomarme al balcón central de la basílica, a la logia donde aparecí por primera vez tras ser proclamado Papa, para mandar un mensaje solemne al mundo.

—Pero no es la primera vez que nos calumnian y nunca hemos reaccionado así —afirma el arzobispo indio Prakash, que es el primero en hablar—. En todo caso, Santo Padre, y con el debido respeto, ¿no habría sido mejor que nos consultara antes de hacer pública esa nota de prensa, en vez de reunirnos para saber lo que opinamos cuando ya se ha hecho pública?

—Sí —ahora es el arzobispo Riva quien habla—, monseñor Prakash tiene razón. Si lo que busca es nuestro asentimiento dócil, no nos convoque. No somos una corte medieval que está solo para dar parabienes al tirano absolutista. Y si lo que quiere es saber nuestra opinión para tenerla en cuenta, debería habernos consultado antes de hacer público ese mensaje, con el que estoy en pleno desacuerdo.

—Estoy completamente de acuerdo con mis colegas —apostilla Ceni— y estoy seguro de que la Iglesia brasileña mira con estupor y profundo disgusto la nota de prensa que se ha publicado esta mañana. No sé qué consecuencias tendrá esto. Siento que todo el trabajo que he hecho estos años para evitar que se fueran de la Iglesia los teólogos y sacerdotes que creen que el futuro de nuestra institución pasa por la democracia, se viene abajo por una actuación tan lamentable como esta.

El Papa guarda silencio. Afortunadamente, Ferro le había contado quiénes eran los que habían estados reunidos con Schmidt durante la noche y va viendo que, uno tras otro, hablan los primeros para intentar condicionar el ambiente de la reunión de una manera hostil a la nota de prensa y, por consiguiente, a él mismo. Pero se da cuenta también de que faltan aún dos por hablar: Fontaine, el canadiense, y, sobre todo, el propio Schmidt. Seguro de que se están reservando para el final, decide aguardar antes de tomar la palabra y permanece en silencio para dar pie a que hablen ellos u otros de los jefes de dicasterio presentes. En ese momento interviene un joven arzobispo polaco, monseñor Jarek Loj, que preside el Consejo de Laicos.

—Queridos hermanos, no les entiendo a ustedes. Resulta que han matado a un arzobispo, a veinte mujeres y a un compañero nuestro. Resulta, además, que están manipulando la información para presentarnos a los ojos del mundo como si fuéramos nosotros los responsables de esas muertes. ¿Y quieren ustedes que el Santo Padre calle o que pida perdón por algo que no ha hecho? ¿Creen, de verdad, que esa es la mejor manera de defender la libertad de la Iglesia en un momento como este? ¿Creen que nuestros enemigos nos dejarán en paz al ver que retrocedemos? No será así. Les aseguro que nuestro miedo les dará impulso para echarse con más fiereza aún contra nosotros. La cobardía nunca consigue nada y me temo que alguno de ustedes la confunde con mucha frecuencia con la prudencia.

—¡Lo que usted afirma es un insulto! —grita, airado, poniéndose en pie y señalando con el dedo al arzobispo polaco el prelado canadiense Fontaine—. Está acusando a hombres de Iglesia como Riva, Prakash y Ceni de cobardes y de desleales. Ellos están en la frontera de la Iglesia, intentando dialogar con un mundo que nos ve, cada día más, como reliquias del pasado que, a lo sumo, hay que tolerar. Usted, como el resto de los polacos, se empeña en vivir de los recuerdos de una época gloriosa en la que vencieron al comunismo. No han salido ustedes de la Edad Media y ya va siendo hora de que se den cuenta de que estamos en el siglo XXI. Es la hora del diálogo, no la de las Cruzadas. Es la hora de sentarse con nuestros hermanos de otras religiones y también con la inmensa multitud de los que no tienen fe, para pactar un futuro de consenso, un futuro donde nadie hiera a nadie con sus pretensiones de verdades absolutas, de verdades únicas. Lo siento, monseñor Loj, pero tengo que decírselo con toda claridad: su postura y la de aquellos que son como usted es la que está conduciendo a la Iglesia a la ruina, la que la está convirtiendo en una pieza de museo.

El Papa sigue en silencio y, además de escuchar, contempla la partida. Recuerda lo leído sobre las tácticas comunistas de manipulación de asambleas: hay unos peones que abren fuego y luego otros que, en retaguardia, esperan para desarmar, con agresividad si hace falta, a los que osan enfrentarse con los primeros. De este modo, la mayoría, que suele ser silenciosa y bastante cobarde, se calla y se produce la impresión de que todos están de acuerdo con los más vociferantes. Si hace falta, se llega a una votación mano alzada, que pocos osan discutir, temerosos de que, si se distinguen del conjunto, puedan ser marcados por la señal de la marginación. Hasta ahora, la jugada ha sido de libro, pero no cree que esta haya terminado aún. Efectivamente, un instante después, rompiendo el incómodo silencio que se ha creado tras la intervención de Fontaine, es el cardenal Schmidt el que habla, y lo hace en un tono conciliador, tal y como estaba previsto en el guion, pues ha dejado que sean sus peones los que den la cara por él y carguen con lo más duro de la batalla. Ahora él puede presentarse como un hombre casi neutral, como el que va a mediar en el conflicto para conseguir la ansiada paz y alejar a la Iglesia de la persecución. De este modo, sin decirlo abiertamente, estará presentando su candidatura para cuando llegue la hora de elegir sucesor al actual Pontífice.

—¡Hermanos, hermanos! ¡Por caridad, mantengamos la armonía! Excelencia —dice melosamente, dirigiéndose a Fontaine con una sonrisa—, sea usted comprensivo con nuestro joven arzobispo polaco, que todavía no ha bregado lo suficiente en las procelosas aguas del diálogo con el mundo secularizado, él que tiene la dicha de venir de una tierra donde aún están llenos los seminarios, pero que es, por desgracia, una excepción en el conjunto de la Iglesia. Creo —y al decirlo, pasea su mirada por el conjunto de la asamblea— que, efectivamente, la situación es muy grave, pero no desesperada. Santo Padre —dice, mirando al Papa a los ojos, con firmeza en la voz pero sin el más mínimo asomo de agresividad—, sinceramente le digo que no estoy de acuerdo con la nota que usted ha publicado, como ya he hecho saber al mundo, pues apenas hecha pública fui entrevistado por los medios de comunicación más prestigiosos. Pero, en mis declaraciones, he insistido en eximirle a usted de toda responsabilidad. Creo que han sido sus asesores —y en ese instante, deja de mirar al Papa para buscar, sin encontrar, a monseñor Ramírez, que está situado dos filas tras él— los que le han envenenado el alma quién sabe con qué cuentos de conspiraciones incluso dentro del Vaticano; son ellos, estoy seguro, los que le han inducido a dar un paso que, como muy bien ha dicho monseñor Prakash, debería haber sido consultado antes de darse. Santo Padre, me ofrezco gustoso a colaborar con usted para encontrar una salida airosa a este terrible embrollo. Habrá que hacer algunas concesiones, por supuesto, pero mis contactos con los más altos dirigentes mundiales, incluidos aquellos a los que se insulta directamente en la nota de prensa publicada, me facilitarán la tarea. Creo que en poco tiempo habré podido llegar a acuerdos muy valiosos que, incluso, nos permitirán mirar al futuro con confianza. Para el bien de la Iglesia sería importantísimo que los medios de comunicación dejaran de atacarnos y de presentarnos como los enemigos de la Humanidad. Si, para conseguirlo, tuviéramos que pagar algún precio creo que merecería la pena. Le ruego, Santidad, que deseche usted la idea del mensaje solemne y que me deje a mí encontrar una solución pactada para esta desagradable situación. El diálogo, la negociación, el pacto, no lo olvide, es la llave que todo lo soluciona.

Tras las palabras de Schmidt, el silencio es total en el hermoso salón vaticano. Para todos, incluidos los menos avispados, está clara cuál es la oferta que el cardenal alemán acaba de poner sobre la mesa: solucionar el problema a cambio de, primero, cambiar el equipo asesor del Pontífice y, segundo, acceder a las pretensiones del CUR. O eso, o la guerra abierta, que tendría como arietes los medios de comunicación y que podría ser apoyada por la propia ONU y los principales gobiernos mundiales. Todos miran al Papa, que ha guardado silencio durante todo el tiempo. Este, por fin, se levanta y se dirige a los presentes de una manera solemne.

—Queridos hermanos en el Episcopado, en esta hora de la historia no puedo abdicar de mi responsabilidad, de mis obligaciones. Soy el Papa y debo actuar tal y como me lo pide mi conciencia, tal y como creo que me lo está pidiendo Jesucristo. Ratifico totalmente lo publicado en la nota y renuevo mi más completa confianza en los colaboradores que me han ayudado a redactarla. Creo en el diálogo —dice, mirando a Schmidt—, como muy bien nos enseñó nuestro amado predecesor Pablo VI, pero también creo que hay un tiempo de dialogar y un tiempo de actuar. Ha llegado la hora de esto último, pues si el diálogo se convierte en un fin en sí mismo, entonces deja de ser un instrumento y se vuelve un obstáculo para la verdad y para la evangelización. No puedo ser, no quiero ser un pastor mudo, que guarda silencio mientras ve cómo matan a sus ovejas confundiéndolas en su fe y separándolas de ella. Estoy dispuesto al pacto, a la negociación, pero no a cambio de ceder en cosas que son irrenunciables, como por ejemplo la afirmación de que Cristo es el único Salvador del mundo, que Él y solo Él es el Hijo único de Dios y que en Él y solo en Él reside la plenitud de la verdad. Si hay que dar la vida por defender esto, estoy dispuesto a darla y estoy seguro de que otros también. Les ruego a ustedes, a todos ustedes, como mis principales colaboradores en el gobierno de la Iglesia, que formen una piña conmigo, que me apoyen ante el mundo, incluso si no están plenamente de acuerdo conmigo. Mejor dicho, no se lo ruego, se lo ordeno. O, de lo contrario, les exijo que me presenten la dimisión de sus cargos. Y ahora, ha llegado el momento de hablarle al mundo.

—¡No lo haga! —grita Schmidt, que se ha puesto de pie y se dirige al Pontífice, el cual se acababa de bajar de la tarima y se dirigía hacia la puerta de salida—. Si se atreve a ello, ya estará todo perdido. Por favor, reconsidere su plan. ¡Es una locura! ¡Es un desafío suicida al mundo!

—Le repito, Eminencia —responde el Papa—, que tengo que ser fiel a mi conciencia y a mi responsabilidad. Y le ruego que me dé todo su apoyo en un momento como este o que renuncie inmediatamente.

—Ni una cosa ni la otra —replica el cardenal alemán, airado y elevando el tono de la voz, mientras mira al Papa, que está a corta distancia de él—.

Yo también tengo conciencia y también debo responder ante Dios según ella me dicta. Ni dimito ni le ofrezco mi ayuda. Al contrario, intentaré salvar del naufragio lo que quede de esta barca que es la Iglesia y que, por su obstinación, va a estrellarse contra los escollos. Usted y los que le apoyan —dice, señalando con el dedo al Pontífice y a los dos cardenales que están a su lado— serán los responsables de la muerte de millones de católicos inocentes. Porque, no le quepa duda, a eso vamos: a una nueva persecución que hará recordar la de Diocleciano como una cosa de niños. Sobre su conciencia caerá toda esa sangre derramada. Usted podría hacer que viviéramos en paz y ahora, con su soberbia, nos va a introducir en la mayor catástrofe de la historia.

—De modo que, según usted —dice el Papa, manteniendo la calma pero con la voz alta y clara, mientras sostiene la mirada desafiante de Schmidt—, los mártires de los primeros siglos de la Iglesia y los que han venido después, lo fueron porque se obstinaron en defender posturas tan absurdas como no adorar al emperador, al nazismo o al comunismo. Ellos eran, por lo tanto, los culpables de lo que les pasaba. Si hubieran sido más dóciles, más flexibles, como usted dice, se habrían evitado morir y habrían podido seguir siendo cristianos en lo íntimo de su conciencia. ¿Y ese es el modelo de Iglesia que usted pretende instaurar y que quiere que yo apoye?

—Usted presenta las cosas de un modo exagerado —le responde Schmidt, visiblemente nervioso, pues comprende que su argumentación es tan endeble que fácilmente cae por su propio peso—. Yo solo pretendo dialogar, pactar, llegar a acuerdos mediante los cuales podamos vivir en paz aunque tengamos que ceder en algo. ¿Qué problema hay en aceptar que otros digan que Cristo es «un salvador más» en lugar de «el Salvador»? Nosotros seguiremos pensando que es el Hijo de Dios, pero no insistiremos en afirmar que solo él tiene la plenitud de la verdad, aunque lo pensemos así en nuestro interior. Tenemos que ponernos al lado de las otras religiones, como una más, sin pretensiones de poseer la verdad absoluta. Tenemos que aceptar hasta las últimas consecuencias la afirmación de que uno se puede salvar siendo fiel a su conciencia y, por lo tanto, que en el fondo da lo mismo a qué religión se pertenezca, pues todas son instrumento de salvación. Hay que acabar, definitivamente, con las misiones, pues eso ofende a los miembros de las otras religiones y a los ateos, pues su misma existencia implica que nosotros consideramos que lo que tenemos es superior a lo que tienen ellos. Y, si me apura, le diré que, efectivamente, aquellos mártires de Nerón y Diocleciano eran unos intransigentes que se ganaron a pulso su ruina, pues nadie les obligaba a creer que los emperadores eran dioses; solo les pedían que echaran un poco de incienso en su altar. ¿Era tan importante eso como para jugarse la vida, como para enviar a la muerte a los propios hijos?

—Sí. Era lo suficientemente importante. Entonces y ahora. Cristo es el salvador del mundo. El único salvador del mundo. Y si bien todas las religiones tienen elementos de verdad y cualquier persona puede salvarse siendo fiel a su conciencia, no todas las religiones son iguales ni todas conducen del mismo modo a la salvación. Y en cuanto a la fidelidad a la conciencia, de sobra hemos visto en estos años hasta qué punto es fácil de manipular, hasta conseguir que le diga al individuo solo aquello que le conviene oír. Sin la voz de la Iglesia, que es la voz de Cristo en la historia, la conciencia no tarda en ser arrastrada por el huracán de relativismo que nos azota —dice el Papa.

—¡Va usted a morir! ¡Y van a morir millones de fanáticos intransigentes como usted! Yo no soy responsable ni de su sangre ni de la de ellos.

—¡Qué curioso! Algo parecido dijo Pilato antes de enviar a Jesús al Gólgota. Solo le falta a usted, Eminencia, lavarse las manos —dicho esto, el Papa se dirige hacia la puerta y desaparece del aula.

Un griterío estalla entonces en la sala. Todos hablan. Los más, apoyan al Papa y critican duramente la osadía de Schmidt. Otros, en cambio, le dan la razón. Los hay que menean la cabeza, pesarosos. Y hay uno que aprovecha el tumulto para escabullirse sin ser visto de la sala y, apenas recorridos unos metros fuera de ella, medio escondido, hace una llamada desde su móvil.

—Soy Ceni. El viejo idiota está decidido a seguir adelante. Nuestro plan A ha fallado. Debemos poner en marcha, enseguida, el B. Va hacia la logia que hay sobre la puerta principal de la basílica a fin de dar un mensaje al mundo. Será en unos minutos, después del Ángelus. Tenedlo todo preparado. No podéis fallar. Tiene que caer al primer disparo, antes de decir lo que tiene pensado decir.

Ramírez ha visto salir al prelado brasileño y le ha seguido sin que se diera cuenta. Le ha visto hablar por teléfono, pero no ha podido oír lo que decía. De todos modos, sonríe y se da media vuelta para entrar en la sala antes de que el traidor decida regresar y le descubra. Cuando lo hace, todavía quedan en el aula muchos de los obispos y cardenales, en animada discusión. El Papa se ha ido, seguido de Ferro y Astley. En cambio, Schmidt está rodeado de un grupo que le escucha, asintiendo. Al verle entrar, se encara con él, con una agresividad mayor que la que tenía cuando le estaba atacando, justo antes de que entrara el Pontífice.

—¡Usted! ¡Usted es el culpable de todo! Usted y esos viejos fanáticos que le animan a mantenerse en una postura trasnochada. ¿Es consciente de que nos estamos enfrentando con el mundo entero, con una alianza formada por políticos y líderes de todas las religiones? ¿Cree, de verdad, que tenemos alguna posibilidad de ganar?

—Eminencia, discúlpeme. Tengo prisa —le dice Ramírez, que quiere evitar una discusión que no conduce a ninguna parte y que quiere estar junto al Papa en el momento en que este se dirija al mundo.

—¡No! No se va a ir de aquí sin responderme —le contesta Schmidt, que le ha cogido el brazo y se lo oprime con fuerza, mientras Fontaine y Riva rodean al sustituto por detrás, cerrándole la posibilidad de huir.

—Solo se me ocurre decirle aquello que San Ignacio de Antioquia escribió a los romanos, cuando le traían a esta ciudad para ser martirizado y él suplicaba que no intercedieran por él ante el emperador los cristianos influyentes: «Cuando llega la hora de la persecución no hacen falta argumentos, sino grandeza de ánimo». Y también aquello otro: «Soy trigo de Cristo y tengo que ser molido por los dientes de las fieras» —y diciendo esto, se suelta de un tirón de la mano de Schmidt y se lanza con rapidez y firmeza hacia la salida por la que se había ido el Papa. Al llegar a la puerta, mientras sus enemigos permanecen en su sitio, aún sorprendidos, se vuelve y les dice: «Recuerden las palabras de Cristo: no se puede servir a dos señores». Y se aleja corriendo.

3.—La hora del exilio

Mientras esto sucede, a varios miles de kilómetros, en un lujoso hotel de Nueva York, Gunnar Eklund se despierta. Es muy temprano, pues aún no son las seis de la mañana, hora de la costa Este de Estados Unidos, pero Gunnar tiene una importante cita poco después y no quiere llegar tarde. Está en una de las mejores suites del establecimiento y se siente afortunado y satisfecho de sí mismo.

«He acertado —piensa, estirado plácidamente en la cama, de la cual no ha tenido necesidad de moverse para pedir, por teléfono, que le traigan el desayuno—. Mi porvenir no puede ser más espléndido. Cuando ayer me llamó Ralph Renick, él personalmente, sin mediación de ningún secretario, significa que he llegado a lo más alto. Realmente me lo merezco, porque no ha sido fácil lo que he hecho en estos años, sobre todo el levantamiento que, a estas horas, ya debe estar a punto de producirse en Latinoamérica. Lo del tonto de Antonio me ha dolido, pues hubiera querido salvarlo, por los viejos tiempos, porque, en el fondo, soy un sentimental. Pero él se lo ha buscado. Lo mismo que se lo van a buscar todos los que caigan en la persecución que se va a montar. Ahora lo importante es no mirar atrás, sino adelante, hacia el futuro. La llamada del jefe supremo, su deseo de que cogiera un avión ayer a toda costa y que me viniera a Nueva York para entrevistarme con él hoy, solo puede significar que están muy contentos conmigo. Supongo que Schmidt será nombrado Papa, después de que se carguen al vejestorio que hay ahora. Y yo seré el secretario de Estado. No aceptaré nada menos que eso pues, en el fondo, yo he sido el que ha movido los hilos en la sombra. Si algún ambicioso del Vaticano quiere hacerme luz de gas, deberá andar con cuidado».

En ese momento llaman a la puerta y, tras el «adelante» de Gunnar, entra un elegante camarero que le acerca la bandeja con el desayuno y unos cuantos diarios. Después de dejárselo instalado para que pueda desayunar en la cama, se retira.

«Esto es vida, sí, señor» —sigue pensando Gunnar, que ha abierto un periódico y ve, en la portada, lo relacionado con la muerte de Antonio, del arzobispo, de las monjas y de la vidente, así como la afirmación de que todo se debe al propio Vaticano, en su deseo de echar tierra a una revelación que no le interesaba difundir, porque era contraria a sus pretensiones hegemónicas fundamentalistas. Instintivamente, se lleva a los labios el vaso de jugo y se sorprende de su excepcional sabor. «Mango», se dice a sí mismo, «y de Filipinas, no me cabe duda. Es el mejor. Les habrá costado un montón de dinero. Se ve que están decididos a cuidarme». Deja el periódico a un lado y se concentra en el desayuno. Abre la tapadera del plato principal y ve los huevos revueltos, tal y como a él le gustan, y luego descubre, dentro de una preciosa caja de ébano, bombones con una etiqueta. «¡Bombones belgas! Realmente, me están cuidando. Han preparado el desayuno sabiendo exactamente qué es lo que más me gusta. No podía haber comenzado todo con mejor pie». Gunnar se come los huevos y se lleva a la boca el primer bombón, uno de chocolate blanco, que saborea deleitándose. En ese momento, evoca su niñez en Hamburgo, cuando su padre, un ateo militante, le llevaba las mañanas de los domingos a la pastelería que había junto al hotel Crowne, en el 10 de Graumannsweg, para comprarle bombones belgas y evitar así que fuera a misa con su madre. Los dos daban un paseo desde la pastelería, girando a la derecha por Ackermannstrasse hacia el lago Aussenalster, mientras se comían los bombones. Después regresaban a casa. Sin embargo, su amor a los bombones era, entonces, menor que el amor a su madre, que se impuso y terminó por vencer al padre y hacer de él un sacerdote católico. El recuerdo de la madre le hiere y no puede dejar de pensar en las últimas palabras de Di Carlo, poco antes de que le asesinaran, cuando le dijo que no tendría la suerte de verla en el paraíso. Para alejarlo de sí, vuelve a tomar el periódico y lee el editorial, dedicado a criticar duramente al Vaticano y a pedir a las autoridades mundiales que abandonen su pasividad e intervengan contra la Iglesia. Le complace el artículo y, sin pensarlo, va comiendo bombones de la hermosa caja que tiene ante él. Deja para el final su preferido, el de chocolate negro, fuerte, casi sin azúcar. Enciende, entonces, el televisor y busca un canal de noticias. En la CNN el periodista está informando en ese momento del comunicado que ha publicado el Vaticano esa misma mañana —Gunnar recuerda que hay seis horas de diferencia con Estados Unidos a favor de Italia y que, por lo tanto, lo que están contando en la televisión ha sucedido mientras él dormía— y en el que el Vaticano no solo se exime de toda responsabilidad sobre lo ocurrido, sino que acusa indirectamente a la ONU, a través de la Unesco y del CUR, de estar detrás de la tragedia. El periodista introduce elementos de su propia cosecha y se muestra indignado y escandalizado de semejante osadía, a la vez que informa de que en varios países se han convocado reuniones de urgencia al más alto nivel gubernativo para tomar medidas y que se espera que esa misma mañana el secretario general de la ONU haga público un comunicado y, posiblemente, convoque al Consejo de Seguridad. Gunnar se mete, distraído y de forma instintiva, el último bombón en la boca. No encuentra en él el sabor que esperaba, lo que le sorprende, pero no le da más importancia. Se limpia los dedos en la servilleta y se levanta, después de separar los utensilios del desayuno. Pone más alto el volumen del televisor, para no perderse nada de lo que están contando y se dirige hacia el baño. Apenas ha empezado a asearse, oye sonar su teléfono móvil y va corriendo hacia él. Al hacerlo siente un leve mareo, un temblor de piernas, un cierto desvanecimiento, pero no le da importancia y lo achaca a la tensión sufrida en los últimos días. Coge el teléfono y pregunta quién es.

—¿Gunnar? —le interroga una voz que él identifica inmediatamente y que le lleva a erguirse, casi en posición de firmes.

—Señor Renick —responde—, ¡qué alegría oírle y qué honor que usted me llame personalmente a estas horas! Hemos quedado en su casa dentro de dos horas y pico, a las ocho, si no me equivoco, ¿verdad?

—Sí, así es. Le llamo solo para asegurarme de que está usted bien. Ya habrá oído las noticias y estará al tanto de todo. ¿Ha desayunado? ¿Ha encontrado a su gusto el desayuno, la habitación, en fin, todo?

—Por supuesto —dice Gunnar, que se está poniendo peor según pasa el tiempo y que se ha sentado en un confortable sillón mientras habla—. Me ha emocionado la gran cantidad de detalles: el jugo de mango que más me gusta, los bombones…

—¿Le han gustado los bombones? Los escogí yo mismo.

—Me vuelven loco los bombones belgas. Me los he comido todos —Gunnar se seca el sudor con la manga del pijama y empieza a temer que algo se le ha indigestado, pero tiene aún más miedo a molestar a Ralph Renick, por lo que aguanta el malestar, deseando que su interlocutor corte la conversación cuanto antes para poder ir al aseo y vomitar el desayuno.

—¡Me alegro mucho! Por cierto, ¿qué tal se encuentra ahora?

—Un poco mareado, a decir verdad. ¿Por qué?

—¡Oh, por nada! Mire, le llamo para decirle que estamos muy disgustados con lo que ha hecho usted —Gunnar se queda rígido en ese momento y, por un instante, se olvida incluso de lo mal que se encuentra—. Supongo que aún no se ha enterado del comunicado que ha emitido el Vaticano esta mañana. Hay dos testigos que le identificaron cuando dejaba el automóvil en la puerta de la Nunciatura, poco antes de que el cuerpo de Di Carlo fuera arrojado a la calle. El nombre de nuestra organización está en todos los medios de comunicación del mundo.

—¡Lo siento muchísimo! —dice Gunnar, haciendo un enorme esfuerzo por sobreponerse al dolor que empieza a crecer en su estómago y que ha sustituido a las náuseas anteriores—. Tiene razón, me equivoqué. Quise intentar hasta el último minuto que él se pasara a nuestro bando.

—¡No! ¡Lo sé todo! El chofer me lo ha contado. Usted necesitaba esa falsa seguridad que a los católicos les da la absolución y por eso, de una manera estúpida e incoherente, tenía necesidad de decirle a su víctima que la iba a matar para que esta le perdonara. En fin, afortunadamente hemos podido dar la vuelta a lo ocurrido y ahora tenemos una excusa muy grande para atacar directamente al Vaticano. De hecho, dentro de unas horas se reúne el Consejo de Seguridad de la ONU para afrontar la crisis. Así que, en el fondo, debería darle las gracias. Lástima que tengamos que deshacernos de usted para evitar todo tipo de riesgos.

—¿Qué quiere decir?

—¡Ah!, pero ¿todavía no se ha dado cuenta? Querido Gunnar, es usted más torpe de lo que yo imaginaba. Le hemos envenenado, naturalmente. Su afición a los bombones ha terminado por salirle muy costosa. Confío en que, al menos, disfrutara usted con el de chocolate negro, el que más le gusta, que imagino que sería el primero que comió. Para su información le diré que hemos ensayado con usted un nuevo isótopo del polonio, más sofisticado que el 210 que mató a Litvinenko hace años, en 2006, y con unos rastros de radiactividad menos escandalosos. Los rusos eran muy chapuceros. También para su información le diré que de su cadáver no quedará nada y que sus cenizas no serán arrojadas a ningún sitio romántico, sino a un retrete probablemente, para poder echarle la culpa de su muerte al Vaticano y enfurecer aún más a la opinión pública contra él. Roma, recuérdelo, no paga traidores. Aunque en este caso deberíamos decir que el CUR no perdona errores. ¡Ah, por cierto! Yo no pienso pedirle la absolución previa, como usted a su amigo. La ventaja de no creer en Dios es que no tienes que arrepentirte de nada de lo que haces ante nadie más que ante ti mismo y como mi conciencia hace tiempo que dejó de reprocharme nada disfruto de la plácida y cómoda vida de los amorales. Para mi mayor fortuna, he sabido que hay teólogos católicos que sostienen que solo nosotros vamos a ir derechitos al cielo, si es que existe, pues solo a nosotros la conciencia no nos reprocha nada, porque no la tenemos, y como la gente se salva en función de su conciencia, cuanto menos conciencia más segura es la salvación. ¡Qué absurda esa Iglesia suya que termina por enseñar que el camino del paraíso es la amoralidad! Merece, realmente, desaparecer. Y lo va a hacer precisamente a manos de los amorales.

Renick cuelga el teléfono con una carcajada demoníaca y Gunnar se queda aún, durante unos instantes, con él en la mano. Recuerda el caso de Litvinenko, el exespía ruso envenenado en Londres años atrás, y comprende que no tiene salvación. Comprende también que tiene unos minutos de tiempo antes de morir, pues su jefe ha calculado mal un detalle: ha pensado que comería primero el bombón envenenado, por ser el que más le gustaba. En cambio lo comió el último y después de todo el desayuno. Rápidamente, a pesar del sopor que le va invadiendo, enciende su ordenador personal, que tiene sobre la mesa junto a la que se había sentado, y se conecta a Internet aprovechando que el hotel tiene sistema *wireless* en todas las habitaciones. Mientras la operación se realiza, piensa en a quién puede escribir para contarle lo que ha sucedido. Quiere morir en paz. Necesita hacerlo. Comprende que se ha equivocado, que su ambición le ha conducido a esta ruina moral y física. Siente un profundo arrepentimiento y, espontáneamente, se pone a rezar un avemaría en español, como le enseñara su madre de niño. Al final, ¡qué ironía!, los bombones con que su padre quería separarle de la Iglesia le han acercado a ella, pues va a morir envenenado mediante ellos por los enemigos de Cristo, pero va a morir arrepentido. Con un último esfuerzo, entra en su correo personal, evitando abrir la carpeta de correo entrante, y busca en una de sus carpetas el correo de un amigo suyo, quizá el único amigo que tiene. Es John McCabe. Es el principal editorialista del *New York Times* y uno de los hombres más influyentes en Estados Unidos, con contactos con las personas más importantes del mundo. No está, que él sepa, al tanto de los últimos detalles de la conspiración del CUR contra la Iglesia, aunque es un ateo y un anticlerical convencido y odia al Vaticano, al que responsabiliza de todos los males pasados, presentes y futuros. Sin embargo, es honesto y Gunnar sabe que no dejará que se atribuya a un inocente, incluido el Papa, algo que no ha hecho.

«Querido John», escribe, «soy Gunnar. Pasan unos minutos de las seis de la mañana. Estoy en la suite 138 del Embassy de Nueva York. Me han envenenado. No ha sido la Iglesia católica, aunque le van a echar la culpa a ella. Ha sido Ralph Renick, el que está al frente del CUR, para el que trabajo. Yo he sido el responsable de la muerte de Antonio di Carlo, del arzobispo Solán, de la vidente Elisa y de las diecinueve monjas de Guatemala. También del levantamiento contra la Iglesia de una parte del clero latinoamericano. Lo he hecho por venganza, por ambición y, en el fondo, porque creía que la Iglesia debía modernizarse para sobrevivir. Tú y yo hemos hablado muchas veces de esto. Te recuerdo, para que no dudes de que soy yo quien te escribe, la conversación que mantuvimos a solas hace tres meses en la habitación que yo ocupaba en el Marriot de la 85 Oeste. Entonces fue cuando te conté lo que iba a hacer a Latinoamérica de parte del CUR, pues me encontraba en Nueva York para recibir las últimas indicaciones precisamente de Renick. Acaba de llamarme por teléfono. Me ha dicho que me han envenenado con un isótopo nuevo del Polonio, que me van a incinerar y se desharán de mi cuerpo a fin de que no haya huellas, para después achacar este crimen a la Iglesia y volver a todos contra ella. Yo he estado en esta conspiración, John, y ahora se vuelve contra mí. Yo he sido culpable de que mataran a esas víctimas inocentes en Guatemala y de que le responsabilizaran de ello al Vaticano. Ahora pago por mis crímenes y recibo la justa recompensa. Voy a enviarte este correo y luego lo voy a borrar de la carpeta de enviados y de la de eliminados, porque estoy seguro de que las revisarán. Así no sabrán que tú lo has recibido y no te perseguirán. No se me ocurre a nadie más a quien contárselo, pero quería que al menos una persona lo supiera. Estoy muy arrepentido por todo lo que he hecho. Ayúdame, John, a hacer justicia, a que se sepa la verdad. Dejo una señal escondida en la parte de detrás de la cama de esta suite para que sepas que es verdad lo que te cuento. Es la cruz que me regaló mi madre para mi primera comunión y que tú has visto varias veces y sabes que siempre llevo al cuello. No quiero que la quemen conmigo.

»Me gustaría decirte que espero volver a verte en el cielo, pero sé que tú no crees en eso y yo no sé si, a pesar de que estoy arrepentido, Dios tendrá misericordia de mí. Desde luego, no la merezco.

»Tu amigo, Gunnar».

Gunnar hace lo que le ha prometido a su amigo. Envía el correo y, tras asegurarse de que ha salido correctamente, va a la carpeta de enviados y lo borra. Después va a la carpeta de eliminados y lo borra también de allí. Luego apaga el ordenador y coloca encima unos papeles y revistas. Está desfalleciendo, pero pone todo su empeño, sus últimas fuerzas, en llevar a cabo esta tarea y en la de dejar la cruz escondida en el sitio que le ha dicho a su amigo. Comprende que este va a dudar de su mensaje y podrá pensar que es una treta del Vaticano, que le ha obligado a escribirlo antes de matarle, pero no tiene otra opción.

Cuando ha terminado se echa en la cama y se pone a rezar avemarías. Piensa en su madre y sonríe. Está muy mareado. De repente, le sobreviene un vómito y luego otro, en medio de horribles dolores. Así hasta que se desvanece y muere.

Apenas diez minutos después, llaman a la puerta. Al no haber respuesta, esta se abre y tres hombres, uniformados como los empleados del hotel, entran en la suite, con tres de esos equipos de limpieza que se usan habitualmente y que tiene un enorme cesto para las toallas sucias. Comprueban, en primer lugar, que Gunnar está muerto y luego comienzan la operación de limpieza. En una gran bolsa de plástico introducen el cuerpo del sacerdote que meten en uno de los cestos de las toallas. Recogen también las sábanas sucias, toda su ropa y objetos de aseo personal, así como las maletas. Entre las cosas que se llevan está su ordenador personal. Afortunadamente, el uso que Gunnar le dio fue tan pequeño que al palparlo no notan el calor. No obstante, uno de ellos lo enciende y revisa el correo, tanto el entrante como el saliente. Ve que tiene, en el entrante, varios correos sin abrir que le han llegado esa misma mañana, lo cual considera una prueba de que no ha encendido el ordenador, y comprueba también que no hay ninguno del día en la carpeta de correos enviados. Mira la de correos eliminados y allí ve varios en espera de ser borrados definitivamente, pero ninguno del día. Con satisfacción apaga el ordenador y lo introduce, junto con las maletas, en otro gran cesto para la ropa sucia. Después se van. La habitación queda tan arreglada que da la impresión de que allí nadie ha pasado la noche.

Mientras esto estaba sucediendo, el Papa se había dirigido a su apartamento. Había anunciado que se dirigiría al mundo desde la logia situada sobre la puerta principal de la basílica, y de hecho allí está todo preparado, por lo que los miles de peregrinos que se han congregado para apoyarle o para insultarle —de todo hay— están mirando a ese balcón. Del mismo modo, los objetivos de las cámaras de los fotógrafos y de las televisiones, enfocan hacia la logia. Sin embargo, el Papa ha ido a su apartamento y no a la logia. A las doce en punto —más o menos a la hora en que Gunnar moría en Nueva York—, se asoma a la ventana, protegido por un cristal de seguridad nuevo, que al no haber sido utilizado antes pasa desapercibido desde la plaza. Y pasa desapercibido, sobre todo, para un grupo de hombres que, con la complicidad de personal del Vaticano, se han instalado en un sector de la plaza, cercano a la columnata de Bernini próxima a la puerta del Santo Oficio, donde tienen una excelente vista de la logia en la que se pensaba que aparecería el Pontífice, pero están muy lejos y escorados con respecto a la ventana del apartamento. Naturalmente, apenas ven aparecer al Papa en donde no se le esperaba, intentan cambiar de posición, pero no les resulta fácil encontrar un ángulo correcto con el que enfocar la ventana papal con el rifle telescópico que llevan, sin llamar la atención, aunque el asesino que lo maneja trabaja protegido por el resto del grupo, que lo encubre en su interior. Todo esto, le da al Papa tiempo suficiente para saludar a la multitud, que le vitorea o le insulta, según el ánimo de cada uno, sin que él se detenga a esperar que callen los aplausos o los gritos.

—Queridos hijos e hijas de la Iglesia, en esta hora solemne me dirijo a vosotros desde esta cátedra de San Pedro, cargado de emoción. Ante todo quiero ratificar la nota de prensa que he ordenado que se hiciera pública hace apenas dos horas. Quiero también añadir algunas cosas más. Ante todo anunciar mi intención de hacer pública una encíclica sobre el amor debido a Dios, tal y como la Santísima Virgen me ha pedido a través de Elisa, una auténtica mártir que ha dado la vida por la Iglesia. Sí, queridos hijos e hijas, el contenido de la visión recibida por Elisa ha llegado a nosotros, a pesar de las intrigas de nuestros enemigos, que no dudaron en asesinarla a ella, al querido arzobispo de Guatemala, a las diecinueve religiosas del monasterio de clausura donde Elisa se refugiaba y a nuestro enviado especial, monseñor Antonio di Carlo. En esa visión se nos anuncia una gran persecución, pero se nos dice también que no debemos tener miedo porque la victoria final será nuestra. Desde aquí, yo pido, ordeno, a todos los obispos de la Santa Iglesia Católica que se mantengan fieles al mensaje de Jesucristo transmitido y custodiado fielmente por esta Sede Apostólica durante veintiún siglos. Como la persecución les va a afectar a ellos también, les ruego que no se expongan innecesariamente a las asechanzas del enemigo y que lo mismo hagan los sacerdotes. Prohíbo terminantemente a todo obispo que ordene nuevos obispos sin contar con mi beneplácito y, debido a la gravedad de la situación, declaro cismático a quien desobedezca esta orden incluso antes de que la lleve a cabo, por lo cual los obispos ordenados sin mi consentimiento no solo serán ilegítimos sino que no serán católicos, y por lo tanto pertenecerán a otra Iglesia distinta de la católica pero no a la nuestra, lo mismo que sus ordenantes. Por ello, los sacerdotes y los fieles no deben prestarles obediencia. Del mismo modo, son cismáticos los laicos que se prestaren a recibir la ordenación sacerdotal de manos de obispos cismáticos, a tenor del canon 1041. Declaro también heréticos a todos aquellos que negaren que Cristo, Dios verdadero y hombre verdadero, es el único salvador universal y que a través de Él y solo a través de Él nos ha sido revelada a los hombres la plenitud de la verdad. Los que esto no confesaren abiertamente, aun a riesgo de su vida, son herejes y, como tales, inválidos para recibir las órdenes sagradas, para gobernar la Iglesia como pastores y, muy especialmente, para ocupar la cátedra de San Pedro. Como preveo, a tenor de lo que la Virgen nos ha revelado, que estallará una gran persecución ruego a mis hermanos en el episcopado que quieran permanecer fieles a la Iglesia católica que hagan los preparativos para hacerla frente y que estudien el modo de llevar adelante una pastoral en la clandestinidad a la que, a no mucho tardar, nos conducirán nuestros enemigos. Ruego muy encarecidamente a las religiosas de clausura que establezcan la adoración perpetua del Santísimo y que, llegado el momento de la persecución, que también ellas se pongan a salvo pero sin dejar de dedicar su vida a la oración, que es más necesaria que nunca. El Santísimo Sacramento debe ser, ante todo, preservado de profanaciones y para ello.

En ese momento suenan tres disparos consecutivos, procedentes de la misma arma. El profesional que maneja el rifle telescópico, ha logrado, ayudado por el grupo que le protege, encontrar un ángulo y no ha dudado en disparar. Para su sorpresa, las balas rebotan en el cristal de seguridad y, cuando él se dispone a cambiar de munición para utilizar otra de más calibre, capaz de atravesar cualquier obstáculo, la plaza se ha convertido en un caos, con gentes que gritan y se abalanzan hacia las salidas, atropellándose unos a otros. El Papa, que ha logrado decir lo esencial y que sabe que su mensaje ha sido transmitido en directo por todas las televisiones del mundo, debido a la expectación creada, de forma que no hay posibilidad de que lo manipulen, se retira al interior de la habitación e inmediatamente se cierra la ventana. Mientras, algunas cámaras de televisión han logrado enfocar al grupo de esbirros del CUR y varios policías italianos que no estaban en el complot se dirigen precipitadamente hacia ellos. Al percatarse, estos se alejan rápidamente y se confunden con la multitud, escapando después por la *via* Gregorio VII hacia el apartamento que han utilizado como centro de operaciones.

Toda la escena ha sido vista, en directo, por todo el mundo, suscitando en muchos el primer sentimiento de simpatía hacia el Pontífice en mucho tiempo. Esto lo comprende perfectamente el equipo de Ralph Renick y sus colaboradores. Logran ver, desde la sala donde están reunidos, en la discreta pero lujosa villa que Renick posee en la tranquila calle 43 Este, todo lo que ha sucedido en la plaza de San Pedro. Llenos de rabia, han asistido a la sencilla estratagema con que el equipo del Papa ha desbaratado su estrategia e incluso han podido ver, durante algunos segundos, a sus esbirros enfocados por las cámaras de televisión, desconcertados tras comprobar que sus disparos habían chocado contra un imprevisto cristal a prueba de balas. Todos estallan en interjecciones, insultos y blasfemias cuando comprenden que sus planes han fracasado de una manera tan absurda. Por fin, Renick logra poner un poco de orden en el grupo y les invita a todos a serenarse y a trabajar para evitar que el minucioso plan que han preparado se venga abajo.

—Señor Ghazanavi —dice a continuación, dirigiéndose a su secretario particular, un norteamericano de origen paquistaní—, haga, por favor, un balance de la situación.

—Ante todo —afirma este—, creo que estamos en un momento crucial en el desarrollo de nuestros planes. Son las 6:28 de la mañana, y a las diez está prevista la reunión del Consejo de Seguridad para estudiar la situación. Hasta ahora teníamos todo controlado, pero este incidente, sobre todo el intento de asesinato transmitido en directo al mundo, puede hacer que alguno de los miembros del Consejo que eran más reacios a aplicar nuestros planes, dé marcha atrás y se vuelva contra ellos. Me refiero especialmente al representante norteamericano. Por eso tenemos que actuar rápidamente. A las ocho, en hora y media, deberíamos haber puesto en marcha una estrategia que diera la vuelta a la situación, de forma que en las dos horas que faltarían hasta las diez, volviéramos a tener todo controlado. Cuando terminara la reunión del Consejo, en torno a las once, todo tendría que estar a punto para aplicar la primera parte de nuestro plan.

—Estoy de acuerdo —interviene Renick—, pero le vuelvo a pedir que nos haga un balance de la situación tal y como está ahora, a fin de que nos podamos hacer una idea de qué es lo que tenemos que hacer para enmendar los errores que hemos cometido.

—¡Disculpe, señor Renick! No le había comprendido. Bien, la cosa está así. Hemos tenido éxito, hasta ahora, en la creación de un clima hostil hacia el Vaticano en todo el mundo. Hemos logrado, con la ayuda de los medios de comunicación —para lo cual no hemos necesitado mucho esfuerzo—, que se diera por supuesto que el Papa y sus esbirros estaban detrás de los asesinatos de Guatemala, porque querían evitar que se hiciera público el contenido de una aparición de la Virgen que iba en contra de sus intereses hegemónicos. Hemos fracasado, en cambio, en llevar a su culminación el plan, que consistía, como ustedes saben, en matar al Pontífice en medio de la confusión y colocar en su lugar al cardenal Schmidt, muy proclive a aceptar nuestras tesis sobre la religión universal. Parece ser que hemos fracasado también en impedir que el contenido de la revelación llegara hasta el Pontífice. Seguramente esto ha sido lo que ha puesto en alerta al Vaticano y les ha ayudado a ganarnos esta partida por la mano. En cambio, todo está a punto para el levantamiento de grandes grupos de sacerdotes y algún obispo en distintas naciones. La idea original era que esto se produjera después de muerto el Papa, en el contexto de un cónclave, para presionar sobre los electores del sucesor, a fin de que comprendieran que si querían mantener la Iglesia unida debían elegir a alguien que tendiera puentes de diálogo y cooperación tanto con los levantiscos como con nosotros. Si todo hubiera salido como estaba previsto, el problema se habría resuelto en poco más de dos semanas. Ahora tenemos que modificar los planes.

—Antes de seguir —pregunta Mohamed Sambu, keniata, el delegado africano en la reunión—, ¿qué ha sido de Gunnar Eklund? Su nombre ha sido dado a conocer por varios testigos, según he podido leer en Internet, que le sitúan en el lugar del crimen del empleado vaticano, en Guatemala. La policía podría intentar interrogarle y quién sabe a dónde podría llevar esa investigación.

—Eklund ya no será ningún problema —responde Renick, sonriente—. Antes de comenzar esta reunión he tenido una conversación telefónica con él y les puedo asegurar que, en este momento, no se encuentra en condiciones de testificar ante nadie. Podría ser que fuera interrogado por Dios, pero como este no existe, nadie va a poder preguntarle nada. Era un buen colaborador, algo ambicioso —dice, mirando a Ghazanavi—, pero cometió un grave error y, entre nosotros, los errores se pagan. La misericordia, como todos ustedes saben y no deben olvidar nunca, en una debilidad más de los creyentes, posiblemente la que les llevará a la ruina. Por favor, Alí, sigue con tu resumen.

—Estaba diciendo que tenemos que modificar los planes —continúa Ghazanavi—. Hay que volver contra el Vaticano la corriente de simpatía que pueda haber generado el intento de asesinato del Papa. Los medios de comunicación tienen que repetir una y otra vez que todo había sido preparado por la mismísima Santa Sede, como un montaje teatral, para ganarse el favor del público. Tenemos que decir también que es falso lo de que el contenido de la visión haya llegado hasta Roma. Y sobre todo, tenemos que trabajar a los miembros del Consejo de Seguridad para que pongan en marcha el plan B, dado que nos ha fallado el plan A. Es necesario que se incluya a la Iglesia católica entre las organizaciones terroristas o, mejor aún, entre aquellas que son contrarias al bien de la humanidad. El Papa, en concreto, debe ser declarado «enemigo de la humanidad» y hay que conseguir que el Tribunal Internacional dicte una orden de busca y captura contra él.

—Tenemos que tener mucho cuidado —es Heinz Kuhn, suizo, el representante europeo, quien habla ahora— en no confundir nuestros deseos con la realidad, pues cualquier paso en falso podría delatarnos y tener gravísimas consecuencias. Estamos dando por sentado que la opinión pública mundial, manipulada por la práctica totalidad de los medios de comunicación, está de nuestra parte y va a seguir estándolo. Llevamos muchos años trabajándola con perseverancia y, ciertamente, su docilidad hasta ahora ha sido total. Creen lo que queramos que crean. Pero nuestro éxito puede llevarnos a una confianza excesiva y, en ese caso, podríamos descuidar los detalles y considerar que la gente es más tonta de lo que en realidad es.

—¿Se refiere usted a algo en concreto? —pregunta Ghazanavi.

—Pues sí. Usted ha dicho que tenemos que tenemos que convencer a la multitud de que es mentira que el Papa sepa el contenido de la visión. ¿Cómo vamos a poder negar eso si nosotros no la conocemos? Solo podríamos decir una cosa así, si pudiéramos ofrecer una visión supuestamente verdadera y que fuera conforme a nuestros intereses. Y eso no podemos inventarlo fácilmente.

No podemos decir que nos lo hemos encontrado en una botella en una playa del Caribe. Había que haber pensado en una «antividente», en una falsa vidente que dijera lo que a nosotros nos interesaba para tapar con su mensaje el de Elisa o incluso que se hiciera pasar por ella. Hemos dado por supuesto que podíamos impedir que el contenido de ese mensaje llegara al Papa y que este no se atrevería a mentir, diciendo que lo sabía si no era verdad. Ahora resulta que, por un medio que aún no podemos determinar, Antonio di Carlo o cualquier otro consiguió comunicar al Vaticano el mensaje, que eso les puso en alerta sobre nuestros planes y que nosotros no solo no sabemos qué decía ese mensaje sino que no podemos decir que era falso ya que no tenemos una alternativa creíble que ofrecer. No me diga usted, señor Ghazanavi, que podemos decir que el Papa miente, porque para eso tendríamos que mostrar un mensaje distinto y, le repito, eso no se improvisa. Sobre este punto, lo mejor es callar. Además, si nuestros planes siguen adelante, le darán la razón, pues en el fondo, lo que vamos a hacer es desatar una persecución, una terrible persecución, contra la Iglesia; ahora el mundo entero sabe que el Papa lo sabe y que lo ha advertido, con lo cual también todos sabrán que lo que dice la visión es verdadero, incluido eso de que la victoria final será suya y no nuestra. Estoy realmente preocupado, señores. Muy preocupado.

—Señor Kuhn, con todos los respetos que usted me merece —habla Richard Urdaneta, venezolano, el delegado latinoamericano—, está dando por sentado que el Papa dice la verdad. ¿Y si miente? ¿Y si es un farol?

—No quiero ofenderle, señor Urdaneta, pero usted viene de un país que lleva muchos años bajo el gobierno de Hugo Chávez y sus sucesores y creo que eso le dificulta distinguir quién miente y quién es veraz. ¿Conoce usted al Papa? No, ¿verdad? ¡Yo, sí! Le conozco, le admiro y le respeto. Soy su enemigo y no me importaría nada que hubiera muerto esta mañana, como no me importaría tener que matarle yo mismo. Pero sé que es un hombre honesto, incapaz de decir una mentira en público o en privado. Si ha dicho que conoce el contenido de la visión, puede estar seguro de que es así. Creer lo contrario y actuar en consecuencia puede ser fatal para nosotros. La Iglesia está en posesión del mensaje que la Virgen le dio a Elisa.

—Pero señores, ¡por favor! ¡Están ustedes locos! —es Lester Campbell, norteamericano, el delegado de Estados Unidos y Canadá, quien habla—. Yo no sé si el Papa miente o no, ni me importa. Pero es que están ustedes discutiendo, en un momento tan crítico y urgente como este, sobre una visión que, por el simple hecho de serlo, es completamente falsa. Para que fuera verdadera, la Virgen María tendría que existir y tendría que existir Dios. Y eso es absurdo. Ni Dios ni la Virgen existen.

En ese momento, Heinz Kuhn se pone de pie y habla mirando a Ralph Renick, al que llama por su nombre.

—Ralph, esto cada vez me parece más complicado. Ya te advertí que era un error elaborar un plan contra la Iglesia católica y, en el fondo, contra todas las religiones, contando con ateos. El señor Campbell, sencillamente, no cree en Dios y, precisamente por eso, no tiene ni idea de lo que estamos haciendo y de a quién estamos representando. No sabe contra quién estamos luchando. Esto no puede salir bien de ninguna manera. Yo abandono.

—¡No lo hagas, te lo ruego! —responde Renick, levantándose también y tuteando al delegado europeo—. Tienes razón en lo que dices, viejo amigo, pero ¡quedan tan pocos creyentes dispuestos a revolverse contra Dios! Yo mismo, te lo confieso, tengo muchas dudas de fe. Quizá he sido víctima de mi propia publicidad, pero ya no tengo la fe de antaño, aunque mantengo el mismo odio hacia la religión que tenía entonces. Heinz, te necesitamos aquí. Tú quieres que triunfe esta conspiración, y por eso tenemos necesidad de un creyente que nos ayude a descifrar las claves que utilizan los creyentes.

—Si no crees en Dios —interviene de nuevo Kuhn—, ¿cómo vas a creer en Satanás? Y si no crees en él, ¿a quién estás sirviendo? Porque yo sí sé para quién trabajo.

Al oír hablar de Satanás, el nerviosismo se apodera del resto del grupo. Todos, excepto el africano Sambu, son ateos y si consideran absurda la fe en Dios, mucho más les parece ridícula la creencia en el demonio. Sin embargo, para su sorpresa, el jefe de todos ellos, Renick, no parece tomarse a broma las palabras del europeo, sino que le contesta, hablándole con mucho respeto:

—¡Por favor, Heinz, dejémoslo así! Respeto tu fe, que he compartido hasta hace relativamente poco. Vamos a trabajar juntos por el éxito del plan que teníamos proyectado. Que cada uno lo haga por los motivos que considere oportuno. Te lo ruego una vez más, te lo ruego por el señor al que tú sirves, ¡quédate con nosotros! Te necesitamos.

—¡Está bien! —contesta el suizo, sentándose—. Pero pongo como condición que mi opinión no sea una más en las deliberaciones, sino que sea escuchada y obedecida en todo lo que implique la suposición de que la revelación de la Virgen existe, es verdadera y está en poder del Papa.

—Así están las cosas —sigue diciendo Ghazanavi, al que le urge terminar su resumen, pues comprende que el tiempo pasa veloz y que es necesario actuar cuanto antes—. Ahora, cada uno debe ponerse a hacer aquello que tiene encargado. Lo primero, conseguir que los políticos y medios de comunicación de sus áreas respectivas no fallen. Lo segundo, dar los últimos detalles al levantamiento de sacerdotes católicos en los distintos países y, a ser posible, a críticas de líderes de otras iglesias y religiones contra el Papa. Usted, señor Urdaneta, tendrá que multiplicarse, pues no podrá contar con la ayuda de Gunnar Eklund, aunque él había dejado ya todo preparado en la reunión que celebró en El Salvador hace tres días. Me imagino que usted tiene los contactos necesarios, pues él tenía órdenes de compartir toda la información con usted.

—Sí, lo tengo todo —dice el venezolano—, y no creo que haya ninguna dificultad.

—Pues bien, señores, a trabajar —dice Renick poniéndose en pie—. Cada uno de nosotros estará, desde ahora hasta que empiece la reunión del Consejo de Seguridad, en su despacho y no se moverá de allí. Yo estaré en el mío y quiero una información actualizada cada media hora.

Todos parten para sus respectivos despachos en el edificio de Naciones Unidas, situado muy cerca de la casa de Ralph Renick, donde se ha celebrado la reunión. Cada uno de ellos tiene un cargo diferente en la ONU, que es en realidad una tapadera de su verdadera actividad. Cuando se están despidiendo, Renick coge a Kuhn por el brazo y lo retiene un momento, esperando a que los otros salgan de la habitación para hablarle a solas.

—Heinz, no me ha gustado lo que has hecho antes. De alguna manera, me has desautorizado en público. Soy tu superior y me debes respeto. Lo que tuvieras que decirme, me lo tendrías que haber dicho a solas. Confío, además, en que «*mister* X» no será informado de mi reciente pérdida de la fe. Crea o no en Satanás, le soy tan fiel como lo era antes.

—Mira, Ralph, no he querido ofenderte, pero ya que me pones los dedos en la boca te diré que me has defraudado. No por perder la fe, sino por ocultarlo. Que a estas alturas no te des cuenta de la importancia que eso tiene, me alarma. Si solo crees en el poder del hombre, tú, que estás al frente de la operación por decisión del jefe supremo, temo que nuestro plan fracase. En cuanto a si informaré o no al «señor X», es algo que debo pensar detenidamente y no te puedo dar una respuesta ahora.

—Me conformo con eso. Ahora vamos a trabajar los dos, por la misma causa, sin rencillas.

El delegado europeo sale de la habitación, dejando a Renick solo. No tarda en entrar el secretario, Ghazanavi, que, por supuesto, lo ha oído todo.

—Es peligroso —dice.

—Sí. Y no me había dado cuenta. Creo que tiene razón y que mi ateísmo perjudica la operación, pero ahora no puedo volver a una fe que abandoné por ridícula. Me temo, sin embargo, que si el «señor X» se entera, mi suerte vaya a ser parecida a la de Eklund. Es una lástima que me haya forzado a expresar mis convicciones en público y que, de alguna manera, mi suerte esté en su mano.

—¿Quiere que ordene su desaparición?

—Ahora no. Él es fundamental para el éxito de nuestra empresa en Europa. No podríamos sustituirle tan rápidamente como sería preciso. Además, no creo que se atreva a decirle nada al jefe, precisamente por el mismo motivo. Lo que sí quiero es que le vigile. Controle sus movimientos, sus correos electrónicos y sus teléfonos. Sin que se dé cuenta.

—No va a ser fácil. Las llamadas que se hacen desde su despacho en la ONU están pinchadas, como las del resto de los que allí trabajan. También lo está su correo y su móvil, pero él podría utilizar otros. En todo caso, una de sus secretarias es de mi confianza. La pondré alerta. También introduciré algún cambio en el equipo de seguridad que le rodea.

—Adelante. Tenemos mucho trabajo y no podemos dedicarnos solo a cuestiones internas, por importantes que sean.

Los dos hombres salen de la casa y se dirigen, a pie, hacia la sede central de las Naciones Unidas. No hablan en el camino y, tras entrar en el edificio, se separan, cada uno hacia su respectivo despacho. Pero mientras Renick ha ido pensando en la parte de tarea que a él le compete —el trato directo con los principales políticos del mundo, incluido el secretario general de la ONU y los líderes de los países que forman parte del Consejo de Seguridad—, Ghazanavi pensaba en otras cosas. Pensaba en él mismo y en su futuro tras la operación.

«Ha llegado la hora de cambiar de carro, en plena marcha», se dice a sí mismo. «Si Kuhn habla, el "señor X" destituirá a Renick cuando acabe la operación y, probablemente, su suerte será parecida a la de Eklund y a la de tantos otros que han cometido el más mínimo fallo. Si logra eliminar a Kuhn antes de que hable, Renick se verá obligado a acabar con todos los que estábamos en la reunión, pues no puede correr riesgos y no puede consentir que alguno, alguna vez, le cuente al jefe supremo lo que allí ha oído. Y entre ellos estoy yo. No me queda más remedio que pasarme al bando de Kuhn y decirle que soy el más sincero de los creyentes en el demonio y que, como prueba de mi honestidad, le informo de que Renick me ha dado la orden de vigilarle y de matarle cuando la parte principal de la operación se haya concluido. Mientras tanto, haré las cosas tal y como le he prometido a Renick, para que no sospeche. Cambiar de carro no es fácil cuando ambos están en marcha, así que tendré que andarme con cuidado».

Cuando Renick llega a su despacho, lo primero que hace es llamar a su secretaria particular, Golda Katsav, norteamericana de origen judío, que es también su amante, y en la que confía plenamente. Entre otras cosas, sabe que ella es consciente de que la suerte de ambos va unida, pues conoce demasiados secretos como para seguir viva si él cae.

—Golda —le dice—, ¿a quién podría confiar la vigilancia de Ghazanavi? Sin que él sospechara nada, por supuesto. Es de la máxima importancia y de la mayor urgencia.

—Ralph —contesta ella, tuteándole, como suele hacer cuando están a solas—, no se me ocurre a nadie que no despierte sospechas. Pero déjame que lo piense y enseguida encontraré a algún *yehudim* de confianza. A ser posible, homosexual como Ghazanavi. En la cama siempre se hacen más confidencias y tu secretario tiene fama de ser muy promiscuo y de no rechazar nunca la posibilidad de conseguir un trofeo.

—Bien, hazlo cuanto antes. Ahora haz que me pongan, sucesivamente, con los nombres de esta lista, comenzando por el secretario general de la ONU.

Mientras el equipo de Renick hacía su trabajo y, entre ellos, se vigilaban porque ninguno se fiaba del otro, pues todos saben que la misericordia no existe y que los fallos se castigan con la muerte, en Roma también habían estado haciendo el suyo. Tras el atentado fallido, el Papa, junto a Astley y Ferro se retiraron a una habitación interior del apartamento pontificio. No tardó en incorporarse al grupo Ramírez, que venía corriendo. El Papa es el primero en hablar.

—La batalla final ha comenzado. Hemos puesto las cartas sobre la mesa y lo hemos hecho ante los ojos del mundo. Creo que esta primera escaramuza nos ha salido bien. Los católicos están alertados sobre lo que les espera y también saben que tenemos la verdadera revelación de la Virgen y que en ella se nos anuncia que la victoria será nuestra. También lo saben nuestros enemigos, naturalmente. Hemos tenido que utilizar una carta de las que teníamos en la manga, pero creo que ha merecido la pena. Por cierto, me gustaría que a nuestro grupo se unieran algunas personas más, pocas, desde luego. ¿A quién podríamos llamar?

—Creo que monseñor Jarek Loj, el presidente de Laicos, se lo ha ganado a pulso. Ha sido el único en plantarle cara abiertamente a Schmidt —dice Astley.

—Sí, así es —reconoce el Papa—. Por favor, monseñor Ramírez, avísele para que venga y también haga saber a monseñor Hue que me gustaría que estuviera con nosotros si se encuentra bien para ello. Vuelva enseguida. Le necesitamos.

El sustituto se ausenta unos minutos de la reunión, que aprovecha para llamar a la hermana Agne, además de a los dos obispos que el Papa le había encargado. Su secretaria le pone al corriente de cómo han evolucionado las informaciones que los medios de comunicación dan de lo ocurrido en la plaza de San Pedro, así como de la inminente reunión en Nueva York del Consejo de Seguridad. También le dice: «Los dos pajaritos que me encomendó no cantan. Confío en que no estén enfermos». Ramírez entiende que se refiere a Del Valle y Friars, pero le parece normal que no se hayan comunicado aún con su despacho, pues no ha pasado tanto tiempo. Después de esto, vuelve al despacho del Papa y allí le encuentra, sentado tras su mesa de trabajo y teniendo enfrente a sus dos cardenales de mayor confianza.

—…usted tiene que tener todo preparado para salir de aquí, Santidad —está diciendo Ferro en el momento en que Ramírez entra en la sala—. Si, como usted cree, Petra es la ciudad elegida, hay que organizar enseguida su llegada allí en la más absoluta clandestinidad.

—¿Petra? —pregunta el sustituto mientras se sienta—. ¡Claro!, «la piedra que esconde la piedra», «una tierra de piedra y sol». ¡Es cierto!

—¿A usted también le parece que esa es la clave de la revelación manifestada a Elisa, monseñor Ramírez? —pregunta el Papa.

—Llevo pensando en ello todo el tiempo y no se me había pasado por la cabeza, pero nada más oírlo me he dado cuenta de que así debía ser. Además, es, *a priori*, «tierra enemiga», «tierra musulmana», pero, quizá por eso, difícilmente se buscaría al Papa allí. Por si fuera poco, en el libro del Apocalipsis se dice que la mujer, aludiendo a la Virgen, «huyó al desierto, donde tiene un lugar preparado por Dios». Sí, así debe ser, sin duda. Petra está en el desierto y allí quiere la Virgen que se esconda el vicario de Cristo.

—No tengo nada que decir sobre la interpretación de la visión —dice el cardenal Astley—, pues por más que le he dado vueltas no se me ocurría nada coherente. Llegué a pensar que quizá tenía que refugiarse en las catacumbas o en los *scavi*, aquí mismo, bajo la basílica. Pero se me ocurren un buen montón de objeciones sobre Petra. ¿Cómo va a llegar allí sin que nadie se dé cuenta? ¿Cómo va a vivir allí sin que nadie le reconozca? ¡Es una locura!

En ese momento llaman a la puerta y monseñor Loj, el joven arzobispo polaco, pide permiso para entrar. Cuando lo hace y se sienta, el Papa se dirige a él.

—Querido Jarek, estoy orgulloso de usted, de su valor al defenderme hace un rato. Le he hecho llamar para que participe usted en este pequeño grupo en el que estamos discutiendo los pasos a dar en esta hora tan difícil de la Iglesia. No tengo que decirle que todo es absoluto secreto y que usted no debe comentarle nada a nadie, por mucha amistad que tenga con él o con ella, incluidos sus más directos colaboradores. También debe evitar toda comunicación de nuestros secretos por cualquier medio, porque probablemente todo está controlado. Su despacho, por cierto, lo mismo que el resto del Pontificio Consejo para los Laicos, no está protegido contra el espionaje electrónico, como lo está este y pocos más. Ahora no podemos ponerle al día de todo lo que hemos tratado desde anoche. Monseñor Ramírez lo hará cuando sea oportuno. En este momento estábamos hablando de la necesidad de llegar a la ciudad jordana de Petra, de cómo ir sin ser descubierto y de cómo vivir allí del mismo modo. Nos parece algo imposible, pero creemos que eso es justamente lo que la Virgen ha indicado en su revelación a Elisa.

—¡Petra! —exclama monseñor Loj—. ¡Es perfecto!

—¡Explíquese, por favor! —le pide Ferro—. ¿Cómo va a ser perfecto un sitio en medio del desierto, rodeado de musulmanes? ¿Qué sabe usted sobre ese lugar?

—¡Todo! Bueno, casi todo. Perdón por la inmodestia —contesta el arzobispo polaco—. Resulta que he ido ya cinco veces allí. Soy un apasionado de la arqueología y, en particular, del enigmático mundo de los nabateos, que fueron los pobladores de Petra y los que construyeron su fantástica ciudad en ese maravilloso desfiladero. Pero no solo es eso. Es que allí, en la pequeña población árabe cercana a las ruinas, donde viven y trabajan los empleados de los hoteles y del servicio de los monumentos, hay unos cuantos católicos palestinos que son amigos míos y con los que he convivido varias veces.

—¡Alabado sea Dios! —dice el Papa—. Es providencial su llegada aquí y ahora, monseñor. ¡Cuéntenos, por favor!

—Se trata de palestinos católicos que vivían en Belén. Son nueve familias, unas cincuenta personas, incluidos los ancianos y los niños. Primero llegó uno de ellos a Wadi Mousa, la población jordana donde viven los obreros y donde están muchos hoteles. Fue allí contratado como intérprete por una empresa norteamericana que había adquirido un hotel. Le fue bien y se llevó a los demás, para salir de la situación asfixiante que se vive en Palestina. Son muy católicos, a pesar de lo cual se llevan muy bien con los musulmanes de la zona, pero el ser de distinta religión les hace vivir un poco aislados. Nadie se mete con ellos y ellos no se meten con nadie. Casi todos, excepto los ancianos y los niños, trabajan en hostelería y tienen un buen nivel de vida. Si Su Santidad tiene que ir allí, podría pasar perfectamente desapercibido el tiempo que hiciera falta, como si se tratara de un familiar anciano que ha ido a vivir con ellos procedente de Belén. A nadie le parecerá extraño.

—¿No hay ningún sacerdote que les atienda?

—No. Como he dicho, son muy pocos. Las comunidades católicas de Jordania, las pocas que hay, están sobre todo en Ammán, Madaba, Kerak y Salt. Sin embargo, para los sacramentos especiales, como bautizos, bodas o funerales, van a Belén, donde aún tienen muchos familiares. Para la misa dominical, casi siempre hay algún sacerdote de paso que celebra en uno u otro de los hoteles, acompañando a las excursiones de peregrinos, sobre todo franciscanos de la Custodia de Tierra Santa. Con ellos sí tienen relación, pero no será difícil pedirles que, incluso a estos, les oculten la presencia de Su Santidad. Tengo la suficiente confianza con ellos como para pedírselo y convencerles de la importancia de que lo hagan.

—¿Y cómo llegar?

—Eso hay que organizarlo bien. Quizá se podría ir en una excursión de turistas y luego quedarse allí. Tendría que pensarlo con calma, pero no me parece difícil, pues tengo los suficientes contactos allí y en Egipto como para lograrlo.

—Dedíquese inmediatamente a ello —le ordena el Papa—, pero no se vaya muy lejos, puede quedarse en el despacho de al lado, y procure, por lo que más quiera, que la investigación que haga no pueda ser rastreada por nuestros enemigos, para no dar pistas de hacia dónde nos estamos dirigiendo. Piense en un viaje para dos personas. Usted vendrá conmigo.

—Será un honor, Santidad —dice Loj, levantándose inmediatamente y saliendo del despacho, con más alegría que si le hubieran dado el mayor regalo con que pudiera soñar: él, un polaco, protegiendo la vida del Papa. ¡Qué suerte!

—¡Es realmente providencial! —dice Ramírez, intentando ocultar un leve sentimiento de envidia, pues había soñado con ser él quien acompañara al Pontífice en su exilio—. La Virgen, no me cabe duda, está trabajando intensamente.

—Sí, así es. Y ahora, por favor, monseñor Ramírez, díganos cómo están las cosas.

—El cardenal Hue sigue en cama, pero la monja que le atiende me dice que está mejor. En todo caso, yo tengo aquí el informe que él elaboró. En cuanto a las reacciones a lo ocurrido esta mañana, las críticas a las palabras de Su Santidad son unánimes, a excepción de los pocos medios católicos que nos apoyan al cien por cien. Sin embargo, hasta los medios más hostiles reconocen que el intento de atentado cambia la perspectiva. No obstante esto, es posible que en las próximas horas o incluso minutos también esta «simpatía» hacia usted, Santidad, vaya disminuyendo y, como han hecho, en los casos anteriores, manipulen la información para presentar lo ocurrido como un falso atentado, algo preparado por el propio Vaticano para presentarse ante el mundo como una víctima. A las diez se va a reunir en Nueva York el Consejo de Seguridad de la ONU y todos los medios de comunicación dicen que el comunicado que ellos emitan será decisivo. También hay mensajes muy variados de distintos líderes religiosos. Los medios de comunicación recogen abundantemente las críticas que recibimos de prácticamente todos los grandes dirigentes mundiales. Sin embargo, a mi despacho, según me cuenta la hermana Agne, han llegado adhesiones significativas, sobre todo de importantes líderes judíos y musulmanes, que nos piden que resistamos el ataque porque son conscientes de que si nosotros caemos ellos irán después. Las iglesias cristianas, en cambio, o guardan silencio o nos atacan con particular odio, sobre todo aquellas que se han distanciado de nosotros cada vez más por la aceptación del sacerdocio femenino o de la ordenación de homosexuales e incluso del aborto y la eutanasia; para estas, somos un permanente dedo acusador y nuestra desaparición será un gran alivio.

—¿Algún eco interno? —pregunta Ferro.

—Sí, el que cabía esperar. Aunque no se ha producido todavía ninguna declaración que implique ruptura, ya se están oyendo voces en ese sentido. Representantes de asociaciones sacerdotales progresistas afirman que, lo sucedido, les da la razón y confirma su tesis de que el Vaticano se ha convertido en una cueva de ladrones pervertidos que no dudan en asesinar a inocentes para mantener el poder. Varios obispos y reconocidos teólogos han hablado de manera muy crítica contra nosotros, acusando al Santo Padre de las peores cosas y diciendo que, desde el punto de vista teológico, no tiene base su excomunión y la consiguiente separación de la Iglesia a los que estén dispuestos a ordenar obispos sin la autorización de Roma, así como los que aceptaren esa ordenación. Discuten que sea posible sostener hoy que Cristo es el salvador universal y que posea la plenitud de la verdad. Sin embargo, han sido muchas más las voces de apoyo, tanto de sacerdotes como de obispos e incluso de teólogos. Lo que pasa es que esas voces no encuentran eco en los medios de comunicación y por eso da la impresión de que la Iglesia en general está contra el Papa. La censura informativa que la Iglesia lleva padeciendo desde hace tantos años, mediante una selección premeditada de la información que se emite, se ha acentuado ahora. No dudo de que habrá muchos fieles confundidos, pero estoy convencido de que la inmensa mayoría de los católicos practicantes no se están dejando engañar. Llevamos demasiados años sufriendo la manipulación informativa del laicismo como para que esto ahora nos resulte nuevo. Los que se querían ir de la Iglesia hace tiempo que se fueron y los que se quedaron, lo han hecho contra toda presión exterior. Y nuestros enemigos lo saben. Por eso creo que la actual campaña va dirigida más que a separar a los fieles de sus pastores, a justificar ante el resto de la comunidad internacional las medidas que, muy probablemente, adoptará el Consejo de Seguridad.

—¿Y cuáles cree que serán? —pregunta el Papa.

—Desde fines de los años ochenta, en el siglo pasado, acelerándose desde entonces, se ha ido difundiendo la idea de que somos «enemigos de la humanidad», poniéndonos al nivel de los que, por motivos religiosos, predican y practican el terrorismo. Y esto porque nos negamos a ceder en una cuestión esencial: la verdad existe, es objetiva y no subjetiva y se puede alcanzar. Llevamos décadas luchando contra el relativismo. El papa Benedicto XVI, como ustedes recordarán, ya habló del relativismo como el gran peligro con que se tenía que enfrentar la Iglesia y la sociedad, en 2005, justo antes de ser elegido para el puesto que usted ocupa ahora, Santo Padre. Desde entonces acá, las cosas han ido cada vez a peor y las acusaciones de ser «peligrosos para la democracia» por nuestra intolerancia al no querer aceptar que nada es absoluto, que nada es objetivamente bueno o malo, se han multiplicado. Por eso yo creo que el Consejo de Seguridad emitirá un documento que inste a los Gobiernos a prohibir el culto católico y a situar a la Iglesia que le sea fiel a usted, Santo Padre, en la lista de las organizaciones terroristas. Desde hace mucho, ya no tenemos incidencia en la vida pública y, en cada vez más países, las multas e incluso la cárcel caen sobre sacerdotes y obispos que protestan abiertamente contra leyes abortistas o favorecedoras de comportamientos sexuales promiscuos. Incluso en algunos casos se castiga si se habla de eso en las homilías. Ahora creo que el paso de tuerca con que nos van a apretar va a ser mayor de lo normal y la Virgen ha querido advertirnos sobre ello. Me parece que, simplemente, van a declararnos ilegales y que incluso el culto privado va a ser prohibido, excepto para aquellos que se plieguen a las condiciones que imponga el CUR.

—¿De qué tiempo disponemos?

—El Consejo de Seguridad se reúne a las diez. No creo que haya mucho debate y, posiblemente, todo estará ya preparado, pero algo tienen que tardar, para dar la impresión de objetividad y de que algunos de sus miembros se opusieron a la opinión de los que pedían sanciones más duras. Es posible que antes de las once, hora de Nueva York, ya hayan publicado el comunicado. Luego serán los diferentes Gobiernos nacionales los que tomen las medidas pertinentes. Aquí, en Italia, gobernando los que gobiernan y aunque habrá protestas por parte de algunos miembros de la oposición, la adhesión a las recomendaciones del Consejo será inmediata. Es posible que eso esté ya a punto y que la publicación de algún decreto contra la Iglesia se produzca minutos después de que se publique el comunicado del Consejo. Entre otras cosas, se suprimirá la protección que brinda la policía al Estado Vaticano y no me extrañaría que, a no tardar mucho, una manifestación muy bien preparada irrumpiera en nuestro pequeño país con la idea de capturarle a usted, Santo Padre, para entregarle a las autoridades italianas, que inmediatamente le pondrían en manos de un Tribunal Penal Internacional, acusado de crímenes contra la humanidad. Si me pide un cálculo de tiempo, le diré que dos horas después de publicado el mensaje del Consejo de Seguridad, tendremos las turbas en la plaza de San Pedro. Más o menos a las siete de la tarde, hora de Roma. Si los italianos se demoran algo en publicar su adhesión al Consejo, quizá nos dejen pasar tranquilos la noche, pero puede usted estar seguro de que los alrededores del Vaticano estarán tomados por la policía para que no salga nadie sin su permiso.

—Hay que actuar rápidamente —dice Astley—. Tiene usted que salir del Vaticano de manera inmediata.

—Y no solo yo —responde el Papa—. Ahora es casi la una del mediodía; faltan, pues, tres horas para que se reúna el Consejo de Seguridad en Nueva York. Tenemos ese tiempo para actuar, siempre con la mayor discreción que sea posible. Monseñor Ramírez, usted debe avisar inmediatamente a los cardenales, obispos y sacerdotes que viven en el Vaticano y de cuya lealtad no sospechamos, para que abandonen nuestro pequeño Estado y se pongan a salvo. Lo mismo con las monjas de clausura y con las religiosas de la Madre Teresa que atienden a los mendigos en el centro «Don de María», junto al Santo Oficio. Es importantísimo consumir todas las formas consagradas de los muchos sagrarios que hay en las distintas capillas. La información que le ha dado el cardenal Hue, manténgala con usted, sin utilizarla de momento, pues después de mi mensaje ya todos están avisados de que deben ponerse a salvo. Usted, cardenal Ferro, elabore una nota explicando por qué abandono el lugar geográfico donde está la sede de Pedro y pidiendo a los fieles católicos que se mantengan unidos al legítimo vicario de Cristo y que recen incansablemente para que esta persecución no acabe con la Iglesia; téngala preparada para publicarla en el momento en que decidamos más conveniente. Usted, cardenal Astley, encárguese de recoger el dinero en metálico que pueda conseguir para que podamos disponer de algunos fondos con los que hacer frente a los primeros gastos, pues todas nuestras cuentas serán congeladas y nuestras tarjetas les servirán de pistas para localizarnos. ¿Dónde está Loj? ¿Habrá podido hacer algo?

—Estoy aquí —dice el arzobispo polaco, que en ese momento acababa de entrar en la habitación—. Todo está resuelto. Usted saldrá del Vaticano, mezclado con un grupo de peregrinos que han venido de Polonia, dentro de cuarenta y cinco minutos. A las cinco de la tarde estará usted, si Dios quiere, en un yate de recreo, que está esperándole en el puerto de Pescara, surcando el Adriático y que le dejará en Port Said. Desde allí iremos por carretera hasta el puerto de Nuweiba, en la península del Sinaí, donde nos uniremos a varias excursiones que, desde Egipto, se dirigen a Petra, tomando un barco que les deja en el puerto jordano de Áqaba. Desde ahí, con el numeroso grupo de turistas de varias nacionalidades y organizados por distintas agencias, llegaremos a Wadi Mousa para el alojamiento. Está previsto que nos instalemos en un complejo hotelero llamado Taybet Zaman, construido sobre una antigua aldea beduina, reconstruida y adaptada para el servicio turístico. Ya he estado allí y, además de ser una maravilla, es muy seguro y está a tiro de piedra de donde viven nuestros amigos. No creo que sea difícil escabullirnos sin ser vistos para llegar a donde están ellos. De hecho, algunos trabajan en ese mismo complejo hotelero. Tengo preparados ya los pasaportes, con su nueva identidad, y con la mía, que nos entregarán cuando nos unamos a la peregrinación dentro de un rato. Desde ahora, usted será polaco, Santidad.

—Será un honor imitar, también en eso, a Juan Pablo II. Pero, estoy maravillado por todo lo que ha conseguido usted y de una manera tan rápida.

—¿Será seguro? —pregunta Astley—. ¿No habrá utilizado algún medio susceptible de ser interceptado por nuestros enemigos?

—No lo creo. En todo caso, lo importante es salir de aquí rápidamente y luego, si hace falta, iremos improvisando sobre la marcha. Quiero decirles también otra cosa: ustedes tres —refiriéndose a Ramírez, Astley y Ferro—, así como el cardenal Hue, dispondrán de nuevas identidades, que tendré también en cuarenta y cinco minutos, pero no he preparado ningún plan para su huida. No he tenido tiempo.

—No hace falta, nos sabremos defender solos —dice Ferro—. Pero ¿cómo nos mantendremos en contacto?

—Confío en que la respuesta a esa pregunta me la dé mi amigo Enrique del Valle que, junto con Rose Friars, lleva trabajando en ello toda la mañana. De momento, aceleremos la partida del Santo Padre. ¿Nos vemos en la sacristía de la Basílica dentro de media hora? —sugiere Ramírez.

—Sí, pero no todos los que estamos aquí —responde Loj—. Llamaríamos demasiado la atención. Basta con que estemos Su Santidad, disfrazado de seglar (yo llevaré una peluca y una barba para él y otra para mí, así como unas gafas), usted, monseñor Ramírez y yo mismo. A usted le daré todo el material para los demás y luego se lo hace llegar a ellos.

—¡Adelante, pues! No tenemos tiempo que perder —dice el Papa, levantándose y dando fin a la reunión.

Es la una de la tarde en Roma cuando cada uno de los que han participado en el «miniconsistorio» sale del apartamento papal y este se dispone a preparar una pequeña maleta, que contiene, sobre todo, sus medicinas y algo de ropa.

En Nueva York —donde son las siete de la mañana— acaba de terminar la reunión que Ralph Renick ha tenido con sus colaboradores y estos se dirigen hacia la sede de las Naciones Unidas para trabajar en el éxito de su misión. Pero también está sucediendo otra cosa. John McCabe se ha levantado y, mientras se asea, pone la radio para informarse del estado de la situación. Sintoniza varias emisoras, incluida una de las pocas que son fieles al Papa. Normalmente se levanta mucho más tarde y, de hecho, su desayuno coincide con el almuerzo, pues su trabajo como periodista le lleva a acostarse muy tarde, cosa en la que también influye su activa vida sexual. El «madrugón» se debe a que la situación es tan explosiva que necesita estar al tanto de lo que pasa según va sucediendo. Sin embargo, tiene una fuerte resaca, le duele la cabeza y está de un terrible mal humor. No tiene pareja fija. Vive solo, después de tres divorcios sin hijos, pues ha comprendido que, en parte por su profesión y en parte por su manera de ser, le resulta imposible tener ataduras familiares. Eso no significa que viva la castidad. Ni mucho menos. En torno a los cuarenta años, se conserva muy bien y su elevada posición le hace disponer de cualquier mujer de la que se encapriche. Solo un par de ellas, católicas practicantes ambas, se atrevieron a rechazarle. Sin embargo, como es honesto, no tomó represalias sobre ellas, como suelen hacer los demás, y se limitó a alejarlas de su oficina para verlas lo menos posible.

Acabado el aseo, e informado ya del intento de atentado del Papa y del mensaje que este ha logrado transmitir en directo al mundo entero, va a la cocina y se prepara un rápido desayuno. Mientras cocina unos huevos revueltos, llama a uno de sus ayudantes para decirle que le quiere ver en la redacción en tres cuartos de hora y, a la vez, pone en marcha su ordenador personal. Antes de salir para el trabajo, donde prevé que estará hasta altas horas de la noche, debido a lo trascendental de lo que está sucediendo, desea consultar su correo electrónico personal, por si hay algún mensaje. Hay varios, que aparecen rápidamente en la carpeta de correo entrante. Uno de ellos es de Gunnar Eklund. Como sabe en lo que anda metido —aunque no conoce toda la dimensión de la tarea que el CUR le había encomendado a su amigo— comprende que puede ser de la mayor importancia leerlo, así que decide hacerlo una vez terminado el desayuno. Cuando, por fin, se pone ante el ordenador, sin sentarse siquiera debido a la prisa que tiene, lo que lee le deja paralizado, angustiado. Con calma, se sienta y lo vuelve a leer muy despacio. Su primera impresión es que se trata de un mensaje falso, de alguien que le ha querido gastar una broma a él y a su amigo, porque este, sin duda, debe seguir vivo. Luego, una sospecha cruza por su mente: han matado a Gunnar y sus asesinos le han obligado a enviar el mensaje antes de matarlo o lo han escrito ellos mismos; esos asesinos no pueden ser otros que los esbirros del Papa, deseosos de manchar el honor de la ONU, en una lucha a muerte como la que se está librando. Siente una ira inmensa y el odio que ya experimenta hacia la Iglesia católica crece hasta casi el infinito. Cierra entonces la bandeja de entrada y apaga el ordenador. Comienza a dar los últimos toques a su vestuario y se pone el abrigo para salir hacia la redacción del periódico.

No vive lejos, en la calle 45, mientras que el periódico está en un magnífico rascacielos, en la 43. Aunque habitualmente va al trabajo en su espléndido coche deportivo, hoy decide ir andando. Necesita pensar. Es muy temprano para lo que él acostumbra, pero ya la ciudad está en plena ebullición. Al salir de su apartamento, va lleno de rabia, deseoso de llegar al periódico para lanzar todas sus armas contra el odioso Vaticano, centro de todos los males del universo. Sin embargo, según va andando, una idea cruza por su mente: «¿Y si fuera verdad?». «No puede ser», se dice a sí mismo. «Pero ¿y si lo fuera? Si fuera cierto y ahora yo me pusiera a investigar o a decir a uno y a otro que Gunnar ha sido asesinado por el Vaticano, simplemente por el hecho de yo saberlo, los que le han matado podrían querer eliminar a un testigo inesperado e incómodo. Lo más probable es que Gunnar no esté muerto y todo sea una broma, o que le hayan asesinado los "papistas". Pero si por una remota posibilidad fuera verdad que ha muerto a manos del CUR y ha logrado enviarme el correo *in extremis*, debo andar con cuidado si no quiero seguir su suerte».

John se para en seco y, de repente, un sudor frío le recorre el cuerpo. «¿Y si alguien leyera el correo que he recibido?», piensa. Las posibilidades son mínimas. Vive solo, pero la señora de la limpieza va cada día a su apartamento, aunque lo hace más tarde, pues él a estas horas está habitualmente acostado. «¿Es ella de fiar?». Cree que sí. Es una hispana simpática, de la cual lo único que le molesta es que lleva al cuello un ostentoso rosario. «Pero», sigue pensando, «¿y si fuera alguien que tiene la misión de controlar sus pasos, de espiarle? Quizá podría abrir mi ordenador y leer ese correo».

Rápidamente se da media vuelta y en menos de diez minutos está en su apartamento. Respira al ver que está como lo dejó. Enciende el ordenador, vuelve a leer con calma el mensaje pero no se atreve a imprimirlo. Ahora, no sabe bien por qué, tiene la impresión de que lo que dice el correo es auténtico y que, efectivamente, a Gunnar le ha matado el CUR. ¿Tiene tanto poder el Vaticano como para matar a un enemigo simplemente por venganza? ¿Qué ganaría con ello, sino conseguir que se volcara más contra él todo el mundo, precisamente en un momento tan delicado? En cambio, quien sí gana es el CUR, que acaba con un testigo molesto, que ha cometido un error y ha sido identificado en el escenario de uno de los crímenes. Pero, si esto es así, ¿no será todo lo demás mentira? ¿No serán los asesinatos de Guatemala también obra del CUR para desprestigiar a la Iglesia o para evitar que la supuesta revelación llegara al poder del Vaticano? Está anonadado, inmóvil, sin saber qué hacer. No se atreve a sacar una prueba de impresora de la carta de Gunnar y a guardársela en el bolsillo o en su caja fuerte, por miedo a que alguien lo descubra. Desea borrar el mensaje y dar carpetazo al asunto, pero algo en su interior se lo impide. Odia a la Iglesia, pero es un intelectual coherente, que no puede aceptar sin más la mentira. Nunca lo ha hecho y si ha atacado al Vaticano con todas sus fuerzas y con toda la demagogia de que ha sido capaz, lo ha hecho porque de verdad lo consideraba un antro de corrupción. Al final, acuciado por la urgencia de llegar al periódico, donde ha quedado con su ayudante para una jornada de trabajo intenso, decide enviar el mensaje a una cuenta de correo en un servidor gratuito, cuya clave solo él conoce, y que puede abrir desde un cíber cuando lo necesite. Lo hace así y luego borra todas las huellas de lo que ha recibido y enviado. Apaga el ordenador y sale de casa. Sus certezas anticatólicas se han esfumado. Ahora, al menos tiene dudas. Empieza a ser otro hombre.

McCabe va por la calle dando tumbos. Está como borracho, como mareado. La cabeza le da vueltas. Su mundo de certezas, de seguridades intelectuales y morales, se le está viniendo abajo. Mejor dicho, se está derrumbando encima de él, dejándole sepultado bajo los escombros. A pesar de estar en la calle, siente que le falta el aire, que se asfixia. No hace más que dar vueltas a las cosas, con su habitual capacidad analítica que le ha permitido escalar un puesto profesional de tanta responsabilidad, quizá uno de los más importantes de todos los medios de comunicación del mundo. Cuanto más lo piensa, más claro lo ve. La carta que ha recibido es auténtica y el CUR está detrás de todo el montaje para matar no solo a su amigo, sino a los que haga falta con tal de destruir la Iglesia. Esto le asquea. Le repugna profundamente. Hubiera querido ver la Iglesia en la lista de las religiones desaparecidas, pero no de este modo. En todo caso, comprende que debe obrar con el máximo cuidado, sin hacer preguntas que puedan despertar sospechas sobre él, pues posiblemente

Ralph Renick —a quien conoce, como conoce a tantos grandes personajes de la política norteamericana y mundial— sabe que era amigo de Gunnar. También comprende que debe comprobar la veracidad de la prueba que su amigo le ofrecía: la existencia de la cadena con la cruz escondida en el respaldo trasero de la cama. Eso solo probará que Gunnar ha muerto, no que el CUR le ha matado, pero de esto ya le quedan muy pocas dudas.

Cuando llega al periódico, unos minutos después de las ocho, y entra en su despacho, sale a recibirle su ayudante. Está sorprendido, pues llega con casi media hora de retraso, lo cual es inaudito para una persona como John McCabe, un auténtico «adorador» de la puntualidad. Su sorpresa aumenta al ver el estado en que se encuentra su jefe: no le reconoce, es como si fuera otra persona, como si estuviera trastornado. Si no fuera tan temprano, diría que está bebido. Por eso, en lugar de preguntarle en plan de broma por su retraso, se interesa por su salud.

—¿Se encuentra bien, señor McCabe?

—Regular, nada más, Tim.

—Pues cuando me llamó esta mañana y me sacó de la cama, parecía tan enérgico como siempre.

—Se ve que el desayuno me ha sentado mal. En fin, vamos a trabajar, que nos espera un día intenso.

—Sí. Es el gran día. Quedará marcado en los anales de la historia de la humanidad y, posiblemente, será tomado como el inicio de una nueva era, como el fin de la era cristiana. Es un día grande para todos nosotros, pues hemos luchado mucho para que llegara este momento. Lo es especialmente para usted, señor, pues ha sido —y no quiero adularle— uno de los principales artífices en esta guerra que está a punto de entrar en su fase definitiva. El fin de la Iglesia católica ha llegado y usted ha tenido una buena parte de mérito en ese gran logro.

—He estado escuchando las noticias y, más o menos, estoy al tanto de todo —dice John, que se ha sentado y que se encuentra cada vez peor, en parte porque los elogios que le dedica su ayudante le suenan ahora a acusaciones durísimas pero certeras—. ¿Cuál es el programa para las próximas horas?

—Antes que nada, jefe, de veras le veo mal. ¿Quiere que le traiga algo, un café, una aspirina, un reconstituyente?

—No, déjalo. Voy a intentar seguir en la brecha. Con gusto me iría a casa y me metería en la cama, pero en un día como hoy no me lo puedo permitir.

—A ver si esos brujos católicos le han hecho alguna hechicería. Le aconsejo que cuando llegue a casa se acueste y se rodee de velas rojas encendidas y untadas con aceite. Debe orar a Babaluaye, que es la diosa de la salud, y ya verá como cuando se despierte estará curado.

—¡No me puedo creer que me estés diciendo esto, Tim! —exclama McCabe, al que parece que de verdad el mundo se ha vuelto loco—. Tú eres un hombre inteligente. Un ateo militante, como yo. Y ahora me vienes con que encienda unas velas e invoque a una diosa de los cultos africanos.

—Yo soy ateo, por supuesto —responde, un poco molesto Tim Rounds—. Lo soy como el que más. Simplemente le estoy dando un consejo de amigo. Yo no creo en los dioses afrocubanos, aunque alguna vez he ido a alguna reunión. Pero me han ayudado a superar algunos problemas y a sentirme mejor conmigo mismo. Los católicos tienen sus propios mitos y yo tengo los míos, con la diferencia de que yo los manejo y a ellos sus mitos les manejan.

—En fin, dejémoslo —dice McCabe, que, sin saber por qué, recuerda una frase de Chesterton: «Cuando se deja de creer en Dios, enseguida se cree en cualquier cosa»—. Hoy no estoy para discusiones, aunque te confieso que esto no me lo esperaba de ti. Llevo trabajando contigo cinco años y descubro que no te conozco. Quizá he estado tan encerrado en mí mismo que no he sido capaz de ver nada de lo que de verdad pasaba a mi alrededor.

—Realmente está usted mal, señor McCabe. Es la primera vez que le oigo filosofar. Me preocupa.

—¡Déjalo ya!, ¿quieres? Dime cuál es el programa de acontecimientos que, previsiblemente, se van a desarrollar hoy.

—A las diez se reúne el Consejo de Seguridad. Está previsto que Ralph Renick haga unas declaraciones unos minutos antes de que se reúna el Consejo, para defenderse de las acusaciones lanzadas contra el Comité que él dirige por el Vaticano. En realidad, ya tenemos incluso el texto de las mismas, pues él se va a limitar a leerlas, pero no lo podemos hacer público antes de la hora, ni siquiera en nuestra edición en Internet. Se espera que, sobre las once, el Consejo haga pública su condena más rotunda de la Iglesia y su recomendación a las naciones de todo el mundo para que declaren ilegal a la Iglesia católica mientras siga gobernada por el actual fantoche que hay en el Vaticano. Se espera también que Italia, que es una pieza clave en este asunto, se sume a la medida a lo largo de la mañana o, en el peor de los casos, teniendo en cuenta su habitual costumbre de llegar siempre tarde a todos los sitios, que lo haga mañana por la mañana.

Hay preparada una manifestación masiva en Roma, para el momento en que Italia dé el visto bueno, que tiene como objetivo entrar a saco en el Vaticano y, en medio del caos, intentar acabar con los cardenales adictos al Papa y con el propio Pontífice. Nuestros amigos de allí, sobre todo el cardenal Schmidt, ya han sido avisados para que se pongan a salvo. En muchas ciudades del mundo también está todo dispuesto para lo mismo. Por lo tanto, a partir de las once se precipitarán las cosas, aunque está dada la orden de que solo se actúe con violencia contra los que son fieles al Papa y cuando las autoridades locales den el visto bueno, para evitar enfrentamientos con la policía. Los países más remisos, que son pocos, no podrán resistirse a la presión colectiva, que llegará incluso a la amenaza de invasión o de golpe de Estado si hiciera falta. Confiamos en que en el plazo de una semana tendremos todo bajo control.

—Bien, tenemos, pues, un rato para organizarnos. Pásame las declaraciones de Renick y déjame solo, a ver si mejoro.

Rounds se va y no tarda en volver con un par de folios, que deja encima de la mesa de su jefe y después desaparece en silencio. En sus declaraciones, Ralph Renick muestra su indignación ante la cobarde e hipócrita actitud del Vaticano, al que acusa de tirar la piedra y esconder la mano. Pide también justicia y reclama al Consejo de Seguridad que adopte medidas rápidas y tajantes para poner fin a un gobierno corrupto, teocrático, dictatorial, que desde un minúsculo Estado ejerce su tiranía sobre la conciencia de millones de personas en el mundo. Mientras lo lee, McCabe llama por teléfono, desde su móvil, a un colaborador que ha utilizado a veces para misiones especiales. Tiene plena confianza en él y en no pocas ocasiones ha usado sus servicios para averiguar aspectos secretos de la vida privada de alguno de sus enemigos, que, publicados, le han reportado suculentos beneficios. Este «detective» particular está, a su vez, en manos de McCabe, que tiene pruebas que le incriminan en un crimen y, por ello, este cuenta con su lealtad absoluta.

—Juan Diego, soy McCabe. Te espero en veinte minutos en la cafetería que hay dos calles más arriba del periódico. En el reservado donde nos hemos visto otras veces. Sé discreto.

Mientras llega la hora de salir a entrevistarse con Juan Diego Sandoval, mexicano al que va a encargarle la tarea de averiguar si está o no la cruz colgada en la habitación que ocupara Gunnar, termina de ponerse al día con las noticias. No hay ni una sola información sobre su amigo. A estas horas, debido a que su nombre ha sido citado públicamente, ya debería haber hablado para defenderse. Si no lo ha hecho, es porque está muerto. Pero si la muerte se debe al Vaticano, Renick tendría que haberlo denunciado en su comunicado, o, al menos, haber dicho que no sabe dónde está su colaborador y que le están buscando. No hay nada de esto. Es un pequeño detalle en un momento tan complicado que, posiblemente, a él mismo le hubiera pasado desapercibido de no haber sido por el correo que recibió horas antes. Ahora, ese detalle le confirma en sus sospechas. Renick, y con él el CUR, está detrás de la muerte de Gunnar y de todo lo sucedido en Guatemala. Siente que un vómito le acude a la boca y tiene que hacer un gran esfuerzo para controlarse. Se levanta y sale de su despacho.

—Voy a tomar un poco el aire a la calle. A ver si se me pasa —le dice a Tim Rounds, que ha salido de su propio despacho al verle pasar—. Vuelvo enseguida.

—Está bien, jefe. Que se mejore.

John McCabe sale del periódico y respira con gusto el aire de la calle, a pesar de lo contaminado que está. Le hace bien el fresco. No tarda en llegar a la cafetería donde ha quedado con su «detective» particular. Va al reservado que suele utilizar y espera allí. Juan Diego Sandoval llega con un poco de retraso, cerca ya de las nueve, y, para su sorpresa, no recibe el aluvión de críticas propio de alguien como McCabe, tan exigente con la puntualidad. Le encuentra sentado, con un café casi sin probar encima de la mesa y con la mirada perdida.

—Señor McCabe, siento llegar tarde. El tráfico estaba horrible y…

—No te disculpes, Juan Diego, no tiene mayor importancia. Tengo algo muy especial que encargarte.

—Antes que nada, dígame, ¿se encuentra usted bien?

—No mucho. Estoy un poco mareado. Pero eso ahora no importa. Escúchame con atención, pues lo que voy a pedirte es muy importante y, posiblemente, peligroso. Pero, antes que nada, una pregunta. Tú eres católico, como buen mexicano. ¿Cómo ves tú lo que está sucediendo a raíz de lo de Guatemala y lo que se dice del Papa?

—Prefiero no opinar sobre eso, jefe, de verdad.

—Pero ¿por qué?

—Sé cómo piensa usted y le aprecio mucho. Además, tengo una deuda con usted que nunca podré pagar del todo. Pero mis opiniones en cuestiones religiosas son distintas de las suyas y no quisiera que eso abriera una brecha entre nosotros, que a causa de eso usted perdiera la confianza que tiene puesta en mí. Yo soy un profesional que hago mi trabajo y que dejo aparte mi vida privada.

—¿Y si yo te encargara algo que perjudicara a la Iglesia?

—En ese caso —Sandoval se levanta mientras habla y mira muy serio a McCabe—, deberá usted buscarse a otra persona. Sinceramente, no podría hacerlo.

—Siéntate, por favor —le ruega John—, y dime por qué. ¿Por qué no atacarías a la Iglesia, incluso aunque fuera tu vida en ello, puesto que sabes que yo podría perjudicarte si me enojo contigo?

—Estoy seguro de que usted no haría eso. Le conozco demasiado bien, y es usted una buena persona.

—Tienes razón, sería incapaz de hacerte daño por ese motivo. Pero, dime, ¿por qué no quieres atacar a la Iglesia, incluso arriesgando tu libertad y tu misma vida al no hacerlo?

—Soy mexicano. Quizá esa sea la mejor respuesta. Usted sabe que soy un pendejo, un mujeriego, aficionado en demasía al tequila y al juego, aunque nunca he probado la droga. Usted sabe también que mis manos no están limpias de sangre, aunque de eso me arrepentí hace mucho. Pero sigo siendo mexicano. Soy una mierda, si usted quiere, pero soy una mierda mexicana. Es decir, llevo en el corazón el amor a la Virgen de Guadalupe con tal fuerza que no podría hacer nada que le ofendiera. Y atacar a la Iglesia lo haría.

—Pero, si no me equivoco, cada vez que te emborrachas o engañas a tu mujer, estás cometiendo un pecado y, por lo tanto, ofendiendo a la Virgen.

—Es verdad y lo siento muchísimo. Además, hace tiempo que no voy a misa, ni me confieso, ni comulgo. Pero una cosa es una cosa y otra es otra. Atacar a la Iglesia es lo que en mi tierra decimos «palabras mayores». Eso no puedo hacerlo. Por otro lado, usted es gringo, un buen gringo, pero gringo al fin, y permítame que le diga que no tiene ni idea de qué es la Iglesia. Hay que haber nacido en un pueblecito como el mío, en pleno desierto de Sonora, tan lejos de todo, que el pueblo más importante de los cercanos, Pitiquito, nos parecía una gran urbe, para entender a la Iglesia. Allí ¿sabe quién estaba? Los curas y las monjas. Ellos no han abandonado nunca a los pobres y los pobres lo sabemos. Ya nos pueden contar lo que quieran las televisiones y los periódicos, que nosotros sabemos por propia experiencia que, a la hora de la verdad, en quien puedes confiar es en la Iglesia. Y no me refiero a los monseñores ni al Papa. Me refiero a gente como el cura Pablo, el párroco de mi pueblo, que siempre andaba con la ropa raída y buscando plata por todos los lados para sacar adelante el comedor que tenía para niños pobres. Gracias a ese comedor yo no me morí de hambre, cuando mi padre abandonó a mi madre, después de darle la enésima paliza, para irse, borracho como una cuba, con una golfa y dejar a mi madre embarazada y con cinco chamaquitos que alimentar. ¿Y usted quiere que yo ataque a la Iglesia? No puedo, de verdad, no puedo. No soy un héroe, se lo aseguro. Pero no puedo hacerlo.

—No sabes lo que me alegra oírte, aunque ahora no puedo explicarte el porqué. Te aseguro que nada de lo que voy a mandarte perjudicará a la Iglesia. Al contrario, la va a ayudar, en este momento tan difícil para ella. Debes fiarte de mí y debes también guardar el máximo secreto, pues tu vida va en ello, así como la mía. Están detrás los que han matado a los de Guatemala y te aseguro que no ha sido el Papa el que ha ordenado hacerlo.

—Eso lo sabemos todos. Ustedes los periodistas pueden montar el teatro que quieran, pero no engañan a nadie que no esté dispuesto a dejarse engañar. Ayer, hablando con mi mujer, comentábamos que, efectivamente, las cosas se van a poner feas para los curas, pero decíamos también que estábamos seguros de que era todo un montaje. Es imposible, sencillamente imposible, que el Papa haya ordenado matar a un puñado de monjas de clausura. Solo alguien que tiene el alma muy negra o que es un ignorante y desconoce totalmente lo que es la Iglesia puede creerse esa patraña. Y mi mujer me decía que entre los mexicanos que van a misa estuvieron hablando de ello y nadie se lo creía y que lo mismo pasaba con los que no van a misa.

—Lo que me estás contando me da un poco de esperanza. Pero ahora no tenemos más tiempo que perder. Debes irte al hotel Embassy y buscar una cruz de las de llevar en el cuello, que tendría que estar escondida en el cabecero de la cama de la suite 138. Pero no puedes hacerlo tú, ni ordenar a nadie que lo haga por las buenas, porque seguramente habrá cámaras de vigilancia en el pasillo y nadie, absolutamente nadie, debe sospechar que otra persona está interesada en esa suite y en lo que ha ocurrido en ella. Averigua también si alguien ha ocupado la habitación y ha dormido en ella esta noche. No me cuentes nada por teléfono. Simplemente me llamas y quedamos aquí o en el lugar donde yo te diga. Hazlo cuanto antes.

—Eso es muy fácil, jefe. En todos los hoteles de Nueva York hay mexicanos trabajando, así que estoy seguro de que conoceré a alguien que conozca a alguien que trabaje allí. Lo que haré será contactar con la gente que hace la limpieza y aprovecharé para que entren en la habitación a la hora en que normalmente lo hacen, de forma que no se note nada. Si la cruz está donde usted me dice, se la traeré, esté seguro.

—Muchas gracias, Juan Diego. Yo, como sabes, no tengo fe, pero tú sí la tienes. Reza para que todo vaya bien.

—Jefe, me da la impresión de que algo le ha sucedido. Y algo bueno, aunque tiene usted toda la pinta de estar pasándolo muy mal. Yo soy un mal rezador, pero le diré a mi mujer que rece por algo importante que tengo que hacer. Ella dice que la Virgen se lo concede todo. Yo, por si acaso, siempre le encomiendo que pida para que me saque de todos los líos en que me meto.

Se despiden y cada uno se dirige a sus tareas. John McCabe va pensando en lo extraña que es la vida. Esta mañana ha conocido a dos creyentes distintos, con los que ha trabajado durante años sin saber que lo eran. Uno, su ayudante, Tim Rounds, que dice que es ateo pero que cree en el poder sanador de las velas y de los dioses de la santería cubana. Otro, su detective particular, Juan Diego Sandoval, que es un pendejo pero que prefiere que le maten antes que hacer daño a la Iglesia y que tiene una mujer que reza para que él salga bien de los líos en que se mete. Se siente muy lejos de los dos y le parece imposible llegar a identificarse con la fe de uno o de otro, pero no puede evitar un sentimiento de simpatía hacia Sandoval y lo que él representa. Tanto que, de repente, se sorprende a sí mismo pensando que le gustaría tener fe, tener esa fe. Desecha inmediatamente ese pensamiento de su cabeza para concentrar su atención en la tarea que le espera. Habría sido facilísimo, de no haber sido por la carta de Gunnar. Ahora todo es distinto. ¿Cómo va a destilar odio contra una Iglesia a la que considera inocente, al menos de los crímenes que se le están imputando? Pero, si no lo hace, se pondrá al descubierto y eso le puede costar la vida. Además, si él no se hace cargo de la línea editorial del periódico, otro lo hará. En realidad, no es más que un empleado que está a las órdenes de los que se encuentran por encima de él, por muy importante que sea su puesto. Es verdad que en muchas cuestiones él es quien hace que la balanza de la opinión del diario se incline hacia un lado u otro. Pero en las cuestiones de verdadero peso, de auténtica importancia, la línea está marcada desde arriba. Eso él lo sabe y hasta ahora no ha tenido problema, porque siempre ha coincidido su conciencia con lo que esperaban de él. Por eso ha triunfado. Pero ahora es diferente. Se le pide que haga algo en lo que ha dejado de creer y, si no lo hace, no solo está en juego su trabajo sino su propia vida, como va a estar en peligro la de todos aquellos que no quieran plegarse a las leyes que se van a decretar contra la Iglesia. Y, además, vuelve a recordarlo, inútilmente. Se sacrificará de una manera tonta, pues otro ocupará su lugar de forma inmediata.

A pesar de todos estos razonamientos, no logra alejar de sí la inquietud. Piensa, entonces, en Sandoval. Es un golfo, un vividor, un asesino incluso, pero le ha dado una lección de hombría cuando se ha levantado para marcharse al creer que le iba a pedir algo que perjudicara a la Iglesia: ha preferido poner en peligro su vida, antes que hacerlo. ¿Y si ese hombre, al que él, en el fondo, ha considerado hasta ahora inferior, se ha comportado así, no debería él, el honesto John McCabe, hacer lo mismo? No puede evitar que un escalofrío le recorra el cuerpo y que la cabeza se le nuble de nuevo. Ha llegado ya al periódico y, mareado, se sienta en uno de los butacones de la entrada. Uno de los guardias de seguridad va hacia él, preocupado.

—¿Se encuentra bien, señor McCabe? Tiene usted un aspecto deplorable. ¿Quiere que avise al médico?

—No, muchas gracias. Estoy muy mareado. ¿Me podrías acompañar al despacho de la directora? Necesito hablar con ella y temo que si voy solo me pueda caer por el camino. ¿Sabes si ha llegado ya?

—Me imagino que sí, porque hoy está aquí todo el mundo, a pesar de lo temprano que es. La cosa lo merece. Por fin vamos a darles a los «papistas» la lección que teníamos que haberles dado hace años.

Mientras van hacia el despacho de la directora del *New York Times*, la todopoderosa y temible Heather Swail, McCabe interroga al guardia que le acompaña. Le ha sorprendido su explosión de odio hacia la Iglesia.

—¿Por qué odia a la Iglesia?

—Soy gay —dice, orgulloso—, y los «papistas» han sido nuestros principales enemigos desde siempre. He leído mucho sobre ello y he visto películas donde te dicen claramente que mataban a los gais en la Edad Media haciéndoles cosas horribles. Además, siguen considerando pecado nuestro comportamiento.

—Pero hace años que ya no tienen poder para influir en las legislaciones de los Estados. El matrimonio homosexual es hoy común en todos los sitios, menos en algunos países musulmanes, lo mismo que la posibilidad de adoptar niños por parejas homo. ¿No deberías sentir ese odio hacia el islam, por ejemplo?

—Señor McCabe, no le entiendo, francamente. Pareciera que usted no les odia como yo. Si no le conociera, diría que está usted en el otro bando.

—Solo estoy preguntándote porque me interesa saber el porqué de las opiniones de la gente. No olvides que soy periodista. Pero dime, ¿no es peor la actitud del islam que la de la Iglesia católica?

—Quizá sí. No lo sé bien. Todo lo que he leído y visto en el cine va dirigido contra la Iglesia y no contra el islam. Quizá es porque a los musulmanes aún se les tiene miedo. El caso es que, sea por lo que sea, los «papistas» son nuestros enemigos y yo disfrutaré mucho cuando acaben con ellos. Tenemos preparada una gran marcha desde Times Square hasta la catedral de San Patricio para cuando eso suceda. Vamos a salir varios miles y va a ser la mayor fiesta que hemos organizado. Yo voy a hacer el amor con mi novio y con otro más en público delante de San Patricio y, si fuera posible, dentro. Queremos demostrar que hemos vencido. Bueno, ya hemos llegado. ¿Qué tal se encuentra ahora?

—Sigo estando mal y poniéndome cada vez peor. Pero muchas gracias por acompañarme.

McCabe entra en el despacho de la secretaria de Swail, que a su vez es una mujer temible y a la que todos adulan para poder acceder con más facilidad a su jefa.

—Buenos días, Corin —saluda el responsable de los editoriales del periódico—. Necesito hablar con la señora Heather.

—¡Qué mala cara tiene, señor McCabe! Está ocupada, pero siéntese mientras le digo que está aquí. Veré si puede recibirle enseguida.

La secretaria hace una llamada e, instantes después, le dice a John que puede pasar al despacho de la directora. Este es espléndido y tiene una vista magnífica sobre Nueva York. No se puede evitar, estando allí, la sensación de que se domina el mundo. Heather Swail, una mujer de sesenta años, con unas facciones duras y una mirada más dura aún, está sentada tras la mesa de su despacho. No se levanta, ni siquiera alza la mirada del texto que está leyendo.

—¡Siéntate, John! Enseguida estoy contigo. Termino de leer esto y te atiendo. Me imagino que tú ya lo has visto. Son las declaraciones de Ralph Renick que se van a hacer públicas en menos de una hora.

John se sienta ante ella y aguarda unos minutos, sin saber aún qué debe decir. Por fin, la directora le presta atención y le mira a los ojos.

—¡Caray, John! ¡Qué mala cara tienes! Y qué mal día para ponerse enfermo. ¿Qué te pasa? ¿Estuviste anoche de juerga con una de tus amiguitas y ahora tienes resaca?

—En absoluto. Me acosté temprano, al salir del periódico, y esta mañana me he levantado muy bien. Ha sido después de desayunar que he empezado a sentirme mal. Estoy mareado y no me veo capaz de dar pie con bola.

—Pues te vas a aguantar, porque te necesito, por lo menos hasta las cinco de la tarde en que cerremos la primera edición y sepamos cómo han ido las cosas en Roma. Necesito que encargues tres editoriales a otros tantos de nuestros expertos, para seleccionar luego el mejor. Necesito también que revises todos los artículos de opinión personalmente y que les digas a todos los columnistas que hoy no hay otro tema más que ese. He hablado ya con el director del área de información y están preparando un número especial. Él te dejará todo el espacio que necesites. Es un gran día. Es el fin de la era cristiana. A mí me parece que deberíamos salir con el nombre de la nueva era. No sé, quizá la de la «armonía universal». ¿Qué te parece, John, podrás aguantar hasta las cinco?

—Lo intentaré, Heather. De momento, pondré todo en marcha para ser lo menos imprescindible posible. En cuanto a lo que me preguntas sobre el nombre de la nueva era, me parece un poco pronto, pero quizá podría llamarse la «era humanista» o, mejor aún, la «era atea».

—No, esto último molestaría a los musulmanes y todavía les necesitamos. Primero acabaremos con los católicos y luego iremos a por ellos. Ahora tienen que colaborar con nosotros en la masacre. Lo de «era humanista» no está mal, aunque también podría ser «era ecologista». Bien, vete dándole vueltas y mantenme informada. Nos vemos en la reunión de las doce, como todos los días.

John sale del despacho, angustiado. Mientras lo hace, oye a su jefa hablar con la secretaria: «Corin, ponme con el señor Renick y luego con el secretario general de la ONU. También con nuestro querido presidente. Habrá que darle un toque, no sea que se eche atrás en el apoyo a la causa». Cuando John llega a su despacho, llama a su ayudante y le transmite los encargos que le ha dado la directora para que los vaya poniendo en marcha. Está pensando en pedirle a su secretario que le ponga con Renick, con el cual ya debe haber acabado la directora, cuando recibe una llamada de Sandoval, que atiende inmediatamente.

—Todo correcto jefe. Ha sido muy fácil y limpio. La cosa estaba en el sitio que usted me dijo. Cuando me diga se la doy. No hubo ningún pájaro en la jaula esa noche, al menos según dijeron los que llevan los papeles oficiales del nido, pero otros pájaros han cantado y dicen que esta mañana hubo mucho movimiento allí y que tres gorriones forzudos dejaron la jaula como los chorros del oro. Sospechan que se llevaron un paquete, algo de fiambre.

—Gracias, Juan Diego. Ya te avisaré. Guárdalo todo y no se lo des a nadie más que a mí.

Tras la breve conversación, encarga a Tim que haga la llamada a Renick, el cual le atiende enseguida.

—John —le saluda afectuosamente el director del CUR—, acabo de hablar con Heather y me ha dicho que te encontrabas algo enfermo. Lástima, con el gran día que nos espera. ¿Has leído mis declaraciones?

—Por supuesto, Ralph. Es cierto que no me encuentro nada bien. He debido de tomar algún alimento en mal estado en el desayuno. Dime, ¿todo va según lo previsto? ¿Habrá algún problema en la reunión del Consejo de Seguridad?

—No lo creo. El presidente de Estados Unidos está con nosotros y también el resto de los principales miembros. Intentaremos que la declaración sea adoptada por unanimidad, pero si no fuera así, lo será por una abrumadora mayoría. La única duda está en saber qué va a hacer Italia. O mejor dicho, ¿cuándo lo va a hacer?

—Bien, mantenme informado, por favor. Por cierto, he oído que el Vaticano ha implicado a Gunnar Eklund en el asunto. Tú debes saber que es amigo mío. Me extraña que no haya dicho nada para defenderse y que tú tampoco le hayas citado en tu mensaje —deliberadamente, McCabe pone el dedo en la llaga, a sabiendas de que puede dar alguna pista a Renick, pero consciente también de que, de no preguntar por su amigo, se haría sospechoso.

—En eso, como en todo lo demás, el Vaticano está mintiendo. He hablado con Gunnar esta misma mañana. Sigue en El Salvador y no se ha movido de allí. Estuvo, efectivamente, en Guatemala. Fue con el obispo italiano asesinado a ver las ruinas de Tikal, pues eran amigos desde hacía mucho tiempo. Pero se despidió de él en el aeropuerto y mientras el cura iba hacia la Nunciatura, él tomaba un avión de regreso a El Salvador. Siente lo de su amigo y me ha dicho que había conseguido que se pasara a nuestra causa, y que le había contado que el contenido de la supuesta visión era una vulgar superchería. Seguramente a Di Carlo lo mataron porque descubrieron que quería cambiarse de bando. Yo le he dicho a Gunnar que no haga declaraciones de momento, pues ahora hay que centrarse en lo importante y que, para defender su honor y el del CUR, ya estoy yo.

—Me alegra lo que me dices. Había pensado llamarle por teléfono a lo largo de la mañana, porque ahora es muy temprano en El Salvador, pero lo dejaré para la noche o para mañana. Si vuelves a hablar con él, dale recuerdos de mi parte y felicítale por el éxito de su trabajo. Antes de irse me habló de lo que se traía entre manos y de la importancia de la reunión que iba a celebrarse en El Salvador. Estoy convencido de que si el plan triunfa en Latinoamérica, el resto de la Iglesia católica se vendrá abajo fácilmente.

—Así es. No te preocupes por Gunnar. Está bien. Yo le daré saludos de tu parte. Si le llamas y no logras dar con él, insiste. A veces está en zonas donde hay poca cobertura y su móvil no da la señal. ¡Cuídate!

El resultado de la conversación no ha podido ser más convincente para McCabe. Eso, junto a la existencia de la cadena con la cruz en el sitio donde le decía el mensaje que debía estar, y el resto de la información que, en clave, le acababa de dar Sandoval, le terminan de convencer no solo de la autenticidad de la carta que ha recibido esa misma mañana, sino de la impostura de todo el montaje contra la Iglesia. Apoya los codos en la mesa y mete la cabeza entre las manos. Siente un deseo enorme de echarse a llorar, pero comprende que no puede hacerlo, que se está jugando la vida y que debe intentar por todos los medios aparentar calma y lograr salir del paso sin traicionar su conciencia a la vez que sin delatarse. Pero lo peor es la inevitable angustia que le oprime el alma y, como consecuencia, el cuerpo. Una angustia que le dice que toda su vida ha sido un error, que ha elegido el bando equivocado, aunque lo haya hecho de buena voluntad.

Se levanta para dirigirse al baño. Va tambaleante. Al verlo salir de su despacho, Tim acude en su ayuda. Justo a tiempo para sostenerlo cuando cae. Varios compañeros de la redacción acuden y, entre todos, le llevan a una sala de visitas. Avisan al médico de la empresa, el cual se presenta rápidamente. Le reaniman y, mientras él recobra el conocimiento, uno de ellos enciende la televisión que hay en la sala para seguir el desarrollo de los acontecimientos. En ese momento, la CNN está ofreciendo en directo la declaración que está leyendo Ralph Renick, poco antes de que se reúna el Consejo de Seguridad. John y el resto oyen al presidente del CUR afirmar: «...las calumnias han sido el alma de la Iglesia católica durante toda su historia. Las calumnias y los crímenes. Lo que ha sucedido en Guatemala lo demuestra. El Papa es el mayor enemigo de la humanidad. Por eso pedimos solemnemente al Consejo de Seguridad y a los gobernantes y políticos de todas las naciones democráticas del mundo que nos hagan justicia y que condenen a los responsables de la Iglesia católica. Pedimos la ilegalización de esa secta perniciosa en todo el mundo. No vamos contra los católicos, la mayoría de los cuales son personas buenas y a los que extendemos nuestra mano ofreciendo una generosa reconciliación. Mucho menos vamos contra los creyentes en otras religiones. Vamos contra los responsables de la corrupción, de los asesinatos, de la represión de las conciencias. Vamos contra el Papa, los obispos y los sacerdotes que colaboran con él en el mantenimiento de esta institución criminal que es la Iglesia católica…».

John no puede más. Da un vómito que le mancha por entero y vuelve a perder el conocimiento. Lo último que alcanza a oír es la voz del médico que dice: «Hay que llevarlo al hospital», a pesar de las protestas de Tim Rounds. Después se pierde en una niebla densa, terrible, en la que le parece andar buscando un camino que no encuentra, una salida a su túnel oscuro. Al fondo cree ver una luz y va hacia allí. Ve a un hombre que avanza hacia él con las manos y el costado heridos. De ellos sale una luz maravillosa que le infunde paz. «¿Quién eres?», le pregunta John en medio de sus sueños, para escuchar a continuación: «Yo soy Jesús, a quien tú persigues. Soy el camino, la verdad y la vida. El único camino que conduce, a través de la plenitud de la verdad, a la auténtica vida». Después de esto, John se derrumba del todo y, en medio de sus sueños, se ve a sí mismo llorando, sin consuelo, sin descanso. Así, hasta que alguien le golpea con suavidad la cara y se despierta. Son las doce de la mañana en Nueva York. Está en una cama, en el hospital, y una enfermera intenta reanimarle. Es otro hombre. Es un cristiano.

En Roma, mientras tanto, se han producido muchos acontecimientos. Una vez concluida la reunión en el apartamento del Papa, todos se precipitaron a cumplir con sus respectivos encargos. La situación más difícil la presentaba el cardenal Hue, que seguía en cama, aunque estaba mejor, y al que había que intentar salvar a toda costa. El Papa arregló rápidamente su equipaje y, a la hora prevista, a la una y media de la tarde —más o menos, cuando John McCabe estaba leyendo en su ordenador el mensaje que le enviara Gunnar Eklund—, estaba en la sacristía de la basílica de San Pedro que, previamente, había ordenado desalojar el sustituto de la Secretaría de Estado, monseñor Ramírez. Este, había pasado rápidamente por su despacho y allí se había encontrado con la sorpresa de que le esperaban Rose Friars y Enrique del Valle, que acababan de llegar, con una sonrisa de oreja a oreja.

—No hay tiempo de que me expliquéis nada ahora. Lo haréis más tarde —les dice Ramírez—. Pero, por vuestra sonrisa, me imagino que todo ha ido bien. Por cierto —añade, bromeando—, a los dos os quedan muy bien los hábitos. No sé si será una señal del cielo.

—No lo creo —responde Del Valle, también en broma—. Sí, ha ido todo muy bien y, por lo que veo, aquí se está en plena actividad. ¿Qué tenemos que hacer?

—Salir enseguida de la ciudad, en algún medio público. Un amigo mío vive en Asís, cerca de la Porciúncula, en la *via* San Bernardino de Siena, 72. Id allí. Él no sabe nada de vosotros, pero basta con que le digáis que vais de mi parte y que mi equipo de fútbol predilecto es el Chico de Boyacá. Esperadme allí. Y volved a vestir de seglar una vez que estéis fuera del Vaticano.

—Solo una cosa antes de despedirnos —dice Rose—. Haga una breve grabación del Papa en un lugar identificable del Vaticano, para emitirla por los medios de comunicación amigos y a través de Internet. El Papa debería decir que deja Roma y que sigue al frente de la Iglesia. Envíenosla en cuanto la tenga, vía móvil.

—Es una idea excelente. Adiós amigos, nos vemos en Asís lo antes posible. Tenedlo todo preparado.

En la sacristía del Vaticano se dan cita, a la hora prevista, el Papa, el sustituto de la secretaría de Estado y monseñor Loj. El polaco trae todo dispuesto para disfrazar al Pontífice, así como unos documentos falsos, burdamente hechos pero que, de manera provisional, podrían servir —«En Pescara nos darán algo mejor», dice a modo de excusa—. Ramírez pide al Papa su bendición y le ruega que le permita grabar en su teléfono móvil una declaración para hacerla llegar al mundo explicando el porqué de su abandono del Vaticano. El Papa no se hace rogar y, con el fondo de la sacristía, fácilmente identificable, antes de disfrazarse de venerable anciano polaco, declara, mirando fijamente al moderno móvil del sustituto:

—Queridos hijos e hijas de la Iglesia, no sé cuándo veréis estas imágenes, que son las últimas que hago antes de partir del Vaticano. Con gran dolor tengo que dejar este lugar, tan querido, para poder seguir ejerciendo mi labor de pastor universal de la Iglesia. Tenemos datos que nos hacen creer que la ciudad del Vaticano va a ser ocupada en breve. Quiero reiterar mi apelación, a los pastores y a los seglares, a ser fieles al mensaje de Cristo que, de manera ininterrumpida, ha defendido esta Iglesia durante veintiún siglos. Nos podrán quitar todo. Nos lo van a quitar todo. Sin embargo, hay una cosa que no nos podrán quitar: el amor que Dios nos tiene y la protección del Espíritu Santo. Cristo es nuestro tesoro y eso no nos lo podrán arrebatar nunca. Las fuerzas del infierno no prevalecerán sobre la Iglesia. La Virgen nos lo ha prometido. Tengamos, pues, esperanza para las negras horas que se acercan. Quiero también dirigirme a los creyentes de otras religiones. Es posible que intenten volverles contra nosotros y animarles a que colaboren en la persecución. Quiero que sepan que las acusaciones que nos hacen son totalmente falsas y que, si consiguieran arrinconar a la Iglesia dejándola reducida a una mínima expresión —pues nunca podrán acabar con nosotros—, irían después contra ellos. A todos os imparto mi bendición y os insto a derrotar al mal con las armas del bien, con la oración, con la penitencia, con el amor, tal y como la Virgen nos ha pedido. Termino con las palabras del Señor que Lucas recoge en el capítulo 21, versículo 28: «Cuando empiece a suceder esto, levantaos, alzad la cabeza, se acerca vuestra liberación».

—Gracias, Santo Padre —le dice Ramírez—. Ahora es urgente salir de aquí cuanto antes. Monseñor Loj, ¿tiene los documentos que nos ha prometido para el resto de los cardenales, obispos y arzobispos?

—Sí, aquí los tiene. Necesito que me diga un correo electrónico seguro en el que yo me pueda comunicar con usted. No intente ponerse en contacto conmigo hasta que yo no lo haga. Si hubiera rumores de que el Papa ha sido detenido o asesinado, no los crea mientras no haya pruebas fidedignas.

Ramírez le da a Loj la dirección de uno de sus correos de un servidor público gratuito y le ruega encarecidamente que proteja al Papa. El polaco le dice que está dispuesto a dar la vida por él. Entonces, el sustituto se pone de rodillas ante el Pontífice, pero este lo evita, le levanta, le atrae hacia sí y le abraza.

—Eres un hijo muy querido y me duele separarme de ti —le dice el Pontífice—, y quiero que sepas que, desde ahora, te cuentas entre el número de los cardenales. Monseñor Loj es testigo de ello. No dejes de decírselo a los demás, aunque tu humildad te diga lo contrario, y despídeme de ellos.

A las dos de la tarde, hora de Roma, un grupo de alegres y ruidosos polacos sale del Vaticano. Entre ellos, disfrazados hasta lo irreconocible, van el Papa y Jarek. Toman un autobús que les esperaba y se alejan del pequeño Estado, hacia las afueras de Roma. El autobús se detiene en una gasolinera y allí todos descienden, pero son tres —los dos citados y una religiosa polaca, Krystyna Kaczynski, secretaria de Jarek y que se hará pasar por su esposa para disimular— los que no vuelven a subir al autobús, sino que, en un coche que estaba aparcado entre tantos otros en la gasolinera, parten en dirección al Adriático, a Pescara. Van rezando el Rosario y, de vez en cuando, sintonizan las noticias en la radio. Así se enteran de las declaraciones de Ralph Renick y también del comienzo de la reunión del Consejo de Seguridad. Cuando esto sucede, están ya cerca de Pescara, apenas cruzada la *autostrada Adriatica*, e introduciéndose en las proximidades de la bella ciudad. A las cinco menos tres minutos, cuando el secretario general de la ONU comparece ante los medios de comunicación para dar lectura a la resolución que, por unanimidad, han adoptado, el yate que lleva a los tres fugitivos y a dos tripulantes —polacos también— surca ya el Adriático y está a punto de dejar las aguas jurisdiccionales italianas.

Ese tiempo precioso ha sido aprovechado por Ramírez, Astley y Ferro para organizar la huida de los principales colaboradores del Papa en el Vaticano. Incluso el cardenal Hue logró salir del pequeño Estado, aprovechando que el caos iba haciéndose creciente en los alrededores. De hecho, la plaza de San Pedro había ido llenándose de gente, de forma que a las cuatro de la tarde, cuando las televisiones del mundo daban las imágenes del comienzo de la reunión del Consejo de Seguridad, estaba a rebosar. Pero no eran manifestantes hostiles a la Iglesia los que la llenaban. Eran católicos fieles quienes habían acudido a manifestar su apoyo al Pontífice, aun a sabiendas del riesgo que corrían. Rezaban y cantaban, llevando velas encendidas en la mano. En los alrededores también se había ido apiñando la multitud, pero, en este caso, con un aire cada vez más hostil. No todos ellos estaban en la conspiración, pero los líderes tenían órdenes de desatar la furia de las masas cuando se recibiera la noticia de que Italia suscribía las recomendaciones del Consejo de Seguridad y, como consecuencia, dejaba de proteger la integridad del pequeño Estado y retiraba las fuerzas del orden que, como un teórico «cordón sanitario», en ese momento la protegían. Sin embargo, hasta que llegara esa orden, tenían el encargo de contener a la masa, cada vez más enfurecida, a la par que gritaban consignas llenas de odio y se las hacían aprender a la gente.

No fue fácil la huida del Vaticano. El cardenal Ferro ordenó el cierre de la basílica a las tres de la tarde, para dejar tiempo suficiente después de la salida del Papa, e inmediatamente, con la ayuda de personal de confianza, vació los sagrarios, consumiendo las formas consagradas a fin de evitar los sacrilegios que todos temían que se iban a producir. Con los fieles que salían del templo, se marcharon la mayor parte de los sacerdotes, religiosos y religiosas que trabajaban en la Santa Sede, e incluso alguno de los obispos y cardenales. El museo Vaticano también fue cerrado y por allí pudo salir Hue, camuflado en un grupo de japoneses. Pero todo esto hubiera sido imposible hacerlo sin llamar la atención de los que, dentro de la Iglesia, colaboraban con el CUR —Schmidt y sus adláteres—, de no haber sido porque ellos se habían marchado primero. Poco después de terminada la reunión en la sala Pío-Clementina, y ante el fracaso del atentado contra el Papa, todos ellos habían abandonado apresuradamente el pequeño Estado vaticano, sabedores del furioso huracán que se iba a abatir sobre él. Eso había dejado a Ferro, Ramírez y los demás las manos totalmente libres, carentes de testigos incómodos, para moverse a su antojo sin temer que alguien les delatara.

Ya había comenzado la reunión del Consejo de Seguridad cuando el cardenal Ferro y el recién nombrado cardenal Ramírez se reunieron en la cripta vaticana, junto a la tumba de Juan Pablo II, con los colaboradores que habían quedado y con los ujieres —conocidos con el nombre de *gentiluomini*— que trabajaban en la basílica. Aparte de ellos, de algunos miembros del servicio de seguridad propio de la Santa Sede y de la fiel Guardia Suiza, no quedaba nadie más en el pequeño Estado.

—Hermanos —dice el cardenal Ferro—, ha llegado una hora solemne y terrible. Debemos irnos también nosotros. Así lo ha querido el Papa y tenemos que obedecerle. No me importaría permanecer en este templo tan amado y morir en él, derramando mi sangre en el mismo lugar en que fue sacrificado San Pedro. Pero no ha llegado aún mi hora. Quisiera salvar tantas cosas que temo que serán destruidas y profanadas. Lo principal, el Santísimo Sacramento, ya no está a su alcance. Ahora les ruego que me ayuden tomando algunas reliquias de los santos y de aquellos que, aun sin canonizar, son considerados por el pueblo como tales. Después, váyanse. Dejen abierta la basílica y pónganse a salvo. Acompáñenme ahora con una oración al Señor y a su Madre: Padre nuestro… Dios te Salve, María…

—Eminencia —dice, al acabar de rezar, un viejo *gentiluomo*—, algunos de nosotros hemos echado los dientes aquí. Nuestros padres y, en algún caso, nuestros abuelos, fueron ya empleados de la Santa Sede. Conocemos todos los rincones y secretos de este edificio. Le queremos pedir que nos deje guardar, allí donde solo nosotros sabemos, algunos de los tesoros de este templo, comenzando por las reliquias que no podamos trasladar. Además, no creo que, de entrar la multitud en el templo, nos hagan nada. No somos curas.

—Pero si sospechan que han trabajado aquí, podrán torturarles para hacerles confesar cosas que saben o incluso que ignoran, pero que ellos creen que saben —dice Ramírez.

—En ese caso —insiste el *gentiluomo*—, nos iremos antes de que todo estalle, se lo prometo.

—Tiene usted mi permiso —dice el cardenal Ferro— y mi bendición. Eminencia —se dirige ahora a Ramírez—, usted y yo tenemos que partir. ¿Podemos hacerlo juntos?

—Yo tengo todo preparado, pero había pensado que me acompañara la hermana Adamkus, para llamar menos la atención. Me está esperando afuera, en un bar de la *via di Porta Angelica*.

—Estupendo, como yo voy solo, seremos tres. Para no llamar la atención, ni siquiera llevo maleta, solo esta mochila en la que voy a poner alguna reliquia de los papas más queridos: el beato Juan XXIII, Pablo VI, Juan Pablo I, Juan Pablo II, Benedicto XVI. Los he amado tanto que no podría separarme de ellos. Vaya usted para allá y espéreme, no tardaré. Tengo también que dar las últimas instrucciones al comandante de la Guardia Suiza.

El grupo se disuelve y, mientras los ujieres se afanan en su tarea, Ramírez se dirige a la calle y Ferro va al puesto de mando de la Guardia Suiza, frente al Palacio Apostólico Pontificio.

—Comandante Deiss —dice el cardenal Ferro al máximo responsable del histórico cuerpo militar que defiende el Vaticano desde 1506—, vengo a relevarle de sus obligaciones y a rogarle que licencie usted a sus hombres y que les ordene que se pongan a salvo lo antes posible.

—Eminencia —responde el jefe de la Guardia Suiza con enorme dignidad—, los oficiales aquí presentes y un servidor hemos deliberado sobre el asunto, imaginando que podría llegar este momento, y hemos decidido no obedecer ninguna orden de licencia que no proceda directamente del Santo Padre. Con todos los respetos, queremos quedarnos en nuestro puesto. Hemos hecho un juramento, lo mismo que lo hicieron los que dieron su vida por el Papa en 1527, y preferimos morir antes que violarlo.

—Me alegra mucho oír eso, pero usted y el resto de los oficiales debe saber que el Papa no se encuentra ya en el Vaticano, lo mismo que los cardenales, obispos y demás trabajadores. Soy el último y tengo el derecho y el deber, como secretario de Estado, de relevarles de sus funciones. El Papa me lo ha encargado así. Él no quiere que muera nadie si puede ser evitado.

—¿Cuándo ha salido el Santo Padre del Vaticano? —pregunta, sorprendido, el comandante—. ¿Cómo ha podido ocurrir sin que nos enteráramos?

—Hace ya unas horas y lo ha hecho de forma camuflada, para impedir que nuestros enemigos lo detectaran. No puedo darle más datos. Haga una cosa: envíe a sus hombres a recorrer los palacios pontificios y verá que todo está vacío. Y luego, se lo suplico y se lo ordeno, váyanse. Esa es la voluntad del Papa, se lo aseguro.

—Así lo haré, Eminencia. Y permítame decirle que ha sido un honor pertenecer a este cuerpo y que para nosotros es un pesar enorme tener que disolvernos sin dar la vida por la Iglesia a la que tanto amamos.

—La Iglesia los necesita ahora vivos y no muertos. Ya vendrá la hora del martirio.

El cardenal Ferro se aleja de la comandancia de la Guardia Suiza y se dirige hacia la puerta de Santa Anna. Antes de abandonar definitivamente el territorio de la Santa Sede, entra en la pequeña iglesia dedicada a la madre de la Virgen, que está junto a la puerta, en el interior del Vaticano, pegada a la muralla. Allí hace unos minutos de oración y comprueba que el tabernáculo está vacío. Luego extrae de la bolsa la ropa de seglar que debe ponerse y mete en ella la de cardenal, que deja allí mismo. Se pone a la espalda la mochila con los pocos enseres que ha decidido salvar y sale a la calle, cruzando ante los sorprendidos guardias suizos, que han visto entrar en el templo al cardenal Ferro y ven salir de él a un anciano que no reconocen. Estos no tardaron en recibir la orden de que abandonen su puesto de guardia y hagan lo mismo. Cuando Ferro llega al café en que le esperan Ramírez y la hermana Adamkus, estos están viendo por televisión, en directo desde Nueva York, al secretario general de la ONU leer el comunicado que ha sido aprobado por unanimidad por el Consejo de Seguridad.

«…Y por lo tanto, decidimos», alcanza a oír Ferro, apenas entrado en el bar y situado junto a sus dos colaboradores, «pedir a todas las naciones libres y democráticas del mundo que declaren fuera de la legalidad a la institución de la Iglesia católica, a excepción de aquellos miembros de su jerarquía que acepten colaborar plenamente con el CUR. Pedimos también a los gobernantes que actúen contra aquellos miembros de la jerarquía que rechacen esta colaboración y que les sea aplicada la misma severidad que a los terroristas, pues, en el fondo, su intolerancia e integrismo fundamentalista les ha llevado no solo a cometer los crímenes horrorosos que han tenido lugar en Guatemala —que reprobamos totalmente, mientras nos unimos al dolor de los familiares de las víctimas—, sino también todos aquellos que salpican de manera ininterrumpida la historia de una institución que debe figurar entre las más perniciosas que han existido en la historia. La Iglesia católica, tal y como ha sido conocida hasta ahora, tiene que desaparecer y no debemos ahorrar ningún sacrificio, ningún gasto, ninguna medida para conseguir este objetivo, del cual depende el futuro pacífico y feliz de la humanidad. Quiero añadir que los Gobiernos que se opongan a aplicar estas leyes, tal y como ha sido aprobado explícita y unánimemente por el Consejo de Seguridad, deberán enfrentarse a las medidas que el propio Consejo decida, incluida la injerencia humanitaria armada. Todos tienen que entender, y los jerarcas de la Iglesia católica los primeros, que nuestra paciencia ha llegado a su límite y que no vamos a tolerar más asesinatos basados en motivos religiosos. La Iglesia católica, tal y como la hemos conocido hasta ahora, ha dejado de existir».

Terminado el discurso, los tres salen del café. Se dirigen, en silencio, por la *via di Porta Angelica*, para tomar el metro en la estación de Ottaviano. Pero pronto comienzan a verse rodeados de gente, que avanzan en sentido contrario, hacia la plaza de San Pedro. Son familias, jóvenes, ancianos. Todos van con la cara iluminada, como si se dirigieran a una gran fiesta. Ferro y su grupo llegan a la plaza del Risorgimento y ven que allí la multitud se va convirtiendo en marea. Ramírez para a un grupo de jóvenes y les pregunta a dónde van.

—A San Pedro. Somos católicos y sabemos que todo lo que acaban de decir desde Nueva York es mentira. Queremos decirle al Papa que estamos con él y que no nos importa morir por Cristo y por la Iglesia —dice uno.

—¡No podrán con nosotros! —exclama una chica.

—Vamos a defender al Papa con nuestros cuerpos y con nuestras oraciones —dice otro.

Los tres se separan del grupo, que sigue alegre su camino. Ferro no sigue andando, y cuando Ramírez le pregunta el porqué, él contesta:

—Me siento como en la novela de *Quo vadis*, encontrándome con Cristo que va a ser crucificado de nuevo porque yo huyo. Esos jóvenes y esta multitud que nos rodea pueden sufrir violencia y quién sabe si hasta la misma muerte.

—Es verdad —dice el sustituto—, yo también siento lo mismo. Pero no debemos ofrecernos al martirio si podemos evitarlo sin traicionar nuestra conciencia. Tenemos que luchar desde la clandestinidad. Si allí nos descubren y nos matan, daremos gracias a Dios por ello. Pero ahora tenemos una misión que cumplir, lo mismo que estos fieles laicos tienen otra.

—Son —dice la hermana Adamkus— como los niños inocentes que murieron en Belén para permitir que huyera el pequeño Jesús hacia Egipto. Ellos distraerán a los enemigos de la Iglesia y así todos podrán ver cuál es la intolerancia de los que se llaman a sí mismos «tolerantes» y quién es el que derrama sangre inocente. Yo también creo, Eminencia, que debemos irnos. La guerra no ha hecho más que empezar.

—No, hermana, se equivoca —responde Ferro—. La guerra comenzó el día en que el enemigo se rebeló contra Dios y fue arrojado del cielo. Desde entonces, las fuerzas de la oscuridad hacen guerra a los hijos de la luz. Esta es una batalla más, quizá la última batalla. Pero tienen ustedes razón en lo concerniente a que debemos partir. Si me apresaran, posiblemente me obligarían a revelar secretos, como el lugar donde está escondido el Papa. Vámonos y pongamos nuestra suerte, la de estos valientes y la de la Iglesia entera en manos de María. Ella es la que pisa la cabeza de la serpiente.

—Mientras la serpiente la muerde en el talón —dice Ramírez—. Nosotros somos el pie de la Virgen y no nos tiene que extrañar que nos muerda. Pero nuestra Madre es la salud de los enfermos y muy especialmente de aquellos que forman parte de su cuerpo místico, de aquellos que la amamos con toda el alma.

Se ponen de nuevo en marcha y pronto están en el metro, dirección a Termini, para tomar allí un tren hacia Asís. El exilio ha comenzado.

4.—LOS FRUTOS DEL MAL

El Gobierno italiano tardó en pronunciarse. En realidad, lo contrario hubiera sido motivo de sorpresa. En esta ocasión, el retraso se logró gracias a la actuación valiente de un grupo de diputados católicos, una pequeña minoría, que torpedearon con obstrucciones legales la publicación de la adhesión a la resolución del Consejo de Seguridad. Sabían que no podrían impedirla, pero intentaban ganar tiempo para dar la posibilidad al Santo Padre, a los miembros de la Curia vaticana y a los cardenales, obispos, sacerdotes, religiosos y religiosas de Italia de ponerse a salvo. Gracias a ello, la adhesión de Italia al protocolo de prohibición de la Iglesia católica no se produjo hasta el día siguiente, a las 11:30 de la mañana. Esto permitió no solo que muchos eclesiásticos escaparan al primer golpe de la persecución, sino que la multitud de católicos que se había congregado en la plaza de San Pedro se enterara de que el Papa ya no estaba en el Vaticano y pudiera marcharse a casa sin que se produjera el temido y sangriento enfrentamiento entre los que defendían a la Iglesia y los que la atacaban.

Cuando los cardenales Ramírez y Ferro, acompañados de la hermana Adamkus, llegaron a Asís y se reunieron allí con Rose Friars y Enrique del Valle, hacía ya varias horas que el secretario general de la ONU había leído el comunicado por el que se pedía a los gobiernos mundiales que declararan ilegal a la Iglesia católica y persiguieran a sus dirigentes equiparándolos con los terroristas. Pero, mientras iban en el tren, Ramírez había enviado a Del Valle, desde su teléfono móvil, la declaración que el Papa había hecho en la sacristía del Vaticano antes de abandonar Roma. Rápidamente, este se había dirigido a la vecina Perugia y, desde allí, había mandado el mensaje a cinco direcciones de correo electrónico que ya estaban preparadas para recibirlo. Saltando de uno a otro, en la red que había estado tejiendo toda la mañana, el vídeo con las declaraciones del Papa había llegado a los pocos medios de comunicación católicos, que lo estaban aguardando y lo emitieron inmediatamente. Algunos de ellos fue casi lo último que pudieron emitir, pues inmediatamente después fueron clausurados. Otros tuvieron algo más de suerte. En Internet, varios «piratas» colgaron el vídeo en todo tipo de páginas web, y los SMS comenzaron a circular por todo el mundo dando la noticia, de forma que millones de personas se fueron enterando de todo, antes de que las webs atacadas pudieran limpiarse del «virus» —santo en esta ocasión— que les habían introducido. Aunque la mayoría de los medios de comunicación audiovisuales no se hicieron eco de la noticia, otros, no tan hostiles a la Iglesia y con un cierto sentido de responsabilidad profesional, pusieron, en sus ediciones en la red y en sus televisiones y radios, el vídeo íntegro. Además, como las principales cadenas de televisión del mundo estaban esperando de un momento a otro la noticia de que Italia se sumaba a la resolución de la ONU y dejaba de proteger al Vaticano, tenían allí desplegados ingentes medios para la transmisión en directo de lo que consideraban un momento histórico, una especie de «toma de la Bastilla», cuando las hordas furiosas irrumpieran en la basílica de San Pedro y sacaran arrastras a la calle al anciano pontífice para hacer justicia popular en él, para lincharle. Se frotaban las manos también con la escena que presuponían que se iba a producir: los heroicos hijos de la tolerancia masacrando a los intolerantes católicos que, paradójicamente, no se defendían de los ataques; algo así como si los leones del circo de Nerón y de Diocleciano hubieran sido los buenos de la película y los cristianos que morían en sus garras, los malos. Los medios de comunicación llevaban tantos años presentando como buenos a los que calumniaban a la Iglesia y como malos a las víctimas calumniadas, que se creían ya sus propias mentiras. Por eso estaban emitiendo continuamente imágenes de la plaza y de la multitud hostil que se situaba en la otra orilla del Tíber, contenida por un cordón policial; si bien los comentaristas se burlaban de los católicos que rezaban y cantaban en San Pedro y elogiaban los gritos y consignas de sus enemigos, no podían dejar de mostrar unas imágenes que, al margen de sus comentarios, eran suficientemente elocuentes por sí mismas. Tampoco pudieron dejar de informar —aunque rápidamente, en la mayoría de los casos, les obligaron a cortar la transmisión— del grito de júbilo que estalló en la plaza cuando se difundió la noticia —mediante los SMS y el vídeo grabado en la sacristía, que se recibía por el propio teléfono móvil y por las radios que sintonizaban los que estaban ante la basílica— de que el Papa había logrado ponerse a salvo. Al principio no entendieron qué pasaba y algunos de ellos se acercaron, micrófono en mano y con las cámaras emitiendo en directo, a preguntar a estos extraños católicos, que saltaban y gritaban, reían y cantaban entusiasmados.

—¿Por qué están tan contentos? —inquiría una rubia periodista norteamericana a un grupo de jóvenes italianos que daban brincos de entusiasmo y lanzaban al aire todo lo que tenían en las manos.

—¡El Papa no está aquí! ¡Ha logrado escapar! ¡Os habéis quedado sin trofeo! ¡Viva!

—El Vaticano 1, la ONU 0 —dijo otro joven, hablando directamente a la cámara—. La Virgen tiene razón, vamos a ganar. No vais a poder con nosotros. ¡Fascistas, nazis, asesinos! —siguió diciendo, aunque lo que añadió después ya no fue emitido por la prestigiosa cadena de televisión, que cortó la conexión al comprender lo que había pasado.

De este modo, no quedó más remedio que terminar por anunciar que el Papa había logrado burlar el bloqueo impuesto al Vaticano. Como Italia aún no había declarado a la Iglesia fuera de la ley, la policía no podía ordenar la busca y captura del Pontífice, ni de ningún otro eclesiástico. Las críticas llovieron sobre el Gobierno italiano, del que lo más delicado que dijeron fue que era un incapaz e incompetente. Pero, a pesar de eso, los pocos diputados católicos lograron, con gran valentía e inteligencia, que aún se demorara hasta el día siguiente la adhesión a la resolución de la ONU.

En San Pedro, tras saberse la noticia, la multitud se disolvió pacíficamente. Todos comprendieron que no tenían nada que hacer allí y decidieron marcharse. Varios grupos, sin embargo, entraron en la basílica y allí, ayudados por los ujieres, desmontaron algunos de los más preciados tesoros y los llevaron a sus casas para ponerlos a salvo. Era una especie de desguace benéfico, que intentaba evitar el saqueo y la destrucción que se iba a producir. Las televisiones, desconcertadas ante lo que había pasado, con temor a volver a conectar en directo con los católicos y sin saber interpretar si aquel expolio era hecho por amigos o enemigos, estuvieron un rato sin reaccionar. Cuando lo hicieron, se dedicaron a protestar, acusando a los católicos de destruir una obra de arte que era patrimonio de la humanidad, como si sus partidarios no estuvieran pensando hacer algo peor aún. Reclamaron la intervención de la policía y, de hecho, algo de lo que sacaban del Vaticano fue incautado por agentes del cordón que rodeaba San Pedro. Pero muchas obras de arte y, sobre todo, la totalidad de las reliquias pudieron salvarse. Una señora italiana, que llevaba en su bolso, cuidadosamente envuelto, un fragmento de los restos de Juan XXIII, le dijo a un periodista canadiense que se acercó a preguntarle qué pasaba: «No solo se os ha escapado el pájaro, sino que vais a perder incluso la jaula». Y se fue.

En Nueva York, Ralph Renick estallaba en arranques de cólera continuamente, al irse enterando de lo que pasaba en Roma. Al fin, ordenó que acudiera a su despacho en la ONU el equipo de colaboradores con los que había estado reunido en su casa a primera hora de esa misma mañana. Cuando todos llegaron, a las 12:35, se encaró abruptamente con el delegado europeo.

—Heinz, no tengo más remedio que hacerte responsable directo del desastre que está ocurriendo en Roma. El Gobierno italiano tendría que haber actuado inmediatamente y, a estas alturas, el Papa debería estar ya en nuestro poder. Tendré que informar de lo que ha sucedido, pero me gustaría que me dieras alguna explicación para que nadie me pudiera acusar de no haber sido imparcial.

—Ralph —responde Kuhn, que comprende que su vida está en juego, pues Renick va a aprovechar para deshacerse de él y evitar que el jefe supremo, el «señor X», se entere de su reciente ateísmo—, haz lo que quieras. Tú sabes, como yo y como todos, que los italianos son tan encantadores como caóticos y que cualquier programación que se quiera hacer con ellos tiene que tener en cuenta un margen de error muy amplio. He hablado tres veces, en lo que va de mañana, con el presidente de la República y cuatro con el primer ministro. También lo he hecho con los líderes de los principales partidos. Pero ese pequeño grupo de diputados católicos, agrupados en la asociación Santo Tomás Moro, se han dedicado a torpedear la adhesión a la resolución del Consejo de Seguridad. Todos han coincidido en decirme que, si se hacía algo fuera de la legalidad, sería contraproducente. En Italia aún quedan muchos católicos, a pesar de la campaña tan intensa que hemos hecho para desprestigiar a los obispos y a los sacerdotes, aireando sus escándalos o inventándolos. Si hubiera alguna sombra de ilegalidad, muchos se acogerían a la objeción de conciencia y entonces sí que tendríamos todo perdido. Pero, de todas formas, tú haz lo que tengas que hacer, que yo haré lo mismo.

—Me alegro de que estemos de acuerdo —contesta Renick, aceptando el reto—. Me gustaría que me informaras también de cómo van las cosas en el resto de Europa.

—En general, van bien. La adhesión a la resolución del Consejo de Seguridad ha sido inmediata en casi todas las naciones de la Unión Europea. Ya estaba todo preparado para ello. De este modo, la Iglesia católica se encuentra ahora mismo fuera de la ley. Aún no tengo noticias de cuál ha sido la suerte de sus principales líderes, pero a lo largo de la mañana me iré enterando.

—Dices que la adhesión ha sido casi unánime. ¿Qué países no lo han hecho?

—Polonia, Irlanda, Luxemburgo, Malta y una de las pequeñas naciones en que se descompuso España, Castilla. Confiamos en que en las próximas horas se venzan los obstáculos en todas ellas. El Parlamento europeo se ha reunido y está previsto aprobar una resolución que expulsará de la Unión a aquellos países que no se adhieran a lo aprobado por la ONU. Después de esto, se está dispuesto a llegar a la amenaza de invasión, acusando a las naciones rebeldes de haberse convertido en paraíso para los terroristas y justificando la guerra con la excusa de la injerencia humanitaria. En uno o dos días, en toda Europa el catolicismo habrá dejado de ser legal.

—Señor —dice Alí Ghazanavi, el secretario de Renick, dirigiéndose a su jefe—, creo que sería importante acelerar la intervención del cardenal Schmidt, para dividir a los católicos leales al Papa, que ahora están desconcertados.

—Sí, pero déjame que escuche primero los informes del resto de los delegados continentales. Señor Shicheng, ¿cómo están las cosas en Asia?

—Tal y como estaba previsto. La Iglesia católica china que era fiel al Vaticano ha sido literalmente borrada del mapa, pues teníamos controlados a todos sus miembros, tanto laicos como clérigos; hay miles de muertos. En India, hay alguna resistencia en el estado de Kerala. También hay dificultades en Filipinas y en Corea del Sur. Este último país se ha adherido a la resolución de la ONU y los filipinos no tardarán en hacerlo. Nosotros, los chinos, ya hemos advertido que no consentiremos que ninguna nación vecina se convierta en un nido de terroristas y que enviaremos al ejército contra ellos. En cuanto a Oriente Medio, Israel se adhirió inmediatamente a la resolución y todos los templos católicos han sido ocupados por el ejército judío. Lo mismo ha sucedido en Palestina.

—¿Qué han hecho los líderes judíos?

—En general, han dicho que era un asunto de otra religión y que preferían no inmiscuirse en algo que no les competía, tal y como estaba pactado. Alguno, sin embargo, ha protestado y ha advertido que lo que está detrás de este ataque contra la Iglesia es un intento de controlar a todas las religiones en general. Ya les hemos silenciado. Lo mismo ha sucedido con los musulmanes. En todos los países de mayoría islámica donde había comunidades católicas, las iglesias han sido ocupadas por el ejército.

—¿Cómo está la situación en África?

—Como se podía esperar de África —responde Mohamed Sambu—, caótica. Todas las naciones, sin excepción, se han adherido a la resolución de la ONU. El pillaje ha sido inmediato en casi todas las partes, y también las masacres, a veces indiscriminadas. Pero, a la vez, estoy seguro de que muchos sacerdotes, religiosos y religiosas lograrán ponerse a salvo e incluso organizar una Iglesia clandestina, debido a la desorganización congénita de nuestros pueblos.

—La verdad es que África no me preocupa nada —responde Renick—. ¿Y en América Latina?

—También ha sucedido todo tal y como estaba programado. No ha habido excepciones en la adhesión a la resolución de la ONU. Han comenzado ya las manifestaciones que teníamos organizadas por parte del clero liberacionista para denunciar a la Iglesia explotadora y reclamar el nacimiento de una nueva Iglesia, democrática y liberacionista. Hay muchos católicos fieles, tanto entre la gente sencilla como entre las clases medias y altas, pero ahora mismo están tan sorprendidos y desorganizados que, si actuamos con rapidez, podemos ganar a buena parte de ellos para nuestra causa. El único problema que se ha presentado ha sido en México. Guadalupe se ha llenado de católicos papistas y el ejército rodea la basílica esperando órdenes para actuar.

—Que esperen, de momento. ¿Cómo están las cosas en Norteamérica?

—Perfectas, mejor imposible —dice Lester Campbell, lanzando una mirada de superioridad y triunfo hacia Kuhn—. Aunque ha habido un pequeño grupo de congresistas y senadores, casi todos republicanos, que se han manifestado en contra de la adhesión, los dos partidos están de acuerdo en aplicar la ley. De hecho, lugares representativos como la catedral de San Patricio, aquí, en Nueva York, o los santuarios marianos de Nuestra Señora de América en California y de la Inmaculada en Washington, han sido ya ocupados por el clero y los laicos que están de nuestra parte. En Canadá ha sucedido lo mismo.

—Bien, nos faltan solo Australia y Oceanía. ¿Cómo están allí las cosas, Lauren?

—En Australia, más o menos bien, aunque en Sídney estamos teniendo algún problema y el cardenal se nos ha escapado —responde Lauren Taylor, la única mujer en el grupo—. En Oceanía es más complicado, por la enorme dispersión, pero no creo que tengamos muchos problemas y es cuestión de tiempo.

—Bien, más o menos todo está en orden. Ahora, como dice Ghazanavi, tenemos que actuar, según el plan previsto, para dividir a los católicos fieles al Papa. Que cada uno de ustedes se haga cargo de que los cardenales y obispos que nos son fieles, así como las asociaciones sacerdotales, las universidades, los responsables de las congregaciones religiosas que están de nuestra parte, hagan declaraciones tranquilizadoras, llamando a la calma a los católicos y asegurando que nadie les persigue, sino que se trata de una medida dirigida exclusivamente contra el responsable de la corrupción de la Iglesia y los que colaboran con él. Es fundamental que hable el cardenal Schmidt y que, cuanto antes, se pase a la fase tres del plan: la celebración en Roma de un cónclave que elija a Schmidt como nuevo Papa. Mientras tanto, que se eviten al máximo los desórdenes, los saqueos y los asesinatos. Los sacerdotes y obispos que se mantengan fieles al Papa deben ser encarcelados pero, de momento, nada más. Lo mismo con los religiosos y las religiosas. Las iglesias, grandes y pequeñas, deben ser cerradas al público, hasta que podamos restaurar el culto, celebrado por aquellos que están en nuestro bando.

—Schmidt está preparado —dice Ghazanavi—. He hablado con él hace un rato. Se encuentra en Roma y podría intervenir desde un hotel o una casa religiosa, pues como Italia aún no se ha adherido a la resolución, considera que sería improcedente hacerlo desde el Vaticano o desde una de las grandes basílicas, pues estas están aún bajo la autoridad del Papa, aunque ya no quede nadie en ellas.

—Debe hablar cuanto antes y debe hacerlo desde un sitio significativo, aunque no sea el Vaticano.

—A estas horas, en Roma ya ha oscurecido, por lo que no nos quedan muchos lugares públicos. Quizá podría ser el Coliseo.

—¡El Coliseo! ¡Eso es! Que se ilumine, aunque sea solo con unos focos que alumbren a Schmidt y a una parte de las ruinas. Allí podrá decir que la Iglesia no sufre persecución. Adelante, hay que actuar con rapidez. Tú, Heinz, no te vayas, que quiero hablar contigo.

Todos salen y, como había sucedido por la mañana, los dos antiguos amigos, ahora enfrentados, se quedan solos. Renick es el primero en hablar.

—Te ofrezco un pacto de no agresión. Tú no dices nada sobre mi ateísmo y yo hago un informe en que te exculpo de toda responsabilidad por lo que está sucediendo en Italia. ¿Qué te parece?

—Me parece muy bien —responde Kuhn, consciente de que ni él ni Renick van a respetarlo, pero sabedor también de que debe ganar tiempo si no quiere verse arrastrado por los nervios del momento y ser eliminado sin más—. Solo te pido que no me vuelvas a atacar en público como lo has hecho hace un momento. Ese imbécil de Campbell casi se muere de gusto.

—De acuerdo. Si tengo alguna duda te llamaré personalmente, sin mediación de Ghazanavi. ¿Tienes algún teléfono en el que te pueda localizar sin intermediarios?

—No, pero no te preocupes, mi secretaria es de fiar. No es mi amante, como la tuya, pero estoy totalmente seguro de ella —responde Kuhn, que ha intuido la jugada de Renick, de intentar conocer su número de teléfono secreto.

—Golda es, efectivamente, mi amante, pero no la tengo conmigo por eso, sino por su eficacia.

—¡Claro! ¿Te has dado cuenta de que es judía, como X?

—¿Qué estás insinuando?

—¡Nada! Solo constato un hecho. Saca tú las conclusiones. Y ahora me voy. Tengo mucho que trabajar.

Cuando Heinz Kuhn sale del despacho de Ralph Renick, este se queda pensativo. Las palabras del suizo le han dejado desconcertado. Reconoce que es un maestro en la esgrima política y que, cuando intentaba averiguar el dato de su teléfono móvil, le ha devuelto el golpe con una insinuación demoledora. Tanto, que decide andarse con las mayores precauciones. Él sabe de sobra que, en el mundo en el que se mueve, no existe la compasión y que cualquier error se paga con la muerte. Por fin, reacciona y llama a Golda Katsav, que no tarda en entrar en el despacho.

—Quiero hablar personalmente con el cardenal Schmidt, lo antes posible. Después me pones con el secretario general de la ONU y con los presidentes de Estados Unidos y de la Unión Europea. Yo llamaré personalmente al señor X. ¿Por cierto, sabías que es un *yehudim*, como tú?

—No, nunca me lo habías dicho y yo no le conozco ni sé cuál es su identidad. ¿Qué importancia tiene? A estas alturas no irás a creer que detrás de todo esto están los de mi raza. No irás a creer en mitos como la puesta en práctica de los protocolos de los sabios de Sion, ¿verdad? Tú eres un *goyim* masón y yo no he pensado que esto sea un complot antijudío o una obra de la masonería.

—¡Por supuesto que no! No seas tan susceptible, por favor. Por cierto, ¿cómo va el plan para tener controlado a Ghazanavi?

—Ya me he puesto en contacto con la persona adecuada. Esta tarde se topará «casualmente» con él y pasarán la noche juntos. Mañana sabremos si tu secretario te es fiel o no.

—¿Tan segura estás?

—Sí. ¿Aún no te has dado cuenta de que los *yehudim* tenemos un encanto irresistible? —dice, riendo.

—Tienes razón —responde Renick, que empieza a sospechar que quizá la insinuación de Kuhn ha dado en la diana—. Anda, ponme con las personas que te he indicado.

Cuando Golda se va, Renick, sentado tras la mesa de su despacho, se queda pensativo. «¡Qué complicado resulta todo! No te puedes fiar de nadie», se dice a sí mismo. «Es como andar sobre una cuerda situada a cincuenta metros sobre el suelo, sin red debajo».

La primera llamada que le pasa Golda le saca de su ensimismamiento.

—Cardenal Schmidt, me alegro de saludarle. ¿Está usted bien? ¿Están bien nuestros amigos?

—Todos estamos bien, gracias —responde el purpurado alemán—. No quiero resultarle ofensivo, pero debo decirle que estamos muy disgustados por la forma en que se han hecho las cosas. Usted me había prometido que el Papa, de un modo u otro, estaría fuera de combate a estas alturas. No ha sido así. Se encuentra en paradero desconocido y ha logrado enviar un mensaje a todo el mundo, utilizando además los medios de comunicación que, teóricamente, son sus principales enemigos. Por lo que he ido sabiendo, la práctica totalidad del colegio cardenalicio se ha puesto de parte del Pontífice. Lo mismo se puede decir de los obispos. Ahora la situación se nos ha complicado y creo que ha sido por culpa suya.

—Cardenal Schmidt —responde Renick muy serio—, no creo que usted sea quién para hacerme algún reproche. Le recuerdo que no es más que un mero títere en esta operación, así que no asuma tareas de dirección que no le correspondan, si no quiere ser dejado a un lado y sustituido por alguien más dócil.

—Por Dios, no se enfade usted —dice Schmidt, retrocediendo y adoptando un tono servil—. No es mi intención molestarle y le pido perdón si le he ofendido. Solo quería expresarle mi preocupación y la de mi equipo ante lo sucedido. Pero me tiene a su completa disposición, como siempre.

—Me alegro. De lo contrario, ya sabe que podrían publicarse ciertos documentos y fotografías que le destruirían inmediatamente. Ahora de lo que se trata es de que tenga preparado el mensaje que teníamos ya elaborado, con las modificaciones pertinentes, debido a que el Papa no ha muerto, sino que ha abandonado el Vaticano. Heinz Kuhn se pondrá en contacto con usted en los próximos minutos. Hemos decidido que se dirija usted a la Iglesia católica desde el Coliseo. Vaya preparando lo que tiene que decir y no se salga ni un ápice de lo establecido. Adiós.

Con brusquedad deliberada, para dejar claro quién es el que manda, Renick cuelga el teléfono y, efectivamente, consigue dejar muy asustado a su interlocutor, que se pone inmediatamente a revisar el mensaje que debe leer ante las televisiones de todo el mundo, mientras espera que le llamen para indicarle cuándo debe hacerlo. Mientras tanto, a Renick le va pasando su secretaria las otras llamadas que había encargado. Al acabar, él personalmente telefonea, por un móvil privado, al «señor X».

—Soy Renick, señor. Si tiene usted un momento, me gustaría informarle de cómo están las cosas.

—Cuéntame algo que no sepa, pues de los desastres que han sucedido ya me he enterado. Ralph, tú eres el máximo responsable de todo y es a ti a quien juzgaré cuando esto haya terminado.

—¡Por supuesto, señor! No pretendo eludir mi responsabilidad, aunque usted debe saber ya que el principal fallo ha estado en el control del Gobierno italiano y que esa área depende directamente de Heinz Kuhn. Si los italianos se hubieran adherido inmediatamente a la resolución de la ONU, el Papa no habría podido huir.

—Es posible. El propio Kuhn me ha llamado hace un momento y ya le he echado la bronca, pues creo que, al menos en parte, él tiene responsabilidad en lo sucedido. Pero Heinz también me ha contado que has dejado de ser creyente, que eres ateo y que no crees ni en Dios ni en la existencia de Satanás. Eso es gravísimo y a su debido momento tendremos que afrontar la cuestión. Ahora de lo que se trata es que todo salga bien. Esa es tu única posibilidad de supervivencia. Ya lo sabes.

—¡Sí, señor, ya lo sé! —dice Renick, aterrado, al comprobar que Kuhn no ha respetado el pacto, aunque él acababa de hacer lo mismo al intentar cargar en las espaldas del suizo la culpa del fracaso.

—¿Cuándo va a intervenir Schmidt?

—En cuanto Kuhn tenga la infraestructura prevista. Confío en que sea en pocos minutos.

—No quiero derramamiento de sangre, mientras no sea imprescindible, al menos en Europa y Norteamérica, donde las televisiones tienden a grabarlo y a emitirlo todo. Y cuando haya muertos, que reciba la menor publicidad posible. Recuerda que nosotros representamos la tolerancia y que son los papistas los que deben pasar ante la opinión pública mundial como los culpables, por su intransigencia, de lo que les está sucediendo. La sangre es muy llamativa y la gente es muy sensible a ella. Hasta ahora hemos podido controlar las emociones de las masas, pero si se comete algún error y se filtran imágenes de masacres, como las que están sucediendo en China, en África o las que podrían ocurrir en México y en otros lugares de Latinoamérica, nos haría mucho daño. La censura tiene que funcionar con el mayor rigor.

—Por cierto, señor, he sabido que algunos líderes religiosos judíos han protestado contra la resolución de la ONU. Me preocupa. Ya han sido silenciados, pero esto no estaba previsto.

—A mí también me preocupa, mucho más que a ti. Ya he actuado al respecto y dos de los disidentes han pagado con su vida su osadía. Ningún *yehudim* ni ningún *goyim* será indultado si se opone a nuestros planes. Que te quede claro. No pienses que porque yo sea judío voy a ser tolerante y comprensivo con los míos. Hace muchísimos años que abandoné esa religión.

Mientras esta conversación se produce, en otra parte de Nueva York, McCabe se recupera de su desvanecimiento. Sigue en el hospital y el médico que le atiende ha decidido que debe permanecer en observación el resto del día, y que si a la mañana siguiente está mejor, le dará el alta. En la hora y media que lleva despierto y prácticamente a solas, ha tenido tiempo para meditar sobre su vida, sobre su futuro. No tiene nada claro, pero es consciente de que la fe en Dios que ahora le posee le impide seguir colaborando en la causa que, con tanto celo, había defendido hasta esa misma mañana. Ha llamado a Juan Diego Sandoval y le ha pedido que acuda a visitarle al hospital, confiando en que no hayan instalado un sistema de espionaje en la habitación en que le han puesto.

—¿Cómo va, jefe? —pregunta Sandoval, risueño, entrando en la habitación.

—Me encuentro mejor, Juan Diego. Gracias por venir. Necesito hablar contigo. ¿Me has traído lo que encontraste?

—Sí, aquí está —dice metiendo la mano en el bolsillo de su pantalón.

—Sigue guardándolo. Aquí no puedo tener nada. Pero enséñamela, por favor.

Sandoval extrae la pequeña cruz con su cadena y se la da a McCabe. Este la toma en su mano temblorosa y la mira con detenimiento. Es, efectivamente, la cruz de Gunnar. La besa con emoción y se la devuelve al mexicano, que la guarda otra vez en su bolsillo.

—Quiero preguntarte una cosa y ya solo por el hecho de hacerte esta pregunta estoy poniendo mi vida en tus manos. Pero no sé a quién acudir y he decidido arriesgar contigo. Al fin y al cabo, eres católico y esta mañana me has dado un ejemplo de honradez. ¿Conoces a algún cura?

—Por supuesto. Pero ¿para qué?

—Quiero bautizarme —dice McCabe, tragando saliva—. He decidido hacerme católico.

—Señor McCabe —responde Juan Diego Sandoval, muy serio—, confío en que esto no sea una broma ni una estratagema para introducirse en el seno de la Iglesia y hacerle daño desde dentro. Le juro que no dudaría un instante en matarle con mis propias manos si se tratara de algo así. Ya le he dicho que soy muy poco practicante, así que no pienso cumplir eso de amar al enemigo. Si usted quiere utilizarme para perjudicar a la Iglesia, búsquese a otro.

—Comprendo tu reacción, Juan Diego, pero no se trata de eso, te lo aseguro. Te ruego que te fíes de mí. Quizá debería contarte algo más, algo que explique el porqué de mi cambio. Pero temo que, si lo hago, tu vida esté en peligro.

—¿Y no lo va a estar si le pongo en contacto con un sacerdote y un día se descubre?

—Tienes razón. Todo ha comenzado esta mañana, cuando he abierto el correo en mi ordenador personal y he recibido un mensaje de un amigo mío, Gunnar Eklund.

—¿El que está implicado en las muertes de Guatemala?

—El mismo. En él me decía que se encontraba en la habitación del hotel a la que has ido esta misma mañana, que acababa de ser envenenado por el

CUR y que el propio Ralph Renick se lo había notificado por teléfono, riéndose de él. También me contaba que él era el responsable de lo sucedido en Guatemala y que estaba muy arrepentido. Me daba como pista lo de la cruz en la parte de atrás de la cama. Todo podía ser obra de los papistas, pero esta misma mañana he hablado con Renick y él me ha dicho que acababa de hablar con Eklund, que se encontraba en El Salvador, a la vez que me aconsejaba que no intentara ponerme en contacto con él. Ahora puedes comprender por qué me he puesto enfermo.

—Y también por qué quiere hacerse católico. Me imagino que se le ha venido abajo todo aquello por lo que ha estado luchando en su vida.

—Exactamente, y te confieso que me encuentro desconcertado ante mis propios sentimientos. Por un lado, tengo una tristeza infinita, al comprender el daño que he estado haciendo a una institución justa como la Iglesia, aunque lo haya hecho todo desde la mejor buena intención. Por otro, no sé cómo debo comportarme. ¿Tengo que confesar lo que sé públicamente? Tengo miedo y no sé si servirá para algo, pero estoy dispuesto a hacerlo. Por eso quiero hablar con un cura. Por eso y porque quiero hacerme católico.

—Yo le pondré en contacto con uno, no se preocupe. Pero desde ahora le aconsejo que no revele a nadie su conversión. Y no por su seguridad, sino porque eso es lo mejor que puede hacer por la Iglesia, a la que desde ahora pertenece. El sueño de cualquier servicio secreto es introducir uno de sus espías en el corazón del mando enemigo. Pues bien, la Virgen se ha encargado de poner a uno de los suyos ahí. Aproveche su posición. Imagínese que es un espía del Papa y que va a estar enterado de todo lo que planeen contra él, así como de lo que saben y de lo que no saben sobre su paradero.

—No se me había ocurrido pensarlo así. Tú tienes mucha fe en la Virgen, por lo que veo. Me tendrás que hablar también de ella, pues yo no sé nada.

—De eso se encargará mi mujer. Ahora me voy y ya le llamaré para contarle cómo y cuándo puede verle el sacerdote. Tendremos que encontrar la forma de hacerlo sin llamar la atención y ni este sitio ni su casa son muy adecuados. Déjeme pensar en algo.

Juan Diego Sandoval deja el hospital y regresa a su casa. De camino, va oyendo las noticias que, de manera unánime aunque con tonos más o menos enfurecidos, informan del retraso del Gobierno italiano en adherirse a la resolución de las Naciones Unidas. Se ríe al escuchar la expresión del joven italiano que, en términos futbolísticos, declara que el Vaticano va ganando por 1 a 0 a la ONU. Y se muestra muy preocupado al saber que en su querida Guadalupe están encerrados miles de católicos que se niegan a abandonar el templo. Vive en Nueva Jersey, en una de las poblaciones al borde del Hudson habitadas mayoritariamente por latinos, Union City, por lo que llegar allí le supone más de una hora de viaje para atravesar la congestionada Manhattan. Por eso le da tiempo también a oír las declaraciones del cardenal Schmidt. Son las dos y media de la tarde en Nueva York, las ocho y media en Italia, la hora en que arrancan los principales noticiarios en todo el continente. Kuhn ha elegido cuidadosamente el momento para que las televisiones de toda Europa comiencen sus informativos transmitiendo en directo el mensaje del purpurado alemán. No solo es Sandoval el que lo está escuchando desde la radio de su coche, sino que el mundo entero está pendiente de las palabras de aquel que ha sido sistemáticamente presentado por los medios de comunicación, desde hace meses, como la esperanza de una Iglesia más moderna, como la oposición interna al Papa dictatorial, como el rostro amable y progresista del catolicismo.

—Ante todo, quiero expresar mi dolor por todo lo que está sucediendo —comienza diciendo el cardenal Schmidt, que tiene como fondo de su alocución las hermosas ruinas del Coliseo romano—. Deploro profundamente que las cosas hayan llegado a este extremo y no me hago responsable de nada de lo sucedido en las últimas horas, cuya investigación corresponde a las autoridades policiales competentes. Me refiero tanto a los brutales asesinatos de Guatemala como al intento de acabar con la vida del Santo Padre. Bien sabe Dios que he sido leal al vicario de Cristo en todo momento, a pesar de que no estaba de acuerdo con él en buena parte de sus actuaciones, como le he manifestado tanto a solas como en los distintos consejos en los que he participado. Sin embargo, la situación ha llegado a tal extremo de gravedad que me veo forzado por las circunstancias a intervenir públicamente por el bien de la Iglesia y de los miles de católicos que le son fieles. Por eso, delante de Dios proclamo que el Papa se ha equivocado gravemente no solo en lo que concierne a su gobierno de la Iglesia sino a sus tesis teológicas. Esta grave equivocación, según mi humilde opinión, ha rozado la herejía y ha constituido en sí misma una provocación hacia los demás creyentes y hacia los hombres de buena voluntad en general. Su actitud ha justificado las críticas del CUR y también ha hecho que esta honorable institución dependiente de la Unesco y, por lo tanto, de las Naciones Unidas se haya sentido agredida por la Iglesia católica. Todo ello, junto a la inexplicable e injustificable huida del Papa de su sede romana, me llevan a cuestionarme mi fidelidad a un vicario de Cristo que creo honestamente que ha dejado de ser católico. A tenor de lo que establece el derecho canónico cuando un Papa se convierte en hereje o pierde la cabeza, queda depuesto de su cargo. Por eso yo me veo en el penoso deber de destituirle y declarar el estado de «sede vacante». Así mismo, ruego a mis hermanos en el cardenalato y en el episcopado que se unan a mí y me den todo su apoyo. Considero, por lo tanto, carentes de todo valor las palabras que han sido retransmitidas por distintos medios de comunicación hace unas horas, grabadas en la sacristía de la Basílica de San Pedro, al parecer justo antes de abandonar su puesto. Jamás debería haber dejado el Vaticano y si fuera tan fiel a Jesucristo como presume ser, debería haber estado dispuesto a morir como un mártir antes de emprender el camino del exilio. Con ello no ha hecho más que dar la razón a sus acusadores. Por todo ello, convoco a mis hermanos cardenales a venir a Roma lo antes posible para, en el plazo de una semana, comenzar un cónclave que elija un nuevo sucesor de Pedro, el cual deberá llevar la nave de la Iglesia hacia otros horizontes distintos a los que hasta ahora ha enfilado, horizontes de progreso, de tolerancia, de concordia universal. Ya es hora de que escuchemos al pueblo y nos apeemos de la tribuna de la soberbia en la que llevamos instalados tantos siglos. Nadie está persiguiendo a la Iglesia católica, como muy bien ha dicho el secretario general de la ONU, sino a un sector oscurantista y, en el fondo, herético de esa Iglesia. Amados hermanos en el episcopado y en el sacerdocio, uníos a mí en este momento histórico para que pueda nacer una nueva Iglesia católica que no moleste a nadie y que sea bien vista por todos. La empresa merece la pena, y el precio que haya que pagar será pequeño por elevado que sea.

Sandoval ha llegado a su casa y se ha metido en su pequeño garaje, pero no se ha atrevido a bajar del coche hasta no oír el discurso completo. Está estupefacto. Es más de lo que un hombre sencillo como él podía imaginar. De igual modo, millones de católicos de todo el mundo están desconcertados y no pocos se han echado a llorar mientras iban oyendo las palabras del cardenal alemán. También lo han escuchado Renick y todos los miembros de su equipo, con gran satisfacción. McCabe no ha podido hacerlo, pues sigue en la cama del hospital y, por orden del médico, tiene prohibido el acceso a los medios de comunicación, para que pueda serenarse.

A miles de kilómetros, en Asís, Ferro, Ramírez y el pequeño equipo que está a sus órdenes, han seguido con indignación el discurso de Schmidt. Lo mismo ha sucedido en el yate que surca el Adriático y donde se encuentran el Papa y Jarek Loj, junto con un pequeño grupo de incondicionales y valientes polacos; el Papa, tras escuchar las palabras de Schmidt, con lágrimas en los ojos se va a su pequeño camarote y allí, de rodillas, se pone a orar; así le encuentra poco después el arzobispo polaco, que tras dejarle un rato a solas, ha ido a consolarle.

—Santidad, comprendo lo que está usted sufriendo y quiero expresarle toda mi unidad, mi cariño, mi apoyo. No debe usted hacer caso a las palabras de esa víbora. Son veneno puro, pero nada podrá hacerle si usted se mantiene firme y no permite que la sombra de la duda entre en su alma. Ha hecho lo que debía hacer.

—Lo sé. Pero Schmidt ha hurgado en la herida, precisamente donde más me duele y donde también hará más daño a muchos católicos sencillos. Huir de Roma era imprescindible. Querían matarme, como demuestra el atentado de esta mañana. Pero hay que reconocer que, aunque sea un mal menor, no deja de ser un mal. Con gusto me hubiera quedado allí, para dejarme martirizar por los enemigos de la Iglesia. Ahora, estos me acusan de cobarde y de traidor a Cristo.

—Que digan lo que quieran. Es posible que haya algunos que se dejen confundir por esos argumentos, pero no sucederá así con la mayoría. De hecho, están desconcertados. El grupo de políticos que militan en la asociación Santo Tomás Moro les ha ganado por la mano y hasta mañana no podrán declarar ilegal a la Iglesia en Italia. ¿No ha visto que Schmidt ha tenido que hablar desde el Coliseo? Ni siquiera ha podido hacerlo desde una basílica.

—¡Qué ironía! Tener que anunciar la rendición de la Iglesia a Satanás y sus aliados desde el sitio donde miles de cristianos dieron su vida por ser fieles a Cristo. El demonio se ha cobrado una victoria simbólica, ciertamente.

—No, Santidad, es la constatación de su derrota. ¿No se da cuenta de que, hace dos mil años, cuando los cristianos eran devorados por los leones en el Coliseo y en el vecino Circo Máximo, también parecía que la Iglesia era derrotada y, sin embargo, estaba plantando los cimientos de su victoria? Ahora sucede igual. El Coliseo es la prueba de nuestro triunfo de entonces y también lo será del de ahora. El demonio es la mona de Dios, que intenta siempre imitar a aquel al que debería servir. Por eso ha elegido el Coliseo para escenificar lo que él considera que es triunfo. Pero se equivoca. Hoy, allí cantan victoria los herederos de aquellos que se reían mientras los cristianos morían. Mañana nosotros rezaremos de nuevo allí para dar gracias a Dios por nuestro triunfo, como lo hicieron los cristianos después de Constantino. El nuevo paganismo acabará donde terminó su predecesor: en la conversión masiva al cristianismo.

—Sí, rezaremos mañana. Pero, para eso, hay que rezar ahora. Por favor, déjame solo. Necesito estar con aquel que me conforta. Solo en Él encuentro la paz y la fuerza que necesito.

Mientras el barco sigue su singladura hacia Egipto, las reacciones al mensaje del cardenal Schmidt se multiplican. Los medios de comunicación son unánimes en su valoración positiva. Aquellos que eran fieles al Papa han sido clausurados inmediatamente, una vez que en los países desde los que emitían se aplicó la resolución de las Naciones Unidas. Solo en las pocas naciones que a esas horas aún no lo han hecho han podido seguir emitiendo y, en ese caso, han lamentado y condenado lo que califican abiertamente de «traición» por parte del cardenal alemán, al que consideran ya claramente cismático. Así, la opinión pública mundial tiene la impresión falsa de que el conjunto de los católicos ha abandonado al Pontífice y se ha sentido liberado de una tiranía que duraba veinte siglos. Radios y televisiones emiten sin cesar testimonios de sacerdotes, religiosos, religiosas, laicos y algún obispo que expresan su gran satisfacción por la evolución de los acontecimientos en la Iglesia y muestran su apoyo a Schmidt, al que preconizan ya abiertamente como el nuevo Papa. En esa misma línea se manifiestan representantes de todas las religiones, que dan la bienvenida a la Iglesia católica al seno de la comunidad religiosa mundial y le invitan a que lidere el proceso hacia una religión global puesta bajo el control de las Naciones Unidas, único camino —dicen ellos— para que la religión deje de ser un instrumento de odio y de violencia. Políticos de todos los partidos, literatos, artistas, deportistas, catedráticos, científicos, premios Nobel de las distintas ramas, líderes de prestigiosas organizaciones no gubernamentales, músicos y, en fin, lo más selecto de la sociedad mundial se felicitan por el fin de la tiranía papista y el amanecer de una nueva era que será de paz y progreso para todo el mundo. Machaconamente, sin descanso, los medios de comunicación transmiten a la gente no solo ese mensaje, sino otro que va unido a él: que todos los católicos están de acuerdo en abandonar al Papa huido y que el apoyo a Schmidt es casi unánime, excepto por parte de pequeños reductos intransigentes e integristas que deberán ser perseguidos por su tendencia al radicalismo terrorista.

Así cae la noche en Italia. Allí la Iglesia aún no es ilegal, lo cual no sucede en prácticamente ninguna otra nación del continente europeo. Pero, sorprendentemente, contra todo pronóstico, los curas, en su práctica totalidad, no han cerrado los templos al llegar la noche. Al contrario, sin ponerse de acuerdo, prácticamente todos han decidido mantenerlos abiertos y encender todas las luces, haciendo sonar las campanas. La multitud ha acudido y, sobre todo en Roma, donde siguen congregados los medios de comunicación de todo el mundo, los periodistas han ido con la cámara al hombro a ver qué pasaba, esperando asistir al primer acto público y masivo de repudio al Papa. Algunos, ya escaldados ante lo que les había sucedido a primeras horas de la tarde, no han querido conectar en directo hasta no estar seguros. Otros, más confiados, han comenzado a emitir diciendo como introducción que iban a informar de la gran apostasía católica por parte de la Iglesia italiana. Claro que su emisión ha durado poco, pues enseguida los redactores jefes les han cortado la transmisión, al comprobar, con irritación y sorpresa, que la gente que llena las iglesias de barrios y pueblos está enfervorizada y muestra con el mayor entusiasmo su adhesión al Pontífice exiliado. Se reza el Rosario, se canta, se gritan ¡vivas! al Papa e incluso se organizan espontáneamente grupos de autodefensa, tanto para proteger a los sacerdotes ante la inminente persecución como para poner a salvo los tesoros, modestos o valiosos, de cada templo.

Pero ¿qué está sucediendo en el resto del mundo católico? Donde la Iglesia sigue siendo legal, exactamente lo mismo. Y donde ya es ilegal, incluso en el corazón de la secularizada Europa: Holanda, Bélgica, Francia, Alemania, también se han abierto muchos templos, pero allí ya no están los sacerdotes, que han comprendido que su principal tarea es organizar la resistencia desde la clandestinidad. Sin embargo, los laicos han suplido a los curas. Conscientes de que, de momento, la persecución no va contra ellos, se han organizado para celebrar liturgias de la palabra, con un entusiasmo nunca visto y no han dudado en abuchear a los curas colaboracionistas que se han presentado en ellos. En toda América, sin excepción, incluidas las ciudades más secularizadas de Estados Unidos y Canadá, muchas iglesias católicas están abiertas y abarrotadas. Los sacerdotes, religiosos y religiosas que han acudido a ellas para pedir a los fieles que apoyen el nuevo orden han sido insultados y recriminados por su comportamiento y han tenido que huir. El apoyo al Papa exiliado es total, sin apenas fisuras. Incluso gentes que habitualmente disentían en algún aspecto de la moral católica reaccionan ahora declarándose católicos. En ciudades donde la mezcla étnica y religiosa es grande, no faltan escenas sorprendentes, como musulmanes y judíos dentro de las iglesias manifestando su adhesión al Papa y a la Iglesia católica y pidiendo que no se rinda. En Asia y Oceanía sucede lo mismo, aunque en China la masacre entre los católicos fieles ha sido muy grande. En África —aunque no han faltado escenas de pillaje y violencia— la fiesta es generalizada y, pasado el temor de las primeras horas, se han organizado procesiones espontáneas por las calles, con las imágenes de los santos, hasta llegar a los parlamentos y residencias de los más altos cargos políticos, en un gesto de abierto desafío. Lo que está sucediendo es tan inesperado, tan ilógico para los que confían en el poder de los medios de comunicación para manipular los cerebros de las gentes, que los directivos del CUR y los más altos dirigentes políticos mundiales no salen de su asombro. ¿Por qué?, se preguntan. ¿Qué está fallando? ¿Cómo es posible que los laicos católicos no abominen del Papa, cuando les estamos diciendo a través de todos los medios de comunicación que es una persona odiosa y culpable de todo tipo de crímenes y delitos? No se dan cuenta de que llevan tanto tiempo mintiendo que los católicos dejaron de creer hace mucho en lo que, sobre la Iglesia, decían los medios. Por el contrario, han aprendido a creer en lo que ven sus propios ojos, en la realidad que tocan sus manos, y quizá a esas alturas, sean los únicos hombres que prefieren dar crédito a lo que ellos ven que a lo que les cuenta la televisión. Están, sencillamente, inmunizados.

Naturalmente, la censura que ejercen los medios de comunicación es tan poderosa que de todo esto no se informa, o se hace referencia a ello diciendo que se trata de manifestaciones esporádicas de alcance muy limitado. Pero el que oficialmente no se diga nada no significa que no se sepa nada. Los teléfonos móviles graban las escenas de entusiasmo que se producen en tantos y tantos templos y las transmiten vía Internet. En la red, la censura aún no ha actuado y son miles y miles las páginas que voluntariamente cuelgan lo que les están enviando anónimos reporteros en todo el mundo. Lo mismo sucede con los correos electrónicos, que circulan a toda velocidad de un rincón a otro del planeta con imágenes y mensajes que cuentan una inesperada noticia: los católicos están con el Papa, nadie se cree que él sea el culpable de los crímenes de Guatemala, todo es una patraña organizada por los políticos para poner a la religión a su servicio y tenerla controlada. Aunque los principales líderes religiosos mundiales han salido en televisión para solidarizarse con el cardenal Schmidt, son muchos los rabinos e imanes musulmanes que apoyan a los católicos en su resistencia.

Son las siete y diez de la tarde en Nueva York. En el despacho de Ralph Renick está reunido este con todos sus consejeros, incluido Heinz Kuhn, al que ya considera su enemigo mortal. Minutos antes de comenzar la reunión ha recibido una llamada del «señor X», irritado, amenazante. Renick transmite, sin citar a su jefe, esa misma impresión a sus colaboradores.

—¿Qué ha sucedido? —dice, gritando, completamente fuera de sí—. ¿Alguien me podría explicar por qué, a estas horas, San Patricio está lleno de gente rezando el Rosario y lo mismo sucede en todas las parroquias del mundo?

—Yo te lo puedo explicar, Ralph —responde Kuhn—. Lo que ha sucedido es lo que era inevitable que sucediera. Se trata de un fallo de interpretación. Llevamos décadas creyéndonos que somos los amos del mundo porque controlamos los medios de comunicación. Nosotros decidimos cuáles deben ser las modas, los hábitos alimenticios y los vencedores de los comicios electorales. Ahora había llegado el momento de demostrar que también podemos dominar el alma de la gente y estábamos convencidos de que podíamos conseguirlo con la misma facilidad con que ponemos o quitamos a un presidente de su cargo. Y nos hemos equivocado. En primer lugar, como ya te he dicho varias veces, hemos olvidado un elemento esencial: el factor divino, la ayuda de Dios. Pero, además, hemos olvidado otra cosa: los católicos llevan años inmunizándose lentamente a las consignas contra el Papa que, procedentes de nosotros, distribuyen los medios de comunicación. Cuando Orson Wells radió, en 1938, «La guerra de los mundos», la gente creyó de verdad que venían los extraterrestres, pero solo se le pudo engañar una vez. Hemos dicho tantas veces tantas cosas falsas o exageradas sobre los curas y sobre la Iglesia, que los que han seguido yendo a misa lo han hecho porque no nos creen y los que nos creen no van a dejar ahora la Iglesia, sencillamente porque ya la dejaron hace años o porque no han ido nunca a ella. Eso es lo que está sucediendo. Queríamos matar a la Iglesia con una dosis fuerte de veneno, pero resulta que se ha inmunizado porque llevamos suministrándoselo en pequeñas cantidades desde hace mucho tiempo. Nos hemos creído nuestras propias mentiras. Nos hemos dejado enga-

LOS FRUTOS DEL MAL

ñar por lo que hemos estado repitiendo sin cesar en estos años: la Iglesia está muerta a causa del conservadurismo reaccionario de sus pastores. No cabe duda de que esta política ha tenido efectos muy positivos y hemos logrado alejar de la Iglesia a muchísimos, a la mayoría, sobre todo a los jóvenes, pero los que quedan están inmunizados de nuestras artimañas.

—¿Y qué tenemos que hacer? —pregunta Renick, sorprendido ante la respuesta de Kuhn, que intuye verdadera.

—Ante todo, recordar que no estamos atacando la religión, sino el cristianismo y, más concretamente, un cristianismo que cree que Cristo es Dios. Por eso tenemos que actuar según el plan previsto, no ponernos nerviosos e intentar ocultar nuestras intenciones para ir poco a poco desmontando el dogma cristiano, comenzando por el punto esencial: la fe en la divinidad de Cristo. Tenemos que separar a los católicos de la persona de Cristo, de su relación personal con él. Los católicos practicantes están verdaderamente necesitados de los sacramentos; no pueden pasar sin ellos. Lo que tenemos que hacer es seguir dándoselos, pero hacer como el que suministra un veneno diluido con la mejor de las comidas, de forma que no se note. No tenemos que cerrar las iglesias, ni destruir —al menos de momento— las imágenes, ni siquiera las de la Virgen, que es nuestra principal enemiga. Hay que utilizar a los curas que están de nuestra parte para que se mantengan abiertos el mayor número posible de templos y hay que pedir a los obispos amigos que ordenen sacerdotes, casados si es posible, que mantengan una ficción de culto. Sobre todo, tenemos que conseguir, cuanto antes, que Schmidt sea elegido Papa para que la nueva autoridad de la Iglesia imponga sus nuevas leyes. Es desde dentro de donde tendrán que venir los cambios. Si los hacemos nosotros, desde fuera, serán rechazados.

—¿Usted cree que eso dará resultado? —pregunta, escéptico, Lester Campbell, el norteamericano.

—¿Y qué sugiere usted, enviar a los marines para que fusilen a los que están ahora mismo en todas las iglesias del mundo rezando el Rosario? Ustedes no tienen ni idea de la diplomacia. Se comportan siempre como los amos del mundo y así les va —le contesta Kuhn.

—¡No voy a consentir un insulto así! —dice Campbell, levantándose airado.

—¡Calma! —exclama Renick—. Heinz, te has pasado con la crítica a los norteamericanos. Pero, con todo, creo que tienes razón. Además, ese método no es nuevo, ¿verdad?

—Efectivamente —dice Kuhn—, es el que usamos con tanto éxito después del Concilio Vaticano II. Si entonces nos fue bien, posiblemente también sucederá lo mismo ahora.

—¿A qué se refiere? —pregunta Hu Shicheng—. Nosotros en China hemos usado otro método, más parecido al que sugería usted que aplicarían los americanos: el de borrar a base de sangre toda oposición. Y nos ha ido bien.

—Pero el mundo no es China. No de momento —es ahora la australiana Lauren Taylor la que interviene—. Creo saber a qué se refiere nuestro compañero, pero me gustaría que fuera él quien lo explicara.

—Cuando Juan XXIII convocó el Vaticano II lo hizo con la mejor de las intenciones: volver a los orígenes de la Iglesia. Sin embargo, nosotros aprovechamos aquella ocasión para introducir en todos los niveles de la estructura eclesial la confusión, la desobediencia, la duda. No se trató de un ataque frontal, como el que ustedes los chinos han llevado a cabo, sino de un acoso insidioso, a veces imperceptible y otras más evidente, apoyado siempre por los medios de comunicación. Así, empezamos a decir, a través de teólogos más o menos ingenuos, auténticos tontos útiles, que el Nuevo Testamento era una invención tardía, que no reflejaba el rostro verdadero de Jesús de Nazaret. Esto se asumió por la mayoría como una verdad y se decía, de forma habitual como si fuera una verdad probada, que había dos Jesús, el de la fe y el de la historia. Que el primero era el que nos contaban los Evangelios, pero que el auténtico, el segundo, tenía muy poco que ver con el primero. Era más bien una invención posterior elaborada por la jerarquía romana de la Iglesia para asentar sus pretensiones de hegemonía dentro de la comunidad cristiana. A la vez, se difundió por doquier, con gran éxito, la idea de que la Virgen no fue tal e incluso se dijeron las cosas más horrorosas de ella. Conseguimos, lo recuerdo perfectamente, que congregaciones religiosas dedicadas teóricamente a honrar a María publicaran libros llenos de blasfemias contra ella, por el simple motivo de que lo escandaloso vendía más y a ellos solo les interesaba ganar dinero. Del mismo modo, se minó la fe de la gente en la resurrección y por doquier los sacerdotes decían que no había vida eterna o que, si la había, el cielo era para todos porque un Dios bueno jamás podía condenar a sus hijos para toda la eternidad, por malos que fueran. Este fue, en la práctica, nuestro golpe mejor, pues los católicos estaban muy acostumbrados a una religión que basaba sus motivaciones en el miedo al infierno o en el interés por ir al cielo; cuando se les dijo desde los púlpitos que, al margen de lo que hicieran, el resultado sería el mismo: el cielo para todos, muchos concluyeron que no merecía la pena seguir practicando una ética tan exigente como la del catolicismo, y se fueron. Los cambios en la liturgia también influyeron, pues desapareció el concepto de misterio y eso ayudó a que la gente exigiera cada vez más saber el porqué de las cosas y cuando algo no lo entendían, una muerte o una catástrofe natural, por ejemplo, su fe entraba en crisis porque les resultaba incompatible con la doctrina del amor de Dios. En definitiva, conseguimos, en aquellos años espléndidos que siguieron al Concilio, poner en duda los principales dogmas de la Iglesia y hacer creer a muchos católicos que la institución a la que pertenecían debía modernizarse si quería sobrevivir. Juan XXIII quiso dirigir la mirada de los fieles hacia los primeros años de la vida de la Iglesia, hacia la Iglesia primitiva; nosotros conseguimos que esa mirada se dirigiera hacia el futuro, en vez de hacia el pasado; hacia un futuro que nosotros mismos nos encargábamos de dibujar y en el que ya no existían creencias sólidas, sino que todo era posible porque todo era relativo y subjetivo.

—Sí, recuerdo todos esos éxitos, tan bien programados y realizados con tanto esmero —dice Renick—, pero ¿crees que estamos en una situación parecida? En realidad, y siguiendo tu propio argumento, los que ahora han quedado, los que siguen siendo fieles a la Iglesia, están de algún modo vacunados contra eso. ¿Podremos repetir dos veces la misma estrategia con éxito?

—No debe ser la misma —sigue diciendo Kuhn—, sino parecida. Los católicos necesitan ir a misa y rezar. Necesitan comulgar. Démosles lo que piden, pero hagámoslo de forma que ahora sea la propia autoridad de la Iglesia la que refrende las nuevas teorías. Esa será la diferencia. Porque en los años brillantes del posconcilio, cuando, como he dicho, conseguimos —como reconoció Pablo VI— que el humo del infierno entrara dentro de la Iglesia, la más alta jerarquía —sobre todo, el Papa— se mantuvo siempre fiel a la enseñanza tradicional de la Iglesia. Si ahora, con el verdadero Papa en el exilio, acosado y con pocas o ninguna posibilidad de comunicarse con sus fieles, conseguimos que el nuevo Papa, Schmidt, diga lo que queremos que diga, entonces el golpe para los católicos será tremendo, probablemente insuperable. Pero debemos actuar con mucho cuidado: nada de destrucción y la menor sangre posible, al menos públicamente.

—Así lo haremos —afirma Renick—. Vámonos ahora a descansar, que mañana nos espera un nuevo e intenso día de trabajo. Al fin y al cabo, las cosas que han pasado en estas últimas veinticuatro horas han sido tantas y de tal calibre, que podemos decir que aunque no nos haya salido todo bien, hemos logrado lo esencial: el Papa está en el exilio y la Iglesia tendrá que plegarse a nuestros dictados o desaparecer.

La noche cae sobre el mundo, pero no todos descansan. Enrique del Valle y Rose Friars, apenas llegada a Asís la pequeña comitiva de exiliados del Vaticano, han partido para seguir adelante con su plan. Ahora, en vez de ir a Perugia, se han dirigido a Spoleto y allí, otra vez desde un cíber público, han puesto en marcha la segunda parte del plan, que consistía en dar instrucciones precisas sobre cómo comportarse a los obispos que estaban en la lista del cardenal Hue. Si al menos ese numeroso grupo de prelados lograba organizar la resistencia, buena parte de la estructura de la Iglesia se habría salvado. Enviando los mensajes a los nódulos preestablecidos y saltando de allí a otros, en una red compleja destinada a despistar a los que, hipotéticamente, pudieran rastrear los orígenes de la información, mandaron un correo electrónico que, en pocos minutos, fue recibido en el correo personal de los obispos y cardenales interesados. Ese correo contenía el mensaje elaborado por el cardenal Ferro, con la anuencia del Santo Padre. En esencia decía lo siguiente: los cardenales, obispos, sacerdotes, religiosos y religiosas no debían exponerse a la persecución —que estaba dirigida contra ellos y no contra los laicos, de momento— sin necesidad. Aunque pronto se redactarían leyes que castigaban a los que les dieran cobijo, tenían que procurar pasar desapercibidos lo más posible. Con el fin de asegurar los sacramentos, verdadero corazón del cristianismo, los sacerdotes debían disfrazarse para ir por las casas como si fueran profesionales que van a arreglar una u otra avería, pero asegurándose muy bien de a quién visitaban, pues no tardarían en infiltrarse delatores entre los católicos fieles. La carta pedía a los obispos que, donde no existieran o fueran en número insuficiente, ordenaran diáconos casados que podían ejercer de testigos en las bodas, con discreción; además, les recordaba que según el canon 1116, como los novios son los ministros del sacramento y el sacerdote solo ejerce de testigo cualificado, en caso de necesidad el sacerdote o el diácono podía ser sustituido por otros dos testigos y, cuando pasara la persecución, la boda podría inscribirse regularmente. También les recordaba que en esta situación los niños podían ser bautizados en la intimidad del hogar por el padre o la madre, tomando nota con cuidado de los datos para que, en su momento, pudieran llevarse al registro eclesiástico.

Además, pedía que nadie participase en ninguna misa que estuviese oficiada por sacerdotes fieles al nuevo régimen y recordaba la excomunión lanzada por el Papa, antes de partir de Roma, sobre los que traicionaran la fe verdadera, considerándoles cismáticos. Por último, pedía que los laicos se organizaran en pequeñas comunidades y que se reunieran en las casas, recordando que el Señor había prometido su presencia allí donde dos o más estuvieran unidos en su nombre; si no podían comulgar el cuerpo y la sangre de Cristo, podían participar en esa comunión espiritual con el Señor. En otro orden de cosas, terminaba exhortando a los obispos a los que se dirigía la carta, que no se dejaran vencer por el pesimismo y que recordaran que el mensaje recibido por Elisa de parte de la Virgen era de esperanza. También les pedía que, con mucha prudencia, intentaran conectar con los obispos de las diócesis vecinas que no se hubieran declarado públicamente a favor del nuevo régimen.

Así, mientras algunos dormían, satisfechos por el aparente éxito de su ataque contra la Iglesia, esta comenzó a organizarse en la clandestinidad. Ciertamente, nada de todo esto se podría haber conseguido si la Virgen no hubiera intervenido para alertar a tiempo al Papa, pero las cosas habían sucedido de forma tan providencial que los planes que los enemigos de la Iglesia llevaban tanto tiempo preparando minuciosamente no habían conseguido encerrar a la jerarquía de la Iglesia en una ratonera.

Pero no todos los que querían acabar con la Iglesia católica dormían esa noche. En un lujoso convento, sede de una importante orden religiosa, a un tiro de piedra del Vaticano, el cardenal Schmidt estaba cenando con sus colaboradores, tras el pronunciamiento que había hecho en el Coliseo. Después de la cena, reunido con estos y con algunos destacados superiores y superioras generales, evaluaban la situación.

—¡Enhorabuena, Eminencia! —dice la madre Josefa López, superiora general de una importante congregación femenina dedicada a la enseñanza—. ¿O quizá deberíamos decirle ya Santo Padre? Porque no me cabe ninguna duda de que será usted el sucesor del tirano que ha desaparecido.

—No nos precipitemos y no vendamos la piel del oso antes de cazarlo —responde, reventando de satisfacción, Schmidt—. Yo estoy dispuesto a lo que mis hermanos cardenales quieran encargarme, pero eso tiene que hacerse dentro de la legalidad.

—Por cierto, ¿de cuántos cardenales estamos hablando? —pregunta el superior general de la orden en cuya curia generalicia se celebra la reunión, el padre Hans Meyer, que viste un elegante traje de Armani con una corbata de seda italiana.

—Hasta el momento, solo se han puesto en contacto con nosotros cinco, de los cuales dos son mayores de ochenta años y, teóricamente, no podrían votar en un cónclave —responde Michel Fontaine.

—Son muy pocos —dice de nuevo Meyer—. ¿No tendrían que haber respondido más?

—Es pronto todavía —interviene ahora Giorgio Santevecchi, el que organizara la persecución contra Rose Friars—. Si mis cálculos no me fallan, llegaremos hasta los treinta cardenales antes de que dé comienzo el cónclave, la semana que viene. Podemos aumentar esa cifra si, en este tiempo, la policía logra detener a algunos. Los traeríamos a la fuerza al Vaticano para que hicieran número.

—Siguen siendo muy pocos —insiste Meyer—. En el mejor de los casos, el porcentaje no va a llegar al treinta por ciento. Suponiendo que haya unanimidad en torno al cardenal Schmidt, no representan el número exigido por las leyes canónicas.

—Se equivoca, padre Meyer —interviene ahora el italiano Roberto Riva—. La ley establece que el Papa debe ser elegido por los dos tercios de los presentes en el cónclave. Da igual si allí hay diez como si hay cien.

—Es verdad —vuelve a decir Meyer—, pero quizá algunos católicos recalcitrantes se agarrarán a ese dato para negar la legitimidad del nuevo Pontífice y eso no sería nada bueno para nuestros planes.

—Padre Meyer, por favor —dice Santevecchi—, a estas alturas eso es lo de menos, se lo aseguro. El nuevo Papa tendrá la legitimidad que le dan las circunstancias y el apoyo de los políticos. Otra cosa sería si hubiéramos podido matar al viejo loco que nos ha gobernado en estos años. Pero se nos ha escabullido entre las manos. Naturalmente, si en esta semana la policía lograra capturarle y acabar con él, entonces todo sería distinto. Si esto no es así, hay que tirar adelante como sea y argumentar el apoyo al cardenal Schmidt basándonos en la traición cometida por el viejo Papa a su cargo de pastor de la Iglesia por haber huido de su sede ante la llegada del peligro. No nos queda otro remedio.

—¿Con qué más apoyos contamos? —pregunta Schmidt.

—Las congregaciones religiosas femeninas están, en su mayoría, con usted —interviene la madre López, que es la presidenta de la Unión de Superiores y

Superioras Generales—, con la condición de que una de las primeras medidas que usted apruebe sea la del sacerdocio y episcopado femenino.

—En cuanto a los religiosos —interviene Meyer—, el apoyo es también ampliamente mayoritario. En nuestro caso, la condición que ponemos es que se reconozca el ejercicio de la homosexualidad como un derecho y que se permita ese ejercicio a los religiosos. Además, deben poder casarse los sacerdotes que lo deseen y los religiosos que quieran casarse deben poder pasar al clero diocesano sin ninguna traba.

—Por supuesto —dice Schmidt—, todo eso lo tendrán ustedes. Ya hemos hablado de ello otras veces y les aseguro que, cuando sea Papa, no me echaré para atrás. Vamos a recorrer el mismo camino que ya ha recorrido nuestra Iglesia hermana, la anglicana, que ha sido una valiente pionera en estos años de oscurantismo. No les quepa duda de que todo se hará según ustedes desean. Pero yo tengo algo que pedirles y eso es decisivo.

—¿De qué se trata?

—Ustedes tienen que salir a las calles con sus hábitos puestos para dejar constancia de que me están apoyando. El traje de Armani, querido padre Meyer, deberá abandonarlo por unas horas. Lo mismo usted, querida madre López.

—No nos va a resultar fácil encontrar hábitos o trajes de cura en nuestros armarios —dice, riendo, la monja.

—Pues tendrán que conseguirlos de los guardarropas de los teatros, pero es urgente que mañana los noticiarios de todo el mundo estén entrevistando a frailes y monjas vestidos como tales y diciendo que, afortunadamente, se ha terminado la tiranía dentro de la Iglesia. Además, los que son sacerdotes deben hacerse cargo de las parroquias que hayan quedado abandonadas, para celebrar allí el culto, sobre todo el domingo próximo, de la manera más ortodoxa posible, y dar, desde el púlpito, todo el apoyo al nuevo orden. No quiero desmanes en esta semana. Después todo será diferente, pero ahora necesitamos que los fieles no se escandalicen, para ir dándoles nuestra doctrina poco a poco. Lo hicieron muy bien los que organizaron la subversión del posconcilio y nosotros podemos estar a su altura o incluso superarlos.

—Me parece una idea excelente. Cuente con nuestro apoyo —afirma Meyer.

—Lo mismo digo —responde la madre López.

—Quisiera saber también cómo están las cosas entre los obispos y el clero. ¿Hay algún dato? —le pregunta Schmidt a Emerson Ceni, el brasileño.

—En Latinoamérica las cosas están muy bien en lo concerniente al clero, sobre todo si prometemos que vamos a dispensar del celibato. Lo mismo en África. En cuanto a Europa, los sacerdotes están mayoritariamente de nuestra parte, pero son muy mayores y los que no lo son, en cambio, se muestran abiertamente reaccionarios. La influencia de Juan Pablo II aún se sigue notando y los curas jóvenes, por culpa suya, son mucho más conservadores que los ancianos. De los obispos, puedo decir que al menos una décima parte de los mismos están abiertamente con nosotros y creo que ese porcentaje aumentará en las próximas horas, sobre todo si hay persecución, pues muchos, aunque en lo íntimo son fieles al viejo Papa, no quieren líos y lo que desean es que les dejen en paz.

—Veremos. Confiemos en que no nos llevemos ninguna sorpresa —responde Schmidt.

—¿Cómo valoran ustedes lo que está pasando en este momento en tantas iglesias de Roma y del mundo? Me refiero a la explosión de devoción popular que ha estallado por doquier, con un apoyo explícito al Pontífice huido —pregunta Oswald Prakash, el arzobispo indio, que ha estado callado hasta el momento.

—Yo creo que se trata de una típica reacción del sector ultra, que era previsible —responde Santevecchi—. No le doy mayor importancia. Cuando empiece la persecución, se esconderán como ratas. La buena gente, eso que Reagan llamó la «mayoría silenciosa», es esencialmente cobarde y, si les damos un Papa pronto y una liturgia más o menos parecida a la que tienen, se adaptarán con facilidad. Eso hizo Enrique VIII en la Inglaterra del XVI, que se acostó católica y se levantó, sin mayores problemas, protestante. Claro que habrá que eliminar a algunos recalcitrantes, como se ha hecho siempre, pero no olvidemos que para hacer una tortilla no queda más remedio que romper los huevos. La razón de Estado, amigo mío, la razón de Estado —concluye sonriendo.

—No estoy del todo seguro de que las cosas vayan a ser así —vuelve a intervenir Prakash—. Dicen que los religiosos y las religiosas están mayoritariamente con nosotros y no con el Papa huido y es posible que eso sea cierto, pues hace años que, en la práctica, forman una auténtica «Iglesia paralela». Pero no creo que se pueda decir lo mismo de los sacerdotes diocesanos, ni aun de muchos de los sacerdotes religiosos. Los franciscanos de Tierra Santa o de Asís, por ejemplo, han declarado abiertamente su fidelidad al Pontífice exiliado, aunque eso les ha costado o les cueste tener que abandonar templos tan queridos para ellos como los de Jerusalén. Acabo de saber que el rector mayor de los salesianos ha publicado una nota en la que dice que prefiere dar por disuelta su Congregación antes de que deje de ser fiel al legítimo Papa e invoca la tradicional devoción a María Auxiliadora para no desesperar en la lucha por la libertad de la Iglesia. En muchas parroquias italianas, vuelvo a repetirlo, ahora mismo están los curas con la gente rezando el Rosario. En África, por lo que sé, está pasando lo mismo. Y en Latinoamérica. Y en India, en mi región natal del Kerala, las defecciones entre el clero y los obispos se pueden contar con los dedos de las manos.

—Todo esto pasará —le responde Santevecchi—. Es el entusiasmo de los primeros momentos de la persecución. Cuando corra la sangre o cuando tengamos un Papa en Roma que desmonte desde dentro los mitos cristianos, ese fervor irá desapareciendo.

—Confiemos en que eso sea así —dice Schmidt—. Me falta algo por saber, y se lo quiero preguntar a alguien que aún no ha hablado. Doctor Köhler, ¿cómo ve usted la situación en general, y en particular a lo que afecta a las universidades católicas?

—Gracias por permitirme hablar, Eminencia —dice el prestigioso catedrático en Cristología Científica de la Universidad de Tubinga, líder indiscutible del grupo de teólogos católicos que promueven una reforma en profundidad del pensamiento teológico, en línea con lo que reclama el CUR—. En general veo las cosas bien, aunque no soy tan optimista como monseñor Santevecchi. Estoy completamente de acuerdo con su política de ir dando el veneno mezclado con buen alimento, para que no se note tanto y no se asusten los apocados. La gente, en general, lo que quiere es vivir en paz y que le resuelvan las grandes cuestiones de su vida personal y de su vida futura. Si, desde la autoridad que usted tendrá como Pontífice, les asegura que ahora eso de ir al cielo va a ser más fácil, se lo agradecerán y le acogerán como un liberador. Por eso, lo que la asociación de teólogos Iglesia Libre, que represento, quiere pedirle es que, lo antes posible, usted haga saber que ha desaparecido el concepto de pecado mortal, el cual será sustituido por el de pecado grave, que, de ninguna manera, implica un castigo eterno por parte de Dios. Debe declarar que el infierno no existe, lo mismo que no existe Satanás. Todo el mundo se salva y, a lo sumo, hay un tiempo de purificación previa a la entrada en el cielo. También debe declarar que los pecados no están relacionados solo con la materia en sí, sino con la actitud que tiene quien hace el mal y con sus circunstancias. En definitiva, hay que instaurar oficialmente la «moral de actitudes» y la «moral de situación». El relativismo, tan criticado por Benedicto XVI, debe ser ahora ensalzado y propuesto como el modelo de pensamiento más acorde con una Iglesia que quiere ser instrumento de paz en el mundo y no causa de división. En cuanto al dogma, hay que afirmar que no tenemos pruebas suficientes para decir que Cristo es Dios o, al menos, que Él era consciente de que era Dios, pero que seguimos aceptando que el que quiera pueda creer en su divinidad, sin que eso suponga que tenga que considerar fuera de la Iglesia a los que no crean en ella. Del mismo modo, Cristo no debe ser presentado como el Salvador universal, sino como uno más de los muchos grandes hombres que han surcado la historia, contribuyendo a su salvación. Todo esto es especialmente importante, no lo olvide. Por otro lado, me uno a lo que pedía la madre López sobre el sacerdocio femenino y, acerca de lo que solicita el padre Meyer, creo que hay que ir más allá: todo comportamiento sexual tiene que ser permitido, con tal que no se imponga al prójimo. Del mismo modo, tiene que ser aceptado el aborto, la eutanasia, la manipulación de embriones humanos y cualquier clase de avance científico que necesite para su realización material genético humano. La liturgia puede mantenerse como está, con la condición de que las homilías ya no corran a cargo del sacerdote exclusivamente, sino que participen en ellas los laicos; más aún, las palabras que diga el sacerdote deben ser sometidas a revisión por un equipo de laicos que será quien lleve el control de las parroquias. Los obispos serán elegidos por los sacerdotes y por los consejos de pastoral parroquiales. En cuanto al cargo del Papa, la suya será la última elección en la que participen solo cardenales. Desde ahora ese puesto será, como en el caso anglicano, temporal, elegido por todos los obispos del mundo y no podrá emitir ningún comunicado de ningún tipo sin el consentimiento de un equipo de consultores formado por los rectores de las universidades católicas. Usted deberá promulgar cuanto antes un decreto pidiendo perdón por la aprobación del dogma de la infalibilidad pontificia, negando públicamente los dogmas marianos y anunciando que nunca más se proclamará ningún dogma de fe en la Iglesia católica. Solo así nos sentiremos satisfechos y podremos dar el visto bueno a una Iglesia que sea en realidad un templo de las libertades y un instrumento para la paz mundial.

—¿Y nada más? —pregunta, bromeando, Schmidt.

—Bueno, sí —responde Köhler—. Para insistir en que no existen ya pecados de naturaleza sexual, sería bueno que usted diera públicamente algún ejemplo sobre ese tema. Le dejamos elegir lo que más le guste.

—Me siento un poco mayor para eso —dice Schmidt, riendo—, pero todo se puede intentar. Y si no lo hago yo, ya lo hará mi sucesor. Ahora, queridos amigos, vamos a hacer cada uno nuestra parte. Tenemos una gran obra entre las manos: construir una Iglesia libre de toda atadura con un pasado opresor y oscurantista. Necesitamos despojarnos del «hombre viejo», como diría San Pablo, para que nazca el «hombre nuevo». El día en que los periódicos y televisiones del mundo nos aplaudan y digan de nosotros que somos verdaderamente progresistas, me sentiré el hombre más afortunado de la tierra. Ese día podremos decir que somos católicos e ir por la calle con la cabeza alta y no como ahora, que tenemos que estar continuamente pidiendo disculpas y solicitando que se nos permita seguir existiendo. Ese día consideraré cumplida la misión que Dios me encomendó hace mucho.

—¿Eminencia, habla usted de Dios? ¡Ah, pero cree usted en Dios! —dice, bromeando, monseñor Riva.

—Algo me queda de la fe de mi infancia —contesta Schmidt—. Pero no teman, no se la voy a imponer a nadie. Buenas noches.

Amanece sobre el Mediterráneo oriental cuando el yate que lleva al Papa atraviesa el mar Jónico, dejando a su izquierda las costas griegas, ricas en pequeñas islas en las que poder hallar refugio en caso de apuro. Pero nadie le persigue, aún. Todavía faltan unas horas para que el Parlamento italiano se adhiera formalmente a la resolución de las Naciones Unidas que declara ilegal a la Iglesia católica en el mundo y, como consecuencia, que derogue los Pactos Lateranenses y el Concordato con el Vaticano, apoderándose a renglón seguido del pequeño Estado. Desde ese momento y no antes, su servicio de Policía se pondrá a rastrear al Pontífice huido. Eso no significa que hayan permanecido inactivos. La tarde anterior, desde que se dio a conocer el vídeo en el que el propio Pontífice anunciaba su salida del Vaticano, los más altos dirigentes habían mantenido contactos con sus colegas de la Interpol y también de varias organizaciones policiales y de espionaje de diversos países. Todos estuvieron de acuerdo en considerar que, lo más probable, era que el Papa hubiera hallado refugio en la ciudad de Roma, debido a lo precipitado de la huida, pues los acontecimientos se habían desarrollado a un ritmo vertiginoso y la Santa Sede, como el conjunto de la Iglesia, no es famosa precisamente por su rapidez a la hora de adoptar decisiones. De hecho, algunos mandos policiales creían que el

Papa se encontraba aún en el Vaticano y que bastaría con registrarlo con lupa para hallarlo escondido en alguna cámara secreta de las muchas que se supone tiene el complejo conjunto de edificios que lo forman. En todo caso, habían sido dadas órdenes a los aeropuertos, con los datos del Pontífice, para evitar en lo posible que saliera del país por ese medio o, al menos, para saber a dónde iba. Ni las carreteras ni los puertos se sometieron a control, pues se descartó, de momento, una huida por esas vías.

El Papa se levanta muy temprano. Ha dormido muy poco, pues ha pasado parte de la noche en cubierta, arropado con una vieja manta de viaje, mirando las estrellas y rezando. Además del Rosario, oración por la que sentía un gran cariño, ha estado hablando con Dios y con la Virgen sobre el esquema de la encíclica que María, a través de la vidente, le había pedido que escribiera. Le había bastado aquel dato, cuando se enteró del contenido de la visión, para saber que era auténtica. Los papas anteriores, y él mismo, habían escrito muchas encíclicas sobre los más diversos temas, a cual más interesante, urgente, actual. El gran Benedicto XVI, incluso, había comenzado su pontificado con una encíclica extraordinaria sobre el amor de Dios al hombre, auténtico origen de la respuesta que el hombre debía dar a Dios. Otros, como Juan Pablo II «el Magno», habían escrito sobre la Eucaristía e incluso el Papa polaco había celebrado un año eucarístico, que aportó un aluvión de bendiciones a la Iglesia. El Papa aún recordaba de su juventud el Congreso Eucarístico que se celebró en Guadalajara (México) en aquel año, pero también recordaba que todo había estado centrado en aspectos de la Eucaristía relacionados con la presencia real del Señor en el pan y el vino consagrado, con la adoración fuera de la misa, así como con la relación entre Eucaristía y solidaridad con los que sufren. Poco se había dicho sobre lo que la Eucaristía significaba para la relación del hombre con Dios, la acción de gracias; ni siquiera Benedicto XVI, en su exhortación apostólica sobre la Eucaristía —la «*Sacramentum Caritatis*», publicada en marzo de 2007—, había dado especial relevancia a este punto. Por eso, al oír el mensaje que monseñor Di Carlo había conseguido hacer llegar sobre la revelación hecha a Elisa, comprendió inmediatamente que era voluntad de Dios aquella encíclica, que era urgentísima y que, por desgracia, llegaba con muchos años de retraso.

El Papa, pues, ha pasado parte de la noche elaborando, en diálogo con Dios y con María, el esquema de la encíclica. Luego, con una gran paz en el alma, sabiendo que todo estaba en manos del Señor y de su Madre, se ha acostado en el estrecho camarote que compartía con monseñor Loj y se ha quedado dormido. La luz del amanecer que entraba por la claraboya del camarote le ha despertado; aunque no han pasado más de cuatro horas desde que se acostó, se siente extraordinariamente descansado y lleno de ánimo. El aire del mar le revitaliza. Después de asearse, disfruta de un buen desayuno al aire libre, del que da cuenta con un apetito que hacía años que no tenía. Está lleno de fuerza, de ganas de luchar, y se siente poseído por la certeza de la victoria. No porque tuviera datos especiales que le hicieran creer en ella, ni porque las circunstancias le fueran favorables —allí está, en un pequeño barco, en medio del mar, camino de una tierra presuntamente hostil—, sino porque tiene fe. Comprende que solo esa fe podía darle esperanza y que ambas, la fe y la esperanza, son su única posibilidad de luchar y vencer en la terrible prueba en la que se halla sumergido. Pero, curiosamente, no siente el más mínimo temor. Sabe que todo irá bien, aunque ignora las vicisitudes a que tendrá que enfrentarse hasta el desenlace final de la historia. Es un creyente. Solo eso. No hace falta más.

Mientras desayuna, disfruta del espectáculo de unos delfines que retozan junto al barco, siguiendo su estela. Es una escena frecuente en el Mediterráneo, pero para él resulta tan novedosa, que no puede menos que dar gracias a Dios por un regalo que le parece una señal más de la atención con que la Divina Providencia guía sus pasos. En ese momento, monseñor Loj aparece en cubierta y, después de saludarle, le pregunta:

—¿Se ha dado cuenta de la fecha en que la Virgen se le apareció a Elisa, Santidad?

—Un 20 de enero, si no me equivoco. ¿Por qué? ¿Qué tiene de especial, aparte de ser la fiesta de dos mártires, Fabián y Sebastián, uno de ellos Papa?

—El 20 de enero de 1942 tuvo lugar la Conferencia de Wannsee, en la que los nazis decidieron poner en marcha lo que llamaron la «solución final del problema judío», que dio lugar al asesinato sistemático de los miembros de esa raza en los campos de concentración. Antes, el mismo 20 de enero, pero de 1842, en Sant'Andrea delle Fratte, en Roma, había tenido lugar la conversión de Alfonso de Ratisbona, judío y ateo militante, tras una aparición de la Virgen. En ambos casos está presente un elemento común: el pueblo judío.

—¿Qué me quiere decir con esto? ¿Qué los judíos están detrás de la persecución a que nos enfrentamos?

—No lo sé. Lo que sí sé, es más, estoy completamente seguro, es que los judíos forman parte de la solución de esta persecución. Santo Padre, no creo en las casualidades. El hecho de que la Virgen —y no olvide usted que era judía, como lo eran Jesús y los apóstoles— haya elegido ese día, debería indicarnos algo. Posiblemente que, en esa vuelta a los orígenes que la Iglesia debe hacer para sobrevivir a la persecución, debemos aproximarnos al judaísmo para restañar la primera herida que se produjo en nuestra historia, la primera división.

—La Iglesia lo ha intentado muchas veces, al menos desde el Concilio Vaticano II para acá. No olvide las visitas de Juan Pablo II y Benedicto XVI a las sinagogas. Sin embargo, no podemos renunciar a nuestra fe en la divinidad de Cristo, que es quizá el primer problema.

—No creo que debamos renunciar a nuestra fe. Más bien creo que la solución puede ir por otro camino. Hasta ahora, nosotros los cristianos, y en particular los católicos, hemos sido fuertes y grandes frente a los pequeños judíos. Ellos, con todo su control del mundo a través del dinero y de los medios de comunicación, son un pueblo pequeño y han sufrido todo tipo de injusticias y persecuciones por ello. Ahora la situación es distinta. Nosotros somos un pueblo perseguido, acosado. Nuestra grandeza está por los suelos y necesitamos ayuda. Necesitamos su ayuda. Juan Pablo II les llamaba con frecuencia «nuestros hermanos mayores», pues bien es hora de acudir a ellos como hermanos pequeños que necesitan ayuda. Quizá este gesto de humildad sea lo que están esperando, no solo para ayudarnos sino para convertirse. Hay pueblos que necesitan ser protagonistas, no solo de su historia sino de la «gran historia». Uno de esos pueblos, quizá el que más, es el judío. «La salvación viene de los judíos», dijo Jesús a la samaritana en aquel precioso diálogo junto al pozo. También puede suceder lo mismo ahora. Quizá ha llegado la hora en que ellos, salvándonos, se sientan protagonistas de la historia de la Iglesia y la hagan suya de alguna manera, la sientan como su «hija», como su obra. Me viene a la mente alguno de los diálogos que Saint-Exupéry escribió en *El principito*, sobre todo cuando el zorro habla con el niño a propósito de la rosa y le ayuda a comprender que solo amas aquello por lo que te has sacrificado, aquello que si existe es gracias a ti.

—Es muy interesante lo que usted dice, monseñor Loj. Creo que debemos dejarnos llevar, como ahora por este barco, y estar atentos a los signos que la Virgen vaya haciéndonos ver. Ella es la capitana de la nave y con ella no dudo que llegaremos a buen puerto. Ahora, si no le importa, quiero concentrarme en la encíclica que debo escribir. Tengo un par de ideas y no quiero que se me escapen.

Mientras el Papa comienza a escribir la encíclica sobre el agradecimiento debido a Dios, en Italia comienzan a moverse las cosas. En el Parlamento se preparan para desatascar, como sea, el embrollo jurídico que ha conseguido imponer el grupo de diputados católicos y así poder adherirse a la resolución de las Naciones Unidas. En Asís, en cambio, el pequeño grupo de prófugos, encabezados por el secretario de Estado del Vaticano, se dispone a dejar la ciudad. La noche anterior han llegado a la conclusión de que la ciudad de San Francisco es la menos segura de Italia para ellos. Necesitan ir a una ciudad mayor y, a ser posible, con frontera o cercana a la frontera, para poder escapar en caso de que la policía se eche sobre ellos, aunque la huida resulte casi inútil cuando se trata de una persecución mundial. Stefano Silvestrini, el amigo de monseñor Ramírez, les ha advertido que, con toda probabilidad, la ciudad sería «peinada» por la policía en cuanto la Iglesia quedara fuera de la legalidad, no tanto buscándoles a ellos, sino al elevado número de religiosos y religiosas que viven habitualmente en ella. La probabilidad de que escaparan a esa búsqueda era muy pequeña. Pensando en el lugar a donde podrían ir, Silvestrini les ha ofrecido un apartamento que tiene vacío en la ciudad costera de Rímini y en el que a veces se alojan algunos amigos, por lo que no resultaría extraño que ellos estuvieran allí, al menos una corta temporada. Pero hay que actuar deprisa. Por muy torpes y lentos que sean los policías italianos, su maquinaria se pondrá en marcha en cuanto se produzca la ilegalización de la Iglesia, con lo que no sería de extrañar que hubiera controles en las carreteras. A las seis de la mañana, con el alba, la comitiva —los cardenales Ferro y Ramírez, junto con la hermana Adamkus, Rose Friars y Enrique del Valle— salen de Asís en el monovolumen de Silvestrini, conducido por este. Dos horas después están ya en Rímini y a las 11:30, cuando el Parlamento italiano suscribió formalmente la resolución de la ONU y la Iglesia quedó fuera de la legalidad, el amigo de monseñor Ramírez estaba ya de vuelta en su casa.

Además de dejarles en su apartamento de Rímini, Stefano había hecho otra cosa. Él pertenecía a uno de los vitales movimientos de espiritualidad que enriquecen la Iglesia italiana y en Rímini, como en tantos otros sitios, su grupo estaba muy extendido. Ya la noche anterior había llamado a un amigo del movimiento y le había citado en su apartamento —del que tenía llaves— para primeras horas de la mañana, pidiéndole que antes de que llegaran ellos tuviera preparado lo básico para que unos refugiados pudieran alojarse unos días. Al llegar les había presentado y había recomendado a su amigo que pusiera toda la infraestructura del movimiento en la turística ciudad italiana al servicio del grupo. Este se había mostrado inmediatamente dispuesto a dar la vida por los exiliados vaticanos, aun sin saber la tarea que tenían entre manos, y creyendo solo que se trataba de dar protección al secretario de Estado de la Santa Sede y a algunos colaboradores. Convinieron enseguida que permanecer los cinco juntos en un lugar extraño podría dar pie a curiosidades y, quizá, a alguna denuncia por parte de los militantes laicistas, que se iban a prestar gustosamente a convertirse en delatores de cualquier cosa sospechosa que pudiese revelar la presencia de algún clérigo. Por eso, inmediatamente Giovanni Carducci, el amigo de Silvestrini, se llevó al grupo a su propia casa, y dos horas después estaban distribuidos en tres domicilios diferentes. Las dos mujeres permanecieron juntas, lo mismo que los dos cardenales, mientras que el informático fue alojado en otro apartamento, aunque todos a una distancia muy corta unos de otros.

Lo sucedido con el grupo del cardenal Ferro fue, más o menos, lo que pasó no solo en Italia sino en tantos otros países. Los movimientos de espiritualidad, tan activos y tan militantes en los últimos decenios, actuaron como una red intrincada que protegió a los religiosos y sacerdotes que necesitaban ayuda. En Italia fue más fácil, pues el retraso a la adhesión a la resolución de la ONU permitió organizar la «resistencia». En otras naciones, la policía cayó de inmediato sobre las casas curales y los conventos, apresando a algunos sacerdotes y religiosos. Sin embargo, la mayoría, advertidos por el mensaje del Papa, emitido antes de que el Consejo de Seguridad de la ONU hubiera hecho pública su resolución, se habían puesto a salvo, al menos de la primera redada. De este modo, los laicos, como si fueran una nueva presencia de San José, protegían a los consagrados, aun a riesgo de su propia vida, pues no tardaron en promulgarse leyes que amenazaban con la cárcel a quienes dieran asilo a los sacerdotes y religiosos perseguidos, los cuales fueron equiparados con terroristas. Esto no desanimó a ninguno. En muchos casos, lo único que se hizo fue cambiar a los prófugos de alojamiento, en busca de alguno más seguro, donde pudieran pasar más desapercibidos. Inmediatamente, además, se organizó, de forma natural y espontánea, el servicio litúrgico, sobre todo después de que el mensaje del cardenal ferro llegara a los obispos «seguros» que había designado el cardenal Hue. Como era lógico, la misa no podía celebrarse en los domicilios con asistencia de fieles, pero en la intimidad de los hogares-asilo, convertidos en «pequeñas iglesias domésticas», los sacerdotes celebraban la eucaristía y luego los laicos llevaban las formas consagradas a los hogares de los que deseaban comulgar; la red fue extendiéndose rápidamente, aprovechando que en las parroquias la gente se conocía y sabía quién era quién, quién era de fiar y quién no. La Iglesia, como si hubiera tenido dormido durante siglos un sexto sentido que la capacitaba para la clandestinidad, se adaptó en poco tiempo a la nueva situación. Hubo, naturalmente, delaciones. Poco a poco, las cárceles se fueron llenando de sacerdotes y obispos que eran apresados mientras celebraban la misa en una casa o cuando, simplemente, estaban descansando en ella; algunos, como en la novela de Graham Greene *El poder y la gloria*, fueron delatados por personas que se hacían pasar por católicos y decían necesitar confesión; otros cayeron como consecuencia de la actividad inquisitorial de algún vecino; los laicistas se mostraron especialmente eficaces y perseverantes en la búsqueda de sacerdotes escondidos; hubo casos en los que se cumplió literalmente lo que el Señor dijo: «Los hermanos entregarán a sus hermanos para que los maten, los padres a los hijos; se rebelarán los hijos contra sus padres, y los matarán» (Mt 10, 20). Sin embargo, en general, la Iglesia no solo logró resistir el primer golpe de la persecución, sino que, a pesar de la ingente publicidad que, en su contra, vomitaban todos los días los medios de comunicación, una oleada de simpatía hacia ella se fue difundiendo en todo el mundo. Eran tan groseras, tan burdas, tan evidentes las calumnias, que, poco a poco, el sentido común de la gente reaccionaba en contra y las mentiras solo servían para reforzar las convicciones de los que ya militaban abiertamente en el anticlericalismo. Por eso, muchos que no eran católicos y que incluso antes de la persecución habían sido críticos con la Iglesia ahora hacían la vista gorda cuando sospechaban que en la casa de al lado se escondía un cura, al notar que algo raro sucedía debido al trasiego de gente que entraba y salía de ella.

Uno de los miembros del movimiento al que pertenecían Silvestrini y Carducci era dueño de un pequeño negocio en el que se alquilaban computadoras para poder utilizar Internet. Otro tenía una pequeña empresa familiar, con su propio servidor en la red. Incluso uno estaba tan introducido en el Ayuntamiento que puso a disposición del grupo de exiliados los sistemas informáticos del mismo. Además, si bien había sido el movimiento al que pertenecían los amigos de Ramírez los que habían acogido a los huidos del Vaticano, pronto a esta red se unieron miembros de otros movimientos, que pusieron en contacto, además, a Ferro y a sus amigos con el obispo de la ciudad, convenientemente escondido y que dirigía con éxito la actividad clandestina de la Iglesia. Enrique del Valle pudo, de este modo, tener diferentes accesos para emitir los mensajes que los dos cardenales —Ferro y el recientemente nombrado Ramírez— le daban. Mensajes que estaban destinados sobre todo a mantener el contacto entre aquel grupo de obispos y cardenales designado por Hue como de máxima seguridad, y no a hacerse públicos de forma masiva, como había ocurrido con el vídeo grabado al Papa en la sacristía del Vaticano. Para evitar ser descubierto, Del Valle se limitaba a mandar la información a los distintos colaboradores que ya había seleccionado, los cuales a su vez la mandaban a otros y así, tras un elevado número de cruces que iban por todo el mundo, se distribuían por doquier. No resultaba imposible llegar al origen de la madeja, pero requería tiempo y requería también un control de la red que rozaba con la censura, lo cual resultaba muy impopular y era rechazado especialmente por aquellos que utilizaban Internet para el tráfico de material prohibido, de tipo sexual por ejemplo, los cuales eran muy influyentes en las altas esferas laicistas que estaban organizando el ataque a la Iglesia. De este modo, al menos por un tiempo, la Iglesia pudo mantener el contacto con sus fieles y evitar el colapso en las comunicaciones, lo cual hubiera sido muy perjudicial y habría permitido a Schmidt y su grupo hacer creer más fácilmente a los católicos que el Papa era un traidor a la verdadera fe y que él, una vez elegido Pontífice, era el legítimo vicario de Cristo.

El equipo de Schmidt se volvió a reunir por la mañana, en torno a las once, en el mismo edificio de la orden religiosa que les había acogido la noche anterior. De hecho, el cardenal alemán se alojaba allí, pues tenía la seguridad de que no sería molestado por ningún grupo hostil a la Iglesia, pues de todos era sabido el enfrentamiento que en las últimas décadas se había producido entre los religiosos de esa orden y el Vaticano. Habían recibido la noticia de que en breve el Parlamento italiano iba a firmar la adhesión al protocolo de la ONU y se disponían a celebrarlo y a emitir después un comunicado de apoyo.

—¿Alguna novedad desde anoche? —pregunta Schmidt.

—Esta mañana me han comunicado el número de detenciones de obispos y cardenales —responde Michel Fontaine, el canadiense.

—¿Cómo están las cosas?

—Mal. Apenas nada. Los obispos que estaban de nuestra parte se han manifestado abiertamente a nuestro favor. Pero son muy pocos, incluso menos de los que preveíamos. Los otros, es como si se los hubiera tragado la tierra.

Algo ha debido de ocurrir, además de la advertencia lanzada por el Papa, pues por más que la policía está buscándoles, solo han conseguido dar con un pequeño puñado.

—¿Algún cardenal?

—Ninguno, por desgracia. Confiemos en que, en los días que faltan hasta el cónclave, la policía pueda capturar a alguno y los podamos introducir en el Vaticano a la fuerza, para hacer número y dar el mayor aspecto de legalidad posible a su elección, Eminencia.

—¿Alguna noticia del Papa y de su equipo de colaboradores más directo, de Ferro, de Astley, de Ramírez?

—También ellos han desparecido. La policía italiana me ha prometido el mayor empeño en capturarlos en cuanto se apruebe la adhesión a la resolución de la ONU. Desde ayer, los aeropuertos de Roma y de Italia están en alerta especial. Por allí no han podido huir y eso significa que no han podido ir muy lejos.

—Por otro lado, ¿a dónde van a ir? —interviene Roberto Riva—. Tan inseguros están en Italia como en cualquier otro lugar, porque la persecución es mundial. Yo creo que se han quedado aquí y que si la policía peina bien Roma los encontraremos a todos.

—Puede ser, pero, por si acaso, hay que evitar que huyan. La policía va a establecer controles en todas las carreteras del país, especialmente en las fronteras y en los puertos.

—Si detienen al Papa, quiero ser informado inmediatamente —dice Schmidt.

—Pero cuando eso ocurra, no será asunto nuestro —afirma el indio Prakash.

—Por supuesto, deberemos dejar que sea la justicia internacional la que actúe. Todo está ya preparado para que sea juzgado por el Tribunal Penal Internacional. Las pruebas en su contra han sido convenientemente manipuladas y el veredicto será condenatorio. Pero yo quiero estar enterado para hacer un comunicado desligando a la Iglesia del que ha sido su líder.

—Un asesino —dice Ceni, el brasileño.

—Señores, no nos creamos nuestras propias mentiras, por favor —afirma Schmidt—. Una cosa es que tengamos que decir que es un asesino y otra cosa es que lo sea.

—Pues yo creo que sí lo es —tercia Ceni—. Es culpa de él, como de sus predecesores, que la Iglesia se haya opuesto al preservativo en la lucha contra el sida y también es culpa suya que miles de personas no hayan sido sometidas a la eutanasia, viendo así aliviado su sufrimiento. Es culpa suya y de los odiados Juan Pablo II y Benedicto XVI que la revolución marxista no haya triunfado en Latinoamérica, lo cual hubiera supuesto un mayor reparto de los bienes entre los pobres y el fin de la explotación del pueblo por los ricos. Con el marxismo habría venido el Reino de Dios sobre la tierra. Su forma de gobernar la Iglesia ha causado mucho dolor y mucha muerte. Por eso digo que es un asesino.

—No es momento de polémicas —dice Fontaine—, pero ya sabe que la propaganda católica dice, apoyada por la ciencia, que el preservativo ha servido para difundir el sida más que para frenarlo, debido a que la gente se confía al creer en que su uso garantiza un «sexo seguro», como dice la publicidad. En cuanto a lo de que el marxismo es la vía para realizar el Reino de Dios, supongo que no lo estará usted diciendo a tenor de lo que ocurrió en la Unión Soviética.

—Me molestan sus palabras. Es usted un vulgar capitalista. Me molesta estar en el mismo bando que una persona como usted.

—Por favor —interviene Schmidt, preocupado al ver que dos de sus más íntimos colaboradores están poniendo a la luz sus viejas divergencias ideológicas—, dejen de discutir. No es el momento.

—En todo caso —dice Fontaine, conciliador—, nosotros tenemos que apoyar la tesis de que el Papa es un criminal que merece ser juzgado por el Tribunal Internacional para que dé cuentas de sus muchos asesinatos, de los cuales los de Guatemala no son más que una última secuela. Pero quiero advertirle, querido Ceni, que la nueva Iglesia que estamos haciendo surgir va a apoyar aún menos a los revolucionarios latinoamericanos, entre otras cosas porque, como le he dicho, es muy discutible que su revolución haya sido de verdad útil para el pueblo. Ralph Renick ya nos ha dejado claro varias veces que, desde ahora, estaremos al servicio de los que mandan y los que mandan, se lo aseguro, no son los pobres.

—Eso lo tendrá claro usted, pero yo no —responde Ceni, irritado—. En Latinoamérica no estamos apoyando esta revolución en la Iglesia para quedarnos peor que antes. Si piensa que el clero y los religiosos van a ponerle en bandeja a nuestro pueblo a los millonarios yanquis, está muy equivocado.

—No es el momento de hablar de esto —vuelve a decir Schmidt, cada vez más alarmado—. Ahora lo que tenemos que hacer es organizar esta nueva Iglesia y luego veremos qué hacer con ella.

En ese momento llaman a la puerta y entra, sin esperar respuesta, Giorgio Santevecchi. Está ufano, exultante.

—¡Por fin! Italia acaba de adherirse a la resolución de la ONU. Tenemos que ir inmediatamente al Vaticano.

—Pero ¿es seguro? —pregunta Riva.

—Sí. La gente que ayer estaba preparada para el asalto ha sido desconvocada, pues el Papa no está allí y no conviene dar muestras de violencia. Solo unos cuantos miles de personas adictas a nosotros están en la plaza, esperando que usted, Eminencia, se presente en el balcón principal para aclamarlo. Todo está dispuesto. Abajo nos esperan varios coches de la policía para conducirnos allí. En cinco minutos estaremos en San Pedro. Vamos, no hay tiempo que perder.

El grupo abandona la habitación, pero ya el clima entre ellos ha cambiado. De hecho, Ceni se queda atrás y llama a Prakash, del que piensa que, por ser de India, está más próximo a sus tesis izquierdistas que el capitalista canadiense. Quiere pedirle su apoyo ante lo que se adivina será una lucha a muerte en el seno de la nueva Iglesia.

—Estos quieren hacer una Iglesia dócil al capitalismo más salvaje y temo que me esté equivocando al apoyarlos. No tengo ningún inconveniente en que supriman todas las normas morales que quieran y en que cambien de arriba abajo el dogma. Hace mucho tiempo que perdí la fe y llevo años sin celebrar la misa, salvo cuando no me queda más remedio por tener que participar en alguna ceremonia. Pero no quiero una Iglesia que se limite a suprimir los problemas de conciencia de los burgueses. Tiene que ponerse de parte de los pobres.

—Yo creo —le contesta el indio— que no debe usted preocuparse. Las Conferencias Episcopales y las regionales, como el CELAM, tendrán tanta autonomía que no solo habrá un credo diferente según el país, sino también una moral. Nuestro amigo Fontaine creará una Iglesia dócil a los intereses norteamericanos y usted podrá crear otra que sea útil a los planes revolucionarios, si así lo desea. Precisamente ahí va a estar la novedad: se acabó la uniformidad en la Iglesia. ¿No ha escuchado usted a Schmidt decir que el modelo anglicano va a ser el nuestro? Vamos a crear un cajón de sastre en el que todo quepa, desde la viejecita que siga rezando el Rosario y creyendo en el infierno hasta el revolucionario que considere una obra de caridad poner bombas en el metro. Si vivieran ahora Castro y Pinochet, se podría dar el caso de que la Iglesia en

Cuba fuera comunista y en Chile de ultraderecha. La ventaja que tiene el no creer en nada es que se puede uno adaptar a cualquier cosa.

—Eso me tranquiliza, pero, a la vez, me preocupa. ¿Seremos capaces de controlar este nuevo ente que vamos a crear?

—Si no lo conseguimos nosotros, ya lo harán otros. Querido amigo, la Iglesia católica ha dejado de existir. Desde ahora lo que va usted a ver es una representación teatral y nosotros somos los actores. El Gobierno de turno, sobre todo el que gobierne el mundo a través de la ONU, es el que realmente mandará. Dejaremos de ser molestos y dejarán de molestarnos. La lucha medieval de las investiduras ha terminado. El emperador ha vencido. ¡Viva el emperador!

—Es usted un cínico —dice Ceni, riendo.

—Me gustaría contestarle que soy un hombre de Estado, pero no llego a tanto. Soy, simplemente, un superviviente que ha aprendido a saltar de barco en barco cuando ha visto que aquel en el que estaba se hundía. Soy, como la mayoría de nosotros, un hombre de carrera, que ha llegado a donde ha llegado a base de ser «políticamente correcto» en cada momento y de decir justo aquello que se esperaba escuchar de él. No creo en nada ni en nadie. Solo en mí mismo, y tampoco demasiado.

—Entonces, si esta aventura fracasara, usted volvería a ponerse al servicio del actual Papa.

—No le quepa la menor duda. Y como yo muchos otros. Por eso estoy seguro de que buena parte de los obispos que hoy están escondidos saldrán de sus agujeros en cuanto tengan la seguridad de que lo que usted llama «aventura» tiene éxito. En realidad, la mayoría hace mucho que perdió la fe o, al menos, la tiene apolillada por poco uso.

Los dos colegas llegan a la calle y se introducen en un coche de la comitiva protegida por la policía, que les conduce rápidamente al cercano Vaticano. Se dejan llevar por la emoción del momento y están seguros de su victoria. Pero Prakash, el cínico, ha calculado mal, quizá porque piensa el ladrón que todos son de su condición. En contra de sus previsiones, la práctica totalidad de los obispos no secundó la llamada que, minutos después, hizo el cardenal Schmidt desde la logia que hay sobre la puerta principal del Vaticano, con las cámaras de televisión de todo el mundo cubriendo en directo el «histórico» momento.

Revestido de pontifical, usando las mejores galas cardenalicias, rodeado de sus acólitos, Schmidt hace su aparición en el balcón, el mismo desde el que los papas saludan por primera vez al pueblo romano cuando han sido elegidos pontífices, recién acabado el cónclave. De hecho, de forma deliberada, el cardenal alemán adopta la misma liturgia, pues se trata de dar la impresión a los católicos de todo el mundo de que el trono de Pedro no está vacante. Para favorecer esa misma impresión, en la plaza se han congregado muchos religiosos y religiosas vestidos con sus hábitos respectivos; algunos de ellos huelen a naftalina, pero eso no lo pueden captar ni transmitir las imágenes de la televisión. También hay sacerdotes con su *clergyman*, o incluso, con su sotana. La plaza no está llena, a pesar del esfuerzo que el Gobierno italiano, y los muchos partidos que lo componen, ha hecho para llevar simpatizantes de su política. Con todo, la gente es suficiente como para permitir a los cámaras de televisión, convenientemente adiestrados, enfocar aquellas partes donde la aglomeración es mayor, de forma que, evitando planos generales, se dé la impresión de que está más llena de lo que es la realidad. Los entrevistadores, también convenientemente aleccionados, se pasean por los grupos de fieles, en especial por los de frailes y monjas, algunos con el rosario en las manos, y les preguntan por su postura ante lo que está sucediendo. No es en directo, sino en «semidirecto», de forma que en el control tienen unos segundos de margen para suprimir las respuestas que no son convenientes, por mostrar su apoyo al Papa exiliado. En cambio, las otras, que son la mayoría pues los católicos fieles no han acudido a aquella farsa, son emitidas continuamente. Todas son unánimes, y proclamadas por hombres y mujeres de aspecto piadoso, con sus hábitos y sus alzacuellos. Están muy contentos con lo sucedido, pues significa el fin de la tiranía de la jerarquía eclesiástica y el principio de la verdadera democracia en la Iglesia. Manifiestan su pleno apoyo al cardenal Schmidt y hacen votos para que en el cónclave que va a comenzar seis días después sea elegido Papa, pues consideran que la sede de Pedro está vacante debido a la huida del traidor que la ha ocupado hasta el momento. De vez en cuando, los entrevistados producen un ruido estridente, un chirrido inoportuno que revela que se trata de una falsa moneda, como cuando una monja vestida de hábito expresa su satisfacción por la inmediata aprobación de las relaciones lesbianas, o como cuando un cura con su «cuello romano» se manifiesta a favor del aborto y la eutanasia. No hace falta ser muy avispado para darse cuenta de que aquello es un montaje inicuo, una burda representación teatral mal hecha y peor concebida. Pero los organizadores, en parte por la seguridad que tienen en su victoria, y en parte con la esperanza de que al menos a los más tontos les convenza, están muy satisfechos del resultado. Por fin, el silencio se hace en la plaza cuando en el balcón aparece el cardenal Schmidt.

—Queridos hijos e hijas de la Iglesia católica —comienza diciendo, entre grandes aplausos y gritos de «¡Viva el Papa!»—, quiero ante todo daros las gracias por vuestra presencia en esta plaza en un momento tan dramático como este. Tenemos que demostrar al mundo que la Iglesia católica sigue existiendo, aunque el que fuera su pastor universal haya hecho dejación de sus funciones y, cobardemente, haya abandonado a las ovejas en medio de la tormenta. Vuelvo a repetir, para tranquilidad de los católicos de todo el mundo, que no existe ninguna persecución contra la Iglesia y que las autoridades mundiales, incluidas las italianas, solo están llevando a cabo una acción de legítima defensa contra aquellos que las han atacado y cuyo máximo responsable es el Papa ausente, al cual hay que declarar ya como Papa traidor, como Papa hereje, como exPapa. Dentro de unos días, cuando mis hermanos cardenales y yo nos reunamos en la Capilla Sixtina para elegir al nuevo Vicario de Cristo, este incidente quedará sepultado para siempre y solo será recordado como una anécdota más en nuestra dilatada y multisecular historia. Vaya, pues, todo mi apoyo a las autoridades mundiales que han intervenido para evitar que la Iglesia hiciera más daño a la humanidad, así como la promesa de mi máxima colaboración. Estoy seguro de que esta colaboración, a la que pido que se sumen los obispos de todo el mundo, al igual que los sacerdotes y los fieles, alejará de nosotros la tormenta. Como veis, aquí, en el Vaticano, reina la paz. Nadie ha profanado este sagrado lugar y nadie lo va a hacer. Si bien la Guardia Suiza ha desaparecido, en buena hora, la amable y eficaz policía italiana nos protege de cualquier intento de violencia. Colaboración plena. Esa es la palabra de esta hora. No tenemos nada que temer de la ONU y de su secretario general. Si la paz mundial requiere una religión mundial, yo anuncio desde este instante que la Iglesia católica va a colaborar de buen grado para lograr ese noble objetivo. En el fondo, es mucho más lo que nos une a las distintas religiones del mundo que lo que nos separa y por eso considero acertadísimo el objetivo que el CUR —tan vilipendiado y calumniado por el exPapa— se ha propuesto y me adhiero a él de corazón. Que a todos os alcance la bendición de Dios, Padre, Hijo y Espíritu Santo.

Terminadas estas palabras —pronunciadas en italiano— e impartida la bendición, Schmidt se retira, precedido por sus adláteres, al interior de la sala a la que da el balcón. Allí, les pregunta:

—¿Cómo he estado?

—¡Magnífico, Eminencia! —contesta Prakash, sin el más mínimo titubeo—. Va a ser usted un gran Papa.

—¡Sí, sí! Ha estado exacto, oportuno, convincente —remacha Riva.

En ese momento suena el teléfono de Schmidt, que este le había dejado previamente a Santevecchi por si acaso alguien le llamaba durante su alocución. Este, tras atenderlo un momento, se lo pasa a Schmidt.

—Es Ralph Renick, Eminencia.

—Señor Renick, me alegro de saludarle. Está usted levantado muy temprano, pues deben de ser las seis de la mañana en Nueva York. ¿Ha seguido mi intervención?

—¡Por supuesto! Le agradezco el apoyo que nos ha brindado tanto al CUR como a la ONU. Sin embargo, tengo que decirle que hay algo que no me ha gustado.

—Dígame que he hecho mal y ya de antemano le pido disculpas por ello —responde Schmidt, muy serio y tenso, como el que está ante un superior que le va a regañar cuando él esperaba un aplauso.

—Ha sido del todo superfluo e incluso contraproducente la alusión a la religión mundial. Ha demostrado usted muy, pero que muy poca inteligencia y me ha decepcionado. ¿Usted cree que los católicos fieles al Papa no se habrán percatado de que es usted el caballo de Troya que estamos utilizando para acabar con el catolicismo? Y para colmo, ese despliegue de frailes y monjas en la plaza, que parecía el carnaval de Venecia. Con las declaraciones a favor del lesbianismo de una imbécil que ni siquiera se había molestado en quitarse el maquillaje, o el apoyo al aborto por parte de un cura. Todo ha sido exagerado, excesivo. ¿Dónde está la sutileza vaticana? Saltaba a la vista que se trataba de un montaje. Es verdad que dominamos al cien por cien los medios de comunicación, pero la plaza estaba llena de gente con sus teléfonos móviles transmitiendo a todo el mundo de manera paralela, con entrevistas a los falsos frailes y monjas en las que estos confesaban su odio al Papa y su alegría por el nuevo orden, e incluso uno de ellos afirmó que el hábito no se lo ponía nunca y que si lo llevaba en ese momento era porque así se lo habían dicho sus superiores, para que pareciera más creíble el apoyo a usted. Creo, sinceramente, que ha sido un fracaso. No es lo que me esperaba de usted ni de los que debían organizarlo. Esto, no le quepa duda, tendrá consecuencias.

Y cuelga. Schmidt se queda más de un minuto con el teléfono en la mano y la boca abierta, ante la sorpresa del equipo de colaboradores-aduladores. Estos no han oído la conversación, pero la cara de su jefe les ha bastado para entender que Renick no está contento, aunque aún no saben por qué.

—¿Algún problema? —se aventura a preguntar Fontaine.

—Está muy enfadado e incluso me ha amenazado. Dice que nos hemos pasado y que tendríamos que haber sido más sutiles. No hay quien le entienda.

—Pues tendremos que acostumbrarnos a sus enfados y a sus amenazas —interviene Prakash—, porque ellos son ya los que mandan.

—Sí, claro —responde Schmidt—, aunque no va a ser fácil. En fin, confío en que cuando sea Papa me trate con mejor educación.

—Ya sabe que cuenta con todo mi apoyo y mi lealtad —vuelve a decir el arzobispo indio, aunque, mientras eso afirma, está pensando en que posiblemente Schmidt no llegará a Papa y que Renick debe de tener ya previsto otro candidato, al cual sería muy útil conocer para irse aproximando ya a él.

Ralph Renick tenía ya pensado, efectivamente, un sustituto para Schmidt, alguien que, siendo cardenal, fuera tan dócil como el alemán pero un poco más listo: el cardenal Thomas McGwire, norteamericano, profundamente comprometido con el ala más progresista de la Iglesia y que había sido destituido de su puesto como arzobispo de Filadelfia por el Papa, precisamente por ese motivo. Aunque poner a un norteamericano al frente de la Iglesia no sería asumido con facilidad por los susceptibles latinos ni por los quisquillosos europeos, eso ya no importaba ahora. Sin embargo, Renick no tuvo mucho tiempo para pensar en eso ni en otras cosas. Pocos minutos después de haber colgado a Schmidt, su secretaria, Golda Katsav, le pasó una llamada:

—El «señor X» está al teléfono. Le paso.

—Ralph —dice la voz del jefe supremo, con un tono tan airado como el que el propio Renick acaba de utilizar contra Schmidt—, estoy indignado por lo que acaba de suceder en San Pedro. Es usted un chapucero.

—Perdone, señor, pero no soy culpable en absoluto de lo que ha pasado. Acabo de colgar el teléfono y le estaba diciendo eso mismo al cardenal Schmidt, que es quien lo ha organizado todo. En todo caso, la responsabilidad debería ser compartida por nuestro delegado en Europa, Heinz Kuhn, pues yo no he intervenido para nada.

—No se excuse. Usted es el máximo responsable y usted es el que pagará las consecuencias. En cuanto a ellos, ya veremos lo que hago.

Y este también cuelga. Y lo mismo que Schmidt, poco antes, se había quedado mudo tras la regañina, a Renick le sucede lo mismo. Pero tampoco tiene mucho tiempo para pensar en lo que debía hacer, pues una sombra de terror se cierne inmediatamente sobre él. Golda entra, sin llamar, en su despacho.

—Ralph, siento decirte que estás despedido. El jefe supremo me acaba de llamar, tras terminar la conversación contigo, y me ha pedido que te comunique que ya no ocuparás más este puesto y que debes abandonar el despacho inmediatamente, sin recoger ni siquiera tus efectos personales. Es para mí muy doloroso decirte esto, pero no me queda más remedio que hacerlo. Por favor, no pongas las cosas más difíciles y acompáñame a la salida.

—Pero ¿qué me estás diciendo Golda? ¿Cómo puede ser? Después de tantos años de servicio y de haber organizado todo este entramado de una manera prácticamente perfecta. No puedo aceptarlo. Tengo que hablar con él. Debe escucharme. Debe darme otra oportunidad —y mientras habla, descuelga el teléfono para marcar el número del «señor X».

—Ni lo intentes —dice Golda, a la vez que abre la puerta y deja pasar a dos «gorilas» que se dirigen hacia Renick en actitud educada pero claramente intimidatoria.

—Pero si vosotros sois mis propios guardaespaldas. ¿Cómo os atrevéis a volveros ahora contra mí?

—Ellos son empleados de la compañía, Ralph —responde Golda, hablando por los dos «gorilas»—, y te vuelvo a repetir que no pongas las cosas más difíciles. ¿Quieres salir a empujones de tu despacho, a la vista de todos, o prefieres actuar con dignidad, como si no hubiera pasado nada?

—¿Quién me va a sustituir? —pregunta, abatido, asumiendo ya que todo está perdido.

—Yo, de momento —contesta la secretaria.

—¿Tú? —pregunta, incrédulo, Renick—. ¿Tú? —repite la pregunta, sin poder salir de su asombro—. ¿Significa eso que has estado siempre de su parte y que me has estado espiando para él?

—Pero qué tontos sois los hombres —contesta ella—. ¡Mírate! Tienes casi sesenta años, estás calvo y tu barriga es más que incipiente. Yo tengo poco más de treinta y pocos hombres se resisten a girarse cuando me ven pasar. ¿Y tú crees que estaba contigo por amor? ¡Pobre imbécil! A todos os pasa lo mismo. Una mujer joven y guapa os dice que os quiere y os lo tomáis en serio, sin sospechar que es, prácticamente siempre, mentira. Sois tan soberbios y estáis tan orgullosos de vosotros mismos, que creéis que el mundo entero tiene que rendirse a vuestros pies. Pues sí, te he estado espiando todo el tiempo y no ha habido ninguna de tus actuaciones de las que no informara al jefe supremo. Y ahora, basta ya de conversación: haz el favor de salir de aquí inmediatamente.

Renick, humillado, sale de detrás de la mesa de su despacho y va al perchero a coger su abrigo. Sin embargo, en un movimiento rápido que Golda no logra ver, se apodera de su teléfono móvil y lo introduce en un bolsillo. Sabe que le espera la muerte, de una manera más o menos cruel que aquella que él infringió a Gunnar Eklund el día anterior. En realidad, ni siquiera se plantea pedir compasión, pues sabe que en el mundo en el que se mueve esa palabra carece de sentido. En medio del temor que le atenaza, solo desea una cosa: ponérselo difícil a los que van a matarle, vengarse de ellos. Donde no hay compasión, solo hay venganza.

—¿A dónde vamos? —pregunta al salir del despacho.

—No tengas miedo —contesta Golda—. Estarás bien —añade, mientras con una mano le acaricia el brazo enfundado ya en el abrigo y se acerca a besarle la mejilla—. Adiós para siempre. Lo pasé bien contigo, no te creas. He tenido amantes más jóvenes que eran mucho peores.

Renick no le contesta. Sin saber por qué, recuerda una escena del Evangelio, aquella en la que relatan el prendimiento de Cristo en el huerto de los olivos. Entonces Judas besó a Jesús para indicar quién era y que pudieran apresarle los esbirros de los Sumos Sacerdotes y el Señor le dijo: «Con un beso entregas al hijo del hombre». Si hubiera sabido más de la Biblia, quizá habría recordado lo que sucedió a continuación, cuando el propio Cristo salió en defensa de uno de los criados, atacado por Pedro, y ordenó a este que enfundara la espada, diciendo: «El que a hierro mata, a hierro morirá». Proféticas palabras que, sin duda, se iban a cumplir en Ralph Renick.

Con la mayor naturalidad posible, los tres —Renick y los dos guardaespaldas— se dirigen al ascensor, pero antes de meterse en él, este les pide permiso para pasar al baño y les invita a que le acompañen para que se aseguren de que no intentará escapar. Desde luego, no parece posible hacerlo por la ventana, pues están en el piso 25 del edificio. Los dos «gorilas» se miran y aceptan, pues no han recibido órdenes de maltratar a Renick, sino de conducirlo con la mayor discreción posible hasta las afueras de Nueva York y allí acabar con él de un disparo certero y silencioso. No creen que se les vaya a escapar y por eso no dudan en dejarle ir al baño, en el que también se introducen. Mejor eso que tener que parar en el camino o que se lo haga encima, por el miedo.

Una vez dentro, Renick se mete en el aseo y allí cierra la puerta. Afuera están, a ambos lados, los dos guardaespaldas. La fuga es imposible y él lo sabe. Pero quiere hacer algo y lo único que se le ocurre es perjudicar a los que acaban de convertirse en sus enemigos. Justo lo mismo que había hecho Gunnar Eklund al saber que había sido envenenado. También piensa en el suicidio, pero ni tiene forma de hacerlo ni piensa que la muerte que le vayan a dar sea dolorosa, pues está seguro de que el método que emplearán será darle un tiro, ya que los dos que le custodian no son capaces de muchas sutilezas. No se atreve a hablar por teléfono, pues le oirían y no tardarían un segundo en entrar y quitárselo. Pero sí puede mandar SMS. Decide, entonces, escribir un mensaje y enviárselo a todos los que tiene en su lista de contactos, entre los cuales figuran los principales dirigentes mundiales y también los directivos de los más importantes medios de comunicación.

«Soy Ralph Renick», empieza a escribir, «y me encuentro en un baño de la planta 25 de la ONU. Me van a matar. Mis dos guardaespaldas van a ser los encargados de hacerlo. Quiero decir a todos que la Iglesia católica es inocente de todo lo que se le acusa y que yo he sido el organizador de los asesinatos de Guatemala y de todo lo demás, incluido el asesinato de Gunnar Eklund ayer por la mañana en el Embassy de Nueva York. El responsable supremo de la actuación contra la Iglesia me ha responsabilizado de algunos fallos y ha decidido acabar conmigo. Él es judío y se llama…».

En ese momento, uno de los guardaespaldas toca en la puerta y dice, bajo pero con decisión:

—¿Qué pasa ahí adentro? Vaya acabando, señor Renick, o de lo contrario tendré que entrar a buscarle.

—Voy enseguida —responde Ralph, que comprende que no puede seguir escribiendo, así que envía el mensaje a todos sus amigos y conocidos, mientras tira de la cadena para evitar que se oiga algún ruido fuera. Después, rápidamente, abre el móvil, saca la tarjeta y la tira al retrete, volviendo a guardarse el teléfono en el bolsillo, sin ponerle la tapa siquiera.

Luego todo sigue según el guion previsto. Van al garaje, se introducen en el costosísimo coche blindado de Renick y uno de los «gorilas» conduce, mientras el otro se pone atrás, junto a Ralph, encañonándole discretamente con una pistola. Con los seguros bajados y bloqueados, el automóvil sale de

Nueva York y se introduce en Long Island, después de atravesar Queens. Cerca de las playas del Suffolk County Park, en un lugar solitario, el coche para. En el largo trayecto, Ralph Renick hubiera querido rezar, pero no lo ha hecho nunca. Jamás pensó en acabar así, a pesar de que ha sido el responsable de que otros muchos tuvieran un final parecido. Ahora le ha tocado a él y su falta de fe le impide pensar que va a seguir viviendo después de la muerte. Solo siente odio y rabia. Rabia contra sí mismo, por no haber previsto esta posibilidad. Rabia contra Golda Katsav, que le ha engañado todo este tiempo. También, y muy especialmente, contra el «señor X», que le ha utilizado. Ya ha hecho todo lo posible por vengarse. ¿Qué más puede hacer? ¿Quizá correr, en el último instante, para intentar salvar la vida?

—Salga —le dice el guardaespaldas que está a su lado, cuando el coche se ha parado—. Vaya hacia esos árboles y no intente ninguna tontería.

Él obedece y, mientras lo hace, mira alrededor, desesperado. El paraje es solitario. La época del año hace que las playas estén desiertas. De repente ve aparecer, no muy lejos, a dos ciclistas que se dirigen hacia ellos. Los «gorilas» no los han visto, pero él sí. Avanza hacia los árboles despacio, para ganar tiempo. Cuando los ciclistas se encuentran más cerca, corre hacia ellos gritando:

—Me van a matar. Soy Ralph Renick, de la ONU, y mis asesinos no han sido enviados por la Iglesia…

No le da tiempo a decir más. Cuatro disparos, dos de cada uno de los guardaespaldas, acaban con él. Los ciclistas han frenado en seco y, aunque aún están lejos, han oído todo y comprenden que han presenciado un asesinato. También comprenden que ahora les pueden matar a ellos, por lo que se dan media vuelta y emprenden la huida, metiéndose entre los árboles. Los «gorilas» se acercan al cuerpo de Renick y se aseguran, que está muerto. Uno de ellos le dispara, a bocajarro, otro tiro, para asegurarse. Luego, rápidamente, vuelven al coche. No saben qué hacer. Los ciclistas han desaparecido en la espesura y no es fácil meter el automóvil entre los árboles. Además, el plan inicial era dejar allí mismo el coche, junto al cadáver, e irse ellos andando hasta coger un transporte público. Ahora ya no se atreven a hacerlo, por temor a que la policía aparezca en cualquier momento y los detenga. Se meten en el coche y, rápidamente, se alejan de allí hasta la carretera 27, donde se pierden en el intenso tráfico. Después, ya más tranquilos y seguros, dejan el coche abandonado cerca de una estación de autobuses y vuelven a sus casas. Para entonces, la policía ya ha encontrado el cadáver de Renick y ha escuchado la versión de los dos ciclistas.

Los teletipos de las agencias comienzan a dar la noticia, que es modificada muy poco después, a fin de adaptarla a las conveniencias del CUR. Así, mientras al principio se decía que dos testigos habían presenciado el asesinato de Ralph Renick en un parque de Long Island y le habían oído decir que la Iglesia no era la culpable de ello, luego se dijo simplemente que Ralph Renick había sido hallado muerto en un parque de Long Island y que se investigaba la relación que la Iglesia católica podría tener con su muerte. La declaración de los testigos desapareció y la misma suerte corrieron estos y los policías que la tomaron. Un puñado más de víctimas de la «tolerancia» laicista.

A esas horas, en torno a las ocho de la mañana, John McCabe estaba saliendo del hospital para regresar a su casa. El médico le había dado dos días de baja y él había decidido cogerlos, a pesar de las presiones de su jefa, Heather Swail, que le quería cuanto antes en el periódico. Necesitaba tiempo. Necesitaba reorganizar su vida y saber qué debía hacer. Necesitaba hablar con un sacerdote. Ya en la ambulancia que le lleva hasta su elegante apartamento, en la calle 45, enciende su teléfono móvil, que ha tenido apagado mientras estaba en el hospital. Una tras otra, le entran diversas llamadas y SMS. No está de ánimo para escuchar o leer ninguna de ellas, pero hay una que le llama la atención porque, al tener memorizado el número de Ralph Renick, le aparece la señal de que es él quien le ha enviado un mensaje. Siente una fortísima repulsión hacia él y nota cómo todo se le remueve por dentro. Pero, a la vez, le pica la curiosidad por saber qué le dirá, pues no es normal que Renick escriba SMS. Se acuerda de lo que le dijera Juan Diego Sandoval, a propósito de que debería ser un espía en campo enemigo. Por eso, se decide a abrirlo. Lo que lee no puede resultarle más sorprendente: «Soy Ralph Renick», empieza a leer, «y me encuentro en un baño de la planta 25 de la ONU. Me van a matar. Mis dos guardaespaldas van a ser los encargados de hacerlo. Quiero decir a todos que la Iglesia católica es inocente de todo lo que se le acusa y que yo he sido el organizador de los asesinatos de Guatemala y de todo lo demás, incluido el asesinato de Gunnar Eklund ayer por la mañana en el Embassy de Nueva York. El responsable supremo de la actuación contra la Iglesia me ha responsabilizado de algunos fallos y ha decidido acabar conmigo. Él es judío y se llama…».

Si McCabe no hubiera estado tumbado en la camilla de la ambulancia, se habría caído al suelo. Vaya racha. La mañana anterior, apenas levantado, se entera de que han matado a su amigo Gunnar y eso le cambia la vida. Ahora, también poco después de levantarse, otro asesinato, esta vez del hombre que había sido el culpable de la muerte de su amigo. Podía haber tenido dudas sobre la autoría, en el sentido de sospechar —como hizo al leer por primera vez el correo de Gunnar— que el mensaje había sido enviado por los asesinos. Pero ahora ya no tiene esa duda. Sin embargo, se pregunta qué puede haber pasado para que el jefe supremo de la operación contra la Iglesia, el misterioso «señor X», haya decidido acabar con una persona tan importante como Ralph Renick y para que este, en un gesto de desesperación y de odio, haya enviado el SMS que él ha recibido y que, intuye, también han recibido otros, pues no está personalizado. A la vez, una certeza se hace cada vez más fuerte en él: en el campo donde ha estado militando hasta ahora no caben los errores, sobre todo cuando se alcanzan determinados niveles de responsabilidad; la misericordia no existe y el consiguiente miedo parece ser uno de los móviles que hacen actuar a los que militan en esa causa; los otros dos son la ambición y el odio hacia la Iglesia, a la cual se considera —muchos lo creen así sinceramente— la causante de todos los males del mundo. Pero estas motivaciones —McCabe lo comprende de golpe— no pueden conducir a la victoria. Son motivaciones negativas, no positivas. Incluso aunque pudieran llegar a acabar con la Iglesia —en ese momento, él todavía no conoce la promesa de Cristo a este respecto—, no podrían construir una sociedad en la que los hombres pudieran vivir felices. «El mal se destruirá a sí mismo, se destruye a sí mismo», concluye, mientras la ambulancia que le transporta llega a la puerta de su casa.

Una vez en su hogar, a pesar del cansancio que aún tiene, comprende que el momento es tan decisivo que, aunque ha decidido utilizar la baja médica para reponerse, no puede retirarse a un rincón para convertirse en un mero espectador de la guerra que se está librando entre el bien y el mal. Por un lado, tiene que solucionar sus propios problemas —su bautismo y su trabajo como editorialista en uno de los diarios que con más saña acosan al catolicismo—. Por otro, quiere ayudar a la Iglesia, pero no sabe cómo hacer. Confía en que su teléfono no esté pinchado y se arriesga a hacer algunas llamadas.

La primera es a Sandoval. «Estoy en casa», le dice y cuelga enseguida. La segunda es al *New York Times*. A esa hora no hay nadie, pues ya no está ni el turno de noche ni el de día. Solo alguna persona de guardia, especialmente en la sala de teletipos, donde siempre hay alguien vigilando. No es normal que él llame a esas horas pidiendo información, pero tampoco es la primera vez que lo hace, sobre todo cuando hay un acontecimiento que se está desarrollando en una u otra parte del mundo y él necesita estar informado al minuto sobre lo que está pasando. Cuando le atiende la somnolienta telefonista, él se identifica y pide que le pasen con el departamento de teletipos, en el cual las agencias de noticias están «escupiendo» constantemente información procedente de todas las partes del globo. Lo normal es que hayan abierto una carpeta con el caso y que allí esté todo guardado. Por la hora en que él recibió el SMS —aunque lo leyó más tarde—, imagina que, si alguna agencia ha enviado algo, debe estar archivado en esa carpeta, pues aún no ha llegado el redactor jefe de continuidad, que se hará cargo de ella y de las demás para repartir la información entre las distintas secciones. John comprende que no puede preguntar directamente por lo que le interesa, pues se delataría y eso sería peligroso para su vida, así que se decide a dar un pequeño rodeo.

—Sí, ¿quién es? —contesta Tzipi Lieberman, una becaria a la que él no conoce pero que sin duda le conoce a él.

—Soy John McCabe. Quisiera pedirte una información.

—Señor McCabe —responde la joven periodista en prácticas, pues a ese grupo es al que asignan los trabajos más pesados—, me alegra oírle. Me habían dicho que estaba en el hospital. ¿En qué puedo ayudarle?

—Ya estoy en casa, gracias. Acabo de llegar. He estado desconectado de todo desde ayer por la mañana y me muero de ganas por ponerme al día, sobre todo en lo concerniente a la Iglesia católica. Ya he visto lo que publicamos hoy, pero me gustaría estar al tanto de las últimas novedades, si es que ha llegado algo.

—Muchísimo —responde Tzipi, feliz de poder ser útil y con la esperanza de salir de ese agujero para ser la secretaria del famoso y mujeriego John McCabe—. Espere un momento, que cojo la carpeta donde he estado metiendo todo.

Pasados unos segundos, la voluntariosa becaria empieza a leerle a McCabe los teletipos que han llegado desde que, a las cinco de la mañana, se fue el redactor jefe y se dio por cerrada la última edición en papel del periódico. La edición electrónica tenía otra redacción distinta y allí, en cambio, nunca dejaba de haber gente trabajando. La mayor parte de lo que Tzipi le lee hace referencia al avance de la persecución contra la Iglesia en el mundo, sobre todo en Asia, por el horario: detenciones más o menos importantes, manifestaciones de apoyo de diferentes personalidades a la resolución de la ONU. Todo es muy tedioso y poco interesante, hasta que, de repente, la muchacha, sin cambiar el tono de voz pues no le da importancia a lo que está leyendo, dice:

—Aparece asesinado en un parque de Long Island el secretario general del CUR. Declaraciones de dos testigos dicen que fue asesinado mientras exculpaba a la Iglesia de lo que le iba a suceder.

McCabe se muerde la lengua para no pedirle que lea el teletipo entero, pues comprende que, si lo hace, la va a poner sobre aviso. A continuación, Tzipi lee otros tres o cuatro teletipos y después le toca el turno a este:

—Rectificación de la información sobre el asesinato de Ralph Renick. No existen testigos de lo ocurrido y la policía sospecha que se trata de una venganza de la Iglesia.

Y sigue leyendo notas de agencia, hasta que acaba.

—Muchas gracias, Tzipi. Me has ayudado mucho. ¿Te importaría pasarme por fax a mi casa algunas de las cosas que me has leído? El número te lo darán en centralita. Es probable que hoy deba estar en casa, por prescripción médica, pero no quiero estar desconectado de todo. Ya sabes cómo es Heather Swail.

—Con mucho gusto, señor McCabe. ¿Qué quiere que le pase?

—¿Por qué no haces tú un ejercicio de periodismo y, como si fueras el redactor jefe, seleccionas las más importantes?

—No sé si acertaré —dice la muchacha, llena de orgullo y apuro a la vez.

—Prueba. ¿Cuál me mandarías?

—La detención de dos obispos en India, de un cardenal en Filipinas. También esta otra de la quema de conventos en Corea. Y esta, que dice que todas las iglesias de Israel han sido confiscadas por el Gobierno y los franciscanos han sido encarcelados o deportados a sus países de origen para que sean allí juzgados como terroristas, porque no quisieron apoyar el nuevo régimen. Y, por supuesto, está la noticia de la muerte de Ralph Renick. ¡Pobrecillo! Es una víctima más de esos asesinos sin escrúpulos que son los curas y las monjas. Menos mal que vamos a acabar con ellos para siempre. ¡Cuánto los odio!

—Bien, Tzipi —responde John, haciendo un enorme esfuerzo por controlarse—, no está mal la elección. Me ha parecido entenderte, sin embargo, que hay también un teletipo sobre la adhesión a la resolución de la ONU de los principales líderes hinduistas del mundo. En cuanto a lo de Renick, mándame los dos teletipos. Y no dejes de incluirme algo nuevo si llega. Muchas gracias.

—Por supuesto, señor McCabe. Lo haré inmediatamente. Le deseo una pronta mejoría. Tengo unos «chinitos» de la suerte que, cuando los froto, las cosas salen como yo quiero, aunque no siempre. Los voy a frotar bien fuerte por usted.

—Muchas gracias —y cuelga.

Está impresionado. Por todo. Eran tantas cosas que resultaban difíciles de asimilar incluso para una mente ágil como la suya. ¡Ralph Renick asesinado a tiros en Long Island! ¡Y por aquellos para los que trabajaba! Por otro lado, lo de los dos teletipos le explicaba con total claridad que había habido testigos, que estos habían podido escuchar alguna palabra de Renick antes de morir y que así había sido transmitido en un primer despacho de agencia por algún becario que estaba de guardia y no era consciente de la importancia de lo que transmitía. Enseguida, alguien que leyó el teletipo se percató de la gravedad y ordenó corregirlo, lo mismo que ordenó la desaparición de las pruebas —si las había— y los testigos. Probablemente a estas horas habría varios muertos más en la cuenta del CUR, de la ONU o de ese misterioso jefe supremo, que, posteriormente, serían adjudicados a la Iglesia o que serían ignorados para siempre. Y, por último, lo de los «chinitos de la suerte». Le recordaba a las velas de su adjunto, Tim Rounds. La gente se estaba volviendo loca y la falta de fe en Dios les llevaba a intentar llenar sus vacíos con las cosas más absurdas.

John permanece sentado, agotado, un buen rato. Pensando y, sin darse bien cuenta de lo que hacía, rezando. Mientras tanto, en la misma ciudad, en la sede de la ONU, en el antiguo despacho de Ralph Renick, había comenzado una reunión, convocada por Golda Katsav, en la que participaban todos los consejeros de Renick, aún sorprendidos, conmocionados incluso, por la noticia. Todos sabían que Renick había sido depurado desde dentro, aunque se mostraban dispuestos a afirmar que era la Iglesia la culpable. Tres de ellos, incluso, los de más confianza de Renick, habían recibido el mismo SMS que había llegado al móvil de McCabe. Y, por supuesto, lo creyeron auténtico. Pero como ninguno sabía quién más lo había recibido y como intuían que revelar el conocimiento del mensaje suponía probablemente perder la vida, callaron y lo borraron meticulosamente de la memoria de su teléfono. El que parecía más tranquilo era Heinz Kuhn, el principal opositor de Renick, y al que los demás consideraron responsable de su muerte, pues estaban seguros de que había delatado a su jefe ante el «señor X». El más servicial, e incluso bromista, era el secretario, Alí Ghazanavi, que si bien se dirigía a Golda Katsav con el mayor respeto —cuando hasta el momento la había considerado una especie de prostituta que había llegado al puesto que ocupaba a base de acostarse con sus sucesivos jefes—, dedicaba a Kuhn las más finas atenciones. Él había sido el primero en intuir que Renick iba a caer en desgracia —aunque no podía imaginar que fuera a ocurrir tan rápidamente— y había supuesto que su sucesor sería Kuhn; como había acertado en lo primero, estaba convencido de que no fallaría en lo segundo y que la «solución Katsav» era solo transitoria. Pero se equivocaba. El «señor X» hubiera preferido seguir contando con Ralph Renick durante bastante tiempo aún, pero le entró el miedo de que las cosas empezaran a fallar, al ver las imprevisiones con que se actuaba y al ver que la Iglesia había encajado con éxito el primer golpe, precisamente el que se suponía que debía ser demoledor. Por eso decidió sustituirle y, para evitar que el despecho le hiciera hablar y convertirse en un traidor, tuvo que matarle. La vida no valía nada en su esquema de valores, ni tampoco existía la amistad. El señor oscuro al que X servía mantenía atados férreamente a sus seguidores por otros vínculos: la ambición, el sexo y, sobre todo, el miedo. «El que la hace la paga», ese era el lema que todos los que estaban en aquel bando sabían que se cumplía inexorablemente y que habían aceptado. Pero X, en el fondo, también estaba improvisando, y arriesgando. No podía contar con todos los imprevistos para hacer frente a ellos. Se le había escapado el correo de Gunnar a McCabe —del que ignoraba su existencia—, lo mismo que no había podido evitar que Di Carlo mandara desde el hotel de Tikal el mensaje al Vaticano. Tampoco había podido impedir que Renick mandara su SMS a sus amigos, aunque de esto ya estaba enterado, pues Heather Swail, que también lo había recibido, le había advertido enseguida, pero no sabía a cuántos más les había llegado. Los propios «gorilas» que acabaron con Renick habían actuado torpemente, ante testigos, que habían tenido que ser eliminados, lo mismo que los policías que habían tomado su declaración. Eran demasiadas muertes y, si bien al «señor X» no le turbaba en lo más mínimo la idea de matar a inocentes o a culpables, comprendía que todo el plan podía írsele de las manos. A pesar del férreo control que mantenía sobre los medios de comunicación de todo el mundo —a esas alturas, los pocos con que contaba la Iglesia ya habían sido silenciados—, la red de Internet era demasiado complicada como para manejarla, lo mismo que lo era el múltiple sistema de comunicaciones telefónicas. De hecho, en ese momento circulaban ya por el mundo una nube de SMS con el mensaje de

Renick, pues uno de los que lo habían recibido se lo pasó a un amigo y este a otro y así hasta que llegó a un católico que, a su vez, lo hizo llegar a uno de los miembros de la red de comunicaciones que Del Valle había creado, el cual lo puso en circulación por todo el mundo.

Por eso X estaba nervioso. Comprendía que perder los nervios era lo peor que le podía suceder, pues eso oscurecía su inteligencia y le restaba lucidez para actuar. Además, él también estaba sujeto a la ley del talión en su versión más siniestra y sabía perfectamente que el señor oscuro podía deshacerse de él como él se estaba deshaciendo de los colaboradores que le decepcionaban. En todo caso, de momento tenía que seguir actuando con los peones con los que contaba. Estaba seguro de Golda Katsav y por eso decidió que dejara la sombra en la que se había estado moviendo para pasar al primer plano, aunque sabía que eso disgustaría a algunos de los que formaban el equipo principal de los líderes del CUR. Con respecto a Heinz Kuhn, jugaba a su favor que creía en el demonio, como él, y que le servía devotamente, así como que se había arriesgado al delatar el ateísmo incipiente de Renick; pero, en el fondo, este tenía razón al decir que la responsabilidad del retraso italiano en adherirse a la resolución de la ONU —que había sido, en último término, lo que había permitido la huida del Papa— era de Kuhn, pues él era el delegado para Europa; además, un sexto sentido le decía que el suizo era bien visto por el señor oscuro y que podía ser él quien le sustituyera. Por todo ello, estaba decidido a acabar con él, pero no podía hacerlo de momento. Necesitaba una excusa, otro error, que le justificara delante del amo implacable y cruel a quienes ambos servían. Mientras tanto, esperaría. Quizá un golpe de suerte le pusiera a sus enemigos en las manos.

—Señores —dice Golda Katsav, inaugurando la reunión, desde el puesto, en la mesa rectangular de la sala de juntas, que el día anterior había ocupado Ralph Renick—, nuestro jefe y amigo ha sido vilmente asesinado por los papistas esta mañana. Tenemos un nuevo motivo para vengarnos de ellos y yo les conmino a que se esfuercen en sus respectivas responsabilidades para conseguirlo.

Golda deja transcurrir unos instantes en silencio, antes de proseguir. El «señor X» le había informado ya del SMS de Renick y quiere saber si alguno de los presentes, que lo hubiera recibido, se delata poniendo en duda la versión oficial o, al menos, aludiendo al mensaje. Naturalmente, no ocurre eso. Todos callan. Ni siquiera nadie se atreve a preguntar con qué derecho era ella, una simple secretaria, la que ocupaba ese puesto. Todos saben que es X quien mueve los hilos y, al ver a Golda allí, comprenden perfectamente que esta había estado engañando a Renick haciéndole creer que era su amante, mientras que en realidad era la informante del jefe de ambos. También saben, o intuyen, que la Iglesia no ha matado a Renick, aunque están dispuestos a afirmar lo contrario ante quien lo preguntara. Y saben que el motivo es la serie de errores que se han cometido, sobre todo en Europa. Lo que ninguno de ellos termina de entender es por qué Kuhn sigue allí, salvo que este sea también alguien muy próximo al «señor X»; esta idea les es confirmada por la actitud descaradamente aduladora del secretario, Ghazanavi. En todo caso, están a la expectativa, en silencio, esperando a que otros muevan ficha para no precipitarse. Las equivocaciones se pagan con la muerte, como bien saben y comprueban.

Golda retoma la palabra.

—Dentro de seis días se celebrará el cónclave en el Vaticano. Para entonces es imprescindible que el Papa esté detenido y, a ser posible, muerto. También necesitamos tener en la cárcel al mayor número posible de obispos, sacerdotes, religiosos y religiosas. En este momento, con muy pocas excepciones, todos los templos católicos del mundo están en nuestro poder, aunque en algunos se está reuniendo la gente para seguir celebrando sus ritos como si nada hubiera pasado. Sin embargo, todavía son muy pocos los miembros de la jerarquía católica que han sido apresados. De manera muy especial, hay que apoderarse de los cardenales. El mayor número posible de ellos tiene que entrar en el cónclave, para dar la imagen de que el nuevo Papa ha sido elegido por muchos de los electores, aunque bien sabemos que eso es mentira. Después morirán, pero hasta ese momento tienen que vivir. Señores, el futuro de la operación que estamos desarrollando por el bien de la humanidad está en sus manos. No me decepcionen. Y ahora, ¿tienen alguna pregunta que hacer?

—Yo quisiera saber —dice Kuhn— si Renick tenía alguna información que pudiera sernos útil para el desarrollo de nuestra labor. Algo acerca del paradero del Papa.

—No. No había nada. Si lo hubiera, se lo haría llegar inmediatamente.

—De todas las formas —insiste Kuhn, despertando la sorpresa en el resto por atreverse a sugerir algo y convenciéndoles aún más de que él tenía hilo directo con X—, creo que debería haber alguien dedicado expresamente a mantenernos informados, pues el retraso de una información, aunque sea en pocos minutos, puede ser vital para que se nos escapen de entre las manos aquellos a los que estamos buscando, sobre todo el Papa. Necesitamos, en este equipo, contar con un profesional. Esa es mi opinión.

—Lo pensaré —responde Golda, sorprendida también ella del atrevimiento de Kuhn, pero sin querer enfrentarse con él, por temor a que hubiera entre el suizo y el «señor X» algún lazo que ella ignorara—. Y ahora, levantemos esta sesión y vamos a trabajar.

Todos salen y Golda llama inmediatamente a X. Le informa con detalle de lo ocurrido, incluida la petición de Kuhn. X está sorprendido, tanto como Golda, pero no se atreve a decírselo para no dar ninguna muestra de debilidad. Piensa que, quizá, el suizo tiene con el demonio una relación que él ignora y que puede puentearlo. Piensa que quizá es una trampa y que, si se niega y algo va mal, puede ser la excusa para eliminarlo. Así que le dice a Golda:

—Es una buena idea. Voy a hablar con Heather Swail, que es quien está coordinando el control de los medios de comunicación, para que me busque a la persona adecuada. Tú, mientras tanto, mantén a todo el equipo en observación, sobre todo a Ghazanavi que, por lo que me has contado, parecía el más proclive a Kuhn.

—Así lo haré. Afortunadamente, Ralph ya me había encargado lo mismo, pues sospechaba de ambos y tengo a alguien de total confianza que ya anoche se metió en su cama. Eso, como sabe, señor, no suele fallar.

—Sí, es nuestro más viejo y fiel aliado. Estate atenta, Golda. Confío en ti.

Apenas acabada esta conversación, X llama por teléfono a Heather Swail, la inteligente y brillante directora del *New York Times*, que le estaba ayudando a coordinar el control sobre los medios de comunicación del mundo. No hacía mucho que habían hablado, cuando Heather le llamó para informarle del SMS de Renick, por lo que, aunque era temprano, X no dudó en telefonearla. Heather Swail era una mujer soltera, elegante y, en cierto modo, atractiva; sin embargo, no se le conocían aventuras, ni con uno ni con otro sexo; vivía entregada a su trabajo y todos decían que se había casado con su periódico. No tomaba vacaciones, ni libraba los domingos. Participaba en contadas recepciones y fiestas, de las muchas que se celebraban en Nueva York y a las que, sistemáticamente, era invitada. X sabía que era atea, por lo que no creía en la existencia del demonio, pero eso no era importante en su caso, mientras que sí lo era en el de Renick, que estaba por encima de ella en la escala de mandos de la operación contra la Iglesia. No era una mujer para intimar, ni siquiera para tener una ligera amistad. Era una eficacísima máquina de trabajar, a la que pareciera que le habían amputado la afectividad y la sexualidad, para potenciar, a cambio, la inteligencia y la capacidad ejecutiva. De hecho, el ámbito de actuación que se le había encomendado estaba comportándose perfectamente.

—Heather, siento molestarte de nuevo. Creo que lo de Renick está controlado, pues nadie, aparte de ti, me ha dicho nada, lo cual significa que o tienen miedo o no le han dado importancia al SMS que él mandó. De todas formas, habrá que estar alertas y controlar, con más cuidado que nunca, las informaciones que vayan apareciendo en los medios, para que no se nos escape nada.

—Hola, jefe —Heather y él no se conocían personalmente y, aunque la periodista sabía quién era, hacía como si no lo supiera y le llamaba por el título—. Me alegra que estés tranquilo con lo de Renick. Yo estoy haciendo mi parte para que los filtros funcionen.

—¿Algo en concreto?

—Sí. He tenido que parar la difusión del primer teletipo, en el que se recogía la declaración de los testigos, exculpando a la Iglesia. Por cierto, he sabido que estos y los policías que tomaron esa declaración han sido ya eliminados. Yo no he intervenido, porque no es mi tarea, pero, como en el caso de Renick, comprendo perfectamente que era necesario hacerlo. ¿Tienes algún dato tú?

—¿Te has enterado de cuándo logró enviar Renick el SMS?

—No. ¿Y tú?

—No sé mucho. Debió de hacerlo mientras le conducían a Long Island, como venganza por lo que él sabía que le esperaba. Ya he encargado al que controla la policía, el mismo al que he ordenado la supresión de los testigos, que localice su teléfono móvil. Espero que me llame de un momento a otro. Pero si te he llamado ahora es para pedirte una cosa. Necesito alguien, de la máxima seguridad, para que entre a formar parte del equipo que controla el desarrollo de la operación y que tenga como misión informar, de todo lo que concierna a la misma, al resto de los miembros del equipo, a Golda, que lo dirige ahora, y a mí mismo. Es urgente.

—No sé qué decirte. Déjame pensarlo unos minutos y te llamo.

—De acuerdo.

Apenas ha colgado, su teléfono vuelve a sonar. Es Kevin Moorey, su hombre en el control de la policía de Estados Unidos y de Nueva York en particular.

—Tengo el teléfono móvil —le dice—, estaba en el bolsillo de la chaqueta de Renick, pero lamento decirle que estaba sin tarjeta. No podemos saber a quién ha llamado. Ya he ordenado que rastreen las llamadas que hizo esa mañana, pero las personas a las que envió el SMS no podemos identificarlas. Lo siento.

—¿Qué posibilidad hay de encontrar la tarjeta?

—Hemos buscado en el coche y no estaba. Tampoco en el parque en el que fue asesinado. El guardaespaldas que iba a su lado asegura que en el automóvil no hizo nada extraño, como abrir la ventanilla y arrojarla fuera. Pero me ha contado que, antes de dejar la sede de la ONU, les pidió permiso para ir al servicio y se lo concedieron. Allí fue cuando debió de mandar el mensaje y, posiblemente, allí se debió de deshacer de la tarjeta. Si la tiró al retrete y otra persona lo ha utilizado después, lo más probable es que ahora se encuentre camino de una depuradora.

—De todas las formas, envía a alguien a investigar. Si tuviéramos suerte, podría haberse quedado atascada en el sifón.

—Incluso en ese caso, sería muy difícil recuperar los datos, pues tanto tiempo en el agua la ha debido de deteriorar. Pero lo voy a intentar. Si hay alguna noticia, le llamo.

«¡Qué fastidio!», exclama X, que empieza a temer que el señor oscuro le haga responsable de la torpeza de todos aquellos que colaboran con él. «Los guardaespaldas, ¡qué ineptos!», se dice a sí mismo, «mira que dejarle ir al servicio. Estoy rodeado de incompetentes, de inútiles», concluye, lleno de ira.

Una nueva llamada de teléfono le saca de su rabieta.

—¡Dígame! —dice, con enfado aún en su voz.

—Soy Heather. Tengo al hombre que necesitas. He quedado con él en el periódico en una hora. ¿Quieres que le hable de ti o prefieres seguir en el anonimato?

—De momento, no me menciones. ¿Es de fiar?

—Totalmente. Es el responsable de los editoriales del periódico. Inteligente, ateo militante, seductor. Aún no le he dicho nada, pero estoy segura de que aceptará.

—Bien, cuando lo haya hecho, me avisas, para decírselo yo a Golda. Dile que una persona le llamará para decirle qué es lo que tiene que hacer. Si es un seductor, como dices, caerá en los brazos de Golda, como cayó Renick, y eso nos asegurará no solo su fidelidad sino también la información que necesitamos saber sobre sus propios movimientos. Golda nunca falla.

Mientras X hablaba con Kevin Moorey, Heather Swail había llamado a John McCabe a su teléfono móvil. Había pensado en él inmediatamente y tampoco tenía tiempo para hacer una selección de candidatos. Su confianza en él era plena y si había alguien a quien le pudieran encargar esa misión, era a McCabe. Además, de alguna manera era un «peón» suyo, y eso le proporcionaría información sobre los planes del «señor X», en lo que concernía a su propia seguridad. Tal y como se estaban poniendo las cosas, con la muerte fulminante de Gunnar y de Renick, Swail quería tener a alguien de su confianza en el círculo dirigente, para tener tiempo de ponerse a salvo si de repente el «señor X» decidía acabar con ella porque cometía algún error. Esa persona solo podía ser McCabe y, afortunadamente, no había sido ella quien sugiriera que él debía estar en el selecto grupo de dirigentes del CUR. Había sido el propio X quien le había pedido ayuda, por lo que no era fácil sospechar que ella buscaba, a través de McCabe, tener a un hombre suyo en el más alto nivel de la organización.

—John, ¿cómo estás? —pregunta Heather Swail cuando el periodista descuelga el teléfono.

—Mejor, gracias. Estoy ya en casa. Acabo de llegar.

—Me alegra mucho. Ayer nos dejaste a todos preocupados. Muy mal tenías que encontrarte para faltar al periódico en un día como ese, por el que habíamos estado luchando tanto tiempo. ¿Estas animado para volver al trabajo?

—La verdad es que me gustaría ser fiel a lo que me ha mandado el médico y pasar el día de hoy aquí, aunque te puedo asesorar en lo que quieras y, de hecho, ya he empezado a informarme —le contesta McCabe, que no sabe si la temprana llamada de Swail se debe a que la becaria de los teletipos le ha informado de su conversación y esta sospecha de él.

—No va a ser posible, John. Lo siento. Salvo que te estés muriendo, y si así fuera no te habrían dejado salir del hospital, te necesito aquí. Quiero verte en mi despacho en una hora. Tengo un importante encargo que hacerte. Algo que ni te imaginas. La suerte ha llamado a tu puerta, muchacho, y no puedes dejar pasar el tren de la fortuna.

—Pero ¿a qué te refieres?

—Ven y te lo contaré. En una hora aquí.

—De acuerdo —contesta fastidiado y, a la vez, intrigado.

¿De qué se trataba? Su instinto le decía que era algo relacionado con la trama de persecución contra la Iglesia que se estaba desarrollando. ¿Sospecharían de él? ¿Habrían averiguado algo sobre sus conversaciones con Sandoval?

¿Le habría traicionado este? ¿Habrían descubierto que había recibido un correo de Gunnar y un SMS de Renick? Todo era posible. Un escalofrío le recorrió el cuerpo y sintió que volvían las náuseas y los mareos del día anterior. Sin embargo, si lo que querían era eliminarle no le harían ir al periódico; un par de matones entrarían en su propia casa y le pegarían dos tiros en cualquier momento. Además, no se imaginaba a su jefa implicada directamente en algo que supusiera sangre. Era demasiado fina, demasiado elegante para eso. No, decididamente se trataba de otra cosa. ¿Y qué podía ser?

Se levanta y va a la cocina para comer algo antes de salir para la redacción. Pero no puede dejar de darle vueltas a la llamada de Swail. Entonces, como si un relámpago cruzara su aturdida cabeza, piensa en que, quizá, lo que querían era implicarle a él de una manera más fuerte en la conspiración. Sí, eso debe ser. Y por eso su jefa le ha dicho que la suerte llamaba a su puerta, pues para ella —y para él hasta el día anterior— estar en el grupo de los que coordinaban esta operación era algo grande, lo máximo. Seguramente Heather Swail estaba metida en ello hasta las cejas, pero lo que se esperaba de él ahora, lo que ella le iba a pedir, quizá podía superar incluso su propio nivel. No cree que se trate de sustituir a Ralph Renick, pues no tiene los conocimientos del entramado de la operación necesarios para ello, pero algo debe tener que ver con lo que le ha sucedido. Quizá, piensa, a Renick le han matado porque algo ha salido mal, algo como que el Papa aún no ha sido encontrado, y lo que necesitaban es alguien que coordine la información para no dejar huecos por los que se pueda seguir escabullendo la jerarquía de la Iglesia. Y si se trata de algo así, ¿qué tiene que hacer? Porque una cosa es, como le ha dicho Sandoval, ser un espía en un nivel alto del sistema y otra serlo en lo más alto. Y con gente que no se anda con rodeos y que, a la mínima, elimina violentamente a quien le molesta o se equivoca.

Vuelve al salón y se sienta. De nuevo se encontraba mal. No tanto como el día anterior, pero sí lo suficiente como para desear, por encima de todo, meterse en la cama y descansar. Quiere dormir. Quiere despertar y descubrir que todo ha sido una pesadilla horrible. Quiere volver al punto de partida, a esa vida placentera que llevaba, acostándose con unas y con otras, famoso, rico, aplaudido por todos. Pero, ¿de verdad quiere eso? Ya no. Ya no le es posible desandar el camino que ha recorrido desde que, poco más de veinticuatro horas antes, leyera en su portátil el correo de Gunnar. ¡Solo 24 horas! Parece una eternidad. Tanto ha cambiado, que ahora cree en un Dios al que todavía no conoce, pero al que ya ama. Y, para su sorpresa, se siente lleno de ánimo y de deseos de serle fiel a ese Dios desconocido, al Dios de los cristianos, al Dios perseguido.

Se siente mejor. Mira el reloj y comprende que debe salir para el periódico y afrontar su destino. Se cambia rápidamente de traje, baja al garaje, coge su carísimo deportivo y en pocos minutos está en el *New York Times*, llamando a la puerta del despacho de Heather Swail. Es él y no es él. O mejor, es otra persona que ha estado siempre en él sin él saberlo. Es el cristiano John McCabe, aunque eso nadie más que él y Juan Diego Sandoval lo saben todavía. ¿Se lo comerán los leones o logrará ser el caballo de Troya que, desde dentro de la fortaleza enemiga, causa la derrota de los contrarios? De momento, está allí, decidido a todo. «¡Qué cosas tiene la vida!», piensa. Y entra.

—¿Cómo estás, Corin? Te veo más guapa que nunca. No sé qué haces, pero me estás volviendo loco —dice, sin ganas, pero adoptando el tono de seductor habitual que se supone que debía tener.

—Vaya —dice la secretaria de Swail, que tiene cerca de sesenta años y muy pocos atractivos físicos—, veo que ya está restablecido. Y tan agradablemente mentiroso como siempre. La señora Swail le está esperando. Pase, por favor.

—Heather —dice John una vez dentro del despacho de su jefa, en tono amigable—, ¿sabes que te puedo demandar por obligarme a trabajar en estas condiciones? Sé que no tienes conciencia, pero esto es demasiado incluso para ti. Tendrás que recompensarme de alguna manera y te aseguro que no te saldrá barato.

—John, veo que estás mejor y que lo que deseas es pasarte uno o dos días de vacaciones. Olvídate de eso. Siéntate, por favor.

—Soy todo oídos. ¿En qué consiste ese golpe de fortuna que me has anunciado? No me digas que te casas y que has decidido jubilarte anticipadamente y dejarme a mí tu puesto. Me partirías el corazón.

—Déjate de bromas —dice Swail, seria—. Se trata de algo muy importante. ¿Qué sabes del CUR? Mejor dicho, ¿qué sabes de los que mandan en el CUR?

—Creo que bastante. Sé que Ralph Renick está al frente de un equipo, formado por delegados de distintos continentes, que están organizando la caída de la Iglesia católica. Me imagino, a su vez, que Ralph está, mejor dicho estaba, bajo la autoridad de otro, pero no creo que ese otro sea el secretario general de la ONU, aunque organizativamente eso sea así. No sé mucho más.

—Veo que te has enterado ya de la muerte de Renick.

—Sí —afirma John, decidido a decir la verdad en aquello que los demás pudieran contrastar—. Esta mañana, nada más llegar a casa, llamé al periódico para ver si había alguna novedad de última hora. Aunque pensaba quedarme en casa, pues de verdad que me siento cansado, quería estar al tanto de todo para ayudar en lo que fuera posible. En la sala de teletipos había una muchacha de voz deliciosa, que me puso al tanto de lo ocurrido en las últimas horas. Así me enteré de la muerte de Renick y, para mi mayor sorpresa, de que había dos teletipos diferentes. El primero decía que dos testigos le habían oído gritar que la Iglesia no era la culpable de su muerte, mientras que el segundo había suprimido eso e insinuaba que los odiosos papistas eran los culpables. Me imagino que estás enterada tú también de todo esto. Me extrañaría y me decepcionaría si no fuera así.

—¡Por supuesto! No voy a entrar a comentar contigo cuál de los dos teletipos es el que refleja la verdad. Creo que no hace falta. Solo quiero decirte que la muerte de Renick ha creado, en el grupo que dirige el CUR, un vacío.

—¿Y yo tengo que llenarlo? —pregunta John, incorporándose de un salto.

—No, tranquilízate. No vales tanto. En parte, lo que le ha sucedido a Renick se debe a una falta de coordinación en la información que llega al equipo que está coordinando el golpe contra la Iglesia. Me han pedido una persona que haga esa tarea y he pensado en ti.

—Muchas gracias, jefa —dice John, mareado, pues ve confirmadas sus peores sospechas—. Pero, sinceramente, me aturde la propuesta.

—¿No te sientes ilusionado por ella?

—Sí, pero también me da miedo. Y no porque no me crea preparado, pero, francamente, a mí me huele mal algo de todo esto. No me creo que a Renick le matara la Iglesia, por lo que pienso que, a esos niveles de responsabilidad, el que se equivoca lo paga. En el trabajo que tengo ahora, lo más que me pasa es que tú me gritas y, comparado con lo que me ofreces, francamente estoy por decirte que adoro tus gritos.

—John, lamento decirte que no hay opción B. Ahora sabes ya demasiado como para que te puedas inhibir. ¿Lo entiendes?

—Sí —dice McCabe, tragando saliva e intentando recobrar su tono de broma—. En ese caso, aquí me tienes, dispuesto a ser el paladín de los comecuras de la manera más voluntaria y libre que hayan visto los siglos. Pero, al menos, déjame hacerte unas preguntas.

—No sé si tendré respuestas.

—Lo que no sabes es si podrás dármelas, porque todo lo que te voy a preguntar seguro que lo sabes. ¿Quién es el jefe del CUR? Y no me refiero al que haya sustituido a Renick, sino al que ha ordenado matarle. Otra, ¿de quién tengo que tener cuidado de una forma especial? Y otra más, ¿voy a seguir trabajando aquí y qué relación voy a tener contigo?

—Eres bueno, John, realmente eres bueno. Así, sobre la marcha y con una espada sobre tu cabeza, me haces las preguntas esenciales. Tienes la cabeza más fría y organizada que he visto, a excepción de la mía, claro. Pero vayamos por partes. No te puedo decir quién está por encima del sucesor de Renick, sucesora mejor dicho. Esta es Golda Katsav, judía y hasta el instante de la muerte de Renick, su amante y su secretaria. Ella intentará seducirte y tú deberías dejar que lo hiciera. Pero esa relación estará contaminada, así que no te la creas. A ella le tendrás que dar cuentas de todo, pero si hay algo que crees que me puede salpicar, y ya comprendes a que me refiero, te pido que me informes. Te prometo que yo haré lo mismo contigo. Tal y como están las cosas, y lo has comprendido perfectamente, necesitamos guardarnos las espaldas el uno al otro. Por eso te he elegido para este puesto, porque creo que puedo confiar en ti. En cuanto a tu trabajo aquí, seguirás como si tal cosa, pero delega en Tim Rounds todo lo que puedas. Si necesitas a alguien que te eche una mano, búscalo entre la gente de la redacción. Seguro que encontrarás a alguien «interesante» entre el personal femenino. Aprovéchate de la excusa de que estás enfermo. ¿Ha quedado todo claro?

—Lo suficiente, Heather. Te mentiría si te dijera que no estoy asustado. Pero, como tú me has dicho, no hay opción B, así que trataré de hacerlo lo mejor posible, porque la causa lo merece y para salvar mi propia vida. Ahora bien, no olvides tu promesa de que nos guardamos las espaldas el uno al otro.

Después de hablar con su jefa, John va a la redacción. Aún no ha llegado nadie. Se pasa por la sala de teletipos y saluda a la simpática Tzipi. Si hubiera sido unos días antes, por supuesto que hubiera intentado ligar con ella, pero ahora ya tiene el corazón en otra cosa, en otra persona.

—Tú debes de ser Tzipi, ¿verdad?

—Hola, señor McCabe. Me alegra mucho verle por aquí. Eso significa que ya está mejor. ¿Le sirvieron los teletipos?

—Muchísimo. ¿Ha llegado alguna cosa nueva que sea interesante?

—Uno que dice que la policía piensa que el Papa puede estar escondido en algún monasterio ortodoxo, puesto que esa Iglesia no está siendo perseguida.

—Bien, luego me lo envías a mi despacho. Ahora quisiera preguntarte otra cosa. ¿Estás contenta con este trabajo? ¿Te gustaría pasar a otra sección?

—¿Contenta con pasar ocho horas de madrugada en esta habitación? Señor McCabe, ¿qué quiere que haga? Diré que sí a lo que sea. A lo que sea. ¿Entiende a lo que me refiero? —dice Tzipi, sacando pecho y poniendo un tono que no dejaba lugar a dudas sobre los límites a que estaba dispuesta a llegar en su oferta.

—Lo entiendo perfectamente —responde John sonriendo—. Pero no se trata de nada de eso, te lo aseguro. Mi corazón está ocupado, quizá por primera vez en la vida, aunque te ruego que no se lo digas a nadie, pues arruinaría mi mala fama. Bromas aparte, Heather Swail me ha encargado una tarea extra, además de la que ya conoces. Para cumplirla, tengo que estar constantemente informado, hasta el último detalle, de lo que pasa en este asunto de la Iglesia católica. Necesito una persona que trabaje no ocho horas, sino veinticuatro. Cada día. Claro que eso no se lo puedo pedir a nadie, ni siquiera a ti. Pero seguro que tú conoces a alguien tan listo como tú que os podáis repartir en turnos de doce horas. Es muy pesado, lo sé. Pero confío en que dure poco, pues posiblemente en dos o tres semanas lo peor ya habrá pasado. Podría pedirte que buscaras a otro más, pero cuantos menos entren en el asunto, mejor. Tendríais que estar pendientes de todos los teletipos y noticias que lleguen de este tema y hacérmelo saber. Si hay algo especialmente relevante, de forma inmediata. Si no, varias veces al día. ¿Qué te parece?

—¿Cuándo empiezo?

—En cuanto acabes aquí. ¿En quién podrías confiar para que fuera tu compañero?

—Hay otra becaria que es realmente lista. Es latina. De Venezuela. Su familia huyó de su país por lo de Chávez y ella nació ya aquí. Se llama Juanita Mora. Es muy guapa, pero sé que ella no es ningún rival para mí, en el caso de que usted quisiera algo más que ayuda profesional.

—¿Y por qué lo sabes, si es tan guapa? —pregunta McCabe, intrigado.

—Porque es católica. Es un bicho raro. Hace cosas extrañas, como pasar un anillo que lleva en el dedo con once marcas, musitando conjuros. Sin embargo, es muy buena compañera y una gran trabajadora.

—Bueno, tú frotas los «chinitos de la suerte» y ella ese anillo. ¿Dónde está la diferencia?

—Eso mismo le he dicho yo, porque ella se ríe de mi fe en los «chinitos».

—¿Y qué te contesta?

—Que lo de los «chinitos de la suerte» es una superstición, pero que cuando ella va pasando las marcas del anillo está rezando a la Virgen María, la diosa de los católicos, y que eso le supone renovar su compromiso en el cumplimiento de unas normas morales muy estrictas. Por eso le decía que ella no será un rival para mí. Juanita, a pesar de lo guapa que es, no tiene relaciones sexuales con nadie. ¿No le parece extraño y absurdo eso? Yo creo que ese es uno de los motivos por los que la ONU quiere acabar con la Iglesia. Es un comportamiento inhumano. ¡Exigir eso a los jóvenes! Seguro que perjudica la salud y deteriora la mente.

John está estupefacto. Su ignorancia del catolicismo es muy grande y no sabe qué será eso de frotar un anillo con marcas mientras se reza a la Virgen María. Pero sí sabe que esta no es considerada una diosa por la Iglesia. Además, las palabras de Tzipi, burlándose de la Iglesia por pedir la castidad prematrimonial, le resultan ofensivas, aunque él mismo las habría pronunciado apenas cuarenta y ocho horas antes. De repente ve, al contemplar sus viejas opiniones puestas en boca de la joven becaria, que lo que es verdaderamente inhumano es ir por ahí acostándose con unos y con otros sin control ninguno. Pero todo eso pasa por su mente como una centella. Se repone enseguida y contesta a Tzipi.

—No quiero hablar de las costumbres sexuales de Juanita ni de las tuyas. Aprovecha el tiempo que te queda aquí para localizarla y decirle que venga inmediatamente. Yo voy a ir a Personal para avisar del cambio. Pediré que os den un despacho cercano al mío. Allí me encontraréis.

Mientras sucedía esto, Golda Katsav se había puesto en contacto con el secretario general de la ONU no solo para presentarse oficialmente como nueva presidenta del CUR —él ya lo sabía, por supuesto, porque el propio X se había encargado de informarle—, sino para pedirle que hiciera pública, aunque fuera a título personal y sin necesidad de reunir al Consejo de Seguridad para no perder tiempo, una recomendación dirigida a los Estados miembros de las Naciones Unidas que remachara la recomendación hecha por el Consejo el día anterior. En ella debía instarse a que, en el plazo más breve posible, todos los miembros de la jerarquía católica se presentaran a las autoridades judiciales o policiales para adherirse a la resolución de la ONU, asumida por los respectivos Gobiernos. Los que no lo hicieran quedarían fuera de la ley y serían perseguidos como si fueran terroristas. En cambio, los que «prometieran» obediencia al nuevo régimen podrían regresar a sus parroquias de origen y mantener en ellas el culto católico, tal y como, en su momento, decidieran que se realizara ese culto las legítimas autoridades con que contara la Iglesia. Del mismo modo, debía hacerse constar en la declaración que todos los que dieran asilo o ayudaran a los obispos, sacerdotes y religiosos rebeldes, serían acusados de cómplices y caería sobre ellos el peso de la ley. Por último, se debía invitar a los Gobiernos a que ofrecieran recompensas para conseguir que fueran delatados los miembros más insignes de la jerarquía que no quisieran unirse al nuevo régimen.

El secretario general de la ONU, como no podía ser de otro modo, obedeció de inmediato lo que era más bien una orden que una invitación. En menos de una hora, su oficina de Prensa publicó un comunicado en los términos que Katsav le había sugerido. A lo largo del día, la mayor parte de los Gobiernos del mundo se hicieron eco de la invitación, aunque en muchos casos esas medidas ya habían sido aprobadas y ejecutadas. Todos ellos dieron como plazo para la aplicación de la orden tres o a lo sumo cuatro días, pues convenía —tal y como Golda había pedido a sus delegados nacionales— que cuando empezara el cónclave, seis días más tarde, la limpieza estuviera ya hecha en lo esencial. Las cárceles tenían que estar llenas de los disidentes y fuera solo debían quedar los cobardes o los convencidos de la bondad de la causa de la unificación mundial de las religiones y del sometimiento de estas al poder civil.

Esta vez el Gobierno italiano no se demoró, y rápidamente publicó un decreto siguiendo las instrucciones de la ONU. En él, además, se ofrecía una recompensa de un millón de euros para quien diera alguna pista sobre el paradero del Papa y de seis millones si se le entregaba a la policía, vivo o muerto. De momento, no se ofreció ninguna recompensa por los cardenales y los obispos, a la espera de que el temor a la cárcel fuera suficiente como para hacer innecesario pagar por detenerlos. En realidad, los que estaban escondidos no se inmutaron ante la orden gubernamental de «busca y captura» contra ellos; la esperaban. Solo algunos sacerdotes enfermos que, en el momento en que ocurrieron los hechos, estaban hospitalizados siguieron allí y la práctica totalidad de ellos fueron conducidos, a su debido tiempo, a la cárcel. Los que no se habían escondido, por estar de acuerdo con la resolución de la ONU, se esforzaron por acudir a los distintos medios de comunicación que requerían su presencia, a fin no solo de justificar la medida, sino de alentar a sus compañeros para que dejaran la clandestinidad y siguieran ejerciendo su labor pastoral, por el bien —decían— de los fieles, que habían quedado «como ovejas sin pastor».

Pero los laicos católicos no se quedaron inactivos. Los diputados italianos, que habían logrado retrasar unas preciosas horas la adhesión a la resolución de la ONU, encabezaron un movimiento, primero europeo y luego mundial, de lucha civil organizada dentro de la legalidad. Sabían que se jugaban la vida, pero en ese momento ya todos eran conscientes de que la lucha era a muerte y que no se podía estar en el aire: había que tomar partido. En Castilla, una de las repúblicas de lo que antaño había sido España —muy mermada, debido a las anexiones de parte de su territorio que había hecho la vecina república de Euskadi—, los diputados de la mayoría parlamentaria, ante la certeza de que no adherirse a la resolución de la ONU suponía la desaparición de su nación por la invasión y el posterior reparto a manos de las repúblicas vecinas, decidieron convocar elecciones anticipadas y dejar para el siguiente Gobierno la decisión, con lo cual se ganaba algo de tiempo. Esta medida fue adoptada también en Polonia y en otros países, no solo de la Unión Europea. Parlamentarios italianos, castellanos, polacos, portugueses, croatas, irlandeses, malteses e incluso algunos belgas, alemanes, franceses e ingleses, revitalizaron la vieja asociación de políticos Santo Tomás Moro para, dentro de la legalidad, entorpecer en lo posible la persecución contra la jerarquía católica. Los medios de comunicación hablaban de ellos con el mayor desprecio y no pocos fueron expulsados de sus respectivos partidos. Sin embargo, su presidente, Jorge Ortega, no se arredró e incluso logró, ya en los primeros días, sumar a su grupo a políticos de toda América, de África y de Australia. Para sorpresa de propios y de extraños, diputados de otras Iglesia e incluso de otras religiones —singularmente la judía— se interesaron por la asociación y pidieron formar parte de ella. Y es que según avanzaba la persecución contra la Iglesia, los líderes de las otras religiones que no creían en la «fusión» que preconizaba la ONU, porque veían que tras ella lo único que había era el deseo de difundir un sincretismo religioso servil hacia los políticos, empezaron a mover ficha y a pedir a sus parlamentarios que se movilizaran para apoyar a los católicos. Cada vez estaba más claro para todos que, si la Iglesia caía, las demás religiones seguirían su suerte, una tras otra. Es verdad que muchos de sus más altos dignatarios apoyaban, con más o menos entusiasmo, el programa del CUR, pero eso no era general, sobre todo entre los jóvenes clérigos.

En tanto, John McCabe estaba trabajando en su despacho, después de haber informado a su segundo, Tim Rounds, en quien debido a su extraña enfermedad y siguiendo el consejo dado por la directora, iba a delegar durante unos días lo más duro del trabajo cotidiano, aunque debería informarle cada día del contenido de los editoriales y de lo que decían los articulistas, para dar el visto bueno. Rounds, cuya fe en las velas no era obstáculo para que tuviera la suficiente perspicacia, se dio cuenta rápidamente de que algo extraño pasaba; sobre todo cuando vio llegar al despacho de McCabe a dos becarias, una judía y una latina. La conocida afición de su jefe al sexo opuesto no justificaba la llegada de aquellas dos jovencitas, pues él siempre había separado escrupulosamente el trabajo del placer y, aunque había tenido aventuras con compañeras, no se había comportado como otros, que lograban que les hicieran contrato indefinido a cambio de obtener sus favores también por tiempo indefinido. Cuando Tzipi y Juanita llaman a su despacho, antes de entrar en el de McCabe, Tim se sorprende. Pero, sin hacer preguntas, las hace pasar a la oficina de su jefe.

—Señor McCabe, aquí hay dos becarias que dicen que usted les ha hecho venir.

—Así es, Tim. Ya he hablado con personal y van a quedar asignadas a mi servicio directo, para llevar a cabo una tarea que me ha encargado Heather. Ocuparán el tercer despacho a la izquierda, el que tenía la señora Casey, que está de baja por maternidad. Hazlas pasar, por favor.

—Hola, señor McCabe —dice Tzipi, siempre risueña, nada más entrar en el despacho—. Le presento a Juanita Mora.

—Encantado, Juanita —responde John, casi boquiabierto al ver a la joven, mientras recordaba que Venezuela era famosa por la belleza de sus mujeres y no en vano la llamaban el país de las *misses*—. ¿Te ha explicado ya Tzipi lo que tienes que hacer?

—Sí —contesta esta, con un suave acento latino en su perfecto inglés—. Pero me gustaría hablar un momento a solas con usted antes de aceptar.

—Ya le dije —interviene Tzipi— que era un poco rara. Es católica, y tiene escrúpulos sobre si aceptar o no la tarea que nos ha encargado.

—Bien, Tzipi, escuchemos a tu amiga. Espera afuera, por favor.

Tzipi deja el despacho y, mientras se entretiene dando conversación al sorprendido Tim, Juanita se sienta ante la mesa de McCabe y comienza su discurso, que ha elaborado con mucho cuidado.

—Señor McCabe, soy católica. Me refiero a que soy católica de verdad. Es decir, voy a misa los domingos, amo a Cristo, defiendo al Papa y no me creo nada de lo que están diciendo los medios de comunicación en general y este periódico en particular. Por eso creo que usted debería buscarse otra persona para hacer este trabajo. Yo no podría colaborar en algo que perjudicara a la Iglesia a la que amo. He pensado muy bien lo que le estoy diciendo y si este rechazo a su oferta de trabajo me supone el fin de mi beca, estoy dispuesta a ello. Me ha costado mucho llegar hasta aquí, pues ser becaria del *New York Times* es lo máximo que puede soñar un periodista. Pero por encima de mi trabajo está mi conciencia. Le ruego, por lo tanto, que busque otra persona.

—Señorita Mora —contesta John, que la ha escuchado atentamente, admirado, por un lado, de su extraordinaria belleza y por otro de la firmeza de sus convicciones, las mismas que había descubierto en el detective-delincuente Juan Diego Sandoval—, no sé qué tipo de trabajo le ha dicho la señorita Lieberman que deseo que haga, pero le aseguro que no es nada que vaya a perjudicar a su Iglesia. Solo quiero que me informen de las noticias que se vayan produciendo en torno a ese caso. Nada más. Por otro lado, es posible que, cuando nos conozcamos mejor, usted descubra en mí algunas cualidades que le hagan más atractivo su trabajo —dice, queriendo aludir a su deseo de conversión al catolicismo, pero sin atreverse a manifestarlo abiertamente.

—Se equivoca usted conmigo —contesta Juanita, poniéndose en pie, muy nerviosa, pues ha entendido la última frase de John como una alusión a una relación sexual entre ambos—. Ya le he dicho que soy católica y nosotros, por raro que le parezca, no tenemos por costumbre tener relaciones con nadie antes del matrimonio. Desde el inicio de la Iglesia se dice de nosotros que tenemos en común la mesa, por las obras de caridad, pero no la cama. Le ruego que me perdone y que se busque a otra que esté encantada de aceptar sus proposiciones.

—Siéntese, por favor —responde McCabe, impresionado y cada vez más atraído por la belleza y la personalidad de la joven latina—. No se trata de nada de eso, se lo aseguro. Mi corazón está ya ocupado y no cabe nadie más, aunque le ruego que me mantenga el secreto. Además, a pesar de mi fama, es posible que en este momento esté más cerca de sus planteamientos de lo que usted pueda imaginar.

—En ese caso —dice Juanita, sentada ya y más tranquila—, puede contar con mi colaboración estrictamente profesional. Pero quiero dejarlo claro: no puede contar conmigo ni para tener sexo ni para atacar a la Iglesia.

—Me lo deja usted lo suficientemente claro —responde John, con alegría a la vez que con un cierto pesar, pues notaba un sentimiento naciente hacia la joven que iba más allá de la atracción física.

—¿Cuándo empiezo a trabajar?

—Ahora mismo. Tzipi estará afuera esperando. Tim les conducirá a las dos hacia su despacho. De verdad, Juanita, no sabe lo que le agradezco que esté usted a mi lado. He leído que ustedes los católicos creen en una especie de casualidad a la que llaman «providencia». Estoy seguro de que eso es lo que le ha guiado a usted hasta mí en este momento.

Juanita sale del despacho de McCabe, sorprendida por sus últimas palabras, pues lo último que esperaba era oírle hablar de la providencia, y tiene que soportar la mirada inquisitiva de Tim y Tzipi. Ambos habían estado haciendo bromas sobre si la joven sería capaz de resistirse a la seducción de John, pues a ninguno de los dos le cabía duda de que este intentaría que la joven fuera a engrosar, por una temporada, el ya dilatado número de sus amantes. El rostro serio pero distendido de Juanita les hace pensar en que el primer asalto lo ha ganado McCabe. Las dos jóvenes salen del despacho, seguidas de Tim, que las acompaña al que antes le ha indicado su jefe. Cuando regresa, entra en la oficina de John.

—¡Vaya bombón, jefe! ¡Qué suerte tiene usted! Porque, según me ha contado la otra joven, Tzipi, ha sido ella la que ha buscado a Juanita. Me imagino que no tardará usted en invitarla a cenar.

—Tim, estoy cansado y tengo mucho trabajo. Y tú también. Es mejor que nos concentremos en la tarea que nos han encomendado —responde, muy serio, John, dejando cada vez más sorprendido a su ayudante que, en silencio, abandona el despacho—. Por favor, no me pases llamadas hasta nueva orden —le dice mientras se va.

Una vez solo, John llama por teléfono a Golda Katsav. Marca el número del despacho de Ralph Renick, que era atendido antes por la que había sido su secretaria y ahora ocupaba su puesto. No quiere llamarle al teléfono móvil, por no despertar sospechas, aunque ignora que la tarjeta con los datos de este ha desaparecido para siempre. Le responde una voz masculina que, una vez identificado, le pasa con Golda.

—Soy John McCabe, del *New York Times*. ¿Se acuerda de mí, señorita Katsav? Mi jefa, Heather Swail, me ha pedido que me ponga en contacto con usted, pues los del CUR tenían un encargo que hacerme.

—¿Cómo no me voy a acordar, John? Eres un hombre de los que no se olvidan fácilmente —responde ella, iniciando desde el primer momento la seducción que le había encargado el «señor X»—. Llámame Golda, por favor. Me gustaría verte personalmente en mi despacho, pues estas cosas no son para hablarlas por teléfono. ¿Podrías acercarte ahora?

—Por supuesto. Voy para allá.

John sale de su oficina y le dice a Tim que siga adelante con el trabajo él solo. Al pasar junto a una de las máquinas de refrescos y comida, introduce unas monedas para comprar un sándwich y una botella de agua. Prefiere dejar su coche en el garaje y toma un taxi hacia la sede de la ONU. En el camino va ordenando su cabeza y una de las cosas que nota es una sensación de vértigo semejante a la que experimentan los que se encuentran al borde de un abismo o los que van conduciendo a una velocidad excesiva. Cualquier fallo puede ser fatal para su vida y, cada vez es más consciente de ello, para la causa de la Iglesia a la que ya de corazón pertenece. Desearía ardientemente saber rezar. Lo necesita. Pero no sabe cómo hacer. Así que se limita a hablar con un Dios desconocido, al que, sin embargo, ama. Poco antes de llegar, envía un SMS a Juan Diego Sandoval. «Te espero esta noche en casa, a las once, si puedes».

—Querido John —le dice, con una afabilidad tan natural que solo puede ser fingida, una atractiva Golda Katsav, saliendo a su encuentro desde detrás de la mesa de su despacho, cuando, por fin, McCabe entra en él—, no sabes lo que me alegra que seas tú quien tiene que ayudarme en esta tarea tan difícil. Fíjate, yo, que hasta hace nada era una simple secretaria, ahora tengo que ocupar el puesto del pobre señor Renick. Esos odiosos papistas le han matado salvajemente. Pero acabaremos con ellos. ¿Tú me ayudarás, verdad?

—Soy un profesional, señorita Katsav, perdón, Golda. Puedes contar conmigo para tenerte informado de lo que ocurra en el mundo en lo concerniente a la operación contra la Iglesia católica.

—¿Y nada más que para eso? —pregunta Golda, insinuante.

—Al menos de momento, nada más que para eso —responde, prudente, John, que no quiere despertar sospechas desde el principio, pues se supone que él nunca deja pasar la oportunidad de un ligue—. Seguramente ya te habrán dicho que no tengo por costumbre mezclar el placer con el trabajo, pues eso resta eficacia al ejercicio de la profesión. Precisamente porque el tema es tan importante, es por lo que tenemos que concentrarnos en él con todas nuestras fuerzas. ¿Qué quieres que haga?

—Ante todo —contesta, más seca pero aún cariñosa, Golda, que ha vuelto a su mesa de despacho y se ha sentado tras ella—, que me informes periódicamente de todo lo que se vaya produciendo y, en cualquier momento, de lo que consideres más relevante. Luego, que participes en las reuniones que yo convoque, a la hora en que se te convoque. Y por supuesto, que seas absolutamente discreto. Sé que has sido propuesto para esta tarea por Heather Swail. Estamos en el mismo bando. Pero no debes olvidar que, desde ahora, tu fidelidad principal es hacia mí. Si me entero de cualquier fallo en este sentido —dice muy seria—, sufrirás las consecuencias.

—Me doy por enterado —responde, también muy serio, McCabe, que se ha sentado ante ella, en la otra parte de la mesa.

—Me gustaría que te vinieras a trabajar aquí, para tenerte cerca —Golda vuelve a adoptar un tono meloso, provocativo.

—No es posible —contesta John, manteniendo la seriedad, pero esbozando una sonrisa—. No es que no quiera estar cerca de ti. Es que necesito estar en contacto directo con la fuente de las noticias.

—En ese caso, debes llamarme a mi teléfono móvil cada vez que tengas algo que comunicarme. Aquí tienes el número en esta tarjeta. Te ruego que la destruyas cuando lo hayas anotado y, por supuesto, que no se lo des a nadie. Yo te llamaré también al tuyo. Por cierto, ¿cuál es?

Con gran agilidad mental, John le da a Golda el número de uno de los móviles que tiene y que menos utiliza, pues se da cuenta de que si le hubiera dado el otro, podría haber rastreado fácilmente las llamadas entrantes y haber descubierto que Ralph Renick le envió un SMS antes de morir. No sabe si ella lo sabe y prefiere no delatarse. Luego se despiden y John regresa al *New York Times*. Allí pasa el resto de la tarde, trabajando, sin ser molestado por nadie y recibiendo periódicamente la visita de Juanita en su despacho, pues Tzipi, que ha estado de guardia en la sala de teletipos, se ha ido a descansar a su casa, para sustituir a la joven latina en el turno de noche. Varias veces llama a Golda a su teléfono particular para contarle lo más importante de lo sucedido. A las diez de la noche, John da por terminado su trabajo y regresa a su casa. Está agotado, física e intelectualmente. Sin embargo, se encuentra expectante ante la cita que ha concertado con Juan Diego Sandoval, pues necesita, con una urgencia que a él mismo le sorprende, introducirse cuanto antes en la experiencia espiritual de la Iglesia. «¿De qué raza están hechos estos católicos», se pregunta a sí mismo, en el corto trayecto hacia su casa, «que tanto un medio delincuente como una jovencita guapísima prefieren perder el empleo e incluso, quizá, la vida antes que traicionar a su fe? Si hay muchos así, no podrán con ellos», concluye, para preguntarse a continuación: «¿estaré yo a su altura, si llega el momento?». Y de repente, su subconsciente aflora y le hace otra pregunta: «¿seré capaz de no intentar tener relaciones con Juanita?». Comprende que la joven le ha impresionado tanto por su personalidad que, entre eso y su belleza, se le ha metido fuertemente en el corazón. ¡Vaya problema, y justo en ese momento!

Mientras John espera a Sandoval, como el que aguarda al médico que le trae la medicina, el demonio ha seguido haciendo su obra. Poco a poco, en unos países con más rapidez y crueldad que en otros, las cárceles se han ido llenando de obispos, de sacerdotes, de religiosos, de monjas y también de seglares, acusados de dar protección a los miembros de la jerarquía de la Iglesia. Los frutos del mal empiezan a aflorar y de la raíz del odio y de la mentira, emergen a la superficie, poderosos, aparentemente invencibles. En ese día, en esa hora, todo parece indicar que la Iglesia está perdida. Es cuestión de tiempo, simplemente. La poderosísima maquinara de la represión, justificada por la excusa de que los católicos son terroristas en potencia, está actuando de manera implacable, sanguinaria. «Era de noche», así describe el evangelista Juan el momento en que Judas dejó el Cenáculo para ir a delatar a Jesucristo. Es de noche en el mundo, una noche que amenaza con no tener fin.

5.—Volver a empezar

En medio de esa noche, pero un poco más cerca del alba, el yate que conducía al Pontífice hacia Egipto se acercaba a su destino. Había estado navegando sin parar y ya no les faltaba mucho para llegar a Port Said, en cuyo puerto tenían pensado amarrar antes de la madrugada, para pasar más inadvertidos. El Papa descansaba en su camarote, que compartía con el obispo polaco. Había pasado toda la jornada rezando y escribiendo, además de celebrar la Santa Misa en el interior de la nave. De vez en cuando, monseñor Loj le informaba de alguna noticia especialmente relevante que había oído por la radio. Así se enteró de la extraña muerte de Ralph Renick y de la detención de algunos miembros relevantes de la Iglesia católica, sobre todo en Asia, donde no habían necesitado que hubiera una orden de busca y captura como la que había recomendado el secretario general de la ONU para empezar a dar caza a los máximos dirigentes de la Iglesia. En cada ocasión, con cada mala noticia, el Papa emitía un gemido de dolor y, durante un largo rato, dejaba todo lo que estuviera haciendo para concentrarse en la oración, suplicando a Dios que protegiera a sus hijos de la persecución que se había desatado contra ellos.

—Santidad, hay que levantarse. Ya falta poco para llegar —le dice suavemente el obispo polaco al Papa.

—Estoy listo en unos minutos —contesta el Santo Padre, levantándose inmediatamente.

Poco después, ambos toman un sencillo desayuno, que ha preparado la hermana Kaczynski, y esperan a que llegue la hora de desembarcar. Suben a cubierta y ven, a lo lejos, acercándose, las luces del puerto.

—Todo está preparado, Santidad. No debe tener miedo. Bajaremos y mientras el patrón arregla los papeles. Nosotros nos iremos como si fuéramos turistas hacia un hotel. Allí nos uniremos a un grupo de excursionistas de varias nacionalidades, que nos van a acompañar hasta nuestro destino final.

—No tengo miedo, Jarek. O al menos eso creo, aunque siempre hay que desconfiar de uno mismo. Sé que si me capturan, será peor para la Iglesia, pero también sé que esta sobrevivirá a cualquier ataque de nuestros enemigos, porque el Espíritu Santo nos protege. Por otro lado, es lo que ha hecho siempre, con éxito, desde que fue fundada por Jesucristo.

—Entonces, ¿qué le preocupa?

—Si sabremos aprovechar bien esta dura lección que estamos recibiendo. Porque, en el fondo, una parte de lo que nos pasa nos la hemos ganado a pulso. He estado meditando mucho hoy, rodeado por este mar tan hermoso y tan evocador de épocas pasadas. Hemos cruzado por donde pasó San Pablo, por donde lo hizo también San Pedro. Ellos iban a Occidente a llevar el Evangelio. Nosotros volvemos a Oriente, al sitio donde nacimos. Tenemos que buscar las raíces que hemos olvidado. Si no lo logramos, esta crisis pasará, pero estaremos abocados a sufrir otra, quizá aún peor.

—Eso me recuerda lo que aquel sastre de Cracovia, Jan Tyranowski, le dijo a Karol Wojtyla cuando este dudaba entre entrar en el seminario o alistarse a la resistencia contra los nazis.

—¡Qué curioso! Hoy yo también he pensado en eso. Supongo que se refiere usted a eso de que «el mal se destruye a sí mismo» y a la invitación que le hizo a construir algo bueno que pudiera sustituir a ese mal, antes de que fuera sustituido por otro mal peor.

—Sí, me refiero a eso. Mi patria, la patria de Juan Pablo II, conoció la violencia nazi y luego la dictadura comunista. La tentación de aquellos años para los jóvenes polacos católicos era la de creer que debían luchar contra una, primero, y contra la otra, después. Tenían, efectivamente, que hacer eso, pero sin poner su corazón solo en ello. Es fácil sentirse atraído por la lucha contra el mal, sobre todo cuando el mal te golpea; pero esa lucha es siempre insuficiente si no va unida a otra, la de sustituir al mal por el bien; o se sustituye al mal por el bien, o el mal es sustituido por otro mal peor. Por eso decía San Pablo, en la carta a los Romanos, que había que vencer el mal a fuerza de bien. Por eso, San Juan de la Cruz, y fue Tyranowski quien se lo hizo descubrir a Juan Pablo II, afirmaba aquello de «donde no hay amor, pon amor y encontrarás amor».

Porque si nuestro corazón no está en Dios, que es el sumo bien, más pronto o más tarde se deja seducir por cosas humanas que, al final, son limitadas, perecederas y susceptibles de corromperse. Solo Dios hace nuevas, permanentemente, todas las cosas.

—Sí, solo Dios basta, dijo Santa Teresa, la grande. Por eso digo que tenemos que volver a los orígenes, a aquellos momentos en que no teníamos apenas nada, ni siquiera iglesias donde celebrar la eucaristía, pero a cambio teníamos un corazón ardiente, lleno de amor hacia Dios. La aparición de la Virgen, querido Jarek, y su mandato de que escriba una encíclica sobre el agradecimiento es un faro que alumbra en la noche, como esos faros del puerto que ya vemos cerca. La Eucaristía, es decir la acción de gracias, y la Virgen. Ahí estuvieron nuestros orígenes. A ellos debemos volver, para construir la casa de Dios que el Señor quiso hacer. No nos debe preocupar que el mal esté venciendo ahora, porque el mal se destruye a sí mismo. Lo que nos debe preocupar es acertar en esta hora solemne y construir bien, con la ayuda de Dios y de María, su Iglesia, su cuerpo místico. Esta persecución puede resultar providencial si la sabemos aprovechar. Puede servir para, como el viento fuerte del invierno, llevarse la hojarasca y dejar en pie solo la verdad, solo lo que es auténtico.

—Tiene usted razón. No debemos tener miedo más que a una cosa: a no ser fieles a Cristo. Estamos en sus manos y en las de la Virgen. ¿Podríamos tener mejores protectores?

Los dos guardan silencio por un rato, mientras el yate se va acercando al puerto. De repente, Jarek habla de nuevo.

—¿No se ha dado cuenta de que la noche es ahora mucho más oscura? ¿Por qué será?

—Siempre sucede así. La noche se vuelve más negra, más temible, cuando ya le queda poco de vida, cuando está a punto de romper el alba. Con los problemas sucede lo mismo. Los llevas durante mucho tiempo y al final estás ya agotado y tienes la tentación de deshacerte de ellos. Pero, si lo haces, compruebas que has elegido el peor momento, pues ya quedaba muy poco de soportarlos. Estoy seguro de que la persecución que ahora padecemos es como la oscuridad que nos rodea en este momento. Es densa y amenazadora, pero está a punto de terminar para dejar paso a la hermosa luz de la mañana, al esplendor de la resurrección.

—¿Y qué serían, entonces, esas luces del puerto?

—Es, como le he dicho antes, las pistas que nos da la Virgen para saber hacia dónde tenemos que ir y no extraviarnos en plena noche; para no desesperar y dejar de luchar por creer que la victoria es imposible. Ella, no lo olvides, es la estrella de la mañana.

En ese momento, la hermana Kaczynski aparece en cubierta y les ruega que bajen al camarote. Están ya muy cerca del puerto y no es conveniente que nadie les vea, aunque aparentemente no haya nadie en los muelles. Los dos descienden por la pequeña escalera y se meten dentro. En el último minuto, Jarek mira hacia fuera por la abertura y ve la noche temiblemente oscura, pero una luz del puerto rompe, de repente, su negrura y él recuerda aquellos versos de San Juan de la Cruz: «Que bien me sé yo la fonte que mana y corre. Aunque es de noche». La «fonte» que mana y corre: la Eucaristía. Y María, la luz que brilla en la tiniebla indicando el camino. Sí, piensa, el Papa tiene razón. De lo que se trata es de construir bien la nueva y a la vez vieja Iglesia que nacerá después de esto. Con María y la Eucaristía.

Poco antes, John McCabe entraba en su casa y se disponía a aguardar, expectante, la llegada de su catequista particular: un delincuente mexicano que, sin embargo, estaba enamorado de la Virgen y prefería que le mataran antes que traicionarla.

Poco tuvo que esperar McCabe. Juan Diego Sandoval no tardó en llegar. A pesar de sus orígenes, el mexicano había aprendido que a los gringos les gusta la puntualidad y, aunque siempre llegaba con algunos minutos de retraso, en esta ocasión se adelantó a la hora fijada.

—¡Qué pronto has venido! —le dice John, que apenas ha tenido tiempo de darse una ducha rápida y está empezando a prepararse la cena.

—Estaba ya en la calle cuando usted llegó, jefe. Quería ver si alguien le seguía. De momento, no tiene usted «escolta». He pedido a un amigo que me debe un par de favores que esté al tanto de si sus teléfonos están pinchados y que haga un repaso de vez en cuando. Por si acaso, le he traído este. Es de tarjeta y lo he comprado esta tarde. Está a nombre de una tía mía, así que será difícil que le identifiquen a través de él. Este número, si le parece, solo lo usaremos para llamarnos entre nosotros.

—Es una decisión inteligente, Juan Diego. Muchas gracias. ¿Qué hay sobre lo que hablamos?

—El cura al que se lo he contado no se fía de usted. Yo le he dicho que su conversión es sincera, pero él dice que usted puede ser un espía y que su fama de enemigo de la Iglesia, bien ganada por cierto, no avala precisamente su conversión. Para él, usted está entre las personas que más daño han hecho a la Iglesia en estos últimos años.

—Tiene razón. Pero también es verdad que quiero cambiarme de bando, como ya te he explicado. Sin embargo, comprendo su temor. ¿No habría forma de que alguien me instruyese, sin necesidad de ser un sacerdote? No pretendo entrar en contacto con él, ni con el cardenal de Nueva York o con sus obispos auxiliares. Solo quiero hacerme católico, ser bautizado y que me enseñen a rezar.

—Cuando usted haya aprendido algo de nuestra fe, necesitará otra cosa. Y la necesitará mucho.

—¿Qué?

—Comulgar. Yo, ya lo sabe usted, jefe, soy un mal católico, un pecador. Sin embargo, las pocas veces en que estoy en gracia de Dios y puedo comulgar, me siento el hombre más feliz del mundo. Usted es mejor que yo y cuando haya comprendido lo que a mí me enseñaron de niño, va a tener usted un problema, un gran problema.

—No te entiendo. ¿Por qué va a ser un problema saber algo que es bueno y que, según tú, me va a hacer muy feliz?

—Porque la mayor tortura, para una persona que sabe que Cristo está en la Eucaristía y que ama a Cristo como Él tiene derecho a ser amado, es no ir a misa cada día y no comulgar. A usted le va a pasar eso, estoy seguro. Y va a sufrir horriblemente, tanto por sus pecados pasados como por no poder comulgar con frecuencia.

—¿Y por qué no podré hacerlo? ¿Es que me van a castigar los curas por mi pasado?

—No, los curas no. Son sus amigos los que le van a castigar. Lo peor de esta persecución, así me lo ha dicho mi mujer y me lo ha dicho el padre Pérez, con el que he hablado esta tarde, es que distribuir la comunión va a ser muy difícil, dado que la gente no podrá ir a las iglesias. A usted le va a pasar lo que a los demás, que deseará comulgar y no podrá, o podrá hacerlo muy pocas veces.

—Comprendo y creo que de entre todos los que sufran ese castigo, yo seré el único que se lo tendrá merecido. Pero ahora, dime, ¿qué puedo hacer para instruirme, cuándo podré ser bautizado, quién lo hará?

—Le he traído un libro —saca el ejemplar de su chaqueta y lo deja encima de la mesa—. Es un compendio de doctrina católica. Léalo y, las dudas, me las apunta. Yo se las llevaré al padre Pérez y él se las responderá. Cuando esté preparado, yo mismo le bautizaré, aquí, en su casa.

—¿Tú? ¿Aquí?

—Sí, cualquier católico puede, en caso de necesidad, bautizar. Incluso podría usar agua del grifo, pero el padre Pérez me ha dicho que me dará un poco de agua bendecida. Además, esto va a ser ahora lo normal, para evitar que los sacerdotes tengan que desplazarse y puedan ser apresados.

—Necesito otra cosa. Necesito aprender a rezar. Además, quiero que me hables de la Virgen María.

—Muchas de sus preguntas sobre ella tienen la respuesta en este libro. En cuanto a aprender a rezar, está el «Padre nuestro», por supuesto. Además, yo uso una fórmula que me enseñaron de niño. Dice así: «Jesús, te quiero y eres el primero en mi corazón. Te adoro y eres más importante que el dinero y que cualquier otra cosa con que pueda soñar. Te doy gracias por haber dado la vida por mí y por todas las cosas materiales que tengo y las personas que me aman y me han amado. Te pido perdón por el mal que he hecho y por el bien que he dejado de hacer. Te pido ayuda para ser santo y por las necesidades materiales de mi familia y de todos los que me han pedido que rezara por ellos. Me ofrezco a ti, para que puedas contar conmigo para lo que necesites. Como María, para amarte como te amó tu Madre».

—¡Qué oración tan bonita! ¿Quién te la enseñó?

—Un misionero español. Él pertenecía a no sé qué grupo que vivía la espiritualidad del agradecimiento, si mal no recuerdo. Siempre la he rezado, aunque no siempre la haya practicado.

—Termina diciendo «como María». ¿Por qué es tan importante la Virgen para los católicos?

—Es muy sencillo: porque somos la verdadera Iglesia y por eso tenemos todo. Los demás tienen algo y eso lo cuidan muy bien. Nosotros tenemos todo lo que ellos tienen y también lo que les falta. Ellos tienen el amor a la Palabra, y nosotros también, pero además está el amor a la Eucaristía, la obediencia al Papa y el amor a la Virgen. María es nuestra Madre y eso es algo que llevamos muy dentro, en el corazón. No es que no lo tengamos analizado con la cabeza, sino que, sobre todo, lo tenemos metido en la sangre, en el alma. A veces tengo la impresión de que muchos católicos son muy racionalistas, como si no tuvieran sentimientos. Esos son, precisamente, los que ahora están huyendo y abandonando al Papa. Nosotros, los que amamos a la Virgen, tenemos las dos cosas: cabeza y corazón. Por eso es importante la Virgen, porque sin ella, nos falla el corazón. Ser católico, al menos serlo como lo somos los hispanos, significa estas tres cosas: amar la Eucaristía, amar a la Virgen y amar al Papa.

—Creo que no voy a tener necesidad de leer el libro. Con un par de conversaciones contigo voy a tener bastante. Estoy impresionado. Jamás hubiera podido imaginar que tuvieras todas esas cosas, tan profundas, dentro de ti.

—Ya le he dicho que soy un mal católico, pero soy un católico. Y además soy mexicano. Ahora, jefe, perdóneme, pero me voy. Cuando me necesite, llámeme. Mi mujer me ha pedido una cosa, que le deje esta medalla de la Virgen de Guadalupe. Llévela en algún sitio donde nadie la pueda ver, pero llévela encima.

—¿Es un talismán, una especie de amuleto protector?

—¡Por favor, jefe, no nos confunda con los que creen en las supercherías de la magia! Es una medalla. La Virgen le protegerá con ella o sin ella. Pero el notarla cerca de usted le recordará que ella está a su lado, que tiene usted madre. Y lo va a necesitar. ¡Ah, por cierto, se me olvidaba! El padre Pérez me ha dicho que si quiere ser usted católico, nada de sexo ni de alcohol. Si quiere ser católico tiene que empezar a vivir como un católico.

—Como un buen católico, querrás decir —contesta John, sonriendo, mientras piensa en que Sandoval, a pesar de todo, no da siempre buen ejemplo—. Dile al padre Pérez que puede contar con eso. Hoy he tenido una tentación de las fuertes y la he vencido. Pero dile también que rece por mí, para que siga así.

Juan Diego se va y John abandona los planes de cena y se mete en la cama. Está agotado. Empieza a rezar la oración que el mexicano le ha enseñado y, antes de que se dé cuenta, está dormido. Sus últimas palabras, las que le acompañan toda la noche dando vueltas en su subconsciente son: «Como María». Y una sonrisa dulce ilumina su rostro. Una sonrisa que no había aparecido allí desde que dejó de ser un niño. Y es que ha vuelto a encontrar a la Madre.

En Port Said, mientras tanto, el yate que lleva al Papa ha amarrado. Dentro, protegidos de miradas indiscretas, están los tres fugitivos. Han aprovechado el tiempo del amarre para disfrazarse, de modo que, al salir, nadie pueda reconocerlos. Un coche les espera fuera y les conduce hacia la ciudad. Port Said, en la boca del Canal de Suez, no esa una ciudad turística y son pocas las excursiones que llegan allí. Sin embargo, hay gente que quiere ver el inicio del famoso canal y que, procedentes de otras excursiones que han llegado a Egipto, recalan en ella y, desde allí, siguen su recorrido turístico. Esta circunstancia es muy favorable para el Papa y su pequeña comitiva. El coche que les recoge en el puerto, conducido por uno de los miembros de la colonia polaca de la ciudad que no está enterado de quiénes son las personalidades que ha ido a buscar, les lleva al hotel donde se han dado cita, desde el día anterior, los distintos integrantes del grupo turístico en el que el Papa y sus acompañantes se van a insertar. Es el Helnan, no muy lejos del centro y lo suficientemente grande como para que el trasiego de gente que entra y sale les permita pasar desapercibidos. Con facilidad y sin demasiadas preguntas son recibidos en la recepción, gracias a los documentos falsos de que monseñor Loj se había provisto oportunamente en Pescara. Para no dar qué hablar, Jarek y la hermana Krystyna ocupan la misma habitación, pues constan como si fueran marido y mujer, aunque apenas han pasado unos minutos desde que se ha ido el botones cuando él sale de la habitación y se va a la del Papa. Tienen poco tiempo para descansar, pues poco más de una hora después, a las siete de la mañana, está previsto el desayuno y a continuación la salida. Aprovechan el tiempo para celebrar la Santa Misa en una de las habitaciones, ofreciéndole al Señor todo lo que les espera en un día que se abre lleno de incógnitas e incertidumbres, pero llenos de esperanza pues sienten sobre ellos la mano protectora de María. Después del desayuno, parten en autocar hacia Nueweiba, ya en la península del Sinaí, con una escala en el camino. De Nueweiba saldrán en *ferry* hacia Áqaba y, de allí, hacia Wadi Mousa y Petra. Se trata de una excursión de esas que se llaman «de aventura», pues tienen que recorrer una parte del desierto del Sinaí, lo cual no suele interesar a la mayoría de los turistas que van a Egipto. Loj se disculpa con el Papa, por anticipado, y le advierte que las comodidades serán muy escasas en este viaje. El Papa sonríe y le asegura al obispo polaco que eso es lo que menos le preocupa.

Cuando se presentan al guía de la excursión, un cierto temor brilla en los ojos de monseñor Loj. ¿Pasarán desapercibidos? ¿Reconocerán al Papa a pesar de su disfraz? Al fin y al cabo es alguien muy conocido y todos los periódicos y televisiones dan continuamente su fotografía y a esas alturas ya todos saben la cantidad que han ofrecido como precio por su cabeza. Sin embargo, nadie se fija en ellos. Es tan difícil de pensar que el Papa pueda estar en una excursión en Egipto que posiblemente podría haber pasado desapercibido incluso yendo sin disfraz. A pesar de eso, no se confían. Como son nuevos en el grupo, lo mismo que la mayoría, se recluyen en una intimidad forzada y ostensiblemente hablan en polaco entre ellos —el Papa apenas dice alguna palabra que ha aprendido, pues no habla ese idioma—, de forma que los demás les miran como a seres exóticos y les dejan en paz, sin deseos de intimar. Así transcurre el pesado viaje, una vez que han cruzado el canal y se han introducido en la carretera que lo bordea, ya en la península del Sinaí. En Port Taufik, a las orillas del mar Rojo, paran a comer y logran, sin grandes problemas, desprenderse del guía que, amablemente, va pasando por todas las mesas. Jarek hace como si hablara un pésimo inglés y la hermana Krystyna simula no saber otro idioma que el polaco, lo mismo que el Papa. Después de comer, la excursión prosigue su camino, bordeando el mar Rojo. Paran en Abu Zenima, para ver, con el resto del grupo, las llamadas «fuentes de Moisés», donde, según la tradición, los israelitas se tomaron un descanso después de atravesar el mar Rojo y Moisés hizo brotar el agua de la roca. Luego siguen el viaje hasta que, al caer la tarde, llegan a Serabit el Khadem. Tienen que pasar la noche, como el resto de los excursionistas, en una tienda de campaña, lo cual es acogido por el grupo en general como una delicia y por el Papa y su comitiva como un elemento más de un itinerario en el que son llevados de la mano de la Virgen hacia un lugar preparado por ella y donde estarán seguros. El viaje ha sido agotador y están muy cansados, pero, ya en la tienda, Loj logra sintonizar la BBC, que está dando en ese momento un informativo. Es sábado, aunque para los tres, envueltos en el torbellino de la huida, eso haya pasado casi desapercibido. Al escuchar la radio comprenden la importancia del dato, porque esa tarde ha sido la primera, desde que ha estallado la persecución, en que los católicos han ido a misa para cumplir el precepto dominical. El locutor de la BBC comenta, muy irritado, lo ocurrido en Londres y en la práctica totalidad de las iglesias del mundo; todas han abierto, aunque solo unas pocas contaban con sacerdotes dispuestos a celebrar la misa, los cuales pertenecen al grupo de los que han aceptado la nueva situación. Las iglesias se han llenado como nunca, dice el locutor, pero cuando el sacerdote ha aparecido en el altar, de forma pacífica y espontánea los fieles se han marchado del templo, quedando en él solo un puñado de personas. Así ha ocurrido por doquier. El Papa y Loj se miran y se abrazan. ¿Cómo ha sido posible eso? ¿Cómo ha podido reaccionar de forma tan simultánea el pueblo fiel, boicoteando a aquellos sacerdotes que han apostatado públicamente de la verdadera fe católica? Ellos ignoran que una parte del trabajo de Del Valle y Ramírez ha consistido, precisamente, en poner en circulación un mensaje muy sencillo: «Ve a misa y sal cuando entre el cura, porque los auténticos curas católicos están escondidos o en la cárcel». La difusión del mensaje ha sido tan rápida y extensa que en pocos sitios del mundo se han celebrado las Eucaristías. En cambio, en las iglesias donde no ha aparecido el sacerdote, la gente ha permanecido, rezando y algunos llorando, hasta que pasado un tiempo han vuelto a sus casas. Según el periodista de la BBC, se espera una reacción para el día siguiente, domingo, de parte de los laicos que son fieles a lo que él llama la verdadera Iglesia, y de hecho —dice—, ya han comenzado a producirse declaraciones de altos dignatarios católicos pidiendo a los fieles que no dejen de acudir a misa, al margen de quién la celebre.

Enrique del Valle y monseñor Ramírez han tenido, efectivamente, mucho trabajo. Mientras el autocar en el que iba el Papa traqueteaba por las polvorientas carreteras del Sinaí, ellos salieron temprano de Rímini y se dirigieron a Bolonia, una ciudad mucho más grande y con más posibilidades de camuflar el envío del mensaje que tenían que poner en circulación a través de la red que el informático madrileño había tejido. Eran conscientes de que cada envío significaba un riesgo y que el cambiar de lugar de emisión no era suficiente. Pero sabían que en aquellos momentos iniciales se estaba jugando, quizá, la parte más importante de la partida. Por eso no les importaba arriesgar. De hecho, un equipo de informáticos trabajaba en Estados Unidos para descubrir dónde estaba el origen de la emisión del vídeo del Papa, grabada antes de salir del Vaticano. Este nuevo mensaje les ayudó a concretar el área de investigación y concluyeron que se trataba de Italia, aunque aún no podían precisar la zona, pero confiaban en que con dos o tres emisiones más, pudieran marcar un territorio suficientemente reducido como para ser vigilado minuciosamente por la policía. El cerco, pues, comenzaba a estrecharse sobre Ramírez y sus colaboradores.

Esta información fue transmitida inmediatamente a Golda Katsav. A primera hora de la mañana del sábado, mientras el Santo Padre y Ramírez, respectivamente, viajaban y trabajaban —teniendo en cuenta la diferencia horaria con Nueva York—, ella se reunía con su equipo de colaboradores.

—¿Cómo van las cosas? —pregunta, tras presentar a John McCabe al resto del equipo y decir de él que se iba a encargar de coordinar la múltiple información que sobre el caso estaba llegando de todo el mundo.

—En Asia sigue con éxito la caza —contesta, feliz, Hu Shicheng—. Tenemos a un buen grupo de obispos y a un cardenal en la cárcel. La Iglesia está atemorizada e incluso en India, en zonas donde hay muchos católicos como es el caso del estado de Kerala, la gente está retraída. Hemos incitado a los más fanáticos de los hinduistas y de los budistas para que acosen a los católicos. Hay centenares de iglesias ardiendo y son ya muchas las víctimas. Los musulmanes parecen más reacios, a pesar de que confiábamos en que iban a ser los primeros en sumarse a la caza y captura de los cristianos, pero parece ser que los clérigos más integristas han dicho que esta guerra no es la suya y han ordenado a sus fanáticos seguidores que no ataquen a la Iglesia. De todas las formas, en esos países los cristianos son una minoría muy fácilmente localizable.

—Hoy es sábado —dice Golda—. Habrá que estar muy atento a lo que ocurre esta tarde en los templos católicos. ¿Cómo están las cosas en Europa, señor Kuhn?

—Más o menos, como se esperaba. Importantes arzobispos y obispos se han declarado por nuestra causa, aunque son una minoría. También lo han hecho dos cardenales, uno de ellos jubilado. Habrá que esperar a que se cumpla el plazo dado por los distintos gobiernos para ver quiénes salen de la clandestinidad o quiénes prefieren permanecer en ella y arriesgarse a ir a la cárcel.

—¿Alguna noticia del Papa o de dónde se ha emitido el último mensaje? —pregunta Golda, tendiéndole una trampa a Kuhn para ver hasta dónde él tiene acceso a la información privilegiada que ella maneja y que procede del equipo de informáticos que rastrea el lugar de emisión de los mensajes favorables al Papa.

—No. Se le busca sin cesar y se han puesto controles de policía en las carreteras, en trenes, estaciones de autobuses y, por supuesto, aeropuertos. Todos siguen pensando que está en Italia e incluso la mayoría opina que se encuentra en Roma. De todos modos, he dado la orden de que amplíen la búsqueda a los países limítrofes: Francia, Suiza, Austria, Eslovenia e incluso Croacia. En cuanto al mensaje de que habla, señora Katsav, no sé a qué se refiere. ¿Ha vuelto a emitirse algún vídeo del Papa?

—No, no —responde Golda, satisfecha de ser ella la única que tiene la mejor información—. Pero el equipo de la policía informática que está trabajando en este caso ha detectado un envío masivo de SMS en el que se pide a los católicos que vayan hoy y mañana a misa y que, cuando el cura aparezca en el altar, ellos se vayan de la iglesia para expresar su rechazo, pues esos curas, dice el mensaje, son heréticos y traidores al Papa. Eso significa que hay un núcleo organizado que está coordinando la resistencia. Nuestros informáticos aseguran que ese grupo está en Italia, pero aún no saben dónde. Dicen que con un par de mensajes más, estarán en condiciones de darnos una zona más precisa, para que la policía pueda intervenir. De todos modos, hay que hacer algo para contrarrestar esta acción de nuestros enemigos. ¿Alguien tiene alguna idea?

—Podríamos denunciar lo ocurrido en los medios de comunicación y pedir al resto de los católicos que vayan a misa y que se queden allí —aporta Ghazanavi, el secretario.

—En ese caso —es ahora McCabe quien habla y lo hace por primera vez, sabiendo que sus palabras van a ser vistas con lupa—, informaríamos a nuestros enemigos de que hemos descubierto su trama, se volverían más prudentes y nos costaría mucho más dar con el origen de la fuente emisora. Además, creo que nos conviene ver el alcance de su actuación, pues en sí la cosa no será muy significativa, aunque ocurriera lo que ellos han pedido, pero para nosotros sería bueno averiguar qué parte de los católicos están con el Papa y qué parte no. Será como una especie de referéndum. Puede ser que lo perdamos, pero al menos sabremos en qué situación estamos.

—Tiene razón el señor McCabe —dice Kuhn, que mira con simpatía hacia el recién llegado, y que quiere quitar importancia a una información de la que él no disponía y que supone un tanto para Golda, su rival y jefa—. Hagamos la prueba y luego evaluemos los resultados.

—De acuerdo —zanja Golda—. Mañana tomaremos un día de relativo descanso, salvo que ocurra algo muy importante, y nos volveremos a ver el lunes. Que cada uno esté atento a lo que sucede en su área de responsabilidad.

Cuando todos salen, Kuhn se acerca a McCabe y entabla una conversación superficial con él. Golda lo observa y se da cuenta de que el suizo ha detectado enseguida la valía del periodista y quiere atraérselo a su campo, lo cual le confirma en la sospecha que comparte con el «señor X»: que el señor oscuro puede estar preparando un «plan B» para sustituirlos a ambos en caso de que la operación no alcance el éxito esperado. No achaca lo que ha observado a McCabe, sino a Kuhn, pero decide estar mucho más pendiente del periodista. Luego, vuelve a su mesa de despacho y llama a Heather Swail para pedirle que ordene una estricta censura de las informaciones que se produzcan sobre la asistencia a misa en esa tarde y en el día siguiente. Informa, a continuación, al «señor X» de lo sucedido, incluida la maniobra de captación de Kuhn sobre McCabe y, cuando ha terminado, le pide al secretario Ghazanavi que le ponga en comunicación con este, pues X le ha recomendado que no se deje ganar el terreno y que seduzca de una vez al periodista.

A la salida del despacho, efectivamente, Kuhn se acercó a McCabe para entablar una conversación superficial con él, de tanteo.

—¿Te puedo llamar John? —empezó por preguntarle.

—Por supuesto. ¿Y yo a ti Heinz?

—Claro. Estamos metidos en una aventura apasionante, ¿no crees?

—Sí, efectivamente. De hecho, aún estoy un poco desconcertado. Ha sido mi primera reunión y tengo la impresión de que esto me viene un poco grande.

—¿Te gustaría que te pusiera al tanto de algunas cosas?

—Te lo agradecería mucho —dijo John, que intuyó que el suizo y Golda van cada uno por su lado y que quiere saberlo todo de la operación contra la Iglesia para poder desactivarla desde dentro.

—De acuerdo. Nos vemos esta tarde en Times Square, delante del Marriot. Allí, en medio de la multitud, podremos pasar desapercibidos. Me ha gustado mucho tu intervención y por eso la he apoyado. Creo que eres un tipo valioso, pero debes aprender a andar con pies de plomo si no quieres que te suceda lo que al viejo y querido Ralph.

—Creo que, efectivamente, tenemos mucho de qué hablar. ¿A qué hora quedamos exactamente?

—A las cinco. Por cierto, ¿eres creyente? —preguntó Kuhn, como si tal cosa, aunque eso era lo que más le urgía saber.

—¿Te refieres a si tengo fe en Dios?

—Bueno, más exactamente, en el diablo.

—¡Caray! Déjamelo pensar —contestó para ganar tiempo—. ¿Y tú? —preguntó a su vez, con una agilidad mental que dejó sorprendido a su compañero.

—Por supuesto que sí. Pero de eso ya hablaremos esta tarde.

Los dos se separaron y, mientras uno había ido hacia su despacho, en la misma sede de las Naciones Unidas, el otro se dirigió hacia la calle, para ir al periódico. Pero no había tenido tiempo de llegar afuera cuando recibió una llamada en el móvil cuyo número le diera a Golda, por lo que dedujo que era ella, aunque el número que aparecía en la pantalla no era el de su teléfono privado y ultrasecreto.

—John, ¿qué planes tienes para esta noche?

—Pues, no sé. ¿Por qué me lo preguntas? —contesta McCabe, consciente de que ella está volviendo a intentar ligar con él.

—¿Te apetece cenar conmigo?

—Por supuesto —responde, pues sabe que rechazarlo sería contraproducente.

—¿En tu casa o en la mía?

—En ninguna de las dos —la pregunta no ha podido ser más clara, por parte de Golda, que está ofreciendo una ración de sexo como postre, pero John no quiere, por muchos motivos, llegar a eso, así que le ofrece una alternativa—. No te lo tomes a mal, Golda. Eres una mujer bellísima y, si te soy sincero, me siento muy atraído por ti. Pero es demasiado pronto. Necesito tiempo y, además, eres mi jefa y yo quiero concentrarme en el trabajo que me has encomendado, sin mezclarlo con el placer, como ya te dije.

—Pues no tienes fama de ser alguien que pide tiempo para estas cosas —responde Golda, despechada.

—Es verdad. Pero también es cierto que nunca me había visto envuelto en una situación así. Será que me estoy volviendo viejo. Mira, te invito a cenar en restaurante que hay en el Village, el BLVD, en Bowery. Es de comida latina y te gustará. ¿Quedamos a las siete, te parece bien?

—De acuerdo, tú ganas. Pero ten en cuenta que no estoy acostumbrada a que me rechacen, así que eso no lo podrás hacer mucho más tiempo.

Nada más colgar, Golda llama a su despacho a Ghazanavi. Tiene un encargo que hacerle.

—Señor Ghazanavi, ¿puedo mandarle una tarea especial? Me refiero a si puede usted encargarse de vigilar a uno de los miembros del consejo del CUR.

—Es algo que siempre he hecho. A petición del señor Renick, claro.

—Pues bien, quiero que investigue al nuevo. A John McCabe. Quiero saber si tiene alguna amante, si hay mujeres trabajando con él, si hay alguien con quien se relacione de una manera especial.

—Tendré esos datos listos para el lunes, señora. En unos minutos tendrá a alguien siguiéndole los talones.

—De acuerdo. Espero tu informe para entonces, incluido lo relacionado con la cena que voy a tener con él hoy y lo que hará después de ella.

Mientras, John se ha dirigido, de nuevo en taxi, al *New York Times*. «¡Vaya lío!», piensa. «Uno quiere tomar una copa conmigo para saber si creo en el demonio y la otra quiere cenar conmigo para llevarme a la cama. Creo que necesito rezar». Así que se pasa el resto del camino repitiendo, con el mayor fervor de que es capaz, las oraciones que Juan Diego le enseñó la noche anterior. Cuando llega al periódico y sube en el ascensor hasta la planta donde está su hermoso despacho, le viene a la mente una imagen: Juanita. Y, de repente, comprende que se ha enamorado. No tiene nada que ver con lo que ha sentido en tantas otras ocasiones por las mujeres. Es totalmente distinto y, quizá por eso, sabe que es lo que siempre ha considerado como una cursilería: el verdadero amor. Cuando la conoció, le atrajo su físico. Luego, al hablar con ella, le sedujo su personalidad, su firmeza, su honestidad, su valentía. Y ahora se da cuenta de que, de manera inconsciente, ha estado todo el día pensando en ella y soñando con regresar al periódico para poder verla. «¡Solo me faltaba esto!», se dice a sí mismo, «enamorarme en un momento así. Que Dios me ayude». Y entra en su despacho.

Allí está Tim, en la oficina que sirve de antesala.

—¿Cómo van las cosas, Tim?

—Todo en orden, jefe. Los editorialistas están trabajando. Además del asunto de la Iglesia católica, está el problema que se presentó ayer con los levantamientos masivos de la población en Kenia, Uganda, Congo y Nigeria. Todo el centro de África parece estar en llamas. También está el asunto del clima, cada vez más preocupante y que, según los científicos, está a punto de llegar a una situación insostenible. Probablemente haremos editoriales sobre estas tres cosas. Se las he encargado a Screengly, Ashford y Nevis.

—¿Hay alguna relación entre lo que está pasando en África y el ataque a la Iglesia?

—Todo parece indicar que no. Se trata del hambre, simplemente. Y del sida. Y de la corrupción generalizada de sus respectivos gobiernos. Si no se ataja, el resto de la región va a contagiarse. No es un gran problema para la economía mundial, que es lo que cuenta, a excepción de lo que suceda en Nigeria. Hoy el petróleo ha subido cinco dólares el barril.

—¿Qué vais a decir sobre lo de la Iglesia?

—Estamos a la espera de lo que suceda esta tarde, en la misa del sábado. Por lo que se ve, los papistas han hecho circular SMS por todo el mundo, invitando a salirse de las iglesias en cuanto empiece el acto, en señal de protesta. Si hay seguimiento, haremos un editorial muy duro contra los fieles católicos. Si no lo hay, les dedicaremos un aplauso y diremos que han demostrado estar en sintonía con los signos de los tiempos y no con sus corruptos y caducos pastores.

—Bien. Quiero revisar ese editorial de forma especial. Pásamelo cuando lo tengas hecho. En cuanto a lo del clima, ¿es más de lo mismo?

—La novedad es que hoy se ha conocido un informe de la principal organización científica que estudia el cambio climático, el IPCC, y, según sus previsiones, en este mismo año la mitad de la población mundial ya no tendrá a su alcance el suficiente agua potable y la situación irá a peor si no se cortan de raíz las emisiones de gases contaminantes. El Consejo de Seguridad ha decidido estudiar el asunto en una reunión de urgencia que se celebrará el lunes.

—¿Por dónde iremos en el editorial?

—Pediremos los máximos sacrificios para cortar la contaminación, pero a la vez seremos comprensivos con la existencia de una parte de la misma, pues la economía se bloquearía si se aplicaran a rajatabla las condiciones que piden científicos y ecologistas.

—Pero eso es como no decir nada. De hecho, es lo que se lleva diciendo desde hace años y no ha servido para nada.

—Lo sé, jefe, pero esa es la indicación que me han dado desde arriba. Quizá usted pueda convencerlos de otra cosa.

—No. Yo tengo un encargo muy específico y debo atenerme a él. A las cuatro y media tengo que salir y probablemente no tendremos aún los datos del seguimiento de la misa en América, aunque sí en Europa y Asia. Estaré fuera toda la tarde y quizá no regrese hasta mañana, pero, a la hora que sea, me llamas para leerme el editorial sobre la Iglesia. Quiero darle el visto bueno antes de que se publique. Y ahora, por favor, dile a la becaria que esté de guardia que venga.

Tim sale y, pocos minutos después, Juanita llama suavemente a la puerta. Su delicadeza al llamar hace que John sepa que se trata de ella y no puede evitar que su corazón se ponga a latir más deprisa.

—Adelante.

—Señor McCabe, buenos días. Aquí tengo el resumen de lo que ha sucedido hoy.

—¿Algo a destacar?

—En las parroquias católicas de todos los países de Asia y en aquellas en las que se están celebrando ahora mismo las misas en Europa y África, ha sucedido lo mismo: la gente ha salido pacíficamente de los templos cuando el sacerdote ha aparecido para comenzar la Eucaristía. Parece ser que ha circulado un SMS que procedía del equipo que rodea al Papa y que aconsejaba eso.

—¿Y tú qué opinas sobre eso?

—Mi opinión no viene al caso. Yo estoy aquí solo para informarle de lo que ocurre —dice Juanita, a la defensiva.

—Tienes razón. Perdóname. Me dejaste bien claros tus sentimientos y mi pregunta está de más. ¿Alguna otra cosa relevante?

—En la mayoría de los países donde no ha empezado la persecución, el plazo acaba mañana o, a lo sumo, pasado mañana. A partir de ese momento, se tendrán datos sobre el número de sacerdotes, obispos y cardenales que se han adherido a la resolución de la ONU. De momento, la cifra es muy baja. Por otro lado, han comenzado ya los preparativos en el Vaticano para la celebración del cónclave que tendrá que elegir al sucesor del Papa actual, dentro de cinco días.

—Juanita, ¿me aceptarías una invitación a cenar? No hoy, sino otro día cualquiera.

—No.

—¿Por qué?

—Ya le he dicho que no quiero tener con usted ningún trato que no sea estrictamente profesional.

—¿Tanto me desprecias? —dice McCabe, con un profundo dolor en la voz y en la mirada, pues quisiera gritarle a la joven, y no puede hacerlo, que él también es católico, aunque esté sin bautizar, y que está enamorándose de ella, pero que no quiere tener ninguna relación con ella que sea pecaminosa.

—No le desprecio —dice Juanita, bajando la mirada y con un suave temblor en la voz que denota que ella también está empezando a enamorarse—. Es que ni quiero ni puedo.

—¿Por qué?

—Porque usted y yo estamos en mundos distintos. Usted está acostumbrado a acostarse con todas las chicas que se cruzan en su camino, o al menos eso dicen. Y yo no quiero tener relaciones sexuales antes del matrimonio. Además, usted odia a la Iglesia y yo la amo. ¿Le parecen pocos motivos?

—Dejemos el segundo motivo. ¿Y si te dijera que no quiero tener relaciones contigo y que solo me gustaría conocerte más para, llegado el caso, casarme contigo? —la voz de John no puede evitar un temblor, que la joven nota y le hace mirarle con sorpresa e incredulidad.

—Aun así, quedaría el segundo motivo. Para mí es suficiente. Lo siento. ¿Le importa que me vaya para seguir trabajando?

—Sí me importa, pero creo que tienes razón al querer irte. Solo te ruego que de esto no hables con nadie y que consideres la posibilidad de salir conmigo a cenar, sin nada más después. Quizá necesite alguien que me catequice.

—Usted se burla de mí y hace mal en hacerlo. Usted no quiere ser católico y yo no soy una buena catequista. Discúlpeme. Voy a seguir trabajando. El próximo parte se lo traerá Tzipi, pues mi turno está a punto de acabar. Hasta mañana.

—Una última cosa. ¿Tienes novio?

—No —dice la joven, bajando de nuevo la mirada, para reponerse enseguida—. Además, no es un asunto suyo. Hasta mañana.

«Estoy loco», piensa John cuando Juanita ha salido. «Un poco más, y descubro mis cartas ante esta criatura. No puedo tener una relación con ella. No puedo casarme con ella en esta situación, pues mi vida está en peligro y pondría en peligro la suya. Pero, decididamente, estoy enamorado de ella como nunca lo he estado de nadie. Y si no me equivoco, ella también siente algo por mí. Tendré que hacer horas extras con la oración, para que Dios me ayude a controlarme».

La mañana sigue su ritmo normal. John toma un sándwich en la cafetería del periódico y, cuando vuelve a su oficina, se encuentra con Tzipi que le está esperando. Como siempre, la extrovertida muchacha le saluda con entusiasmo. Ya en su oficina, en vez de ir a la cuestión profesional, la joven afronta otro tema.

—Es usted un pillín. ¿Ha intentado ligar con Juanita, verdad?

—¿Cómo se te ocurre eso? —dice John, sorprendido y descolocado—. ¿Te ha dicho algo ella?

—¿Juanita hablar de algo así? Antes se moriría. Es muy tímida. Pero yo lo he notado. Tenía una sombra de agua en los ojos y eso significa que su corazón estaba lleno de lágrimas. Ya le dije que esa chica es distinta. Si quiere usted ligar, aquí estoy yo. A ella solo la conseguirá usted pasando por un altar católico y eso, jefe, es imposible tanto por usted como por la situación en que ahora se encuentra la Iglesia.

—Tzipi, te aprecio porque eres muy simpática y una buena profesional, pero creo que te estás metiendo donde no te llaman.

—De acuerdo, de acuerdo, de acuerdo. Tomo nota de la bronca. Pero permítame una última indiscreción. Le aseguro que será la última. ¿Ha intentado ligar con ella o no? Y míreme a los ojos cuando me conteste.

—No —contesta tajante y sinceramente John, pues, efectivamente, él no quiere tener una aventura con Juanita, sino algo mucho más serio—. Y ahora, infórmame de las últimas noticias.

—Pues entonces, esta chica está enamorada de alguien y lo está perdidamente, y no creo que sea el papanatas de Tim —responde Tzipi, sin hacer caso—. Bueno, en cuanto a las noticias…

La becaria le pasa a John los últimos datos, que están en sintonía con lo que ya se sabía, acerca de la participación de los católicos en la misa. Después se va. John la ha estado escuchando atentamente, pero con la cabeza irremediablemente puesta en otro sitio, a pesar de los esfuerzos que hacía. Cuando Tzipi le deja solo, se acomoda en su confortable sillón y piensa: «Tenía yo razón. Ella también me quiere. Realmente es una mujer increíble, a pesar de su juventud, pues prefiere no tener relaciones conmigo antes que hacer algo que perjudique a su Iglesia, algo que vaya en contra de su conciencia». Y después, de forma natural, sin apenas darse cuenta, se pone a rezar, dándole gracias a Dios por todo lo que está sucediendo en su vida y pidiéndole que le ayude a casarse algún día con esta joven que, tan rápida como intensamente, ha conquistado su corazón. Una llamada a su móvil más privado le saca de su ensimismamiento.

—Soy yo —dice una voz que él identifica rápidamente como la de Juan Diego Sandoval—. Tenga cuidado. Le están investigando.

—Gracias —contesta y, antes de que pueda decir nada más, el detective corta la conversación.

«Era lógico», concluye. «Tienen que estar mirándome con lupa. Razón de más para no inmiscuir a esta muchacha en mi vida, al menos por ahora». Luego mira el reloj y ve que le queda el tiempo justo para irse a su casa, cambiarse de ropa y estar puntual en las dos citas, casi sucesivas, que tiene esa tarde. Una de las personas con las que se va a reunir, probablemente Golda, ha ordenado que se le investigue a fondo. Es consciente, como nunca, de que su vida está en peligro. Y de nuevo reza. Pero mientras lo hace, sale de su oficina y se dirige al garaje para coger el coche y marcharse a su casa.

De camino, se da cuenta de que ha olvidado algo importante. Tiene que advertir a los que ponen en circulación los mensajes del Papa que están siendo investigados y que, con cada nuevo mensaje, se cierra el círculo en torno a ellos. Esto es grave en cualquier caso, pero si el Papa está con ese grupo, sería especialmente malo. Pero ¿cómo hacerlo? Sobre todo, ¿cómo hacerlo ahora que se sabe investigado?

A las cinco en punto, John está en Times Square. Ha dejado su coche aparcado cerca y ha ido andando a la plaza. No sabe si alguien le está vigilando y todos le parecen sospechosos, desde el negro que vende recuerdos en la acera hasta el charlatán que acaba de comenzar una demostración de un cortazanahorias ante los curiosos y aburridos turistas. La plaza, que no es otra cosa que un cruce de calles, como siempre y sobre todo en sábado, está atestada. De repente, oye su voz, pero no ve a nadie. Se gira, y dentro de la puerta de una tienda intuye que está Kuhn, aunque no le ve. Entra y, efectivamente, es el suizo. Decide no preguntarle el porqué de su extraña manera de avisarle, porque comprende que el suizo sabe o sospecha que él, o quizá los dos, están bajo vigilancia. Esto, sin embargo, aumenta su incomodidad, pues no quiere meterse en los líos internos del CUR, ya que tiene bastante con los propios.

—Hola, John —dice Kuhn—. Estaba aquí, mirando algunas cosas, y le he visto fuera. ¿Qué le parece si nos vemos en la cafetería del Marriot dentro de diez minutos? Salga usted ahora y yo iré luego, cuando acabe de comprar. Es para que no pierda usted el tiempo esperándome. Vaya pidiendo algo mientras yo llego.

—De acuerdo —dice John, cada vez más sorprendido y preocupado, pero dispuesto a no mostrar nada de lo que siente.

Ya en la elegante cafetería del hotel, junto al espectacular e iluminado ascensor central, John ve que solo hay dos mesas vacías. Una muy cerca de la otra. Le sorprende, pues está todo abarrotado y hay gente esperando para poder sentarse. Es lo que piensa hacer él, pero un camarero se le acerca y le pregunta:

—¿Es el señor McCabe? Haga el favor de seguirme. Tenemos una mesa reservada para usted. ¿Qué va a tomar?

—Un zumo de naranja natural —responde, sin salir de su asombro.

Apenas ha tenido tiempo de sentarse y, contra todo pronóstico, el camarero se le acerca con el zumo, como si él importara más que el resto de los que están sentados y que llevan unos minutos aguardando a que les sirvan lo que han pedido. A la vez, el camarero deja un café en la mesa de al lado, que sigue vacía. No pasa ni un minuto cuando John ve acercarse hacia esa mesa a una viejecita encantadora, gruesa, tambaleante, que se coloca de espaldas a él y se pone a tomar el café. «Será una cliente habitual», supone, «y estará alojada aquí». Pero apenas ha terminado de pensar esto, cuando la viejecita, con voz apenas audible, le dice, mientras se lleva el café a los labios:

—Nos están vigilando. Es Golda. Siento que no podamos hablar con comodidad, pero cuando he quedado con usted esta tarde no sabía que esto iba a pasar.

—¿Cómo te has enterado?

—Ghazanavi. Es un agente doble. Podremos hablar muy poco, pero necesito saber una cosa. ¿Crees en el demonio? Quiero un sí o un no. No me vengas con subterfugios.

—Sí —contesta John, que no sale de su asombro—. Pero ¿por qué es tan importante?

—¿Estás dispuesto a servirle?

—Eso me asusta. No quiero pertenecer a una secta satánica, si es lo que me sugieres. ¿Estás tú metido en algo de eso, Heinz?

—No. La mayor parte de esos grupos están formados por gente loca, que ha perdido la cabeza. Hablo de algo más serio. Más profundo. Me refiero a si estás dispuesto a ponerte a las órdenes de Satanás en esta lucha que estamos librando en este momento.

—¿Te refieres al ataque a la Iglesia?

—Por supuesto, ¿a qué sino? A eso y al control de todas las religiones para ponerlas, en un primer momento, bajo las órdenes de los políticos y, como la mayoría de ellos, o al menos los que de verdad mandan, están de nuestra parte, las religiones terminarán por estar a nuestro servicio. Es el fin de la larga y penosa lucha que llevamos librando desde el origen de los tiempos. Ha llegado nuestra hora y la victoria está al alcance de la mano.

—Heinz, ¿qué se conseguirá con eso?

—Nosotros lo lograremos todo, todo lo que podamos soñar. Si te gusta el sexo, tendrás el que quieras. Si te gusta el dinero, nadarás en él. Si aspiras al poder, el mundo estará a tus pies.

—¿Y los demás? ¿Y el mundo en general?

—Todo va a cambiar. El mundo está a punto de desaparecer, tal y como lo hemos conocido hasta ahora. ¿No te das cuenta de que detrás de este cambio climático y estas revoluciones que estallan por doquier hay un designio de transformación?

—¿De transformación o de destrucción?

—Es lo mismo. Es un Apocalipsis, pero no en el sentido cristiano, con la victoria final de Jesucristo, sino en el sentido contrario, con el demonio triunfando de manera definitiva. La mayoría de los hombres morirá, irremediablemente. Están ya contados, medidos y pesados. Les espera la eternidad del llanto y del dolor. Pero a nosotros, a los elegidos, a los que hemos servido lealmente al señor del mundo, nos está destinada otra cosa. Nos espera la vida eterna aquí en la tierra, pues suyo es el mundo y los que le damos el alma gozaremos de sus tesoros para siempre. Él va a vencer y yo quiero estar con los vencedores. Pero, contéstame, ¿quieres servirle o no?

—¿Golda está en esta misma historia o ella no cree en el demonio, o no le sirve?

—Sí cree, y le sirve, pero ni ella ni quien es su jefe están haciendo las cosas bien. Por eso, el señor del mundo me ha pedido que haga un nuevo equipo para acabar con aquellos a los que había encomendado la lucha definitiva y que, como ves, están haciéndolo tan torpemente.

—Por eso ha muerto Ralph.

—Y Gunnar, y tú si no te pones de nuestra parte.

En ese momento, un joven latino, mal vestido y desgreñado, se acerca, tambaleante, a las mesas que ocupan ambos y se apoya en la de Kuhn, para marcharse a continuación, rápidamente. Este, sorprendido todavía, le sigue con la mirada y luego la dirige a la mesa, al sitio donde se apoyó la mano del muchacho. Allí ve, horrorizado, una cruz de metal, dorada y vulgar, de las que gustan llevar los raperos.

—¡Ahhh! —exclama—, levantándose. Esto tiene que haberlo hecho Golda. Ya seguiremos hablando. Y se va, dejando a John con la boca abierta, mirando la cruz, que no se atreve ni a tocar, pero aliviado por el hecho de que no ha tenido que responder a la pregunta de Kuhn. Entonces, llama al camarero, paga la cuenta y también se va.

El joven latino ha desaparecido, lo mismo que el suizo. John sale, mareado, del hotel y el fresco de la calle le reanima, a pesar de que el aire está cada vez más contaminado en aquella babilónica metrópoli. Se apoya un momento en una pared y decide dar un paseo por la zona, antes de coger el coche e ir hacia el restaurante del Village donde ha quedado con Golda. Necesita pensar y tiene tiempo.

Es evidente que alguien ha intervenido providencialmente para salvarle. Pero ¿quién? «Dios», se responde a sí mismo, pero ¿a través de quién?

Cuando entra en el BLVD, como es un cliente habitual, pues allí suele llevar a cenar a sus «conquistas» femeninas, la camarera —una mexicana, como es frecuente en Nueva York, y más en un restaurante latino— le saluda con afecto.

—Buenas noches, señor McCabe. ¿Su mesa de siempre?

—No, Lupita. Esta noche quiero algo menos íntimo, menos romántico.

—¡Ah! Eso es que la señorita con que cenará no es muy guapa —responde, riendo, mientras comienza a andar hacia una parte del comedor más expuesta, menos reservada. Cuando John se ha sentado, le pregunta—. ¿Tomará lo mismo de siempre mientras espera a su dama?

—Siento decepcionarte otra vez. Esta noche voy a beber cerveza sin alcohol, pero quiero que, si te pido que me traigas otra, me la sirvas en una copa, para que no se vea la botella y no se sepa que es sin alcohol.

—Bueno, bueno. Así que hoy tenemos cena de negocios, por lo que veo —y se va.

Han pasado apenas unos minutos cuando Lupita vuelve con la cerveza, que pone encima de la mesa de la manera más natural. De forma imperceptible, le dice: «Le esperan en el baño». John no sale de su asombro, pero controla el gesto y hace como si no hubiera oído nada. Comienza a tomar la cerveza y, poco después, mira al reloj y comprueba que faltan aún unos minutos para la hora en que había quedado con Golda. Se levanta y va al baño. Está vacío, excepto uno de los retretes, que tiene la puerta cerrada. Se introduce en el de al lado y, apenas ha cerrado, le pasan por debajo un pedazo de papel escrito a mano, con una letra que identifica con la de Juan Diego Sandoval. «Le están siguiendo. Está usted en peligro, pero yo le protejo. El latino del Marriot era mi hijo. Lleva usted un microchip que yo le he colocado sin que usted lo supiera y escucho todo lo que habla. Por eso intervine. Tenga cuidado». Inmediatamente, oye tirar de la cadena al lado suyo y el ruido de una puerta, seguida de otra poco después. John está estupefacto. ¿De forma que Juan Diego le ha colocado un micrófono sin él saberlo? La cosa no le gusta nada, pero comprende que el mexicano hace bien su tarea y que gracias a eso y a su rápida intervención en el Marriot, ha logrado sortear un momento difícil. Deja que pasen dos minutos más y sale del retrete. Mientras se lava las manos, un hombre entra y hace lo normal en estos casos. Aparentemente, nada raro. John termina de lavarse y se va. Llega a su mesa y vuelve a dar un sorbo a su cerveza, mientras su cabeza empieza a girar, como un torbellino, consciente cada vez más de que su vida está en grave riesgo. Pero no tiene tiempo de sacar muchas conclusiones, pues Lupita aparece, de repente, precediendo a Golda Katsav. Está deslumbrante. Tanto que la camarera, a espaldas de ella, le hace un gesto de admiración a John.

—Muchas gracias por venir, Golda. Estás guapísima.

—Muchas gracias por invitarme, John. Y te advierto de antemano que no he renunciado a mis planes para esta noche.

—Ni yo a los míos —responde McCabe, sonriendo—, aunque reconozco que me va a ser muy difícil mantenerlos.

Cuando ya han pedido y les han servido, Golda deja la conversación trivial que habían mantenido hasta entonces y, de golpe, le espeta a McCabe:

—Esta tarde te has reunido en el Marriot con Heinz Kuhn, que estaba disfrazado de anciana.

—Sí —dice John, totalmente sorprendido, pero intuyendo rápidamente que la persona que le sigue y de la que le ha advertido Juan Diego está a las órdenes de Golda—. ¿Cómo lo sabes?

—Lo sé. Con eso basta. También sé que la idea ha sido de él y que se ha ido precipitadamente después de un incidente con un joven latino.

—Efectivamente. ¿Te lo ha contado él o es que me estás espiando?

—Te estoy vigilando, que no es lo mismo. Como comprenderás, tengo el deber de asegurarme de todo lo que concierne a mis colaboradores. Lo sé todo de todos los demás, pero aún sé muy poco de ti y no quiero que se me escape nada.

—¿Por eso quieres conocerme «íntimamente»?

—Por eso y porque me gustas mucho. El éxito que tienes con las mujeres no es casual y tú lo sabes. Pero dejemos eso para los postres. ¿Qué te ha dicho Kuhn?

—Hemos hablado del tiempo.

—Sí, claro. Habéis hablado, estoy segura, de lo bonito que es el amanecer desde el Empire State. Déjate de tonterías, John. Sé lo que Kuhn está intentando hacer. Quiere el poder. Quiere desbancar al «señor X» para ocupar su puesto y, como es un buen conocedor del ser humano, te ha valorado en mucho enseguida y por eso está intentando que te pases a su bando. Pero se equivoca. Va a seguir la suerte de otros que tú conocías y no me gustaría que eso te pasara a ti también.

—Vamos por partes —responde McCabe—. Primero, tú no has sido sincera conmigo y me has ocultado la existencia de ese misterioso «señor X», del cual Kuhn me ha hablado esta tarde. Segundo, él, efectivamente, quiere que esté en su bando, pero yo no quiero estar en ningún bando; todo esto me viene demasiado grande y prefiero no tomar partido ni por uno ni por otro, sino comportarme con lealtad y hacer mi trabajo del mejor modo posible. Tercero, cuando dices que me puede pasar como a otros a los que conocía, ¿a quién te refieres, además de a Renick?

—Empecemos por la última pregunta. Me refiero a Gunnar Eklund.

—Vaya, veo que has hecho bien tu trabajo y has aprovechado el tiempo para enterarte de quiénes son mis amistades.

—En este caso, lo sabía de antes. Simplemente, escuché la conversación, como hacía siempre, entre Renick y tú, cuando le llamaste la mañana en que comenzó todo, después de haberte enterado de lo sucedido en Guatemala, para interesarte por tu amigo. También escuché la respuesta que él te dio. Falsa, por supuesto. Pero eso, me imagino, ya lo sabrás a estas alturas.

—¿Y lo del «señor X»?

—Tienes que comprender que hay cosas que no se pueden decir la primera vez, sobre todo porque ni entonces ni ahora tengo la seguridad de que estés totalmente de mi parte.

—Pero dime, al menos, si ese «señor X» está de verdad al frente de todo o si por encima de él hay alguien más. Te lo pregunto porque no termino de entender lo que pasa con Kuhn. Si el misterioso «señor X» es el jefe supremo, Kuhn no tiene ninguna posibilidad. En cambio, si él tiene un superior, todo depende de cómo este valore el trabajo de X. Yo supongo que, en el fondo, la muerte de Gunnar y de Renick se debe a que tu misterioso jefe ha considerado necesario sacrificar a dos peones para no tener que ser sacrificado él. Por lo tanto, deduzco que hay un «super-X» y me gustaría saber quién es.

—Eres muy listo. Realmente listo. Y eso te hace tan interesante como peligroso. Has acertado en todo, pero debes ser tú mismo quien deduzca quién está por encima de X. Por otro lado, no es tan difícil. En cuanto a la pretensión de neutralidad, no te va a ser fácil mantenerte en ella. Kuhn se ha fijado en ti, cosa que no ha hecho con los demás componentes del consejo. Si te ha pedido que te pongas de su parte y le has dado largas, volverá a la carga hasta que te definas. Lo mismo haré yo.

—Pero, Golda, ¿de verdad estáis sirviendo a la misma causa? Porque la impresión que tengo es que sois dos bandos distintos y enfrentados.

—Es una buena pregunta, quizá la mejor que me has hecho esta noche. En realidad, si te soy sincera, cada uno de nosotros se sirve a sí mismo. Y no me refiero a la búsqueda del poder o del dinero. Llega un momento en que estás luchando por tu supervivencia. Cuando se alcanza una cota de responsabilidad como la que nosotros tenemos, en una guerra como la que libramos, los errores no se perdonan. Y como siempre hay diferentes formas de ver las cosas, distintas estrategias de actuación, si el que tiene la responsabilidad falla, lo paga con la vida. Es parte del juego. De un juego que necesita, para ser jugado, un gran amor por dosis fuertes de adrenalina.

—Es un juego cruel. No hay entre vosotros ninguna compasión. No existe la misericordia.

—John, ¡por favor! Hablas como los curas. ¡Por supuesto que no existe la misericordia! Eso es para los débiles.

—Me suena a Nietzsche tu respuesta.

—Te debería sonar a otro personaje. Piénsalo y así sabrás quién está por encima de todo. Y ahora me vas a permitir que te haga yo una pregunta, solo una.

—Por supuesto.

En ese momento, suena el teléfono móvil de McCabe. Este piensa que, otra vez, Sandoval acude a su rescate, pero no es así. Tzipi, que estaba de guardia en el periódico, le llamaba para comunicarle una noticia.

—Jefe, perdone que le moleste, pero ha llegado un teletipo que creo que es importante y por eso me he atrevido a molestarle.

—Has hecho bien. ¿De qué se trata?

—Han detenido al cardenal Hue, uno de los colaboradores más directos del Papa. Estaba escondido en un barrio de Roma, en casa de una familia católica china. Se puso enfermo y no les quedó más remedio que llamar al médico. Este aconsejó la hospitalización y, temiendo que le declararan cómplice, informó a la policía. En este momento se encuentra en un hospital romano.

—¿Cómo está de salud?

—Están haciendo todo lo posible por mantenerle con vida. Pero las posibilidades, según la agencia, son muy pocas.

—Gracias, Tzipi, eres un encanto. Si hay cualquier novedad, no dudes en llamarme de nuevo. Y dile a Tim que vaya adelante con los editoriales, que no hace falta que me llame para leérmelos.

—¿Qué sucede? —le pregunta Golda, una vez que él ha acabado la conversación, inquieta ante lo que supone que es una noticia importante.

—Era una de las becarias que me están ayudando en el periódico. El cardenal Hue, uno de los colaboradores más directos del Papa, está hospitalizado, previa detención por la policía. Se encuentra muy grave.

—Es una noticia muy importante. ¿Dónde le han detenido?

—En Roma. Le protegía una familia china.

—Si lográramos sacarle alguna información sobre el paradero del Papa, nuestro plan para acabar con la Iglesia podría dar un paso de gigante. Te agradezco mucho la noticia, John. Te prometo que seguiremos hablando en otra ocasión. Recuerda que tengo una pregunta importante que hacerte. Adiós.

Sin dudarlo un instante, Golda se levanta y desaparece rápidamente del restaurante, dejando a McCabe, una vez más, desconcertado. Hace un gesto a la camarera para que le traiga la cuenta y, cuando se la trae, esta le dice:

—Señor McCabe, era guapísima, pero le ha debido molestar mucho su rechazo, porque se ha ido a toda prisa. Y no se ha ido sola.

—¿A qué te refieres?

—A que se ha levantado una pareja que estaba cenando tres mesas más allá y que ya estaban cuando usted llegó. La han acompañado al coche y ella les ha echado una solemne bronca. Han vuelto a entrar, pero ya no han ido a su mesa. Él está en el bar de la entrada y ella ha ido al servicio. Supongo que le esperan para saber si se va usted solo o sale acompañado.

—Gracias, Lupita. Eres un sol.

McCabe paga la factura y sale a la calle. Le traen su coche inmediatamente y parte, rápido, hacia su casa. Observa por el retrovisor cómo sale del restaurante un hombre joven, que llama al guardacoches para pedir su automóvil, pero este remolonea lo suficiente como para que McCabe pueda escabullirse sin que le sigan. No está seguro de si su coche tendrá algún tipo de seguimiento por satélite, así que conduce hasta un *parking* público, lo deja allí y luego hace parar un taxi. Improvisando, pues está tan desconcertado que no sabe bien qué hacer, le da la dirección de la cafetería donde se suele reunir con Sandoval. A la vez, le llama por teléfono y le pregunta escuetamente:

—¿Podemos vernos ahora, donde siempre?

—No. Me imagino que habrá sido lo suficientemente inteligente como para dejar su coche en algún sitio y tomar un taxi. Bájese y tome el metro en la primera parada. Diríjase hacia el Bronx. Yo le encontraré.

McCabe hace lo que le indica el detective y, tras viajar veinte minutos, se sienta a su lado una oronda señora mulata, muy fea, que le incordia con un enorme paquete que casi le introduce por los ojos. Al disculparse, ella, disimuladamente, le da un papel que tiene escrita una dirección del Bronx. Media hora después, McCabe está ante la puerta del edificio, sin saber muy bien qué se va a encontrar allí, pero confiando en que detrás de todo esté Sandoval. El portal se abre antes de que él llame y entra en una casa sucia, típica del barrio donde se encuentra. Es muy tarde y no se ve a nadie. En ninguna otra circunstancia John se habría atrevido a meterse en esa zona de Nueva York, a esas horas, y menos aún a hacerlo en una casa como aquella. Pero una extraña sensación de tranquilidad le invade y, cuando llega a la puerta del apartamento, está seguro de que va a encontrar respuestas a algunas de sus preguntas. Tampoco tiene necesidad de llamar. La puerta se abre y él, aunque no ve lo que hay dentro, pues está en penumbra, entra en la casa. Una vez dentro, la puerta se cierra tras él, las luces se encienden y Juan Diego se le acerca, sonriente, para darle un abrazo de bienvenida.

—Adelante, jefe. Está usted entre amigos —dice, señalando a un hombre ya mayor que está de pie, en el otro extremo de la habitación, junto a la ventana, que permanece abierta para poder salir por ella hacia la escalera de incendios—. Le presento al padre Pérez.

—Encantado de conocerle, padre —dice John, extendiendo la mano hacia el sacerdote, que va vestido de seglar y que podría pasar perfectamente por un anciano jubilado.

—Yo también, hijo mío. No estaba previsto que nos viéramos. De hecho, si te soy sincero he tenido muchas dudas acerca de venir o no a verte esta noche. Algunos me han aconsejado que no lo hiciera, pues temen que seas un farsante, un traidor que quiere introducirse en nuestras filas para averiguar dónde están escondidos nuestros obispos y denunciarlos a la policía. Juan Diego ha sido tu abogado defensor en todo momento y lo que he escuchado esta noche, gracias al micrófono que te puso en la ropa, me ha convencido. De hecho, cuando tú nos has llamado desde el taxi, estábamos juntos discutiendo cómo hacer para ir a verte esta misma noche.

—¡Qué casualidad! —dice John, sorprendido.

—No, hijo, no. No es casualidad. Es la providencia. ¿Por qué querías ver a Juan Diego esta noche?

—¿Por qué querían ustedes verme a mí?

—Contestas a una pregunta con otra pregunta, así que comenzaré yo con las respuestas. Sabes muy poco de teología y es imprescindible que sepas algo sobre el tema que se ha suscitado en la conversación con el tal Kuhn, que, posiblemente, era el fondo de la pregunta que te iba a hacer Golda Katsav. Me refiero al demonio. Ahora, antes de explicarte algo sobre eso, dime tú por qué querías ver a Juan Diego.

—El CUR tiene un equipo de informáticos trabajando para ellos y han detectado que el lugar de emisión de los mensajes a favor del Papa está en Italia. Aseguran que con dos emisiones más, podrán precisar la zona y entonces empezarán una batida intensa para cazar a los que están detrás de esto. Por otro lado, han detenido al cardenal Hue en Roma y ahora está en un hospital. Aunque, quizá, esto que les cuento ya lo saben, pues lo habrán oído a través del micrófono que me han colocado.

—Lo del cardenal Hue, sí —dice Sandoval, pues te lo ha dicho Tzipi por teléfono, muy cerca de donde tienes el micrófono—. En cambio, lo otro no. ¿Lo han contado en la reunión? El micrófono que te he puesto no es tan sofisticado como para captar el sonido que se produce a más de un metro de distancia. Por eso pudimos escuchar lo que te decían Kuhn y Katsav, pero nada más. Es muy importante lo que nos cuentas y eso confirma lo valioso de tu colaboración. Lo haremos circular a través de los cauces pertinentes.

—¿Qué se puede hacer por Hue? —pregunta McCabe.

—Ya hemos informado de eso, nada más saberlo —responde el padre Pérez—. Supongo que la información ya ha llegado a Italia, aunque no sé cómo. Tampoco sé lo que harán. Sí sé lo que no harán: matarle. Nosotros no matamos. Si Hue está en sus manos y posee información, se la sacarán, no te quepa duda. Pero ni aun así, recurriríamos a quitarle la vida mientras está en el hospital, suponiendo que pudiéramos hacerlo. Por eso, una de las cosas que seguro que están haciendo a estas horas millones de personas es rezar. Es lo más práctico que podemos hacer en este momento. Aunque, naturalmente, no es lo único. Y ahora, vamos a pasar a la clase de teología sobre el demonio.

—Pero ¿existe ese personaje?

—Por supuesto que sí. Es Lucifer, el ángel caído, el que pretendió ser como Dios e incluso ser más que Dios. Su pecado principal es la soberbia, aunque no es el único. Tiene envidia de los hombres. Les odia, pues estos, que no son ángeles y que, por lo tanto, son mucho más imperfectos que él, obtuvieron el don de que el Hijo de Dios se hiciera hombre para redimirles y darles el regalo de la salvación. Por eso, por envidia y por hacer daño a Dios hiriéndole en sus criaturas predilectas, intenta seducir a los hombres para separarles del Señor y conducirles, así, a la condenación eterna.

—Disculpe mi ignorancia, padre Pérez, porque yo estoy dispuesto a creer en todo lo que usted me diga que tiene que creer un buen católico, pero ¿de verdad existe el infierno?

—Sí. Llevamos muchos años de difusión de la herejía liberal-progresista, según la cual el infierno no existe y Dios, por ser tan bondadoso, no condena nunca a sus hijos, por malos que sean. Eso es mentira y basta con leer el evangelio para darse cuenta del gran número de veces que Jesucristo habla del tema.

—Lo sé. Yo también he leído algo sobre eso hace tiempo. Pero los que dicen que el infierno no existe alegan que esos textos evangélicos no son originales, que fueron introducidos posteriormente por la opresora jerarquía católico-romana, para mantener aterrorizados a los fieles.

—También dicen eso de todos aquellos textos que les molestan. Llevan años haciendo un evangelio a su medida, suprimiendo todo lo que les incomoda, lo que les supone esfuerzo y sacrificio. Esa es, como te he dicho, la herejía liberal-progresista, uno de cuyos representantes es el cardenal Schmidt, el que ha hablado estos días en la televisión invitando a apoyar la resolución de las Naciones Unidas. Pero la crítica científica más rigurosa hace años que demostró que los evangelios se escribieron en una fecha mucho más próxima a la muerte y resurrección de Cristo de lo que se pensaba. Aunque se pueda discutir la autenticidad literal de algún pasaje, de alguna frase de menor importancia, todo lo que cuentan los evangelistas es auténtico, desde los milagros que hizo el Señor hasta su muerte y resurrección, pasando por el mensaje que transmitió, incluidas cosas tan importantes como la investidura de Pedro como su sucesor y vicario en la tierra. Por eso, te puedo asegurar sin la menor duda que el demonio y el infierno sí existen.

—Entonces, el que está detrás y por encima del misterioso «señor X» es Satanás. Por eso Kuhn quería que yo me definiera sobre mi fe en él y sobre si yo estaba dispuesto a servirle.

—Y por eso, probablemente, Golda quería preguntarte lo mismo.

—Es terrible. ¿Y qué tengo que responder la próxima vez que me pregunten? Si digo que no, que no estoy dispuesto a servir a ese señor del mal, me quedaré al descubierto ante ellos y eso será el final. Pero no puedo mentir. ¿Qué debo hacer?

—Es hora de hablarte de la Virgen María —responde el padre Pérez a la pregunta de McCabe.

—¿Por qué? ¿Qué tiene que ver ella con el demonio?

—No has leído el Apocalipsis y por eso me haces esta pregunta. Además, no solo no eres católico sino que no tienes la suerte de ser latino y eso te ha impedido disfrutar de una de las cosas más hermosas de la vida: la compañía de la Virgen. Pero eso va a terminar ahora mismo. María, como sabes, es la Madre de Dios.

—La madre de Jesús, querrá usted decir —le corrige McCabe.

—No. Quiero decir exactamente lo que he dicho. Ese es el primer dogma sobre la Virgen, que fue definido, además, en los albores de la historia de la Iglesia. María es, efectivamente, madre de Jesús, pero como Jesús es Dios, tiene todo el derecho de ser considerada Madre de Dios.

—¿Eso significa que es una especie de diosa-madre?

—En absoluto. Ella es solo una mujer. Pero Jesús, el que ella concibió en su vientre por obra del Espíritu Santo, existía previamente a esa concepción como segunda persona de la Santísima Trinidad, como el Hijo de Dios. La persona divina de Jesús, poseedor de la única naturaleza divina que comparte con el Padre y con el Espíritu, adquirió la naturaleza humana en el seno de María, sin perder por ello ni su persona ni su naturaleza divina. Así se convirtió en verdadero hombre, lo mismo que antes era verdadero Dios. María, por lo tanto, llevó en su vientre al Hijo de Dios y por eso es la Madre de Dios.

—¿Y que tiene que ver eso con el demonio?

—No te puedo explicar en una noche todo lo que hace referencia a la Virgen. Solo te diré, porque es ya muy tarde, que en el Apocalipsis se la presenta como aquella que pisa la cabeza de la serpiente, mientras ella le muerde en el talón. Ella es la gran enemiga de Satanás, junto con su Hijo, el Padre y el Espíritu, naturalmente. Si el demonio es la soberbia, ella es la humildad. Si el demonio es la envidia, ella es la que se alegra con el éxito ajeno. Si a él se le llama, con razón, el señor de la mentira, ella es la que engendró a la Verdad plena. Si Satanás es el señor oscuro, ella es la toda luz, la Purísima, la que no tiene sombras en su alma. Por eso, cuando te pregunten sobre si quieres o no adorar a Satanás, debes acudir mentalmente a ella. Rézale y dile que te inspire en ese momento lo que deberás decir. Y, en todo caso, por muy útil que sea tu presencia en el centro de operaciones del enemigo, tu alma vale más que cualquier cosa. Por lo tanto, es preferible que te perdamos como informador privilegiado de lo que sucede en el cuartel general de Satanás a que te veas envuelto en sus redes. Si eso sucediera, si llegaras a creer que es lícito hacer el mal con tal de conseguir un bien mayor, estarías perdido. Habrías entrado en una caída que no tiene fin y, al final, el señor de la mentira, el señor oscuro, se habría apoderado de tu alma. El fin no justifica los medios, no lo olvides.

—Padre Pérez, muchas gracias por todo lo que me dice. Sabe, yo ignoro casi todo, pero quiero creer en todo lo que creen los católicos. En cuanto a María, no sé por qué, pero la amo intensamente. Al oírle hablar a usted ahora, sentía mi corazón arder de entusiasmo y, a la vez, de ternura. Pero, hágame un último favor, se lo ruego. Bautíceme usted esta noche. Aquí. Ahora. Estoy en grave peligro de muerte y necesito la fuerza de Dios, para poder vencer en esta batalla tan difícil.

—Tienes razón. Te voy a bautizar ahora mismo.

El padre Pérez toma un poco de agua, le pide a Juan Diego que traiga una ensaladera de la cocina y le pregunta si está dispuesto a ser el padrino de John. Este acepta y entonces el sacerdote se dirige al neófito y le pregunta si desea ser bautizado, si cree en todo lo que la Iglesia enseña y si renuncia a Satanás. Tras la triple afirmación, le ordena que incline la cabeza sobre la ensaladera y le dice, mientras por tres veces derrama agua sobre su pelo:

—John Mary, yo te bautizo, en el nombre del Padre y del Hijo y del Espíritu Santo.

—Me llamo solo John, padre —dice este, secándose la cabeza después de ser bautizado.

—Ahora ya no. Ahora eres John Mary. Has sido puesto bajo la protección de Nuestra Señora de una manera especial. Antes, al bautizarse de adultos los primeros cristianos, cambiaban el nombre. Tú has recibido un añadido, una marca, la de la Virgen. Eres su soldado. Ella te protegerá, te cuidará. Ámala con toda tu alma. Por mucho que la ames, todo será poco para lo que ella merece. Dios te ha enviado para que te introduzcas en la cueva del león, en la gruta donde trama sus planes el enemigo. La Virgen te protegerá en esta lucha. No dejes de rezarla todos los días y, sobre todo, cuando estés en un momento de apuro.

Sandoval se acerca a su apadrinado y le abraza. Luego, se quita un crucifijo que lleva al cuello, bajo la ropa y se lo da. «Es mi regalo», le dice, tuteándole por primera vez. «No sé si podrás llevarlo encima, pero tenlo siempre cerca de ti, junto a la medalla de la Virgen de Guadalupe que te di».

Después de despedirse, John es conducido en un destartalado coche hasta las proximidades del parking donde había dejado su propio vehículo. No le cuesta nada llegar a su casa desde ahí. Cuando entra en su apartamento son las cinco de la mañana. Está muy, muy cansado, pero extraordinariamente feliz. Se acuesta rápidamente, para intentar dormir algunas horas, y, ya en la cama, su último pensamiento es para la Virgen: «Apenas te conozco», le dice, «pero sin que yo mismo me lo pueda explicar, te quiero mucho. ¿Quién eres tú? ¿Qué poder de atracción tienes que cambias los corazones de todos los que se te acercan? Me han dicho que te pida ayuda cuando la necesite. Lo hago ahora. Cuídame, por favor. Tengo miedo. Ayúdame a vencer a este enemigo que yo creía que era simplemente un hombre o un conjunto de hombres y resulta que es el más viejo y más poderoso enemigo con que ha contado siempre la humanidad, el demonio. Ayúdame. No me dejes solo, Madre». Y se queda dormido.

Mientras tanto, en el hospital romano donde era atendido el cardenal Hue se había producido un pequeño altercado. Los médicos habían atendido de un modo profesional al anciano purpurado, que estaba muy débil pero que aún conservaba plenamente su lucidez y tenía la capacidad de hablar. Sin embargo, pronto habían llegado dos inspectores de policía italianos, con el encargo especial de interrogar al cardenal y averiguar datos sobre el paradero del Papa. Los médicos se habían opuesto a ese interrogatorio, pues, decían, el enfermo no podía soportarlo. Uno de ellos, profundamente católico, había amenazado con llamar a los medios de comunicación para informar de lo que sucedía, si seguían adelante con sus planes. De momento, los policías se habían retirado. Pero después de la llamada de Golda Katsav al ministro del Interior de Italia, volvieron, acompañados de dos especialistas norteamericanos, que llevaban una droga que haría hablar al cardenal, impidiéndole negarse a contestar a las preguntas que le hicieran. El equipo médico que le había atendido hasta entonces, incluido el doctor que le había defendido, fue obligado a retirarse y a dejar a Hue a solas en la habitación, no sin advertir que el interrogatorio, sobre todo si usaban la fuerza o algún fármaco para hacerle hablar, podría acabar rápidamente con la vida del cardenal. Eran las siete de la mañana, hora italiana. Después entraron los cuatro esbirros del mal.

Hue los vio llegar y sonrió. Sabía perfectamente lo que le esperaba. Estaba atado en la cama, con el suero conectado a su brazo y la mascarilla de oxígeno en la nariz. Sus dedos se movían imperceptiblemente, marcando el paso de las avemarías que sus labios musitaban.

Los dos norteamericanos se pusieron a un lado y otro de la cama, mientras los italianos esperaban cerca de la puerta. Con crudeza, le quitaron la mascarilla de oxígeno, lo que provocó en el anciano un estertor súbito que casi acaba con su vida. Sin embargo, no se la pusieron de nuevo. Necesitaban que la tuviera quitada para poder hablar. Luego, rápidamente, extrajeron de un maletín la aguja y el suero y, de un brutal pinchazo, se lo introdujeron en su descarnado brazo. Mientras esperaban que hiciera efecto la droga, empezaron a interrogarle.

—¿Es usted el cardenal Hue?

—Sí, lo soy —dice, muy débilmente, el purpurado chino— y se podían haber ahorrado lo que me acaban de poner, porque no sé decir mentiras.

—Eso lo veremos, viejo hipócrita. Todos ustedes, los malditos obispos, son los principales enemigos de la humanidad, así que a mí no me va a engañar ahora con su apariencia de viejecito inválido. Si por mí fuera, le arrancaría lo que necesito saber a golpes y no le quepa duda que lo haré si no contesta a lo que le vamos a preguntar.

—Sus golpes serán parte de mi premio —responde, más tenuemente aún, Hue, con otra sonrisa—. No les tengo miedo. Mi Dios está crucificado y yo soy feliz por compartir su corona de espinas, sus heridas, sus llagas. Soy trigo de Cristo y tengo que ser molido por los dientes de las fieras. Así dijo San Ignacio de Antioquia antes de que le mataran. Ustedes son ahora las fieras. Adelante, golpéenme si quieren.

—No hará falta —dice el otro interrogador, más calmado, que hacía el papel de «policía bueno» para inspirar confianza al cardenal—. Díganos, ¿dónde está el Papa?

—No lo sé —era verdad, pues Hue, por estar enfermo, no había participado en las últimas deliberaciones del equipo que asesoraba al Papa, pero los de la CIA no le creyeron.

—¡Estás mintiendo, viejo! —le dice el que había amenazado con matarle, mientras le agarraba el cuello con su robusta mano—. Si no nos dices la verdad, vas a saber lo que es sufrir.

—¿Está el Papa en el Vaticano? —pregunta el otro interrogador, ante el silencio con que Hue acogió la amenaza de su compañero.

—No lo sé —vuelve a contestar el cardenal, diciendo de nuevo la verdad, pues no le habían podido informar de los planes del Papa y ni siquiera estaba seguro de que este hubiera abandonado el pequeño territorio pontificio.

—¡Mientes! —exclama el primer interrogador, dándole un sonoro bofetón a Hue, que este acogió sin rechistar y que le dejó casi sin sentido.

—Cardenal Hue —vuelve a preguntar el otro, mirando con reproche a su brutal compañero—, díganos, ¿recibieron el mensaje de la Virgen?

—Sí.

—¿Qué decía?

—Que íbamos a sufrir mucho, pero que íbamos a vencer.

—¿Y qué más?

—Que el Papa debería escribir una encíclica sobre el amor a Dios.

—¿Y debía el Papa abandonar el Vaticano?

—Sí.

—Y ¿por qué nos dice que no sabe a dónde ha ido?

—Porque no lo sé.

—¡Está mintiendo! —dice, interviniendo de nuevo, el miembro de la CIA más brutal—. Pongámosle otra dosis de suero.

—Se nos morirá —advierte el otro.

—También así se morirá.

—Pero es imposible que pueda resistirse a lo que le hemos dado ya. Déjame que le haga otra pregunta. ¿Decía algo el mensaje de la Virgen sobre el sitio donde debía esconderse el Papa?

El cardenal Hue hace un gesto de extraordinario dolor. Abre la boca para hablar, pero consigue guardar silencio. A pesar de su cansancio y del poder de la droga, el anciano ha comprendido que la información que le piden, y que sí conoce, es muy importante. Si les cuenta lo de que «la piedra esconderá a Pedro», podría ponerles sobre la pista del Pontífice. Por eso, con un esfuerzo casi sobrehumano, que se apoya en el gran control que tiene de sí mismo, en los muchos años de dura penitencia, logra guardar silencio, provocando así la irritación de sus interrogadores.

—¡Te lo dije! Estos viejos brujos están entrenados para todo —afirma el más brutal de los policías, mientras extrae otra jeringuilla y una nueva dosis de suero y la introduce en el huesudo brazo del cardenal—. Ahora, viejo, no podrás ocultarnos nada.

—Ahora —contesta Hue— solo quiero deciros una cosa: estoy muy feliz. Veo el cielo abierto y los ángeles vienen a recogerme. Os agradezco, os agradezco de verdad lo que habéis hecho por mí, pues me habéis ayudado a cruzar las puertas del cielo. Y os perdono.

Son sus últimas palabras. Como ha previsto el primero de los interrogadores, la nueva dosis de droga es fatal para la precaria salud del cardenal. Con una gran paz, inclinada la cabeza sobre la almohada, expira. En su rostro, lleno de arrugas, solo hay lugar para una sonrisa. Tiene abiertos sus rasgados ojos orientales y parece que su mirada se concentra en el infinito, en el cielo, allí donde le espera su familia, que también murió martirizada, por amor a Cristo.

—¡Ves lo que has conseguido! —le reprocha un interrogador al otro.

—¡No me vengas con monsergas! Se te estaba escapando. Iba a morir de todos modos y no habías conseguido nada.

—Quizá si hubiéramos seguido interrogándole habríamos podido lograr una pista, algo que nos ayudara a saber dónde está el Papa.

—Puede ser, pero, en todo caso, ahora está muerto. Vámonos.

Los dos norteamericanos recogen sus cosas y salen. Los italianos se acercan, entonces, al cadáver de Hue. Uno de ellos le cierra los ojos. El otro le toma el pulso para comprobar que está muerto. Luego, sin decir palabra, meneando la cabeza, salen y avisan a los médicos. Cuando estos entran, solo pueden certificar el fallecimiento del cardenal. Del informe fue suprimida toda referencia a la droga que le había matado.

En Rímini, una llamada nocturna despierta, en plena noche, a Enrique del Valle. «Os tienen semilocalizados. Cuidado. Cada nuevo envío aumenta el riesgo», dice una voz, que cuelga inmediatamente. El informático español se levanta y llama por teléfono a monseñor Ramírez, que también duerme, para informarle inmediatamente de lo sucedido. Este va a la habitación del cardenal Ferro y, tras despertarle, le cuenta la última y preocupante novedad.

—¿Qué podemos hacer? —pregunta el secretario de Estado.

—Seguir haciendo lo que estamos haciendo. En realidad, ya contábamos con esto. Imagino que, a estas alturas, ya deben de saber que emitimos desde Italia, pero no creo que sepan exactamente desde dónde. Efectivamente, con cada emisión aumenta el riesgo, pero eso no significa que debamos parar —dice Ramírez.

—Significa que debemos dosificar mucho las emisiones. Tenemos que guardarnos, al menos, una, la que destinaremos a hacer llegar a todos la encíclica del Papa.

—¿Y si nos vamos a otro país?

—No va a ser fácil —responde Ferro—. Todo debe de estar ahora muy controlado y las posibilidades de que nos atrapen son muy altas.

—Tiene razón. Nosotros no debemos viajar, pero quizá podríamos crear una red de «enviados especiales» que sí lo hiciera. Hablaremos con nuestros amigos para ver si podemos conseguirlo.

—Hagamos una prueba —dice el dueño de la casa que les acoge, Giovanni Carducci, que se ha levantado también al oír a sus huéspedes, y que está preocupado.

—No creo que se trate de probar por probar, pues siempre hay un riesgo. Pero, tienes razón, Giovanni, al decir que debemos probar para tener el método preparado para cuando llegue el momento. Por ejemplo, preparemos un mensaje en el que demos gracias a los católicos por cómo se han comportado ayer por la tarde y, previsiblemente, por cómo se van a comportar hoy, domingo, al abandonar los templos cuando han intentado celebrar misa los sacerdotes herejes, los que prefieren apoyar a la ONU antes que al Papa —dice Ferro.

—De acuerdo —contesta Ramírez—. Eminencia, usted, como secretario de Estado, debe preparar un breve mensaje, que grabaremos en vídeo. Creo que será muy importante.

—Yo, mientras tanto, hablaré con algunos de mi movimiento para encontrar a alguien que pueda enviar este mensaje desde un país que no sea Italia —concluye Carducci.

Mientras, en el desierto del Sinaí, ya ha amanecido y con las primeras luces del alba todo se pone en marcha en el campamento de los excursionistas. El Papa y su reducido séquito hacen rápidamente y con la mayor discreción sus oraciones y, después de desayunar, el autocar reemprende su camino. Siguiendo la destartalada carretera 36, que atraviesa el Sinaí, pasan por Wadi Rummanah y hacen escala para comer en el oasis Feirán. Después, con poco tiempo ya para parar de nuevo, siguen recorriendo la polvorienta ruta, hasta que llegan a la otra orilla del Sinaí y ven de nuevo el mar Rojo, enlazando con la carretera 35, que viene del turístico y moderno Sharm El Sheik. Atraviesan, sin detenerse, Saiadín y, ya al caer la tarde, entran en Nuweiba, la penúltima escala de su viaje antes de llegar a Petra. Allí deberán tomar, al día siguiente, un *ferry* que les conducirá a Áqaba. Como todos los excursionistas están agotados —y algunos malhumorados, pues eso del «turismo aventura» no es tan bonito en la realidad como en la publicidad, sobre todo cuando se pasa de los sesenta años—, el grupo se deshace inmediatamente, una vez que cada uno ha recibido su habitación en el Swisscare Nuweiba, uno de los buenos hoteles con que cuenta esa ciudad egipcia. Como pasó en Port Said, monseñor Loj y la hermana Kaczynski ocupan una habitación, pues figuran como esposos, y el Papa otra. Pero, apenas instalados, los dos polacos van a la habitación del Santo Padre para la celebración de la eucaristía. Los tres están agotados, pues el traqueteo por el desierto tuvo muy poco de romántico. Sin embargo, a ninguno se le pasa por la cabeza la posibilidad de acostarse sin celebrar la Santa Misa.

—Creo que estamos en un momento decisivo de nuestro viaje —dice el Papa antes de empezar—. Mañana tendremos que cruzar la frontera de Egipto con Jordania. Durante el viaje en autocar, he venido todo el tiempo rezando. Ese desierto que atravesábamos me parecía una representación del mundo, y el oasis Feirán era como la Iglesia, el único lugar donde podía haber vida humana. Pero el desierto amenaza siempre con asfixiar el oasis. Por eso, he sentido que la Virgen me decía que mañana va a ser difícil. No sé qué va a ocurrir, pero tendremos alguna dificultad grave. Sin embargo, Nuestra Señora me pedía que no perdiera la calma y que si me mantenía tranquilo, a pesar de lo difícil que se pusiera la situación, todo iría bien.

—Es un mensaje muy esperanzador, Santidad —responde monseñor Loj.

—Sí —interviene la hermana Krystyna—. Y seguramente cuando la Virgen se lo ha dicho es porque era necesario que usted lo supiera y, a través de usted, nosotros.

—Eso creo. Vamos ahora a celebrar la misa y a ofrecer nuestro cansancio al Señor pidiéndole que tenga compasión de nosotros y del mundo. Estamos en sus manos y eso es lo que nos debe llenar de paz y de esperanza.

Acabada la misa, la hermana Kaczynski va, ella sola, a su habitación y los tres dedican al descanso las pocas horas que les quedan hasta el amanecer. El Papa le dice a Loj, mientras, cada uno en su cama, intentan conciliar el sueño:

—Me he acordado hoy, mientras viajábamos, de una frase de aquel viejo escritor italiano, Guareschi, el de *Don Camillo e Peppone*. Decía que «el heroísmo del soldado de Cristo es la humildad, y su verdadero enemigo el orgullo».

—¿Por qué lo dice, Santo Padre?

—He estado meditando sobre el fondo de la cuestión que nos ha conducido a esta situación: la pretensión de que la Iglesia es la poseedora de la plenitud de la verdad, basada en el hecho de que Cristo, su fundador, es Dios verdadero a la vez que hombre verdadero. Cuando estás en el Vaticano, en medio de todo ese esplendor de arte y de belleza que han acumulado los siglos, decir frases así suena como lo más natural. Cuando estás en un desierto, lejos de todo, temiendo que la mirada curiosa de un guía o de un turista te identifique, creer en lo mismo que creías antes resulta mucho más difícil. Y, sin embargo, si era verdadero entonces tiene que serlo también ahora. Cristo era Dios lo mismo cuando nació en la cueva de Belén y murió en el Gólgota que cuando tuvo lugar la Transfiguración o hacía milagros. Sin embargo, en Cristo no se notaba la diferencia que se nota en nosotros.

—No entiendo qué quiere decir, Santidad —dice Loj, intrigado, medio incorporándose en la cama.

—Lo que quiero decir es que puede ser que todo ese contorno inevitable de que nos ha rodeado la historia nos haya afectado más de lo que nosotros pudiéramos percibir y que, como consecuencia, los demás estén viendo algo que nosotros no vemos. Estén viendo un acto de soberbia en nuestra reivindicación de la posesión de la verdad, en lugar de un acto de fidelidad a Cristo, al crucificado.

—¿Y qué debemos hacer? ¿Debemos renunciar a vivir para siempre en el Vaticano? ¿Tenemos que establecer la Curia romana, que gobierna una Iglesia con cientos de millones de fieles, en un barrio de favelas de Río de Janeiro o en las villas miseria que rodean Buenos Aires?

—No. También ahí podríamos seguir siendo soberbios. Quizá más, incluso. Creo que se trata de una conversión más radical, más del alma. Se trata, por ejemplo, de empezar a darnos cuenta de que nosotros no tenemos esa verdad que reivindicamos, sino que es Cristo quien la tiene. Nosotros no somos los «dueños» de la verdad, sino sus servidores. Habría que decir, incluso, que es la verdad quien nos tiene a nosotros. Soy, como vicario de Cristo, el servidor de la verdad, no su poseedor. No soy el amo, soy el criado. Soy el criado feliz de Cristo, que es el Camino, la Verdad y la Vida. Por eso, mi vida entera tiene que ser servicio y si eso no lo perciben los demás, puede ser que al menos en parte la culpa sea mía o de la estructura que me rodea. Si los demás lo que ven, al encontrarse con la Iglesia, es una estructura de poder, quizá sea eso lo que estén rechazando, aunque, al hacerlo, repudien también la verdad que la estructura lleva dentro y para cuya defensa ha nacido.

—Uno de sus títulos, Santo Padre, es el de «siervo de los siervos de Dios».

—Sí, y me gusta mucho. Creo que tengo que esforzarme más en ponerlo en evidencia ante los ojos de los hombres. Y ahora, en esta difícil situación, siendo un fugitivo tan débil, es cuando más me siento identificado con él. Ahora me siento realmente siervo y no señor. Sigo creyendo que Cristo es el salvador del mundo, el que nos ofrece la verdad plena. Sigo creyendo que la Iglesia, cuerpo místico de Cristo, tiene esa verdad y que solo ella la tiene. Sigo creyendo que mi misión es defender íntegramente esa verdad revelada por Cristo, sin permitir que sea mermada en ninguno de sus aspectos. Pero no me siento el dueño de la misma, sino el siervo inútil que aspira, con la gracia de Dios, a hacer su tarea lo mejor posible. Yo no soy el dueño, sino el criado. Cristo es el dueño. Él y solo Él es el Señor.

—Usted siempre lo ha hecho así, Santidad. Lo mismo que sus predecesores. Los papas del siglo XX y los del XXI, por referirme solo a los últimos, no han sido «señores», sino auténticos siervos de Cristo y del pueblo.

—Lo sé y, al menos en lo que a mí respecta, he procurado siempre estar a la altura de la santidad de Juan Pablo II o de Benedicto XVI, entre otros. Solo Dios dirá, a su debido momento, si lo he conseguido. Pero, querido Jarek, ¿crees de verdad que ese es el rostro común de la Iglesia, el que la gente percibe? Hoy me ha venido una y otra vez a la mente aquella meditación del Vía Crucis que el cardenal Ratzinger escribió poco antes de convertirse en Papa. Aquella en la que, al meditar sobre la tercera caída de Cristo, se preguntaba: «¿No deberíamos pensar también en lo que debe sufrir Cristo en su propia Iglesia? ¡Cuántas veces se deforma y se abusa de su Palabra! ¡Qué poca fe hay en muchas teorías, cuántas palabras vacías! ¡Cuánta suciedad en la Iglesia y entre los que, por su sacerdocio, deberían estar completamente entregados a él! ¡Cuánta soberbia, cuánta autosuficiencia!».

—Tiene razón, Santidad —responde Loj, que vuelve a recostarse y cierra los ojos, que empiezan a llenársele de lágrimas.

—Sí, tenía razón el Papa Benedicto: «¡Cuánta soberbia, cuánta autosuficiencia, cuántas palabras vacías!». Y es eso, créeme, lo que hace que muchos se alejen. Y nosotros creemos que se alejan de Cristo, cuando en realidad lo están haciendo de nuestra forma de presentar a Cristo. Y algunos piensan que la solución para que la gente venga a la Iglesia está en decir que Cristo no es

Dios o que no sabía que era Dios o que estaba limitado y condicionado por la cultura de su tiempo, por lo que no debemos darle un valor absoluto a sus enseñanzas. Pero, en realidad, la solución está en ser más como Cristo fue: santo, humilde, bueno. Sé que hay algunos, los que están detrás de esta campaña contra la Iglesia, que no nos atacan por nuestros pecados, sino que quieren destruirnos porque odian a Cristo y odian al hombre; nuestros pecados son la excusa, la piedra que nosotros mismos les proporcionamos para que la tiren contra nuestro tejado; pero si no la tuvieran la inventarían, como de hecho hacen con frecuencia. Pero otros muchos, consciente o inconscientemente, lo que perciben es una Iglesia que se presenta como una institución de poder y no de servicio. Estoy seguro, querido Loj, de que esta persecución, a pesar de todo el sufrimiento que arroja sobre nosotros y precisamente por él, es una bendición. Vamos a salir purificados. O, al menos, debería ser así. Si el resultado de todo esto es la humildad, el precio no habrá sido excesivo por grande que sea.

Pasan unos segundos y, ante el silencio del arzobispo polaco, el Papa, extrañado, le pregunta:

—¿Te sucede algo?

—Estoy llorando, Santo Padre. Discúlpeme. Escuchándole no he podido dejar de pensar en la Virgen María. En mi querida Czestochowa. Ella, con su cara herida por el odio y con su niño en los brazos, es el imán que atrae a todos en mi patria y que nos ha salvado siempre. Es pobre y, sin embargo, es la Reina. Es humilde y, precisamente por eso, es la Señora. Sí, creo que tenemos que volver a empezar, como decía la visión que le fue revelada a Elisa. Tenemos que volver a los orígenes. Y allí estaba Jesús, el hijo del carpintero, y María, un ama de casa. Tenemos que volver a María, a ser como ella, a amar como ella, para que el rostro de la Iglesia atraiga a los hombres hacia Cristo.

—Tienes razón, querido amigo. Ese es el fondo de la revelación. María vuelve, en esta hora trágica, a señalarnos el camino. El camino que es su Hijo, pero que, a la vez, es ella. Y ahora, vamos a descansar. Mañana va a ser un día difícil. Lo sé. Pero también sé que todo va a ir muy bien.

—Por cierto, ¿cómo habrá ido la celebración de la misa hoy en las parroquias católicas? No hemos podido escuchar la radio.

—Ha ido muy bien —responde el Papa.

—¿Cómo lo sabe usted?

—Son secretos que comparto con María.

Efectivamente, la jornada del domingo, que para los fugitivos del Vaticano ha transcurrido, agotadora y lentamente, atravesando el desierto del Sinaí, en otras partes del mundo ha sido mucho más frenética. El cardenal Ferro ha hecho venir a Enrique del Valle a la casa donde él se esconde, junto con el neocardenal Ramírez. También ha llamado a Rose Friars y a la hermana Adamkus, con lo que el grupo de prófugos está junto de nuevo. Tras exponer la situación y la conclusión a que han llegado, Enrique hizo una sencilla grabación de Ferro, con un fondo neutro, para no dar pistas a los expertos del CUR, que, una vez conocida, la analizarán al milímetro para poder ubicar el sitio desde el que fue grabada.

Mientras tanto, Giovanni se había puesto en contacto con sus amigos y, después de varias llamadas, ya tenían una persona preparada para llevar el mensaje a Suiza. Era un joven estudiante que, con la excusa de ir a hacer turismo en el Valais, iba a aprovechar para poner en circulación la grabación de Ferro, mandándola a los contactos que Enrique del Valle le tenía preparados. Cuando el avión dejó a Luigi Fioroni en Lausana, a las seis de la tarde, y este recogió el automóvil de alquiler que había reservado esa misma mañana, lo primero que hizo fue buscar un cíber en la encantadora ciudad suiza y desde allí puso en marcha el proceso. En menos de dos horas, el mundo estaba surcado por el breve mensaje que había lanzado el secretario de Estado.

«Queridos hijos e hijas de la Iglesia, queridos católicos», decía el cardenal Ferro, que no podía evitar la emoción en la mirada y en sus palabras, «os hablo en nombre del Santo Padre. Soy el cardenal Ferro, secretario de Estado del Vaticano. El Papa está bien, en un lugar seguro, tal y como le pidió que hiciera la Santísima Virgen. Si se ha ido del Vaticano no ha sido por cobardía, sino para obedecer a Nuestra Señora y para evitar que, con su muerte, pudiera acceder a la cátedra de Pedro un impostor. Quiero agradeceros a todos el comportamiento que hoy habéis manifestado, al saliros de los templos cuando han intentado celebrar misa los sacerdotes cismáticos y heréticos. La Iglesia es hoy, quizá, más pobre que nunca, pero también es más rica, pues su tesoro es Cristo y su único objetivo es la fidelidad a Cristo. No tengáis miedo. La Virgen nos ha asegurado que saldremos reforzados de esta durísima prueba. Aprovechémosla para purificarnos de nuestros pecados y no dejéis de orar por todos los pastores de la Iglesia y también por la conversión de nuestros perseguidores».

Una oleada de júbilo recorrió el mundo, de un rincón a otro, al irse difundiendo el mensaje del secretario de Estado. Cada católico sabía lo que había hecho él, o lo que había visto que sucedía en su parroquia, pero el boicot de los medios de comunicación hacía que la práctica totalidad ignorara lo que pasaba en otros sitios. Además, se habían organizado celebraciones en lugares muy significativos, incluido el mismo Vaticano, donde se habían concentrado los que eran adictos al cardenal Schmidt y al sometimiento de la Iglesia a la dictadura laicista. Por eso, aunque la práctica totalidad había experimentado que las iglesias se habían vaciado cuando intentaron celebrar misa los sacerdotes renegados, pocos eran los que sabían qué había sucedido en otras partes del mundo. En realidad, lo que había pasado era que millones de católicos habían llevado a cabo una acción concertada que alcanzó dimensiones hasta el momento inéditas. Lo que había empezado la tarde anterior no solo siguió, sino que se fue acrecentando según pasaban las horas del domingo. En casi todos los sitios, la cosa se desarrolló en paz, aunque no faltaron los insultos por parte del cura y de algunos feligreses progresistas a los que dejaban la iglesia. En otros, cerraron las puertas con la gente dentro y les prohibieron salir hasta que no terminó la celebración eucarística; en estos casos, el pueblo permaneció rezando el Rosario en voz alta, aumentando el volumen lo suficiente como para impedir que se oyera el sermón del impío celebrante; nadie de los católicos fieles se acercó a comulgar, aunque todos lo deseaban mucho. Hubo iglesias en las cuales se cometieron profanaciones y sacrilegios, y así se pudo ver a mujeres consagrando o a sacerdotes celebrando ceremonias que ellos consideraban bodas y en las que se casaban gais o lesbianas. Todos estos excesos y otros más, cuando eran presenciados por los católicos fieles, no servían más que para aumentar en estos la certeza de que la Iglesia que propugnaba el CUR no era la verdadera Iglesia católica, sino una burda y mala caricatura de la misma.

El mensaje del cardenal Ferro, pues, sirvió para poner en común las experiencias vividas por la inmensa mayoría. De ahí el júbilo. La moral del pueblo de Dios, al terminar esa decisiva jornada, era más alta que nunca. El Papa estaba bien, a salvo de sus enemigos, y estos no solo no habían logrado sembrar la división entre los verdaderos católicos sino que progresivamente se iban hundiendo en el ridículo, en el esperpento.

En el Vaticano, Schmidt se había esforzado en celebrar una misa lo más tradicional posible. Esta se celebró a las doce del mediodía, y no a las diez de la mañana, como era lo habitual, para hacer más fácil a los americanos la conexión en directo. Schmidt, que habitualmente suprimía algunas partes de la misa y que introducía elementos de su propia cosecha, fue más fiel que nunca al ritual. Se lavó, incluso, las manos e hizo las genuflexiones preceptivas. Estuvo asistido por los obispos Riva y Fontaine. Las lecturas fueron proclamadas por laicos y las preces por religiosas y religiosos vestidos con sus respectivos hábitos. Todas las cadenas de televisión del mundo transmitieron en directo la ceremonia y se cuidó escrupulosamente que no hubiera ningún «gazapo» que pudiera mostrar a los sorprendidos telespectadores que se trataba de una representación teatral y no de una verdadera misa.

Todo hubiera ido perfecto e incluso muchos habrían resultado engañados por aquella «ceremonia de la confusión» si no hubiera ocurrido un detalle que no pasó inadvertido a los millones de católicos fieles que veían por televisión lo que sucedía en San Pedro. Schmidt era un viejo zorro que no había perdido del todo la fe, aunque la que tenía estuviera muy lejos de coincidir con la que se esperaba de un católico. De hecho, la homilía eludió todo asunto problemático y fue altamente espiritual. Él y sus dos auxiliares, Riva y Fontaine, se habían propuesto celebrar la misa sin la más mínima estridencia, cuidando al máximo la liturgia. Ceni, por su parte, se había encargado de elegir a los acólitos y a los lectores, incluido el diácono que cantó el evangelio, debido a que en la basílica vaticana no quedaba nadie del viejo equipo de liturgistas e incluso los ujieres habían desaparecido. Todos los que tenían que intervenir, con lecturas o con preces, habían sido seleccionados con cuidado y habían sido adiestrados convenientemente para que hicieran lo que se esperaba que hicieran.

Sin embargo, lo que no estaba previsto sucedió. En la oración de los fieles, una monja norteamericana, la hermana Roberta Nowak, era la encargada de pedir por la Iglesia, «para que se abriera a las necesidades del mundo y fuera, así, instrumento de unidad entre los hombres». Una frase que decía mucho pero que no era estridente. Pero cuando la religiosa, vestida con un hábito que hacía años que no llevaba, llegó al ambón, en lugar de leer la breve petición que llevaba escrita, se dirigió a Schmidt, que permanecía de pie en la sede, y le dijo, tuteándole y apeándole de todo tratamiento: «Peter, ha llegado la hora de que cumplas lo que nos has prometido. No te eches atrás. Esperamos de ti que introduzcas la democracia en la Iglesia, que acabes con la discriminación que padece la mujer. Queremos el aborto libre, el sacerdocio femenino y la libertad sexual plena. Es por esto por lo que ruego al Señor». Y se fue, dejando a todos desconcertados. Las cámaras, en un tic profesional que el control férreo de los que las regían no pudo evitar, mostraron el rostro estupefacto del cardenal Schmidt, que no supo reaccionar. Ceni, que estaba vestido de maestro de ceremonias, se precipitó hacia el ambón, pero, cuando llegó, la monja se había ido y el laico que debía hacer la petición siguiente se encontraba allí, desconcertado, y fue instado de malos modos a leer lo que tenía que leer y a marcharse. Algo parecido había sucedido en Estados Unidos durante una de las visitas de Juan Pablo II; entonces, una monja se había saltado el protocolo y en lugar de leer el saludo protocolario que estaba previsto, había hecho un largo y agresivo discurso contra el Pontífice; este había actuado con mucha calma y no había respondido a la provocación ni a la insolencia, pero en la homilía había reafirmado los principios de la doctrina moral católica que la religiosa había desafiado. Si Schmidt se hubiera comportado igual, si hubiera dicho unas palabras espontáneas contra lo que la monja había pedido, no cabe duda de que habría ganado muchos puntos ante los católicos que seguían, con asombro, la ceremonia por televisión. Pero no lo hizo. No podía hacerlo, pues era lo que él pensaba aplicar cuando gobernara la Iglesia, lo que el CUR esperaba que hiciera. La misa siguió como si nada hubiera sucedido, pero todo el incienso que se derramó ante al altar no pudo ya camuflar el disparate ni ocultar lo falso de aquel rito. Schmidt temblaba. Se había enterado de lo que le había pasado a Renick dos días antes y, aunque en un principio sintió un gran alivio, pues su última conversación con él había sido amenazante, ahora comprendía que él mismo se hallaba en la cuerda floja.

En la consagración, el estado de nervios de Schmidt era muy grande. Al elevar el pan consagrado, sus manos temblaban y el temblor se hizo más ostensible cuando elevó el cáliz. El silencio en la basílica era enorme, pues todos comprendían que la intervención de la monja había sido desafortunada y que se había roto el clima de aparente normalidad que se pretendía transmitir. En esta situación de nervios colectiva, se produjo otro imprevisto. Cuando Schmidt elevó el pan y el vino consagrados para pronunciar la doxología con que concluye el canon, se apagó la luz de la basílica, que quedó iluminada solo por la luz del día, que no era mucha en ese momento, pues afuera estaba amenazando tormenta. No se trataba de ningún milagro, sino del boicot de uno de los viejos ujieres que se había logrado introducir sin ser visto. Pero fue suficiente. Un grito de miedo surgió de cientos de gargantas. Schmidt dejó caer el pan y el vino sobre el altar y, cuando pocos segundos después, volvió la luz y las cámaras de televisión siguieron transmitiendo la ceremonia, no se pudo ocultar a los ojos del mundo el estropicio que había ocurrido, pues el blanco mantel estaba impregnado de la sangre de Cristo derramada y las formas estaban esparcidas por el altar y por el suelo. El cardenal alemán se encontraba sentado, demudado, sudando copiosamente, con Riva, Fontaine y Ceni a su alrededor, intentando calmarle. El coro empezó a cantar el Padrenuestro, como si se tratara de seguir la ceremonia sin más, para llenar los huecos. Pero eso mismo era ya totalmente impropio. Las cámaras captaron la escena de los acó-litos recogiendo torpemente las formas del suelo, como el que toma un vulgar pedazo de pan y lo mete en el cesto en que lo llevaba, sin respeto alguno; como no creían en la presencia real de Cristo en la Eucaristía, no daban importancia a lo que hacían.

Por fin, Schmidt se recuperó e intentó que todo fuera lo más normal posi-ble. Se dio la comunión con el mayor boato y luego la bendición final solemne. Pero ya no había dudas. La falsa moneda había sonado, y todos habían podido comprobar que ni Schmidt tenía el control de la situación ni siquiera llegaba a dominar sus propios nervios. Al final, cuando el cardenal Schmidt recorrió San Pedro desfilando por el pasillo central en medio de los aplausos prefijados, era un espectro, con la cabeza hundida; era un hombre que sabía que su hora estaba fijada y que no tardaría en recibir una llamada de parte de Golda Katsav o de alguno de sus sicarios. Tras dar la vuelta por el pasillo lateral izquierdo, haciendo un enorme esfuerzo, entró en la sacristía de la basílica. Si en aquel momento sus amigos le hubieran animado, quizá se podría haber repuesto. Pero no fue así. En la hermosa sacristía, por la que habían pasado tantos papas santos, el clima era glacial. Ni Riva, ni Fontaine, ni Ceni, que le acompaña-ban, dijeron una sola palabra. También guardaron silencio los demás: Prakash, Santevecchi y los otros clérigos principales que habían concelebrado y habían entrado con él en la sacristía. Schmidt, con los nervios destrozados y hundido en una profunda depresión, exclamó:

—Ha sido una señal del cielo. Estoy maldito.

Hubo unos instantes de silencio, pues nadie se atrevía a hablar. La mayoría de los que estaban allí no tenían fe, pero para todos era evidente que aquel acto tan importante, con la atención del mundo pendiente de lo que pudiera suceder en el Vaticano, había salido mal. Se creyera o no en una intervención divina, el fracaso era evidente. Para Riva y el resto de asesores de Schmidt, que estuvieron presentes cuando el difunto Renick le llamó por teléfono para amenazarle y que sabían la suerte que había corrido el propio Renick, estaba claro que Schmidt ya no tenía futuro y que, posiblemente, su cuerpo aparecería muerto cualquier día en cualquier sitio. Nadie quería, pues, hablar y nadie se atrevía ni siquiera a despojarse de las vestiduras sagradas que habían utilizado en la misa. La situación era insostenible por más tiempo y fue el propio Schmidt el que volvió a intervenir, dando paso a una cadena de reproches.

—Tú, Ceni, has sido el culpable de todo —le dice, señalando con el dedo al brasileño, con una irritación que surgía, imprevista, tras la depresión anterior—. Tú eras el encargado de que todos los que debían intervenir hicieran bien su papel. Esa maldita monja lo ha estropeado todo. ¿Qué será ahora de mí?

—¿Y a quién le importa? —contesta Ceni, irritado, con los nervios también rotos, pues era consciente de que, efectivamente, las cosas habían empezado a ir mal por un fallo suyo—. Lo que tenías que haber hecho —continúa diciendo, tuteando al que antes trataba con deferencia— era haber improvisado. En lugar de eso, perdiste los nervios. ¡Qué espectáculo tan deprimente, verte temblando cuando levantabas la patena y el cáliz! ¿Es que pensabas que te iba a caer un rayo del cielo y te iba a fulminar allí mismo? Eres un viejo engreído y lo que te vaya a pasar te lo tienes merecido.

—No te consiento que me hables así —le responde Schmidt, yendo hacia él, aún con la hermosa casulla puesta y con el rostro lleno de ira.

—¿Y qué me vas a hacer? ¿Me vas a pegar? Ja, ja, ja, ja —dice, burlón Ceni, que da media vuelta y sale, sin precipitarse, de la sacristía, también él sin despojarse del roquete y la sotana con que había ejercido de maestro de ceremonias durante la misa.

Cuando Ceni se fue, el silencio volvió a reinar en la sacristía. Todos los presentes se quitaron las casullas y las albas, que dejaron arremolinadas encima de las mesas, pues no había ningún acólito que les auxiliara. Luego, empezando por los menos íntimos, se fueron. Al final solo quedaron Schmidt, Riva, Fontaine, Prakash y Santevecchi, el núcleo central que, junto a Ceni, había tramado desde dentro del Vaticano la conspiración y había estado en todo momento en contacto con Ralph Renick. Más sereno, Schmidt se dirigió a ellos.

—¿Qué pensáis vosotros?

—Quizá no esté todo perdido —dice, sin convicción, Riva.

—Sí, es posible que Golda Katsav no se lo tome como se lo hubiera tomado Renick —apostilla Prakash.

—En todo caso —sentencia Fontaine—, lo hecho, hecho está. Debemos irnos y esperar acontecimientos.

—¿Puedo contar con vosotros? —pregunta Schmidt.

—¡Por supuesto, Eminencia! —responde, entusiasta, Prakash, el mismo que no mucho antes le había dicho a Ceni que estaba dispuesto a saltar de barco en barco con tal de sobrevivir—. Ya sabe usted que todos nosotros le somos leales hasta la muerte.

—Gracias, Oswald —le dice Schmidt, creyendo ingenuamente en la sinceridad del arzobispo indio—. Vámonos y mantengámonos en contacto.

Todos salieron de la basílica por la pequeña puerta que da a la plaza donde está la casa de Santa Marta. Cada uno se dirigió, silenciosamente, a su casa respectiva. Aunque era la hora de comer y quedaba mucho día por delante, ninguno tenía ganas de hacer nada. Solo querían estar escondidos, esperando acontecimientos. Acontecimientos que no tardaron en producirse. El único que no quiso esperar fue Ceni; era un superviviente y sabía lo que debía hacer para seguir vivo. Se fue a su casa y, lo más rápido que pudo, hizo una maleta y se dirigió al aeropuerto. Compró un billete de avión para Sao Paulo, que le dejaría en la hermosa ciudad brasileña al día siguiente. Una vez allí, estaba seguro de que podría desaparecer en cualquier barrio marginal, escondido por una de tantas «comunidades de base», hasta que todo se aclarara. Nadie podría encontrarle. Porque de lo que estaba seguro era de que ni a Schmidt ni a él les iban a perdonar los fallos cometidos.

Aunque era temprano en Nueva York —las seis de la madrugada—, cuando empezó la misa en el Vaticano, Golda Katsav estaba despierta, aunque en la cama. Tenía encendido el televisor de su habitación y veía, medio adormilada, la ceremonia. Aquello la aburría infinitamente y el sueño le jugaba alguna mala pasada de vez en cuando. La homilía la pasó dando cabezadas y no se enteró de nada y lo mismo le hubiera sucedido en las preces. Pero su sexto sentido le hizo despertar de golpe cuando la hermana Nowak estaba hablando; algo había captado su subconsciente que le decía que no encajaba con el programa. Así, oyó la última parte de la intervención de la monja, lo cual le sirvió para despejarse del todo. Luego, estupefacta y meditando en lo que debería hacerse, asistió al resto del desastre, incluido el apagón y las escenas con el vino empapando los manteles y las formas derramadas por el suelo. No tuvo necesidad de preguntarse muchas más cosas. Antes de que acabara la misa sonó su teléfono. Era X.

—Golda, hay que acabar con Schmidt. Es un incompetente. No solo por lo de la estúpida monja, que nos ha puesto en evidencia, sino porque no controla sus nervios. Peor no podía haber ido, en un momento tan decisivo como este, cuando los católicos están dando muestras de una capacidad de organización y de resistencia que no sospechábamos. Y ante los ojos de todo el mundo. Encárgate de que parezca un suicidio y hazlo rápidamente. No quiero fallos, ¿entiendes? No pueden volver a repetirse los errores que se cometieron con Renick. Te lo digo por tu bien.

—¿Y con quién le sustituiremos? —se atreve a preguntar Golda—. ¿Es usted consciente de que faltan cuatro días para el cónclave? Aunque pudiéramos encontrar a alguien, ¿tendríamos tiempo de presentarle ante la opinión pública mundial como la persona competente para dirigir la Iglesia? ¿No se volverá contra nosotros su desaparición?

—Si acabamos con él después de elegido Papa, también tendremos que dar explicaciones.

—Sí, pero será distinto. Creo que debemos dejarle vivir. Y que conste que no siento ninguna compasión por él. Es, meramente, un cálculo estratégico.

—Quizás tengas razón. Lo voy a pensar. Hasta luego.

X estaba desconcertado. Tenía la impresión de que había una fuerza extraña, poderosa, que interfería en sus planes. Creía en el poder del demonio y a ese poder había apostado su vida. Sabía que el señor oscuro no tenía misericordia de nadie, pero él tampoco creía en la misericordia. Duro como el acero, su ambición no conocía límites y había hecho y estaba dispuesto a hacer lo que fuera necesario para llegar a su objetivo: ser el segundo en el dominio del mundo, pues el primero ya sabía quién era: el señor al que servía. Sin embargo, y aun creyendo en Dios, creía que Satanás era superior a Dios. Se burlaba del poder del bien, creía que jamás podría vencer porque equiparaba bondad con debilidad. En cambio, admiraba el poder de las tinieblas, se sentía atraído por él, ya que lo consideraba como el triunfador inevitable en la lucha desatada desde los orígenes del mundo. No era cristiano, sino judío. Pero no era, en absoluto, un buen judío. De hecho, si lo hubiera sido, su fe habría sido, al menos en este punto, muy parecida a la católica. Era más bien un gnóstico, un maniqueo —como eran buena parte de los masones—, alguien que consideraba equiparables al bien y al mal, como si fueran dos dioses condenados a pelear siempre y a estar siempre en tablas, con victorias parciales que nunca terminaban por derrotar al adversario. Esa batalla eterna había sufrido una alteración imprevista con la encarnación del Hijo de Dios, con Cristo. Por eso el demonio quería acabar con las huellas de Cristo, con sus seguidores, con los cristianos. Eran sus mayores enemigos —no los únicos— a la hora de alcanzar su victoria definitiva sobre el mundo, sobre los hombres. X lo sabía y compartía totalmente los objetivos de su amo. Pero, aunque daba por supuesto que el «dios bueno» tenía poderes, en el fondo no los consideraba suficientemente importantes. Él, el representante máximo de Satanás en la tierra, tenía todo prácticamente controlado, sobre todo los medios de comunicación, que habían llegado a ser la verdadera conciencia de la mayor parte de la humanidad. Estaba a punto de controlar el mundo entero y eso le había llevado a despreciar la fuerza que el bien pudiera aún poseer. Despreciar al enemigo siempre es arriesgado, pero cuando ese enemigo es más fuerte que tú, aunque tú no lo sepas, es suicida. La soberbia, una vez más, fue quien perdió a Satanás y a sus seguidores.

Por eso a X le extrañaba que, una y otra vez, fallaran sus planes. Al principio lo achacó a la incompetencia de sus subalternos y, creyendo que el miedo guarda la viña, había actuado con la mayor dureza. Las muertes de Gunnar y Renick, entre otros, eran un «aviso a navegantes». El mismo Schmidt era, obviamente, un incompetente y estaba empezando a dudar de si Golda sabría estar a la altura de lo que se esperaba de ella. Pero otra duda se estaba abriendo paso, poco a poco, en su interior. ¿Y si el bien no fuera tan débil como él había pensado? ¿Y si la doctrina católica sobre Dios, que coincide plenamente con la judía en ese punto, tuviera razón y, por lo tanto, solo hubiera un verdadero Dios y el único que es de verdad todopoderoso es el Dios bueno, mientras que Satanás no pasa de ser un ángel caído, un fracasado lleno de odio y envidia? ¿Y si su fe en la equiparación de los dos principios, el del bien y el del mal, fuera falsa? Si eso fuera así, concluía lleno de angustia, resultaría que había apostado su vida al caballo perdedor.

Pero no tenía tiempo para muchas reflexiones y menos para cambiar de bando, al menos en ese momento. Además, no podía permitirse el lujo de tener titubeos, pues si el señor oscuro percibía la más mínima duda en él, lo eliminaría inmediatamente para sustituirlo por otro esbirro más dócil, por Kuhn o por la misma Golda Katsav. Entonces empezó a pensar en ella. Hasta ese momento había estado convencido de su fidelidad plena, pues no le habían faltado muestras de ello. Pero ¿y si, como Kuhn, estaba tramando sustituirle? ¿Y si se había puesto ya en contacto con el señor del mundo?

Se echó a temblar. Se quedó paralizado. Recordó la objeción de Golda a su reciente orden de acabar con Schmidt, lo cual, dado su esquema de mando dictatorial donde las órdenes no se discuten, era algo tan sorprendente como improcedente. ¿Estaba poniéndole Golda la zancadilla, de forma que si acertaba al no matar a Schmidt ella se llevara el mérito y si se equivocaba al matarlo ella pudiera decir que había intentado en vano convencerle de lo contrario? No iba descaminado en eso, pero verlo con la nitidez con que lo veía le conmocionó. «Estoy solo», pensó. «No puedo fiarme de nadie. Estoy rodeado de inútiles y, para colmo, sus errores se anotan en mi cuenta».

Decidió entonces volver al revés la jugada, poniendo el peso de la toma de decisiones en manos de la flamante presidenta del CUR. Y llamó de nuevo a Golda.

—Tengo dudas sobre lo que se debe hacer con Schmidt, pues lo que me has dicho me ha hecho pensar. Por eso, creo que debo dejarlo a tu entera responsabilidad. Si aciertas, el mérito será tuyo. Si fallas, lo será la culpa.

—Pero, señor… —intenta objetar Golda, que sabía lo que significaban esas palabras y que se sentía descubierta en su juego.

—No hay peros que valgan. Haz lo que creas que debes hacer y asume las consecuencias.

No hubo más. La conversación terminó y X volvió a su mutismo y a seguir observando y controlando, en nombre del señor de las tinieblas, las almas y los destinos de los hombres. Golda, en cambio, era la que estaba ahora desconcertada. Había intentado eludir la responsabilidad, atreviéndose a hacerle al «señor X» una objeción a una orden dada. Imaginaba que este, lleno de ira, iba a reiterarla y a obligarle a acabar con Schmidt. Ahora se sentía al descubierto. La pelota estaba en su tejado, con el agravante de que ahora X desconfiaba de ella. ¿A quién podía consultar? Si hubiera tenido relación directa con Satanás, lo habría hecho, pero no la tenía. ¿Podría llamar a Kuhn y exponerle sus cartas para formar una alianza contra X? Era demasiado arriesgado y tampoco se sentía atraída a ofrecerle a Kuhn su confianza. ¿Qué hacer, entonces? De repente, un nombre le vino a la cabeza: John McCabe. Sabía que él no estaba al tanto, ni mucho menos, de lo que se cocía por detrás de todo el entramado contra la Iglesia. Intuía, incluso, que le desagradaba todo y que, aunque era un libertino y era tan anticatólico como el que más, era lo suficientemente honesto como para sentir repugnancia por la forma en que se estaban produciendo las cosas y, como consecuencia, no desear implicarse más. Pero ella necesitaba un consejo. Además, si podía implicar a alguien del CUR en el problema, siempre tendría la posibilidad de decir que había actuado porque otro le había dicho que lo hiciera de ese modo. Se decidió. Descolgó el teléfono y llamó a McCabe.

—John, buenos días. ¿Te he despertado?

—¿Qué te parece? —le responde este, malhumorado, pues había llegado a su casa a las cinco de la mañana y apenas pasaba media hora de las ocho.

—Lo siento. No lo hubiera hecho si no hubiera ocurrido algo grave. Necesito tu consejo. ¿Has visto por televisión la misa que ha celebrado el cardenal Schmidt desde el Vaticano?

—No —dice John, súbitamente interesado y haciendo un esfuerzo por estar lo más despierto posible para no cometer ningún error—. Estaba durmiendo. ¿Qué ha ocurrido?

—Seguro que si pones las noticias te enterarás, pues no dejarán de repetirlo una y otra vez a lo largo del día. Ha sido un fracaso. Una monja de las nuestras se ha extralimitado en sus funciones y ha pedido públicamente el aborto libre y un puñado de cosas más. Schmidt se ha puesto nervioso. Para colmo, se ha ido la luz y en plena consagración se le ha caído todo, con las formas por el suelo y el vino derramado. Un desastre, en definitiva.

—¿Has convocado al consejo?

—No. Lo haré más tarde. Quiero hablar primero contigo. Quiero saber tu opinión sobre lo que debo hacer con Schmidt. Ya me entiendes. ¿Podrías venir a mi casa en media hora?

—Estoy agotado y, además, ya sabes lo que opino sobre vernos en tu casa o en la mía.

—Está bien, no discutamos ahora. ¿Quieres que quedemos en algún sitio neutral?

—De acuerdo. Nos vemos en una hora en una cafetería que hay cerca del *New York Times.* Es el Rock Center Café, y está en el 20 de la 50 Oeste —no se atrevió a citarla en el mismo sitio en que se solía reunir con Juan Diego Sandoval.

—Allí estaré. Gracias.

John, a esas alturas, ya estaba despierto. Necesitaba asearse, tomar un café bien cargado y, sobre todo, pensar. ¿Tenía que llamar a Juan Diego? ¿Qué debía aconsejar a Golda sobre Schmidt? ¿Por qué le llamaba Golda a él antes de consultar con el resto del consejo? ¿Estaba tratando de implicarle en una decisión delicada? ¿Querría encontrar alguien en quien descargar su responsabilidad si se equivocaba? ¿Le habrían descubierto y estaba buscando una excusa para eliminarle? No, esto último seguro que no era, pues esa gente no necesitaba ninguna excusa para acabar con alguien. Simplemente, le mataban.

Mientras se duchaba y afeitaba, oyó las noticias y tuvo ocasión de informarse mejor sobre lo ocurrido horas antes en el Vaticano. Los comentaristas evitaban ser críticos con Schmidt, pero se veía que este había decepcionado a los que, hasta hace poco, le ensalzaban como el hombre que podía guiar a la Iglesia al seno de la comunidad civilizada. Entonces John tuvo una idea: llamar a Heather Swail. Si iban a por él, lo mejor que podía hacer era implicar a otros. Quizá el consejo que le diera su jefa no podría darlo él a su vez, pero al menos tenía que saber algo más. Instintivamente, se puso a rezarle a la Virgen y le rogó a la que ya consideraba como su Madre que le ayudara en ese momento y que le dijera si la idea que había tenido era buena. Una enorme paz interior le sobrevino y él comprendió que era el signo que acababa de pedir.

Desayunó rápidamente y como aún tenía tiempo hasta ir a la cafetería donde había quedado con Golda, decidió hacerlo andando. No estaba lejos de su casa. En el camino, llamó a su jefa.

—Heather —le dice, intentando poner la mejor voz posible—, perdona que te moleste tan temprano. Tengo un problema y creo que tú deberías estar al tanto de lo que sucede.

—Cuéntame —responde esta, que estaba todavía en la cama, pero que comprendió que una llamada a esas horas significaba algo importante.

—¿Te has enterado de lo sucedido esta mañana en el Vaticano?

—No. Eso de que vayan siempre con seis horas por delante me va a matar. ¿Qué ha pasado?

—Me ha llamado Golda Katsav hace un rato para contármelo. Yo estaba durmiendo y tampoco sabía nada. Después, mientras me aseaba, me he enterado oyendo las noticias. Por lo que se ve, el cardenal Schmidt ha metido la pata hasta el fondo durante la celebración de la misa en el Vaticano, misa que se retransmitía en directo a todo el mundo.

—¿Y qué? Es un viejo estúpido. Supongo que acabarán con él y pondrán a otro.

—Eso es lo extraño. Golda me ha llamado para saber mi opinión sobre lo que habría que hacer. Me ha dicho que quiere consultarme a mí antes que al resto del consejo del CUR. Quería verme en media hora, en su piso. He conseguido que me diera una hora y en una cafetería. Estoy yendo hacia allí ahora. Me huele muy mal. Creo que busca a alguien para cargarle el mochuelo en caso de que se equivoque. Quizá el que está por encima de ella ha hecho lo mismo.

—Ya te entiendo. Lo que no comprendo es por qué tienen dudas de acabar con Schmidt.

—Bueno, no creo que sea porque les haya sobrevenido un ataque de compasión. Probablemente es que no saben si hacerlo sería contraproducente. Faltan cuatro días para el cónclave. Que yo sepa, no han logrado capturar a muchos cardenales y los que están a favor son muy pocos. Aunque pudieran encontrar alguno que se prestara a ser nombrado Papa, resultaría difícil publicitar su nombre en tan poco tiempo.

—Pues que no maten a Schmidt ahora. Que lo hagan luego.

—Por lo que sea, eso no les convence tampoco. En fin, creo que Golda quiere tener una opinión de alguien a quien responsabilizar si se equivoca.

—¿Y tú quieres lo mismo de mí? ¿Por eso me has llamado?

—No. No quiero saber tu opinión. Quiero que llames a la persona que te llamó pidiéndote que buscaras una persona que coordinara la información para el CUR. Quiero que le cuentes lo que te he contado. Así, él sabrá que me están utilizando como chivo expiatorio y yo tendré una posibilidad de salir indemne de esta. Tú me has metido en este lío y tú me debes ayudar a salir de él. En eso habíamos quedado, ¿o no?

—De acuerdo, no te enfades. Le llamaré ahora mismo. Sigue adelante con tus planes e intenta comprometerte lo menos posible. Si hay alguna novedad, te llamaré inmediatamente.

Puntual como un reloj apareció Golda en la cafetería. John ya llevaba unos minutos esperándola y había empezado a tomar una humeante taza de café expreso. Se saludaron con amabilidad y, una vez que ella hubo pedido, le expuso abiertamente la situación. Estaba encantadora. Más atractiva que nunca. Con un perfume que provocaba en John las más intensas pasiones, sobre todo porque llevaba un auténtico récord en lo que a abstinencia sexual se refería. Pero era demasiado evidente, precisamente por todo eso, que ella quería seducirle y John no era un pardillo. Cuando Golda hubo terminado, le preguntó:

—¿Qué me aconsejas que haga? ¿Elimino a Schmidt y pongo en su lugar al cardenal McGwire o le dejo que viva hasta después de ser nombrado Papa?

—No sé qué decirte. Todo esto me desborda —empieza diciendo John, intentando ganar tiempo para ver si su jefa le llamaba tras haber hablado con el «señor X» y pidiéndole, a la vez, a la Virgen que le inspirara—. No me gusta la sangre. No sirvo para eso. Me inclino siempre a no derramarla. Llámame cursi, blando, sentimental o lo que quieras, pero ese es mi natural. No sé qué decirte, la verdad. ¿Tú qué opinas?

—Lo que yo opino no viene al caso —le contesta Golda, molesta, consciente de que sus encantos no estaban dando el resultado deseado y su estrategia empezaba a desmoronarse—. He venido hasta aquí para que me ayudes y me des un consejo, no para que me hagas preguntas. Necesito saber tu opinión. Siempre te escabulles. Igual me hiciste la otra noche. Ahora solo falta que te hagan una llamada de teléfono, como entonces.

En ese momento, efectivamente, el teléfono de John comenzó a sonar. Este vio que era Heather y se lo mostró, sin poder ocultar su satisfacción, a la irritada y sorprendida Golda.

—Es mi jefa —le dice—. Perdóname un minuto. Tengo que atenderla. Seguramente querrá informarme sobre lo que tú ya me has contado.

—De acuerdo. Se ve que contigo no tengo suerte —le contesta, malhumorada.

John se levantó y se separó unos metros de Golda. Heather le dijo, rápidamente, que había hablado con X y que el consejo de este era que le dijera a Golda que había que acabar con Schmidt, pero que se lo dijera como si fuera una idea de él, no de Heather ni de X. De este modo X sabría si la objeción de Golda era sincera o si se trataba de una estratagema para dejarle a él al descubierto. Cuando colgó, John se volvió hacia Golda, pensando cómo tendría que decirle las cosas sin que esta sospechara que había hablado con su jefa hacía un rato para pedirle consejo.

—Es lo que pensaba —le dice—. Heather quería saber si yo estaba enterado de lo sucedido en el Vaticano. Le he dicho que sí, pero no le he comentado que estaba contigo ahora mismo hablando de eso. Me ha parecido lo mejor. Confío en que haya hecho bien.

—¿Cómo ve ella las cosas? —pregunta, interesada, Golda, que sabía la estrecha relación que había entre la jefa de John y el «señor X».

—Eso le he preguntado yo. Dice que ha hablado con algunos amigos y que le han dicho que Schmidt no tiene futuro. Que en este momento es un estorbo para el plan de acabar con la Iglesia, pues ha perdido toda credibilidad. No sé si eso te puede ayudar en tu difícil decisión —responde John, que, a pesar de lo que le ha dicho Heather, evita dar su propia opinión sobre el asunto y carga la responsabilidad en los hombros de su jefa.

—Me ayuda muchísimo. Más de lo que te puedes imaginar. Muchas gracias, John —dice, levantándose—. Me tengo que ir. Paga tú la cuenta.

Y desapareció. John dio un suspiro de alivio. Había logrado no implicarse y, a la vez, no mancharse las manos de sangre, por muy culpable que fuera el que iba a ser la próxima víctima del CUR. Ahora, sentado tranquilamente ante su café, y después de darle gracias a la Virgen, pensó en si tendría que llamar a Juan Diego para avisarle. ¿Habría que advertir a Schmidt de lo que le esperaba? ¿Merecía la pena arriesgarse a ser descubierto para darle a ese traidor la posibilidad de esconderse? Pero él era ya un católico y, como tal, sabía que debía perdonar e incluso ayudar a los enemigos. Decidió llamar a Juan Diego Sandoval. Al fin y al cabo, él y el padre Pérez podían tomar la decisión con más conocimiento de lo que era conveniente hacer. Tenía miedo a que le grabaran la llamada telefónica y cabía la posibilidad de que le estuvieran siguiendo, por lo que podría resultar muy sospechoso si se paraba en una calle y hacía una llamada. Como en el Rock Center le conocían, se levantó y fue a la barra. «Me he quedado sin batería y tengo que hacer una llamada, ¿me podrías prestar tu móvil? Te aseguro que te daré una buena propina», le dijo al camarero. Cuando este se lo dio, sin llamar demasiado la atención fue al baño. No parecía que nadie estuviera observándole. En todo caso, la excusa era muy plausible. Una vez dentro de él y tras asegurarse de que nadie le había seguido, llamó a Juan Diego. Estaba también durmiendo, pero enseguida reaccionó. Le agradeció la información y le dijo que se quedara tranquilo, que él la haría pasar a los cauces pertinentes.

Después, John devolvió el teléfono, pagó, salió del local y se fue andando hacia el periódico. Era domingo, pero no podía pensar en dejar el trabajo para tomarse un descanso en un momento como ese.

En ese breve lapso de tiempo, Golda había puesto en marcha la maquinaria asesina. Sin esperar a llegar a su despacho, se había puesto en contacto por teléfono con uno de los hombres de confianza de que se había rodeado, judío como ella, aunque ateo.

—Samuel, tengo un encargo que hacerte. Te veo en el despacho en media hora. Vas a partir para Italia esta misma mañana, si es posible. Ven con tu equipo. Ya sabes a qué me refiero.

—Aprovecho para decirle, señora Katsav, que el encargo que me hizo de vigilar a Ghazanavi ha empezado a dar sus frutos. La persona de quien le hablé ya se ha ganado su confianza y todo lo demás. Ha logrado averiguar que está conspirando con Heinz Kuhn contra usted, lo mismo que conspiraba contra el señor Renick. Quería decírselo cuanto antes, no sea que se me olvidara.

—A tu vuelta nos encargaremos de ellos, te lo prometo. Ahora hay algo más urgente que hacer.

No mucho después de llegar Golda a su despacho, se presenta allí Levi Burstein. Esta le informa con detalle del «encargo»: matar a Schmidt de forma que parezca un suicidio. Podrían hacerlo los sicarios que las distintas organizaciones de espionaje tienen en Roma y que colaboraban con el CUR en ese momento, pero Golda no quiere fallos. Como Schmidt es una persona muy conocida, su dossier estaba siempre actualizado en la sede central del CUR, por lo que Burstein tiene todos los datos que necesita para cumplir su misión. Por supuesto, le insiste Golda, que todo tiene que ser rápido y secreto. Ella ya le ha buscado el billete y el avión sale del Kennedy en tres horas y llega a Roma a la una de la madrugada, hora italiana. A esa hora, en otros tiempos, era muy difícil entrar en el Vaticano, pero no sucede así ahora, sin la protección de la Guardia Suiza, por lo que Samuel debe cumplir su misión esa misma noche. Schmidt vive solo, pues las monjas que le atendían se han ido y dos mujeres van durante el día a cuidar la casa y a preparar la comida. No será difícil. Debe parecer un suicidio, le insiste Golda. Eso es lo más importante. Si fuera posible, incluso, debería conseguir que él escribiera una nota de despedida, indicando que se ha quitado la vida porque se sentía incapaz de llevar a la Iglesia hacia su destino histórico, el de la unión con las demás religiones del mundo. Si le es posible, debe regresar a Nueva York inmediatamente, en el primer vuelo que salga de Roma.

Levi asiente a todo, recoge el billete de avión electrónico, un fajo de billetes de dólares y de euros, y se va hacia el aeropuerto. La suerte de Schmidt está echada.

De hecho, a esa hora, el cardenal está a solas en su casa. Está asustado. Después de comer sin apetito y de descansar un poco, ha visto las noticias y ha estado consultando Internet. Ha sabido leer entre líneas las críticas que se destilan hacia su forma de llevar la situación, por lo que deduce que los que están detrás del férreo control a que se ve sometida la información que concierne a la Iglesia, no están contentos. Y sabe lo que eso significa. Otra prueba de que está en horas bajas se la da el hecho de que sus amigos, a los que acaba de llamar, o no le han cogido el teléfono o se han excusado, diciendo que están muy ocupados para ir a verle. Se siente ya un cadáver viviente. Por fin, en un arranque de valor, se decide a llamar a Golda Katsav a su oficina. Se espera una bronca monumental y un aluvión de amenazas, como no mucho antes de morir le hiciera Ralph Renick. Después de hablar con uno de sus secretarios, por fin Katsav se le pone al teléfono, lo cual ya era mucho más que lo que había conseguido de alguno de sus amigos.

—Cardenal Schmidt —le saluda Golda, con una voz amable que deja desconcertado al viejo purpurado alemán—. ¡Cuánto me alegro de saludarle! ¡Le doy la enhorabuena por esa misa que ha celebrado en el Vaticano! Por doquier estoy oyendo elogios de usted y de lo prometedor que va a ser el futuro de la Iglesia cuando usted esté al frente de ella.

—Querida señora Katsav —responde Schmidt, totalmente desconcertado, pues esperaba una agria reprimenda—, no sabe el bien que me hacen sus palabras. Me encuentro deprimido por los fallos cometidos en esa misa, aunque en su conjunto haya ido bien. No son culpa mía. El responsable de que todos los participantes hicieran lo que había que hacer era monseñor Ceni. Ya le he transmitido mis más enérgicas quejas.

—Pero no debe preocuparse. Son detalles sin importancia. La gente estaba encantada de ver una ceremonia tan bonita, en ese marco incomparable que es el Vaticano. Ha sido una publicidad soberbia para nuestra causa. No le dé más vueltas a las cosas. Todo el CUR, se lo aseguro, está con usted. Relájese, descanse y ya verá como mañana todo le parecerá más hermoso.

—Muchas gracias de nuevo. No sé cómo podré pagarle el bien que me ha hecho con sus palabras. ¡Qué distinta es usted de su predecesor! La última vez que hable con él, poco antes de su muerte, por cierto, me llenó de insultos y de amenazas. Usted, en cambio, me da paz y esperanza. Muchas gracias.

Nada más colgar, Golda se dice a sí misma: «La diferencia entre Renick y yo consistía en que él era un inepto. No hay duda, las mujeres somos infinitamente más listas que los hombres. Si yo le hubiera echado la bronca a Schmidt como se la echó él, quizá estaría ahora preparando un mensaje al mundo contra nosotros, como hizo Renick. En cambio, va a dormir tranquilo esta noche y ya no va a despertar nunca». Después se acuerda de que debe preparar la sucesión de Schmidt. Aunque es un poco pronto y un gesto precipitado puede delatarla, no quiere que se le eche el tiempo encima. La fecha del cónclave no puede ser retrasada y hay que buscar y preparar al nuevo Papa. Este no podía ser otro que el cardenal Thomas McGwire. Afortunadamente, está en Estados Unidos y no es difícil localizarle y quedar con él para una cita. Le pide a su secretario que le busque y le ponga al teléfono. Mientras hace esto, reflexiona sobre lo sucedido. «Todo va muy rápido», se dice a sí misma, mientras siente el sabor de la adrenalina en el paladar. Le gusta y, a la vez, le asusta. Le gusta porque le asusta. «Me he librado de una buena», concluye. «Si no hubiera sido por McCabe, a estas horas estaría a punto de seguir el camino que emprendió Renick. Ese cerdo de X me la quería jugar, pero le he ganado por la mano al enterarme de cuáles eran sus verdaderas intenciones. Además, tengo el testimonio de John de que Heather también era partidaria de acabar con Schmidt. Cuando esto termine, deberé darle su merecido tanto a X como a Kuhn y su pandilla. Yo seré la jefa suprema, la dueña del mundo». Entonces se da cuenta de que hay algo que le falla: la relación directa con el demonio que sí tiene X. Solo podrá desbancarle si el señor oscuro se pone en contacto con ella, pues en realidad ella no sabe qué hacer para comunicarse con él. Eso la inquieta, pero decide seguir el juego, aguardando a que sea X quien dé pasos en falso y le ofrezca a ella la victoria sin haber hecho nada por conseguirla.

El secretario no tarda mucho en localizar al cardenal McGwire y le pasa la llamada a Golda, sacándola de sus reflexiones.

—Señor cardenal —le dice la flamante presidenta del CUR, con el más seductor y agradable de sus tonos de voz—, cuánto me alegra saludarle personalmente. ¿Cómo está? Soy una rendida admiradora suya desde hace años, aunque no he tenido ocasión de decírselo antes. Cuando el Papa le destituyó comprendí que debíamos enfrentarnos con la Iglesia católica con todas nuestras fuerzas, pues se había convertido en una nueva y temible Inquisición.

—Señora Katsav, es un motivo de alegría para mí saludarla personalmente —responde el cardenal que, sinceramente, esperaba la llamada de alguien del CUR después de haber visto en televisión el desastre ocurrido en el Vaticano, e imaginaba que le iban a proponer que fuera el próximo Papa; por supuesto, ya tenía la respuesta pensada, pero no quería precipitarse a darla—. ¿A qué debo el honor de su llamada?

—¿Ha visto le retransmisión de la misa por televisión?

—Sí, claro, ¿cómo no?

—¿Y qué le ha parecido?

—Bueno, ha habido algunos fallos —contesta McGwire, prudente.

—Fallos importantes. Fallos que nos han hecho dudar de la capacidad que pueda tener el querido cardenal Schmidt para liderar a la Iglesia católica en este momento de la historia. Por eso hemos pensado en proponerle a usted para ese cargo. ¿Estaría dispuesto a aceptar?

—Me sorprende usted. No me podía ni imaginar algo así. Es un honor muy grande, que no merezco. En condiciones normales le pediría a usted algo de tiempo para meditar una respuesta, pues yo no busco nada para mí mismo, sino que solo me mueve el deseo de ser útil a la humanidad y a la noble causa que ha emprendido el CUR. Pero, en fin, comprendo la premura del momento, pues falta muy poco para el cónclave. Además, efectivamente, el pobre Schmidt ha dado un testimonio deplorable y no le veo capaz de ponerse al frente de la Iglesia. Así que puede usted contar conmigo para lo que haga falta.

—¡Cuánto me alegra oírselo! Como usted dice, es muy urgente dar los pasos necesarios. Por eso le ruego que venga usted a Nueva York, si fuera posible hoy mismo, para que pudiéramos entrevistarnos personalmente y quedar de acuerdo en los detalles de cómo debe ser su gobierno de la Iglesia, una vez que usted haya sido elegido Papa.

—No sé si podré llegar hoy, pero lo intentaré. Filadelfia no está lejos de Nueva York, pero tengo muchos compromisos adquiridos, pues llevo una vida de trabajo agotadora —realmente, no tenía nada que hacer—. Sin embargo, haré lo imposible por estar en su despacho esta tarde, querida señora Katsav.

—Llámeme Golda. ¿Puedo yo tutearle y llamarle Thomas?

—Por supuesto, Golda. Hasta la tarde, entonces.

Solo entonces Golda respira tranquila. Para confirmar que estaba en el camino correcto, llama al «señor X». Había que pulsar de nuevo su fibra, a fin de saber si había acertado.

—Señor —le dice—, ante todo quiero pedirle disculpas si mis palabras de hace un rato le sonaron a insubordinación. Usted tenía razón. He recapacitado sobre lo que me dijo y he llegado a la conclusión de que hay que eliminar a

Schmidt. Lo he hecho asumiendo yo la plena responsabilidad. Ya ha salido para Roma un sicario. Esta misma noche le matará y todo parecerá un suicidio. Además, he contactado con el cardenal McGwire. Está en Filadelfia, pero vendrá a verme esta misma tarde. Le leeré bien la cartilla, para que sepa con toda claridad lo que esperamos de él, si es que aún no se ha enterado.

—Bien. Que conste que es tu decisión. ¿Algo más? —la pregunta va dirigida a provocar una respuesta que X conoce, pero que Golda no sabe que conoce: que todo el asunto se lo ha consultado a McCabe.

—Sí, señor. He sabido que Kuhn y Ghazanavi están conspirando para sustituirle a usted ante el señor del mundo.

—Te agradezco la información. Kuhn conspiró contra Renick y ahora lo hace contra mí. Habrá que terminar con él pronto. Pero eso debes dejármelo a mí personalmente. Tú no te metas. ¿No hay nada más?

—Nada, señor —dice Golda, sorprendida, que no sabe a qué se puede estar refiriendo X—. ¿Tiene usted algún dato que yo ignoro?

—No —responde X, que ya ha podido palpar que Golda no quiere contarle lo de McCabe—. Solo quería saber si tienes datos de cómo están yendo las misas de hoy domingo en Europa y en América.

—Me enteraré enseguida y le pasaré un informe.

Golda no tarda ni un minuto en localizar a McCabe, que está trabajando en el periódico. Ya ha recibido el informe de lo que, durante la mañana del domingo, ha pasado en Europa y que, en líneas generales, coincide con lo que había sucedido la tarde anterior. En Lourdes no se presentó ningún sacerdote a celebrar misa y la gruta de las apariciones y buena parte de la explanada permanecieron llenas de fieles rezando el Rosario, cantando a la Virgen y vitoreando al Papa. En Fátima había sucedido lo mismo, afortunadamente, pues los católicos portugueses no hubieran permitido que nadie celebrara allí una misa herética y hubieran usado la fuerza si hubiera sido preciso. En Covadonga, en El Pilar de Zaragoza y en otros santuarios famosos de la antigua España, se había seguido la tónica de Fátima y Lourdes: nadie se había atrevido a profanarlos, temiendo una reacción popular. En general, las preciadas y veneradas imágenes habían sido sustraídas de todos los santuarios para evitar que pudieran ser destrozadas por los enemigos de la Iglesia. En ese momento, John leía un teletipo acerca de la reacción popular en México, concretamente en Guadalupe, donde la multitud no solo no había abandonado el templo cuando los sacerdotes cismáticos —de una manera torpemente provocadora, típica de los liberacionistas— quisieron celebrar misa a primera hora de la mañana, sino que habían ocupado el altar y les habían impedido hacerlo. La policía había intervenido, a petición de los curas, y había cargado, dentro de la iglesia, contra el pueblo católico. El teletipo hablaba de centenares de heridos y de varios muertos. También decía que, en medio del tumulto, la «tilma» de San Juan Diego, en la que estaba impresa la imagen de la Virgen de Guadalupe, había desaparecido, provocando un estallido de dolor y cólera entre los fieles.

—John, ¿hay alguna novedad?

—Muchas. Estaba terminando de leer un teletipo importante y pensaba llamarte enseguida.

—Cuéntame.

—Ante todo, que en general en las misas católicas ha sucedido lo de ayer por la tarde. En algunos sitios, ante las cámaras de televisión, se han organizado celebraciones en las que la gente era contraria al Papa y todo se ha hecho sin problemas, aunque afuera había grupos de católicos manifestándose con pancartas, protestando. En algún caso han sido dispersados por la policía e incluso ha habido varias detenciones. Lo más grave ha tenido lugar en Guadalupe, México. Es lo que estaba terminando de leer. Allí la gente, que ya llenaba la basílica, se negó a irse y cuando los sacerdotes intentaron celebrar, se produjo un altercado. La policía entró y el resultado son un número grande de heridos y muertos. Además, la famosa imagen de la Virgen ha desaparecido. El país está conmocionado y hay manifestaciones, según leo ahora mismo, en muchas ciudades. En Guadalajara, concretamente, los manifestantes han rodeado el edificio del Ayuntamiento y le han prendido fuego. La policía está disparando contra ellos y los muertos se cuentan por centenares. Todo el estado de Jalisco está en pie de guerra contra nosotros y a favor de la Iglesia y la rebelión parece que se extiende a otros estados mexicanos, sobre todo del centro del país.

—Bien, tenemos que culpar de todo eso al Papa. Encárgate de que se haga así en los editoriales del periódico.

—Te recuerdo que lo que procedía del Vaticano era una invitación a salir de los templos sin usar la violencia.

—Da lo mismo. Si los mexicanos han hecho oídos sordos a lo que el Papa les pedía, es un problema de ellos. Para nosotros eso es estupendo.

—¿Alguna otra cosa?

—No, de momento.

—Llámame si ocurre cualquier incidente importante.

Así avanza el día en Nueva York, mientras en México los incidentes a que se refería McCabe no solo no cesan sino que se multiplican. Los mexicanos, recordando la guerra de los cristeros y al saber de la desaparición de la tilma de la Virgen de Guadalupe, se han echado a la calle. Pocas son las ciudades y pueblos de esa nación en que no se libran verdaderas batallas campales. En Querétaro, una de las ciudades más bellas de América, el ejército ha disparado a bocajarro contra un numeroso grupo de fieles que iba rezando el Rosario por la calle, llevando un pendón con la guadalupana; mujeres y niños quedaron tirados en el suelo, bañados en su propia sangre. El presidente de México se vio obligado a decretar el estado de emergencia nacional e imponer el toque de queda.

En Brasil, el país de América donde la teología de la liberación estaba mejor organizada, el santuario de la Aparecida también se llenó de fieles al Papa, pero estos se fueron, ordenada y pacíficamente, cuando los sacerdotes heréticos empezaron la misa. En este país era, de toda América, donde se había producido el mayor número de adhesiones de obispos y de cardenales al CUR, a pesar de lo cual eran una insignificante minoría, lo cual suponía una decepción para los que habían puesto en Brasil todas sus esperanzas. Ni siquiera entre el clero, donde la adhesión fue notablemente mayor que entre la alta jerarquía eclesiástica, se produjo el movimiento masivo de adhesión a las tesis de la religión global. Las comunidades de base, tan vigorosas en otro tiempo, habían ido envejeciendo y, al politizarse, habían perdido su atractivo para muchos brasileños, que habían encontrado en las sectas la espiritualidad —aunque falsa— que les negaba el sector más socialista de la Iglesia católica.

En Venezuela, país castigado por la dictadura de Chávez y sus sucesores durante tantos años, la Iglesia estaba acostumbrada a la persecución y prácticamente ni se inmutó; fueron casos muy excepcionales los que apoyaron el nuevo régimen. En Colombia, en Ecuador, en Perú y, en general en toda Centroamérica, los fieles se mantuvieron unidos al Papa y los sacerdotes que renegaron de esa fidelidad se vieron abandonados por sus feligreses. Bolivia, que había seguido políticamente un proceso parecido al de Venezuela, no había sabido conservar del mismo modo la unidad de sus pastores; allí los había abiertamente colaboracionistas con la dictadura marxista que en su día impuso Evo Morales; sin embargo, en regiones como Santa Cruz, tan castigadas, la fidelidad al Papa era ampliamente mayoritaria. Argentina y Chile, las dos naciones del Cono Sur, siguieron un proceso parecido: una profunda división se produjo en la Iglesia, que no era otra cosa más que la constatación de la división que ya existía; afortunadamente, en Luján no se produjeron los graves incidentes de Guadalupe, aunque el pueblo reaccionó como en el santuario brasileño de la Aparecida; San Nicolás de los Arroyos, la pequeña ciudad de la provincia de Buenos Aires que había adquirido fama internacional desde que a finales del siglo xx se apareciera allí la Virgen del Rosario, quedó convertida durante unos días en una ciudad sitiada; cuando, por fin, las fuerzas del orden lograron entrar en ella y llegar al hermoso santuario mariano, lo encontraron vacío, no solo de fieles sino de la venerada imagen de la Virgen, que los católicos habían logrado esconder, a pesar de lo voluminoso de su tamaño, y que los policías tenían orden de destruir.

Todas esas noticias se fueron agolpando durante el día en la mesa de McCabe y él, periódicamente, llamaba a Golda para informarla. Pero no eran las únicas cosas que pasaban en el mundo. Tim le mantenía al tanto también de otros asuntos. El más grave seguía siendo el del clima. A media tarde, cuando ya se estaba ultimando qué editoriales se escribirían para el periódico del día siguiente, se presentó en el despacho de McCabe con un teletipo en la mano.

—Jefe, esta noticia es alarmante. Creo que habría que tomársela en serio.

—¿De qué se trata?

—No sé si usted ha oído hablar de los glaciares de la Patagonia y del Lago Argentino, en el que estos vierten. Pues bien, desde hace años Argentina ha estado sobreexplotando ese lago, vendiendo el agua embotellada después de purificada o incluso expidiéndola mediante un acueducto que iba desde los Andes a un puerto del Atlántico y luego se llevaba a Europa. Acaba de saberse que el lago está prácticamente seco. No es que haya sucedido en un día, sino que la disminución del caudal se ha mantenido oculta para no perjudicar los intereses de los que explotaban las reservas acuíferas. Los famosos glaciares, el Perito Moreno y el Upsala, están reducidos a la mínima expresión y ya hace años que sus lenguas de hielo no desembocan en el lago. Otros han desaparecido.

—Es una pena. Pero, ¿qué podemos decir en un editorial? Ya nos ha pasado lo mismo varias veces. La solución pasa necesariamente por la reducción del gasto individual, por la austeridad en el consumo. Pero eso va en contra de los intereses de los que mandan y al final nos limitamos a dar buenos e inútiles consejos, exhortaciones que nadie escucha.

—Creo que esta vez es diferente. Los científicos han publicado hoy un estudio que sitúa el fin de las condiciones válidas para la vida humana en la tierra en no más de diez años. Pero en menos tiempo aún, prácticamente ya mismo, grandes extensiones del planeta se volverán totalmente inhabitables.

—De acuerdo, encarga un editorial lo más duro posible, pero enséñaselo a Heather antes de publicarlo, pues yo no sé si tendré que salir antes de la hora del cierre.

Cuando se queda solo, John mete la cabeza entre las manos y se deja llevar por el agotamiento, por la tensión. No puede más. Es demasiado para un ser humano. Una oración se eleva, entonces, de sus labios: «Madre, ayúdame». En ese momento, llaman a la puerta. Levanta los ojos y ve a Juanita Mora, sonriente, tímida, que le ofrece unos teletipos. Hacía mucho que no la veía y su llegada le parece una respuesta inmediata de la Virgen a su petición de auxilio. Le sonríe y le pide que pase y se siente.

—Juanita, ¿cómo va?

—Mal —le dice ella—. Estoy muy apenada por lo que está pasando. En México los muertos se cuentan por centenares y la mayoría son mujeres y niños. La última noticia que le traigo ahora es que la masonería de México ha publicado una nota en la que insta al Gobierno a defender los valores laicos de la República y a actuar con contundencia contra los «terroristas» católicos; de hecho, la basílica de Guadalupe está ardiendo, sin que haya habido tiempo para sacar de allí los cadáveres de los que fueron asesinados por la policía, ni tan siquiera a todos los heridos. Los incendiarios gritaban consignas contra el Papa, contra la Iglesia y horribles blasfemias contra la Virgen. En Chiquinquirá, en Aparecida, en Luján y en Coromoto, las policías de los respectivos países han rodeado los templos para evitar que fueran atacados por los enemigos de la Iglesia, pues los consideran patrimonio cultural y artístico de sus respectivos países. Sin embargo, en todos los países de América, sin excepción, muchos políticos adscritos a la masonería han reclamado a sus gobiernos las más enérgicas medidas contra la Iglesia.

—¿Serías capaz de guardarme un secreto?

—Sí —dice ella, con timidez, pues no sabe a qué puede referirse McCabe.

—¿Aunque te costara la vida?

—Sí, pero no aunque me costara ser infiel a la Iglesia.

—Bueno, ahí va: soy católico. Anoche fui bautizado. No me preguntes dónde ni por quién. Pero necesitaba decírselo a alguien y, sobre todo, necesitaba decírtelo a ti.

—¿Por qué se ríe usted de mí? —pregunta la muchacha, que ha sentido que se le paraba el corazón al oírle.

—No me río de ti. Es la verdad. Es una historia larga, que no te puedo contar, e incluso te ruego que esto no se lo digas a nadie. Por el bien de la Iglesia, sobre todo. Pero soy católico y me siento feliz de serlo.

—Dígame una cosa, solo para probar si es cierto lo que me está contando. ¿Si yo ahora le dijera que usted me gusta mucho y que estoy dispuesta a acostarme con usted, lo haría?

—Si me dijeras eso, me decepcionarías enormemente y, por supuesto, no lo haría. Una de las cosas que me ha llevado a la conversión ha sido ver la firmeza de tus convicciones. Pero, ya que has sacado el tema: ¿te gusto, aunque sea un poco?

—Era solo una pregunta retórica —responde Juanita, ruborizándose y mirando al suelo.

—Comprendo. Por mi parte te diré que me gustas mucho y que, si sobrevivo a esta, si sobrevivimos, te pediré formalmente en matrimonio. Por la Iglesia, por supuesto. Ya te lo he dicho, así que me siento mucho mejor, porque me estaba quemando dentro. Y ahora, hagamos como si esto no hubiera sucedido. Te ruego que reces mucho por mí. Estoy en un grave peligro y no te puedo contar por qué.

—¡Dios mío! —exclama ella, llevándose las manos a la boca—. Ahora entiendo. Usted, católico, metido en el centro de la conspiración contra la Iglesia.

—Sí. Allí me ha puesto la Virgen. Pero ella sabrá cuidarme. ¿En eso creemos tú y yo, no?

—Sí, en eso creemos. Cuente con mi oración permanente. Me voy a trabajar. Si necesita algo, lláveme. Me gustaría verle después del trabajo, pero no creo que sea conveniente.

—Efectivamente. Entre otras cosas, estoy vigilado a todas horas, así que ni siquiera puedo permitirme el lujo de llamarte por teléfono, pues te implicaría gravemente. Ah, disimula con Tzipi. Es muy lista y se da cuenta de todo.

Nada más marcharse Juanita, McCabe llama a Golda. Le informa de lo que está sucediendo en México y le pregunta si ella tiene algún dato nuevo. La presidenta del CUR le contesta, irritada:

—Me acaban de comunicar que el equipo fiel al Papa ha puesto en circulación un nuevo vídeo. El que sale esta vez es el cardenal Ferro, secretario de Estado. Dice que el Papa está bien y a salvo y agradece a los fieles que se hayan ido de los templos cuando han entrado los sacerdotes que no estaban de parte del Papa.

—No ha llegado ningún teletipo con esa noticia. Siento no poderte informar de nada sobre ese asunto.

—No tardará en llegar, me imagino. Algo tenemos que hacer. No podemos seguir así, dejando que nos metan un gol tras otro. Ellos llevan siempre la delantera, y nuestros incompetentes ingenieros informáticos no logran averiguar desde dónde se están emitiendo los mensajes. Espera un momento, me llaman por otra línea. No cuelgues.

John oye parte de la conversación, que es breve. Cuando termina, de nuevo Golda se pone al teléfono y le dice:

—Era, precisamente, del centro de seguimiento. Me aseguran que la fuente no estaba, en este último caso, en Italia. Dicen que el vídeo ha sido puesto en circulación desde el centro de Europa, posiblemente Suiza o el este de Francia.

—¿Eso significa que se han movido?

—O que están mandando «correos humanos» con los mensajes, lo cual nos va a complicar mucho más las cosas a la hora de localizarlos. Estableceremos controles especialmente rígidos en la salida desde Italia de todos los vuelos internacionales. Aunque nos cueste un esfuerzo enorme, lo conseguiremos. El próximo correo se va a encontrar con una sorpresa. Y en cuanto cojamos a uno, llegaremos al corazón de la rebelión. Estate seguro. Y seremos implacables.

—Si no hay ninguna novedad, ya no te volveré a llamar hoy. Mañana es lunes. ¿A qué hora nos vemos con el Consejo del CUR?

—A las diez aquí, en mi despacho. Que descanses. Ah, y en la próxima cena yo elegiré el restaurante y no te permitiré que te traigas el teléfono.

—Tampoco te ha ido tan mal en las dos ocasiones anteriores. Te enteraste de dos noticias muy importantes justo en el momento en que ocurrían.

—Pero quiero que la próxima vez me vaya mejor aún. Entiendes, ¿no?

—No te rindes nunca, ¡eh!

—No.

—Yo tampoco.

John tenía que avisar de nuevo a Sandoval para transmitirle la información que acababa de saber de Golda —para evitar problemas, no llevaba habitualmente el micrófono que permitía al mexicano escuchar sus conversaciones—. Era urgente. Pero, a la vez, era consciente de que la relación con su actual padrino y antiguo «espía» podía ser descubierta en cualquier momento, no solo con peligro para él sino también para Juan Diego y para la red clandestina que la Iglesia católica había tejido en Nueva York. Es verdad que cada vez que le llamaba lo hacía desde un teléfono distinto, pues se había provisto de numerosas tarjetas telefónicas, para poder usarlas sin recurrir a sus números habituales. En todo caso, el asunto era de la mayor importancia, así que, sin demorarse más, desde el mismo despacho pero no con el teléfono del periódico, le llamó.

—Han averiguado que el nuevo mensaje del círculo del Papa, con un vídeo del cardenal Ferro, procede de Suiza o centro de Europa. Pero creen que ha sido una persona que ha viajado desde Italia, por lo que todos los aeropuertos estarán muy controlados, para coger al que intente salir con un mensaje.

—Gracias, cuídese —responde Juan Diego.

—Reza por mí.

Luego se fue a su casa, tras preguntar por teléfono a Tzipi, que había sustituido a Juanita, si había alguna novedad. Esta le dijo que nada en especial, pero le preguntó, como de pasada:

—¿Sigue usted insistiendo en que no hay nada con Juanita?

—Sí, ¿por qué?

—Porque hoy tenía un brillo en la mirada que no le había visto nunca. Simplemente, está feliz.

—Pues ya me contarás, cuando averigües con quién está saliendo. Te confieso que, cuando termine esto, me gustaría intentarlo con ella. Pero ahora me debo a mi trabajo y no quiero fijarme ni en ella ni tampoco en ti.

Había dicho esto con la mayor frialdad, siendo consciente de que era medio verdad, pues no quería tener relaciones sexuales con Juanita antes del matrimonio. Aunque él no había dicho eso, sino que se refería al matrimonio —lo cual Tzipi no podía ni sospechar—, lo había dado a entender.

Ahora, la inteligente becaria judía estaba ya haciéndose sus cábalas de qué le habría dicho su jefe a Juanita que a esta le había puesto tan contenta. Quizá una insinuación de seriedad para el futuro, lo cual ella se había tragado.

Seguro que era el truco que John utilizaba para desarmar a las escasísimas jovencitas que, como Juanita, no querían tener relaciones prematrimoniales. «¡Qué cerdo!», pensó Tzipi, que tomó la decisión de hablar con la joven latina en cuanto tuviera oportunidad para ponerle sobre aviso. Incluso pensó en llamarla, pero decidió dejarlo hasta el siguiente cambio de turno, que tendría lugar a la mañana siguiente.

No mucho después, esa misma tarde, Golda recibía en su despacho al cardenal McGwire.

—Bienvenido, Thomas —le saluda afectuosamente, saliendo a su encuentro cuando este apareció en su despacho.

—Gracias, Golda. Aquí me tienes. ¿Cuáles son tus planes?

—¿Quieres saberlos todos o prefieres enterarte solo de aquello que a ti te concierne?

—Solo de lo mío —responde el cardenal norteamericano, comprendiendo que la presidenta del CUR se refería a Schmidt, al cual, probablemente, le esperaba una muerte rápida.

—Bien. Mañana a las siete de la mañana pondremos en circulación una nota de prensa, que irá firmada por ti en la que te lamentas del trágico destino del cardenal Schmidt, a la vez que insinúas que ha sido víctima del fanatismo papista. Además, dirás que, ante la gravedad de los acontecimientos y la urgencia del cónclave que en cuatro días debe celebrarse en Roma —tres días a partir de mañana—, te ofreces para coger la bandera de tu muy querido amigo Schmidt y, si los electores están de acuerdo, conducir a la Iglesia hacia un futuro de paz, diálogo y tolerancia. Repetiremos varias veces lo de diálogo y tolerancia, pues son las palabras claves que usamos para enmascarar lo que de verdad buscamos. Llevamos muchos años haciendo eso y somos unos auténticos especialistas en la materia. También dirá la nota de prensa que vas a viajar inmediatamente hacia Roma, para organizar desde allí lo concerniente al cónclave. No te preocupes por lo relativo al viaje. Esta tarde lo arreglaremos todo. Irás bien custodiado.

—Pero ¿ha muerto ya Schmidt?

—Digamos que se encuentra en mal estado y que los médicos han asegurado que no sobrevivirá a esta noche.

—Comprendo —dice McGwire—. Quiero saber otra cosa. Cuando sea elegido Papa, qué se espera de mí exactamente. No quiero cometer errores que me conduzcan a enfermar del mismo mal que ahora aqueja a mi colega alemán.

—Tú, permíteme que te lo diga con toda franqueza, debes una mera pantalla que oculte una realidad: los que mandamos somos nosotros. La Iglesia, en un tiempo prudencial pero más bien corto, tiene que desaparecer. Los principales líderes religiosos mundiales están ya de acuerdo en constituir una sola religión, con sede aquí, en Nueva York, y cuyo presidente sería rotatorio entre ellos, con mandato de tres años. Lógicamente, ese presidente sería nombrado teóricamente por el secretario general de la ONU. Y digo teóricamente porque en realidad sería yo y quién está por encima de mí quien lo nombraría. Tú serías el primer presidente de esta gran religión mundial y luego, tras tu turno de tres años, pasarías a la más lujosa jubilación. Cualquier capricho, cualquier deseo, de cualquier tipo, ya me entiendes, te será concedido.

—Estamos de acuerdo. ¿Tendré que hacer alguna declaración mañana?

—A ser posible, no. Bastará con la nota de prensa. De todos modos, estate dispuesto, por si acaso. Una última cuestión. ¿Crees en el demonio?

—Que si creo en el demonio —exclama McGwire sorprendido y descolocado, sin saber si ser sincero o si eludir la pregunta—. ¿Por qué?

—Contéstame sí o no.

—Sinceramente, no. Hace mucho tiempo que perdí la fe. Pertenezco a ese nutrido grupo de clérigos ateos que hemos seguido en la Iglesia por dos motivos: porque no teníamos a dónde ir y porque creíamos que, permaneciendo en ella, podíamos lograr que esta se implicara más en lo social y que abandonara posturas trasnochadas, un poco dictatoriales. Pero si no creo en Dios tampoco creo en el demonio.

—Es una lástima.

—¿Una lástima? ¿Por qué?

—Porque el demonio sí que existe, lo mismo que existe Dios.

—Me dejas desconcertado. ¿Eso significa que quien está detrás de todo esto es el demonio?

—Así es. Ese es el verdadero jefe supremo.

—Pero si existe Dios, es más fuerte que el demonio y entonces esta guerra nos saldrá mal.

—Te equivocas. Eso es lo que vosotros habéis dicho a la gente y así la habéis mantenido engañada durante todos estos siglos. El mal es más fuerte que el bien. Y mucho más divertido. El demonio está a punto de vencer definitivamente a Dios. Y tú has elegido la mejor parte, la de los vencedores.

—Sigo desconcertado. En todo caso, usando una frase latina que aprendí en mi juventud: «*Alea iacta est*», «La suerte está echada».

Juan Diego Sandoval dio paso a la información que John le acababa de transmitir, como había hecho horas antes con la anterior, en la que se le comunicaba del inminente asesinato del cardenal Schmidt. Cada vez era más consciente de la acción providencial que había supuesto la conversión de McCabe, por el puesto que ocupaba, y de lo peligrosa que se estaba volviendo su situación. Decidió reforzar la vigilancia del periodista, para estar al tanto de cualquier cosa que pudieran tramar contra él.

Mientras, la doble información viajaba hasta su destino. No había sido fácil discernir lo que hacer con la primera, la que implicaba hacer algo por salvar la vida del cardenal Schmidt. Sobre todo porque esa información era estrictamente confidencial y podía poner en peligro la vida de McCabe. Pero al final, el cardenal de Nueva York decidió cursar la información y que decidieran en última instancia. Eran pasadas las doce de la noche cuando una llamada volvió a despertar a Enrique del Valle y le decía escuetamente que Schmidt estaba a punto de ser asesinado por orden del CUR debido a lo chapucero de su celebración de la misa esa mañana en el Vaticano. El informático no llamó por teléfono a Ferro. Como vivían relativamente cerca, se arriesgó a acercarse hasta su casa. Encontró a los dos cardenales, el secretario de Estado y su sustituto, ya en la cama. Pronto, sin embargo, estuvieron totalmente despejados, hablando del tema.

—Por un lado —dice Ramírez—, tenemos el deber de avisar a alguien de que le van a matar. Es un deber de humanidad y, sobre todo, de caridad, pues Cristo nos enseña a amar al enemigo y a hacer el bien a quien nos ha hecho el mal. Pero, por otro, eso pone en peligro la vida de nuestro «agente», el que nos está proporcionando toda esta información privilegiada.

—Yo me inclino claramente —afirma el cardenal Ferro— por fiarnos de la divina Providencia y a hacer una llamada anónima a Schmidt para que intente ponerse a salvo. Hay que preservar a nuestro espía, pero también hay que ayudar a alguien que está a punto de ser asesinado. Si nos deslizamos lo más mínimo en el terreno de que el fin justifica los medios, pronto el demonio se apoderará de nosotros. Cuando estamos rodeados de lobos tenemos que ser más corderos que nunca.

—Sencillos como palomas, pero sin olvidar que debemos ser astutos como serpientes —interviene Del Valle.

—Sí, pero no tan astutos que olvidemos que somos seguidores de Cristo crucificado —le contesta Ferro, zanjando la discusión.

—De lo que se trata es de discernir cómo tenemos que actuar para intentar salvar al cardenal Schmidt —dice, entonces, Ramírez, en un claro apoyo a su superior—. Podríamos llamarle por teléfono ahora mismo, desde una cabina pública, por ejemplo.

—No serviría de nada y nos arriesgaríamos a que detectaran la ciudad de la llamada, una vez que registren sus teléfonos, si es que no los tienen ya intervenidos —responde Del Valle.

—Eso se resolvería haciendo que le llamaran desde otra ciudad —objeta Ramírez.

—Sigo pensando que sería inútil. Algo han debido decirle para tranquilizarle mientras llega su asesino. No nos va a creer. Si de lo que se trata es de ayudarle y no solo de tranquilizar nuestra conciencia tenemos que hacer otra cosa.

—Pero ¿qué? —pregunta, nervioso, Ramírez.

—Creo que puede haber una manera de sacarle de ahí —dice, entonces, el cardenal Ferro, que había estado en silencio, como distraído—. Un *gentiluomo* del Vaticano, Raffaele Manarola, es como un hijo para mí. Su familia lleva trabajando para la Santa Sede desde hace seis generaciones. Yo le he bautizado, dado la primera comunión, casado y bautizado a sus dos hijos. Conoce cómo entrar y salir del Vaticano sin que nadie le vea. Él puede conseguirlo.

—Pero puede usted estar mandándole a la muerte —vuelve a objetar Del Valle.

—Todos estamos siempre al borde de la muerte. Querido Enrique, de lo que se trata es de no perder la verdadera vida, es decir, de no perder la unión con Dios. Y eso se pierde al dejar de amar. De todos modos, no le exigiré que vaya. Solo se lo consultaré.

Sin más dilación el cardenal Ferro utiliza uno de los teléfonos aún no utilizados y, tras consultar su agenda, llama a Raffaele. Este, que duerme, se despierta sobresaltado y salta de la cama al oír la voz del cardenal. Ante la sorpresa de su esposa, que duerme a su lado, se va a otra habitación. En pocas palabras, Ferro le expone la situación. El joven solo le objeta una cosa:

—Eminencia, estoy dispuesto a dar la vida por mi Iglesia y a arriesgar no solo la mía, sino la de mi familia. Pero ¿usted cree que por un canalla como

Schmidt merece la pena? Si le matan, nos quitarán de encima a un enemigo.

—No olvides, hijo, que Cristo dio la vida por los pecadores, por nosotros. Estoy totalmente convencido de que salvar a Schmidt es la voluntad de Dios y de la Virgen.

—Entonces no hay tiempo que perder. Confío en llegar a tiempo. Rece por mí a la *Madonna*.

Raffaele vive muy cerca del Vaticano, en Borgo Pío, la calle de las tiendas baratas de objetos religiosos, habitualmente llena de turistas pero que a esas horas de la noche está vacía. Sabe, efectivamente, cómo entrar al Vaticano sin ser visto. Guarda parte de las llaves secretas que, con otros ujieres, han sustraído del Vaticano antes de abandonarlo. En diez minutos está ya dentro del pasadizo que une el Castillo de Sant'Angelo con la ciudad eterna y que, años antes, había sido abierto a los turistas para que estos pudieran visitar el lugar por el que los papas se ponían a salvo, en la fortaleza junto al Tíber, en momentos de peligro. En otros diez minutos más se encuentra ante la puerta del edificio donde vive el cardenal Schmidt. Estaba preguntándose cómo entrar, aunque ya sabía que no había protección policial dentro de la Santa Sede sino solo en el perímetro, pero imaginaba que a Schmidt le habrían puesto una guardia en la puerta para protegerle. No es así. Todo está desierto. Con gran sigilo entra en el edificio y comprueba, sorprendido, que justo a la entrada hay un cenicero en el que aún humea un cigarrillo, abandonado pocos minutos antes por alguien que ha salido corriendo. «Si había policías», piensa, «se han ido a toda prisa. Alguien les ha dicho que se fueran. El asesino debe de estar a punto de llegar. No tengo tiempo que perder». Muy pocos minutos después, una mano tapa la boca del cardenal Schmidt, que duerme plácidamente, soñando con los días de gloria que le esperan, viéndose coronado como Papa y, quizá, como líder mundial de todas las religiones. El purpurado alemán intenta gritar, pero Raffaele se lo impide con determinación.

—No creo que me conozca. Me envía el cardenal Ferro para ponerle a salvo. Esta noche van a matarle. El CUR ha enviado a un sicario que está a punto de llegar —luego, arriesgándose, le quita la mano de la boca.

—¡Es mentira! —grita Schmidt cuando se ve libre—. ¡Policía, policía! —añade, levantándose y yendo hacia la puerta de salida de su espacioso apartamento.

—No se moleste, no hay nadie, salvo que esté ya dentro el asesino. Los policías que debían vigilarle le han abandonado. Han debido, recibir una orden de sus jefes. Por otro lado, piense, Eminencia: si yo quisiera matarle, qué me lo hubiera impedido hacerlo mientras dormía.

—¿Y qué quiere usted? ¿Que le siga y que me ponga al servicio de Ferro? ¡Está usted loco! De todos modos me matarían. Son los amos del mundo.

—Puede ser. Yo mismo estoy jugándome la vida por ayudarle y eso que no siento por usted más que un profundo desprecio. Pero de lo que estoy seguro es que Dios es más fuerte que el demonio, al que sus amigos sirven. Por eso, prefiero morir con Dios que vivir siendo esclavo de Satanás. Pero no tengo más tiempo que perder. Si no quiere acompañarme, no lo haga. Yo me voy. Al menos, lo he intentado —dice y, mientras tanto, abre la puerta del apartamento para salir.

—¡Espere! ¿Cómo sé que no me engaña?

—Podemos salir y apostarnos en algún sitio seguro, para ver sin ser vistos. Cuando vea entrar a su asesino, tendrá la prueba que necesita. Además, pronto se dará cuenta de que los policías que estaban abajo, custodiando la entrada, han desaparecido.

—De acuerdo.

Los dos hombres salen del apartamento y se ocultan entre las sombras de la noche, lo cual no es difícil, pues a pesar de la luna, la oscuridad es muy grande en el Vaticano, ya que está cortada incluso la tenue iluminación nocturna. Raffaele ha conducido a Schmidt a una entrada de la basílica por donde escabullirse luego y poder huir con una cierta rapidez hacia el pasadizo. Lo haría enseguida, pero comprende que si lo hace, Schmidt no le seguirá y si le deja allí, más pronto o más tarde le encontrarán. Tiene mucho miedo, pero aguarda al lado del cardenal traidor. Mientras esperan, hace una llamada a otro ujier del Vaticano que vive también en Borgo Pío. Le pide que vaya silenciosamente con su coche a la salida del pasadizo que él conoce y que aguarde allí, sumido en las sombras. Si todo sale bien, van a necesitar huir de la zona cuanto antes. Luego, se pone a rezar el Rosario mientras, a su lado, Schmidt, con el único abrigo del pijama y una bata, tiembla de frío y de miedo.

La espera no es larga. Un coche entra sigilosamente, sin las luces encendidas, y aparca junto a la puerta del edificio donde está el apartamento del cardenal. A pesar de la oscuridad, se distinguen dos hombres. Uno de ellos, el que no conduce, sale rápidamente del coche. Mira a un lado y a otro y se introduce en la casa. El otro maniobra con el automóvil para ponerlo en posición de huida.

—¿Se convence ahora?

—Sí. Vámonos. Rápido.

En diez minutos, tras una alocada carrera por el interior del Vaticano, atravesando puertas que, previsoramente, Raffaele había dejado abiertas a la ida, están en el coche del compañero del *gentiluomo*. Han cerrado solo lo imprescindible para despistar, al menos momentáneamente, a los que les pudieran seguir. Con el mayor sigilo posible, el coche arranca y se introduce en el *lungotevere* para alejarse lo más pronto posible del lugar. Raffaele llama a Ferro, tal y como habían quedado, y le pasa el teléfono a Schmidt.

—Es el cardenal Ferro —le dice.

—Eminencia… —dice Schmidt, haciendo un esfuerzo para que le salgan las palabras de una boca que se le ha quedado totalmente seca—. No sé qué decir. Pedir perdón es poco. Agradecer es insuficiente. Eminencia, le ruego, le suplico que me perdone. Apiádese de mí. Merezco la muerte pero, por favor, no me dé usted lo que merezco.

—Cardenal Schmidt —contesta Ferro—, siento por usted una mezcla de asco y de compasión. Pero, no se preocupe, en ningún momento hemos pensado en hacerle el menor daño, a pesar del mal que usted ha hecho a la Iglesia y de los muchos muertos que ya ha ocasionado la rebelión de la que usted ha sido uno de los cerebros. Si usted quiere, mi amigo le dejará en la calle o donde usted diga. Es usted libre.

—Pero me matarían. El CUR es implacable.

—Y a ese señor cruel ha estado sirviendo usted, alejándose del Dios del amor y de la misericordia.

—Lo sé, lo sé y no tendré años suficientes de vida para arrepentirme. Eminencia, estoy a su disposición. Puedo colaborar con usted. Puede denunciarles en público. ¿Qué quiere que haga?

—Tenemos que sacarle de Italia. Ahí no hay ningún lugar seguro. Páseme con mi amigo, por favor.

Schmidt, tiritando ya no de frío debido a la calefacción del coche, pero sí de vergüenza y de miedo, le pasa el teléfono a Raffaele. En ningún momento el cardenal Ferro ha revelado algún dato que pudiera ser identificatorio, tanto de donde se encontraba él como de la identidad del *gentiluomo*. Ahora, al habla de nuevo con este, le pregunta:

—¿Cómo está tu familia?

—Mis dos hijos están con los abuelos desde que empezó todo esto. Antes de salir le he dicho a mi mujer que saliera lo antes posible de casa y que se refugiara en la de alguna amiga. Ya debe de haberlo hecho. Es una mujer valiente y tiene muchos recursos. ¿A dónde quiere que lleve a este pájaro?

—Al aeropuerto de Ciampino. Te está esperando una avioneta que sale para Sicilia. Le dejas allí y te vas a esconder. ¿De acuerdo? La Iglesia te debe un gran servicio, Raffaele, pero sobre todo cuentas con el agradecimiento de Nuestra Señora. Ella es la capitana de este ejército y, no lo dudes, cuida siempre de sus soldados, incluso de los que caen en la batalla.

—Eminencia, ha sido un honor, se lo aseguro. Aunque hubiera preferido un encargo distinto. Pero me fío de usted y eso basta. No deje de rezar. No sería raro que estuvieran buscándole y que el aeropuerto estuviera bloqueado.

—Si sospechas de que algo así está ocurriendo, sigue tu camino sin abandonarle a él. Encontraremos otra forma de sacarle del país. Pero hasta ahora, mi contacto en Ciampino me dice que todo está normal.

Mientras tanto, Levi Burstein no solo ha recorrido el apartamento de Schmidt, por si acaso se había escondido en algún lugar, sino que ha revisado el resto de apartamentos de la casa, derribando las puertas que estaban cerradas, y que se encontraban vacíos. Al principio, se movió con sigilo, aunque el hecho de ver la cama abandonada le hizo sospechar que, por cualquier causa, el cardenal había intuido el peligro y había huido. Miró por todas partes en aquel gran apartamento lleno de objetos de arte valiosísimos, de carácter religioso la mayoría. Luego, convencido de que Schmidt se había escapado, pero sin saber qué hacer, se decidió a descerrajar los apartamentos vecinos. No sabía si llamar a Golda, porque temía darle una mala noticia innecesaria, si al fin lograba encontrar al viejo clérigo metido en un cesto de ropa sucia, por ejemplo. Decidió no avisar de nada, mientras no fuera necesario. Si lo podía solucionar él, se ahorraría una grave reprimenda y, quizá, la muerte. Eso fue lo que salvó a Schmidt. El miedo, que es el arma que usa el demonio, se volvió contra él. Si Burstein no hubiera temido por su vida, habría avisado enseguida a su jefa y esta hubiera ordenado el cierre de todos los aeropuertos italianos y el bloqueo de todas las fronteras. Pero no lo hizo y le dio así un tiempo precioso al fugitivo para escapar. Por fin, cuando, desalentado, hubo acabado su registro con ayuda del sicario que había estado esperando en el coche y al que hizo subir, se decidió a llamar a Golda Katsav. Pero ya había pasado más de media hora. Esta, naturalmente, le llenó de improperios y de amenazas y luego le ordenó regresar a Nueva York, como estaba previsto. Levi Burstein emprendió el camino al aeropuerto como si fuera un cadáver. El cadáver que no había logrado dejar en Roma lo llevaba él puesto hacia Nueva York; era el suyo propio. Su fin estaba ya escrito.

Golda, por su parte, se había puesto en acción inmediatamente. También estaba empezando a temer por su vida, pues bien sabía ella que el «señor X» no admitía errores. Despertó a medio gobierno italiano, el cual se puso a funcionar a toda velocidad. La información que ella dio es que los odiados papistas habían secuestrado a Schmidt y había que registrar toda Roma e Italia entera si hacía falta para encontrarlo. Pero, pensaron los ministros, el presidente del Gobierno y el presidente de la República, a los que Golda llamó llena de ira, ¿cómo sabía ella lo del secuestro? Nadie dijo nada, pero todos intuyeron la verdad: que Schmidt había escapado justo antes de que lo mataran.

Cuando la orden del cierre de aeropuertos llegó a Ciampino, ya había pasado más de una hora desde que Schmidt había abandonado el Vaticano, pues la burocracia italiana funcionó, una vez más, a su manera. Nadie se molestó, a aquellas horas de la noche, en averiguar a dónde habían ido los aviones que ya habían salido. El pequeño avión que llevaba a Schmidt emprendió el rumbo hacia Sicilia, como estaba previsto en el plan de vuelo, pero en cuanto salió de la zona de observación del aeropuerto se desvió hacia el oeste, hacia Madrid.

Madrid, la que fuera capital de la antigua España y que ahora lo era de la República de Castilla, que comprendía un poco menos de lo que antaño habían sido las autonomías de Castilla-León, Castilla-La Mancha y la propia Madrid, estaba empobrecida y ya no tenía aquel esplendor que poseía a finales del siglo XX y principios del XXI, cuando podía competir con las grandes capitales europeas. Los problemas económicos que surgieron tras el desmembramiento de España la habían afectado, como también habían afectado a Barcelona y a Bilbao; las antiguas ciudades-dormitorio que la rodeaban habían perdido más de la mitad de la población y la propia ciudad no llegaba ahora a los dos millones de habitantes. A cambio, había aumentado notablemente la calidad de vida y en ella, como en el resto de la República castellana, se mantenía un relativamente buen nivel de vida religiosa. Por eso, y porque allí la Iglesia aún no había sido declarada fuera de la ley, gracias a la actuación de los diputados católicos presididos por Jorge Ortega, es por lo que el cardenal Ferro decidió enviar allí al cardenal Schmidt.

El avión que lo llevaba no aterrizó en Barajas. Era demasiado arriesgado. A cambio, tomó tierra en un pequeño aeropuerto privado, situado en una de esas fincas gigantescas, auténticos latifundios, que antaño habían sido cotos de caza de reyes, aristócratas y políticos, en La Mancha, a dos horas y media de la capital. No hubo ningún percance y nadie hizo preguntas. En parte por la hora y en parte porque Ferro, arriesgando muchísimo, se había puesto en contacto con Ortega apenas supo que Schmidt había logrado salir del Vaticano; el político lo había solucionado todo y nadie se había inmiscuido. Cuando Schmidt descendió del avión era una pálida sombra de lo que fue. Seguía en pijama y en bata y se encontraba moralmente derrumbado. Le llevaron rápidamente a la casa solariega y, tras asearse, desayunar y vestirse con ropa talar que Ortega había conseguido y enviado allí desde la cercana Toledo, le metieron en un coche y le llevaron a Madrid. Una joven mujer, Juncal Lerchundi, le acompañaba y conducía el vehículo. No había nadie más. El cardenal Schmidt se durmió apenas nada más subir en el automóvil e intercambiar un saludo de cortesía con Juncal. Cuando despertó, ya estaban cerca de la capital castellana. Le dio tiempo a enterarse de que su guía procedía de una familia vasca, de Irún, que había tenido que huir de su país cuando se desmembró España y los que no eran nacionalistas fueron estigmatizados y acosados. Lo mismo les había sucedido a muchos otros, incluida la familia de Jorge Ortega, que era de Barcelona. Amanecía cuando el automóvil que llevaba a Schmidt cruzaba por encima de la M-30 y se introducía en el corazón de la ciudad, dejando, poco después, a su desconcertado pasajero en la casa de un católico que sabía el riesgo que corría al acoger a ese extraño huésped.

Ortega, por su parte, había esperado a que se hiciera pública la noticia de la desaparición de Schmidt para convocar una rueda de prensa. Había invitado a todos los medios de comunicación a que acudieran, porque quería hacer una declaración sobre la situación actual de la Iglesia y sobre la reciente desaparición del cardenal alemán, que ya estaban imputando a los fieles al Papa. Hacía la invitación en nombre de la asociación de políticos católicos Santo Tomás Moro, que presidía, y había conseguido permiso para utilizar las instalaciones del antiguo Parlamento español, las Cortes, en la carrera de San Jerónimo. La cita era a las once. Se esperaba poca asistencia, pues la invitación había llegado a radios, periódicos y televisiones muy temprano, cuando apenas había gente en las redacciones. De todos modos, pensaba Ortega, con que hubiera alguno ya era suficiente, pues tenía el propósito de presentar en público al propio Schmidt, con el cual había hablado apenas llegó a Madrid.

En Nueva York caía la tarde cuando Golda supo la desaparición del cardenal alemán. Tras hablar con buena parte del Gobierno italiano y ordenar el regreso de su sicario, había esperado un largo rato, sin hacer nada, para ver si lograban detenerle. Luego, al comprobar que no había noticias, había telefoneado a Heather Swail, la jefa de McCabe, que es quien controlaba qué información debía darse y cómo debía darse. Le había contado lo sucedido y ambas habían estado de acuerdo en publicar inmediatamente un teletipo en el que anunciaban que Schmidt había sido secuestrado del Vaticano, en plena noche, por los partidarios del Papa. Mientras tanto, el tiempo había ido pasando y eran ya las seis de la mañana en Italia y en Madrid, las doce de la noche en la costa este de Estados Unidos, cuando las agencias informativas empezaron a vomitar la explosiva noticia. La CNN y otras cadenas emitieron inmediatamente un informativo especial dedicado a Schmidt, en el que le presentaban como un auténtico mártir de la libertad. Habían mordido el anzuelo lanzado por la propia Heather, yendo más allá de lo que esta esperaba. Golda, preocupada ante lo que estaba viendo, pues no se podía descartar la posibilidad de que Schmidt no fuera tan tonto como ella pensaba y que se hubiera imaginado que iban a buscarle para matarle, habló con Heather y le ordenó que se moderara el tono de entusiasmo de los reportajes que, a esas horas y en trepidante competencia, estaban ya lanzando todas las emisoras. En definitiva, cuando la orden de rebajar el panegírico que se estaba dedicando a Schmidt empezó a aplicarse, había pasado prácticamente toda la noche y habían cerrado sus ediciones todos los diarios. Excepto en el *New York Times* de la propia Heather, en los demás Schmidt era presentado como la enésima víctima del odiado catolicismo romano, sangriento y enemigo de toda libertad y de toda la humanidad.

Juanita, que acababa de entrar a trabajar cuando llegó el teletipo, pues Tzipi había hecho un turno algo menor para poder descansar esa noche, llamó enseguida a McCabe que, una noche más, vio interrumpido su sueño, aunque en este caso no hacía mucho que se había acostado.

—Señor McCabe, acaba de llegar una noticia: el cardenal Schmidt ha desaparecido del Vaticano y el teletipo acusa al Papa de estar detrás de lo sucedido.

—Gracias, Juanita. ¿Se sabe dónde está?

—De momento, no.

John comprendió inmediatamente que su información había llegado al sitio oportuno y que habían decidido salvar la vida del cardenal. Le costó trabajo entender por qué lo habían hecho, pero al fin y al cabo, él mismo había tenido parte en lo ocurrido al poner en circulación la noticia. Ignoraba cuánta gente estaba enterada de la decisión de Golda de acabar con el purpurado, pero, en todo caso, sería un grupo muy reducido y eso le introducía a él mismo en el círculo de los sospechosos de espionaje. «Confío en que haya merecido la pena», se dijo a sí mismo, sintiendo un nudo de angustia en su estómago, muy parecido al miedo. Luego llamó a Golda. Tenía que hacer como si fuera totalmente inocente y no le iba a ser fácil.

—Golda, me acaban de llamar del periódico. Ha desaparecido Schmidt.

—Es una noticia vieja. Yo lo sé desde hace bastante tiempo. ¿Dónde estás?

—En mi casa.

—¿Solo?

—Sí, solo. ¿Por qué me lo preguntas? ¿No querrás que nos reunamos a estas horas?

—No. Era mera curiosidad, y también para saber si podía hablar contigo sin miedo a que ciertos oídos femeninos me escucharan. ¿A ti que te parece esto?

—No sé. Lo de los papistas que dicen las agencias puede ser. Pero me hubiera parecido más lógico matarle en su casa. ¿Qué van a sacar con su desaparición? ¿Van a mostrarle al mundo, arrepentido, como hacían los iraquíes con los soldados norteamericanos que secuestraban? Eso no tiene valor propagandístico alguno. Se volvería contra ellos. Por eso me inclino a pensar, y perdona que te lo diga, que el cardenal es un viejo zorro que se ha olido que le iba a caer encima un ajuste de cuentas por su incompetencia a la hora de celebrar la misa ayer por la mañana —a esas horas, ya era la madrugada del lunes en Italia, aunque aún faltaba mucho para amanecer en Nueva York—. Creo que está escondido en algún agujero y que va a intentar esperar a que la polémica amaine.

—No sé. Quizá tengas razón. Es lo mismo que me ha dicho Heather. Pero yo hablé con él poco después de la misa y le tranquilicé mucho. No me dio la impresión de que se quedara con dudas acerca de mi confianza en él. Si ha huido es porque algo le ha hecho cambiar de opinión. Además, ¿cómo ha huido? ¿Cuándo? El amigo que mandé a saludarle me ha dicho que registró todos los apartamentos de la casa donde vivía y que no halló ni rastro. Pero el cardenal llegó a dormir en su casa esa noche y, de hecho, según me cuenta, la cama aún estaba caliente cuando se presentó nuestro hombre.

—¿Han interrogado a los policías que, supongo, estaban al cargo de su custodia?

—No. Estaba previsto que se fueran para cuando llegara mi «enviado especial».

—¿No crees que, quizá, alguno de esos policías pudo haber comentado algo o, simplemente, que Schmidt vio cómo se iban y eso le hizo sospechar y entonces salió a toda prisa para refugiarse en algún rincón del Vaticano? —dice McCabe, intentando lanzar a la intuitiva Golda tras una pista falsa.

—Tienes razón. No se me había ocurrido. Voy a ordenar ahora mismo que interroguen a los policías. Y que registren con lupa el Vaticano.

En ese momento, Juanita llama a McCabe por otra línea, pues este está hablando con Golda por uno de sus móviles restringidos. El periodista pide permiso a Golda para atender a la becaria y esta le comunica que la policía italiana acaba de informar que Schmidt huyó por el pasadizo que une el Vaticano con el castillo de Sant'Angelo y que, probablemente, contó con ayuda de fuera. Aunque la noticia deshace sus planes de sembrar confusión en la mente de la presidenta del CUR, no duda en transmitírsela.

—Eso zanja la cuestión —contesta Golda, muy preocupada—. Ni ha sido la policía la que le ha puesto sobre aviso, ni tampoco se ha ido solo. Alguien le ha dado un soplo. O él, temiéndose lo que le iba a ocurrir ha buscado ayuda y la ha encontrado. Si es así, puede volverse contra nosotros y eso sí sería malo, muy malo. Adiós John. Si hay algo nuevo, no dudes en llamarme.

McCabe siente cada vez una angustia mayor. No sabe si Golda ha empezado a sospechar de él, pero notaba cómo latía su corazón aceleradamente cuando ella dijo lo de que «alguien le ha dado un soplo». Afortunadamente, ella no le había permitido hablar de nuevo, pues no hubiera podido evitar que el nerviosismo se filtrara en su voz. Arriesgando ya el todo por el todo, llama a Sandoval.

—Juan Diego, ¿estás enterado de lo de Schmidt?

—Sí. Creo que hemos sido nosotros y que está a buen recaudo. Ha sido gracias a ti.

—Vosotros veréis lo que habéis hecho, pero siento que el nudo de la horca se está cerrando peligrosamente sobre mi cuello. Acabo de hablar con Golda.

Me ha dicho que es posible que al cardenal le hayan avisado y que eso solo se debe a una filtración en nuestras filas.

—¿Sospecha de ti?

—No me lo parece. Pero todo es cuestión de tiempo.

—Sigue como si nada. Yo estoy detrás de ti vigilándote. Si intentan algo, se van a llevar una sorpresa. Por cierto, también hemos transmitido la otra noticia, la de que los aeropuertos italianos van a ser sometidos a un filtro difícil de pasar.

—Creo que tendrías que estar en posesión de un material que considero relevante. Yo guardo dos mensajes muy importantes. Uno que me envió Gunnar Eklund antes de ser asesinado y en el que me indicaba lo de la cadena en la cama del hotel, cuyo rescate te encargué. Y otro, enviado por Ralph Renick a varios, no sé a cuántos, poco antes de que le mataran en Long Island, en el que defiende a la Iglesia y la exculpa de los crímenes que se le imputan. Por si acaso me matan, quiero que los tengas y, quizá, deberías ponerlos en circulación. Te los envío por correo electrónico ahora mismo.

John se volvió a acostar, pero no pudo dormirse. Estaba inquieto, por más que su cabeza le decía que debía relajarse y ponerse en las manos de Dios y de la Virgen. Sabía que había hecho lo que tenía que hacer, pero el miedo es libre y no podía dejar de sentirlo. De todos modos, volvería a hacerlo si se le presentara la ocasión. Cada vez sentía con más fuerza aquello de San Pablo: «Para mí, la vida es Cristo y una ganancia morir».

En Nuweiba hacía rato que había amanecido cuando el cardenal Schmidt entraba en Madrid, en el coche que conducía Juncal Lerchundi. El Papa, Loj y la hermana Krystyna habían celebrado misa antes de bajar a desayunar. Cuando lo hicieron, el restaurante era un hervidero de gente que iba y venía. Muchos habían llegado la tarde anterior desde Petra, camino de Sharm El Sheik. Otros tenía que coger en una hora el *ferry* y luego, ya en Áqaba, en la costa jordana del mar Rojo, permanecer en la ciudad o seguir hacia Petra. El grupo en el que habían hecho la travesía del Sinaí se deshacía allí y cada uno se integraba en otro, según sus planes. Solo unos cuantos de los que habían viajado con el Papa y su séquito se dirigieron al *ferry*; el resto prefirió quedarse en el hotel, reponiéndose de las «exquisiteces» del turismo-aventura.

Monseñor Loj observó, desde el primer momento, que el Papa estaba muy serio y así se lo hizo notar a la religiosa que les acompañaba. Pero no se atrevió a preguntarle. Recordó lo que este le había dicho la tarde anterior y se puso también él en manos de la Virgen. Sin el más pequeño problema, montaron en el *ferry* y este se empezó a deslizar sobre las aguas del mar Rojo. El sol lo inundaba todo e invitaba a relajarse, hasta que llegara la hora de amarrar en Áqaba. De hecho, muchos turistas se pusieron en bañador a tomar el sol en la cubierta, ansiosos de ponerse morenos para poder presumir cuando regresaran a Europa o América.

La sorpresa vino más tarde. Estaban ya a la vista del muelle y los marineros culebreaban por el barco para preparar el amarre, cuando la megafonía del *ferry* avisó, en varios idiomas, que antes de desembarcar la policía jordana iba a subir a bordo para llevar a cabo una inspección de los pasaportes. En tono de humor, el capitán del *ferry* dijo que desde hacía unos días esa inspección era más estricta, sobre todo para los señores mayores, pues en Áqaba como en el resto del mundo se estaba buscando al Papa fugitivo. Se invitaba a todos los pasajeros a que tuvieran paciencia y a que hicieran una cola a lo largo de toda la cubierta.

El Papa miró a Loj y a Krystyna y solo dijo:

—Esto es lo que la Virgen me había dicho.

—¿Y qué tenemos que hacer? —pregunta, nervioso, Loj.

—Estar tranquilos. También eso me lo dijo ella. No sé qué sucederá, pero estamos en sus manos. En las mejores manos. Vamos a ponernos en la cola, ni muy al principio ni al final del todo.

Cuando lo hicieron, ya muchos turistas se les habían adelantado, así que quedaron colocados más atrás de la mitad. El avance era lentísimo y eso les dio tiempo a observar que, por un lado, el *ferry* estaba rodeado de barcas de la policía, lo que hacía inútil intentar huir tirándose por la borda. Por otro, no tardaron en escuchar los comentarios que procedían de los que estaban al principio de la fila; comentarios de indignación, pues si bien a las señoras y a los hombres jóvenes prácticamente no les miraban, a los hombres más mayores les sometían a un chequeo exhaustivo, tirándoles incluso de la barba o del pelo de la cabeza para ver si era postizo, pues de todos era sabido que el Papa era calvo.

—Va a ser muy difícil salir de esta —dice Loj, preocupado por la suerte del Papa y sin saber qué hacer—. Estamos en una ratonera. ¿Habrá habido alguna filtración?

—¿Y qué más da? —contesta el Papa—. ¿No recuerdas, querido Jarek, aquellas profecías de Isaías, cuando Jerusalén se encontraba entre dos imperios en guerra, Babilonia y Egipto, y él, de parte de Dios, pedía al pueblo que no se aliara ni con uno ni con otro, sino que permaneciera neutral?

—«Si no confiáis, no sobreviviréis. En la confianza está vuestra fuerza» —contesta el polaco.

—Pues eso. Vamos a rezar avemarías, sin que se nos note. Y a confiar.

La cola había ido avanzando lentamente y el grupo del Papa ya veía a los policías no muy lejos de ellos. Y veían cómo trataban a los turistas ancianos. El disfraz del Papa no resistiría esa prueba. La angustia se apoderó de Jarek y de Krystyna, que se miraban sin atreverse ni siquiera a hablar. El Papa, mientras tanto, seguía rezando avemarías con los ojos entrecerrados.

En ese momento, un camarero que pasaba junto a ellos con una bandeja con bebidas tropezó y derramó sobre ellos lo que llevaba. Se deshizo en disculpas, intentando torpemente limpiar sus ropas con el sucio trapo que llevaba en el hombro. En medio de la confusión, le dijo al Papa al oído: «Sígame, sé cómo sacarle de aquí. Sé quién es usted». Y luego, en voz alta, les invitó a acompañarles para que pudieran cambiarse de ropa y presentar una reclamación. El Papa, ante la sorpresa de Loj, que no había oído nada, aceptó la invitación y se fue tras él. Los otros dos le siguieron. El camarero les introdujo en el barco, haciéndoles salir de la cola y de la cubierta por donde esta discurría.

—Sé que usted es el Papa y vengo a ayudarle —le dice, ante la sorpresa de todos.

—¿Cómo lo sabe usted? ¿Desde cuándo lo sabe? ¿Cómo podemos fiarnos de usted? —pregunta el polaco.

—Pertenezco a una organización secreta musulmana, pero no somos terroristas. Nos fijamos en ustedes en Port Taufik y en Abu Zenima ya estábamos seguros de quiénes eran. Les hemos tenido controlados todo este tiempo. Si hubiéramos querido matarles o entregarles, lo habríamos hecho. Pero ese no es nuestro objetivo.

—¿Qué buscan entonces? —vuelve a preguntar Loj.

—Ayudarles a que se salven. Nuestro líder dice que usted —refiriéndose al Papa— es un hombre de Dios y él le respeta mucho. Dice también que si la Iglesia católica cae, después seremos nosotros, los musulmanes, los perseguidos. Está en contra de nuestros máximos dirigentes, que ya han anunciado su intención de sumarse a la religión mundial. Además, dice que él cree en la Virgen María y que si ella le protege a usted él hará lo mismo.

—«Los enemigos se convertirán en amigos» —cita el Papa, recordando una parte del mensaje de la Virgen—. ¿Qué tenemos que hacer? —añade.

—Dentro de un momento se va a producir un atentado, sin víctimas —puntualiza enseguida, al ver el gesto de horror que se dibuja en la cara de los tres que tiene ante él—. Es solo para distraer la atención. Tenemos todo preparado. La gente va a ponerse a gritar y se dirigirán en bloque hacia la salida. Ustedes únanse a ellos. La policía quedará desbordada y les dejará pasar. Vayan rápidamente al autocar que tienen asignado, el que les ha dicho el guía. Lo hemos colocado muy próximo a la pasarela de desembarco, por lo que no tiene pérdida. Métanse dentro y no se preocupen. Denme sus pasaportes.

Los tres se lo dan y él, extrayendo un sello del bolsillo, como el que lleva la policía, y un tampón, los sella y se los devuelve.

—Les pedirán los pasaportes dentro del autocar. Dénselos sin miedo. Al verlos sellados considerarán que eran de los que habían pasado el control. Por favor, no se pongan nerviosos. Eso es lo único que podría delatarles.

—Gracias —dice el Papa, cogiéndole las manos y besándoselas.

—Soy yo —responde su protector— quien tiene que besar las suyas. Solo le diré una cosa más. Algo está cambiando entre nosotros. Y la Virgen es la responsable de ello. ¿Sabía usted que se ha aparecido en los últimos años a muchos musulmanes?

—¡No! —exclama el Papa con sorpresa.

—Porque lo hemos ocultado muy bien. Pero ella, se lo aseguro, es tan nuestra como de ustedes y cada vez somos más los musulmanes que la queremos de una forma que ni nosotros mismos sabemos explicar. Y ahora, acompáñenme. Rápido.

Les llevó por dentro del barco hasta una sala donde solo les separaba una puerta de los policías que seguían, pacientemente, tirando de la barba y del pelo a los turistas maduros. No llevaban allí ni dos minutos cuando una horrible explosión en el puerto hizo que todo se moviera. El griterío pronto sustituyó el ruido producido por la bomba, aunque a través de él se oían los disparos de las ametralladoras. La policía se vio inmediatamente desbordada por la avalancha de los turistas que seguían esperando a que les tocara el turno para bajar del barco. Además, algunos de ellos habían echado a correr hacia el muelle para colaborar en los trabajos de extinción del incendio que se había provocado. El camarero empujó literalmente al Papa y a su séquito y luego cerró la puerta tras ellos. Estos no tuvieron que hacer otra cosa más que dejarse llevar por la multitud y dirigirse, lo más rápidamente que pudieron, hasta el autocar, que estaba exactamente donde les habían dicho. Fueron de los últimos en subir a él y, pocos minutos después, un policía ordenó al conductor que lo sacara de aquel tumulto como pudiera. A la vez, preguntaba si todavía faltaba alguien por sellar el pasaporte y como nadie dijo nada, lo dio por resuelto. Veinte minutos después estaban ya circulando por la polvorienta carretera que conducía hacia Petra. Mientras todos los pasajeros se hacían lenguas de lo ocurrido, ellos seguían rezando. Tenían mucho de lo que dar gracias. Y lo hacían.

El autocar tenía que dirigirse primero al hotel para dejar a los pasajeros y luego cargar allí con los que querían acercarse esa misma tarde a ver las espléndidas ruinas de la que fuera capital de los nabateos. Pero nadie tenía ganas de nada, así que todos optaron por quedarse en el hotel y descansar. Por un día habían tenido demasiadas aventuras.

El hotel era magnífico. Una auténtica joya de la restauración moderna, pues habían transformado una antigua aldea beduina en un complejo de lujo de espectacular belleza. De hecho, el Taybet Zaman era conocido en todo el Medio Oriente por su calidad incomparable. Allí trabajaban varios de los palestinos católicos que les tenían que dar asilo al día siguiente. Les dieron las dos habitaciones y, como siempre, se cambiaron de forma que la hermana Krystyna permaneció sola. Sin embargo, los tres se reunieron al caer la tarde para rezar el Rosario. La terraza de la habitación del Papa daba al poniente y pocas veces habían disfrutado de una puesta de sol como aquella. No habían terminado de rezar cuando llamaron a la puerta. Los tres se sobresaltaron, y Loj se dirigió a la entrada.

—¿Quién es?

—Servicio de habitaciones. Traemos su pedido.

—No he pedido nada —contesta cada vez más preocupado.

—Sí lo ha hecho. Me han dicho que querían tres raciones de pescado, un poco de pan y un poco de vino.

Jarek comprendió. El anagrama del pez y los signos del pan y del vino eran los símbolos con los que se identificaban los católicos en la Roma pagana, durante las persecuciones. Abrió la puerta y vio a un joven camarero con un carrito que tenía la habitual bandeja en que se sirve la comida. Identificó inmediatamente al hijo de uno de sus amigos.

—Elías, ¡qué alegría verte! —le dice tras hacerle pasar, mientras le daba un abrazo.

El joven se desprendió de él rápidamente y corrió a ponerse de rodillas ante el Papa, sin preocuparse de que la terraza estuviera abierta y le pudiera ver alguien desde afuera.

—Santidad, es el día más feliz de mi vida —afirma, mientras le besa la mano.

—Gracias, hijo mío. Tu amor es un signo de esperanza.

—No solo soy yo, Santo Padre. Ni mi familia. Ni los pocos católicos que estamos en este lugar. ¿No se han enterado de las noticias? No se habla de otra cosa. Ayer los católicos dieron el mayor ejemplo de fidelidad que se ha conocido en la historia, desde la época de la persecución romana. Los templos se quedaron vacíos cuando entraron los sacerdotes heréticos. Y, para colmo, lo de esta mañana.

—¿Qué ha pasado esta mañana? —le preguntan los tres, al unísono, al joven palestino, que sigue de rodillas.

—Claro, han estado de viaje y no han podido enterarse de nada —responde este, levantándose—. Me refiero a las declaraciones del cardenal Schmidt en Madrid y a lo que le ha sucedido después.

—¿Schmidt en Madrid? ¿Y qué hacía ese traidor allí? —pregunta Loj, indignado.

—Extraidor —corrige Elías, que a continuación les informa de lo que había ocurrido.

A las once de la mañana la sala de prensa de las viejas Cortes madrileñas estaba casi desierta. Jorge Ortega no había logrado atraer a muchos profesionales del periodismo con su invitación, hecha pocas horas antes, a oírle hablar en defensa del Papa, acusado una vez más de muertes y, en este caso, de secuestros. Pero, a pesar del escaso éxito, estaban las cámaras de dos televisiones, los micrófonos de varias radios y un puñado escaso de periodistas, tres de los cuales eran de agencias de noticias. Al fin y al cabo, lo de Schmidt era el tema del día y siempre vendría bien sacar en los informativos a aquel aguerrido diputado católico para contentar a la parte de la audiencia que seguía obstinada en defender la inocencia del Papa.

Jorge Ortega empezó su discurso protestando, educada pero firmemente, por el acoso que padecía la Iglesia, fruto de un laicismo cada vez más intolerante, fanático, dictatorial. Se refirió después a las nulas posibilidades que le habían dejado a la Iglesia de defenderse, prohibiéndola en casi todo el mundo —la excepción de Castilla, Polonia y otras naciones no era sino temporal— y privándola de sus medios de comunicación. Luego hizo un poco de historia y habló de la «lucha de las investiduras», en la Edad Media, cuando los emperadores alemanes quisieron tomar el control de la Iglesia y esta defendió con valentía su independencia; afirmó que, en el fondo, lo que estaba pasando ahora era más de lo mismo. Por último, rechazó tajantemente que el Papa o cualquiera de sus consejeros, todos en la clandestinidad, estuviera implicado en las muertes que se les imputaban, desde los asesinatos de Guatemala hasta el de Ralph Renick, incluido el secuestro del cardenal Schmidt.

El presidente de la Asociación de Políticos Católicos había estado haciendo tiempo, alargando su conferencia, para ver si llegaba algún periodista más. Lo había conseguido. Ya había más de veinte presentes en la sala y al menos dos radios estaban transmitiendo en directo. No podía esperar más. Eran las 11:35 de la mañana. Así que concluyó y dijo que estaba abierto a las preguntas que quisieran formularle.

—¿Tiene alguna prueba para afirmar que la Iglesia no está implicada en el secuestro del cardenal Schmidt? —pregunta una joven periodista.

—La tengo y se la quiero mostrar —responde Ortega, haciendo un gesto con la cabeza a Juncal Lerchundi, que aguardaba de pie, en la puerta de una habitación adyacente, donde estaba Schmidt. Esta abrió la puerta y apareció Schmidt, vestido con las mejores galas cardenalicias. Los periodistas se pusieron en pie, con una exclamación de asombro. Los que transmitían en directo para las radios empezaron a gritar, más que a narrar, lo que estaban viendo: «El cardenal Schmidt está en Madrid». Otros pusieron en marcha sus grabadoras, que hasta el momento tenían apagadas. La mayoría llamó por teléfono a sus redacciones para dar la noticia. En pocos minutos el mundo entero estaba enterado: Schmidt estaba en Madrid y apoyaba a la Iglesia católica, apoyaba al Papa. No había forma de ocultarlo, ni tan siquiera de manipularlo. La jugada —de la Virgen, de Ferro, de Ortega— había sido genial. A duras penas, el político consiguió que los periodistas se sentaran y que Schmidt ocupara el estrado y se pusiera ante el micrófono.

—Antes de hacerle preguntas, lo mejor es escuchar lo que tenga que decir —afirma Ortega.

—Lo que tengo que decir es muy sencillo —comienza diciendo Schmidt—. Estoy aquí libremente. Nadie me ha secuestrado. Soy católico y soy fiel al Papa que está ahora en la clandestinidad en parte por culpa mía. Soy culpable y pido perdón. Me he dejado llevar de la soberbia, de la ambición y de una teología que, en el fondo, no es más que una apología del ateísmo disfrazada de progresismo. Anoche fui salvado de las garras del maligno, cuando un sicario de Golda Katsav, la actual presidenta del CUR, intentaba matarme. Consideraron que la misa que celebré en el Vaticano había tenido muchos errores y decidieron acabar conmigo, como antes habían matado a Ralph Renick, a Gunnar Eklund y a todos los que fueron asesinados en Guatemala. El CUR, en su objetivo de conseguir una religión mundial que sea dócil a los políticos y, en el fondo, al demonio, no tiene ningún escrúpulo en calumniar a la Iglesia y en asesinar a los que se oponen a sus planes o, simplemente, no los ejecutan bien. Ahora estoy abierto a sus preguntas.

—Usted acusa al CUR de querer asesinarle. Pero ¿qué pruebas tiene de eso? —pregunta un periodista que había logrado imponerse sobre los gritos de los demás, pues todos querían preguntar a la vez.

—Estas son las pruebas —no es Schmidt el que hablaba, sino Ortega, que hizo otra seña a Juncal Lerchundi y esta apagó la luz y dio comienzo a una proyección. Se trataba del vídeo filmado por una cámara que Raffaele, previsoramente, había llevado y que había utilizado mientras el sicario del CUR entraba en la casa de Schmidt; se oían las voces de este y del joven *gentiluomo*. Aunque era de noche, se veía con suficiente nitidez a Levi Burstein salir del coche y mirar a un lado y otro antes de entrar en la casa. La fecha estaba sobreimpresa.

—¡Eso no prueba nada! —grita el periodista, que estaba irritadísimo, pues era del periódico más hostil a la Iglesia católica.

—Yo soy la prueba —dice entonces Schmidt—. Yo estaba allí y estoy seguro de que ese señor que quería matarme podrá ser identificado y se le relacionará con el CUR. Además, hay otras pruebas, no sobre mi caso sino sobre las muertes de Eklund y Renick.

En ese momento, Juncal se puso a repartir fotocopias de los mensajes enviados por los dos asesinados a McCabe. Desde Nueva York habían terminado por llegar a manos de Enrique del Valle, siempre por correo electrónico, y este se los había hecho llegar a Ortega. Habían sido cuidadosamente depurados para evitar que apareciera el nombre de John y eso fue hecho notar a los asombrados periodistas.

La rueda de prensa no duró mucho más. Unos hombres fornidos, con tan mala cara que solo podían ser enviados del CUR y sus aliados, irrumpieron en la sala por la parte de atrás. Jorge Ortega intuyó inmediatamente el peligro y dio por terminado el acto. Rápidamente, entre él y Juncal sacaron al cardenal por detrás y lo condujeron a una salida posterior del palacio de las Cortes. Con cuidado, mirando a un lado y otro, se introdujeron en un coche que les estaba esperando. Cuando estaban a punto de partir, una ráfaga de ametralladora les cortó el paso. La sangre empezó a salir del coche, mientras se oía la sirena de la policía. Después vinieron las ambulancias.

Jorge Ortega se despertó en un hospital de Madrid. Había tenido suerte. Sus heridas eran muy superficiales. Estaba del lado contrario al que recibió los disparos. El conductor, Juncal y el cardenal estaban muertos. A su lado estaba su esposa, que le sostenía la mano entre las suyas, lloraba y rezaba. Ella fue la que le informó de lo que había sucedido. En medio del dolor, el político recordó la frase del Apocalipsis referida a la lucha entre el demonio y la Virgen: «La serpiente le morderá en el talón, mientras ella aplasta con su pie su cabeza». Había hecho su parte y había pagado un precio. No podía esperar otra cosa. No quería otra cosa. Si a Cristo le habían crucificado, él no quería participar solo de su gloria; también quería su parte de cruz. Y rezó por el eterno descanso de Juncal, del conductor y del cardenal. También ellos habían sido mordidos por la serpiente porque formaban parte del cuerpo místico de la Virgen —eran su talón—, aunque Schmidt se hubiera incorporado a él a última hora, como el ladrón que se salvó mientras moría al lado de Cristo, en el Gólgota.

A Golda Katsav y a John McCabe les despertaron casi simultáneamente para contarles lo sucedido. Habían dormido poco aquella noche, una vez más. Eran casi las seis de la mañana cuando ella se enteró y pocos minutos después Juanita, que estaba a punto de terminar su turno, llamó a John para informarle de todo. Los dos se levantaron precipitadamente. Y supieron tanto la denuncia de Schmidt como su casi inmediato asesinato. A pesar del férreo control que Heather ejercía sobre las noticias, lo ocurrido no se podía ocultar. Se podía manipular, y de hecho se hizo. Pero la realidad, que es lo suficientemente tozuda como para terminar imponiéndose, gritaba con voces imposibles de no oír que el CUR estaba implicado en todos los asesinatos. Algunos medios y algunos periodistas, más honestos que el resto, comenzaron a romper el rígido bloqueo informativo y se atrevieron a lanzar preguntas, que no respuestas, y que apuntaban con claridad hacia Golda Katsav. Los católicos exultaban de gozo en todo el mundo, aunque las noticias de los asesinatos de Madrid les entristecieron. Pero se veían confirmados en sus certezas de que el Papa era inocente y que todo era una maniobra diabólica para acabar con la Iglesia. Lo mismo sucedió con los líderes de las grandes religiones que no estaban implicados en la trama y que cada vez miraban con más simpatía a la perseguida Iglesia católica.

Golda se aseó precipitadamente. Sabía que estaba en la cuerda floja. Tenía miedo, mucho miedo. Sabía que tenía que llamar a X, pero quería ordenar el torbellino que bullía en su cabeza. Una idea se iba abriendo paso entre las demás: entre nosotros hay un traidor. Alguien que sabía que íbamos a matar a Schmidt, alguien que estaba enterado de los asesinatos de Eklund y de Renick. Alguien que, además, tenía contactos con ellos y que había recibido un mensaje de su parte en el que le informaban de su muerte y de los motivos de la misma, mensajes que habían sido hechos públicos en Madrid pocos minutos antes. Un nombre y solo uno brilló en su mente como una luz en las tinieblas: John McCabe. Solo podía ser él. Se quedó rígida, con la taza de café en las manos. Tenía que acabar con él. Tenía que vengarse. Pero antes tenía que llamar al «señor X» para contárselo todo, para exculparse ella e inculpar a McCabe, antes de que fuera demasiado tarde. Cogió su teléfono y, cuando se disponía a marcar, este dio la señal de llamada. Enseguida reconoció el número de Ghazanavi. Se acordó de que le había encargado que espiara a McCabe y pensó que quizá tenía algún dato que le pudiera ofrecer a X y que confirmara sus sospechas. Descolgó.

Efectivamente, Ghazanavi había interceptado demasiadas llamadas de McCabe como para no sospechar. Aunque, junto con Kuhn, conspiraba contra Katsav y contra X, ahora estaba en juego la supervivencia del proyecto y, en el fondo, de todos ellos. Por eso se había decidido a informar a su jefa, en lugar de guardarse ese dato como una importante carta para sacar en el futuro y obtener más réditos por ella. El día anterior había comprobado que varias llamadas de McCabe se dirigían a un mismo número, el de Juan Diego Sandoval, un exdelincuente al que el periodista conocía desde hacía tiempo.

Hurgó en su historia y descubrió que su mujer era católica practicante. Ató cabos y, con algunas pruebas circunstanciales más, ya no le cupo duda de que McCabe era el topo que informaba a los católicos de los planes más secretos del CUR. Lo sucedido en Madrid, de lo que se acababa de enterar como todos, le decidió a adelantar la noticia que pensaba dar a Golda esa misma mañana y por eso le llamaba a esas horas. Golda le escuchaba satisfecha. Era lo que necesitaba para salvarse. Solo eso, solo la cabeza del espía, podría saciar la sed de venganza de X.

Marcó el número de su jefe y esperó. Tardó un poco en descolgar, aunque ella sabía que no estaba durmiendo y que estaba enterado de todo. Efectivamente, lo hizo. Pero no la dejó hablar. Sabía quién era la que llamaba. Simplemente, le reprochó, con el tono más duro posible, su ineptitud y le dijo que su suerte estaba echada. Tras casi cinco minutos de reproches que Golda aguantó en silencio, ella pudo, por fin, hablar.

—Señor, he descubierto que entre nosotros hay un topo y que él es el responsable de lo sucedido. Tengo pruebas. Sé que merezco el castigo, pero le ruego que, a cambio de esta información, al menos me permita seguir con vida.

—Eso lo veremos. Y te aconsejo que no intentes engañarme, pues no te serviría de nada y lo único que ganarías sería añadir dolor a tu muerte. Además, no me bastará con que me digas un nombre, pues podría ser una simple maniobra de distracción. Necesitaré pruebas. ¿Quién es el traidor?

—Ghazanavi…

No pudo decir más. Una aguja hipodérmica con veneno se clavó en su cuello. Soltó el móvil, que cayó al suelo un segundo antes de que lo hiciera ella. Aún pudo ver los ojos de su asesino, uno de sus propios guardaespaldas, enviado por supuesto por el «señor X» y que había entrado en su casa instantes antes, pero que había actuado en un mal momento para los intereses del señor oscuro. Tres minutos más tarde y John McCabe hubiera estado perdido y con él, quizá, todo el entramado que estaba permitiendo a la Iglesia sortear la persecución con relativo éxito. Por primera vez, X sintió haber ordenado la muerte de alguien. No porque tuviera compasión por Golda, sino porque esta se iba sin haber terminado de darle la información que necesitaba.

«Ghazanavi», musitó X, después de lanzar una maldición. Sí, él debía de ser el topo. Tenía toda la lógica, pues ya estaba enterado de que el secretario del CUR conspiraba con Heinz Kuhn para sustituirle ante el señor del mundo. Así que los dos se estaban dedicando a filtrar a los papistas los planes más secretos de la organización, a fin de que estos pudieran prepararse para desbaratarlos. Esa era la causa de que pareciera que iban siempre un paso por delante. Hubo un momento en que llegó a pensar que se trataba de algo espiritual, de la intervención de Dios o de la Virgen. Ahora se reía de sí mismo; era algo más vulgar, tan viejo como el arte de la guerra: un traidor en las propias filas que soñaba con ocupar el puesto del jefe cuando este cayera en desgracia por haber fracasado. Pero poco les iba a durar su satisfacción. X llamó a dos de sus más fieles sicarios y les envió contra Ghazanavi y contra Kuhn, con el encargo de que, en esta ocasión, la muerte fuera especialmente dolorosa. Si el asesino de Golda hubiera llegado un poco más tarde, esos sicarios se habrían dirigido contra otro objetivo, pues ella habría podido completar la frase que había empezado a decir: «Ghazanavi tiene pruebas de que John McCabe es el traidor». Efectivamente, los católicos iban un paso por delante gracias a que en el CUR había un topo. Pero era la Virgen la que se encargaba de proteger a su hijo para que pudiera seguir haciendo su tarea.

Después de ordenar la muerte de Kuhn y Ghazanavi, el «señor X» no tuvo más remedio que decidirse a encontrar un sustituto. Él debía continuar en la sombra, aunque no fuera más que para seguir castigando en otros los errores de la operación y evitar así que el demonio le castigara a él mismo. ¿Quién podría hacerse cargo del mermado CUR, en un momento crucial como aquel, a tan pocos días del cónclave y, por lo tanto, de la culminación de años de esfuerzo? Después todo sería más fácil e incluso el CUR debería desaparecer una vez que hubiera logrado su objetivo: la religión mundial bajo el control del poder político mundial. Pero ahora necesitaba encontrar a alguien que se hiciera cargo de la tarea que Golda Katsav, lo mismo que antes Ralph Renick, no había podido concluir. Un nombre le vino a la mente: Heather Swail. Pero ¿aceptaría?

—Heather, lamento llamarte a estas horas. Es muy importante.

—Me imagino que será a propósito de la declaración en Madrid del cardenal Schmidt y de su posterior asesinato. Ya estoy enterada. ¿Qué quieres exactamente?

—A raíz de eso se ha producido en nuestro grupo otra penosa pérdida. De nuevo los papistas nos han atacado en el corazón y en esta ocasión han acabado con la vida de la querida Golda, uno de nuestros principales valores.

—Ya. Por favor, ahórrate las lágrimas. Sé perfectamente de dónde ha salido la orden. ¿Y qué quieres que haga?

—Que ocupes tú su puesto.

—¿Yo? ¡Estás loco! Te estoy sirviendo fielmente aquí y no pienso moverme de este puesto. Si me quieres matar, hazlo ahora, pero no tengo ningún deseo de que me quites de en medio porque un sicario al que yo tenga que enviar para acabar con alguien no cumpla bien su tarea. Mi respuesta definitiva es un no.

—Me decepcionas, Heather —dice X, sopesando por un momento acabar también con ella, idea que desechó al instante, pues no podía prescindir de su ayuda en ese momento, aunque se anotó mentalmente en su agenda que cuando todo pasara le haría pagar cara la osadía de rebelarse contra una orden—. En todo caso, dame un nombre de alguien que pueda hacerlo.

—No sé, deberías dejarme pensar.

—No tenemos tiempo. Dime alguien, a ser posible que esté ya en el CUR, al que pueda poner al frente de esa organización al menos hasta que se produzca el cónclave dentro de tres días.

«Tendría que ser alguien lo suficientemente tonto como para aceptar», piensa Heather, que en lugar de eso dice:

—Tendría que ser alguien que aceptara correr riesgos por amor a la causa.

—¿Quién?

—John McCabe. Él es un hombre totalmente entregado a nuestros planes. Además, como Golda pudo comprobar en el corto tiempo que tuvo para ello, ha sido de una gran eficacia. Sin duda, él es tu hombre.

Heather sabía que mandaba a John a la muerte y no le importaba demasiado, con tal de librarse ella. Además, el joven periodista, creía la directora del *New York Times*, le era plenamente fiel, por lo que tendría las espaldas aún más guardadas que antes, si es que al «señor X» le daba, en algún momento, por acelerar la hora de su muerte. Sí, sin duda que había acertado al proponerle, aunque todo había sido tan rápido que no había podido sopesar los pros y los contras.

—¿Pero no me habías dicho que él no era un hombre ambicioso? —oye decir a X, con lo que salió de su ensimismamiento.

—Y no lo era. Pero ya sabes cuánto cambia el poder a los hombres. Creo que le ha cogido gusto a eso de estar en el CUR y que le hará feliz sustituir a Golda. Déjame a mí la tarea de convencerle. Esta misma mañana tomará posesión de su cargo, no te quepa la menor duda.

—Por cierto, también han muerto Ghazanavi y Kuhn, pero estos por traidores. Hemos descubierto que eran los topos que pasaban la información al Vaticano, debido a lo cual han sucedido cosas como lo de Schmidt. Ellos le advirtieron, e incluso hicieron llegar a los papistas los mensajes que, antes de morir, emitieron como venganza Eklund y Renick.

Colgar y descolgar el teléfono. Eso fue lo que hizo Heather, a pesar de estar digiriendo la noticia de que X había ordenado eliminar a otros dos miembros del Consejo, supuestamente por ser espías. Llamó a John, que ya se había aseado y desayunado y se preparaba para ir al trabajo, a pesar de lo temprano de la hora. El día prometía ser movido, aunque McCabe no se podía imaginar cuánto.

—John, ¿cómo estás? —le pregunta Heather poniendo su voz más dulce, lo cual puso en alerta máxima a McCabe inmediatamente.

«Estoy perdido», pensó él. «Seguro que me han descubierto. Heather me llama para atraerme a una trampa». En lugar de decir eso, tragó saliva, dominó su voz que estaba empezando a ponerse temblorosa y dijo:

—Heather, a estas horas aún no soy persona. ¿Qué quieres?

«Que te suicides», pensó en decirle. En lugar de eso, dulcificando aún más el tono de su voz, afirmó:

—En el Consejo del CUR se han producido algunas bajas esta misma mañana y el «señor X», que te valora mucho y está orgulloso de ti, ha decidido que, en parte, suplas tú esos vacíos.

—Heather, ¿qué embolado quieres colgarme? ¿Te parece poco lo que estoy haciendo, en contra de mi voluntad?

—Lo que estás haciendo comparado con lo que te espera no es nada, querido —dice ella, adoptando su tono de voz natural, bastante cortante y desagradable.

—¿A qué te refieres? ¿Quiénes han sido las bajas?

—Golda Katsav, Ali Ghazanavi y Heinz Kuhn.

—¡Estás bromeando! —exclama John, sintiendo que le falta el aire y que no puede respirar—. He hablado con Golda hace apenas unos minutos. La he llamado apenas me he enterado de que Schmidt había hablado en Madrid y había sido asesinado muy poco después. ¡No puede ser!

—Pues ya ves. Así somos de frágiles los seres humanos. Un momento somos y al momento siguiente ya no somos.

—¿Y qué ha pensado X que haga yo? —pregunta John, mareado.

—Que sustituyas a Golda.

—¡No! —grita él, cayendo al suelo porque sus piernas le fallan y quedando sentado, apoyado en la pared.

—¡Sí! Y te advierto que no tienes opción. O aceptas y haces las cosas bien, o seguirás el camino de Golda.

—¿Y por qué han muerto los otros dos?

—Por traidores. Eran topos al servicio del Vaticano. X me ha dicho que fueron ellos los que avisaron a Schmidt para que huyera y que también fueron ellos los que hicieron llegar al equipo del Papa los mensajes que Eklund y Renick enviaron antes de ser asesinados, como venganza contra la organización.

Si no hubiera estado sentado en el suelo, se habría caído redondo. John tuvo que hacer un enorme esfuerzo para no desmayarse. Aun así, durante unos segundos perdió el sentido de la realidad, que recobró cuando oyó a Heather preguntarle repetidamente:

—John, John, ¿estás ahí? ¿Estás bien?

—Heather, todo esto es una pesadilla, ¿verdad? Hoy te has levantado con ganas de amargarme la vida y me estás gastando una broma de mal gusto, ¿no es así?

—No, John, no es así —dice ella, que empieza a sentir pena por el muchacho, pues comprende que él ha captado inmediatamente que le está enviando a una muerte cierta—. Te aseguro que peleé por ti y que no pude evitar que X te eligiera a ti —miente con tal naturalidad y convicción, que John la cree—. Él está muy contento contigo y la idea salió de él —sigue mintiendo, totalmente puesta en el papel—. Yo le dije que no estabas preparado, que no eras en absoluto ambicioso y que para el periódico sería una gran pérdida desprenderse totalmente de ti en este momento. Le hice prometerme que, aunque cometieras errores, no terminarías como Renick y Katsav —en ese momento, John nota que miente y ella misma comprende que se ha pasado—. Pero, como te he dicho antes, no tienes opción, no hay alternativa. Si aceptas, quizá te salves. De lo contrario, ya me puedes ir diciendo si tienes alguna última voluntad.

—Eres muy amable y graciosa. Cuando esto termine me gustaría poder verte cara a cara y llenarte de todo tipo de insultos. Pero, por ahora, me conformo con pensarlos.

—Entonces, ¿aceptas?

—¡Qué remedio me queda! Pero déjame, al menos, poner algunas condiciones.

—¿Cuáles?

—Quiero que una de las becarias que me han estado ayudando, Tzipi, se haga cargo del control de la información que llega sobre la Iglesia y que se mantenga en contacto continuo conmigo, como hasta ahora. Hazla fija en el periódico y no seas miserable con ella en el sueldo. Quiero que la otra se venga conmigo, pues si Ghazanavi ha muerto necesitaré una secretaria y prefiero tener a alguien de mi confianza. Me podría llevar a Tim Rounds, pero no creo que deba pedirle eso al periódico en este momento. Y quiero que un antiguo colaborador mío, del que ya me has oído hablar otras veces, Juan Diego Sandoval, se incorpore a mi equipo como guardaespaldas personal; es detective privado y creo que voy a necesitar tener a alguien que me guarde la espalda y en el que yo pueda confiar. Por si acaso a X le da por mandarme a hacer compañía a mis predecesores en el cargo.

—No creo que a X le moleste —dice Heather, que se siente admirada de las disposiciones que, sobre la marcha, ha adoptado John, sobre todo la de buscarse su propio equipo de seguridad—. Te daré su teléfono personal. Incorpórate al despacho del CUR esta misma mañana. Entre las personas que vas a tener a tus órdenes están un equipo de sicarios que pasan por ser de los mejores del mundo. No dudes en usarlos. Y por favor, ten cuidado. Aunque no te lo creas, me gustaría que siguieras con vida. Al menos hasta que me pudieras decir a la cara el montón de insultos en que estás pensando.

Tras anotar el teléfono de X, John se mantuvo sentado en el suelo durante un buen rato. Tardó en recuperar el pulso normal y en sentir que la sangre le fluía adecuadamente del corazón. Cuando se levantó, la cabeza aún le daba vueltas, así que se arrastró hasta una silla. Desde allí llamó a Juan Diego Sandoval.

—Tienes que venir a mi casa, enseguida.

—¿Cree que es prudente?

—La hora de la prudencia ha pasado. No te puedo contar nada por teléfono. Ven lo antes posible.

—Pero ¿qué sucede?

—Golda ha sido asesinada. Ven pronto.

Sandoval tardó casi una hora en llegar. Vivía lejos, en Union City, mientras que John residía en su elegante piso del centro de Manhattan. Este aprovechó el tiempo para ordenar sus ideas y su corazón. Luego, llamó al famoso «señor X». Era la primera vez que iba a hablar con él y no pudo evitar que se le secara la garganta y le temblara la voz.

—Buenos días —comienza diciendo—. No le conozco y creo que usted tampoco a mí. Soy John McCabe y me ha dado su teléfono Heather Swail. Según me ha dicho, usted tiene un encargo que hacerme.

—Sé quién es usted y lo sé todo sobre usted —oye que le responde una voz firme, un tanto dura, pero a la vez muy educada, la voz de un director general acostumbrado a mandar y a que nadie le desobedezca—. Heather ya le habrá contado lo imprescindible. Usted tiene que hacerse cargo del CUR, del que, por otro lado, ya es miembro activo. Tome posesión esta mañana. Le están esperando. Su trabajo va a ser más sencillo que el de sus dos predecesores, pues yo me encargaré de las relaciones con el secretario general de la ONU y con los presidentes de los principales gobiernos del mundo. Usted limítese a coordinar al equipo que tiene y que ya conoce. Heather le habrá dicho que no tiene secretario, pues ha fallecido esta mañana inesperadamente. Lo mismo le ha sucedido al delegado para Europa, Heinz Kuhn. Reemplácelos. Si no encuentra a alguien de su confianza, porque aún no conoce al personal lo suficiente, no dude en llamarme y yo le indicaré a quién nombrar. Pero quiero que sea usted quien intente tomar las decisiones. Le deseo buena suerte.

Después de esto, no tardó mucho en llegar Sandoval. John se echó en sus brazos y a punto estuvo de ponerse a llorar, pues la tensión que sentía se acumuló de golpe en sus ojos. El detective, comprendiendo que algo grave pasaba, le preparó una taza de infusión tranquilizante mientras intentaba calmarle.

—Pero ¿qué ocurre? Nunca te he visto así —desde su bautismo, le tuteaba.

—Golda ha sido asesinada. También Ghazanavi y Kuhn. A esos dos les han confundido conmigo. Han descubierto, después de lo de Schmidt, que hay un espía en el equipo dirigente del CUR, pero como ellos estaban maniobrando para suplantar a Golda y a un tal «señor X», que es el jefe de todo, han sospechado de ellos y les han matado. A Golda se la han cargado por haber fallado en el objetivo de matar a Schmidt.

—Es impresionante. Es una carnicería. Esta gente no necesita enemigos, se destruyen a sí mismos. Pero, en todo caso, es una buena noticia para ti, pues quedas libre de toda sospecha, al menos de momento.

—Sí, pero es que han decidido que sea yo quien sustituya a Golda y que me haga cargo de la presidencia del CUR.

Juan Diego Sandoval tenía ya la taza de infusión en la mano, para dársela a John, pues había estado preparándola mientras hablaban. Se la tomó él. Y se sentó a su lado, casi con los mismos síntomas. Durante un par de minutos, ambos permanecieron en silencio, sopesando el alcance de lo ocurrido y escudriñando la manera de afrontar la paradójica situación.

—¿No has podido negarte? —pregunta, por fin, Juan Diego.

—Lo he intentado. Mi jefa, Heather Swail, ha sido quien me ha llamado para comunicarme la noticia. Me ha dicho que si no aceptaba me matarían. Lo único que he hecho ha sido poner dos condiciones.

—¿Cuáles?

—Que tú vienes conmigo como jefe de seguridad y guardaespaldas personal.

Sandoval no respondió. Por supuesto que no le apetecía verse implicado en un asunto en el cual, al menor fallo, le mataban a uno. Pero comprendía que John había pedido aquello para intentar tener, al menos en parte, las espaldas protegidas. Después de otro minuto en silencio, volvió a preguntar.

—¿Y la segunda condición?

—Como Ghazanavi, que era el secretario del CUR, ha muerto, he pedido que me dejen llevar a una secretaria personal. Me llevaré a Juanita, la muchacha de origen venezolano que está colaborando conmigo en el periódico. A la otra, Tzipi, la dejaré allí para que siga informándome de lo que pase.

—Te conozco bien, jefe. Si has elegido a Juanita es por algo. ¿Estás enamorado de ella?

—Sí —contesta John, con rubor.

—¿Y no te das cuenta de que la pones en un gravísimo peligro?

—Lo sé, pero en ese momento, cuando Heather me estaba haciendo la proposición, me sentía tan mareado, tan perdido, que solo acerté a pedirle esas dos cosas. Quería rodearme de las personas a las que aprecio. Puedo olvidarme de ello y pedir que sea la otra, Tzipi, la que venga conmigo al CUR. Al fin y al cabo, el hecho de que sea judía no tiene importancia, pues no creo que esto sea un complot judío contra la Iglesia, aunque Golda lo fuera.

—¿Lo es ese tal «señor X»?

—No lo sé.

—Por si acaso, deja a Tzipi donde está. En cuanto a Juanita, si ahora das marcha atrás va a ser motivo de sospecha. Lo mejor será que todo continúe normal y que nos encomendemos a la Virgen. Pero quiero pedirte algunas cosas.

—Lo que yo pueda hacer, lo haré.

—No voy a ir solo a ese cargo. Es decir, voy a contratar a algunos amigos en los que confío.

—Por supuesto, no creo que haya ningún problema. Eso es lo mejor.

—Y quiero que nos paguen bien y por anticipado. Más que nada para que a nuestras viudas les quede algo para el futuro.

Aquella alusión a su posible muerte podía haber pasado por una broma macabra, pero ninguno de los dos se la tomó como tal. Ambos tenían la impresión de que se estaban embarcando en una aventura en la cual el retorno era imposible. Les iban a matar. No sabían cuándo, pero no tenían duda sobre ello.

—¿Cuándo empiezo? —pregunta Juan Diego.

—Yo tengo que ir esta misma mañana al CUR. Así que considera que ya has empezado. Si te parece, te veré allí a las cuatro de la tarde. Intentaré que todo esté arreglado para entonces.

Después de esto, John no tardó mucho en llegar a su nuevo trabajo. Como había una reunión convocada, citó a los miembros del Consejo para que acudieran, pues todos habían dado por supuesto que no se celebraría, debido a las imprevistas muertes de tres de los integrantes, incluida la presidenta. Para todos fue una gran sorpresa el nombramiento de McCabe, especialmente para Lester Campbell, el delegado norteamericano, que hubiera soñado con ocupar ese puesto, aunque a él en concreto le agradó mucho la desaparición de Kuhn. Otro delegado, Richard Urdaneta, se mostró muy sorprendido cuando se enteró de que John llevaba una secretaria personal de origen venezolano, como él, pero que procedía de una familia muy católica. Le preguntó a McCabe si estaba enterado de esa información y cuando él le respondió que le había servido con lealtad en el periódico, no dijo nada más, pero se guardó el dato y no tardó en comentárselo a Campbell; un nuevo dúo de conspiración acababa de forjarse.

Juanita se presentó, literalmente temblando, en la sede del CUR. Tzipi le había explicado todo y ella no había dudado en aceptar, aunque sabía que era meterse de cabeza en la boca del lobo. Pero tenía un espíritu martirial que la envolvía y, además, iba a estar al lado del hombre del que se sentía cada vez más enamorada. Eso no impedía que se sintiera llena de miedo.

John, que no sabía el alcance del espionaje que él mismo podría sufrir en su nueva oficina, no se atrevió a decirle nada. Cuando ella entró en su despacho la hizo sentar y llamó a la secretaria segunda, la que estaba por debajo de Ghazanavi, que había recibido la noticia del nombramiento de Juanita cómo si se tratara de una ofensa personal, pues consideraba que tenía pleno derecho al cargo.

—Señora Jacobson, le presento a Juanita Mora. Juanita, ella es la señora Jacobson, la responsable del equipo técnico del CUR. Señora Jacobson —se llamaba Hilary, pero John aún no se atrevía a llamarla por el nombre—, usted seguirá haciendo las funciones que, según me han dicho, efectuaba con la mayor eficacia. Juanita no va a asumir todas las competencias que hacía el señor Ghazanavi, por lo que usted, en la práctica, también asumirá estas. A esta jovencita, aún sin experiencia, la tendrá usted que ayudar y enseñar mucho. Ella solo se va a encargar de aquellos asuntos, de índole más personal, que yo mismo le encargue e incluso para eso tendrá que recurrir a usted. Sea comprensiva con ella, por favor.

—Así lo haré, señor McCabe —responde Hilary, mucho más satisfecha tras las palabras de su nuevo jefe; tuvo la impresión, equivocada, de que Juanita no era más que la amante de John y que este no quería dejarla atrás en el periódico que acababa de abandonar; dejó de verla como una rival y pasó a considerarla como una aprendiz a quien ella podría manejar a su antojo para tener también controlado al nuevo presidente del CUR.

En cuanto a Sandoval, su introducción tampoco fue fácil. John le reunió en su despacho con el que había sido el jefe de seguridad del CUR hasta la fecha —Bill Bennett— y que en realidad era el que controlaba al equipo de asesinos a sueldo que el presidente de turno del CUR iba destinando a una tarea u otra, pues hasta el momento ni Renick ni Katsav habían tenido la precaución de pensar siquiera en defenderse ellos; consideraban tan improbable un ataque de los papistas, que creían no necesitar guardaespaldas. John explicó con toda claridad que desde ese momento Sandoval quedaba al frente del cargo y que él, Bennett, debía limitar sus funciones a la seguridad que fuera necesaria en las instalaciones. Le pidió también que pasara a Sandoval un informe de las últimas actividades que le hubieran encargado sus predecesores y que colaborara con él en todo lo que le pidiera. Por supuesto que a Bennett no le hizo gracia la nueva situación, pero no encontró motivo para oponerse. De sobra sabía él que cualquier indisciplina era castigada del modo más cruel y tajante. Sin embargo, se prometió a sí mismo que estaría atento para encontrar algún punto flaco en el nuevo equipo que mandaba en el CUR y explotarlo convenientemente. No tardó en encontrar en Urdaneta y Campbell dos aliados. En cambio, Hilary Jacobson no se unió a la conspiración, aunque se lo propusieron; estaba satisfecha con la nueva situación y no quería meterse en líos; con discreción, informó a Juanita de lo que pasaba y esta se lo dijo inmediatamente a McCabe.

Entre las cosas de las que Juan Diego Sandoval se enteró, porque estaban en el expediente que había sobre McCabe en los archivos del CUR, estaba el espionaje a que había sido sometido por Ghazanavi. Allí figuraban, con toda claridad, muchas de las veces en que el periodista había llamado al detective, aunque no el día en que había ido a su casa para recibir el bautismo; habían sido esos datos los que habían llevado a Ghazanavi a sospechar de John y a informar a Golda de ello, ese mismo día. Esta conclusión no estaba en el informe, ni se podía deducir de forma inmediata de lo que allí figuraba, pero Sandoval comprendió que era más que suficiente y que, por alguna extraña circunstancia, el antiguo secretario no llegó a informar a tiempo de lo que sabía y pagó con su vida por ello, pues fue acusado de cometer aquello que había descubierto que otro hacía. En cuanto pudo, borró los datos más significativos del expediente, aunque estaba convencido de que en el futuro nadie lo iba a mirar: les matarían por evidencias, no por sospechas. Después habló, uno por uno, con los sicarios que ahora pasaban a estar a sus órdenes y se enteró de las tareas a que estaban siendo destinados. A uno de ellos le encargó que, con la mayor discreción, investigara a Bill Bennett y a otros dos les puso tras la pista de Campbell y Urdaneta. Hizo, incluso, algo más: puso también bajo vigilancia a Heather Swail. Quería, con ello, enterarse de quién era el misterioso «señor X».

Una de las últimas cosas que hizo McCabe en esa extrañísima jornada fue localizar al cardenal McGwire. Había visto en la agenda de Golda que esta se había reunido en la tarde anterior con él y había encontrado la nota de prensa que estaba previsto publicar esa mañana, a las siete, tras, supuestamente, conocerse la noticia de la muerte de Schmidt en Roma. Golda, suponía John, cuando se reunió con McGwire ya había enviado a Roma a su sicario para matar a Schmidt —por cierto, cuando el asesino frustrado, Levi Burstein, llegó a Nueva York procedente de Roma, se encontró con todos los cambios que habían sucedido y, para su sorpresa, el nuevo jefe de seguridad, Sandoval, no solo no ordenó su muerte, sino que le encargó la tarea de vigilar a quien debía haberle matado, el propio Bill Bennett— y estaba convencida de que no iba a fallar, por lo que quería tenerlo todo preparado para presentar ante el mundo a McGwire como el nuevo candidato a Papa. Lo que John no sabía era la tarea concreta que se le habría encargado al cardenal norteamericano, y debía averiguarlo.

—Cardenal McGwire, soy John McCabe, el sucesor de Golda Katsav al frente del CUR. Le supongo enterado de la trágica desaparición de mi predecesora y de mi nombramiento. Sé que usted estuvo ayer mismo reunido con ella y he visto la nota de prensa que estaba previsto que se publicara esta mañana pero que, por razones obvias, no se ha hecho. ¿Cree usted pertinente informarme de algo que yo debiera saber y que usted hablara ayer con la señorita Katsav?

—Mi más sentido pésame por la muerte de Golda —responde McGwire que, perro viejo, intuyó enseguida que John era un hombre pescado a última hora y que no tenía ni la malicia ni el peligro de su predecesora—. Por cierto, con ella nos tuteábamos, así que, si no te importa, te llamaré John y tú me puedes llamar Thomas.

—De acuerdo, Thomas —contesta McCabe, al cual no le hace ninguna gracia intimar con alguien a quien desprecia—. Te repito la pregunta: ¿hay algo de lo que debería estar informado?

—No, que yo sepa. Quedamos en que se haría pública la nota en que se me presentaba como candidato al papado y quedamos también en que yo obedecería en todo lo que se me mandara una vez que fuera elegido Papa. Luego, según me dijo Golda, se produciría, lo más rápidamente posible, la unión de las religiones en una sola y yo estaría al frente de ellas por tres años. Golda me prometió que tendría, después de eso, la más lujosa de las jubilaciones.

—Puedes contar con ello, por supuesto. La nota tendremos que modificarla, a tenor de lo sucedido, pero en lo esencial será lo mismo. Mi secretaria, la señora Jacobson, ya había recibido la orden de encargar un billete de avión para ti, con destino a Roma. Es para mañana a las 9:30. Te lo debía haber hecho llegar hoy, pero con lo que ha sucedido, no se ha atrevido a hacerlo. Esta misma tarde lo tendrás en tu domicilio. ¿Algo más?

—Golda me insistió mucho en la importancia de la fe en el demonio y, cuando yo le dije que no creía en él, se quedó preocupada. A mí me pareció ridículo, sobre todo porque si el demonio existe es que existe Dios y si eso es así, jamás podremos vencer esta guerra. Pero ella me contestó que estaba equivocado, pues el demonio es más fuerte que Dios. ¿A ti qué te parece?

—Creo que, efectivamente, Dios y el demonio existen. En cuanto a quién tendrá la victoria, estoy seguro de que la tendremos nosotros —responde McCabe, que pensaba en los católicos a la hora de decir «nosotros», sabiendo que el cardenal renegado entendería justo lo contrario.

—Eso me tranquiliza. De todos modos, es un poco difícil para mí, que soy ya un viejo, volver a recuperar la fe. Prefiero seguir en mi cómodo ateísmo, si no te importa.

—Puedes hacer lo que quieras, siempre que seas dócil a lo que yo te mande.

—Lo seré. No quiero verme afectado por el mismo virus que ha acabado con tu desgraciada predecesora. Por cierto, cuídate tú también, que la epidemia es muy contagiosa.

Mientras todo esto pasaba, el día iba transcurriendo en Nueva York y avanzaba ya la noche en Petra y en Europa. Elías, el joven camarero palestino, había terminado hacía mucho tiempo de contarle al Papa y a su equipo todo lo referente al cardenal Schmidt, incluida su trágica muerte. Después les había dejado solos. Habían llegado al acuerdo de que, a la mañana siguiente, monseñor Loj y la hermana Krystyna irían, con el resto del grupo, a ver las ruinas de la famosa ciudad de los nabateos, para no llamar la atención, pero que el Papa se quedaría en el hotel, para evitar al máximo que alguien lo pudiera reconocer; además, el Santo Padre quería ponerse cuanto antes a escribir la encíclica, de la cual ya tenía elaborados muchos puntos en unas cuartillas que guardaba con el mayor celo; otro palestino vendría a estar con él para protegerle, aunque no parecía que hubiera motivo para temer que alguien le hubiera descubierto. Los que sí sabían quién era, le habían ayudado a escapar de una muerte segura.

Al día siguiente, efectivamente, los dos polacos se unieron al grupo para visitar Petra. El guía se contentó con la excusa de que el Papa —que pasaba por ser el padre de monseñor Loj— se encontraba enfermo debido a lo ocurrido el día anterior en Áqaba y que sentía muchísimo no poder participar en la soñada excursión. La ciudad de los nabateos no decepcionó a la hermana Krystyna, que era la primera vez que la veía; el espectacular desfiladero, el famoso Siq, produjo en ella la misma impresión de asombro que en el resto de los turistas; lo mismo sucedió con el «tesoro del faraón», con el «monasterio» o con las tumbas reales. En cambio, monseñor Loj, que ya había estado varias veces, pudo dedicarse a conversar con uno de los palestinos católicos, que les acompañaba para poder ultimar todos los detalles concernientes a la «desaparición» del Papa, sin dejar rastro y sin despertar sospechas. Cuando, al atardecer, Jarek y Krystyna se reunieron con el Santo Padre en el hotel, todo estaba estudiado hasta el último detalle.

Ese día, relativamente tranquilo en Petra, no lo fue tanto en el mundo. El «señor X», que había optado por asumir buena parte de las responsabilidades que antaño ejerciera en su nombre el presidente del CUR, se había puesto el día anterior en contacto personal con el secretario general de la ONU y los principales presidentes del mundo. Temiendo que el edificio tan costosamente levantado empezara a resquebrajarse, ordenó que se aceleraran las medidas contra la Iglesia católica. No quería contemplaciones. Había que dar escarmientos ejemplares por doquier. El número de sacerdotes encarcelados aumentó y en no pocos sitios las iglesias fueron entregadas al saqueo. Heather Swail cortó de raíz todo intento de pluralismo informativo, que se había abierto paso tímidamente a raíz de la espectacular aparición del cardenal Schmidt y su posterior muerte; se recrudecieron las acusaciones contra el Papa y los habituales de turno, sobre todo gente del espectáculo, algunos de los cuales vivían solo de eso, no tardaron en aparecer en los medios de comunicación pidiendo que se acabara de una vez y como fuera con la Iglesia católica. El odio rezumaba por doquier y los que habían empezado a sospechar que quizá la Iglesia no estaba detrás de muertes como las de Guatemala o la de Ralph Renick o callaron o se sumaron de nuevo al coro estridente de los que pedían venganza.

El cardenal McGwire pasó la jornada volando hacia Roma e instalándose en un lujoso hotel de la capital italiana. Aunque le habían ofrecido el palacio que él quisiera de los que están dentro del Vaticano, no quiso aceptarlo, pues tenía miedo a seguir la suerte de Schmidt si algo se torcía. Prefería estar rodeado de gente antes que permanecer en una zona deshabitada. Sin embargo, a poco de llegar e instalarse, recibió la visita de un grupo que tenía muchos deseos de conocerle. Se trataba de lo que quedaba de la «corte» que había rodeado a Schmidt y que le había ayudado a preparar el golpe contra el Papa. Ceni había huido a Brasil y estaba voluntariamente escondido. En cambio, Roberto Riva, Michel Fontaine, Oswald Prakash y Giorgio Santevecchi habían permanecido en Roma. A ellos, como a los demás, les había sorprendido la aparición de Schmidt en Madrid, el contenido de sus declaraciones y su posterior asesinato. Habían supuesto que su suerte estaba echada y por eso no habían querido ni siquiera verse con él en la tarde del domingo, por miedo a que, en su caída, les pudiera arrastrar a ellos. También habían supuesto que el sustituto de Schmidt en la lista para ser elegido Papa sería precisamente McGwire, pero no habían querido «mover ficha» hasta no estar seguros, para poder apostar a caballo ganador. Por eso, cuando aquella mañana, a las siete, hora de la costa Este de Estados Unidos, el CUR hizo público su comunicado dando la bienvenida al nuevo candidato para Sumo Pontífice, ellos supieron a quién tenían que apoyar y, sobre todo, adular. Dado que el cardenal estaba ya en el aeropuerto de Nueva York a esas horas, preparándose para embarcar, tuvieron que esperar a que llegara a Roma y se instalara para poder presentarse a él y ofrecerle sus servicios.

—Eminencia reverendísima —empieza diciendo Riva, que había sido elegido para ser el portavoz del grupo—, no sabe usted lo felices que somos de darle la bienvenida a esta ciudad. Su presencia aquí es para nosotros una auténtica bendición, pues el trágico asesinato del cardenal Schmidt en Madrid, por parte de aquellos que previamente le habían secuestrado y le habían hecho decir aquellas horribles declaraciones, nos había dejado sumidos en el mayor de los dolores.

—Eminencia —añade Fontaine que, por ser canadiense, no congeniaba del todo con McGwire, norteamericano—, le aseguro que puede usted contar con nuestro más leal apoyo para organizar el cónclave y conseguir que usted sea el próximo Papa.

—Gracias, señores —responde, amable pero escueto, el exarzobispo de Filadelfia—. Si les parece, podemos dejarnos de eminencias reverendísimas y demás tratamientos en los que ninguno de nosotros creemos y que, por lo demás, están a punto de pasar a la historia. No digo que nos tuteemos, pues no tengo ningún deseo de ser amigo de ustedes, lo mismo que ustedes no lo tienen de serlo mío. Somos todos perros viejos en este asunto y ya sabemos de sobra lo que va a pasar y para lo que estamos aquí. Yo vengo enviado por el que manda, y todos sabemos quién es, para hacerme cargo del edificio de la Iglesia y contribuir a su demolición desde dentro. Y ustedes me van a ayudar en ello. ¿Es así o no?

—Hay que reconocer —interviene ahora Prakash, el indio, el más ecléctico de todos—, que su forma de presentar las cosas es muy yanqui, muy práctica. Pues bien, señor McGwire, nos tiene usted a su disposición para el derribo y, personalmente, lo único que desearía es que los cascotes no me cayeran encima. Por lo demás, ¿prefiere que le digamos ahora los planes que tenemos o quiere que se los dejemos por escrito y así usted puede verlos con calma? Dado que no va a haber ni siquiera una apariencia de amistad entre nosotros, podemos limitarnos a pasarnos notas y a llamarnos por teléfono.

—Su ironía está de más —le responde agriamente McGwire—. Pero le agradezco que asuma quién es el que manda. Déjenme por escrito lo que han traído y contésteme solo a las preguntas que yo les haga. Lo demás, el rollo que tenían pensado soltarme para envolverme en él, no me interesa.

—Usted dirá —pregunta, muy seco y cortante, Fontaine.

—Mañana quiero hacer una declaración al mundo. La quiero hacer desde la sala de prensa del Vaticano. ¿Podría estar todo preparado para las doce?

—Yo me encargaré de ello —dice Santevecchi, el que intentó matar a Rose Friars, y que había permanecido en silencio todo el tiempo.

—Gracias —McGwire le mira con simpatía, intuyendo que, al ser el de menor rango de los cuatro que le estaban dando la bienvenida, podía apoyarse más en él, pues tenía más motivos para sentir resentimientos hacia los otros—. Otra cosa: quiero saber exactamente el número de cardenales con que vamos a empezar el cónclave. Me basta con saber ese dato mañana. Por último, quiero que todo esté preparado para la elección. Si el cónclave empezará con una ceremonia a las doce de pasado mañana, tiene que terminar a las cinco de la tarde; a esa hora apareceré en el balcón como nuevo Papa.

—¿Tan pronto? —pregunta Riva—. Habíamos pensado que al menos duraría un día o dos. Para dar la impresión de que había cierto debate, de que no estaba todo preparado.

—¿A quién pretende engañar? —pregunta McGwire—. ¿A los papistas? ¿A la prensa? Tenemos que hacer una representación teatral y a mí me molestan las representaciones teatrales. Soy demasiado norteamericano para disfrutar con su pompa barroca. Además, me han encargado que haga todo lo más breve posible. Por lo tanto, pasado mañana comenzará el cónclave y, pocas horas después, seré investido Papa.

—Si así están las cosas —dice Fontaine, cada vez más enfadado con McGwire—, me permito hacerle una pregunta, más que nada para aclararme y no dar lugar a confusiones. ¿Va usted a celebrar alguna misa? Es tradicional que haya una en la mañana antes de comenzar el cónclave y luego otra, una vez concluido, al día siguiente. ¿Va a seguir con la tradición? Se lo pregunto porque tenemos que comunicarlo a los medios de comunicación.

—Permítame aconsejarle, señor —interviene Santevecchi, conciliador, al ver el cariz que están tomando los acontecimientos—, que ceda usted en estas dos cosas. Sería muy raro lo contrario. A los católicos les sorprendería muchísimo y sería como decir a todos que usted no es el verdadero Papa. Haga usted el sacrificio, se lo ruego, de pasar por el mal rato de nuestro barroco, aunque procuraremos hacer ambas misas lo más *light* posibles.

—Está bien. Reconozco que no pensaba hacer nada de eso, sobre todo tras lo que le sucedió a Schmidt. Pero creo que tienes razón, Giorgio —tutea, por primera vez a uno de ellos, lo que no pasa inadvertido para ninguno—. Pero no quiero que la misa previa al cónclave se retransmita, por si acaso se produce algún error y termino por seguir la misma suerte que Schmidt. Luego ya será distinto. Y ahora, señores, a descansar, que mañana nos espera un día muy pesado. Les espero mañana a las doce en la sala de Prensa.

Esa misma noche Oswald Prakash, provisto de una identidad falsa que tenía preparada desde hacía tiempo, cogió un avión que, vía Fráncfort, salía para Calcuta. Hizo lo mismo que había hecho, también con una identidad falsa, Emerson Ceni, el brasileño: desaparecer. Después de la primera entrevista con McGwire no solo estaba convencido de que el fracaso era inevitable, sino que estaba seguro de que ni siquiera podría salvarle su reconocida habilidad para cambiar de bando según quien fuera ganando. A la mañana siguiente, cuando se enteraron, Riva y Fontaine sintieron no haber hecho lo mismo y lo pagaron caro. No así Santevecchi; su carencia de escrúpulos le hacía sentirse con McGwire como pez en el agua y estaba seguro de que podía manejar al norteamericano a su antojo y que, en lo que quedara de la Iglesia, él tendría un papel muy importante.

Por su parte, Ferro y su equipo estuvieron todo el día sin moverse de sus respectivos apartamentos, atentos a las noticias que llegaban de todo el mundo y que hablaban de ríos de sangre de católicos que corrían por doquier, y rezando por aquellos nuevos mártires que la «tolerancia» progresista inmolaba. Habían sabido que los controles en los aeropuertos serían más exhaustivos con el fin de atrapar a quien intentara hacer pasar algún mensaje fuera de Italia, y Enrique del Valle se devanaba los sesos para preparar un plan que burlara el bloqueo.

En Nueva York, por fin una mañana no empezaba para John McCabe con sobresaltos. Temprano, pero no tanto como en los días precedentes, se levantó y enseguida comprobó que Juan Diego Sandoval había comenzado a hacer sus deberes. Dos musculosos y malencarados latinos estaban haciendo guardia a la puerta de su apartamento y apenas oyeron el ruido que él hizo al levantarse, entraron con las pistolas en la mano. Aunque le dieron un susto de muerte, enseguida comprendió quiénes eran y para qué estaban allí. McCabe tuvo que acostumbrarse a llevarlos pegados a él a cualquier parte.

Su trabajo ese día fue sencillo. Hilary Jacobson le tenía preparada su agenda, que previamente había revisado con Juanita Mora, la cual llegó a la oficina mucho antes que su jefe. En realidad, era un día de transición, hasta que se produjera el esperado cónclave, dos días después. McCabe ni siquiera convocó al Consejo, entre otras cosas porque le fatigaba verlos y porque no quería instarles a que cumplieran con su obligación, pues esta consistía en perseguir con la mayor saña posible a la Iglesia. Se limitó a llamarles por teléfono y preguntarles cómo iban las cosas, tanto por cubrir el expediente como por averiguar algo que después pudiera transmitir a los que organizaban la resistencia. Lo mismo hizo con Tzipi, que le llamó varias veces durante el día y, en cada ocasión, le preguntó con un tono especial por Juanita; el hecho de que se la hubiera llevado con él al CUR indicaba con toda claridad que había algo entre ellos. No había grandes novedades, a excepción del número de bajas que se producían entre los católicos y el cada vez mayor número de obispos encarcelados; no sucedía lo mismo con los cardenales, en parte porque eran menos y también porque, conscientes de la importancia de no dejarse atrapar antes del cónclave, se mantenían mucho más a la defensiva. Al acabar aquel día, solo nueve cardenales estaban en poder del CUR y habían sido enviados, en medio de las mayores medidas de seguridad, hacia Roma, para participar, dos días más tarde, en el cónclave. Esta cifra ascendería a catorce en el momento de comenzar el mismo, a la cual había que añadir cinco más, incluido McGwire, que se habían unido voluntariamente a la rebelión contra el Papa. De ciento catorce electores posibles —suponiendo que el cónclave hubiera sido válido— todo el poder del mal solo había logrado reunir a diecinueve y de ellos catorce participaban a la fuerza. Era, evidentemente, un fracaso. Así lo entendieron todos los católicos del mundo, incluso los que estaban a favor de la herejía; en los unos aumentó la alegría y recobraron valor para seguir resistiendo la persecución, mientras que en los otros lo que aumentó fue la rabia y la violencia.

McCabe había logrado averiguar que su despacho estaba exento de micrófonos y demás técnicas de espionaje. Sabiendo que probablemente controlaban todos sus pasos, decidió no dar pie a sus enemigos para que pudieran descubrirle. Por eso era allí, en su despacho, en el corazón del cuartel general del enemigo de la Iglesia, donde había decidido reunirse con Juan Diego para elaborar su plan. Este, que seguía viviendo en Union City, Nueva Jersey, en la otra orilla del Hudson, tenía mucho más fácil transmitir desde allí lo que habían acordado.

—Me siento como aquellos griegos que se metieron en el caballo para atacar Troya desde dentro. Si Homero estuviera vivo, seguro que escribiría una tragedia sobre nosotros —dice John a Juan Diego.

—No sé quién era el tal Homero, pero me suena mal lo de tragedia. Confiemos en que todo termine como en una comedia, pero riéndonos nosotros. En todo caso, tiene gracia que usted haya llegado a ser el jefe del CUR.

—Sí. Se ve que la Virgen tiene un magnífico sentido del humor. Pero esta guerra aún no ha acabado. Si juzgamos desde la perspectiva de las víctimas, vamos perdiendo con mucho, pues son ya bastantes los católicos que han sido asesinados y muchos más los que están en la cárcel.

—Pero si juzgamos desde la utilidad de su estrategia, su fracaso es prácticamente completo. El Papa se les ha escapado y apenas tienen un puñado de cardenales para participar en el cónclave, la mayoría de ellos a la fuerza. Si no fuera por el control férreo que ejercen sobre los medios de comunicación, ni siquiera lo que están logrando lo habrían podido conseguir.

—Sí, hace años que esa ha sido su fuerza. La demagogia, la más burda mentira y deformación de la realidad, ha sido la principal arma del demonio para atacar a la Iglesia. Lo sé por propia experiencia, pues yo he participado en ello, aunque siempre creí que el fin justificaba los medios y como el fin que yo buscaba era acabar con una Iglesia que consideraba enemiga de la humanidad, todos los medios que se emplearan me parecían buenos.

—No todos, jefe, no todos. Usted nunca justificó el asesinato.

—Es verdad. Esa fue mi frontera y eso fue lo que, en el fondo, me salvó. Pero veamos ahora lo que debemos hacer. Tengo un plan.

Durante un largo rato, John y Juan Diego debaten sobre el plan que el flamante presidente del CUR ha ideado para desactivar en lo posible la ofensiva contra la Iglesia. Es muy arriesgado y, de hecho, supondrá quedarse al descubierto delante del mundo, delante de sus enemigos. Pero como a ninguno de los dos se les ocurre una idea mejor, deciden prepararlo todo para ejecutarlo.

—Yo intentaré tenerlo todo preparado para cuando llegue el momento —dice Juan Diego—, aunque las posibilidades de que salvemos la vida son realmente pequeñas.

—Lo sé, pero a estas alturas cada minuto que pasa siguiendo vivos es un verdadero milagro. Procura que tu familia esté a salvo y haz lo posible por alejar a Juanita cuando llegue el momento. ¿Tienes algún dato de mi exjefa, Heather, y de los dos delegados a los que estás investigando?

—Las llamadas de Heather son muy variadas y numerosas, así que aún es pronto para encontrar una coincidencia. De todos modos, desde su teléfono móvil más privado hay tres personas a las que llama con más frecuencia. Mañana ordenaré que las rastreen. Ninguna de ellas coincide con el número de teléfono que ella le ha dado a usted para que llame al «señor X». Eso significa que tiene dos teléfonos y que de usted no se fía. El número al que llama usted no figura en ninguna guía y, cuando intento rastrearlo, me da la señal de desconocido.

—Si pudiéramos desenmascarar al tal X, habríamos dado un paso de gigante. ¿Quién podrá ser?

—Tenemos que seguir rezando, jefe, no lo olvide.

—Y descansando. Vámonos cada uno a su casa. Y gracias por esos gorilas que me has puesto para cuidarme. Me han asustado esta mañana, pero me siento mejor con ellos.

Al día siguiente, los «excursionistas» del grupo en el que estaba inserto el Papa y su equipo tenían la típica mañana libre para hacer compras. Por la tarde se partía hacia Ammán, la capital de Jordania, para llevar a cabo allí la última etapa de la excursión. Hubiera sido imposible que tres personas desaparecieran sin más, pues el guía debería haber avisado a la policía. Pero, tal y como había previsto Loj, había un cambio de personal en esta última etapa del viaje y, debido a la mezcla de grupos que se producía en Petra, los que salían para Ammán llevaban un personal de servicio diferente. Eso permitía que otras personas ocuparan los lugares de los tres exiliados, con tal de que tuvieran características similares. Loj lo tenía todo preparado, incluidos los pasaportes para sus suplentes.

Elías les visitó a primera hora de la mañana y, como si todo fuera parte de un plan turístico normal, les dijo que no podían marcharse de la zona sin visitar Wadi Mousa, el pueblecito donde se localizan la mayor parte de los comercios y donde viven muchos de los jordanos que trabajan en el sector hotelero y turístico de Petra. Allí, añadió, tienen forzosamente que visitar la panadería Sanabel, famosa por su surtido de dulces árabes. Como siempre hay muchos turistas, a las doce de la mañana es la mejor hora para ir a visitarla.

El Papa, Jarek y Krystyna hicieron sus maletas y las dejaron en consigna, pues el autocar hacia Ammán tenía previsto salir a las tres de la tarde. Avisaron en la recepción de que iban de compras a Wadi Mousa y pidieron un taxi. Lo más normal, lo que hacían todos. Teóricamente, ya no tenían que presentarse ante gente que les pudiera identificar, pues bastaba con que sus sustitutos entregaran los resguardos de las maletas y se presentaran en el autocar a la hora prevista para salir, para que nadie sospechara.

A las doce en punto, hora del Ángelus, estaban ante la famosa panadería. Entraron allí y, en contra de lo que ellos imaginaban, era cuando estaba más llena. Pero Elías lo había hecho a propósito, para evitar que alguien les pudiera observar, pues debían entregar a los que les iban a sustituir los resguardos de las maletas y los billetes de avión. Dentro de la panadería, apretados por la gente, alguien le mostró a Loj una cruz y un papel que tenía dibujado un pez. Le extendió una bolsa que tenía, a su vez, otras tres dentro y en cada una había una chilaba, el traje típico de los musulmanes. Ellos les dieron los billetes y los resguardos y siguieron esperando a que les atendieran. El que se los recogió desapareció inmediatamente. Primero uno, luego otro y por último Krystyna, en un gesto rápido, agachándose en medio de la gente que abarrotaba la tienda y usando a los otros dos como cortina, se pusieron por encima la chilaba, que les camuflaba completamente. Cuando hubieron terminado, no esperaron a que les atendieran. Haciéndose un gesto de complicidad, salieron a la calle.

Apenas lo hicieron, encontraron, a la puerta misma de la panadería, a una voluminosa anciana palestina que les estaba esperando y les dijo, en árabe, que la siguieran. Loj entendió perfectamente y, como si tal cosa, se fueron tras ella. Deambularon por el pueblo, entraron y salieron en varios comercios y, por fin, se introdujeron en el barrio habitado por los trabajadores de los hoteles, lejos del sector turístico, donde vivían las familias palestinas católicas que les iban a acoger. Tenían la impresión de que nadie les había seguido, que habían pasado totalmente desapercibidos. Era una impresión errónea.

La casa que les acogió era muy sencilla y típicamente árabe. Sus anfitriones habían hecho un esfuerzo por ofrecer al distinguido huésped y a su séquito lo mejor que tenían, pero lo mejor era realmente muy poco. A la hermana Krystyna la llevaron a compartir una habitación con las jóvenes solteras de la familia, con las que pronto hizo una alegre amistad. Al Papa y a monseñor Loj les prepararon una pequeña habitación que, en realidad, estaba separada de otras por una tela que colgaba del techo y ofrecía una parcial intimidad. A nadie se le ocurrió quejarse. Les daban lo que tenían y, al hacerlo, ponían en grave peligro su vida. Aquella misma tarde, el Papa y Loj celebraron la Santa Misa en el salón de la casa, a la que asistieron todos los que estaban presentes en ese momento. A todos les pareció que era lo más parecido a la primera misa de la historia, aquella Última Cena de Jesús, por lo sencillo del lugar y la intensa emoción que a todos les embargaba.

La casa, aunque muy humilde, tenía algunas comodidades. Por ejemplo, tenía teléfono y conexión a Internet. Elías se había hecho, con tiempo suficiente como para no despertar sospechas, con un ordenador portátil que puso a disposición del Papa y que este empezó a utilizar inmediatamente para escribir la encíclica, pues hasta el momento se había limitado a rellenar, a mano, un buen puñado de hojas de un cuaderno.

Por la noche, pudieron ver en televisión algunas noticias que hacían referencia a la Iglesia, aunque no eran muchas, pues no se captaban los canales internacionales y las televisiones árabes hablaban poco del tema. No así la televisión de Israel, que también se captaba, y por la que se enteraron con más detalle de lo que había sucedido durante el día, tanto las múltiples matanzas de católicos —el Papa no pudo evitar llorar al ver las imágenes de la basílica de Guadalupe todavía humeante, o al ver cómo, por orden del Gobierno francés, se dinamitaba la gruta de Lourdes y, con ello, se derrumbaban las iglesias construidas encima—, como la rueda de prensa en Roma del cardenal McGwire, en medio de excepcionales medidas de seguridad. Loj, por su parte, completó esta información con otras que había extraído de Internet, aunque tuvo mucho cuidado de no entrar en páginas que él sabía que existían pero que podían estar siendo espiadas por la policía para investigar a todos aquellos que las visitaran.

—Todo parece indicar que mañana será el cónclave —dice el obispo polaco.

—Sí —contesta el Papa—, y no creo que sea largo. Es posible incluso que mañana mismo, por la tarde, ya esté nombrado McGwire como mi sustituto.

—Por lo que se ve, tienen pocos cardenales y una de las páginas que he visitado dice que la mayoría de ellos están en Roma y van a participar en el cónclave como prisioneros, pues les han llevado allí después de haberles apresado en sus respectivos países.

—Me siento orgulloso de los cardenales y de los obispos. Realmente, las deserciones han sido muy pocas. Muchas menos de las que el cardenal Hue, que en paz descanse, se esperaba —a esas alturas, ya se habían enterado de la muerte de Hue—. Tampoco parece que hayan sido muchos los curas que han traicionado a la Iglesia, aunque, lógicamente, han sido más que los obispos.

—Mirémoslo por el lado positivo, Santidad, cuando salgamos de esta, el clero que quede se habrá ganado el aprecio y la admiración de sus feligreses y estaremos ante una primavera espléndida para la Iglesia.

—Sí. Porque no le quepa duda, querido amigo, de que saldremos de esta.

—¿Ha tenido usted alguna de esas revelaciones particulares que le regala la Virgen?

—Solo una certeza, que vuelve una y otra vez y que me llama a no perder la paz ni la esperanza. La certeza de que la victoria va a ser nuestra y que no está ya muy lejos. Lo que siento son los miles de muertos. Estamos ante la persecución más universal y sangrienta de la historia.

—También en su bando ha habido muertos, aunque nos los achacan a nosotros.

—Aunque estamos desconectados de todo, estoy seguro de que ningún católico ha tenido nada que ver con los asesinatos de Renick o de Schmidt.

—Entonces, ¿por qué tanta sangre? ¿Por qué esas matanzas internas que, en el fondo, les perjudican tanto? ¡Es una carnicería!

—La historia nos da la explicación. ¿No recuerda usted la llamada «noche de los cuchillos largos» en los albores de la tiranía nazi, cuando Hitler ordenó purgar a los miembros de su propio partido? ¿O las crueles matanzas en el seno del partido comunista soviético ordenadas por Stalin? ¿Y los aproximadamente treinta millones de personas que murieron en la revolución cultural china, propiciada por el propio Mao? Además, esos muertos nos los apuntan en nuestra cuenta y sirven para excitar más a las masas contra nosotros. Sirven también para meter miedo a los que están a las órdenes del demonio. Este atrae a sus víctimas prometiéndoles el paraíso en la tierra, la libertad plena para disfrutar de sus instintos, la ambición; pero no les oculta que eso tiene un precio si se equivocan; el infierno del demonio, el que él asegura que va a dar a los que le fallan, es el dolor y la muerte. Lo que no saben sus seguidores es que el cielo que promete el demonio no existe y que, sirviéndole a él, siempre se pierde todo. El mal se destruye a sí mismo, no lo olvides, pues es incapaz de generar el bien. Esa es nuestra fuerza y por eso nunca ha sido capaz de triunfar en la historia y nunca lo hará. ¿No te parece extraño que, teniendo todo el poder, nunca haya podido acabar con el bien? El mal no construye nada, solo destruye. Se autodestruye. Lo malo es que a un mal le sucede otro, que a su vez es sucedido por otro, y cada uno de ellos deja un reguero de destrucción, de dolor inmenso, a su paso.

—Esa es una visión pesimista de la historia, Santo Padre. Algún teólogo le diría que es usted demasiado agustiniano.

—No soy pesimista. Tengo una gran esperanza. En este momento, más que nunca. Lo que sucede es que no creo en el hombre. Creo solo en Dios y con eso ya tengo bastante. Creer en el hombre significa creer que el hombre por sí solo, sin la gracia de Dios, sin la fidelidad a Dios, puede construir el paraíso en la tierra, puede construir un mundo auténticamente feliz. Por lo menos desde el Renacimiento, esa ha sido la pretensión del hombre, de los filósofos, de los gobernantes. No necesitamos a Dios para progresar, para gobernar, han dicho. No necesitamos a Dios para hacer negocios, ni para inventar cosas que hagan la vida más cómoda. Como decía Saint-Exupéry en *El principito*: «Cultivan cien rosas en un mismo jardín, pero lo que buscan lo podrían encontrar en una sola rosa». Hay más comodidades que nunca, al menos para los que viven en un pequeño puñado de países, pero hay más suicidios que nunca, más divorcios que nunca, más abortos que nunca. Y, sin embargo, la mayoría parece empeñada en creer que basta con tener la nevera llena y el sexo libre para ser feliz, aunque su propia realidad le grite lo contrario. Y, mientras tanto, por desgracia, la naturaleza se está destruyendo y cada vez son más los que mueren de hambre.

—Quizá es porque la realidad, en su sentido auténtico, ha dejado de existir para la gente. Solo es real aquello que te muestra la televisión, y cuando tu propia experiencia no coincide con ello, piensas que eso te pasa porque eres un bicho raro, una excepción. Piensas que eres el único que no es feliz, mientras que el resto sí lo son porque lo dice la televisión. Y te deprimes.

—Sí —dice el Papa—, así es. Por eso, querido Loj, no creo en el hombre como sujeto capaz de realizar por sí mismo su propia felicidad. Solo Dios, con nuestra colaboración ciertamente, puede concedérnosla. Por eso Cristo es el salvador universal. Y por defender eso, no lo olvides, es por lo que nos están persiguiendo.

—¿Qué tenemos que hacer?

—Esperar, rezar y seguir trabajando. Nuestra Madre me ha dicho que el final se aproxima. Tengo que terminar la encíclica cuanto antes. Aunque no será una encíclica como las demás, pues tendrá apenas unos cuantos folios y muy pocas citas bíblicas y referencias teológicas, valdrá. Creo que debes prepararlo todo para que se haga pública el mismo día que se anuncie el nombramiento del antipapa. Cuando McGwire, y con él Satanás, estén en la plenitud de su triunfo, los católicos tendrían que estar recibiendo este mensaje, que es el que la Virgen me pidió que escribiera.

—Lo intentaré. De momento, prefiero no avisar al cardenal Ferro de que estamos aquí. No quiero que nada nos pueda delatar. Dejaré ese mensaje para enviar su encíclica y después el Señor tendrá piedad de nosotros.

—No ha dejado de tenerla, querido amigo. Y la seguirá teniendo. Aquí no nos va a pasar nada.

—¿Otro aviso de la Virgen?

—Sí. Y ahora vamos a descansar. Mañana yo tengo mucho que trabajar. Me queda muy poco para acabar la encíclica y quiero hacerlo a primera hora de la mañana.

El cardenal Ferro y su equipo estaban nerviosos, pues habían pasado demasiados días sin que tuvieran noticia alguna del Papa. Aunque teóricamente el no tener noticias era señal de buenas noticias, no dejaba de inquietarles el hecho de que habían pasado los días y monseñor Loj no se había puesto en contacto con ellos, como había prometido, para decirles que habían llegado bien a Petra. Habían seguido por televisión e Internet la información del atentado en Áqaba, uno más en la larga lista de sucesos de ese tipo que tenían lugar en Oriente Medio, aunque en el puerto jordano no eran muy frecuentes y aunque, extrañamente, no se habían producido ni siquiera heridos. ¿Podía estar el Papa implicado en ese atentado? ¿Había sido una maniobra de distracción para que pudiera pasar la aduana? Habían esperado alguna señal que les indicara que todo iba bien, pero no se había producido nada y eso les tenía realmente nerviosos. Sin embargo, no tenían aún motivos para ponerse en lo peor y prefirieron mantener la calma, conscientes de que cualquier intento de llegar hasta el Papa podía ser fatal para él, pues pondría sobre su pista a sus enemigos. Tampoco sabían quién podía ser la «garganta profunda» que les hacía llegar tan preciadas informaciones procedentes del corazón mismo del CUR y también eso prefirieron seguir ignorándolo antes que hacer ningún gesto que les delatara. Enrique del Valle y monseñor Ramírez se concentraron en preparar un plan para poder enviar el mensaje que el Papa les remitiera, que bien podía ser la encíclica que le encargó la Virgen o una mera comunicación de que estaba vivo y a salvo. Discutieron si tendrían que pronunciarse sobre la elección de McGwire como pontífice y llegaron a la conclusión de que eso debían estar esperándolo los servicios de inteligencia enemigos y, para no darles pistas, era preferible no hacer nada. Al fin y al cabo, después de lo que había sucedido con Schmidt, los católicos fieles ya tenían datos más que suficientes para considerar a McGwire como un impostor.

Les resultó muy significativo verle en televisión esa mañana, después de haber pasado la noche en el lujoso hotel romano al que se dirigió nada más llegar del aeropuerto. Iba vestido con sus mejores galas cardenalicias y cualquiera hubiera podido creer que se trataba de un fiel representante de la más alta jerarquía de la Iglesia. Cuidó mucho las palabras y no aceptó ninguna pregunta de los periodistas, que llenaban la sala de prensa vaticana, situada al inicio de la *via della Conciliazione*. Se presentó ante el mundo con la mayor humildad posible y dijo que era un fiel hijo de la Iglesia y que no tenía ni idea de si sus colegas en el cardenalato le iban a elegir para suceder al Papa ausente. Incluso evitó las duras condenas que el propio Schmidt había hecho del exiliado y se limitó a lamentar que la situación hubiese llegado a esos extremos, así como a expresar sus más fervientes deseos de que la Iglesia pudiera seguir ejecutando la meritoria tarea que había hecho siempre, a favor de la paz entre los hombres. Fue un discurso lo suficientemente genérico y vacuo como para no despertar sospechas entre los católicos fieles, aunque en realidad fueron pocos los que le creyeron. En todo caso, era el más peligroso lobo que se podía haber puesto la piel de oveja. El «señor X», que no tenía contacto personal con él, llamó inmediatamente a John para que le felicitara de su parte. John, por supuesto, estaba despierto —aunque eran las seis de la mañana en Nueva York— y tuvo que coincidir con X en que la intervención de McGwire había sido perfecta para los objetivos del CUR. «Por fin alguien inteligente en el puesto adecuado», le dijo X a John, a modo de elogio, al referirse a McGwire. «Esperemos que este sea el principio del fin de los errores».

En la rueda de prensa, al lado de McGwire solo estaba un hombre: Giorgio Santevecchi. Los avezados periodistas italianos que solían seguir la información del Vaticano, se dieron cuenta enseguida. Como no podían hacer preguntas al cardenal norteamericano, esperaron a la salida para «asaltar» al que había sido secretario del Pontificio Consejo para las Comunicaciones Sociales. Directamente le preguntaron por el anterior equipo de Schmidt, pues habían echado en falta a Riva, a Fontaine y a los demás. Santevecchi estaba también sorprendido, aunque no lo reconoció y se limitó a decir que estaban trabajando en la preparación del cónclave y que él había acudido a acompañar a McGwire en razón de su cargo, como secretario del Consejo de Medios de Comunicación. La excusa no convenció a nadie.

Lo que en realidad había pasado era que Prakash había huido esa misma noche hacia la India y que los otros dos, Riva y Fontaine, al enterarse por la mañana de lo que había sucedido, tuvieron un ataque de pánico y, torpemente, intentaron hacer lo mismo. Era demasiado tarde. El factor sorpresa ya no funcionó y ambos fueron detenidos en el aeropuerto de Fiumicino poco antes de que diera comienzo la rueda de prensa de McGwire. Este no estaba enterado de lo sucedido y también se había extrañado de que los dos arzobispos no estuvieran allí, en la sala de Prensa. Recibió una llamada de la policía italiana pocos minutos después de acabar su discurso ante los medios. Le preguntaban qué debían hacer con ellos, pues entendían que su huida del país en ese momento era una traición y que de nada les valía haber estado contra el Papa hasta entonces; de hecho, pensaban, quizá podrían querer hacer lo mismo que había hecho Schmidt: atacar al CUR y cambiar de bando. McGwire no sabía qué hacer y estuvo a punto de remitir el problema a John McCabe, pero en ese momento, como tenía a Santevecchi a su lado, le pasó a este el teléfono y le dijo que resolviera él el «pequeño problema» que acababa de presentarse. Cuando este fue puesto al corriente por el policía que estaba a cargo de los detenidos, no lo dudó: «Tienen que sufrir un fatal accidente, comprende. Iban en coche hacia Fiumicino para recoger a una importante personalidad de la Iglesia que venía al cónclave y su auto se ha estrellado. Los dos han muerto en el acto. No puede haber autopsia o, si la hay, esta tiene que confirmar la versión que acabo de dar. Cualquier error», añadió, «le costará a usted muy caro». Cuando colgó, como quien habla de algo sin importancia, se dirigió a McGwire, que le miraba asombrado: «Disculpe, Eminencia, que le haya dejado de atender por unos momentos.

Nuestros queridos amigos Riva y Fontaine han sufrido un accidente de carretera y han muerto».

—¿Y Prakash?

—O mucho me equivoco, o ha salido ya del país, con identidad falsa, camino de la India. Estará escondido en un agujero donde será imposible localizarle. Pero no se preocupe. Lo mismo que Ceni, que huyó el domingo, es inofensivo. No hablará. No saldrá, como Schmidt, a hacer declaraciones. Si perdemos, cosa que es imposible, se presentará al nuevo Papa, o al antiguo si no ha muerto, y le ofrecerá sus servicios. Y hasta es posible que sea recompensado con el cardenalato. Si ganamos, no volveremos a saber de él. Por lo que sea, ha considerado que no era demasiado segura su victoria o que no iba a obtener de usted lo que él esperaba. Por eso se ha ido.

—Se dice que las ratas son las primeras en abandonar un barco que se hunde. Es mala señal.

—Yo también soy una rata. Y más lista que ellos. Y me quedo.

—Me deja usted sorprendido, querido Giorgio. Maquiavelo a su lado sería un aprendiz.

—Usted me halaga, Eminencia. Lo que pasa es que hace tiempo que perdí la fe, hace realmente mucho tiempo. Por eso, como no creo en nada, estoy decidido a vivir deportivamente la vida, pues no quiero pasarme el resto de los años que me quedan vegetando. No me importa matar ni me importa morir. Quiero el éxito. ¿Sabe cómo me estrené en esta *carriera*? Era párroco, y párroco de éxito. En realidad, ya entonces no creía en nada, pero se me daba bien predicar y mantenía engañada a la gente. Entonces llegó un sacerdote a ocupar una parroquia vecina; estaba lo suficientemente lejos como para no quitarme clientela, pero me molestaba que le compararan conmigo y que dijeran, incluso, que predicaba mejor que yo, con más unción. Un día me fui a ver al cardenal de mi ciudad y le dije que había oído que ese sacerdote era un mujeriego y un ladrón. No tenía ninguna prueba, por supuesto. Pero no hizo falta. El cardenal me apreciaba mucho y yo comía en su casa con frecuencia. Me creyó. Hice después cundir el rumor. El pobre cura quedó desprestigiado y, al cabo del tiempo, cayó en una depresión y se suicidó. No tuve el menor remordimiento, pero comprendí que eso podía volver a suceder y pensé que tampoco me podía pasar la vida incitando al suicidio a curas inocentes, pues al final se podría descubrir mi plan. Así que conseguí que el cardenal me recomendara para Roma y aquí vine. He ido subiendo poco a poco a base de adulaciones y calumnias. Le aseguro que soy un especialista. Pero, descuide, soy lo suficientemente inteligente como para no conspirar contra usted. Me conformaré con ser su segundo. Segundo de lo que sea, pues no creo que lo que venga a continuación de su elección sea nada parecido a lo que había antes. ¿Me equivoco?

—Acierta usted en todo, querido amigo. Y le tomo la palabra.

McCabe, después de la llamada de X, también pasó un día tranquilo. Juan Diego Sandoval no podía rastrear de dónde procedía la llamada y eso le tenía preocupado. Aunque detectó varias llamadas de Heather a los mismos números que había hecho el día anterior, aún no había localizado a todos los que las recibieron. Por lo demás, en Nueva York no ocurrió nada significativo. La tormenta tenía que producirse al día siguiente, en Roma, y parecía que todos se preparaban velando sus armas, en calma.

6.—LA RELIGIÓN GLOBAL

La Oficina de Prensa del Vaticano informó, a finales de esa tarde, que el cónclave comenzaría al día siguiente, a las diez de la mañana, como estaba previsto, con una solemne eucaristía celebrada a puerta cerrada y que sería concelebrada por los señores cardenales y solo por ellos. En realidad, no hubo tal eucaristía. McGwire se reunió con los cuatro cardenales fieles a su causa y determinaron que después de comer y dormir la siesta, en torno a las cuatro y media de la tarde se haría salir humo blanco por la chimenea de la Capilla Sixtina. Sería, pues, un simulacro de votación y el norteamericano resultaría elegido a la primera. Los catorce cardenales que estaban en Roma en contra de su voluntad habían sido llevados al Vaticano, pero permanecían recluidos en sus habitaciones y allí quedarían hasta que todo pasara. Luego se les daría la oportunidad de unirse a la nueva Iglesia o, de lo contrario, pasar a la historia como unas cuántas víctimas más de los «papistas», aunque en realidad sus asesinos hubiesen sido los contrarios. McGwire debía salir al balcón que hay sobre la entrada principal de San Pedro, el sitio habitual donde los papas aparecen por primera vez para saludar a la Urbe y al Orbe, a eso de las cinco de la tarde. A su lado, y actuando como portavoz para presentarle, como «protodiácono», estaría Santevecchi. Tras él, revestidos con el mayor esplendor, los cuatro cardenales que le apoyaban. Las cámaras de televisión habían sido convenientemente adoctrinadas para que enfocaran al grupo del balcón y a los sectores de público que habían sido expresamente invitados. La policía tenía órdenes de no dejar pasar a nadie que no llevara acreditación. Los religiosos y religiosas volvieron a sacar sus hábitos del armario, para dar la impresión de que el sector más conservador de la Iglesia estaba con el nuevo Papa. No se pensaba en llenar la plaza y por eso las cámaras debían evitar planos generales. Al día siguiente, la solemne misa de inauguración del pontificado tendría lugar en San Pedro, ante las cámaras de televisión, en medio de las mayores medidas de seguridad y con los mismos invitados presentes. Cualquier error, lo sabían todos, sería fatal, en el sentido literal del término.

—No tenemos necesidad de engañar a nadie, porque da lo mismo —dice McGwire a los cuatro cardenales adictos, cuando se reunió con ellos tras la supuesta ceremonia de inauguración del cónclave—, pero me han aconsejado que haga un poco de teatro y por eso tenemos que aguantar hasta esta tarde. Mientras tanto, pasemos el rato lo mejor posible. Lo único que les ruego es que no se pongan en contacto con el exterior, para evitar que alguien pueda decir que se han vulnerado las rígidas normas de los cónclaves. Todo esto cambiará a partir de mañana, pero, por hoy, sigamos la tradición.

—Me gustaría saber —pregunta el cardenal francés— qué se espera de nosotros una vez que esto acabe. Tal y como están las cosas, y dudo que vayan a cambiar, la práctica totalidad de los católicos practicantes no va a volver a los templos y los que no practicaban no van a empezar a hacerlo ahora. Es decir, estamos en el paro.

—En el paro, pero con una buena jubilación —afirma el cardenal inglés, riendo—. Yo pienso retirarme a mi finca en el Yorkshire y como usted suprimirá el celibato voy a hacer pública la relación que tengo desde hace años con la madre de mis hijos.

—¿Seguirá usted viviendo en el Vaticano? —le pregunta el cardenal belga.

—No me quedará más remedio, al menos por una temporada. Está previsto que en los próximos días, quizá dentro de uno o dos a más tardar, yo me adhiera a la propuesta del CUR y declare que la Iglesia católica se une a la gran religión mundial. Eso no implicará nuestra inmediata desaparición. De hecho, seremos una especie de federación de religiones que mantendrán su autonomía, su culto propio, sus dogmas —en lo que no implique superioridad sobre las demás— y su moral —recortada de todo aquello que nos sea indicado—. Me han asegurado que durante tres años gobernaré esta religión mundial. Lo haré desde Nueva York, por supuesto, pero hasta que eso ocurra no tendré más remedio que vivir en el Vaticano.

—¿Y nosotros? —vuelve a preguntar el francés.

—Pueden hacer lo que quieran. Las cuentas de la Santa Sede y las de las diócesis cuyos obispos no se han adherido a nuestra causa están a mi disposición. No puedo ser excesivamente manirroto, pero les aseguro que no quedarán sin recompensa.

—La Iglesia ha dejado de existir, por lo tanto —concluye el cuarto cardenal, un neozelandés—. ¿Están ustedes seguros de que eso será posible?

—¿A qué se refiere? —pregunta McGwire, extrañado.

—A que Cristo dijo que las puertas del infierno nunca prevalecerían contra su Iglesia. Y a la aparición de la Virgen a esa joven guatemalteca, Elisa, en la que se decía que la Iglesia sobreviviría a esta crisis.

—Por favor, Eminencia —es el inglés quien le contesta—. No me puedo creer que dé usted el más mínimo valor a esas supersticiones. Todos sabemos que Jesús de Nazaret tiene muy poco que ver con el «Cristo de la fe» del que hablan los Evangelios. Hace años que ya se dio por sentado, aunque la doctrina oficial de la Iglesia no lo haya querido aceptar, que los Evangelios son mitos elaborados a partir de un núcleo histórico muy reducido y, en el fondo, irrelevante; esa elaboración tenía como objetivo único consagrar en el poder a una casta dominante, la de la jerarquía romana, que ha imperado hasta ahora. Por eso no hay que temer que se cumplan profecías evangélicas o sueños neuróticos de videntes. Simplemente, Jesús de Nazaret fue un buen hombre que soñó que era importante y que habría pasado desapercibido si Pedro, Juan y, sobre todo, Pablo no hubieran hecho de él una leyenda. No tenga miedo. Vamos a triunfar. Esto se cae y lo más inteligente que podemos hacer es apuntarnos al carro de los vencedores. Prefiero irme a mi casa del Yorkshire con mi señora y ver crecer a mis nietos que pudrirme en una cárcel o que me hagan morir en un accidente de tráfico preparado, como les ha pasado a Riva y a Fontaine.

—Si usted lo dice… —vuelve a afirmar el neozelandés—. Pero yo no las tengo todas conmigo.

—En todo caso, querido amigo —es ahora McGwire quien interviene—, no le aconsejo que piense en cambiar de bando en este momento. La alusión que ha hecho nuestro colega inglés a las dos víctimas del accidente de ayer es bastante significativa. Ahora ya es demasiado tarde para tener remordimientos.

Una carcajada diabólica salió de la garganta de cuatro de los cardenales. El de Nueva Zelanda guardó silencio. Comprendía que, efectivamente, era demasiado tarde para dar marcha atrás, pero se arrepentía de haber llegado tan lejos.

A las cuatro y media, como estaba previsto, la chimenea de la Sixtina emitió humo blanco. A ningún informador de los que estaban en la plaza de San Pedro le sorprendió, pero todos se hicieron los sorprendidos. De todas formas, hasta el más torpe telespectador se dio cuenta de que la cosa estaba prevista de antemano. Por eso tampoco le sorprendió a nadie cuando, a las cinco en punto, apareció en el balcón principal de la basílica monseñor Santevecchi pronunciando el tradicional «*Habemus Papam*», para citar a continuación el nombre del cardenal McGwire y saludarle con su nuevo nombre: Pedro II. Se quería entroncar así con la famosa leyenda de San Malaquías, según la cual el Papa que llevara por segunda vez el nombre de Pedro sería el último. Las televisiones enfocaron, como estaba previsto, los sectores de la plaza donde los curas, religiosos y religiosas vestidos con sus hábitos y alzacuellos, estallaban en un fingido entusiasmo. Si la realidad es lo que cuenta la televisión, aquello era pura realidad. Pero ningún católico lo creyó y muchos, al verlo, lloraron.

De todas las formas, X estaba satisfecho. Comprendía que no se podía pedir más. Llamó a McCabe y le felicitó y le rogó que felicitara al nuevo Papa de su parte. Cuando este le preguntó si podía darle el teléfono suyo a McGwire, reaccionó con brusquedad, rechazándolo.

—Mi identidad es muy importante que permanezca secreta, ¿entiende?

—Por supuesto, señor —le contesta John—, ni siquiera yo sé quién es usted y no me interesa.

—Así debe seguir siendo, por su bien. Y ahora, prepárese para intervenir ante las cámaras. Hoy debe enviar una nota felicitando al nuevo Papa y dándole la bienvenida al concurso de las religiones civilizadas. Mañana, una vez que él haya tomado posesión y haga su discurso en la misa, en el que proclamará su adhesión a la religión mundial, usted deberá intervenir ante las cámaras de televisión del mundo aceptando su ofrecimiento y convocando para el día siguiente la conferencia mundial de las religiones. Ya puede ir avisando, en privado, a los líderes religiosos que deben participar en ella para que estén a tiempo en Nueva York, y organizándolo todo en la sede de la ONU.

—¿Tan pronto? Yo pensaba que dejaríamos al nuevo Papa varios días para ir desactivando el catolicismo desde dentro. ¿Cree que es prudente que en el discurso de su toma de posesión haga una renuncia de los principios más sagrados del catolicismo?

—Tengo prisa. Tengo mucha prisa. Alguien que está por encima de mí me ha advertido que el tiempo se nos acaba y que debo acelerar los momentos. También me ha dicho que el Papa tiene un plan de contraataque preparado.

—¿Ese alguien, señor, es el demonio?

—¡Por supuesto! ¿Quién si no? Debemos cumplir sus instrucciones sin dilación. Nunca bromea.

—Bien, avisaré a McGwire para que deje claras sus intenciones en la misa de mañana. Seguro que se sorprenderá de este cambio de planes, pero no creo que haga grandes objeciones.

McGwire acogió con extrañeza la orden que John le transmitía. No pensó en rebelarse, pero le sorprendió que le hicieran llevar a cabo aquella representación teatral para luego suprimir el efecto que pudiera conseguir entre los católicos a base de una declaración totalmente inapropiada. Él pensaba hacer una homilía poco comprometida, espiritual incluso, y dejar para los días siguientes la revelación de sus verdaderas intenciones. Sin embargo, no discutió la orden, aunque quiso saber el porqué.

—El jefe supremo tiene prisa —le contesta John.

—¿Te refieres al demonio?

—Por supuesto.

—¿Y por qué?

—Por lo que se ve, las cosas no están yendo todo lo bien que debieran.

—Pero si todo marcha sobre ruedas. Los católicos están desactivados en prácticamente todo el mundo. Los focos de resistencia son mínimos y, aunque ahora tengan la moral muy alta, no podrán resistir mucho tiempo en la clandestinidad. No con los modernos métodos de espionaje que tenemos. Ya no estamos en la época de los romanos. Iremos cazando como conejos a los curas y a los obispos rebeldes. Los castigos que daremos a los laicos que les protegen serán tan terribles, que ellos mismos les pondrán en la calle o les llevarán a las comisarías de policía. En pocos meses o, a lo sumo, en uno o dos años no quedará nada de lo que fuera la orgullosa Iglesia católica. La religión mundial satisfará las escasas necesidades espirituales de la gente, ya lo verás.

—Tú lo crees así, pero hay alguien que sabe más que tú y más que yo y que no piensa lo mismo. Tiene prisa y hay que obedecerle.

—Lo haré, lo haré. Pero me resulta curiosa la orden. Y también la coincidencia con lo que el cardenal de Nueva Zelanda ha expresado esta mañana, mientras estábamos en el cónclave. Decía que tenía miedo a que se cumpliera la promesa de Cristo de que su Iglesia no desaparecería nunca y a que fuera verdad la predicción de la Virgen hecha a la tal Elisa.

—Pues ya ves, hay alguien que piensa como él.

—Se lo diré. No sé si se alegrará o se pondrá más pesimista todavía. Pero, en fin, no te quepa duda de que mañana cumpliré sus deseos.

—Yo intervendré después de ti, en directo, ante las cámaras de televisión de todo el mundo, para darle a la Iglesia católica la bienvenida a la religión mundial y para convocar, para el día siguiente, un foro de las religiones en el que saldrás elegido presidente por tres años, como estaba previsto. Eso significa que mañana por la tarde debes coger el avión para venir a Nueva York. No puedes faltar.

—Mejor, así viviré poco tiempo en el Vaticano.

—Permíteme una pregunta, Thomas, para satisfacer mi curiosidad personal. ¿Por qué ese odio contra la Iglesia a la que, al fin y al cabo, has pertenecido tantos años?

—Porque he arruinado mi vida por culpa de ella. Entré en el seminario cuando era un adolescente. Estaba lleno de ilusión, de entusiasmo, de fe. Incluso cuando me ordené sacerdote, seguía teniendo esa misma fe, a pesar de que ya había sido inoculado con la semilla de la duda por varios de mis profesores de Teología. Luego perdí la fe. No me di cuenta al principio. En realidad, tenía cuarenta años cuando me hice totalmente consciente de que ya no creía en nada de lo que predicaba. Debería haberme ido. Otros lo hicieron. Pero ¿a dónde ir? Como aquel administrador ladrón de que habla el Evangelio, para cavar ya no tenía fuerzas. Así que me quedé e intenté convivir con una fe que ya no sentía. Empecé a destacarme como un sacerdote progresista y, para mi sorpresa, me nombraron obispo. Me pareció una prueba de que Dios no existía. ¿Cómo iba a permitir, de existir, que un ateo como yo fuera pastor de una diócesis? Incluso, en aquella época, tenía una relación clandestina con una mujer, a la que en realidad no amaba pero con la que entretenía mis pasiones. Si la hubiera amado, quizá me hubiera salido de cura. Pero no la amaba, aunque ella a mí sí. Me sentía despreciable, me despreciaba a mí mismo, pero no podía romper con la situación, con la vida que llevaba. Me daba miedo. Me quedé y empecé a odiar con todas mis fuerzas a la Iglesia, pues ella había sido la culpable de que yo me hubiera convertido en un monstruo.

—¿Por qué?

—Porque ella me dio la fe y ella me la quitó. Ella tenía que haberme protegido de los profesores de Teología que envenenaron mi alma. No es justo sacar a un muchacho de los caminos de la vida, lleno de inocencia y de buena voluntad, y luego dejarlo a merced de lobos que le destrozan. Soy una víctima de la Iglesia y ella tiene que pagar por eso. Me ha destruido la vida. La única vida que tengo y que existe.

—Pero te convertiste en alguien que hacía lo mismo con los demás, que hacía a otros lo que te habían hecho a ti.

—No. Quise y quiero hacer justo lo contrario. ¿No te das cuenta, John, de que eso es lo que estoy haciendo y que esa es la única manera que encuentro de redimirme, no ante Dios, en el que no creo, sino ante mí mismo?

—Perdona, Thomas, pero no entiendo lo que me dices.

—Cuando me nombraron obispo, teniendo fama de cura progresista como tenía, comprendí que lo mejor que podía hacer era poner al descubierto lo que se cocía en la trastienda de la Iglesia, de manera que si un joven entraba en el seminario no estuviera engañado. Tenían que saber, antes de entrar, que Jesús no era Dios, que era poco más que un residuo inocuo sobre el que se había construido un mito; que la resurrección era mentira; que la Iglesia era una estructura de poder, de ambición, de pecado. Si, sabiendo esto, querían seguir adelante, entonces no podrían decir que habían sido engañados.

—¿Y no te quitaron enseguida?

—Por el contrario, me nombraron arzobispo y me hicieron cardenal. Cuantas más barbaridades hacía y decía, más fama tenía entre mis compañeros en el episcopado, ante el nuncio y en el propio Vaticano. Solo al final este Papa se dio cuenta del peligro que yo representaba para la Iglesia en la que él creía y me destituyó.

—Lo que hizo fue coherente con sus ideas.

—Por supuesto. Y no se lo reprocho. Es una de las pocas personas coherentes y sinceras que he encontrado en mi vida. Le odio a la vez que le admiro. Pero quiero acabar con una Iglesia, la suya, que es susceptible de engendrar monstruos como yo. Yo no debería haber sido ordenado sacerdote y mis profesores no tenían que haber dado clases en el Seminario. Yo no debería haber sido ordenado obispo, ni arzobispo, ni cardenal. Y lo fui. Una Iglesia en la que eso sucede, y no es una excepción mi caso, tiene que desaparecer, por el bien de todos, empezando por el de sus propios miembros.

—La Iglesia dice que es una institución humana y divina a la vez, que en ella hay santidad y pecado. ¿No has pensado en eso alguna vez?

—He conocido la santidad en la Iglesia. He conocido a curas buenos y también a obispos buenos. He conocido a papas buenos. Pero, te lo aseguro, John, los que medran no son esos. La mayoría son de los otros. Son como yo.

—¿Y qué me dices de los que están dando la vida por la Iglesia ahora mismo? ¿De esos curas que no se unen a nosotros y prefieren seguir escondidos aunque eso les suponga la muerte si les descubren? Los obispos que se han respondido al llamamiento del CUR son muy pocos y los cardenales también.

—Sí, tienes razón. Es algo que no entiendo. Algo que me tiene inquieto, pues contradice mi experiencia. Pero ya no quiero pensar más. Sería demasiado terrible para mí que me hubiera equivocado por segunda vez, que en la Iglesia hubiera más bondad de la que yo había creído. Hasta mañana, John. Haré lo que me has pedido.

McGwire fue a preparar su homilía del día siguiente. Ya no había necesidad de caretas ni de excusas, así que optó por desmelenarse y ser lo más claro posible. Tenía que desarmar el catolicismo de un plumazo. Si tenían prisa, por él no iba a quedar. Pero que luego no se quejaran si iba demasiado lejos o si escandalizaba a alguno. Antes de acostarse, llamó por teléfono al cardenal de Nueva Zelanda y le contó la conversación con McCabe y el cambio de planes. Quería hacerle pasar un mal rato a su timorato colega, pero no buscaba que sucediera lo que pasó. James Pound —así se llamaba el cardenal—, lanzó un grito de horror cuando lo supo y, tras despedirse rápidamente, colgó el teléfono. Llamó después, a continuación, a los otros cardenales a sus respectivos aposentos —todos estaban alojados en la Casa Santa Marta, incluido Santevecchi— y les suplicó si le podían confesar. Uno tras otro, se rieron de él y le dijeron que no solo no creían en eso, sino que habían perdido la práctica hacía mucho tiempo. Él les dijo que daba igual, que el sacramento seguía teniendo valor, que le dieran la absolución. Todos se negaron. En su desesperación, llamó a McGwire, que ya dormía y que le contestó con cajas destempladas. Lo mismo hizo Santevecchi. A la mañana siguiente lo encontraron muerto en su habitación. Se había suicidado.

Ni a McGwire ni a los demás les importó demasiado.

En Petra, más concretamente en la casa palestina de Wadi Mousa donde estaban el Papa, monseñor Loj y la hermana Krystyna, el día había transcurrido entre la oración y el trabajo. El obispo polaco había encontrado una solución para enviar la encíclica que estaba terminando de escribir el Papa sin hacerlo desde ninguno de los hoteles de Petra, para evitar cualquier riesgo de detección. Fátima, una prima de Elías, palestina y católica como él, trabajaba en un diario judío, el *Jerusalem Post*. Aunque era arriesgado mandarlo desde allí, sería más difícil de detectar quién lo había enviado, en caso de que descubrieran la fuente. Loj temía que todos los cibercafés de Israel y quizá de Jordania estuvieran controlados por la policía, a la vista de lo que había sucedido en el puerto de Áqaba. Esa tarde, después de comer, una hermana de Elías salió para Jerusalén con la encíclica grabada en su moderno teléfono móvil, que admitía correos electrónicos y tenía una memoria considerable. No se atrevieron a mandar la información en una memoria USB, por si acaso en la aduana la registraban minuciosamente. Acertaron, pues así ocurrió. En cambio, el teléfono móvil lo dejaron pasar como si nada. A las seis de la tarde, Fátima tenía ya la encíclica en su poder.

El Papa había acabado la encíclica a última hora de la mañana. No era larga y era atípica, pues no había tenido muchas posibilidades para enriquecerla con citas y apenas había podido darle un mínimo sustento bíblico. La había escrito en italiano y no en latín, pues no había podido traducirla. No tenía tiempo para más. Pero estaba contento. Muy contento. Sentía que no solo había cumplido con el encargo de la Virgen, sino que había hecho algo que debía haberse hecho mucho tiempo antes. Cuando ocho días antes —solo ocho días, pero parecía que había transcurrido una vida entera— se había enterado del contenido de la visión, le había dado un vuelco el corazón. «¡Claro, naturalmente, cómo no se me había ocurrido antes!», había exclamado. Era como si algo hubiera estado siempre dentro de él y, de repente, la luz que salía de María condujera su mirada hacia un lugar donde había algo que siempre había estado allí, latente, pero en penumbra. Ella, la Virgen, lo había iluminado, y ahora brillaba ante sus ojos con un resplandor extraordinario. Él mismo, estaba seguro, con que iba a brillar ante los ojos de los católicos de todo el mundo. La había titulado «*Amare l'Amore*» («Amar al Amor»).

Comenzaba, precisamente y como suele ser lo habitual en una encíclica, con esas palabras: «Amar al Amor, amar a Dios que es amor, es el deber de todo cristiano, de todo aquel que se sabe amado por Dios, que tiene fe en el amor de Dios. "En esto hemos conocido el amor: en que él ha dado su vida por nosotros" (1Jn 3, 16a), nos decía el apóstol Juan, y eso es lo que hemos predicado en la Iglesia católica desde el principio. Pero también hemos predicado, aunque quizá no con la suficiente rotundidad, que los que hemos conocido y sabido que Dios nos ama tenemos que devolverle el amor recibido. Amar al Amor, amar al Dios que es amor, es el principal objetivo de todos aquellos que nos proclamamos seguidores de Cristo. La motivación que debe animar nuestras acciones tiene que ser principalmente esa: amar a quien nos ha amado tanto, amarle a Él directamente —en la Eucaristía, a través de la oración— y amarle indirectamente a través del prójimo, como el propio Juan enseña: "Nosotros debemos dar también la vida por nuestros hermanos" (1Jn 3, 16b). "En esto consiste el amor —sigue diciendo San Juan—: no en que nosotros hayamos amado a Dios, sino en que Dios nos ha amado a nosotros y ha enviado a su Hijo como víctima expiatoria por nuestros pecados" (1Jn 4, 10). Más adelante, el apóstol añade: "Nosotros hemos conocido el amor que Dios nos tiene, y hemos creído en él. Dios es amor y el que está en el amor está en Dios, y Dios en él" (1Jn 4, 16). Dios tiene derecho a ser amado por el hombre que sabe que Dios le ama. No se trata de algo que podamos dar o no dar, sino de algo que debemos dar. La raíz de todas las injusticias está en la injusticia que cometemos con Dios al no amarle como él tiene derecho a ser amado».

Siguiendo con este argumento, el Papa lamentaba que durante mucho tiempo se hubiera insistido más en motivaciones precristianas, como el temor o el interés, que, aunque verdaderas y legítimas, no eran las específicamente cristianas. De nuevo citaba la primera carta del apóstol San Juan: «"En el amor no hay temor; por el contrario, el amor perfecto desecha el temor, pues el temor supone castigo, y el que teme no es perfecto en el amor" (1Jn 4, 18). Es verdad —afirmaba la encíclica— que el temor de Dios es necesario, pero, como dice el apóstol, no es la motivación ideal, la perfecta motivación que debe animar la vida de un seguidor de Cristo, de un seguidor del Amor». Su Santidad pedía disculpas por el hecho de que la Iglesia no hubiera establecido una catequesis basada ante todo en esto: enseñar a niños, jóvenes y adultos que Dios es amor y que tiene el derecho de ser amado. La ausencia de esta catequesis, de esta formación en la fe en el amor de Dios y en sus consecuencias —amar al Dios que te ama y al prójimo por amor a Él—, había hecho a la Iglesia especialmente frágil ante el ataque del secularismo. La gente que iba al templo por miedo al infierno o porque tenía necesidad de recibir ayuda de Dios no había aprendido a mantener con el Señor una relación auténticamente cristiana, una relación de amor, de agradecimiento; una relación «eucarística», de acción de gracias. Por eso, cuando en los países ricos subió el nivel de vida, desde el último tercio del siglo XX, la gente dejó de ir a la Iglesia, en parte también porque no pocos sacerdotes dijeron que el infierno no existía y que todo el mundo se salvaba. Por un lado, desapareció el temor al infierno y, por otro, ya no había tantos problemas materiales y no hacía tanta falta acudir a Dios en busca de ayuda; incluso, los problemas ligados a la falta de espiritualidad, propios de sociedades secularizadas, se pretendían solucionar con más materialismo (viajes, diversión, drogas, sexo...).

El Papa pedía a los sacerdotes y obispos, a todo el pueblo fiel, que en este momento de durísima persecución se hiciera un esfuerzo por volver a empezar, por ir a la raíz, por volver a los orígenes de la Iglesia. «Al principio —decía la encíclica—, solo había una mujer: la Santísima Virgen María. El Espíritu Santo fecundó sus virginales entrañas gracias a que ella aceptó libremente colaborar con la gracia divina y así se hizo posible la aventura de la encarnación del Hijo de Dios. La relación de María con el Padre, con el Hijo —con su Hijo— y con el Espíritu es el modelo, el paradigma, al que tenemos que dirigir nuestras miradas para aprender de ella a amar, para aprender de ella qué motivaciones tiene que haber en nuestro corazón. Ella es la Purísima, la que no busca interés alguno por hacer el bien ni tampoco obra por miedo al castigo; en ella, en su Inmaculado Corazón, solo hay amor. Por eso ella es el modelo a imitar. Ella es la Maestra que nos enseña a amar a su divino Hijo».

En su encíclica, el Papa recomendaba a todos los católicos que se mantuvieran unidos y que formaran pequeños grupos de espiritualidad, tanto si contaban con la presencia de sacerdotes como si no, a fin de que el ánimo no decayera y que la presencia del Señor Resucitado estuviera siempre en medio de ellos, tal y como había indicado el evangelista Mateo (Mt 18, 20). Que meditaran la palabra y se propusieran objetivos concretos para llevarla a la práctica. Que cuidaran mucho la solidaridad entre ellos, tanto más urgente cuanto más dura era la persecución. Que llevaran una intensa vida de oración, contemplando con frecuencia el infinito amor de Dios manifestado en Cristo.

La última parte de la encíclica estaba dedicada a afrontar la causa de la actual persecución: el deseo del poder político mundial de someter a todas las religiones a su control. La excusa era que algunos creyentes de otras religiones habían malinterpretado los principios de sus respectivas religiones y habían justificado el terrorismo. Pero eso era solo una excusa. En el fondo, decía el Papa, detrás de todo estaba el demonio, que en su lucha contra Dios y contra el hombre, quería separar a los hombres de Dios y, sobre todo, de Cristo. El demonio tenía necesidad de convencer a los cristianos de que Jesús no era verdadero Dios, de que él no era el salvador del mundo, de que en él no estaba la plenitud de la verdad. Por eso atacaba a la Iglesia, presentándola como una institución tan intolerante, radical y propiciadora de la violencia como aquellas otras que justificaban y llevaban a cabo la guerra santa. Para el hombre moderno, manipulado por el demonio a través de los medios de comunicación, la Iglesia se había convertido en el paradigma de la intolerancia, al pretender haber sido fundada por el propio Dios y no por un «hombre de Dios», y al pretender estar en posesión de la plenitud de la verdad. Por eso creía que había que acabar con la Iglesia a toda costa para, después, someter al conjunto de las religiones.

Citando de nuevo al apóstol Juan, el Papa decía en su encíclica: «No es una novedad el intento de acabar con la Iglesia. El Anticristo ha venido muchas veces antes y lo seguirá haciendo. "Hijos míos —decía San Juan—, estamos en la última hora, y, como habéis oído, el Anticristo viene; y ahora ya han surgido muchos anticristos; por eso conocemos que es la última hora. Han surgido de entre nosotros, pero no eran de los nuestros; porque si hubieran sido de los nuestros, hubieran permanecido con nosotros; pero ha sucedido esto para que se manifieste que todos estos no eran de los nuestros" (1Jn 2, 18-19). También San Pablo advirtió muchas veces de la llegada de este Anticristo y de los últimos tiempos. Aconsejaba que no se perdiera la cabeza y, sobre todo, que no se perdiera la esperanza. "Que nadie en modo alguno os desoriente. Primero tiene que llegar la apostasía y aparecer la impiedad en persona, el hombre destinado a la perdición, el que se enfrentará y se pondrá por encima de todo lo que se llama Dios o es objeto de culto, hasta instalarse en el templo de Dios, proclamándose él mismo Dios.... La venida del impío tendrá lugar, por obra de Satanás, con ostentación de poder, con señales y prodigios falsos, y con toda la seducción que la injusticia ejerce sobre los que se pierden, en pago de no haber aceptado el amor de la verdad que los habría salvado. Por eso, Dios les manda un extravío que los incita a creer en la mentira; así, todos los que no dieron fe a la verdad y aprobaron la injusticia serán llamados a juicio" (2Tes 2, 3-13). Pero —continuaba diciendo el Papa— ni antes ni ahora podrán con la Iglesia de Cristo, con la Iglesia católica, pues el Señor es más fuerte que Satanás y que todos sus aliados. La Santísima Virgen, en un gesto más de su amor maternal, ha querido auxiliarnos apareciéndose a Elisa, a la cual lloramos y a la cual nos encomendamos, para asegurarnos que esta persecución es permitida por el plan providente y misericordioso de Dios para purificar la Iglesia, pero que no acabará con ella. Mantengamos pues la esperanza. La victoria es nuestra. Tendremos que pagar, ya lo estamos pagando, un alto precio, pero nuestros enemigos no podrán con nosotros. Agradezco la fidelidad de todos mis hermanos en el Episcopado, de los sacerdotes religiosos y religiosas, de los laicos, que en este momento de persecución han demostrado su fidelidad a Cristo y a mí, su indigno vicario. Agradezco muy especialmente a los que han derramado ya su sangre por Cristo y a los que están en las cárceles por haber sido fieles al Señor. No olvidéis las palabras del Maestro: "Cuando empiece a suceder esto, levantaos, alzad la cabeza, se acerca vuestra liberación" (Lc 21, 28). Mantengámonos unidos, asidos a la mano de María, nuestra Maestra. Organicemos una red de pequeñas iglesias domésticas donde aprendamos a amar al Dios que nos ama e intensifiquemos la oración. La noche es oscura, pero el alba ya no tardará en aparecer. Me despido de vosotros con mi cariño, mi gratitud y mi bendición». La encíclica terminaba pidiendo a todos, obispos, sacerdotes, religiosas, religiosos y laicos que se consagraran al Inmaculado Corazón de María y a la Divina Misericordia, dos días después, sábado, a las tres de la tarde. Esa era la fecha prevista por X para que se celebrara la Conferencia Mundial de las Religiones en la que, oficialmente, la Iglesia católica dejaría de existir. El Papa no lo sabía cuando pidió, como conclusión de la encíclica, que se hiciera la consagración a María y a Jesús. La Virgen, por supuesto, sí. El mal tenía que ser vencido a fuerza de bien, de forma que donde abundara el pecado debía sobreabundar la gracia.

La encíclica había sido terminada de escribir un jueves, el día de la Eucaristía —estaba dedicada a presentar a los fieles cómo vivir eucarísticamente, cómo vivir dando gracias a Dios—. Iba a darse a conocer un viernes, el día de la crucifixión del Señor. Se iba a empezar a aplicar un sábado, con la consagración al Inmaculado Corazón de María y a la Divina Misericordia. Y lo que iba a ocurrir, aunque aún nadie lo sabía, iba a tener lugar un domingo, cuando se celebra y recuerda la resurrección de Cristo.

Fátima, la periodista palestina católica, sabía que era muy arriesgado lo que iba a hacer. Aunque ella, desde su ordenador, tenía acceso permanente a Internet, podían fácilmente rastrear lo que había enviado o recibido. Por eso, aprovechó que esa noche le tocaba el turno de guardia y se introdujo en las oficinas centrales del periódico, donde no había nadie a esa hora. Con el mayor sigilo, sin dar siquiera las luces, mandó el texto al correo electrónico que Enrique del Valle le había dado a monseñor Loj para esa ocasión. Pocos minutos después, el informático madrileño, que miraba con frecuencia esa cuenta de correo electrónico, abierta en un servidor gratuito de mucho uso, recibía la encíclica. Fátima borró lo mejor que supo todas las pruebas y regresó a su oficina. Nadie había notado nada. O al menos eso creía ella.

Enrique del Valle, antes de poner la encíclica en circulación, sacó una prueba de impresora y se la mostró a los dos cardenales, Ferro y Ramírez. Estos la acogieron de rodillas, emocionados. Significaba, por otro lado, que el Papa estaba bien y que se cumplía uno de los requisitos pedidos por la Virgen para que el ataque contra la Iglesia fracasara.

Ninguno de los tres se atrevía a enviar la encíclica desde la cuenta de Internet que tenían en la casa. Tenían miedo a que pudiera ser detectada, con lo que ellos quedarían al descubierto. Por otro lado, gracias a McCabe sabían que había un plan muy estricto en todos los aeropuertos para controlar cualquier tipo de material informático que se quisiera extraer del país. De hecho, los periódicos habían informado de las quejas de muchas personas que viajaban con su ordenador y que se veían forzadas a ponerlo en marcha en los controles, para ver qué llevaban dentro. No sabían si lo mismo podía estar sucediendo en las carreteras, aunque no parecía tan probable y nadie había informado de ello. Rímini, además, no estaba cerca de las fronteras de Italia y no había que pensar en usar el avión, ni siquiera para acercarse a una ciudad fronteriza. Solo quedaba el coche. Giovanni Carducci, en cuya casa se alojaban Ferro y Ramírez, se ofreció a ir él mismo hasta la frontera con Austria, con Croacia o con Eslovenia, para buscar después un cibercafé desde el que poder enviar la encíclica a las direcciones que Enrique del Valle tenía preparadas y que tan bien habían funcionado en las ocasiones anteriores. Pero también en eso vieron demasiados riesgos, entre otras cosas porque si detenían a Carducci, con facilidad llegarían hasta los dos cardenales. Por otro lado, todos estuvieron de acuerdo en que los católicos deberían poder leer la encíclica no mucho después de que el falso papa, Pedro II —el cardenal McGwire—, hubiera celebrado la misa de toma de posesión en el Vaticano y hubiera pronunciado su primer discurso oficial como pontífice. Ellos esperaban —y se equivocaban— que sería una homilía conciliadora, destinada a confundir a los católicos y a atraerles hacia la secta que ocupaba el sitio de la verdadera Iglesia católica. Por eso creían que era necesario difundir, en ese momento tan importante, el mensaje del verdadero pastor.

—Tenemos que encontrar un sitio que ofrezca seguridad y que no nos ponga al descubierto —dice el cardenal Ramírez.

—Tal y como están las cosas, es posible que nuestros enemigos estén controlando todos los cibercafés de Italia y de los países limítrofes —objeta Del Valle, acertando, pues las diversas agencias de información y espionaje tenían la certeza de que, con motivo de la llegada del nuevo Papa, los católicos intentarían hacer llegar al mundo su propio mensaje.

—La mejor manera de que no encuentren una aguja es metiéndola entre un montón de agujas. Pongamos una aguja en un pajar y que la busquen allí —afirma Ramírez.

—¿Qué quiere decir? —pregunta Del Valle.

—Que deberíamos emitir desde un sitio desde el cual salgan muchos mensajes. Por ejemplo, un periódico —responda Ramírez.

—Pero, para eso, tendríamos necesidad de un periodista que fuera lo suficientemente arriesgado para hacerlo. ¿Dónde lo encontramos? —pregunta el informático.

—Yo conozco uno. Se llama Andrea Sivieri. Trabaja en *La Repubblica*. Es un católico leal. Es el jefe de la sección de deportes y tiene muchas posibilidades de acceder al servicio de informática a horas poco frecuentes —interviene, entonces, Carducci.

—¿En *La Repubblica* nada menos? —pregunta Ferro, sorprendido, pues era uno de los diarios que con más saña atacaban a la Iglesia.

—«Los enemigos se convertirán en amigos» —recuerda Ramírez, citando la revelación de la Virgen María—. Me parece una idea excelente. Pero él tiene que saber el riesgo que corre.

—Por supuesto. Podría llamarle ahora y, si él acepta, salgo ahora mismo para Roma y quedamos en algún lugar del camino, en un área de servicio de la autopista. Le paso la información y regreso. Él va a trabajar al periódico a última hora de la mañana, pero podría ir antes con alguna excusa y aprovechar que hay poca gente para mandarlo, de forma que a eso de las doce o la una, cuando esté acabando la misa del falso papa, los católicos estén empezando a recibir el mensaje del verdadero Pontífice.

—Me parece muy bien, entre otras cosas porque no tenemos muchas más posibilidades —dice Ferro—, pero creo que debemos apoyar esta acción tan arriesgada y tan importante con la oración. Yo me quedaré esta noche en vela, rezando.

—Yo le acompañaré —afirma Ramírez.

Mientras Carducci y Del Valle ultimaban los preparativos y el italiano llamaba a su amigo periodista para ver si aceptaba la peligrosa misión, los dos cardenales se fueron a la habitación que compartían y, de rodillas, comenzaron a suplicar al Señor que todo se desarrollara bien. Eran conscientes de que el golpe psicológico que iban a asestar a los enemigos de la Iglesia era enorme y que, precisamente por eso, el demonio estaría especialmente atento para que no se produjera. Encomendaron a María que cuidara de una manera especial a Carducci y también al periodista deportivo que se iba a encargar de la transmisión. Al fin y al cabo, se trataba de meter un gol al demonio y nadie mejor para eso que un especialista en fútbol; si, para colmo, el gol se metía utilizando los recursos del enemigo, el sabor de la victoria era el doble de bueno. La imaginación de la Virgen, pensó Ferro, es increíble. Lo mismo que su sentido del humor.

Pero en el mundo sucedían otras cosas, además de estas. África entera, con la excepción de la República Surafricana, Egipto y Libia, era un caos. En Marruecos se había decretado la ley marcial y en Argelia la vida se había vuelto extraordinariamente peligrosa. Las pateras y cayucos llegaban a las costas canarias, andaluzas e italianas con tal intensidad que se estaba debatiendo en el Parlamento Europeo la posibilidad de considerarlo un ataque militar y defenderse utilizando armas contra los inmigrantes. En Medio Oriente la situación no era mejor. Si bien desde hacía años el régimen de los ayatolás iraníes había sido derrocado y en su lugar había una democracia prooccidental, la corrupción de sus dirigentes había sembrado el malestar y la insurgencia era cada vez más fuerte. Irak había sido dividido, al final, en tres Estados, en continua lucha entre ellos. Turquía se debatía entre el esfuerzo de los militares por mantener un cierto aire occidental y el de la realidad del pueblo, cada vez más islamista. China, que había seguido creciendo de manera espectacular, se había adueñado de buena parte de las grandes empresas del mundo occidental, pero a cambio tenía un espantoso problema de desigualdades en su interior y un aún mayor problema ecológico. Latinoamérica era un caos, con pocas excepciones como Chile, Panamá y Costa Rica; los regímenes demagógicos y dictatoriales que imperaron a principios del siglo XXI en Venezuela, Bolivia y Ecuador, no solo no habían resuelto los problemas del pueblo, sino que los habían acrecentado, a pesar de lo cual habían tenido imitadores en varias naciones vecinas.

En cuanto a la naturaleza, esta ya no daba más de sí; su explotación había sido tan grande que las sequías eran cada vez más pavorosas y las inundaciones más temibles; se esperaba de un momento a otro un colapso energético y había zonas del norte de Canadá, del sur de Chile y Argentina y de Australia donde era peligroso vivir por las radiaciones; en 2025, antes de lo previsto, habían desparecido las grandes masas arbóreas del centro de África y de casi toda la cuenca amazónica; seis años después, también mucho antes de lo previsto, los casquetes de hielo de los polos se habían convertido en reliquias y algunas ciudades situadas al borde del mar, como Venecia, no habían podido ser salvadas. Las exhortaciones reiteradas de los líderes políticos y de las autoridades religiosas, así como las campañas publicitarias protagonizadas por artistas y famosos en general, tenían muy poca incidencia. La gente gastaba en función de lo que podía gastar. Nadie quería ser pobre o vivir como pobre; se era pobre porque no quedaba otro remedio, pero todos soñaban con vivir como seguían viviendo los ricos. El sentido cristiano de la austeridad, de gastar solo lo necesario y de compartir con los menos afortunados el resto, era practicado solo por los católicos —y ni siquiera por todos ellos—. Para los demás, el no poder gastar todo lo que se deseaba era un verdadero martirio, pues durante décadas se había insistido en que la felicidad venía de la mano del consumo y en que la principal y más sagrada de las leyes era la de la libertad sin medida. Por supuesto, el número de matrimonios había disminuido drásticamente en todo el mundo occidental y eran minoría los niños que nacían dentro de una familia estable; divorciarse una vez era visto como un signo de normalidad, si es que llegaban a casarse. Los abortos en el mundo afectaban ya a uno de cada cuatro concebidos, aunque en determinados países esta proporción llegaba a uno de cada dos. Entre los jóvenes, la primera causa de mortalidad era el suicidio, seguida por el sida, que no había sido controlado aún, pues aunque las vacunas eran cada vez más efectivas, también era cada vez mayor la promiscuidad; las compañías que vendían preservativos seguían gastando ingentes cantidades de dinero en publicidad destinada a identificar su producto con el sexo seguro, ocultando a los consumidores que la pequeña proporción de fallos resultaba letal debido precisamente a que incitaba a usar el sexo sin control alguno.

Todo eso tenía inquieta a una gran parte de la población. De hecho, el secretario general de la ONU, así como los presidentes de las naciones más importantes, habían pensado en utilizar el acoso a la Iglesia católica, con el gran despliegue mediático que seguía esa operación, como una maniobra de distracción ante el pueblo. Mientras hablaba del Papa y hacía estallar su odio contra los templos católicos, la gente no criticaba a sus gobiernos. Sin embargo, la televisión no bastaba ya para engañar a todos y el hambre y los problemas eran cada vez más tozudos, gritando por sí mismos su existencia.

Por eso, el príncipe de este mundo, el demonio, estaba muy preocupado. Había calculado mal. El «señor X» no había sabido llevar las cosas con la debida diligencia y exactitud. Sus colaboradores, como Ralph Renick o Golda Katsav, habían cometido fallos garrafales. El ataque a la Iglesia católica tenía que haber acabado antes, según sus planes. Era impensable que tantos curas y obispos estuvieran resistiendo como lo estaban haciendo, y que tantos laicos les estuvieran protegiendo a riesgo de sus vidas. ¿Pero no estaba muerta la Iglesia? ¿No estaba corrompida? ¿De dónde sacaba esa energía, esa capacidad de resistencia, esa fuerza para afrontar el martirio? Y lo que le tenía aún más desconcertado, ¿de dónde sacaba la inteligencia para anticiparse a los golpes que recibía y hacer que se volvieran contra quien los propinaba? El demonio sabía que la Virgen protegía a la Iglesia y que Cristo estaba con ella, sabía que Dios era más poderoso que él, pero despreciaba a los hombres y, sobre todo, despreciaba a los hombres buenos. Eran tontos, eran tan buenos que resultaban ineptos. ¡Qué fácil era engañarles, vencerles, someterles! Sin embargo, en esta ocasión, no estaba siendo así. Seguían siendo buenos, seguían cumpliendo lo de no devolver mal por mal, seguían muriendo estúpidamente, sin defenderse, pero estaban ganando la batalla. Por eso el demonio estaba nervioso, muy nervioso. Si el resto de las cosas que estaban pasando —desde el hambre a la crisis ecológica— seguía yendo mal, quizá no podría seguir engañando al mundo como lo había estado engañando y cada vez más hombres se preguntarían si de verdad la felicidad estaría en el consumir desaforadamente, en dar rienda suelta a los instintos, en vivir como si Dios no existiera. El edificio del laicismo, que con tanto empeño había empezado a construir en el siglo xv, en los albores del Renacimiento, había llegado a su plenitud, estaba llegando a su plenitud; la destrucción de la Iglesia y el sometimiento de todas las religiones a su control era lo que había soñado y por lo que había luchado. No podía ser que ahora, cuando la victoria estaba ya al alcance de la mano, el triunfo se le fuera a escapar. Pero algo le decía que eso podía suceder e incluso tenía la impresión de que iba a suceder. Al fin y al cabo, él no era Dios, ni mucho menos, aunque llevara milenios engañando a los hombres, a los que odiaba, haciéndoles creer lo contrario. Sí, el demonio estaba realmente muy nervioso. Y tenía motivos para estarlo.

Todos duermen en la humilde casa palestina que acoge al Papa y a su reducido séquito. Son las dos de la madrugada del viernes. Con gran sigilo, la puerta de la calle se abre y dos hombres vestidos de beduinos, con la ropa negra como la noche y a los que solo se les notaba el brillo de la mirada, entran en la casa. Van armados. Se dirigen directamente a la habitación donde duermen el Pontífice y el obispo polaco. Cuando el Papa se despierta tiene una mano puesta en su boca y, en la cama de al lado, Loj tiene un puñal colocado en su cuello.

—¡Silencio! —susurra uno de los asaltantes.

El Papa vuelve a cerrar los ojos por un instante para encomendarse a María. Luego los abre y lleva su mano, con suavidad, a la mano que le tapa la boca para quitarla y poder hablar. Lo hace en voz muy queda. Loj continua mudo, sin atreverse a moverse, pues sabe que eso supondría una muerte tan inmediata como inútil.

—¿Qué quieren?

—Sabemos quién es usted. Venimos a sacarle de aquí. Está usted en peligro. Le han descubierto.

—¿Quiénes son ustedes? —pregunta, entonces, Loj.

—Somos musulmanes, del mismo grupo que el hombre que les salvó la vida en Áqaba.

—¿Cómo sabían que estábamos aquí? —sigue preguntando Loj, mientras el Papa parece concentrado, con los ojos cerrados, como si nada de lo que estaba pasando a su alrededor fuera real.

—¿Creían que se nos iban a escapar? Les hemos seguido todo el tiempo. Estábamos dentro de la panadería Sanabel cuando se cambiaron de ropa. Podíamos haberles delatado si hubiéramos querido, y haber cobrado la cuantiosa recompensa que ofrece el CUR por su cabeza. Pero les hemos estado observando para protegerles, como hicimos entonces.

—¿Qué le parece, Santo Padre? —pregunta Loj, que se ha incorporado y está sentado en la cama.

—Que son de fiar —contesta el Papa—. ¿A dónde quieren que les sigamos? —pregunta.

—Alguien acaba de entrar en la casa —dice el otro beduino, que había permanecido en silencio, con un oído puesto fuera de la habitación y otro dentro.

—¿Será alguien de la familia, que se ha despertado?

—No. Ha sido la puerta de la entrada y es alguien de fuera. Ha seguido nuestros pasos.

—Entonces no cabe duda —dice Abú, el beduino que había interrogado al Papa—. Son ellos. Mohamed, hay que defender a nuestro amigo, aunque tengamos que dar la vida a cambio.

—¡Esperen! —dice el Papa—. La Virgen me dice que no hay nada que temer.

—¿La Virgen María? —preguntó Abú, con una mezcla de sorpresa y admiración.

—Sí. Monseñor Loj, ¿podría ir usted a ver de quién se trata?

—Pero es muy peligroso —objetó Mohamed.

—Déjale —dice Abú—. Estamos ante un hombre de Dios, ante un santo. La Virgen le habla. Tenemos que fiarnos de él.

Loj sale de la habitación, también con el mayor sigilo. No ha dado muchos pasos en dirección a la entrada cuando siente una pistola en su sien.

—Una palabra y eres hombre muerto —oye que dicen.

—Soy un obispo católico. No sé quiénes son ustedes, pero el Papa me ha dicho que la Virgen le ha comunicado que no tenemos nada que temer de ustedes.

—¿Quiénes son los que están con el Papa en la habitación?

—Son amigos.

—¿Amigos? ¡Son musulmanes!

—Sí. Son los musulmanes que nos salvaron en Áqaba.

En ese momento, aún sin retirar la pistola de la cabeza de monseñor Loj, los dos intrusos intercambian unas palabras en hebreo. Esto le sirve al obispo polaco para comprender quiénes son y se pone a temblar ante la perspectiva de verse entre dos fuegos: judíos y musulmanes, ansiosos ambos por hacerse con una presa codiciada: la persona del Papa. Para su sorpresa, el judío que le encañona, David, retira la pistola de su cabeza y le dice:

—Vamos dentro de la habitación. Usted primero. Recuerde que le estoy encañonando con un arma.

—Por favor, no se ponga nervioso. Le aseguro que los que están dentro no quieren nuestro mal y estoy seguro de que ustedes tampoco.

—Eso lo veremos.

Loj abre la puerta y ocupa la apertura que deja la misma. Detrás van los dos judíos, con las armas a punto. En la habitación, el Papa está en un lado y, junto a él, está Abú. Mohamed está escondido, junto a la puerta; los dos tienen las armas preparadas.

—Son amigos —dice monseñor Loj, intentando mostrarse lo más tranquilo posible y avanzando dentro de la habitación.

—Son judíos —afirma, con desprecio, Abú.

—Y vosotros sois musulmanes —le responde David, que ha entrado ya en la habitación, tras Loj y seguido por su compañero, Samuel—. Pero no es hora de dirimir nuestras diferencias. Creo que nosotros y vosotros estamos aquí para lo mismo, para ayudar al Papa. ¿Me equivoco?

—No te equivocas —dice Abú, más tranquilo, pero sin soltar aún el arma.

—Amigos —interviene, entonces, el Papa—, les ruego que se tranquilicen y que bajen las armas. Estoy seguro de que ninguno de ustedes quiere hacerme daño y, si no me equivoco, su llegada se ha debido a que ambos han descubierto la existencia del otro grupo y han temido que fueran enemigos míos. Pero esto es totalmente providencial. La Virgen María está detrás de todo lo que está sucediendo. Por favor, bajen las armas, cierren la puerta y hablemos con calma.

Con algo de recelo, los cuatro intrusos lo hacen así. Entonces el Papa pide a Abú y a Mohamed que se presenten, que digan quiénes son y por qué han acudido esa noche a la casa donde él se encuentra.

—Somos miembros de una organización secreta musulmana, pero de carácter religioso y no terrorista. Estamos en contra de la unión de las religiones promovida por las Naciones Unidas y por eso nos oponemos a lo que los principales líderes musulmanes van a hacer en Nueva York. Cuando empezó la persecución contra la Iglesia católica, nuestros jefes entendieron que si caía la Iglesia caeríamos después todos. Además, hace ya tiempo que entre nosotros hay un amor creciente hacia la Santísima Virgen y también hacia la figura de Jesús, sin que eso suponga que le consideremos Dios como hacen los cristianos. De hecho, uno de nuestros principales *mullahs* afirma que en los días previos a la persecución recibió varias visitas de la Virgen en la que le advertía que el

Papa vendría a Jordania y que necesitaría nuestra ayuda. Por eso estábamos atentos y pudimos descubrirlos en Egipto y ayudarles en Áqaba. Hemos estado vigilando esta casa todo el tiempo. Ahora, como ha dicho usted, Santo Padre, hemos intervenido porque habíamos notado que esta tarde alguien, que sospechábamos que era del espionaje judío, el Mossad, rondaba la casa y temíamos que quisieran apoderarse de usted.

—Cuando ocurrió lo de Áqaba —interviene ahora David—, el Mossad, efectivamente, se puso en alerta. Le llamó la atención que no hubiera habido ningún muerto, ni tan siquiera heridos graves. Aquello era, evidentemente, una maniobra de distracción para salvar a alguien de la policía. Podía ser cualquiera, pero sospecharon que se trataba del Papa. Resultaba inverosímil pensar que el perseguido líder de los católicos buscara refugio en un país musulmán, pero no podía descartarse la hipótesis. Entonces se comenzó a rastrear la zona y se investigó a todas las personas que estaban allí. Nuestros servicios de inteligencia no detectaron nada y, hoy por hoy, han dejado dormido el caso. Están más preocupados por otro asunto, más grave para nuestra supervivencia. En cambio, uno de los miembros de nuestra organización, que está infiltrado en el Mossad, informó a nuestro jefe, el rabino Quinn, de lo sucedido y él nos dijo que ustedes estaban en Petra, sin la menor duda.

—¿Quiénes son ustedes? —pregunta el Papa.

—También somos una organización secreta de carácter religioso. La integran personas de las diferentes corrientes del judaísmo, desde hasidim a sefarditas y askenazíes. Incluso pertenecen muchos judíos que se han hecho cristianos. De hecho, esta es una corriente en alza. También nosotros amamos a la Virgen María. Ha sido un descubrimiento que hemos hecho en los últimos años, cuando nos dimos cuenta de que ella era judía como nosotros y cuando vimos, en las escrituras cristianas, que todas sus intervenciones, por ejemplo la que ustedes llaman el «*Magnificat*», eran perfectamente acordes con la espiritualidad judía, sobre todo con las enseñanzas de los profetas. Nos ha sucedido igual que a los musulmanes. Hemos comprendido que el ataque a la Iglesia era un ataque contra nosotros también y, aunque muchos rabinos van a unirse a la religión global, somos muchos los judíos que no estamos de acuerdo. Si la Iglesia cae, caeremos también nosotros, más pronto o más tarde. Por eso nuestros líderes quieren ayudarle a usted, Santo Padre. Además, cuando se supo que la Virgen se había aparecido en Guatemala, comprendimos que la cosa iba en serio y que teníamos que implicarnos en la defensa de la Iglesia. Por último, como le he dicho, nuestro rabino jefe nos dijo, al saber lo de Áqaba, que usted vendría a refugiarse a Petra. No sabíamos exactamente dónde se encontraba, pero hemos localizado a la persona que ha enviado su encíclica hace unas horas desde el *Jerusalem Post*. Seguir el rastro hasta aquí ha sido muy fácil.

—¿Le han hecho algo a Fátima? —pregunta, nervioso, el Papa.

—No. No se preocupe. De hecho, vigilamos para que nadie se lo haga —interviene ahora Samuel—. Pero ha sido muy arriesgado lo que ha hecho. Es posible que el Mossad no tarde en descubrirla y, en ese caso, tampoco tardarán en llegar aquí. Por eso usted debe salir de esta casa y, a ser posible, también los demás.

—Tiene razón —dice el Papa—. Ha llegado la hora de ponerse de nuevo en camino.

En ese momento, unos golpes suaves se oyen en la puerta. Es la hermana Krystyna. Detrás de ella están las dos muchachas palestinas con las que comparte habitación y un poco más allá el resto de la familia. Aunque los recién llegados han intentado no hacer ruido, al fin el resto de los que viven en la casa se han despertado y, nerviosos, han enviado a la religiosa polaca para que investigue qué sucede.

—Jarek, ¿va todo bien? —pregunta, en polaco, la religiosa, sin atreverse a utilizar ningún título para no delatar a quien está dentro.

—Sí, Krystyna —contesta este—. Vete preparando tu equipaje, que nos vamos a ir enseguida. Y dile al resto de los de la casa que, con mucha discreción, preparen también el suyo. Todos tenemos que salir de aquí.

—Estoy de acuerdo en que el Papa tiene que salir de aquí cuanto antes —afirma Abú—, pero ¿a dónde?

—A Jerusalén —dice el Santo Padre.

—¿A Jerusalén? —responden varias voces a coro.

—Es el sitio más peligroso del mundo —dice monseñor Loj—. Allí el Mossad nos atraparía en unos minutos.

—Estoy de acuerdo —interviene Mohamed—. Jerusalén es la peor elección.

—Sin embargo —vuelve a decir el Papa, es la que la Virgen ha elegido—. Debo ir a Jerusalén. Todo está por acabar y yo tengo que estar allí el domingo.

—Hoy es viernes —interviene ahora Samuel—. No va a ser fácil llevarle y no va a ser fácil esconderle. Realmente, Santo Padre, no parece una buena elección.

—Pero si es la elección de la Virgen —habla ahora Abú— no podemos discutirla.

—Tiene razón —dice David—. No podemos discutirlo. Lo que tenemos que pensar es en cómo ir y dónde esconder al Papa para que esté seguro.

—Tenemos contactos con los beduinos que están al otro lado de la frontera, al sur del Mar Muerto —afirma Mohamed—. Si lográramos cruzar la frontera, sería fácil que ellos nos escondieran y nos llevaran a Jerusalén. Tendríamos que ir por la carretera real hasta Shawbak y allí girar a la izquierda y adentrarnos en el desierto. Luego tendremos de nuevo que dar un rodeo, para evitar los territorios palestinos y entrar en Jerusalén como si viniéramos de la costa, de Tel Aviv. Pero el problema es la frontera. Es muy peligroso.

—Nosotros podemos conseguir que el paso por la frontera sea posible sin riesgos —interviene David—. Tenemos poco tiempo, pero podemos lograrlo. Ahora bien, ponemos una condición.

—¿Cuál?

—Que tenemos que ir con los beduinos. Queremos acompañar al Papa en todo momento. Es nuestro protegido.

—Y el nuestro.

—Les tengo que contar una cosa —dice el Papa para zanjar la discusión—, en el mensaje que la Virgen dio a Elisa en Guatemala, dijo que yo tenía que salir del Vaticano para refugiarme en un lugar marcado por el signo de la piedra y que en ese lugar los enemigos se convertirían en amigos. Pensé que era Petra y que ustedes, los musulmanes, me ayudarían. Así ha sido. Cuando han aparecido estos dos amigos judíos, he comprendido que también los hijos de David son mis amigos. Pero ahora veo otra cosa más: ustedes, que son enemigos, tienen que convertirse en amigos. Y yo, que estoy en sus manos y que dependo totalmente de ustedes, seré el lazo que les una. Ustedes dos, judíos y musulmanes, tienen que salvar a la Iglesia católica y, para hacerlo, tienen que colaborar, tienen que ser amigos. Así es como la Virgen está actuando.

—De acuerdo —dice Mohamed, hablando a los judíos—, vendrán con nosotros.

—Nos encargaremos de pasar a todo el grupo, siete personas en total —afirma Samuel—. Pero tenemos que salir enseguida, antes de que amanezca. No sabemos cuánta ventaja le llevamos al Mossad.

—La familia palestina que les acoge —interviene David— debe huir hacia Ammán. También deben huir el resto de los palestinos católicos del pueblo, pues todos serán torturados hasta conseguir algún dato sobre nuestro paradero. Además, si ellos se van hacia Ammán, creerán que es hacia allí hacia donde se ha dirigido el Papa para luego esconderse en algún país árabe. Eso les despistará un tiempo.

Rápidamente, el grupo se pone en movimiento. En menos de media hora, dos automóviles salen de Wadi Mousa hacia el norte. Los palestinos católicos tardaron un poco más y siguieron la misma dirección. El Mossad, cuando llegara, se encontraría el nido vacío y una pista falsa.

Amanecía cuando el grupo, dejando los automóviles en manos de dos miembros de la organización de Abú y de Mohamed que habían recogido en Shawbak, cruzaba la frontera por un paso secreto, sin minas, que les fue indicado a David y Samuel por sus amigos. Al otro lado, les esperaban unos cuantos beduinos, contactados por Mohamed. El resto de la jornada del viernes la pasaron desplazándose lentamente por Israel. Caía la tarde cuando el grupo entraba en Jerusalén. En el camino habían decidido dónde debían esconder al Papa.

Habían debatido mucho sobre eso. Ni los musulmanes ni los judíos veían nada claro. La seguridad del Papa era prioritaria, pero en Jerusalén esa seguridad se hacía difícil en cualquier parte. El Mossad tenía ojos y orejas en todos los sitios. Si bien era cierto que, como ciudad, era la más segura del mundo, pues jamás los iraníes o cualquier otro país árabe tirarían una bomba atómica sobre ella, debido a que allí se encontraba la Mezquita de la Roca, desde la perspectiva de esconder al Papa, la cosa dejaba mucho que desear. De repente, cuando ya se acercaban a la ciudad, el Papa preguntó:

—¿Y por qué no en el Santo Sepulcro?

—¿En el Santo Sepulcro? —preguntó Loj.

—¿En el Santo Sepulcro? —preguntaron judíos y musulmanes, para exclamar a la vez y a continuación—: ¡Es una idea magnífica!

—¿Por qué es una buena idea? —volvió a preguntar Loj—. ¿No le buscarían precisamente allí? ¿No viven allí ortodoxos, armenios y coptos? ¿No van cientos de turistas cada día?

—Desde hace unos días —dijo el judío Samuel— está vacío. Es un «sepulcro vacío», como sus Escrituras dicen que estaba la primera vez, cuando los apóstoles fueron a ver qué había pasado con el cuerpo de Cristo. Cuando se invitó a los franciscanos que vivían allí y que cuidaban de la parte católica a que se adhirieran a la nueva Iglesia, ellos prefirieron marcharse. Entonces, contra todo pronóstico, los ortodoxos, los armenios y los coptos que también vivían allí protestaron y se solidarizaron con los católicos. El Gobierno de Israel los expulsó a todos y aprovechó la circunstancia para hacerse con el control del preciado e histórico templo. La policía lo vigila día y noche, pero por fuera. Las llaves de la única puerta que existe las sigue teniendo la familia musulmana que las guarda desde hace siglos. Se abre para los turistas y, cuando salen los últimos, se vuelve a cerrar. No será difícil entrar con un grupo y quedarse dentro, escondidos.

—¿Nos dará tiempo hoy?

—Me imagino que sí. La iglesia cierra tarde ahora, pues son muchos los católicos y ortodoxos que están yendo a rezar. Van más que nunca, curiosamente. Tenemos que darnos prisa para llegar antes de que cierre.

—¿Se darán cuenta la policía o los musulmanes que custodian el templo de que nos hemos quedado dentro?

—Es posible. Pero es un riesgo que hay que correr —dijo David.

—Yo conozco bien el templo —afirmó monseñor Loj—. Viví en él, con los franciscanos, durante una semana, haciendo ejercicios espirituales. Sé dónde podemos escondernos sin ser vistos, salvo que hagan una inspección minuciosa, lo cual no creo que ocurra todos los días. Al menos durante un tiempo estaremos a salvo.

—No hará falta estar mucho tiempo allí —intervino el Papa—. Esto está por terminar. Hoy es viernes y esta noche dormiremos en el sepulcro vacío de Cristo, que nos dará cobijo a nosotros, que somos parte de su cuerpo místico, como hace veintiún siglos se lo dio a él. Mañana sábado permaneceremos allí, escondidos, gozando de su protección, mientras nuestra Madre trabaja por nosotros. Y el domingo todo habrá pasado. El domingo resucitaremos.

—¿Está usted seguro de que todo pasará tan pronto? —preguntó Mohamed.

—Sí. Estoy seguro.

—Santo Padre, ¿sabe que día es mañana, además de sábado? —preguntó Loj.

—Claro. Es 13 de mayo, Nuestra Señora de Fátima.

—No es casualidad, ¿verdad?

—El enemigo eligió ese día para humillarnos. Mañana se escenificará la creación de la religión universal sometida al poder político. Mañana es el día en que triunfará el laicismo. El demonio podía haber elegido cualquier otro día para mostrar su poder, para celebrar su victoria. Pero quiso elegir precisamente ese, para que, ante todos los católicos, quedara claro que él es quien manda, quien tiene todo el poder. No solo quiere vencer, quiere humillar. Lo mismo ocurrió con el atentado contra Juan Pablo II, ¿no recordáis? Pero se equivoca ahora como se equivocó entonces. En ese día, cuando él menos lo espera, cuando crea tener el triunfo en sus manos, la Virgen le pisará la cabeza. Nuestra victoria está próxima.

Todo se desarrolló según lo previsto. Quizá porque nadie sospechaba que el Papa podía estar allí, los controles de seguridad no les molestaron y a las siete de la tarde ya estaban en el templo, que cerraba sus puertas poco después. Tanto los dos judíos como los dos musulmanes permanecieron con el Papa y su séquito. Ni podían ni querían separarse de él. Sin embargo, respetaron la decisión del Pontífice y de sus dos acompañantes cuando estos decidieron quedarse toda la noche orando. Primero lo hicieron en el Gólgota, ante la cruz que está clavada allí, sobre la misma roca en la que se clavó la primera cruz de Cristo. Ellos eran una pequeña parte del pueblo de Dios y representaban a todos los demás católicos del mundo. Estaban allí, de rodillas, emocionados, llorando, en la noche de un viernes, en el mismo sitio en el que Cristo fue crucificado. Eran insignificantes comparados con el poder del señor del mundo, como eran insignificantes aquellas mujeres y el apóstol Juan que habían orado en ese mismo sitio tantos siglos antes. Y, sin embargo, lo mismo que ellos, sabían que iban a vencer, porque tenían fe. La Iglesia, el cuerpo místico de Cristo, iba a resucitar, como Cristo resucitó tanto tiempo atrás. Cuando dieron las doce, cuando el reloj marcó la llegada del sábado, dejaron la roca del Gólgota para, unos pasos más allá, introducirse en el Santo Sepulcro. Allí, con una emoción indescriptible, aquellos tres creyentes pasaron la noche más hermosa, más dulce, más importante de su vida.

Mientras los beduinos conducían al Papa por el desierto camino de Jerusalén, a las doce del mediodía había empezado la misa de coronación del antipapa Pedro II en el Vaticano. Después de lo ocurrido, muy pocos eran los católicos que estaban engañados o confundidos. Las televisiones del mundo transmitían en directo la ceremonia y, afuera, las medidas de seguridad eran máximas. De nuevo se había llenado el templo con católicos disidentes o con gentes que ni siquiera lo eran. Ahora se veían menos hábitos, pues había corrido la voz de que la comedia ya no era necesaria.

Thomas McGwire, custodiado por los tres cardenales que le habían apoyado y por Giorgio Santevecchi, empezó la misa. La ceremonia se desarrollaba dentro de los más estrictos cánones litúrgicos y no hubo en ningún momento ningún percance, ninguna intervención que desentonase. De eso ya se encargó el falso Papa.

Tal y como estaba previsto, tal y como McCabe le había indicado, siguiendo las instrucciones del «señor X», cuando llegó la hora de la homilía, Pedro II dijo:

—Queridos hijos e hijas de la Iglesia católica, en este día tan importante, tan solemne, en el que tomo posesión del puesto de vicario de Cristo, quiero dirigirme a vosotros para hacer algo que debía haberse hecho hace muchos años, hace muchos siglos.

»Quiero volver a situarme en las sandalias del pescador de Galilea, tras las huellas del carpintero de Nazaret, para deciros que buena parte de lo que os han enseñado desde entonces es mentira. Es mentira que Cristo fuera Dios. Él nunca tuvo tal pretensión. Nunca pensó en semejante cosa. Eso fue un invento no de Pedro, sino de Pablo y de los demás manipuladores que se instalaron en Roma desde entonces. Jesús de Nazaret fue un gran hombre, uno de los mejores hombres que han existido en la historia de la humanidad, un enviado de Dios, un profeta. Eso es todo. Y es mucho. Pero no hay nada más que eso.

»Si la Iglesia ha enseñado otra cosa durante estos veintiún siglos ha sido para mantener una estructura de poder basada en la ambición, en la avaricia. No le ha importado la mentira, la manipulación de los datos originarios. No le ha importado utilizar la violencia contra los que, sospechando la verdad, se oponían a sus enseñanzas. Por eso, en este día en que comienzo mi pontificado, quiero hacerlo diciendo la verdad, una verdad que ha estado oculta durante siglos, pero que hoy surge por fin a la luz. Y quiero, además, pedir perdón. Perdón a todos los católicos sencillos que han estado engañados durante estos siglos. Perdón a las víctimas de la violencia represora utilizada por la Iglesia, a los teólogos de la liberación, a los teólogos progresistas, a las religiosas a las que no se les ha permitido el acceso al sacerdocio, a todos los que han luchado a favor del aborto y la eutanasia, a los homosexuales que se han visto marginados por el hecho de que la Iglesia ha considerado pecado algo que no lo es. Perdón a todos aquellos que, en definitiva, han padecido las consecuencias de una dictadura eclesial llevada con mano de hierro desde Roma. Desde esta misma Roma, desde este templo del Vaticano, yo, Pedro II, proclamo que todo esto ha terminado. La Iglesia es una religión como las demás y sus dogmas y sus principios morales deben adaptarse al paso de los tiempos porque no son de inspiración divina. Jesús fue solo un hombre, nada menos y nada más que eso.

»Como consecuencia, anuncio mi participación en la conferencia que tendrá lugar mañana en Nueva York. Tengo intención de adherirme a la religión global, a la única religión que debe existir en el mundo, a fin de que ninguna religión se presente ante sus seguidores y ante el resto como mejor que las demás. Esa pretensión ha sido la causa de tantas guerras, de tantas muertes, y ya es hora de acabar con ello. El día en que haya una sola religión en el mundo, con cultos diversos, con dogmas diferentes, con morales adaptadas a la conciencia de cada individuo, pero sabiendo que todas son, en el fondo, la misma, ese día habrá comenzado una era nueva, una era de paz y de progreso».

Luego la misa siguió. A la hora de la consagración, dos mujeres que estaban haciendo la función de acólitos se acercaron al altar y extendieron las manos para participar en la consagración. El antipapa dijo, sobre el pan: «Tomad y comed todos de él, porque esto es como si fuera mi cuerpo, que será entregado por vosotros». Y sobre el vino: «Tomad y bebed todos de él, porque esto es como si fuera mi sangre, que será derramada por vosotros para contribuir al perdón de los pecados». Por último, cuando llegó la hora de la comunión, antes de descender del presbiterio para repartirla, Pedro II se dirigió al pueblo con estas palabras: «El pan que voy a repartir es un símbolo de Cristo e invito a todo el que lo desee y que se encuentre aquí presente, al margen de si su conciencia le acusa o no de algún pecado, e incluso sin que importe si es o no católico, a que se acerque a recibirlo. De este modo, todos participaremos en este gesto de fraternidad universal. De esto modo estaremos llevando a cabo lo que Cristo quería y no lo que algunos de sus seguidores nos han dicho que quería».

Fueron pocos los católicos que estaban viendo por televisión lo que ocurría en el Vaticano. Los que lo veían no pudieron dejar de llorar. El Anticristo se había adueñado de la Iglesia. Sin embargo, a esas mismas horas, en aquel viernes realmente trágico, se estaba difundiendo por doquier la encíclica del Papa verdadero, del único Papa. Una encíclica hermosa, llena de esperanza, de fuerza, de verdad, de santidad. El momento no podía ser más oportuno, más providencial. Estaba claro que si el demonio se había apoderado de la sede física de la Iglesia, la verdadera Iglesia subsistía, con más fuerza que nunca, en la clandestinidad, en las catacumbas.

Pero esa victoria tenía un precio. Los expertos informáticos que trabajaban para el CUR habían localizado con relativa facilidad el origen del envío de la encíclica. Era el periódico *La Repubblica*, de Roma. Informaron inmediatamente al «señor X» y, a continuación, a John McCabe como presidente. X no dudó. Sin consultar a McCabe, sin encargárselo ni a él ni a nadie, contactó con dos sicarios de su máxima confianza que ya estaban en Italia, distintos de los que habían intentado sacarle al cardenal Hue información sobre el Papa. No tardaron en identificar a Andrea Sivieri como el que había hecho el envío; su confesionalidad católica le hacía ser un blanco fácil. Le sometieron a un suero de la verdad mucho más eficaz que el pentotal y que el Amytal. Sivieri, capturado en su propia casa cuando la encíclica estaba empezando a hacerse pública desde los sitios a los que él la había enviado horas antes, no pudo resistirse al interrogatorio con la droga y confesó que el documento se lo había dado un amigo suyo de Rímini, Carducci. Los investigadores informaron inmediatamente al «señor X» y este hizo todas las diligencias para que la ciudad italiana quedara totalmente acordonada y la casa donde se escondían los cardenales Ferro y Ramírez fuera asaltada por fuerzas especiales de la policía. Solo entonces llamó a McCabe, del que no desconfiaba, para informarle del resultado de las gestiones. Este, por su parte, una vez que se hubo enterado de que el origen del envío de la encíclica había sido identificado, lo puso en conocimiento a través de la red de la Iglesia mediante Juan Diego Sandoval. Sin embargo, la rapidez con que había actuado X y la eficacia de sus esbirros hacían que, por primera vez, los enemigos de la Iglesia fueran por delante. Faltaba muy poco para el desenlace final y, justo en ese momento crucial, las dos personas que sabían el paradero del Papa —Ferro y Ramírez— estaban a punto de caer en manos del señor del mundo. Si lograban apoderarse del Papa antes del domingo, todo estaría perdido.

—Tienen que salir inmediatamente de Rímini. La policía puede estar a punto de atraparles —decía un correo electrónico que recibió Enrique del Valle a primera hora de la tarde del viernes.

Este tardó pocos minutos en presentarse en la casa donde se alojaban los dos cardenales, a la vez que, por teléfono, llamaba a la otra, donde habían encontrado refugio Rose Friars y la hermana Adamkus, que tampoco estaba lejos, y les pedía que se reuniera con ellos. Había que huir y había que hacerlo enseguida. También Carducci tenía que marcharse. Lo mejor era, según este, que se dirigieran hacia Bolonia, donde el movimiento al que pertenecía Carducci tenía muchos miembros, aunque posiblemente todos estarían bajo control una vez que se le hubiera identificado a él. En todo caso, había que huir enseguida, primero en dirección a Bolonia y luego, sobre la marcha, ya decidirían.

—Yo no me voy —afirma el cardenal Ferro.

—¿Por qué? —preguntan los demás, sorprendidos.

—Necesitamos a alguien que les entretenga, que les haga perder un tiempo precioso para que el resto pueda escapar.

—Pero usted sabe dónde está el Papa —dice Ramírez.

—Soy un viejo zorro. Estoy entrenado para muchas cosas. Los curas viejos tenemos los huesos duros y sabemos mucho del arte de la filigrana. Creo que podré enfrentarme a sus drogas. Además, como sabéis, estoy enfermo del corazón y de diabetes. Debo tomarme una medicación que me regula la tensión y debo ponerme la insulina. Bastará con no hacerlo para que, si se pasan un poco con la droga o la tortura, les resulte imposible no enviarme con el Padre Eterno.

—No puedo consentirlo —objeta, terco, Ramírez.

—Tienes que obedecer. Soy tu superior y te lo ordeno. Marchad enseguida. Yo, mientras tanto, voy a prepararme un festín. Hace tiempo que no como espaguetis *alla carbonara*, ni esos deliciosos *cannoli* sicilianos que tenéis en la nevera. Si no vienen a por mí, siempre tendré tiempo de tomarme las medicinas. Si vienen, estaré preparado.

Carducci cogió su coche y, no mucho después, estaban en la autopista que une Rímini con Bolonia. Apenas habían salido de la ciudad cuando vieron, en el sentido contrario, llegar decenas de automóviles de la policía. En poco tiempo, la ciudad quedaba totalmente acordonada y se establecieron rigurosos controles, para mayor molestia de los ciudadanos que tenían que salir o entrar en ella. Sobre la marcha, cambiaron de opinión y optaron por girar a la derecha, antes de llegar a Forlí, para ir a Rávena y, desde allí, por carreteras secundarias, intentar acercarse a Udine, no lejos de la frontera con Eslovenia, en una zona montañosa donde les sería más fácil esconderse. El cardenal Ramírez, al frente ahora del grupo, les pidió que rezaran juntos el Rosario. Así lo hicieron ininterrumpidamente, con las únicas pausas que marcaban las noticias que a las horas en punto iba dando la radio.

El cardenal Ferro, por su parte, se puso, tranquilamente, a cocinar. Mientras hervía el agua para cocer los espaguetis, escondió sus medicinas, para evitar que fueran encontradas por la policía y le obligaran a tomarlas. Luego también él se puso a rezar el Rosario. Terminada su copiosa comida, se sentó en una butaca del salón y comenzó a rezar su breviario. No se tomó la molestia de mirar por la ventana ni una sola vez. Si lo hubiera hecho, se habría dado cuenta de que el edificio era sigilosamente rodeado. Estaba quedándose dormido, por el sopor de la comida, cuando oyó abrirse la puerta de la casa. Entonces se puso de rodillas, con el rosario en la mano.

—De pie —gritan los dos asesinos a sueldo, de origen norteamericano, en un pésimo italiano, mientras le encañonan con sus pistolas. Los policías italianos, mientras tanto, se desparraman por el resto de la casa, para ver si había alguien más.

—Estoy solo —dice Ferro, tranquilamente, obedeciendo, sin soltar el rosario.

—Nos va a decir todo lo que sabe —le dice uno de los norteamericanos, empujándole y haciéndole caer en el sillón—. No vamos a tener compasión con usted, viejo brujo.

El otro, mientras tanto, estaba abriendo un maletín y extrayendo una jeringuilla que cargaba con el «suero de la verdad» con que iban a pincharle, el mismo que habían puesto a Andrea Sivieri unas horas antes y que tan buen resultado les había dado. La policía ya había comprobado que el piso estaba vacío y había avisado a sus colegas. El resto de los apartamentos del edificio, así como la azotea y los sótanos, estaban siendo registrados también de la manera más minuciosa posible. No tardaron mucho en ponerle el suero al cardenal Ferro. Este notó inmediatamente cómo su corazón se aceleraba, en parte por la medicina que le acababan de poner y en parte por la enorme emoción que sentía. Y sonrió. Sus planes se cumplían.

—¿Dónde están los que vivían con usted?

—Se han ido —contesta Ferro, decidido a decir la verdad pero de manera que provocara la ira de sus interrogadores.

—Eso ya lo sabemos, viejo asesino. ¿Hacia dónde han ido?

—No lo sé —Ferro estaba ensayando el método de restricción de conciencia, pues si bien sabía que habían partido hacia Bolonia, también sabía que ese no era su destino final.

El sicario le cogió por el cuello y a punto estuvo de estrangularlo. Cuando ya el cardenal Ferro estaba sin respiración, le soltó y le volvió a preguntar.

—¿Os han avisado?

—Sí.

—¿Quién?

—No lo sé.

—Lo que más nos importa es saber dónde está escondido el Papa —interviene el otro sicario—. ¿Sabes dónde está?

—Lo sabía.

—¿Y ahora no lo sabes?

—No.

—¿Por qué?

—Porque puede haber cambiado de sitio.

—¿Dónde estaba escondido antes?

—En un sitio seguro, donde la Virgen le dijo.

—Deja de jugar con nosotros —estalla el primer interrogador, mientras le da un sonoro bofetón. Era el mismo esquema que habían empleado con el cardenal Hue, pues no en vano, los sicarios habían aprendido en la misma escuela—. Si no contestas con claridad a lo que te preguntamos, vas a sufrir mucho más de lo que te imaginas.

—No me da miedo el sufrimiento. Estoy deseando sufrir por Cristo. Adelante, no te frenes. Golpéame. Eres un cobarde —dice Ferro, provocándole deliberadamente—. Te atreves a pegar a un anciano indefenso. Eso es lo que te ha enseñado el demonio, al cual adoras. Eres un asesino.

Las palabras de Ferro surtieron su efecto y el sicario se ensañó con él. La sangre comenzó a manar por sus labios y su nariz. Podría haberle matado si su compañero no se hubiera interpuesto. Para calmarle, le ordenó que le pusiera otra dosis de suero. Ferro esbozó una sonrisa. Todo estaba saliendo según él había previsto. Ya quedaba poco. Su corazón no podría resistir mucho más. Un sueño enorme le invadía. Le despertaron con un zarandeo. Empezaban a ser conscientes de que algo estaba fallando. Por eso, la primera pregunta no fue sobre el Papa, sino sobre su salud.

—¿Estás enfermo del corazón?

—Sí.

—¡Es lo peor que nos podía pasar! —exclama el que no había pegado al cardenal.

—¿Y eres diabético?

—Sí.

—Por eso te has dado una comilona y por eso nos has provocado, ¿verdad?

—Me gusta mucho la pasta y llevaba años sin probarla. No quería despedirme de este mundo sin hacerlo. En cuanto a los *cannoli*, siento no haberos dejado ninguno. Había media docena, pero no he podido resistir la tentación de acabar con ellos —no puede decir mucho más, su cabeza se desploma sobre el pecho, aunque aún no está muerto.

—¡Viejo, despierta! —dice el sicario más brutal, zarandeándole, aunque sin golpearle.

—¿Dónde está el Papa? —pregunta el otro.

—La piedra esconderá a la piedra, y en Roma hay muchas piedras.

Fueron sus últimas palabras. En medio de la inconsciencia, con el efecto del suero a punto de vencer su obstinada resistencia, Ferro había dicho parte de la verdad y había añadido algo de su cosecha. Lo suficiente para despistar a sus verdugos. Les había dado una pista falsa y ellos, torpemente, la siguieron.

—¡Está en Roma! —exclama uno.

—¿En qué sitio de Roma? —pregunta el otro.

Ferro ya no contestó. Su corazón estaba a punto de dejar de latir. Su mano, que había apretado con todas sus fuerzas el rosario, se relajó y este cayó al suelo. Solo pudo levantar un momento la cabeza, sonreír y decir: «Ya voy, Señor. Por fin». Y murió.

Aún el sicario más cruel tuvo suficiente odio como para golpearle varias veces, en un esfuerzo por despertarle y por saciar en él su sed de venganza contra la Iglesia. Fue inútil. El otro tuvo que separarlo del cadáver.

—De todos modos —dice—, tenemos algo. Sabemos que está en Roma, escondido bajo las piedras.

—En Roma hay muchas piedras. Está lleno de ruinas. Y están las catacumbas.

—¡Las catacumbas! ¡Claro! Allí debe de estar. Dicen que hay cientos de kilómetros sin explorar y seguro que estos zorros tenían algo preparado para esconderse, una especie de búnker en el que refugiarse y pasar desapercibidos.

—Sí, así hicieron con los romanos. Pero ahora no les será tan fácil como entonces.

El «señor X» recibió, minutos después, una llamada telefónica exultante. Los sicarios que había mandado contra Ferro habían logrado su objetivo. Este, bajo el efecto de las drogas, había confesado: el Papa estaba en Roma, escondido en las catacumbas. Para evitar la bronca —y quién sabe si también la muerte—, le ocultaron que Ferro estaba solo y que los que vivían con él en el piso, que por cierto no habían logrado averiguar quiénes y cuántos eran, habían escapado. La policía estaba buscando por toda la ciudad a Carducci, especialmente en las casas de los miembros de su mismo movimiento. Varios sacerdotes fueron arrestados y el obispo pudo escapar por los pelos. El dispositivo de seguridad se levantó sobre Rímini a última hora de la tarde, ante las protestas de la gente, aunque se extendió, de forma aleatoria, a las carreteras que salían de la ciudad. Ramírez y su grupo ya estaban, para entonces, cerca de Treviso. Por muy poco habían logrado escapar, gracias a que el cardenal Ferro, como el soldado que aguanta en la retaguardia a costa de su vida, había podido entretener a los que les buscaban.

X habló personalmente con el alcalde de Roma. La orden era tajante: había que rastrear, centímetro a centímetro, las catacumbas. El alcalde le dijo que sobre lo de sus kilómetros inexplorados había mucha leyenda y que si hubiera habido algún trabajo del Vaticano para prepararse un escondrijo, él lo habría sabido. Pero X insistió. Estaba seguro de que en algún lugar del subsuelo romano estaba la guarida del Papa y disfrutaba pensando que lo iba a tener en su mano en poco tiempo.

Así, mientras Pedro II volaba hacia Nueva York para expresar ante el mundo el fin de la Iglesia católica, las galerías de los viejos cementerios de la Roma imperial se llenaban de policías en busca del verdadero Papa. Este, en tanto, se encontraba ya en el Santo Sepulcro, orando en el Gólgota, ante la cruz de Cristo.

John McCabe recibió una llamada de los sicarios que habían matado a Ferro poco después de que estos informaran al «señor X». Tuvo que hacer un gran esfuerzo para no expresar el dolor que sintió cuando le comunicaron que el viejo cardenal había muerto y que había revelado el lugar donde se encontraba el Papa, en las catacumbas de Roma. El sitio era realmente creíble, pues la mayoría había pensado siempre que, ante la rapidez con que se había desarrollado todo, el Papa no podía haber ido muy lejos y que lo más probable es que se encontrase en la capital italiana o incluso en el mismo Vaticano. Por eso, McCabe lo creyó y temió por la suerte del Pontífice. Pero no podía hacer nada para evitar que le atraparan, al menos por el momento. Les pidió a los esbirros de X lo que este, en su euforia, no había hecho: que le mandaran un informe detallado de todo lo ocurrido y que permanecieran en contacto con él por si había algún dato nuevo. Luego informó a Sandoval de todo. La consternación se extendió entre los católicos neoyorquinos que se fueron enterando de lo sucedido y todos aumentaron sus rezos para que el Papa pudiera escapar al cerco que, supuestamente, se cernía sobre él.

McCabe llamó a X para felicitarle por lo sucedido. Tenía que mantener, lo más que pudiera, las apariencias. En el interrogatorio que había hecho a los asesinos de Ferro se había enterado de que los compañeros del cardenal habían huido, pues estaba él solo en la casa. Pero no le dijo nada de eso a su jefe, con lo cual, durante un tiempo, este continuó sin saberlo, dando así un margen precioso a los fugitivos para esconderse.

En Irán, mientras tanto, se producía un golpe de Estado y los ayatolás se hacían de nuevo con el poder, pasando a controlar así las armas nucleares con que se había dotado ese país en los últimos años y que no habían despertado el temor de la población mundial debido a que el régimen que gobernaba era prooccidental. La noticia sembró la inquietud inmediata en todo el mundo, particularmente en Israel. Tel Aviv se convertía, de ese modo, en un punto especialmente sensible para el terrorismo de Estado, pues ya hacía años que los fundamentalistas iraníes habían anunciado que algún día la borrarían del mapa. No era esa la única preocupación que en aquel viernes se añadía a las que ya pesaban sobre la humanidad. Un grupo de científicos había detectado veintiséis puntos de ebullición en diversos mares y océanos, cercanos a los polos, que procedían de la liberación del metano depositado en el fondo de los mares árticos y antárticos; hacía años que se venía especulando con que el calentamiento de los mares provocaría una reacción en cadena que liberaría dicho gas, como sucedió hace millones de años, al final del Paleoceno; el metano empezaría a salir del mar a borbotones y se expandiría por la atmósfera, aumentando así de manera espectacularmente rápida el efecto invernadero. Quizá por todo eso, la atención del mundo dejó de centrarse en las cuestiones religiosas para comenzar a pensar en la mera supervivencia. Ya no era posible seguir engañando a la gente, acusando a los católicos de todos los males habidos y por haber. El pan y el circo podían funcionar con la mayoría, con la inmensa mayoría, mientras hubiera pan y circo, pero se estaba acabando el pan y la televisión por sí sola —el circo, con los católicos echados a los leones como estrellas invitadas— no bastaba.

Pasaban las doce de la noche del viernes cuando el cardenal Ramírez y sus acompañantes llegaban a un cálido hogar católico en la *via* Buttrio, de Udine. Allí se enteraron con más detalle de lo sucedido mientras ellos huían de Rímini, aunque habían estado escuchando las noticias durante el largo trayecto. Al saber lo de la liberación del gas metano, tan peligroso para el efecto invernadero, y lo de las amenazas nucleares para el mundo debido a la vuelta al poder en Irán de los ayatolás, el cardenal Ramírez exclamó:

—Parece como si la situación que describe el Apocalipsis estuviera a punto de producirse. Me refiero a aquello que narra el capítulo 8.

—Tendríamos que advertirlo a la gente —dice Enrique.

—Pero ¿cómo? Si nos han descubierto al enviar la encíclica, hacerlo ahora será ponernos aún más en evidencia.

—Lo sé, pero creo que hay que hacerlo. No solo para que los católicos estén preparados ante lo que se avecina, sino para que el resto de la humanidad se dé cuenta de la gravedad del momento. Además, si creen que el Apocalipsis está al llegar, quizá se conviertan. Me bastaría con un cibercafé cualquiera para mandar el mensaje.

—Yo puedo dejaros aquí y esta familia os guiará mañana hasta la frontera con Eslovaquia —dice Carducci—. En la montaña estaréis seguros. Mientras tanto, puedo, esta misma noche, coger el coche e irme hacia el norte. Si viajo toda la noche, podría llegar a Múnich con facilidad y desde allí enviar el mensaje mañana. Si me descubren, no se habrá perdido mucho y, si no lo hacen, habremos ganado un nuevo asalto en este combate. Además, cuando sepan que el mensaje ha sido enviado desde Alemania, les despistará bastante.

—Corres mucho riesgo. Es probable que las fronteras estén vigiladas y, a estas alturas, tu nombre debe de figurar en las listas de personas más buscadas.

—Lo sé, pero creo que merece la pena. ¿No ha dado su vida por la Iglesia el cardenal Ferro? No puedo hacer otra cosa más que imitarle. Por lo demás, conozco perfectamente estas montañas y sé por dónde hay pasos sin vigilancia que llevan a Austria. Si me muevo rápido, podré pasar la frontera amparándome en la noche. Solo necesito que me dé los datos del correo al que tengo que hacer el primer envío.

—Tienes que decir lo siguiente: «La Iglesia católica sigue viva. El CUR ha asesinado al cardenal Ferro, pero el Papa está bien y a salvo y lamenta y rechaza totalmente la unión a la religión global, a la par que proclama su mayor respeto hacia las otras religiones y quienes las practican. En cuanto a los acontecimientos sociales, políticos y ecológicos que afectan a la humanidad y a la naturaleza, son una muestra de que un mundo sin Dios no puede sostenerse. El demonio quiere convertirse en el señor del mundo y eso está llevando a los hombres al desastre, como advierte el Apocalipsis». La firma debe ser la mía: monseñor Ramírez, sustituto de la Secretaría de Estado. Eso bastará. Hablar del Apocalipsis será suficiente para que la gente tome conciencia de la gravedad del momento.

Encomendándose a la Virgen, Giovanni Carducci salió inmediatamente de Udine hacia Gemona del Friuli y desde allí atravesó los Alpes Carínticos, que separan esa zona de Italia de Austria. El paso de frontera, muy poco transitado, estaba sin custodia, pues nadie esperaba que por allí se escapase ninguno de los perseguidos, que, por lo demás, eran buscados con insistencia en Rímini y en Bolonia. De todas las formas, el italiano se demoró más de lo previsto porque las carreteras eran malas y porque evitaba ir deprisa. Por eso no pudo llegar a la capital bávara antes de las cinco de la tarde. Eran cerca de las seis, casi las doce en Nueva York, cuando lograba poner el correo electrónico que le diera Enrique del Valle con el mensaje de Ramírez. Dos horas después, el mensaje empezaba ya a circular por doquier. Eran casi las tres de la tarde cuando informaron al «señor X» de su contenido.

A las tres de la tarde era cuando estaba previsto que comenzara la gran asamblea de las religiones en la sede de la ONU. El día y la hora habían sido meticulosamente elegidos por el demonio: sábado, 13 de mayo, fiesta de la Virgen de Fátima; tres de la tarde, hora de la Divina Misericordia, en la que tantos católicos rezaban a Cristo pidiendo por el mundo, tal y como había pedido Santa Faustina Kowalska que se hiciera. El señor oscuro quería vencer y, además, humillar. Su soberbia le exigía quedar por encima y demostrarle a

Dios, su gran rival, que no tenía nada que hacer en el mundo, que el mundo era suyo y que los hombres siempre le elegirían a él en lugar de a Dios. Dios ofrecía amor a los hombres y el demonio les ofrecía poder y placeres; los hombres siempre seguirían al demonio antes que a Dios. Quería también desmoralizar a los católicos, los cuales, obviamente, se darían cuenta de los tres detalles que enmarcaban su victoria (sábado, 13 de mayo, tres de la tarde) y se verían sumidos en una depresión, en grandes dudas de fe. Dios parecía estar ausente de esta batalla, parecía haber olvidado a sus hijos —muchos de los cuales estaban muertos o en la cárcel— y haberles dejado a merced del poder del señor de las tinieblas, del señor de la demagogia.

Cuando X se enteró de la existencia de un nuevo mensaje por parte del núcleo fiel al verdadero Papa, faltaba menos de un cuarto de hora para las tres de la tarde. Él no estaba en la sede de la ONU, pues se mantenía, como siempre, en segunda fila. Pero seguía al detalle lo que pasaba allí. Había hablado con McCabe varias veces esa mañana, tanto para intercambiar detalles sobre lo que sucedía en Italia —ya le habían dicho que los acompañantes de Ferro habían logrado huir—, como para estar informado sobre la llegada de las delegaciones de las principales religiones del mundo. Estaba contento con McCabe, con su eficacia, con su discreción, con su honestidad y tenía la certeza de que no aspiraba a sustituirle, de que no conspiraba contra él. Sin embargo, el mensaje firmado por Ramírez le preocupó mucho. Sus informadores enseguida le dijeron que había sido puesto desde Alemania, posiblemente desde Múnich. Sin decir nada a McCabe, que se encontraba ya en la sede de la ONU, dando los últimos detalles al acto que estaba a punto de empezar, localizó a los sicarios que habían interrogado al cardenal Ferro. Les hizo repetir, punto por punto, todo lo que había dicho el anciano príncipe de la Iglesia, bajo las más severas amenazas. Así descubrió algo que ellos no le habían querido contar, pero que sí habían dicho a McCabe, aunque este se lo había ocultado deliberadamente a X: lo de que, poco antes de llegar ellos, el equipo de Ferro había recibido un correo electrónico advirtiéndole de lo que iba a ocurrir y que eso había posibilitado la huida de la mayoría con tiempo suficiente como para ponerse a salvo; además, le contaron que Ferro estaba enfermo del corazón y tenía diabetes, y que había comido opíparamente para ponerse en un estado de salud frágil, aunque no mortal; posiblemente, le dijeron también, no había tomado las medicinas que debiera, lo cual le había hecho mucho más vulnerable a los efectos negativos del «suero de la verdad» que le habían inyectado —omitieron, eso sí, la paliza que le dieron, aunque X se lo imaginó—. En resumen, un chivatazo había desbaratado en parte el éxito de la operación. Por último, le dijeron con todo detalle las palabras exactas de Ferro sobre el lugar donde se encontraba el Papa y, al oírlas, a X le entraron serias dudas de que se tratara de Roma donde, por cierto, la policía seguía buscando infructuosamente al Papa. De lo que no le cupo ninguna duda a X, desde ese momento, era que en lo más alto de su organización seguía existiendo un espía.

Como un relámpago, una certeza iluminó su mente: el espía era y había sido siempre John McCabe. No eran ni Kuhn ni Ghazanavi. Era McCabe. ¿Y si Heather Swail, que era la que se lo había recomendado, estaba también implicada? Se quedó paralizado, sobrecogido por el temor. Temor al fracaso y temor a perder la vida por ello, pues el demonio no perdona, como bien sabía él. Lo importante en ese momento era detener a McCabe. Miró el reloj: eran las tres de la tarde, la hora de la Divina Misericordia. Y en ese preciso instante, John McCabe inauguraba la Conferencia Mundial de las Religiones en la gran sala de la ONU, donde se celebraban las Asambleas Generales. X, que tenía la televisión encendida y veía en directo lo que pasaba en la sede de la ONU, lo vio allí, sonriente, aplaudido por todos y a punto de empezar su discurso. Se llenó de ira. Descolgó su teléfono y llamó a uno de los matones que tenía a sus órdenes, precisamente Bill Bennett, y que estaba en ese momento donde se celebraba la Conferencia. «Tienes que matar a McCabe —le dijo—, y debes hacerlo en cuanto termine el acto que acaba de empezar. Pero si ves que dice o hace algo extraño durante el discurso que está pronunciando, hazlo inmediatamente, aunque sea delante de todos. No te preocupes por lo que te pueda pasar, pues yo te sacaré de todos los líos en que te metas a causa de esto». Y colgó.

John McCabe sabía, al levantarse esa mañana, que era el último día de su vida. Sin embargo, estaba tranquilo, extrañamente tranquilo. Lo que tenía pensado decir ante las cámaras de televisión que, en directo, cubrirían el acto de constitución de la Religión Global, suponía, por un lado, una clara denuncia de las maniobras del CUR contra la Iglesia y, por otro, su condena a muerte. Hasta era posible que le mataran allí mismo, ante todos, para no dejarle acabar su discurso. Aunque de intentar evitar eso ya estaba encargado

Juan Diego Sandoval que, como él, sabía que había llegado la hora definitiva para ambos. De todos modos, tanto él como su guardaespaldas particular se proveyeron de sendos chalecos antibalas y Sandoval tenía un plan de huida preparado, por si acaso, aunque sabían que las posibilidades de utilizarlo eran casi nulas.

Antes de irse a su oficina había llamado por teléfono a Juanita Mora. El día antes le había pedido que dejara el trabajo y que se ausentara durante una temporada, alegando que estaba enferma. Le había suplicado que, por ninguna causa, intentara ponerse en contacto con él, que se escondiera en el lugar más remoto posible y que el teléfono al que él le llamaría al día siguiente debía destruirlo y alejarse del sitio donde estuviera cuando él la llamara. De todos modos, usó uno de esos teléfonos de los que se había provisto en abundancia, con tarjeta prepago, que, prácticamente, usaba y tiraba para no dar la posibilidad de que pudieran rastrear la llamada.

—Juanita, buenos días.

—John, ¿cómo estás? Me alegra mucho tu llamada. Me tenías preocupada. Lo que me dijiste ayer me ha impedido dormir en toda la noche.

—No quiero que me digas dónde estás. No quiero saberlo. Así no podré contárselo a nadie. Como te dije, una vez que hayas colgado, aléjate de ahí y, si puedes, vete a vivir a otra ciudad o, al menos, a otro barrio.

—Ya lo he hecho. He madrugado mucho y estoy en un sitio bastante lejos de donde he encontrado un refugio. Pero dime, ¿qué te va a pasar? ¿Qué vas a hacer?

—No te lo puedo decir. Solo quiero que sepas dos cosas: que amo a Cristo y que te amo a ti. Posiblemente hoy me van a matar y no podía morir sin decirte esto. Juanita, te quiero. Te quiero mucho. Te quiero como no he querido nunca a nadie. No voy a sobrevivir, estoy seguro. Pero si ocurriera ese milagro, te rogaría que considerases la posibilidad de casarte conmigo, por la Iglesia por supuesto.

—Me imagino lo que vas a hacer —contesta la muchacha, sin poder evitar un sollozo, aunque estaba haciendo grandes esfuerzos para controlarse—. Hoy tienes que hablar en la ONU y supongo que todo está relacionado. Debes hacer lo que tu conciencia te está diciendo que hagas. No tienes que temer a la muerte, ni al dolor. Recuerda que la muerte no existe, que es solo un paso hacia otra vida. Y recuerda también que allí nos volveremos a encontrar. Porque quiero que sepas una cosa, que yo también te quiero mucho y que, si sales de esta, me sentiré muy afortunada al ser tu esposa. Le voy a pedir a la Virgen de Coromoto, la patrona de Venezuela, que te proteja. Ella cuidará de ti. No tengas miedo. Sé valiente y no dudes de que yo estoy contigo y que te quiero y te querré siempre.

—No sabes cuánto te agradezco tus palabras —le dice John, y ahora es él quien tiene que hacer un esfuerzo para no llorar—. No esperaba menos de ti, te lo aseguro. Te tengo que dejar ahora. Cuídate mucho y no dejes de rezar.

—Que Dios te bendiga, John. Te quiero.

—Que Dios te bendiga, Juanita. Te quiero.

A McCabe le costó mucho recuperarse y a Juanita también. El periodista estuvo un buen rato en su casa, tranquilizándose. Luego llamó a Sandoval y esperó a que el mexicano llegara. Le preguntó por su familia y este le dijo que hacía ya días que la había enviado a México, donde sería más difícil localizarla. Le dijo también que contaba con la bendición del Padre Pérez; entonces extrajo de un bolsillo de su pantalón una pequeña cajita de metal con una forma consagrada que el sacerdote le había dado para John y que este comulgó con el mayor de los respetos. Después de hacer un rato de oración en silencio, ambos se pusieron los chalecos antibalas y partieron para la sede de la ONU. Abajo, en la calle, les aguardaban, en el coche, dos de los latinos contratados por Sandoval. En la propia sede de la organización, el mexicano había organizado las cosas para que estuviera preparado un helicóptero. Como había tantas personalidades y no se podía descartar la posibilidad de un atentado de los papistas —había dicho—, merecía la pena tener un helicóptero a mano por si acaso hacía falta evacuar a alguien, incluso a algún herido. Sandoval se había encargado de contratar a un piloto de su confianza y luego colocó a sus dos ayudantes en lugares estratégicos para poder huir hacia el helicóptero una vez que McCabe terminara su discurso, si es que le dejaban terminarlo.

John pasó el resto de la mañana saludando a unos y a otros, dando la bienvenida a los representantes de las distintas delegaciones que habían llegado esa misma mañana o el día anterior a la ciudad. Tuvo un rato para charlar a solas con Pedro II, el cual se hizo presente en la sede de la ONU con el mayor de los boatos y con su propio equipo de guardaespaldas profesionales.

—Santidad —le saluda McCabe, con ironía—, bienvenido a esta asamblea que pronto estará bajo su presidencia. Nunca la Iglesia católica habrá mandado a tantos como a partir de hoy.

—Ja, ja, ja, ja. Nunca la Iglesia católica ha pintado menos en el mundo, querrás decir, granuja —le contesta el antipapa—. Es un momento histórico, ciertamente. Un cambio de era. ¿Cómo la vais a llamar, por fin?

—Todavía no se han puesto de acuerdo, pero posiblemente la llamarán la Nueva Era, *New Age*. Aunque como el concepto está un poco gastado, quizá la llamen la Era de la Paz Universal.

—Pues no va a ser fácil que la gente esté de acuerdo con el nombre, a juzgar por los datos que cuentan los informativos.

Efectivamente, a esas horas —pasaban las dos de la tarde en Nueva York— se sabía que los ayatolás controlaban totalmente Irán, incluido su arsenal nuclear, y que varias cabezas nucleares estaban orientadas hacia Tel Aviv y Atenas, por un lado, y hacia Bombay por otro. Esto había provocado una reacción en cadena, con amenazas israelíes hacia Teherán, que, a su vez, habían llevado a Arabia y a Paquistán a solidarizarse con Irán y, en contrapartida, a Estados Unidos a respaldar al pequeño pero bien armado Estado judío. No sabían qué podía ocurrir en el mundo en las próximas horas, y una hecatombe nuclear no era, en absoluto, una idea descabellada. Por si fuera poco, el número de focos de liberación del metano en los mares se había disparado y los científicos anunciaban que se estaba ante una reacción en cadena de difícil control. Un volcán había hecho erupción en la isla de Java, con una potencia extraordinaria; el hecho en sí no era novedoso, pero ligado al ambiente que se respiraba en todo el mundo, había servido para aumentar el nerviosismo y la psicosis de que se estaba ante el principio del fin de la humanidad.

Fue entonces cuando Pedro II se refirió al mensaje del cardenal Ramírez, del que McCabe todavía no estaba enterado y del que el propio «señor X» tardaría aún unos minutos en enterarse.

—A ver si, al final, lo del Apocalipsis va a ser verdad —dice el falso papa a McCabe.

—¿A qué te refieres?

—¡Ah!, ¿pero no lo sabes? Me refiero al mensaje que está empezando a circular, enviado por el cardenal Ramírez, en el que se dice que lo que está pasando está relacionado con las profecías apocalípticas que hablan del fin de los tiempos.

—No, no sabía nada —McCabe ya no tiene dudas de que su muerte es segura, pues en cuanto X se entere de ese mensaje le ordenará matar, pues investigará y averiguará que él le ha ocultado que los colaboradores del cardenal

Ferro habían huido porque habían sido advertidos con anticipación de lo que iba a suceder—. De todos modos, Thomas —le dice, tuteándole—, como dijo Pilato en aquel famoso juicio a Jesucristo: «Lo escrito, escrito está». Lo que vaya a pasar, pasará pronto.

—Frase por frase, te ofrezco la mía. También es de otro romano célebre, Julio César: «*Alea iacta est*», «La suerte está echada». Curiosamente, se la dije a tu predecesora poco antes de que la mataran. Confío en que no te pase a ti lo mismo. Vamos para dentro.

Los dos entraron juntos en la gran sala de las asambleas generales de la ONU, que estaba a rebosar, entre representantes de las religiones, invitados y periodistas de todos los medios de comunicación del mundo. McCabe y Pedro II se dirigieron hacia el estrado principal, saludaron al resto de los principales líderes religiosos que se encontraban ya allí y luego el presidente del CUR, como anfitrión, se dirigió a la tribuna de oradores. Iba a empezar su discurso. X le estaba viendo por televisión y le maldecía. Juanita también le veía y lloraba mientras rezaba. Eran las tres de la tarde, la hora elegida por el demonio para que desapareciera para siempre la Iglesia católica y, con ella, se hundieran en un marasmo de confusión y sincretismo todas las religiones, dando paso a la Religión Global. Eran las tres de la tarde, la hora de la Divina Misericordia.

7.—Jerusalén, Jerusalén

John McCabe se ajustó el nudo de la corbata, en un gesto que tenía mucho de nerviosismo, y bebió un poco de agua antes de empezar. «Mi último sorbo», pensó. Luego, se aclaró la garganta y comenzó su discurso.

—Excelentísimas señoras y señores. Les ruego que me disculpen por no darles el tratamiento protocolario que reciben en sus respectivas religiones. Dedicaríamos mucho tiempo solo a eso y, además, ya queda poco para que sigan recibiéndolo. Eso también habrá que simplificarlo —el tono que usó era de broma, lo cual contribuyó para relajar el ambiente, y fue acogido con una carcajada universal—. Ustedes representan a muchos millones de personas que, a pesar de todo lo que se ha hecho y dicho en estos últimos decenios contra el sentimiento religioso y las religiones organizadas, siguen creyendo en la divinidad y siguen organizando su vida según los principios éticos que se desprenden de sus respectivas creencias. Ahora, ustedes, como representantes de los creyentes del mundo, han decidido poner fin a esas religiones para fusionarlas en una sola, acogiendo la iniciativa y la invitación que el organismo que presido, el CUR, les ha hecho. Desde ahora, pues —y es necesario que yo lo recalque para que no haya lugar a equívocos—, las religiones que ustedes representan dejarán de existir, para fundirse en una sola. También dejarán de tener valor las normas éticas que acompañan a sus religiones y solo habrá una ética, la que decida el CUR y, por encima de él, la que decidan los políticos que gobiernan las Naciones Unidas.

Lo que John McCabe estaba diciendo ante la televisión mundial era la pura verdad, aunque resultaba incómodo escucharlo, sobre todo para la mayoría de los dirigentes religiosos que estaban ante él, pues se había acordado que durante un tiempo de adaptación las distintas religiones seguirían existiendo en cuanto tales, aunque avanzando hacia la fusión total. Estos estaban cada vez más inquietos y se preguntaban si era necesaria esa humillación pública e incluso si no sería contraproducente y daría alas a los sectores existentes en el seno de cada confesión que no estaban de acuerdo con la creación de la Religión Universal. Incluso alguno de los presentes, al oírlo expresado con total claridad, empezaba a arrepentirse de haber llegado hasta allí. En ese momento, Juan Diego Sandoval, que estaba atento a cualquier movimiento en la gran sala donde se desarrollaba el acto, vio entrar, por la puerta del fondo, a tres hombres con aspecto de asesinos a sueldo que se empezaron a acercar sigilosamente hacia el estrado donde hablaba McCabe. Comprendió inmediatamente que había llegado la hora final y que el «señor X» —cuya identidad no había podido descubrir y, por lo tanto, John no podía revelar— había comprendido quién era McCabe y había decidido acabar con él. Con discreción, se llevó la mano a una de las pistolas que llevaba encima e hizo una seña a uno de sus agentes. Mientras tanto, John seguía hablando.

—Pues bien, lo que quiero decirles en este solemne momento es que todos ustedes están equivocados. Están cometiendo un gravísimo error y una inmensa traición contra los fieles que confían en ustedes. El CUR ha sido el responsable de todos los crímenes achacados a la Iglesia católica en estas últimas semanas y el que se hace llamar Pedro II no es un verdadero Papa, es un impostor que no tiene ningún derecho a firmar hoy la desaparición de la Iglesia católica. Todavía están a tiempo, no den el paso que han venido a dar aquí, a Nueva York, hoy…

El estupor, primero, y el escándalo después acogieron estas palabras pronunciadas ante el mundo nada menos que por el presidente del CUR. John había concentrado su mensaje, sin darle mucha floritura, porque sabía que rápidamente las televisiones dejarían de emitir en directo y tenía que aprovechar el escaso tiempo que le dieran de margen hasta que reaccionaran. Los gritos de protesta empezaron a alzarse en la sala y, sobre todo, surgieron de la mesa presidencial, donde estaban los dirigentes de las principales religiones. Pedro II, en particular, se había levantado y agitaba su puño dirigiéndolo contra McCabe.

En ese momento, cuando aún no se había cortado la transmisión en directo, se oyeron varios disparos. Los sicarios de X habían comenzado el tiroteo contra McCabe, que cayó inmediatamente al suelo, sangrando. Juan Diego Sandoval y su ayudante habían respondido y habían logrado dejar fuera de combate a dos de ellos. El tercero siguió disparando, ahora ya sin afinar tanto la puntería, con lo que algunas de sus balas se dirigieron hacia la mesa presidencial. Pedro II, que estaba de pie, cayó mortalmente herido. Sandoval dejó a su compañero que se encargara del pistolero de X y él, a rastras, se acercó hasta John, que yacía en el suelo cubierto de sangre. En la sala de conferencias, todos los presentes se habían levantado y se precipitaban hacia las puertas de salida aplastando y pisándose entre ellos. En ese momento, justo cuando Sandoval lograba llegar hasta McCabe y comprobaba que estaba vivo, aunque con heridas en el hombro y en la cabeza, se hizo una oscuridad total en el gran salón. Ni siquiera las luces de emergencia funcionaban. A la vez, un temblor de tierra no muy fuerte sacudió la isla de Manhattan y, con ella, la sede de la ONU.

La oscuridad y el temblor hicieron que cesara el tiroteo. Inmediatamente, un perfume muy especial se expandió por la sala. De repente, todos guardaron silencio y se quedaron quietos, cesando en su alocada carrera por salir de aquella ratonera. Se encendieron las luces de emergencia y los cámaras de televisión comprobaron que volvían a tener energía en sus aparatos, por lo que siguieron transmitiendo pues nadie les había dado todavía la orden de que cortaran. Una luz vivísima apareció sobre el estrado principal y hacia ella dirigieron las televisiones sus objetivos y allí convergieron las miradas de todos. Bajo ella, yacía muerto Pedro II y los principales dirigentes del judaísmo y del islam. También estaba, bajo ella, en el suelo, en un charco de sangre, John McCabe, sostenido por su fiel guardaespaldas que se esforzaba en taponar la hemorragia. Después de unos segundos, cuando el temblor de tierra ya había pasado y mientras se acentuaba el perfume a rosas, en medio de la luz fue haciéndose visible una figura de mujer; tenía la luna por pedestal y pisaba una serpiente, que se revolvía, rabiosa, contra ella, intentando morder el pie que la aplastaba. Vestía de blanco y sobre su cabeza había una corona con doce estrellas. Su corazón ardía tanto que se dejaba ver a través del vestido. En sus manos llevaba un rosario que ofrecía a todos los que, atónitos, la estaban mirando.

—Yo soy la Inmaculada Concepción —dijo, con una voz como nunca nadie de los presentes había escuchado y que bastó para que todos se pusieran inmediatamente a llorar, lo cual, por cierto, ocurrió con todos los que la estaban viendo, en directo, por televisión—. Soy la Madre del Hijo de Dios,

Jesucristo. Él es la segunda persona de la Santísima Trinidad. Es verdadero Dios y es verdadero hombre. Es el Salvador del mundo, el único Salvador del mundo. Yo he recibido del Padre el encargo de pisar la cabeza de la serpiente, el demonio, y poner fin a esta persecución que no solo se dirigía contra la Iglesia católica, sino contra todas las religiones del mundo. Ahora os ruego, a todos los que estáis aquí, que volváis a vuestras casas, que meditéis sobre lo que habéis visto, que os arrepintáis de vuestros pecados y del gravísimo error que ibais a cometer. Dios quiere la unidad de todas las religiones, pero este no es el camino adecuado. Id con la paz de Dios.

La visión empezó a desaparecer y una extraña paz envolvió la sala y a todos los que en ella estaban. En silencio, sin tumulto, avergonzados, convertidos, todos se dirigieron a la salida. De repente, una voz rompió el solemne silencio: «¡Viva la Virgen María, viva el verdadero Papa, viva la Iglesia católica, gracias a ella no hemos caído en la trampa del demonio!». Era la voz del patriarca de Constantinopla, que había sido el último en aceptar unirse a la Religión Universal y que amaba, como el resto de los ortodoxos, entrañablemente a la Virgen. Algunos acogieron sus palabras con un aplauso que pronto se generalizó y que marcaba, por sí mismo, la línea de lo que iba a ocurrir a continuación.

Mientras tanto, en su espléndida mansión, X estallaba de ira. No quitaba los ojos del televisor, que le mostraba todo lo que estaba ocurriendo en la gran sala de la ONU, y era consciente de que eso lo estaba viendo el mundo entero, por lo cual iba a resultar ahora muy difícil convencer a la opinión pública de que había que seguir con los planes para instaurar la Religión Global.

—Ese maldito McCabe —decía en voz alta, a pesar de estar solo— ha preparado bien su jugada. Ha organizado un montaje perfecto, con efectos especiales incluidos, pues esa aparición, estoy seguro, es falsa, es simplemente un truco. Así lo diré y haré que todos lo digan.

Las televisiones habían empezado a emitir entrevistas a los líderes religiosos que abandonaban la sede de la ONU y que, unánimemente, mostraban su arrepentimiento por lo que habían estado a punto de hacer y agradecían a la Iglesia católica que hubiera tenido el valor de enfrentarse con los poderes que gobernaban el mundo. Entonces X, desesperado, cogió el teléfono para llamar a Heather Swail y ordenarla que pusiera fin de una vez a la transmisión en directo. En ese momento, su casa se quedó a oscuras, tal y como había sucedido en la ONU minutos antes. El mismo perfume —que él no sabía que había habido, pues nadie lo había dicho por televisión— invadió el salón donde se encontraba. E igual que en la sede de la ONU, una luz empezó a brillar en el salón y, en el centro de ella, se fue haciendo visible la figura de una mujer. Era la misma mujer que acababa de ver en televisión y, aunque en el fondo de su alma sabía que lo de la ONU no había sido un montaje de McCabe, ahora ya no le quedaba la menor duda de que lo que tenía ante sus ojos era verdad. La mujer le habló.

—Sabes quién soy. Soy judía, como tú. Soy la que tú persigues. Te traigo un recado de tu madre.

—¡Mi madre murió hace muchos años y ya no existe! ¡No hay nada después de la muerte! —exclama X.

—Tu madre está viva y está en el seno de Abraham. Se llama Raquel y me ha pedido que te diga esto: «Jonatán, hijo mío, arrepiéntete de tus pecados. Olvida lo que te enseñó tu padre. Recuerda lo que te yo te enseñé. Recuerda lo feliz que eras cuando me acompañabas los sábados a la sinagoga. Salva tu alma. Arrepiéntete».

—¡No! ¡No puedo! ¡Es demasiado tarde! —mientras dice esto, llora, recordando su infancia y cómo su madre, una judía piadosa y buena, había intentado educarle en la fe judía, en contra de los deseos de su padre, judío también, pero ateo y masón. Solo su madre le llamaba Jonatán —el hijo del rey Saúl que había defendido a David en contra de su padre—; era su segundo nombre y ella había conseguido que su padre aceptara ponérselo, aunque todos le conocían por el primero —Abaddón, el demonio de la destrucción, aunque para camuflarlo había sido transformado en Addón—, y del segundo solo se sabía que empezaba por J. Recordaba cómo se había alejado de la religión judía y cómo había abrazado el ateísmo de su padre y seguido sus pasos en la masonería y luego, al margen de ella, cómo se había iniciado en los ritos satánicos, hasta que el propio demonio se le había aparecido y le había dado el encargo, y el poder para hacerlo, de llevar a su culminación la destrucción de la Iglesia católica y el sometimiento de todas las religiones al poder político.

—Toma este rosario entre tus manos —le estaba diciendo la Virgen en ese momento, sacándole de su ensimismamiento, de la evocación de sus recuerdos—. Te salvará. Haz caso a tu madre. Hazme caso. El demonio que te ha seducido no es más fuerte que Dios, como él te ha hecho creer. Es muy fuerte, efectivamente, pero lo es muchísimo menos que mi Hijo, sin comparación alguna, pues mi Hijo es Dios y él es un ángel caído. Te ha engañado, como a otros. Te ha prometido cosas que no puede cumplir. Ahora ha sufrido la derrota que era inevitable que sufriera y te quiere arrastrar a ti en su caída. Por favor, toma este rosario entre tus manos. Te salvará.

—¡No! ¡Es demasiado tarde! ¡No tengo perdón!

—Sí tienes perdón. Mi Hijo es la divina misericordia. Él lo perdona todo cuando el hombre lo pide con sinceridad. Él te ama y ha derramado su sangre también por ti. No rechaces la salvación que te ofrece.

—¡No puedo! ¡He hecho sufrir a demasiada gente y tengo demasiada sangre sobre mi conciencia! ¡No merezco el perdón de Dios! ¡Vete y dale un beso a mi madre de mi parte! —dice, llorando, mientras se deja caer en el suelo. A su lado, sin embargo, había quedado el rosario que María le había ofrecido.

La imagen de la Virgen se fue difuminando y la habitación volvió a quedar a oscuras. El perfume desapareció, pero otro, nauseabundo, ocupó su lugar. Olía a podrido. Jonatán permaneció en el suelo, rígido. Sabía lo que iba a suceder. De un rincón de la sala surgió una serpiente. Era una cobra de la India —los hindúes habían sido en todo momento los más entusiastas partidarios de la Religión Global, debido a su particular tendencia al sincretismo y a que, por ello, aspiraban a asimilar las demás religiones—. Sinuosa y lentamente se acercó a Jonatán y levantó su cabeza para atacarle cuando estuvo a su lado. Este, incorporándose lentamente sin llegar a ponerse de pie, la miró a los ojos. Sabía a quién miraba. Y le dijo:

—Abomino de ti, Satanás. Te maldigo y maldigo la hora en que me puse a tu servicio. Me arrepiento de todo el mal que he hecho y ahora, mátame si quieres, pero mi alma, aunque te la vendí a cambio de dominar el mundo, te rechaza para siempre.

La serpiente se abalanzó sobre él y le mordió, introduciéndole su veneno mortal en la sangre. Los dolores empezaron inmediatamente y los espasmos. Se retorcía en el suelo y, rápidamente, iba perdiendo la consciencia y la vida. En uno de sus giros, su mano derecha tropezó con el rosario que estaba en el suelo y que había dejado la Virgen al marcharse. Lo agarró sin saber lo que era y, de repente, sintió que un poco de calor fluía desde su mano al resto de su cuerpo. Lo suficiente como para recuperar durante un instante la consciencia.

—Yahvé, Dios de Israel, Dios de mis padres, perdóname —dice, en un susurro—. Jesucristo, hijo de María, creo en ti, yo te confieso.

La serpiente emitió un profundo chillido, como cuando un globo se desinfla. Alguien invisible estaba pisando su cabeza y así siguió hasta que estuvo muerta. También Jonatán agonizaba, pues el veneno hacía, imparable, su trabajo. Pero la muerte, cuando llegó, le sorprendió besando el rosario que tenía en la mano y con una sonrisa en el rostro. La Virgen, una vez más, había vencido.

Cuando, a las pocas horas, llegó la policía a su apartamento para llevárselo detenido —Heather Swail, que sabía su identidad, le había delatado como el responsable supremo de todo lo ocurrido— encontraron su cadáver de aquella extraña manera, con una cobra a su lado que tenía aplastada la cabeza. «En la habitación debió de estar alguien más que mató a la serpiente —concluyó el informe policial—, pues la víctima no hubiera podido hacerlo y ni en sus manos ni en sus zapatos había rastros de que lo hubiera hecho». Le enterraron sin ninguna pompa y le pusieron dentro el rosario, pues no habían podido quitárselo de la mano ya rígida. En su entierro, además de los profesionales del cementerio, solo hubo una persona. Era una mujer que vestía de blanco y cubría su cabeza con un hermoso velo. Los sepultureros recordarían el resto de su vida el maravilloso perfume a rosas que desprendía.

Mientras tanto, Sandoval había sacado a McCabe de la sede de la ONU, ya sin miedo a que nadie le pudiera atacar de nuevo. Aprovechando el helicóptero, le había llevado a un hospital y allí le habían puesto varias transfusiones para intentar salvar su vida, pues había perdido mucha sangre, aunque ninguna de sus heridas era mortal, ni siquiera la que una de las balas le había producido en la cabeza y que solo le había rasgado el cuero cabelludo, sin penetrarle en el cráneo. Cuando se despertó, lo primero que vio fue la cara de una hermosa muchacha latina que le sonreía. Era Juanita.

—¿Qué ha pasado? ¿Qué haces aquí? ¿Dónde estoy? ¿Te han apresado a ti también?

—Tranquilo —le dice ella, tomándole la mano entre las suyas y dándole un beso en la frente—. Todo ha salido bien. La Virgen ha intervenido en el último momento y nos ha salvado a todos. El mundo que conociste ya no es lo que era.

Y la muchacha comenzó a contarle lo ocurrido, pues John se había desvanecido tras ser herido y no había podido ver nada de la aparición de María, ni lo que había pasado a continuación. Juanita le contó que el presidente de Estados Unidos había hecho una aparición pública, inmediatamente, desde la Casa Blanca para pedir perdón y retirar su apoyo al secretario general de la ONU, al que pedía que dimitiera. En una cascada de declaraciones, habían hecho lo mismo los presidentes de Rusia, China y Francia, así como el primer ministro inglés y el canciller alemán. El máximo dirigente de las Naciones Unidas no había tenido más remedio que presentar la dimisión y, para exculparse, había solicitado que se derogaran todas las leyes contra la Iglesia y que se pusiera en libertad a todos los detenidos. A esas horas —le dijo Juanita a McCabe— el mundo, a pesar de la grave situación climática y social que se vivía, era una fiesta. Los templos católicos estaban abarrotados de fieles y no solo acudían a ellos los que practicaban esa religión, sino muchos que hasta el día anterior eran ateos militantes o que seguían otros credos. También le dijo que su anterior jefa, Heather Swail, había sido detenida y que un magnate judío, al que ella había identificado como el «señor X», había sido hallado muerto en su casa, a causa de la mordedura de una cobra, pero que tenía en las manos un rosario. Eran las siete de la tarde en Nueva York.

Pasaba la medianoche en Jerusalén cuando el Papa se despertó de improviso. Estaba, con su pequeño equipo, en el sector católico del Santo Sepulcro, en la zona que habían habitado los franciscanos antes de ser expulsados. No tenían comunicación con el exterior, pues tanto los dos musulmanes como los dos judíos que le habían acompañado habían decidido mantener sus teléfonos móviles apagados mientras el templo estuviera cerrado, para evitar que la mera recepción de una señal o de una llamada pudiera delatarlos, pues se suponía que allí adentro no había nadie. De este modo, no se habían podido enterar de lo que había sucedido en Nueva York. Aunque los amigos de David y los de Mohamed quisieron avisarles, no habían podido hacerlo porque sus teléfonos estaban apagados. Por otro lado, la única llave de la iglesia la guardaba una familia musulmana y quizá no era todavía oportuno que se supiera que el Papa estaba escondido allí, en el corazón de Jerusalén, pensaron tanto los judíos como los musulmanes que estaban en el secreto de lo que se ocultaba en aquel templo.

El Papa se despertó porque sintió que alguien le tocaba el hombro. Eran las cuatro de la madrugada. El domingo ya había empezado. No había nadie a su lado y monseñor Jarek Loj descansaba a unos metros de él, en otra cama.

Roncaba poderosamente, por cierto. De inmediato, el Pontífice supo que era Dios quien había mandado a un ángel a despertarle. Le había sucedido ya otras veces. Sin moverse de la cama, se puso a la escucha. Un sentimiento de extraordinaria paz y de inmensa felicidad le invadió de inmediato. Supo que todo había pasado y que la prueba había terminado, que la victoria era, una vez más, de la Iglesia. Sintió entonces que la voz que le hablaba en su interior le pedía que fuera al santo sepulcro, al lugar exacto donde había sido depositado Cristo, a rezar. Lo hizo de inmediato, pero no pudo evitar despertar a Loj, ni ambos despertar y alarmar al resto. El Papa les tranquilizó a todos y les aseguró que Dios le había hecho saber que la persecución había terminado. Sin embargo, ni judíos ni musulmanes se fiaron, pues temían que el anciano Pontífice estuviera siendo víctima de una alucinación, fruto de su deseo de que todo pasara de una vez. Así que no encendieron sus móviles, aunque decidieron acompañar al Santo Padre en sus oraciones. Los siete, incluida la hermana Krystyna, fueron al santo sepulcro, aunque solo el Papa entró en la cámara interior, donde había sido depositado el cuerpo de Cristo.

Allí les sorprendió, somnolientos, la mañana. Mohamed miró el reloj y advirtió a sus compañeros que no tardarían mucho en abrir el templo y que deberían volver al refugio de los franciscanos. El Papa les insistió en que todo había pasado y que, efectivamente, debían volver a donde habían dormido, pero para tomar un frugal desayuno y recoger sus cosas, porque había que salir del templo en cuanto lo abrieran.

—¿A la vista de todos? —preguntan al unísono David, Mohamed y Loj.

—Sí, a la vista de todos. Es domingo. Es el día del Señor resucitado. Ha llegado la hora de la resurrección.

—Aquí, escondidos, estamos bien —objeta Mohamed—. Si es como usted dice, podemos esperar y uno de nosotros puede salir, mezclado con los turistas, para buscar información. Luego, cuando estemos seguros, volveremos para preparar su salida triunfal.

—Eso ya lo ha hecho la Virgen —replica el Papa—. Fiaos de mí y de ella. En todo caso, yo voy a salir. Cuando abran la puerta, yo estaré allí, ante ella, y saldré a la luz.

—Yo estaré con usted —afirma monseñor Loj.

—Y nosotros también —dicen los demás—. Si usted está decidido a morir, nosotros no vamos a quedarnos escondidos. Intentaremos salvarle —añade David, mientras lleva su mano a la pistola.

—No pasará nada, ya lo veréis. No te voy a obligar a que dejes tu arma —le dijo al joven y valiente judío, mientras le sonreía con afecto—, pero te resultará innecesaria.

Unos minutos después, las puertas del gran templo —encierra en su interior nada menos que el santo sepulcro y el Gólgota— se abrían de par en par, siguiendo el rito que desde hacía varios siglos cumplía la familia musulmana que custodiaba las llaves de la única puerta. La pequeña plaza que hay ante ella estaba abarrotada de fieles, y de televisiones. No porque supieran que el Papa estaba allí —fue una sorpresa para todos descubrir su figura cuando se abrieron las viejas puertas—, sino porque habían acudido durante la noche para rezar y poder entrar enseguida en él apenas se abriera. A esas horas, solo el Papa y sus amigos ignoraban lo que había sucedido en Nueva York y las reacciones a favor de la Iglesia que habían tenido lugar en todo el mundo desde entonces. Los católicos, ortodoxos, armenios, coptos y demás cristianos de Jerusalén estaban esperando para entrar en la venerada iglesia y dar gracias a Dios por la victoria. Los franciscanos, lo mismo que los ortodoxos, querían volver a sus aposentos, de donde habían sido expulsados. Pero también había muchos judíos y musulmanes mezclados entre la multitud. Y las televisiones habían acudido para transmitir el acontecimiento, pues las miradas del mundo estaban pendientes de esa vieja iglesia, lo mismo que lo estaban del Vaticano, cuyas puertas iban a ser abiertas unas horas después y que también tenía a miles de fieles esperando en la plaza para poder entrar.

El Papa estaba allí. Los presentes y los que estaban ante el televisor no podían salir de su asombro. El Papa estaba allí y salía del santo sepulcro, en una mañana luminosa de domingo, lo mismo que más de dos mil años antes había salido Jesucristo. Solo que ahora no eran unas piadosas mujeres o unos pocos apóstoles los que le veían. Era el mundo el que contemplaba a aquel anciano vestido de blanco, cansado pero feliz, salir a la luz, con los brazos extendidos, en cruz, para, a continuación, decir a todos:

—¡Hemos vencido! No sé qué ha ocurrido, porque aquí dentro no tenemos medios para informarnos y no hemos querido conectar ni la radio, ni la televisión ni el teléfono, pues mis amigos me decían que podía ser peligroso. Pero sé que hemos vencido. Vuestros rostros me lo confirman. ¡Gloria a Dios! ¡Bendito y alabado sea su santo nombre! ¡Gloria a la Virgen María! ¡Aleluya! ¡Cristo ha resucitado! ¡Aleluya!

Los aplausos fueron unánimes, inmediatos, estruendosos. Después hubo tiempo para que le explicaran con detalle al Papa y a su séquito lo que había pasado. No tardaron mucho en presentarse las más altas autoridades religiosas judías y también las musulmanas, para darle la bienvenida y felicitarle. Lo mismo hicieron los políticos. El Papa fue llevado, triunfalmente, a la Knéset, el parlamento israelí, para recibir, en nombre del pueblo judío y del mundo, la acción de gracias por su valentía y pedirle perdón por el mal que unos y otros habían cometido. En su discurso, el Santo Padre estaba flanqueado por el gran rabino de Jerusalén y por el gran muftí, pues ninguno de los dos había querido sumarse a la traición que el CUR había gestado y por eso se encontraban en la ciudad en ese momento. Judíos y musulmanes, en Israel y en todo el mundo, eran ahora los más fervorosos partidarios del Papa y de la Iglesia, pues sabían que era gracias a ellos que todo había terminado bien y por eso, de alguna manera, ahora la Iglesia era obra suya, era «su hija», «su obra». Detrás del Papa, felices, estaban monseñor Loj, la hermana Krystyna y los cuatro judíos y musulmanes que le habían salvado la vida.

Cuando todo terminó, el Santo Padre salió fuera, a la calle, rodeado de la multitud. Habían acordado, en un principio, conducirle en avión a Roma, cuanto antes. Pero él se había negado y había dicho que la Virgen tenía otros planes y que le pedía que hiciera el regreso a casa de otra manera: en automóvil atravesando Israel y Líbano, haciendo escala en Antioquía —donde San Pedro había sido el primer obispo y donde a los seguidores de Jesús les llamaron por primera vez «cristianos»— para pasar luego por Tarso —ya en Turquía— e ir desde allí, siempre por carretera, hasta Éfeso, donde tenía que visitar la casa en la que había vivido la Virgen María. Allí tenía que celebrar una misa de acción de gracias y luego embarcar en Éfeso para, tras hacer escala en Patmos, en Atenas y en Corinto, dirigirse a Italia y desembarcar en Nápoles. El último tramo lo haría por carretera; era, con alguna diferencia, la ruta que habían seguido los apóstoles Pedro y Pablo. El Pontífice quería significar con ello que estaba intentando volver a las fuentes, volver a los orígenes de la primitiva Iglesia, como antes había hecho al hacer pública la encíclica. La noticia de ese itinerario había corrido como la pólvora y ya llegaban, de los lugares por donde el Papa iba a pasar, las más encendidas muestras de gratitud y de entusiasmo. Judíos, musulmanes y ortodoxos estaban llenos de alegría por acoger, aunque fuera solo de paso, al peregrino de la paz, al que había plantado cara al demonio y le había vencido.

El Papa estaba explicando a los periodistas, ante la puerta de la Knéset, cómo había sido su huida de Roma, dónde había estado escondido y cómo los dos judíos y los dos musulmanes le habían salvado en Petra y habían evitado que el Mossad le capturara. De repente, de entre la multitud, se destacó un hombre que apuntó hacia el Pontífice y disparó. Los guardias de seguridad se habían relajado, ante el optimismo general, pues ya resultaba impensable que alguien quisiera atentar contra el vicario de Cristo, debido a que el apoyo con que contaba era universal. Sin embargo, el que había disparado era un ateo militante; vivía en Barcelona, aunque su familia era originaria de una de las regiones de la antigua España; se había trasladado a la capital catalana por el motivo contrario por el que muchos católicos se habían ido a vivir a Castilla; estaba lleno de odio hacia la Iglesia y personalmente había torturado y matado a varios sacerdotes en los días precedentes. Había sido advertido por el señor oscuro de que el Papa estaba en Jerusalén y había cogido el primer avión que salía hacia Tel Aviv, cuando aún el Pontífice no había aparecido en público. Sabían, tanto el demonio al que servía como él, que la muerte del Papa, a esas alturas, no cambiaría nada las cosas. Pero los dos querían venganza.

El disparo, hecho a poca distancia del Pontífice, era mortal de necesidad. Y lo hubiera sido si alguien no se hubiera interpuesto. Jarek Loj estaba alerta. Su sexto sentido polaco le advertía del peligro y no hacía más que escudriñar a la multitud. Vio abrirse paso entre ella al asesino y comprendió que no podía evitar que disparara, así que se lanzó hacia el Papa para empujarle y evitar que la bala le alcanzara. Lo consiguió, pero fue su cuerpo quien recibió el tiro. En el suelo, herido de muerte, extendió su mano hacia el Pontífice, que se levantó inmediatamente y acudió a su lado. Se arrodilló y le cogió la cabeza, apoyándola en sus rodillas.

—Gracias, Jarek —le dice—. Ten esperanza. Pronto te llevaran al hospital y te curarán.

—Voy a morir, Santo Padre. Lo sé. Lo he sabido desde el primer momento.

—¿Estás seguro?

—Sí. También a mí la Virgen me dice cosas.

—Entonces te doy la absolución y mi bendición. Dale recuerdos cuando la veas. Pídele que no tarde ya mucho en llamarme.

—Muero feliz. ¿Puede aspirar un polaco a morir mejor? Sangre polaca que se derrama para servir a la Iglesia, para salvar al Papa. Solo quiero pedirle una última cosa.

—¿Qué?

—En mi ciudad, Chojnice, hay una cruz a las afueras, en el bosque, en honor a los miles de polacos que asesinaron los nazis. Entiérrenme allí. Vuelvo a mi tierra, con los míos, mientras mi alma se va al cielo, también con los míos. Adiós, Santo Padre, y gracias por haberme permitido ser útil y dar la vida por usted.

El Papa durmió aquella noche en Jerusalén y, a la mañana siguiente emprendió el camino a casa, por carretera, tal y como estaba previsto, en medio del mayor apoyo popular que se había visto nunca. Los judíos y los musulmanes habían firmado la paz. En Irán habían decidido renunciar a todo ataque, tanto atómico como de cualquier otro tipo. El nuevo secretario general de la ONU había convocado una reunión de urgencia al máximo nivel para poner en marcha un intercambio de bienes a nivel mundial y para afrontar la grave crisis climática que padecía la tierra. John McCabe todavía estaba en el hospital, pero había sido nombrado director del *New York Times* y el padre Pérez ultimaba los papeles para que pudiera casarse con Juanita en cuanto estuviera repuesto del todo. En la península ibérica había surgido un movimiento imparable para volver a reconstruir la vieja España y Jorge Ortega, que seguía en el hospital, había sido encargado de organizar una Asamblea Constituyente que debía elaborar una nueva Constitución. En el Vaticano, los cardenales Ramírez y Astley estaban preparando la llegada del Papa y aprovechaban para hacer limpieza de todos aquellos que no habían sido fieles a la Iglesia durante la persecución; Santevecchi, por ejemplo, se había precipitado a pedir perdón y a ponerse a las órdenes de Ramírez; este le había perdonado y le había enviado a una misión que acababa de abrirse en el desierto del Gobi, en la Mongolia interior; el arrepentimiento había que demostrarlo. Rose Friars había sido nombrada jefe de Prensa del Vaticano, mientras que Enrique del Valle, por fin, había decidido hacerse sacerdote. En México, la tilma con la imagen de la Virgen de Guadalupe apareció intacta; lo que había sucedido es que los devotos la sacaron a escondidas del templo y eso había evitado su destrucción; como consecuencia, México cambió su Constitución y pasó a ser confesionalmente católico.

¿Y el demonio? El demonio se retiró, hasta otra ocasión. Mientras el mundo existiera, mientras los hombres vivieran sobre la faz de la tierra, él no dejaría de odiarlos y de intentar seducirlos para conducirles a su destrucción. Había sido vencido, pero la guerra no había terminado. Solo había sido una derrota. Una más. Por eso, inmediatamente, había empezado a olfatear a quién podía intentar engañar, a quién podía herir, había empezado a preparar la batalla siguiente.

Pero también la Virgen había hecho lo mismo. Ella velaba y estaría siempre dispuesta para volver a aplastar la cabeza de la serpiente. Cuando esta resurgiera de nuevo, la mujer vestida de sol volvería a vencerla. Solo Dios es Dios. Solo Él es el Señor y dueño de la historia. María lo sabía y el demonio también. Los que no terminaban de enterarse eran los hombres. Algunos hombres.

Nota: Esto es una novela. Pido disculpas a cualquier persona o institución que haya podido sentirse ofendida por alguna alusión o cita. Todo es inventado. Bueno, en realidad, no todo. Pero el lector sabrá distinguir qué es la ficción y qué, aunque los nombres no sean los correctos, es tan real como la vida misma.

OTROS TÍTULOS DEL AUTOR

P. Santiago Martín, FM

Para qué sirve la Fe

Obras completas II

edaf

P. Santiago Martín, FM

La oscuridad luminosa

Obras completas III

edaf

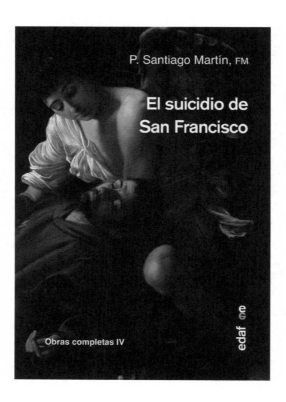

P. Santiago Martín, FM

El suicidio de
San Francisco

Obras completas IV

edaf

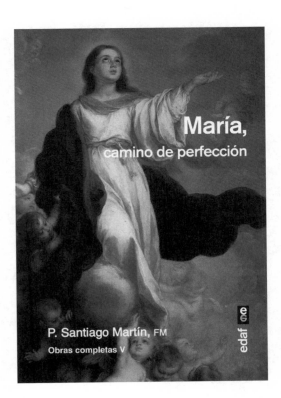

María,
camino de perfección

P. Santiago Martín, FM

Obras completas V

edaf

LBL
O
LA BIBLIA
PARA LAICOS
OCUPADOS

Jesucristo, hijo de Dios y de María

Infancia y vida pública

LBL
O
LA BIBLIA
PARA LAICOS
OCUPADOS

Padre Santiago Martín